Patricia Schröder

Meeres
tosen

COPPENRATH *bei* cbj

Kinder- und Jugendbuchverlag
in der Verlagsgruppe Random House

Verlagsgruppe Random House FSC® N001967
Das FSC®-zertifizierte Papier *Pamo House*
liefert Arctic Paper Mochenwangen GmbH.

1. Auflage
Erstmals als *Coppenrath Taschenbuch bei cbj* März 2015
© 2013 Coppenrath GmbH & Co. KG, Münster
Alle Rechte dieser Ausgabe vorbehalten durch cbj Verlag,
München, in der Verlagsgruppe Random House GmbH
Umschlaggestaltung: basic-book-design, Karl Müller-Bussdorf
unter Verwendung des Originalumschlags von
Geviert – Grafik und Typographie, München, Conny Hepting
Umschlagfoto: © Anni Suvi
kg · Herstellung: ReD
Satz: Buch-Werkstatt GmbH, Bad Aibling
Druck und Bindung: GGP Media GmbH, Pößneck
ISBN: 978-3-570-40230-6
Printed in Germany

www.cbj-verlag.de

Niemand kann seiner Bestimmung entfliehen.
Das ist ein ehernes Gesetz des Meeres.

Prolog

Es war Juli, der Himmel über dem Meer tiefschwarz. Nur das diffuse Leuchten über dem Horizont ließ den Vollmond erahnen. Dunkles Grollen rollte aus der Ferne auf mich zu. Ein gleißend heller Blitz durchschnitt die stickige Atmosphäre und entlud sich im aufgewühlten Meer. Mächtige Wellen hatten sich aufgetürmt, rauschten laut dröhnend auf die Klippen zu und warfen haushohe Gischtfontänen in den Himmel.

Trotz der Dunkelheit konnte ich die riesige Schar von Delfinen gut erkennen, deren Silhouetten silbern aufschimmerten, sobald sie sich aus dem Wasser erhoben.

Das Wissen um ihr ungebrochenes Vertrauen in die Menschen und den bedingungslosen Gehorsam, den sie einigen Nixen entgegenbrachten, rührte mich zutiefst. Umso schwerer wogen meine Verzweiflung und meine Wut. Die Ahnungslosigkeit dieser wundervollen Tiere gegenüber der Gefahr, die ihnen drohte, schnitt mir fast das Herz entzwei.

Ich allein wusste, was ihnen bevorstand und welche Folgen die geplante gigantische Vernichtung von Leben und Lebensraum nach sich zog – vor allem aber war ich die Einzige, die ihnen helfen und das Schlimmste vielleicht noch verhindern konnte.

»Neiiin, Elodie! Tu das nicht!«

Es war Gordys entsetzte Stimme, die der Wind zu mir herübertrug.

Ich schloss die Augen und hielt inne.

Noch immer ließ sein samtenes Timbre sämtliche Fasern meines Körpers schwingen. Ich erinnerte mich an jeden gemeinsamen Augenblick, an jedes Wort und jede Berührung von ihm, als wäre es gestern gewesen.

Mein Herzschlag vibrierte und die Sehnsucht nach ihm brachte mich fast um.

Doch nach allem, was inzwischen passiert war, hatte Gordian mir nichts mehr zu sagen. Ich hörte nicht auf ihn.

Kirby

Gordian öffnete den Knoten in der Haihaut über meiner Brust und mein Körper schmiegte sich in den noch immer tageswarmen Inselsand. »Du bist so wunderwunderschön«, flüsterte er, während er mich mit seinem zärtlichen Blick umfing und seine Hände mich streichelten, als erforschten sie mein Innerstes.

Ich tauchte ein in seinen Duft und das Türkisgrün seiner Augen und erwiderte den sanften Kuss seiner Lippen. Meine Haut prickelte unter seinen Berührungen und mein Herz schlug im selben Rhythmus wie seines. Liebevoll fuhr ich mit den Fingerspitzen über seinen Nacken und konnte es kaum erwarten, den sanften Druck seiner Hände auf meinen Hüften zu spüren. Es war kein Verlangen, sondern ein Sehnen, so süß wie eine ferne Melodie, und ich war bereit, mich darin zu verlieren. Die Angst, dass wir uns noch einmal verletzen könnten, war wie fortgeblasen, ich wusste einfach, dass das nie wieder passieren würde. Das Meer hatte uns erneut zusammengeführt. Was uns verband, musste stärker sein als das, was uns trennte.

Plötzlich ertönte oberhalb des Felsens der kleinen Vogelinsel ein Geräusch, und noch ehe ich einen klaren Gedanken fassen konnte, hatte Gordy mich bereits ins Wasser gezogen.

Was war das?, wisperte ich. *Ein Vogel?*

Nein, kein Vogel. Panik schwang in seiner Stimme.

Er presste mich an sich und stieß mit peitschenden Flossenschlägen in die Tiefe. Noch immer benommen von unseren Küssen, klammerte ich mich an ihn. Die Kälte und die Dunkelheit des Meeres ließen mich frösteln.

Was dann?, fragte ich. *Ein Hainix?*

Alles andere ist unwahrscheinlich, gab Gordy zurück.

Hast du ihn gesehen?

Nur seinen Schatten.

Aber du hast eine Vermutung?

Ja, sagte Gordy, während wir nur wenige Zentimeter über den Meeresboden hinwegschossen. *Tyler!*

Dieser Name war wie ein elektrischer Impuls. Tyler, der Hainix aus Rubys Clique, dessen wahre Identität den Menschen bis heute verborgen war und der die Delfinnixe bis aufs Blut hasste, weil Kyan ihm Lauren genommen hatte.

Fast automatisch setzte sich meine Schwanzflosse in Bewegung. Die unterschiedliche Schlagrichtung unserer Schwänze erzeugte in dieser engen Umarmung aber eine Gegenströmung, sodass wir zunächst sogar an Geschwindigkeit verloren.

Lass mich los!, raunte ich. *Einzeln sind wir schneller.*

Kommt nicht infrage, zischte Gordy und drückte mich nur umso fester an sich. *Halte du einfach deine Flosse ruhig.*

Wir waren gerade durch einen Felsenbogen geglitten, als hinter einem Riff zu unserer Rechten ein schwarzer Hainix hervorstieß.

Lass! Mich! Los!, brüllte ich und spannte die Muskeln an.

Doch Gordian hielt mich beharrlich umfasst und schwamm unbeirrt weiter. Ich wagte einen Blick über seine Schulter und sah, dass der Hai nur noch wenige Meter entfernt war.

Plötzlich verlangsamte Gordy abrupt das Tempo. Erschrocken riss ich meinen Kopf herum und bemerkte eine nahezu schwarze Wand, die sich vor uns aus der Dunkelheit auftat. Oh, mein Gott, das konnten doch unmöglich alles Hainixe sein!

Adrenalin schoss in meine Blutbahn, und ich spürte, wie sich alles in mir gegen Gordians Umklammerung sträubte.

Weg hier!, schrie ich, aber Gordy rührte sich nicht. Im Gegensatz zu mir wirkte er nahezu entspannt, und mit dem nächsten hektischen Atemzug begriff ich, warum: Die Wesen, die die schwarze Wand bildeten, waren keine Hainixe, sondern Delfine!

Zielstrebig und in absolut synchronen Bewegungen kamen sie auf uns zu. Ihr Anblick raubte mir den Atem. Es mussten an die hundert Tiere sein. Angeführt von zwei Nixen.

In einer der beiden erkannte ich sofort Gordys jüngere Schwester Idis wieder. Die andere war ein wenig älter und von fragiler, aber wilder Schönheit. Ihr kupferrotes Haar leuchtete selbst in dieser Finsternis und ihre großen aquamarinblauen Augen hielt sie geradezu hypnotisch auf Gordian gerichtet.

Mein Herz klopfte schnell und fest und meine Gedanken überschlugen sich. *Wer ist das?*, keuchte ich.

Die Gefahr, die von dem schwarzen Hainix ausging, der uns verfolgte, schien noch nicht gebannt zu sein, und die unzähligen Delfine, allen voran die rothaarige Nixe, die neben Idis schwamm und nur Augen für Gordian hatte, brachten mich aus der Fassung.

Gordy, verdammt, wer ist das?

Er antwortete nicht.

Hast du mitbekommen, in welche Richtung der Hai verschwunden ist?

Gordian schüttelte kaum merklich den Kopf. Er lockerte den festen Griff, mit dem er mich umklammert hielt, und gab mich schließlich ganz frei. *Nein*, sagte er nun laut und deutlich. *Allerdings wird er es kaum wagen, uns jetzt noch anzugreifen.*

Vielleicht hatte er es gar nicht vor, meldete sich die Rothaarige zu Wort. Sie löste ihren hypnotischen Blick von Gordy und wandte sich mir zu. *Immerhin bist du auch ein Hai. Oder sehe ich das falsch?*

Ihre Stimme klang kräftig und so klar und schneidend wie Kristall. Der feindselige Unterton darin war nicht zu überhören.

Kirby, das ist Elodie, erwiderte Gordian mit einem Anflug von Ungeduld. *Sie wird uns nicht ...*

Ich weiß, wer sie ist!, fuhr die Rothaarige ihn an. Ihre hellblauen Augen funkelten vor Zorn. *Ich verstehe nur nicht, weshalb du sie mitgebracht hast!*

Das werde ich dir erklären, entgegnete Gordy überraschend sanft. *Später, wenn wir in Sicherheit sind und ein wenig Zeit für uns haben.* Er bewegte sich auf Kirby zu und berührte sie sachte am Arm, woraufhin sie ihm ein hinreißendes Lächeln schenkte.

Ich spürte eine feine Wut in mir aufsteigen und ballte die Fäuste, sagte jedoch nichts, sondern ließ meinen Blick über die Delfine gleiten, die mich aus gebührendem Abstand musterten.

Keine Angst, sie werden dir nichts tun, raunte Idis mir zu, die sich zu mir gesellt hatte. *Sie beschützen uns.*

Freiwillig?, fragte ich erstaunt, nachdem ich noch einen Augenblick lang Gordy und Kirby hinterhergeschaut hatte, die nun Seite an Seite langsam vorausschwammen.

Unter ihrer eng anliegenden Delfinhülle zuckte Idis mit den schmalen, nahezu schneeweißen Schultern. *Na ja, nicht ganz. Kirby und ich haben gelernt, sie zu führen.*

Dann seid ihr also Freundinnen?, fragte ich. *Kirby und du ...*

Sozusagen, antwortete Gordys Schwester zögernd. *Kirby ist ein paar Jahre älter als ich. Eigentlich ist sie eher Gordys Freundin.*

Diese Erklärung raubte mir für einen Moment den Atem. Es war noch nicht einmal eine Viertelstunde her, dass Gordy und ich eng umschlungen im warmen Ufersand der Vogelinsel gelegen hatten. Hätte der schwarze Hainix uns nicht gestört ... ach verdammt, ich mochte gar nicht darüber nachdenken!

Er hat mir gar nichts von ihr erzählt, murmelte ich.

Idis lachte. *Das wundert mich nicht!*

Das Lachen erstarb und ich bemerkte ihren erschrockenen Blick.

So habe ich das nicht gemeint, versteh mich bitte nicht falsch, fügte sie hastig hinzu. *Unsere Familien sind eng miteinander befreundet. Gordy und Kirby kennen sich schon seit ihrer Geburt. Bevor mein Bruder sich Kyans Allianz anschloss, waren die beiden unzertrennlich. Sie sind allerdings nie richtig zusammen gewesen.*

Aber dann hätte er mir doch von ihr erzählen können, erwiderte ich.

Idis schwieg.

Vielleicht hatte sie Angst, etwas Falsches zu sagen, und zog es vor, Gordy die Antwort auf diese Frage zu überlassen. Vielleicht erforderte aber auch das Dirigieren der Delfine ihre ungeteilte Aufmerksamkeit.

Die Tiere schwammen nun einen weiten Bogen und schlossen sich hinter uns wieder zu einer undurchdringlichen Wand zusammen. Das weiße Mondlicht, das von oben durch die Meeresoberfläche sickerte, tauchte ihre Körper in einen sanften silbrigen Schimmer – was die Szene fast ein wenig gespenstisch wirken ließ.

Haben sie keine Angst vor dem Hai?

Idis schüttelte den Kopf. *Sie vertrauen uns. Und vor einem einzelnen fremdartigen Nix fürchten sie sich ohnehin nicht.*

Aber ihr? ... Kirby und du ... Ihr fürchtet euch vor ihm, hab ich recht?

Wieder antwortete sie nicht und ich richtete meinen Blick leise seufzend nach vorn auf Gordian und die rothaarige Delfinnixe. Sie schwammen so nah nebeneinanderher, dass kaum ein Wassertropfen zwischen sie passte. Ihre Flossen bewegten sich absolut synchron, und sie waren so in ihr Gespräch vertieft, dass sie kaum etwas um sich herum wahrnahmen. Gordy schien mich vollkommen vergessen zu haben.

Bis zur Morgendämmerung blieben die Delfine dicht hinter uns, erst dann ließen sie sich zurückfallen, und als sich die ersten Sonnenstrahlen ins Meer hinuntertasteten, schwammen sie langsam zur Oberfläche, taten einen Atemzug und zischten anschließend in alle Himmelsrichtungen davon.

Auch Idis und Kirby glitten zum Luftholen nach oben und endlich wandte Gordian sich wieder mir zu.

Meine Eltern erwarten uns bei den Ilhas Desertas im Südosten von Madeira, erklärte er mir.

Dann wissen Oceane und Cullum also, dass Liam, Pine und Niklas …?

Nein. Gordy legte seine Hände auf meine Schultern und strich mit den Fingerspitzen meinen Nacken hinauf. *Sie wissen es nicht.* Sein türkisgrüner Blick senkte sich in meine Augen. *Und ebenso wenig wissen sie, wer du in Wahrheit bist.*

Ich schluckte. *Aber Idis hat sich nicht das Geringste anmerken lassen*, wandte ich ein. *Sie ist kein bisschen überrascht gewesen, mich so zu sehen.*

Das werden meine Eltern und die anderen auch nicht sein.

Ich musterte ihn stirnrunzelnd und versuchte einmal mehr, in seinen Gedanken zu lesen, doch er hielt sie vor mir verschlossen. Seine Miene war unergründlich.

Zumindest werden sie es nicht zeigen, meinte er schließlich und küsste mich auf die Stirn. *Und was Idis betrifft: Sie mag dich und wollte vermeiden, dass du dich bei meiner Familie und unseren Freunden womöglich nicht willkommen fühlst.* Der Druck seiner Finger in meinem Nacken wurde intensiver. *Glaub mir, sie freuen sich, dich endlich kennenzulernen.*

So wie Kirby?

Ich wollte das nicht sagen, schon gar nicht in diesem Ton. Es rutschte mir einfach über die Lippen und ich verfluchte mich dafür.

Gordians Blick verdunkelte sich. *Sie wird sich an dich gewöhnen. Es ist nicht ganz leicht für sie zu verstehen, dass ich … mich so sehr verändert habe.*

Warum hast du mir nie von ihr erzählt?

Gordy antwortete nicht gleich. Offenbar war es nicht einfach für ihn, die richtigen Worte zu finden.

Nehmen wir an, Cyril hätte nichts gegen mich, begann er nach einer Weile. *Und du könntest ganz normal mit ihm befreundet sein. Wie würdest du mir deine Gefühle für ihn erklären?*

Ich sah ihn verwundert an. *Ich müsste es gar nicht, stimmt's? Du verstehst es viel besser, als es bisher den Anschein hatte!*

Gordy zog mich in seine Arme und küsste mich.

Und du bist gar nicht eifersüchtig?, fragte ich.

Er strich mit seiner Nasenspitze über meinen Nasenrücken. *Hätte ich denn einen Grund?*

Natürlich nicht!

Na, siehst du. Lächelnd drückte er mich an sich und ich schmiegte mich zögernd in seinen Arm.

Und ich?, fragte ich leise. *Hätte ich einen?*

Elodie, flüsterte er an meinem Ohr. *Ich kenne Kirby seit meiner Kindheit. Damals haben wir jede freie Minute miteinander verbracht. Sie ist eine sehr, sehr gute Freundin und sie ist mir wichtig. Verstehst du das?*

Ja, das tat ich. Ich verstand es, und dennoch wünschte ich mir im Augenblick nichts sehnlicher, als dass sie nicht existierte.

Würdest du sie mit deinem Leben verteidigen?

Gordy löste sich von mir und sah mich eindringlich an.

Würdest du Cyril ...?

Ich ließ ihn nicht ausreden, denn die Antwort darauf war glasklar. *Nein.*

Ein Anflug von Überraschung spiegelte sich in seinen Augen. *Nicht?*

Cyril braucht meine Unterstützung nicht, erwiderte ich. *Er kann sehr gut auf sich selbst aufpassen.*

Außerdem wollte ich nicht an ihn denken. Weder an ihn noch an einen der anderen Hainixe.

Kirby ist eine kluge, äußerst talentierte Delfinnixe, sagte Gordy. Und auch sie weiß sich ganz sicher zu verteidigen. Trotzdem würde ich nicht zögern, ihr zu helfen, wenn sie in Gefahr wäre. Das Gleiche gilt für Idis, meine Eltern, ihre Freunde ... und deine Freunde. Ganz zu schweigen von dir.

Die Hitze schoss mir in die Wangen und ich hätte mich vor Scham am liebsten in Meerschaum aufgelöst. Dieses Gespräch war dumm und unnötig. Und trotzdem. Eines musste ich unbedingt noch wissen. *Hast du dich oft mit ihr gepaart?*

Gordy legte den Kopf in den Nacken, schloss die Augen und seufzte tief. *Was willst du denn jetzt hören?*

Die Wahrheit.

Meine Stimme zitterte und mein Herz schlug hart gegen mein Brustbein. Die Erinnerung an Gordys Geständnis, dass männliche Delfinnixe sich den Mädchen ihrer Art gegenüber nicht anders verhielten als ihre tierischen Verwandten, brachte den Schmerz, den ich damals empfunden hatte, überdeutlich zurück. Ich wusste, dass die Nixe den Geschlechtsakt nahezu emotionslos vollzogen, aber die Vorstellung, dass es ihm mit Kirby vielleicht doch zu Herzen gegangen sein könnte, war kaum zu ertragen.

Kein einziges Mal, sagte Gordy.

Was? Ich starrte ihn an und hätte nicht sagen können, ob *tausendmal* weniger schlimm für mich gewesen wäre als dieses bedeutungsschwere *kein einziges Mal.*

Hör zu, sagte Gordy, während seine Hände behutsam meine Arme hinaufwanderten. Ich muss nicht in deinen Kopf schauen, um zu wissen, was du jetzt denkst. Und du hast recht. Kirby hat mir immer mehr bedeutet als die anderen Nixen. Darum habe ich sie nicht angerührt. Außerdem habe ich versucht, sie vor Kyan, Liam, Zak, Niklas, Pine und fremden Allianzen zu schützen. Aber das tat ich nicht, weil ich sie für mich allein wollte. Sein Blick wurde flehend. *Bitte, Elodie, das musst du mir glauben. Das Gleiche habe ich auch für Idis getan.*

Ich sah den mittlerweile so vertrauten Ausdruck von Verzweiflung in Gordians Augen, der sich immer dann zeigte, wenn er befürchtete, mir etwas nicht nachvollziehbar erklären zu können. Ein Gefühl der Rührung überkam mich.

Es tut mir leid, flüsterte ich. *Ich bin ein blödes Huhn.*

Ein Grinsen huschte über sein Gesicht. *Wenn du ein Huhn wärst, wärst du längst ertrunken, und das wäre wirklich jammerschade.* Seine Hände umfassten zärtlich meinen Nacken und seine Daumen strichen sanft über meine Wangen. *Vergiss Kirby*, sagte er ernst. *Denk einfach nicht mehr über sie nach. Okay?*

Nicht okay, erwiderte ich ebenso ernst. *Wenn sie dir so wichtig ist, werde ich ...*

Schsch. Gordy schloss seine Arme um mich und verbarg sein Gesicht in meiner Halsbeuge. *Versprich jetzt lieber nichts, was du am Ende womöglich doch nicht halten kannst.*

Ich versuchte mich aus seiner Umarmung zu lösen, damit ich ihm in die Augen sehen konnte, aber Gordian hielt mich so fest umschlungen, dass ich mich kaum rühren konnte.

Mir ist klar, dass ich einen Fehler gemacht habe, wisperte er. *Ich hätte dir längst von Kirby erzählen müssen. Irgendwie habe ich wohl die Gelegenheit verpasst.*

Schon gut, sagte ich leise und vergrub meine Hände in seinen blonden Locken. Ich wollte ihn küssen, doch nun musterte er mich so eindringlich, dass mir angst und bange wurde. Resigniert ließ ich die Hände sinken und wartete mit pochendem Herzen auf seine nächste Reaktion.

Ich denke, es gibt eine Lösung für dieses Problem, sagte er. *Und ich hoffe sehr, dass ich meinen Fehler wiedergutmachen kann.*

Entschlossen ergriff er meine Hand, drehte sich um und zog mich eilig in Richtung Meeresoberfläche, wo Kirby und Idis bereits ungeduldig auf uns warteten.

Solch zeitraubendes Liebesgeplänkel können wir uns nicht leisten, fauchte Kirby Gordy an. *Aber ich gehe mal davon aus, das ist dir selber klar.*

Du hast Elodie nicht gerade freundlich empfangen, erwiderte er. *Das hat sie verunsichert.*

Oh, das tut mir leid. Kirby bedachte mich mit einem spöttischen Blick. *Dabei liegt es doch auf der Hand, dass ein Hai bei uns nicht gerade willkommen ist.*

Gordy legte seinen Arm eng um meine Schulter. *Elodie ist nicht unser Feind. Das weißt du ebenso gut wie ich.*

Um Kirbys Mundwinkel zuckte es. Ihre Augen wurden zu schmalen Schlitzen und ihre zuvor aquamarinblaue Iris nahm den Ton von dunklem Lapislazuli an. *Gut möglich, dass du dich eines Tages entscheiden musst,* zischte sie. *Vielleicht sogar schon bald.*

Das habe ich längst, Kirby, sagte Gordy mit fester Stimme.

Bittere Erkenntnisse

Wir brauchten einen ganzen Tag, um die Küsten Spaniens und Portugals zu umschwimmen, und noch bevor wir die Ilhas Desertas erreichten, ging die Sonne zum zweiten Mal unter, und schon bald schien die schmale weiße Sichel des zunehmenden Mondes wieder durch die Wellen der Meeresoberfläche zu uns herab.

Kirby und Idis jagten nebenbei. Sie fingen Sprotten und Heringe mit dem Maul ihrer Delfinhülle ein, und ich konnte beobachten, wie sie die Fische beinahe zärtlich durch ihre menschlichen Finger gleiten ließen, bevor sie ihnen mit einer gezielten, ruckartigen Handbewegung das Genick brachen. Einmal ließ Kirby sogar einen Hering wieder frei, nachdem sie ihn ausgiebig gestreichelt hatte.

Ein Versehen, meinte Gordy lächelnd. *Offenbar hat er nicht deutlich genug zum Ausdruck gebracht, dass er noch nicht so weit ist.*

Tja, dann werde ich wohl verhungern müssen, gab ich halb bewundernd, halb frustriert zurück.

Wirst du nicht, erwiderte Gordian entschieden. *Damit es nicht zu Missverständnissen kommt, werde ich für dich sorgen.* Er zwinkerte mir zu. *Zumindest vorläufig.*

Und das tat er. Keine Ahnung, wie er es hinbekam, aber er tötete haargenau so viele Fische für mich, wie ich brauchte, um mich satt und stark zu fühlen.

Dennoch wurde ich mit jedem Kilometer, den wir uns von meiner Heimat entfernten, schwermütiger, und mit einem Mal überfiel mich eine tiefe Sehnsucht nach Mam. Ich hätte niemals einfach aus Lübeck verschwinden dürfen, ohne ihr eine Nachricht zu hinterlassen. Ganz sicher hatte sie inzwischen Tante Grace alarmiert und die hatte wahrscheinlich längst Ruby aufgeschreckt.

Die Vorstellung, dass all diese Menschen sich nun schrecklich um mich sorgten, quälte mich. Am liebsten hätte ich auf der Stelle kehrtgemacht, aber dann hätte ich Gordian zurücklassen müssen, und das brachte ich noch weniger übers Herz.

Wie weit ist es noch?, fragte ich.

Gordy berührte sanft meinen Arm. *Bist du erschöpft?*

Nein. Es ist nur ... Ich stockte, aber ich brauchte gar nicht weiterzusprechen, denn er hatte meinen Kummer längst erspürt.

Du sehnst dich nach deiner Familie und nach Guernsey zurück, stimmt's?

Ich nickte. *Ilhas Desertas ... Das klingt nicht so, als ob diese Inseln bewohnt wären,* tastete ich mich vor.

Gordian musterte mich forschend. *Nein. Warum?*

Ich möchte meine Mutter anrufen. Sie weiß doch überhaupt nicht, warum ich so plötzlich von zu Hause verschwunden bin, und ich will auf keinen Fall, dass sie sich um mich ängstigt.

Du hast recht, das wäre nicht gut. Niemand sollte dich vermissen. Jetzt wirkte auch er bedrückt. *Die Hauptinsel ist nur ein paar Kilometer entfernt. Wir könnten die Jagd in den Morgenstunden nutzen und auf Madeira an Land gehen. Ich verspreche dir: Wir werden einen Weg finden.*

Okay. Ich schob meine Hand in seine und drückte sie leicht.

Kirby und Idis waren ein ganzes Stück vorausgeschwommen, nur an der Strömung, die ihre Flossenschläge verursachten, war auszumachen, wo sie sich befanden. Mir war das sehr recht, es tat gut, mit Gordy allein zu sein und seine Nähe zu genießen. Alles fühlte sich richtig an, wenn wir für uns waren – wenn kein anderer den verbindenden Strom unserer Gedanken durchbrach. Und dennoch: Obwohl oder vielleicht gerade weil die letzten Wochen und Tage, die ich mit meiner Mutter verbracht hatte, eine emotionale Berg- und Talfahrt gewesen waren, vermisste ich sie so sehr, dass mir das Herz schmerzte.

Und was ist mit deinem Vater? Hast du dich inzwischen von ihm verabschiedet?

Gordians Frage berührte die wundeste Stelle meiner Seele.

Er fehlt mir am meisten, Gordy, er fehlt mir so sehr.

Die Erkenntnis platzte völlig ungebremst in mich hinein und der Schmerz traf mich mit seiner ganzen Wucht. Doch anders als bisher hielt ich ihm stand. Mehr noch, ich sehnte mich geradezu danach, all die Trauer über Pas Unfalltod und die Qual, den dieser unermessliche Verlust für mich bedeutete, endlich zuzulassen.

Es ist das Meer. Gordian schlang den Arm um meinen Rücken und schob seine Hand unter meine Achsel. *Es gibt dir Kraft und es trägt dich ... und deinen Schmerz.*

Ich sah ihn an und begriff, wie tief er tatsächlich in mich hineinschauen konnte – und wie gut er mich verstand.

Gordy, murmelte ich. *Du bist ...*

Was?

... einfach unglaublich.

Er lachte leise. *Und ich dachte schon, du wolltest mir wieder einmal vorwerfen, dass ich mich als Gedankenspion betätige.*

Tja, gab ich grinsend zurück, *so gesehen hast du natürlich recht ...*

Das Scherzen tat gut. Denn es ließ mich für einen Moment vergessen, dass wir alles andere als heiter oder gar glücklich waren. Schreckliche Ereignisse lagen hinter und schwere, unberechenbare Zeiten vor uns. Noch während ich in Gordians lachende Augen sah, wurde mir genau das schmerzlich bewusst. Ich hatte diesen Gedanken genauso verdrängt wie meine Angst, ohne den Beistand meines Vaters nicht weiterleben zu können – und nicht erkannt, dass ich genau das mittlerweile sogar sehr gut konnte.

Du weißt doch, so bist du eben ... ziemlich schizo ... hätte meine gute alte Freundin Sina aus Lübeck jetzt wahrscheinlich gesagt, und im Grunde erwartete ich, genau in diesem Moment einen solchen Kommentar von ihr zu empfangen. Aber so sehr ich auch in mich hineinlauschte, Sina schwieg beharrlich. – Als hätte man sie einfach aus meinen Gedanken, meiner Seele, meinem Leben herausgeschnitten.

Mit einem Mal fühlte ich mich verlassen, entwurzelt und auf eine merkwürdige Weise schwerelos. Nichts und niemand gab mir mehr eine Richtung. Aber gleichzeitig empfand ich auch Geborgenheit, so etwas wie die Überzeugung, dass ich, ganz egal, was geschah, niemals ins Bodenlose stürzen würde.

Es ist das Meer, wiederholte Gordy und musterte mich noch immer lächelnd. *Wasser hat eine größere Dichte als Luft. Es trägt dich auf eine sehr spezielle Weise.*

Du hast mich hineingezogen, wisperte ich und umschloss sein Gesicht zärtlich mit den Händen. *Und bist meinetwegen an Land gekommen und zum Plonx geworden.*

Dann hat das Meer es wohl so gewollt, flüsterte Gordy. *Es hat dafür gesorgt, dass du mir folgst und ich dir.*

Ich dachte an Cecily Windoms schreckliche Prophezeiung und an die vielen Toten. An Lauren, Bethany und auch an Elliot, Liam, Niklas und Pine, die qualvoll gestorben waren.

Der Schmerz explodierte in meinem Herzen und weitete sich zu einem quälenden Brennen in meinem Brustkorb aus. Vielleicht war es nicht angemessen, von Schuld zu sprechen, aber daran, dass Gordian und ich der Auslöser für all diese schrecklichen Ereignisse waren, gab es für mich nicht mehr den geringsten Zweifel.

Ich musste nichts sagen, Gordys Blick sprach Bände. Natürlich hatte er meine Gedanken gelesen und natürlich sah er die Dinge genauso wie ich.

Was geschehen ist, können wir nicht rückgängig machen, sagte er, während er mich fest in seine Arme schloss. *Aber wir müssen alles tun, um den drohenden Krieg zwischen Delfinen, Haien ... und Menschen zu verhindern.*

Ja, das war unsere Aufgabe.

Ich spürte den kräftigen Druck von Gordians Händen auf meinem Rücken und die Zuversicht und Entschlossenheit, die darin lag.

Meine Eifersucht auf Kirby erschien mir plötzlich unglaublich kindisch. *Verzeih mir,* flüsterte ich und erwiderte Gordys innige Umarmung, so fest ich konnte.

Er küsste mich auf die Wange und durchflutete mich mit seiner Wärme. *Hör auf damit,* sagte er leise. *Ich habe dir nichts zu verzeihen.*

Er drückte mich noch ein letztes Mal, und als wir uns schließlich voneinander lösten, um Idis und Kirby zu folgen, verdunkelte sich über uns das Meer.

Die Eigenschaften des Echolots

Schwimm!, brüllte Gordian und mein Körper reagierte unmittelbar. Mit eng angelegten Armen schlug ich meine Schwanzflosse kraftvoll hin und her und stob in rasender Geschwindigkeit in die Tiefe. Erst als der Druck in meiner Lunge zunahm, meine Bewegungen schwerfälliger wurden und meine Atemzüge zu schmerzen begannen, besann ich mich und glitt hastig wieder nach oben.

Es irritierte mich, dass weder Riffe noch einzelne Felsen oder ein Grund auszumachen waren, und mir wurde schlagartig bewusst, dass ich jedem, der mir etwas antun wollte, schutzlos ausgeliefert war.

Ich verlangsamte mein Tempo und drehte mich in einem rasanten Wirbel einmal um mich selbst. Als ich feststellte, dass sich niemand in meiner unmittelbaren Nähe befand, war ich im ersten Moment unendlich erleichtert. Aber ich hatte auch Gordy nicht entdecken können und schon schnitt mir die Sorge um ihn aufs Neue die Luft ab.

Hoch über mir waberten die Schemen dreier nahezu bewegungsloser Gestalten und augenblicklich überkam mich Panik. Verdammt, das konnten doch nur Hainixe sein, die Gordian ins Visier genommen hatten und auf eine günstige Gelegenheit warteten, ihn anzugreifen. Zweifellos benötigte er meine Hilfe, denn nur ich würde meine Artgenossen davon abhalten können, ihn zu töten.

Ein einziger Flossenschlag genügte und ich schoss pfeilschnell in Richtung Oberfläche und auf die Schemen zu.

Stopp!, zischte eine Stimme.

Ich bemerkte einen Schatten, dann glitt etwas unter mich.

Halt dich an meiner Rückenflosse fest!

Ich spürte die zarte Berührung eines Delfinleibs an meinen Fingern. An der weißen wellenförmigen Braue über dem rechten Auge erkannte ich, dass es Idis war, erst danach registrierte ich ihre blonden Locken und den zarten menschlichen Oberleib unter der Außenhülle.

Jetzt mach schon!, rief sie angespannt und ich griff zu.

Ein Ruck ging durch meinen Körper, fast wäre die Flosse durch meine Hände geglitten, und Idis riss mich mit sich fort, in einer lang gezogenen Kurve ins Meer hinaus.

Verdammt noch mal, was machst du denn?, fauchte ich.

Dich in Sicherheit bringen, war ihre knappe, atemlose Antwort.

Das ist nicht nötig, ich bin überhaupt nicht … Neuerliche Wut brach sich in mir Bahn. *Zum Teufel noch mal, Idis, es geht hier nicht um mich. Wir müssen Gordy helfen!*

Keine Sorge, der kommt schon klar.

Nein! Nein! Nein!, tobte alles in mir.

Ich war drauf und dran, Idis loszulassen und zurückzuschwimmen. Doch ich besann mich. Ganz sicher würde auch sie ihren Bruder nicht einfach im Stich lassen. Womöglich schätzte ich die Gefahr vollkommen falsch ein und machte alles nur noch schlimmer, wenn ich mich einmischte.

Der Sog, den die Auf- und Abbewegung von Idis' Schwanzflosse unter mir verursachte, kitzelte mich am Bauch und machte mir bewusst, dass ich sie die ganze Arbeit allein tun ließ.

Sofort setzte auch ich meine Flosse in Bewegung. Das Wasser verwirbelte zwischen unseren Körpern und verlangsamte deutlich unser Tempo.

Zum Neptun noch mal, Elodie, machst du das mit Absicht?, stöhnte Idis. *Mit deinem Gezappel bringst du mich völlig aus dem Takt.*

Entschuldigung, ich wollte dir nur helfen.

Bleib einfach locker, okay?, erwiderte sie. *Dann ist es nämlich ein Kinderspiel für mich, dich zu ziehen.*

Augenblicklich brachte ich meine Schwanzflosse zum Stillstand und schon zog Idis das Tempo wieder an. Offenbar konnte ich nur in besonderen Ausnahmesituationen mit Gordy im Gleichklang schwimmen.

Wen wundert's?, kommentierte Idis. *Schließlich seid ihr ein Liebespaar.* Sie sagte es in einer Mischung aus pubertärer Faszination und Sarkasmus.

Du kennst dieses Gefühl wohl nicht?, fragte ich.

Nein.

Weil du zu jung bist oder ...?

Ich bin nicht zu jung, knurrte sie. *Schon lange nicht mehr.*

Ich biss mir auf die Zunge. Wie hatte ich bloß so gedankenlos sein können! Gestern erst hatte Gordian mir erzählt, dass er nicht nur Kirby, sondern auch seine kleine Schwester vor den Übergriffen der männlichen Nixe beschützt hatte. Und auf genau diesen Schutz hatte sie nun schon seit vielen Wochen verzichten müssen.

Keine Sorge, sagte Idis milde. *Kirby und ich wissen uns inzwischen selbst zu helfen. Bestimmt kannst du es dir denken. Sonst erkläre ich es dir, sobald wir das südliche Ende der Ilhas Desertas erreicht haben.*

Und was ist mit Gordy?, entgegnete ich. *Wird er ebenfalls dort sein?*

Idis zuckte mit den Schultern. *Ja, sicher. Früher oder später.*

Mehr war aus ihr nicht herauszukriegen. Ich konnte so viel nachbohren und jammern, wie ich wollte, Idis sagte keinen Ton mehr. Schließlich gab ich es auf und versuchte stattdessen, mich zu orientieren. Bestimmt war es kein Fehler, wenn ich mich notfalls auch allein in dieser Gegend zurechtfand. Doch leider entdeckte ich nichts, was in irgendeiner Weise bemerkenswert oder sogar hervorstechend war.

Zuweilen wechselte die Temperatur, das Wasser jedoch wirkte gleichförmig graublau und hatte einen angenehm kräftigen, frischen Salzgeschmack. Der Grund war kaum auszumachen, unter uns schien es mal mehr und mal weniger dunkel zu sein. In der Ferne war das Dröhnen von Schiffsmotoren zu hören, und über mir leuchtete es hin und wieder hell auf, wahrscheinlich Reflexe des Mondlichts, die von der bewegten Meeresoberfläche in die Tiefe geschickt wurden.

Und dann, ganz plötzlich, änderte sich alles. Das Wasser flachte ab und unzählige, in einem satten Rotbraun schillernde Grate aus Vulkangestein schälten sich aus dem Boden. Fischschwärme stoben an uns vorbei, Algen wogten sanft hin und her und ein Rochen schwebte wie ein drachenförmiges Raumschiff über mich hinweg.

Idis bremste abrupt und glitt nun nahezu bewegungslos dahin. *Du kannst jetzt loslassen, wir sind gleich da.*

Ich löste meine Hände von ihrer Rückenflosse und schwamm neben ihr her auf eine weitläufige, zerklüftete Felswand zu.

Das ist die Hauptinsel, die Deserta Grande, erklärte Idis. *Bugio liegt ganz im Süden der Gruppe. Dort befindet sich einer von Mamas Lieblingsplätzen.*

Machen wir hier gerade so etwas wie eine Sightseeingtour?, erkundigte ich mich ironisch.

Nur keine Panik, gab Idis grinsend zurück. *In wenigen Minuten erfährst du alles, was du wissen möchtest.*

Ich bedachte sie mit einem Seitenblick und bemerkte das übermütige Blitzen in ihren türkisfarbenen Augen. Ihre Gelassenheit war wirklich beneidenswert. Ich hingegen dachte ununterbrochen an Gordy. *Ängstigt ihr euch eigentlich nie um einen eurer Angehörigen?,* fragte ich.

Natürlich, erwiderte Idis. *Sofern er sich in Gefahr befindet.*

Und das ist bei Gordy nicht der Fall?

Nein.

Sie deutete auf einen hakenförmigen Steinvorsprung, der wie eine riesige Nase aus der Felswand herausragte. Mein Puls schoss in die Höhe, denn ich erwartete, dass Gordian jeden Augenblick dahinter hervorkam.

Sie sind noch nicht zurück, sagte Idis noch immer grinsend.

Ich biss den aufflammenden Zorn weg, denn ich wollte jetzt auf keinen Fall etwas Falsches sagen.

Und woher willst du das so genau wissen?, erkundigte ich mich möglichst unaufgeregt.

Echolot, entgegnete sie knapp. *Hat Gordy dir das nicht erklärt?*

Klar hat er das.

Kopfschüttelnd sah ich sie an und Idis erwiderte meinen Blick mit einer hochgezogenen Braue.

Dann hat er dir offensichtlich nicht alles gesagt.

Schon möglich, antwortete ich, auch weiterhin um Fassung bemüht. Die Vorstellung, dass Gordian mir schon wieder etwas Wesentliches verschwiegen haben könnte, machte mich verrückt.

Das Echolot eines Delfinnixes arbeitet auf drei verschiedenen Ebenen, begann Idis zu meiner Überraschung nun ohne Umschweife. *Der animalischen, der funktionalen und der emotionalen.*

Aha ...?

Mit dir, seiner Familie und seinen engsten Freunden verständigt er sich in erster Linie über die emotionale Ebene, fuhr Idis unbeirrt fort. *Sie ist die direkteste Verbindung und auch die persönlichste, denn über diesen Weg kommunizieren immer bloß ein Sender und ein Empfänger miteinander. Allerdings geht das nur über eine sehr kurze Entfernung.*

Was bedeutet, dass Gordy dir keine persönliche Nachricht schicken kann?, hakte ich sofort nach.

Nein, im Moment scheint er dafür noch zu weit weg zu sein.

Dann hörst du ihn also über die funktionale Ebene?, bohrte ich weiter.

Auch nicht, gab Idis zurück. *Würde Gordy solche Echos aussenden, wäre er für jeden aufzuspüren.*

Also auch für Kyan?

Idis nickte.

Und ich hatte bereits geschlussfolgert, dass dies insbesondere die animalische Ebene betraf.

Stimmt, bestätigte sie. *Trotzdem nutzen Gordy, Kirby und ich die ganze Zeit genau diesen Weg.*

Interessant. *Und warum?*

Ganz einfach. Wieder stahl sich ein Grinsen in Idis' Gesicht, aber diesmal wirkte es nicht überheblich, sondern schelmisch, was sie mir sofort wieder unheimlich symphatisch machte. *Weil die meisten anderen es nicht tun. Bei vielen Delfinnixen ist die animalische Ebene inzwischen verkümmert. Typen wie Kyan oder Zak empfinden sich als zu hoch entwickelt, um sich noch dieser niederen Funktion zu bedienen.* Idis verdrehte die Augen, dann griente sie richtig breit. *Was für uns natürlich ein gewaltiger Vorteil ist.*

Okay, sagte ich. *Und wie funktioniert dieses animalische Echolot?*

Idis zwinkerte mir zu. *Wie bei den Tieren.*

Na toll! Damit konnte ich wenig anfangen. Gerade Kyan benahm sich doch alles andere als hoch entwickelt. Im Gegenteil: Von einem normalen Delfin schien er sich nur insofern zu unterscheiden, als er ein Bewusstsein und ziemlich brutale und sexistische Gedanken hatte.

Schlagartig wurde Idis' Miene ernst. *Das macht ihn ja so gefährlich*, sagte sie, und ihr intensiver Blick offenbarte mir, dass Gordians kleine Schwester trotz ihrer Jugend in alles eingeweiht war.

Ich war so beeindruckt von der Reife, die sie ausstrahlte, dass ich darüber für einen Moment sogar Gordy vergaß. Als er sich wieder in mein Herz drängte, hatte ich fast ein schlechtes Gewissen.

Das brauchst du nicht zu haben, sagte Idis und stupste mich mit dem Maul ihres Delfinkörpers sanft gegen die Brust. *Liebe ist sicher großartig. Aber muss man deshalb mit seinen Gedanken jede Sekunde bei dem anderen sein? Außerdem hätte ich es dir ganz bestimmt nicht verschwiegen, wenn ich auch nur das geringste Anzeichen dafür wahrgenommen hätte, dass ihm etwas zugestoßen sein könnte,* setzte sie hinzu. *Du kannst mir vertrauen.*

Mit einem tiefen Zug sog ich meine Lunge voll Wasser und merkte, wie ich mich allmählich entspannte.

Gut, sagte Idis, *und jetzt muss ich dringend zum Luftschnappen nach oben. Wie das animalische Echolot genau funktioniert, kannst du dir ja von Gordy erklären lassen. Ich finde, das ist er dir schuldig,* fügte sie augenzwinkernd hinzu.

Kopflos

Idis stieß mit einem kräftigen Flossenschlag in Richtung Meeresoberfläche. Irritiert blickte ich ihr nach und überlegte, ob ich sie begleiten sollte.

Nein, warte, drang Gordians vertraute Stimme in mein Ohr. Ich spürte eine Bewegung hinter mir, und ehe ich herumwirbeln konnte, hatte er bereits meine Taille umschlungen. Zärtlich drückte er mich an sich und hauchte einen Kuss auf meine Schulter. *Tut mir leid, dass ich dich so lange im Ungewissen gelassen habe. Ich hoffe, dass meine Schwester dich ein wenig beruhigen konnte.*

Na ja, wenn ich es richtig sehe, befanden wir uns vor ungefähr einer halben Stunde noch in Lebensgefahr ..., begann ich.

Es waren lediglich drei Hainixe, sagte Gordy. *Die sich im Übrigen ungewöhnlich ruhig verhalten haben. Von Lebensgefahr kann also keine Rede sein.* Er senkte seinen türkisgrünen Blick in meine Augen und lächelte sein Grübchenlächeln.

Leise seufzend genoss ich die Wärme, die meine Muskeln und meine Sinne entspannte.

Drei schwarze?, fragte ich, nachdem sich der vertraute wohlige Schwindel in meinem Kopf verzogen hatte.

Jep.

Dann haben sie uns also von der Vogelinsel bis hierher verfolgt?

Zumindest einer von ihnen.

Ich schüttelte den Kopf, denn für mich passten hier definitiv ein paar Dinge nicht zusammen. *Wenn das alles so harmlos war ... Warum habt ihr dann eine solche Panik veranstaltet?*

Wir mussten sichergehen, sagte Gordian ausweichend.

Wie meinst du das?

Das liegt doch auf der Hand, erwiderte er leicht gereizt. *Die Hainixe haben uns bestimmt nicht nur aus reinem Vergnügen nachgestellt.*

Sondern?

Keine Ahnung. Gordys Blick verengte sich, und ich glaubte, eine Spur Misstrauen in seinen Augen zu erkennen. *Was mich wundert, ist, dass ihr offenbar keinen Kontakt untereinander habt,* setzte er dann hinzu.

Wieder schüttelte ich den Kopf. *Wieso sollten wir? Gordy, ich bin auf eurer Seite,* beschwor ich ihn. *Das weißt du doch.*

Das meine ich nicht, entgegnete er.

Sondern?

Hainixe scheinen sich nur über die emotionale Ebene verständigen zu können, sagte er.

Okay ... Und was bedeutet das?

Dass sie weder in der Lage sind, über große Entfernungen miteinander zu reden, noch auszumachen, an welchem Ort sich ein anderer ihrer Art befindet. Gordian betrachtete mich forschend. *Ist das so, Elodie?*

Warum fragst du das ausgerechnet mich?, war ich im Begriff zu antworten, doch ich besann mich eines Besseren. Auf gar keinen Fall wollte ich mit ihm streiten. *Ich habe es noch nicht ausprobiert,* sagte ich stattdessen. *Es gab ja keinen Grund dafür.*

Gordy hob den Blick und sah nachdenklich über meine Schulter hinweg.

Wir müssen es herausfinden, murmelte er.

Ich war nicht sicher, ob ich mich verhört hatte, vorsichtshalber hakte ich also noch mal nach. *Wir?*

Ja sicher, wir.

Gordians Hände glitten meinen Rücken hinunter, ruhten für

einen Augenblick auf meinen Hüften und gaben mich schließlich frei. Obwohl er keine fahrigen Bewegungen machte, sondern nach wie vor nahezu reglos vor mir im Wasser stand, spürte ich die Unruhe, die in ihm aufgekeimt war.

Hör zu, Elodie, sagte er jetzt und suchte wieder meinen Blick. *Ich weiß, dass Hainixe ein zweites Gehör besitzen, welches ganz ähnlich funktioniert wie unseres.*

Ich nickte. Auf diese Weise hatte ich mich ja bereits mit Javen Spinx und Jane ausgetauscht.

Das Außergewöhnliche an deinem Gehör ist, dass du dich auch mit uns verständigen kannst, fuhr Gordy fort.

Wieder nickte ich. *Ein erworbenes Talent, wie du mir erklärt hast.*

Ja, sagte er, *so, wie es bei Hainixen üblich ist.*

Er zog die Augenbrauen nach oben, was seinem Gesicht einen bedeutungsvollen Ausdruck verlieh, ich verstand allerdings noch immer nicht, worauf er hinauswollte.

Delfinnixe können keine Talente erwerben, schon vergessen?, half er mir auf die Sprünge. *Sie werden mit ihnen geboren.*

Und dennoch könnt ihr meine Gedanken hören. So langsam begriff ich. Trotz alledem erschien mir diese Sache noch immer so komplex, dass mir der Kopf schwirrte, sobald ich versuchte, sie im Ganzen zu erfassen. *Und das, obwohl ich eine Hainixe bin ...* sagte ich mehr zu mir selbst. *Vielleicht liegt es daran, dass ich nur ein halber Hai bin*, brachte ich fast schon euphorisch hervor. *Und du ... ein Plonx.*

Nein. Nein. Gordy schüttelte den Kopf. *Mit mir hat das gar nichts zu tun.*

Und wenn doch?, beharrte ich. *Wenn du ebenfalls über dein Echolot mit anderen Nixarten kommunizieren kannst? Mit Haien oder ...* Plötzlich fielen mir Janes Worte wieder ein. *... mit Walen?*

Ich war völlig gefesselt von dieser Idee, doch Gordian wirkte alles andere als überzeugt.

Wozu sollte das gut sein?, hielt er sofort dagegen.

Das weiß ich ... noch ... nicht, erwiderte ich. *Jedenfalls sollten wir diese Möglichkeit nicht außer Acht lassen.*

Gordy zuckte mit den Schultern.

Ich sah ihm an, dass ihm die Vorstellung, ein Talent erworben zu haben, überhaupt nicht behagte. Zuerst verstand ich nicht, warum, doch dann dämmerte mir allmählich, was in ihm vorging. Ein *erworbenes* Talent bedeutete eine weitere Eigenschaft, die ihn von seiner Familie und seinen Freunden unterschied und somit die Kluft zwischen ihm und seiner Art weiter vertiefte. Ich spürte seinen Schmerz, und das war Grund genug für mich, nicht weiter in ihn zu dringen.

Okay, lenkte ich also ein. *Dann erzähl mir doch bitte, wohin die Hainixe verschwunden sind. Hast du sie fortgejagt? Allein?*

Nein, nicht fortgejagt, gab er zurück. *Und schon gar nicht allein. Ein einzelner Plonx würde ihnen wohl kaum imponieren. Meine Aufgabe bestand darin, sie wegzulocken.*

Was? Ein neuerlicher Schreck durchzuckte mich. *Wozu? Denkst du etwa, ich wäre mit ihnen nicht fertiggeworden?*

Gordian lächelte matt. *Diesmal ging es ausnahmsweise nicht um dich. Idis' und Kirbys Delfinschulen rotten sich zusammen, sobald den beiden Gefahr droht*, erklärte er mir. *Die Tiere haben die Anwesenheit der Hainixe gespürt und waren drauf und dran, sie anzugreifen.*

Na logisch! Das hatte Idis damit gemeint, als sie sagte, dass sie und Kirby sich inzwischen selbst gegen die Attacken ihrer männlichen Artgenossen zu helfen wüssten. Die Delfine hielten ihnen jeden vom Leib, der ihnen etwas anhaben wollte – in diesem Fall die drei Haie. Gordian hatte verhindern wollen, dass die Schwarzen ein Blutbad unter den Tieren anrichteten und auf diese Weise womöglich noch weitere feindliche Nixe anlockten.

Gordian grinste schief. *Du liest in meinen Gedanken, als wären es deine*, flüsterte er.

Es fühlt sich so an, als wären es meine, sagte ich mit belegter Stimme.

Für eine Weile versanken wir in unseren Blicken. Doch als mich das Gefühl beschlich, dass Gordy mich einzulullen versuchte, schloss ich für einen Moment die Augen.

Warum hast du mich weggeschickt?, fragte ich. *Ich hätte mit den Hainixen reden können!*

Gordys Pupillen zogen sich zu schmalen Ellipsen zusammen. *Nein.*

Warum nicht?, drang ich beharrlich weiter in ihn.

Weil ich mich zuerst mit meiner Familie beraten will, bevor wir uns mit den Haien auseinandersetzen, erwiderte er. *Außerdem galt es zu verhindern, dass die Tiere Schaden nehmen. Kirby, Idis und ich mussten blitzschnell handeln.*

So langsam begriff ich. *Und dabei war ich euch im Weg!*

Gordian schüttelte den Kopf. *Das ist doch Unsinn, Elodie. Ich hatte einfach Angst, dass du zwischen die Fronten gerätst.*

Tyler hat es auf dich abgesehen, nicht auf mich, argumentierte ich.

Was macht dich da so sicher?, entgegnete er lauernd.

Ich bin eine Hainixe.

Die sich auf die Seite der Delfine geschlagen hat!

Das kann er nicht so genau wissen, gab ich zurück.

Aber vermuten.

Ich stieß einen Schwall Wasser aus, der vor meiner Nase verwirbelte wie eine Rauchschwade, in die ein kräftiger Windstoß hineingefegt war.

Gordy, was soll das?, stöhnte ich. *Wir sind uns doch klar darüber, was wir erreichen wollen, nämlich Frieden zwischen meiner und deiner Art.* Ich betrachtete ihn halb forschend, halb ängstlich. *Oder hast du deine Meinung inzwischen etwa geändert?*

Natürlich nicht. Wie kommst du nur darauf?

Kirby, sagte ich. *Sie misstraut mir.*

Er wollte widersprechen, doch ich brachte ihn zum Schweigen, indem ich meinen Finger auf seine Lippen legte.

Ich weiß, du willst das nicht hören, aber ich traue deiner Freundin nicht.

Kirby ist nicht bösartig, verteidigte Gordian sie. *Sie braucht einfach nur ein bisschen Zeit, um sich an dich zu gewöhnen.*

Es klang halbherzig, was mich einerseits erleichterte, weil sich daraus ableiten ließ, dass ihm tatsächlich nicht mehr an ihr lag, als er vorgab. Auf der anderen Seite alarmierte es mich aber auch, denn es konnte ebenso gut bedeuten, dass Kirby zumindest berechnend, wenn nicht sogar heimtückisch und gefährlich war. Für mich und die Haie.

Ja, das ist möglich, lenkte Gordy ein. *Aber vielleicht hat sie ja recht, und Tyler und seine Freunde haben tatsächlich mehr Einfluss auf dich, als dir bewusst ist.*

Ich sah ihn fassungslos an. *Du misstraust mir?*

Nicht ich dir. Die Delfinnixe uns, hörte ich ihn noch sagen, aber da war ich bereits davongeprescht.

In rasender Geschwindigkeit umrundete ich die lang gezogene Inselgruppe, und jetzt, da ich auf mich allein gestellt war, registrierte ich auch die Himmelsrichtung: Nordnordwest. Es war, als hätte ich eine Kompassnadel im Gehirn.

Insgeheim hoffte ich, dass Gordy mir folgte, um mich zu beschwören, dass er Kirbys Gedanken nicht teilte, und als ich feststellte, dass er es nicht tat, wurde ich nur umso zorniger. Die Wut brodelte in meinem Becken und zog heiß bis in meine Lungen hinauf, und so verrückt es auch sein mochte – es gefiel mir. Es war ein elementares Gefühl, voller Kraft und Dynamik. – Haienergie!

Bisher hatte ich es nicht immer geschafft, sie zu kontrollieren.

Doch getragen von der Kraft, die mich nun durchströmte, reifte die Überzeugung in mir heran, dass ich mit genau dieser Energie einiges zu bewirken imstande war – sofern ich sie gezielt einsetzte.

Ich ging so vollkommen auf in diesem Gefühl, dass meine Wut auf Gordian augenblicklich verflog. Jetzt wollte ich nur noch eins: so schnell wie möglich zurück zu ihm und ihn an dieser Kraft teilhaben lassen.

Ich stoppte und sah mich um. Mein Kompass stand noch immer auf Nordnordwest, aber ich war so sehr mit mir selbst beschäftigt gewesen, dass ich nicht gemerkt hatte, wie nahe ich der Wasseroberfläche inzwischen gekommen war.

Das Motorengeräusch über mir ließ mich zusammenschrecken.

Instinktiv stieß ich in die Tiefe und starrte kurz darauf mit weit aufgerissenen Augen nach oben.

Ein dunkler Schatten huschte über mich hinweg, der eine Schneise aufgewirbeltes Wasser hinter sich herzog.

Ein Boot!, durchzuckte es mich. Ein kleines Motorboot. Nichts Bedrohliches also.

Erleichtert schaute ich ihm nach, und sofort kam mir mein Vorhaben, Mam anzurufen, in den Sinn.

Der Morgen war herangebrochen und hatte das Meer in ein sanft schillerndes zartrosa Licht getaucht. Nicht mehr lange und die Sonne würde sich über die Inselkuppen erheben und das Leben in Funchal, Santa Cruz und an den Stränden von Madeira würde zu pulsieren beginnen.

So lange wollte ich nicht warten. Und um zu Gordian zurückzuschwimmen, damit wir zusammen an Land gehen konnten, blieb erst recht keine Zeit mehr. Ich musste es allein versuchen.

Das Boot entfernte sich und das Brummen des Außenbordmotors wurde leiser. Ihm in sicherem Abstand zu folgen, schien mir eine gute Idee zu sein. Es würde mich an einen bewohnten Ort der Insel bringen. Vielleicht hatte sogar die Person, die das

Boot steuerte, ein Handy dabei, das ich mir ausleihen konnte, nachdem ich unbemerkt an Land gegangen war.

Aber dann, ganz plötzlich, erstarb das Motorengeräusch und wenig später sah ich den dunklen Bootsleib auf der Oberfläche schaukeln.

Ich überlegte noch, was ich tun sollte, da stieß eine schlanke Gestalt ins Meer hinab. Es war ein Mann – bekleidet mit Badehose, Flossen, Sauerstoffflasche und Taucherbrille.

Mir stockte der Atem und deshalb zögerte ich eine Sekunde zu lang.

Der Taucher kam direkt auf mich zu.

Stoppte.

Fasste sich an die Brille.

Ich sah ihn nur an und versuchte, aus seiner Miene zu lesen, was in ihm vorging.

Blankes Entsetzen.

Plötzlich wirbelte er herum und schwamm zu seinem Boot zurück, als wäre der Teufel hinter ihm her.

Kein Zweifel, er hatte gesehen, was ich war!

Kyan hasste die Hainixe. Ihretwegen hatte er alles verloren: Liam, Niklas, Pine und Elliot, seine Freunde. Seine Allianz.

Nur er selbst und Zak waren noch übrig.

Aber Zak war weit weg, und so sehr Kyan sich auch mühte, es schien vollkommen unmöglich, Kontakt mit ihm aufzunehmen, um seine weiteren Pläne mit ihm abzustimmen und ihn gegebenenfalls zurückzurufen.

Aber er würde eine neue Allianz aufbauen. Eine, die größer war als seine alte und mächtiger. Viel mächtiger. Eine, die die Hainixe vernichtete und die Menschen in ihre Schranken wies.

Kyan hasste den Zyklus, den das Meer ihm aufzwang, er hasste seine

Menschengestalt, in der es ihm nicht möglich gewesen war, sich gegen die Haie zu wehren und den Plonx und seine dreckige Halbhai aufzuhalten. Am meisten allerdings hasste er es, untätig sein zu müssen.

In regelmäßigen Abständen stieß er sich von den Klippen an Guernseys Westküste ab und hielt mit schnellen, kräftigen Zügen auf die Bretagne zu. Doch spätestens beim Sirenenriff stemmte sich das Meer ihm mit sanfter, aber entschiedener Kraft entgegen.

Warum?, brüllte Kyan.

Wieder und wieder holte er alles aus sich heraus, um diesem unsinnigen Gesetz die Stirn zu bieten. War es denn nicht das Meer selbst gewesen, das ihn für diese große Aufgabe auserwählt hatte? Warum also hielt es ihn hier fest? Ausgerechnet an diesem Ort, den alle verlassen hatten?

Es vergingen viele Stunden erbitternden Kampfes um seine Freiheit, bis Kyan bei der Begegnung mit einem im Grunde völlig harmlosen Riesenhai eine überraschende, ja geradezu sensationelle Entdeckung machte – und begriff. Schlagartig wurde ihm klar, warum Zak und Gordian nicht immer auf ihn gehört hatten und es ihm manchmal so schwerfiel, seine Gruppe zusammenzuhalten. Es musste mit diesem Talent zusammenhängen, dessen Kyan sich bisher leider nicht bewusst gewesen war.

Doch ab jetzt würde alles anders werden. Denn endlich stand ihm glasklar vor Augen, was er zu tun hatte.

Trügerische Herzlichkeit

Einige endlos lange Augenblicke verharrte ich wie paralysiert im Wasser. Das wunderbare Gefühl von Kraft und Stärke war in sich zusammengefallen wie ein Ballon, in den man ein Loch gestochen hatte, und von der Energie in meinem Becken spürte ich nicht mehr einen Funken. Ich sah dem Taucher hinterher wie ein hilfloses kleines Kind.

Du musst es vergessen, dachte ich.

Es war ein halbherziger, weil ohnehin sinnloser Versuch. Ich hatte dieses Talent vor ein paar Wochen bei dieser unheilvollen Begegnung mit Frederik verschenkt und konnte mir nicht vorstellen, dass das Meer es mir jemals zurückgeben würde.

Erst als der Taucher verschwunden war und das Brummen des Außenbordmotors ertönte, erwachte ich aus meiner Erstarrung.

Hastig drehte ich mich um. Die ersten Flossenschläge waren noch schlapp, doch mit jedem Meter, den ich in südsüdöstlicher Richtung vorankam, kehrten auch meine Kräfte zurück.

Ich schwamm so dicht wie möglich an den Küstenriffs der Inselgruppe entlang, damit ich Gordy und seine Familie nicht verfehlte, und als schließlich die riesige Felsnase in Sichtweite kam, atmete ich erleichtert auf. Aufmerksam ließ ich meinen Blick über die zahlreichen Ausbuchtungen und Unebenheiten in den Klippen gleiten und erschrak fast zu Tode, als mit einem Mal tatsächlich etwas aus einer Spalte hervorschoss.

Es war Gordian, der auf mich zustob, an den Schultern packte und mit glühenden Augen ansah. Zorn, aber auch so etwas wie Resignation stand ihm ins Gesicht geschrieben, und während ich noch nach den passenden Worten für eine Erklärung suchte, hob er seine Hand und brummte:

Lass es gut sein, ich weiß ohnehin alles.

Beklommen erwiderte ich seinen Blick.

Ich bin dir nicht gefolgt, falls du das denkst.

Ich schluckte. *Aber meine Gedanken hast du trotzdem empfangen.*

Gordy nickte. *Und deine Gefühle.*

Es ... Es tut mir leid, stammelte ich.

Was? Er schüttelte den Kopf und mit einem Mal war sein Blick ganz weich. *Dass du so empfindest?*

Nein ... Ich meinte eigentlich diese dumme Sache mit dem Taucher.

Ja, das war in der Tat ziemlich unüberlegt, sagte Gordian leise. *Aber es war ja nicht deine Schuld.*

Wessen dann?

Anstatt mir zu antworten, zog er mich in seine Arme.

Ich verspreche dir, dich in Zukunft in sämtliche Entscheidungen mit einzubeziehen, flüsterte er in mein Haar. *Es ist alles andere als fair von mir gewesen, es nicht zu tun. Aber ich schwöre dir: Ich habe mich nicht so verhalten, weil ich dir misstraue oder um dich zu bevormunden, sondern einzig und allein, weil ich das Risiko, dass dir oder Idis etwas zustoßen könnte, so klein wie möglich halten wollte.*

Du bist also gar nicht sauer auf mich?, fragte ich erstaunt. *Sondern ärgerst dich über dich selbst?*

Gordy drückte mich an sich und seine Hände strichen sanft über meinen Rücken. *Ich verstehe sehr gut, dass du aufgebracht warst, und im Übrigen glaube ich nicht, dass wir uns wegen des Tauchers Sorgen machen müssen. Wir befinden uns hier in portugiesischen Gewässern. Es gibt keine direkte Verbindung zu den Kanalinseln. Kaum jemand in Madeira wird von den Morden auf Sark und der Meerbestie wissen, und darum wird diesem Taucher auch niemand glauben, wenn er erzählt, er habe eine Nixe gesehen.*

Doch, Gordy, widersprach ich energisch. *Du weißt, wir Menschen haben Zeitungen, Fernseher, Radios und Internet. Wenn in Großbritannien ein grünes Schaf geboren wird, erfährt das innerhalb kürzester Zeit die ganze Welt.*

Okay, du Mensch, sagte Gordy mit einem Anflug von Belustigung in der Stimme. *Der Taucher wird diese Begegnung trotzdem für sich behalten. Bestimmt fragt er sich, ob er noch alle Sinne beisammenhatte, als er dich sah. Aber gerade deshalb wird ihm dein Anblick keine Ruhe lassen. Ich wette, dass er gleich morgen früh wieder nach dir Ausschau hält. Im Moment ist diese Geschichte jedenfalls nicht unser größtes Problem.*

Ich musste ihm zustimmen. Der Konflikt zwischen Delfinnixen und Hainixen wog weitaus schwerer. Trotzdem durften wir die Gefahr, die von den Menschen ausging, nicht unterschätzen.

Keine Sorge, das werden wir auch nicht, entgegnete Gordian. *Meine Eltern und ihre Freunde sind klug und umsichtig, aber dennoch aufgeschlossen und sehr neugierig.* Er tastete nach meiner Hand. *Und jetzt komm. Es wird Zeit, dass ihr euch endlich kennenlernt.*

Ich konnte mich nicht erinnern, jemals so aufgeregt gewesen zu sein – weder in meinem Menschen- noch in meinem Haileben.

Sie werden dich mögen, versuchte Gordian mich zu beruhigen.

Während wir zügig auf das Südende der Ilhas Desertas zuschwammen, hielt er noch immer meine Hand, eine Berührung, für die ich gerade in dieser Situation unendlich dankbar war.

Und wenn nicht?

Gordy sah mich von der Seite an. *So glaub mir doch! Cullum und Oceane wissen, was ich für dich empfinde. Außerdem findet Idis dich toll. Du hättest hören sollen, wie sie für dich geschwärmt hat.*

Ich spürte eine leichte Verlegenheit und fühlte mich beschämt. Idis war um einiges jünger als ich, musste aber in vielerlei Hinsicht schon wie eine Erwachsene denken und handeln, was ganz sicher alles andere als einfach für sie war. Und gestern Nacht, als die Haie uns verfolgten, hatte sie nicht nur sich selbst, sondern auch mich beschützen müssen.

Das hat sie gern getan, sagte Gordy.

Ich traute meinen Ohren nicht. *Was?*

Gordian ließ meine Hand los und zuckte die Achseln. *Ebenso wie auf deine Gefühle solltest du ab sofort auch besser auf deine Gedanken achten.*

Verdammt!

Besonders, wenn es um die geht, die eigentlich nur mich betreffen. Er lächelte matt. *Die würde ich nämlich nur ungern mit meinen Eltern teilen.*

Ich schluckte.

Du bist wie ein Buch, in dem jeder lesen kann, sagte er vorwurfsvoll.

Mir war bisher nicht klar, dass offenbar jeder Delfinnix so in mein Seelenleben eintauchen kann wie du, verteidigte ich mich.

Gordy stellte seine Schwanzflosse auf und bremste abrupt ab. Hätte er nicht seine Arme ausgebreitet und mich darin aufgefangen, wäre ich glatt an ihm vorbeigeschossen. Er umschloss mein Gesicht mit seinen Händen und küsste mich sanft auf den Mund. *Das hoffe ich nicht,* entgegnete er rau und küsste mich noch einmal. *Und jetzt sammele dich. Es sind nämlich nur noch ein paar Meter bis zu Oceanes Lieblingsplatz.*

Gordys Eltern waren nicht nur wunderschön – was mich nun wirklich nicht überraschte –, sie waren zauberhaft. Zumindest auf den ersten Blick.

Unter Cullums Delfinhülle verbargen sich ein feingliedriger, aber kräftig geformter Oberkörper und ein schmales, markant männliches Gesicht, aus dem mir ein paar freundliche, strahlend blaue Augen entgegensahen, die einen reizvollen Gegensatz zu seinem dunkelbraunen Haar darstellten. Der Blick von Gordys Vater war offen und das Lächeln, mit dem er mich begrüßte, einfach hinreißend. Abgesehen von seiner rundlichen Nase hatte er rein äußerlich allerdings erstaunlich wenig Ähnlichkeit mit seinem Sohn.

Oceane dagegen war ihren Kindern wie aus dem Gesicht geschnitten: die gleichen türkisgrünen Augen, die gleichen vollen dunkelroten Lippen und die gleichen goldblonden Locken, die ihr jedoch nur bis knapp über die Ohren reichten. Mit Idis hatte sie sogar die weiße Braue über dem rechten Auge ihrer Delfinhülle gemeinsam.

Ihr Auftreten war ein wenig zurückhaltender als das ihres Mannes, doch anders als bei Kirby hatte ich bei beiden nicht eine Sekunde das Gefühl, unwillkommen zu sein.

Ich freue mich, dich kennenzulernen, sagte Oceane, während sie sich mir langsam bis auf einen Meter näherte. *Du musst wissen, wir Delfine mögen die Menschen. Wir finden ihre Art, miteinander umzugehen, außerordentlich faszinierend. Aber das hat Gordian dir sicher alles schon erzählt.*

Elodie ist kein Mensch, erwiderte er an meiner Stelle.

Oceanes Blick ruhte noch einen Moment auf mir, dann wandte sie sich ihrem Sohn zu. *Nun ja, sie ist aber auch kein Hai. Oder sehe ich das falsch?*

Du weißt sehr gut, was sie ist. Gordian sprach leise und in seiner Stimme schwang eine Spur Ungeduld. *Und du weißt auch, welche Konsequenzen es haben kann, wenn wir sie unter unseren Schutz nehmen.*

Das kümmert mich nicht, entgegnete Oceane. *Nicht solange ...*

Sie brach ab und ein Schatten huschte über ihr Gesicht. Mir

schien, dass sie in sich hineinlauschte und ihr das, was sie da hörte, nicht sonderlich gefiel.

Er hat recht, bekräftigte Kirby Gordys Worte. Wie Idis war sie kurz nach unserer Ankunft hinter einem der unzähligen Riffe aufgetaucht. *Wir sollten uns nicht in Sentimentalitäten verlieren. Ganz zweifellos ist Elodie schon jetzt eine Gefahr für uns. Drei schwarze Hainixe haben sie und deinen Sohn von den Kanalinseln bis hierher verfolgt.* Ihre schlanken Hände gestikulierten hektisch unter der Delfinhaut. Ich konnte mich des Eindrucks nicht erwehren, dass sie am liebsten aus ihrer Hülle herausgeplatzt wäre, um ihren menschlichen Leib genauso frei bewegen zu können wie Gordy und ich. *Im Übrigen habe ich für die Menschen ebenso wenig übrig wie für die Haie*, fügte sie mit einem feindseligen Seitenblick auf mich hinzu.

Obwohl ihre offenen Worte mich nicht überraschten, verursachten sie mir einen körperlichen Schmerz, ähnlich dem eines Schlags in die Magengrube. Ich schnappte nach Wasser und zog es scharf in meine Lungen, entschied dann aber, dass es klüger war, mich zurückzuhalten und auf einen Kommentar zu verzichten.

Was soll das, Kirby?, zischte Gordian. *Ich bin nicht weniger gefährlich für euch als Elodie. Kyan hasst nicht nur sie, sondern auch mich. Er wird mich jagen und bekämpfen, bis es einen von uns beiden das Leben gekostet hat.*

Ein süffisantes Lächeln umspielte Kirbys rosige Lippen. *Du meinst, bis es ihn das Leben gekostet hat.*

Und er ist nicht der Einzige, fuhr Gordy fort, ohne auch nur mit einem Wimpernzucken auf ihren Einwurf zu reagieren. *Es ist bloß eine Frage der Zeit, bis andere Allianzen mich aufspüren und zu vernichten versuchen werden.*

Und wem verdankst du das? Offenbar wollte Kirby sich nicht noch einmal mit Gordians Nichtbeachtung abspeisen lassen, denn nun schwamm sie so dicht an ihn heran, dass ihr Delfinmaul seine Nasenspitze berührte.

Keine Ahnung, was du damit meinst, antwortete er ausweichend.

Ein leichter Flossenschlag seinerseits genügte, um wieder etwas Abstand zwischen ihm und Kirby herzustellen.

Nicht was, sondern wen! Nämlich deine süße kleine Halbhai-Freundin, knurrte sie. *Sie hat dich aus dem Meer gezogen und zum Plonx gemacht.*

Das ist doch Unsinn, entgegnete Gordy wider besseres Wissen und entsprechend wenig überzeugend klang es. *Niemand weiß, warum ein Delfinnix an Land geht und sich für den Rest seines Lebens in einen Plonx verwandelt.*

Möglicherweise doch, meldete sich sein Vater zu Wort, der wie Oceane und Idis reglos neben uns im Wasser stand und Kirbys und Gordys Auseinandersetzung schweigend verfolgt hatte.

Erstaunt sah ich ihn an.

Wir haben die Zeit deiner Abwesenheit nicht ungenutzt verstreichen lassen und nach einem Geheimnisträger gesucht, sagte Cullum, und während er sprach, tauchten zwei weitere Nixe zwischen den Spalten des Vulkanriffs hervor und glitten langsam auf uns zu. *Durch den Einsatz unseres animalischen Echolots ist es uns gelungen, ihn aufzuspüren. Seinetwegen haben wir uns hier bei den Ilhas Desertas getroffen, denn er lebt in einer tief gelegenen Höhle im Vulkangestein auf dieser Seite der Hauptinsel.*

Oceane

Die Entscheidung, dass außer Cullum und den beiden fremden Delfinnixen, die Abstand zu mir hielten und mich keines Blickes würdigten, auch Gordian zur Höhle hinabtauchen sollte, war schnell getroffen. Es behagte mir zwar nicht besonders, ohne ihn bei Oceane, Kirby und Idis zurückzubleiben, aber natürlich verstand gerade ich nur zu gut, wie sehr er darauf brannte, endlich mehr über sein ungewöhnliches und für ihn so quälendes Schicksal zu erfahren. Auch ich war schrecklich neugierig auf diesen angeblich über zweihundert Jahre alten Nix und das, was er zu berichten hatte, musste aber einsehen, dass ihn die Anwesenheit einer Halbhai erschrecken könnte und er am Ende womöglich nicht bereit wäre, überhaupt etwas von seinem Geheimnis preiszugeben.

Halte dich an meine Mutter, raunte Gordy mir zum Abschied ins Ohr. *Sie wird dafür sorgen, dass Kirby dich in Ruhe lässt.*

Oh, notfalls kann ich sie mir sicher auch selbst vom Leib halten, sagte ich betont optimistisch.

Das würde ich lieber lassen, erwiderte er. *Ich bitte dich sogar darum,* setzte er nachdrücklich hinzu. *Ich habe es wirklich versucht, aber mit Kirby kann ich nicht darüber reden. Es ist mir ein Rätsel, warum sie sich dir gegenüber so abweisend verhält.*

Mir nicht, schoss es mir durch den Kopf, doch zum Glück schaffte ich es, rechtzeitig einen schützenden Gedanken darumzulegen, sodass Gordian nichts davon mitbekam. Er horchte nicht einmal auf.

Ich verspreche es dir, sagte ich, hauchte ihm einen Kuss ins Haar und verpasste ihm einen zärtlichen Stupser in den Bauch. *Und nun mach, dass du fortkommst. Ich hoffe so sehr, dass dieser weise Nix uns helfen kann.*

Mhmmm ... Gordians türkisgrüner Blick wanderte liebevoll über mein Gesicht. *Und versprich mir auch, dass du noch hier bist, wenn ich zurückkomme.*

Ich starrte ihn an. *Natürlich! Wieso sollte ich nicht mehr hier sein?*

Ich weiß auch nicht. Gordy versuchte ein Lächeln, es gelang ihm allerdings nicht, seine bedrückte Stimmung zu kaschieren. *Es dauert bestimmt nicht lange*, fügte er hastig hinzu und schloss sich seinem Vater und den beiden anderen Delfinmännern an.

Während ich ihm nachblickte, spürte ich ein dumpfes Gefühl der Beklemmung in meinem Herzen aufsteigen, das sich allmählich in meiner Brust ausbreitete, und als er schließlich in der Dunkelheit der Meerestiefe verschwand, wurde ich plötzlich von einer eisigen Kälte durchströmt, die meinen Körper zu lähmen drohte.

Untersteh dich!, hörte ich hinter mir Oceanes warnende Stimme. *Elodie ist unser Gast. Ich verlange von dir, dass du sie respektvoll behandelst.*

Die Kälte verlor sich augenblicklich.

Ich wirbelte herum und sah mich Kirby gegenüber, die ihren Blick hypnotisch auf mich gerichtet hielt. Ihre Iris war jetzt schneeweiß, nur noch durch den schwarzen Außenrand vom Augapfel zu unterscheiden, und ihre Pupillen hatten sich so eng zusammengezogen, dass sie an kurze, feine Bleistiftstriche erinnerten. Es war nichts Menschliches mehr an diesem Anblick und ein neuerlicher Kälteschauer durchzuckte mich.

Schluss jetzt!, fauchte Oceane. *Oder möchtest du, dass ich Gordy davon erzähle?*

Mach doch, was du willst, gab Kirby zurück. *Am Ende wird er mir dankbar sein.* Trotz des harschen Tonfalls entspannten sich ihre Gesichtszüge und allmählich kehrte auch die leuchtend blaue Farbe in ihre Augen zurück. *Du bist wirklich bezaubernd, Elodie*, flüsterte sie, während sie langsam um mich herumglitt und dabei ihren Delfinleib eng an meinen Körper schmiegte. *Aber deine Schönheit wird dir nichts nützen, ebenso wenig wie deine Küsse. Gordian und ich haben eine einzigartige, besonders tiefe Verbindung. Wir gehören zusammen. Ich weiß das schon lange ... und früher oder später wird auch er das begreifen.*

Er ist ein Plonx, entgegnete ich.

Ja. Kirby huschte über meine Schulter hinweg, machte eine anmutige Kehrtwende und sah mich triumphierend an. *Und das ist unser Glück. Eine ausgesprochen seltene Gnade, die uns das Meer gewährt.*

Du weißt ja nicht, was du da redest! Oceane schoss in unsere Richtung, drückte ihren Kopf in Kirbys Flanke und drängte sie energisch von mir weg.

Oh, du willst kämpfen. Kirby schlug ihre Schwanzflosse kräftig auf und ab, zog einen Halbkreis und stieß nun ihrerseits auf Oceane zu.

Entsetzt schloss ich die Augen. Ich dachte an Gordian und mochte mir gar nicht vorstellen, wie schmerzhaft es für ihn wäre, wenn er wüsste, was sich gerade zwischen seiner Mutter und seiner besten Freundin abspielte.

Würdest du deine Gedanken gefälligst für dich behalten!, platzte Kirbys geifernde Stimme in meinen Kopf.

Eine heiße Flamme entzündete sich in meinem Unterleib. Ich riss die Augen wieder auf, packte Kirby an der Brustflosse und zerrte sie zu mir herüber.

Und ausgerechnet du wirfst mir vor, dass ich eine Gefahr für eure Art wäre!, spie ich ihr meinen ganzen Zorn entgegen. *Reicht es nicht, dass ein Krieg zwischen euch Delfinnixen und den Haien unmittelbar bevorsteht? Musst du jetzt auch noch Unruhe in deiner eigenen Gruppe stiften?* Ich ließ sie los und stieß sie angewidert von mir weg. *Wie kannst du Gordian und seiner Familie das nur antun!*

Ich tue gar nichts!, brach es nicht weniger wütend aus Kirby hervor. *Du bist diejenige, die Unruhe in diese Familie gebracht hat. Ohne dich wäre hier alles in bester Ordnung.*

Ich ballte die Fäuste. Es kostete mich verdammt große Beherrschung, nicht erneut auf sie loszugehen. Klar doch, dachte ich in meinem tiefsten Inneren, dann nämlich hättest du Gordy für dich allein. Das ist es doch, worum es dir eigentlich geht.

Ihr hört jetzt sofort auf zu streiten! Alle beide! Mit einem entschiedenen Flossenschlag schob Oceane sich zwischen uns und funkelte uns aus ihren türkisgrünen Augen an. *Du, Kirby, hilfst Idis, die Tiere zusammenzuhalten,* befahl sie in einem Tonfall, der keinen Widerspruch zuließ. *Und du, Elodie, kommst mit mir. Ich habe mit dir zu reden.*

Kirby feuerte noch einen letzten zornigen Blick auf mich ab und schwamm dann hastig davon. Meine Verwunderung darüber, dass sie tatsächlich gehorchte, bedachte Oceane mit einem Lächeln.

Die Tiere gehen ihr über alles, sagte sie und nickte mir zu. *Und jetzt komm. Ich zeige dir meine Lieblingsstelle.*

Mit flinken und außerordentlich eleganten Bewegungen glitt sie über scharfkantige Felsausläufer hinweg, und ich musste mich mächtig anstrengen, um ihr Tempo halten zu können.

Achtung, hier ist es!, rief sie plötzlich und zwängte sich unmittelbar darauf durch einen schmalen Spalt, der mich wie ein riesiger Mund aus dem dunkelroten Vulkangestein angrinste.

Ich zögerte kurz, bevor ich ebenfalls hindurchschlüpfte und mich anschließend von Gordys Mutter durch einen engen, kurvigen und nahezu stockdunklen Tunnel führen ließ, der nach cirka fünfundzwanzig bis dreißig Metern in eine kleine, lichtdurchflutete Grotte mündete.

Oceane glitt in eine der Felsmulden, die den hinteren Grottenrand säumten, und hob ihren Kopf durch die Wasseroberfläche. Ich wählte die Mulde gleich neben ihr, leerte meine Lungen und richtete meinen Oberkörper auf.

Das Wasser, das über meine Haut perlte, war glasklar. Durch ein nahezu kreisrundes Loch im Felsen über uns fiel ein heller Sonnenstrahl herein und tauchte die Grotte in ein magisches rotes Licht. Es wunderte mich nicht, dass Oceane sich hier besonders gern aufhielt. Auch ich fühlte mich sofort geborgen.

Ist es hier flach genug, um dich zu verwandeln?, erkundigte sie sich beinahe schüchtern, nachdem sie eine kleine Wasserfontäne durch das Atemloch in ihrer Hülle gedrückt und nach Luft geschnappt hatte.

Mit dieser Frage hatte ich nun überhaupt nicht gerechnet. *Wieso?*, erwiderte ich ein wenig irritiert.

Dann hätte ich eine ungefähre Vorstellung davon, wie schnell es vonstattengeht ...

Ziemlich schnell!

Und wie Gordian aussieht ...

Wie ein Menschenmann, sagte ich. *Er ... er hat sehr hübsche Beine*, fügte ich stockend hinzu.

Und ein menschliches Geschlecht?

Ähm ... ja ... natürlich ... Am liebsten wäre ich gleich wieder untergetaucht. Nicht einmal mit meiner Mutter hätte ich über ein solches Thema reden wollen.

Entschuldige bitte, Elodie. Oceane senkte den Blick. *Normalerweise sprechen wir nicht über diese Dinge.*

Ich zuckte mit den Schultern. Auch ich konnte sie kaum ansehen.

Ich nehme an, Gordy hat dir erzählt, wie unser Sexualleben aussieht ...

Ich merkte, wie ich zu schwitzen begann.

Wie auch immer, fuhr sie nach einer Weile betretenen Schweigens fort. *Ich kann mir ungefähr vorstellen, welch einen verheerenden*

Schaden männliche Delfinnixe anrichten, wenn sie an Land gehen und dort einem Menschenmädchen begegnen.

Gordy hat mir niemals wehgetan, erwiderte ich. Es entsprach zwar nicht der Wahrheit, allerdings war das, was an jenem verhängnisvollen Abend vor einem Monat zwischen uns vorgefallen war, nicht allein seine Schuld gewesen, und außerdem ging es seine Mutter nicht das Geringste an. *Er hat sofort gespürt, dass diese neuen ... für ihn bis dahin völlig unbekannten ... Gefühle nicht ungefährlich für mich sind. Inzwischen hat er sie aber unter Kontrolle*, setzte ich hastig hinzu, denn ich wollte dieses Thema so schnell wie möglich abschließen.

Doch Oceane war leider noch nicht zufrieden.

Dann habt ihr euch also schon vereinigt?, fragte sie nun ganz direkt.

Ich war so perplex, dass ich sie erst einmal nur anstarrte, denn ich wusste wirklich nicht, was ich ihr darauf antworten sollte.

Sag es mir!, forderte sie mich auf. *Es ist wichtig!*

Wieso?

Frag nicht ... Ihre Iris verdunkelten sich und ihre Lider flatterten. *Bitte, frag nicht.*

Ich sog geräuschvoll Luft durch meine Nase und zwei Sekunden später hatte ich mich wieder im Griff.

Tut mir leid, Oceane, sagte ich entschieden. *Aber wenn du solche intimen Dinge von mir wissen willst, finde ich, dass ich das Recht habe, zu erfahren ...*

Schon gut, fiel sie mir ins Wort. *Lassen wir das und wenden uns etwas anderem zu ...* Sie senkte den Kopf und schien sich einen Moment sammeln zu müssen, ehe sie mit todernster Miene fortfuhr. *Was hast du damit gemeint, als du sagtest, dass ein Krieg zwischen uns und den Hainixen bevorstünde?*

Genau das, gab ich zurück. *Das erste Menschenmädchen, das Kyan umgebracht hat, war die Freundin eines Hainixes. In den Wochen danach gab es einige Auseinandersetzungen, die damit endeten, dass zwei unbekannte schwarze Haie Liam, Niklas und Pine töteten. Zuvor hatten diese allerdings ein Mädchen in ihre Gewalt gebracht, das mir sehr ähnlich sieht. Kyan wollte es vor Gordys Augen zu Tode küssen. Die schwarzen Haie haben Gordian befreit und ...*

Ihr habt gemeinsam versucht, das Mädchen zu retten?

Oceane war dicht an mich herangekommen. Die glatte Haut ihrer Delfinhülle berührte meine Taille.

Ja, sagte ich leise.

Dann ist es also jedes Mal Kyan gewesen, der Unfrieden gestiftet hat?, vergewisserte sie sich.

Der Begriff Unfrieden erschien mir ein wenig verharmlosend, ich korrigierte Oceane aber nicht, denn ich konnte sehr gut nachempfinden, dass es ihr nicht leichtfiel zu akzeptieren, dass ein Delfinnix solch schreckliche Dinge getan hatte.

Die Haie trifft keine Schuld, entgegnete ich nur. *Im Gegenteil.*

Oceanes Mundwinkel zuckten. Sie huschte wieder in ihre Mulde zurück und richtete ihren Blick nachdenklich zur Grottendecke. Ein Sonnenstrahl traf sie mitten ins Gesicht und ließ ihre Delfinhülle noch durchsichtiger erscheinen.

Gordian hätte nicht an Land gehen dürfen, sagte sie leise.

Er konnte sich nicht dagegen wehren, verteidigte ich ihn.

Oceanes Brauen schoben sich über ihrer Nasenwurzel zusammen. *Schon möglich.*

Warum glaubst du mir nicht?

Das tu ich ja, erwiderte sie überraschend sanft. *Ich befürchte nur, dass es weitaus komplizierter ist, als es scheint. Und ich hoffe wirklich sehr, dass Cullum den Geheimnisträger aufspürt und er ihm etwas über Gordys und damit vielleicht auch über unser aller Schicksal entlocken kann.*

Ist es nicht ohnehin das Meer, das darüber bestimmt?

Oceane nickte. *Aber das bedeutet nicht, dass unser Wille überhaupt nicht zählt. Wir dürfen nicht einfach alles geschehen lassen, im Vertrauen darauf, dass das Meer die Dinge schon für uns regeln wird. Wir müssen*

Entscheidungen treffen und sie umsetzen ... und manchmal erfordert das unsere ganze Kraft.

Ich betrachtete sie bedrückt. Denn natürlich dachte ich sofort an die Situation in Lübeck, als ich Gordy verlassen wollte und das Meer sich mir entgegengestemmt hatte.

Hatte ich mich damals wirklich mit aller Macht dagegen gewehrt? Oder war es nicht eher so gewesen, dass ich diesen Gegendruck nur zu gerne angenommen hatte, damit ich einen Grund hatte, Gordian zu folgen? Jetzt, im Nachhinein, konnte ich das beim besten Willen nicht mehr sagen.

Was ist?, fragte Oceane, als sie meinen Blick bemerkte. *Worüber denkst du nach?*

Ich schüttelte unwillig den Kopf. *Gordy hat mir erzählt, dass du und Cullum ... dass das Meer euch zusammengeführt hat.*

Das stimmt.

Ihr konntet euch nicht dagegen entscheiden?

Nein, erwiderte sie. *Um genau zu sein: Wir wollten es auch gar nicht. Es schien uns das einzig Richtige zu sein.*

Ihr liebt euch so sehr, dass ihr euch mit niemand anderem paaren wollt.

Oceane seufzte leise. *Es ist mehr als das,* flüsterte sie. *Es ist, als ob Tag und Nacht sich vereinigen. Das eine existiert nicht ohne das andere.*

Ich schluckte schwer. *Heißt das ...,* begann ich stockend.

Ja, das heißt es. Wenn einer von uns stirbt, wird der andere nicht ohne ihn weiterleben ... können. Ein gequältes Lächeln huschte über ihr Gesicht. *Es würde ohnehin keinen Sinn haben.*

Welchen Sinn hat es überhaupt? Ich meine, niemand scheint davon zu profitieren, außer euch beiden.

Danach fragen wir nicht, erwiderte Oceane. *Wir nehmen es an, wie es ist. Ein Sinn erschließt sich oftmals erst unseren Nachkommen.*

Das hat Gordy auch gesagt.

Sie nickte. *Cullum und ich halten es für möglich, dass ihm etwas Ähnliches bestimmt ist.*

Ich dachte an Janes Worte, an all das, was auch sie über Gordys Schicksal angedeutet hatte, und spürte einen brennenden Stich in meinem Herzen. Fast hätte ich aufgestöhnt, stattdessen grub ich die Zähne in meine Unterlippe und biss auf diese Weise den Schmerz weg. Aus einer Ahnung war Realität geworden. Es nützte niemandem, wenn ich wegsah oder mich dagegen auflehnte.

Kirby? Meine Stimme klang rau, aber sie zitterte nicht.

Wieder nickte Oceane. Diesmal kaum merklich.

Wir waren sicher, dass sie und Gordy einander bestimmt sind, bis er verschwand und ... Sie brach ab. Offensichtlich fiel es ihr schwer, *weiterzureden. Es irritiert uns, dass er dich getroffen hat ... dass ihr einander so ähnlich seid und euch dennoch so sehr voneinander unterscheidet. Bitte glaub mir, Elodie, Cullum und ich, wir würden eure Verbindung wirklich gern akzeptieren,* beschwor sie mich. *Ich befürchte jedoch, dass wir und vielleicht ein paar unserer engsten Freunde die Einzigen sind. Du weißt, wie sehr Plonxe und Halbnixe beargwöhnt werden.*

Noch, Oceane, wandte ich leidenschaftlich ein. *Weil Wesen wie Gordy und ich für euch bisher nicht greifbar waren. Niemand von euch ist jemals zuvor einem Plonx begegnet. Aber jetzt könnt ihr euch alle selbst davon überzeugen, dass wir keine Bedrohung für euch sind. Und wenn Cullum und Gordy erst herausfinden, dass an den Legenden überhaupt nichts dran ist ...*

Das wird nicht passieren, sagte Oceane. *Die Legenden sind schließlich nicht unserer Fantasie entsprungen. Mag sein, dass während der vielen Jahrzehnte der mündlichen Überlieferung Zusammenhänge verloren gegangen und neue Details dazu ersonnen worden sind. Das ändert aber nichts daran, dass die Verwandlung eines Delfinnixes in einen Plonx als Vorbote für ein großes Unheil gilt.*

Ja, weil er sich nicht weiter dem Anführer seiner Allianz unterordnet, stieß ich bitter hervor. Für meine Begriffe war das ein absolut lächerlicher Grund. Noch dazu einer, der die Realitäten außer Acht ließ. *Gordy will euch weder verlieren noch verlassen. Er leidet unendlich* darunter, dass er als Sonderling gilt. *Denn in Wahrheit seid es doch ihr, die ihn verstoßt.*

Oceane schüttelte sachte den Kopf. *Und ich dachte, du wüsstest es besser.*

Was meinst du?, gab ich betroffen zurück.

Ein Plonx ist ein Delfinnix, der aus dem Meer steigt und den Menschen unser Geheimnis offenbart, sagte sie eindringlich.

Weil er sich nach der Sonne sehnt. Das stammt doch von dir ... Oder?

Oceane nickte, und ich glaubte, in ihren Augen ein kurzes Aufleuchten zu bemerken.

Eine sehr romantische Vorstellung, gebe ich zu, erwiderte sie. *Allerdings hat auch sie wenig mit der Wirklichkeit zu tun. Wir Delfinnixe kennen die Sonne. Wir genießen sie jedes Mal, wenn wir zum Luftholen an die Meeresoberfläche kommen.*

Aber ich dachte ...

Ich habe es nur gesagt, um Gordy zu trösten, fiel sie mir ins Wort. *Er war so unglücklich darüber, seine Außenhaut und seinen Schatten verloren zu haben. Ich bin seine Mutter ... Ich musste ihm eine Erklärung geben, auch wenn uns beiden natürlich bewusst war, dass sie nicht viel mit der Realität zu tun hat.*

Aber du hattest recht damit, entgegnete ich. *Es ist nicht das Gleiche. Im Gegenteil: Es ist etwas Besonderes, an Land gehen zu können, die warmen Klippen unter den Fußsohlen und das Licht der Sonne überall auf der Haut spüren zu können.*

Ein Delfinnix, der sich nach dem Licht und der Wärme des Landes sehnt, zahlt einen hohen Preis, betonte Oceane. *Er verliert die Zugehörigkeit zu seiner Art.*

Und wird von den Menschen als Feind angesehen, setzte ich leise hinzu. *Er muss sich vor ihnen verstecken.*

Oder sich mit ihnen verbünden, fuhr Oceane fort.

Was nicht automatisch bedeutet, dass er gegen euch ist, argumentierte ich.

Womit wir wieder beim Ausgangspunkt wären! Sie seufzte tief. *Einige wenige von uns werden ihn nach wie vor lieben und unterstützen. Und vielleicht wird Gordy auch den einen oder anderen Menschen für sich gewinnen können. Aber leider hilft das weder dir noch ihm. Denn sobald es sich unter den Delfinen herumgesprochen hat, dass Niklas, Pine und Liam von Hainixen getötet wurden, werden sie euch erbarmungslos nachstellen.*

Das tun sie doch längst!

Oceanes Gesichtszüge verhärteten sich. *Bisher hattet ihr es nur mit einer einzigen Allianz zu tun,* entgegnete sie und der Tonfall in ihrer Stimme ließ mich frösteln. *Doch das wird sich nun ändern. Die Verständigung unter den Delfinnixen funktioniert rasend schnell. Schon sehr bald wird es keinen Ort auf der Welt mehr geben, an dem ihr wirklich sicher seid. Du kannst mir glauben, Elodie: Sie werden nicht eher ruhen, bis sie euch vernichtet haben,* schloss sie mit einer Schärfe, die mir einen Schauer über den Rücken jagte.

Meine Augen fingen an zu brennen, und ich spürte, wie ich am ganzen Körper zu zittern begann. All das war nun wirklich nichts Neues für mich, es jedoch in dieser Deutlichkeit von Gordians Mutter zu hören, gab dem Ganzen ein völlig anderes Gewicht. Eine beißende Verzweiflung brach sich in mir Bahn. Ich wollte mich gegen Oceanes Worte auflehnen, aber sie ließ mich nicht entkommen.

Es gibt nur einen einzigen Ausweg, wisperte sie, während sie meinen Blick suchte. *Wenn Gordian und Kirby füreinander bestimmt sind …*

Sie sprach es nicht aus und das musste sie auch nicht. Es war so einleuchtend … so entsetzlich einleuchtend. Ich konnte kaum atmen, so weh tat es.

Und was ist … mit mir?, hauchte ich.

Du bist keine Verstoßene, sagte Oceane kühl. *Du wirst Schutz finden – sowohl bei den Menschen als auch bei den Hainixen.*

Tiefendruck

Oceane ließ mir keine Zeit, über ihre Worte nachzudenken, und sie ersparte es mir auch, mich vor ihren Augen zu verwandeln. Es schien sie überhaupt nicht mehr zu interessieren.

Wir müssen zurückkehren, sagte sie unvermittelt. *Cullum ruft uns. Er ...* Die Farbe wich aus ihrem Gesicht. *Es muss etwas passiert sein ...*

Etwas mit Gordy?, fragte ich erschrocken.

Oceane antwortete nicht. Aber ich sah ihren Blick und der sprach Bände. Eiskalte Angst explodierte in meinem Magen und breitete sich von dort bis in jede Zelle meines Körpers aus.

Was ist mit ihm?, hörte ich mich schreien, aber da war Oceane bereits aus ihrer Mulde geglitten und in die Grotte hinabgetaucht.

Ich folgte ihr, so schnell ich konnte, und arbeitete mich blind vor Panik durch die stockfinstere Enge des Felsengangs. Ich merkte kaum, dass mein Ellenbogen gegen einen Vorsprung stieß und ich mir die Haut über meiner Hüfte aufschürfte. Selbst als meine Seitenflosse sich an einer Steinspitze verfing und ich sie gewaltsam losreißen musste, spürte ich keinen Schmerz.

Oceane hatte ich aus den Augen verloren. Erst kurz bevor ich den Ausgang erreichte, schloss ich zu ihr auf und stieß unmittelbar hinter ihr durch die mundförmige Spalte ins offene Meer.

Das Erste, was ich registrierte, war Cullums wächsernes Gesicht.

Über seinen Augen lag ein nachtschwarzer Schatten. Die beiden anderen Delfinnixe flankierten ihn und hielten stumm ihren Blick gesenkt.

Instinktiv schaute ich zum Meeresgrund – und da sah ich ihn.

Gordy!!!

Leblos lag er auf einem Bett aus Algen, das den breiten Ausläufer einer Riffklippe überzog. Seine Haut war so bleich wie das Innere einer Muschel und seine weit aufgerissenen Augen starrten ins Leere.

Gordy, nein!

Ich wollte zu ihm hinabstoßen, doch Cullum schob sich mir in den Weg. *Lass ihn, Elodie, du kannst nichts für ihn tun.*

Ist er …? Die Frage erstarb auf meinen Lippen. Ich brachte es kaum über mich, Gordians Vater in die Augen zu sehen, viel zu groß war meine Furcht, darin die Antwort zu finden, gegen die sich alles in mir sträubte.

Wir sind zu tief hinabgetaucht, sagte Cullum. *Gordian konnte dem Druck nicht standhalten und ist ohnmächtig geworden.*

Ohnmächtig? Vor Erleichterung fing ich an zu zittern.

Sein Zustand ist außerordentlich ernst, fuhr Cullum indes fort. *Wenn er nicht innerhalb der nächsten Minuten zu sich kommt, wird er ersticken.*

Die Angst kam zurück, kälter als zuvor. Sie lähmte mich, machte mich unfähig, zu denken und zu handeln.

Es gibt nur eine, die ihm jetzt noch helfen kann. Oceanes Stimme drang wie zähflüssiges Gift in meine Ohren. *Ich habe bereits nach ihr gerufen. Sie und Idis treiben die Tiere gerade weiter in den Süden auf die afrikanische Küste zu. Solange die Hainixe sich in dieser Gegend aufhalten, ist es für die Delfine zu gefährlich. Daher werden wir eine Weile auf ihren Schutz verzichten müssen.*

Hoffen wir, dass sie noch nicht zu weit weg sind von hier, gab Cullum zurück. Die Lähmung fiel von mir ab wie eine abgestorbene Haut. *Was ist, wenn sie es nicht schafft?*, schrie ich.

Cullum und Oceane sahen mich an. Der Ausdruck in ihren Augen war erschreckend teilnahmslos.

Ihr könnt ihn doch nicht einfach seinem Schicksal überlassen!

Mit rasendem Herzen fixierte ich einen nach dem anderen, auch die beiden Nixe, die sich mir bisher noch immer nicht vorgestellt hatten. Doch alles, was ich erntete, war Schweigen. Kälte. Gleichgültigkeit.

Warum lasst ihr es mich nicht versuchen?, schrie ich Cullum an.

Mein Blick flog von ihm zu Gordy.

Das Meer wird entscheiden, meldete sich einer der beiden Delfinnixe überraschend zu Wort. *Es liegt nicht in unserer Hand.*

Er hatte dunkelbraune gewellte Haare und einen ungewöhnlich breiten Mund. Die Farbe seiner Iris konnte ich nicht erkennen, da er die Lider noch immer gesenkt hielt. Trotzdem hatte ich das Gefühl, dass sein Blick auf mir klebte und sich wie die Saugfüße eines Geckos über meine Haifischflosse tastete.

Lass sie, Ramon!, fuhr Oceane ihn an. *Sie ist nicht unser Feind.*

Wenn du dich da mal nicht täuschst, knurrte der andere.

Er schien einige Jahre jünger als Cullum zu sein. Sein Körper war massig, das Gesicht flächig und er trug seine kinnlangen schneeweißen Haare eng am Kopf anliegend. Die gelbgrünen Augen mit den schmalen Pupillen unter den geraden schwarzen Brauen erinnerten mich an einen Raubvogel.

Das ist Poy, stellte Oceane ihn mir vor, *der Anführer einer mächtigen Allianz. Viel größer, als die von Kyan je war. Er und seine Freunde leben den Winter über vor der brasilianischen Küste. Sie kamen vor einigen Tagen zurück und berichteten, dass sie Zak allein auf dem Weg zum nordamerikanischen Kontinent begegnet sind.*

Er hat mir von seinen Plänen erzählt, sagte Poy mit einer dunklen, seltsam ölig klingenden Stimme, die ebenso wenig wie die weißen Haare zu seinem eher jugendlichen Aussehen passte. *Dass er in Florida an Land gehen und Menschenmädchen verzaubern würde. Der*

Nix lachte abfällig. *Natürlich haben wir diesem Spinner kein Wort geglaubt. Inzwischen wissen wir es allerdings besser*, fügte er mit einem bedeutungsvollen Seitenblick auf Cullum hinzu.

Ich gab mir alle Mühe, mich auf das Gesagte zu konzentrieren und dessen Sinn und die sich daraus ergebenden Konsequenzen zu erfassen, aber die Angst um Gordy besetzte all meine Gedanken. Wie hypnotisiert hielt ich meine Augen auf ihn gerichtet. Mit jeder Sekunde, die ungenutzt verstrich, beschleunigte sich mein Herzschlag, und ich konnte dem Impuls, zu ihm hinunterzuschwimmen, kaum noch widerstehen.

Von Minute zu Minute schien seine Haut bleicher zu werden, seine Augen verloren an Glanz, und dann kam der furchtbare Moment, in dem ich erkannte, dass sein Brustkorb sich nicht mehr hob und senkte.

Cullum! Oceane! Er erstickt!

Der Schrei erfüllte meine Kehle, meinen Kopf und mein Herz. Aber die beiden rührten sich nicht. Es war unfassbar! – Gordian atmete nicht mehr und seine Eltern ließ das vollkommen kalt.

Tut endlich was!

Mein Flehen verhallte und eine drückende Stille breitete sich aus. Ich spürte keine Strömung mehr, die vier Nixe wirkten wie zu Stein erstarrt und die Algen neben Gordys Körper lagen schlaff und leblos auf den Steinen. Es war, als hätte das Meer den Atem angehalten.

Kirby, wo bleibst du denn?, rief ich und blickte verzweifelt um mich.

Nie und nimmer hätte ich mir träumen lassen, dass ich mir ihre Anwesenheit einmal so sehr herbeisehnen würde.

Und plötzlich, so als hätte jemand in meinem Kopf einen Schalter umgelegt, wurde mir klar, dass sie es nicht rechtzeitig schaffen konnte.

Die Zeit stand still und schenkte mir Entscheidungsfreiheit. Weder Cullum und Oceane noch Poy, Ramon oder Kirby würden mich daran hindern, Gordian zu helfen, und ich zögerte keine Sekunde.

Pfeilschnell schoss ich zu ihm hinab, legte mir seinen kalten Arm um den Nacken und zog ihn in Richtung Wasseroberfläche. Es kostete mich alle Kraft der Welt, denn Gordys lebloser Körper war schwer und seine Haut so glatt, dass sein Arm mir jeden Augenblick wieder zu entgleiten drohte. Ich beugte meinen Rücken, auf dem seine Brust ruhte, umklammerte sein Handgelenk und kämpfte mich verbissen nach oben.

Inzwischen hatte ich die Orientierung völlig verloren. Weder wusste ich, welche der drei Inseln ich gerade ansteuerte, noch, was uns dort oben erwartete. Ich konnte nur beten, dass sie tatsächlich unbewohnt war und die Küste nicht allzu steil aufragte, damit ich überhaupt eine Chance hatte, Gordian an Land zu ziehen.

Und dorthin musste er, daran gab es für mich überhaupt keinen Zweifel. Was mich antrieb, war das sichere Gefühl, dass ich das einzig Richtige tat.

Gordy musste überleben. Seine Zeit war noch nicht gekommen.

Diese Erkenntnis entsprang nicht nur der verzweifelten Hoffnung meines Herzens, sondern klang wie eine Melodie in meiner Seele. Sie brachte jede einzelne Zelle meines Körpers, meines Denkens und Fühlens zum Schwingen und verlieh mir eine Energie, wie ich sie noch nie erlebt hatte.

Nicht ich, sondern etwas anderes, das mächtiger war als Gordy und ich, drängte uns der schillernden Oberfläche entgegen und schwemmte uns auf eine flach auslaufende Klippe. Vom salzigen Meer umspült, presste ich meine Lippen auf Gordians und sog das Wasser aus seiner Lunge.

Atme!, rief ich, während das Meer zurückwich, unsere Unterleiber sich verwandelten und das wärmende Licht der Vormittagssonne auf unsere Beine fiel.

Bitte, Gordy, atme!

Ich sprang auf die Füße, schob meine Hände unter seine Achseln und zog ihn weiter die Klippe ins Trockene hinauf. Keine Ahnung, woher ich die Kraft nahm, aber irgendwie bekam ich es hin, dass die nächste Welle, die das Meer an Land schickte, nicht einmal mehr seine Zehen berührte.

Komm schon, Gordy, ich weiß, dass du leben willst.

Ich ließ mich neben ihm nieder, vermied es, in seine starren Augen zu sehen, und begann, seine Brust zu massieren.

Eins. Zwei. Drei. Vier. Fünf.

Ich holte tief Luft, beugte ich mich zu ihm hinab, umschloss abermals seine Lippen und beatmete ihn. So ging es immer abwechselnd: Massieren. Beatmen. Massieren. Beatmen.

Bitte. Bitte. Bitte.

Gordian rührte sich nicht. Seine Haut blieb bleich und kalt und sein Blick verlor sich in der Weite des Himmels. Ich konnte weder seinen Herzschlag noch den Puls an seinem Hals spüren.

Tränen stiegen mir in die Augen.

Verdammt noch mal, ich wusste doch, was ich wahrgenommen hatte! Die Melodie des Meeres. Ich war sicher, sie noch immer zu hören. Leise zwar. Sehr leise, jedoch deutlich genug, um nicht aufzugeben.

Hör zu, Gordy, ich gebe dir noch eine einzige Chance.

Meine Hände lagen auf seiner Brust. Wasser rann mir aus den Haaren, und ich zitterte am ganzen Leib, als ob ich fror. Gleichzeitig brannte in mir ein Feuer, das mich fast zu versengen drohte. Ich konzentrierte mich auf meine Hände und ließ meine Liebe, alles, was ich für ihn empfand, meine ganze Sehnsucht und mein Flehen in sein Herz strömen.

Ein letztes Mal neigte ich Gordian mein Gesicht entgegen, berührte mein Mund seine Lippen zu einem letzten Kuss, fiel ein letzter Blick in das unendliche Türkis seiner Iris. Dann schloss ich die Augen und wartete.

Eine Sekunde.

Zehn Sekunden.

Zwanzig.

Eine halbe Minute.

Eine.

Meine Tränen liefen unaufhaltsam über sein Gesicht. Ich schmeckte ihr Salz auf meiner Zunge und auf Gordians Lippen. Und plötzlich bewegte er sich.

Meine Tränen versiegten mit einem Schlag und ich wurde ganz steif vor Glück. Gordy küsste mich zurück. Er küsste mich wirklich zurück!

Doch dann, von einer Sekunde auf die andere, drückte er mich zur Seite und setzte sich ruckartig auf. Ich spürte einen eiskalten Hauch an meinen Fußsohlen.

Kirby! Was fällt dir ein!

Ich wirbelte herum und bemerkte aus dem Augenwinkel den silbrig glänzenden Leib eines Delfins, der im Meer verschwand. Ein Schweif glitzernder Tropfen schwirrte durch die Luft und prasselte auf das Wasser nieder.

»Was ist?«, stammelte ich. »War sie das? Kirby?«

»Allerdings.« Gordys Stimme klang schwach, aber zornig.

»Was hat sie getan?«

Er machte eine abwehrende Geste.

»Du brauchst mich nicht zu schonen«, sagte ich. »Mir ist klar, dass sie mich hasst.« Er wollte widersprechen, doch ich legte ihm sachte, aber bestimmt einen Finger auf die Lippen. »Jetzt wahrscheinlich umso mehr, denn eigentlich war sie es, die dich retten sollte.«

Gordian umfasste mein Handgelenk. »Ich weiß«, sagte er leise.

»Du kannst es doch gar nicht wissen«, erwiderte ich verständnislos. »Du warst ohnmächtig. So gut wie tot ... Vielleicht bist du es sogar tatsächlich gewesen.«

Er schüttelte den Kopf. *Das ist nicht möglich. Ich habe von dir geträumt.*

Gordy, das kann nicht sein. »Du wärst beinahe erstickt!«

Es war wunderschön ... Bis Kirby auftauchte und ...

Ich sah, wie seine Pupillen sich zu hauchdünnen Ellipsen zusammenzogen.

Sag es mir.

Wieder schüttelte Gordian nur den Kopf.

Bitte!

Ach, Elodie.

Ich spürte die Wärme seiner Hand in meinem Nacken, dann wie sich seine Finger unter meinen Haaransatz schoben und um meinen Hinterkopf legten. Meine Stirn sank gegen seine Schulter und erst mit dieser Geste löste sich meine ganze Anspannung.

Erneut quollen Tränen aus meinen Lidern hervor, rannen über mein Gesicht und tropften auf meine Brust hinunter. Ich sehnte mich nach Ruhe, nach ein bisschen Zeit mit ihm allein. Ohne Angst. Ohne schlimme Gedanken. Ohne das Damoklesschwert, das seit meinem Gespräch mit Oceane über uns schwebte und von dem Gordy noch nichts ahnte.

Kirby verfügt über ein außergewöhnlich machtvolles Talent, hörte ich ihn sagen. *Sie kann andere Lebewesen lähmen.*

»Das habe ich gespürt«, entgegnete ich. »Nicht eben, sondern ...«

»Die Kälte ist nur der Anfang. Kirby könnte dich umbringen, ohne dich zu berühren.«

»Das würde sie nicht wagen.«

Gordian bog meinen Kopf zurück und sah mir fest in die Augen.

Dessen darfst du dir niemals sicher sein. Hörst du? Zu keiner Zeit!

Sein Blick wanderte über mein Gesicht und glitt dann langsam an meinem Körper hinab. Eine zarte Röte überzog die Haut über seinen Schläfen. Mit einem leisen Seufzen wandte er sich ab.

Ich ertrag das nicht mehr. Diese ständige Sehnsucht ... dieses Verlangen, dich zu halten und zu ... Er riss sich von mir los und blinzelte gegen das Sonnenlicht aufs Meer hinaus. *Während wir gleichzeitig über den Tod reden!*

»Müssen«, betonte ich. »Und jetzt hörst du mir bitte zu!« Ich umfasste sein Kinn und zwang ihn, mich wieder anzusehen. »Vergiss, dass wir allein sind, und entschuldige, dass ich nicht auf unsere Häute geachtet habe. Und bitte, sieh darüber hinweg, dass wir nackt sind ...«

Gordian stieß ein kurzes, gequältes Lachen aus und wandte sein Gesicht zur Seite. Er umschlang seine Knie und zog sie dicht an seinen Oberkörper. Seine Kiefermuskeln traten in schnellem Rhythmus hervor.

»Erzähl mir, was passiert ist«, forderte ich ihn auf. »Woran erinnerst du dich noch?«

»Daran, dass wir sehr tief hinuntergetaucht sind«, begann er mit leichtem Unwillen. »Es war dunkel. So dunkel, dass selbst ich kaum etwas erkennen konnte.«

»Eine Höhle?«

»Nein.« Er schüttelte den Kopf. »Es hing mit dem Wasser zusammen. In die Höhle gelangten wir erst später.«

»Wie meinst du das, wenn du sagst, dass es am Wasser lag?«, hakte ich behutsam nach.

»Es war dichter als üblicherweise.«

»Das kann nicht sein«, erwiderte ich, ohne darüber nachzudenken.

»Ich weiß selbst, dass das nicht möglich ist«, gab Gordian ein wenig gereizt zurück. »Rein physikalisch zumindest.«

Plötzlich kam mir etwas in den Sinn.

Vielleicht war es eine Art Schutz. Ich meine, so ähnlich wie damals bei mir in Lübeck, als das Meer mich daran hinderte, ans Ufer zurückzuschwimmen. Oder gerade eben, als es die Zeit stillstehen ließ und mir dabei half, Gordy zu retten, fügte ich als geschützten Gedanken hinzu. Auf keinen Fall wollte ich, dass er erfuhr, wie seine Eltern und die anderen Nixe sich verhalten hatten.

»Ja.« Er nickte. »Genau das dachte ich auch.«

»Und jetzt denkst du es nicht mehr?«

»Keine Ahnung. Ich habe diesen Nix nur ganz kurz gesehen, wenige Sekundenbruchteile vielleicht, dann wurde auf einmal alles schwarz um mich herum und unmittelbar darauf bist du aufgetaucht.«

»Du hast von mir geträumt«, versuchte ich ihm auf die Sprünge zu helfen. Es war wirklich frustrierend, an wie wenig er sich erinnerte. Immerhin waren Cullum, Ramon, Poy und er eine ganze Weile weg gewesen.

»Mhm.« Wieder nickte Gordy. Dann ließ er die Stirn auf seine Knie sinken und stöhnte. »Du hast mit jemandem gesprochen.«

»Ich? ... In deinem Traum?«

»Ja.«

»Und was war daran so schön?«, fragte ich ungeduldig.

Er hob den Kopf und warf mir einen verständnislosen Blick zu.

»Dass du mich gehalten hast. Die ganze Zeit über.«

Ich war mir nicht sicher, ob ich ihm folgen konnte.

»Während ich mit jemand anderem redete?«

»Das schien mir nicht so wichtig zu sein«, gab Gordian zurück.

»Aha ...?«

»Ach, verdammt, ich weiß es doch auch nicht!«, rief er ungehalten, nahm einen faustgroßen Stein in die Hand, holte aus und schleuderte ihn ins Wasser.

»Gordy, was soll da...?«

Weiter kam ich nicht, denn in dieser Sekunde bemerkte ich einen Schatten, der sich nur wenige Meter neben uns aus den Klippen erhob und sich dann blitzschnell ins Meer hinuntergleiten ließ.

Die feinen Härchen an meinen Unterarmen stellten sich auf. Ein Hainix!, durchzuckte es mich. Was sonst? – Es konnte nur ein Hainix gewesen sein! Einer der drei – oder waren es inzwischen sogar mehr geworden? –, die uns verfolgten, beobachteten und belauschten, bisher nur noch nicht angegriffen hatten.

Ich unterdrückte den Reflex, ins Wasser zu springen und ihm zu folgen. Außerdem irritierte mich Gordians leises Lachen.

Das ist kein Hai gewesen, Elodie, sondern eine Mönchsrobbe. Es gibt nur noch wenige von diesen Tieren und auf den Inseln hier stehen sie sogar unter dem Schutz der Menschen.

Bist du sicher? Ist das tatsächlich eine Robbe gewesen?

Er berührte sanft meinen Handrücken. *Ganz sicher. Eine ausgewachsene natürlich,* fügte er noch immer lächelnd hinzu.

»Okay«, sagte ich, atmete einige Male tief durch und nahm den alten Gesprächsfaden sofort wieder auf. »Bitte, streng dich ein bisschen an, Gordy. Mit wem habe ich gesprochen? Und was habe ich gesagt?«

»Das habe ich nicht verstanden.«

»Ausgeschlossen«, entgegnete ich. »Du verstehst jede Sprache dieser Welt. Und meine Gedanken hörst du bereits, bevor ich sie zu Ende gedacht habe.«

»Nur, wenn du mich lässt«, betonte er. »Aber in diesem speziellen Fall hat all das ohnehin keine Bedeutung. Schließlich war es nur ein Traum. Vielleicht diente er dazu, mir das Sterben zu erleichtern. Du hast mich in deinen Armen gehalten, aber du warst mit deinem Bewusstsein in einer Welt, zu der ich schon keinen Zugang mehr hatte.«

Ich starrte ihn an. Das klang ziemlich abgefahren, aber durchaus plausibel.

»Es hat sich irgendwie so richtig angefühlt«, fuhr Gordian fort.

»Du meinst, ich hätte dich sterben lassen sollen?«, erwiderte ich empört und erschrocken zugleich.

Ja, vielleicht.

Das kann unmöglich dein Ernst sein!

»Vielleicht fordert das Meer einen Tribut«, wisperte er. »Für das, was ihm angetan wird.«

»Und das Opfer soll ausgerechnet ein Nix sein?« Eigentlich wollte ich ihm keinen Vogel zeigen, denn dafür war die Situation viel zu ernst, aber dieses Argument leuchtete mir nun wirklich nicht ein.

Ein Plonx, betonte Gordy.

»Nein, nein, nein und nochmals nein!«, fuhr ich ihn an. »Mag sein, dass dein Körper anfälliger für die Auswirkungen des Tiefendrucks ist als der eines gewöhnlichen Delfinnixes, möglicherweise hättest du dort unten sowieso nichts ausrichten können und ...«

»Sag ich doch«, fiel er mir ins Wort.

»Verdammt noch mal, Gordy, so meine ich das aber nicht«, entgegnete ich aufgebracht. Allmählich war ich es leid, immer und immer wieder über seine angeblichen Unzulänglichkeiten zu diskutieren. »Niemand außer dir selbst sieht in dir etwas Minderwertiges.«

»Dann hast du Ramons und Poys Blicke nicht gesehen.«

»Die interessieren mich nicht.«

»Das sollten sie aber!« Gordian sah mich finster an. »Seit meinem letzten Zusammentreffen mit Ramon hat sich einiges geändert. Selbst die befreundeten Delfinnixe scheinen mir nicht weiterhin freundlich gesinnt zu sein. Ich bin mittlerweile nicht einmal mehr sicher, ob Cullum und Oceane noch uneingeschränkt zu mir stehen.«

Trotz aller Liebe, aber diese Befürchtung teilte ich. Okay, sie waren seine Eltern, und sie wünschten ihm ganz sicher nichts Böses, doch nachdem ich eben selbst miterlebt hatte, dass die beiden tatenlos zusahen, als Gordian zu sterben drohte, hegte auch ich große Zweifel an ihrer Solidarität.

Sie haben ihre Emotionen verborgen gehalten.

Okay, jetzt kam das Thema also doch auf den Tisch.

Sie haben nichts unternommen, um dir zu helfen, präzisierte ich.

»Sie hätten nichts tun können«, gab Gordy matt zurück. »Nur Kirby oder du ...«

»Wieso ausgerechnet sie?« Ich spürte einen leisen Zorn aus meinem Becken aufsteigen und musste mir Mühe geben, nicht unbeherrscht zu klingen. »Wieso Kirby?«

Gordian wich meinem Blick aus. »Das willst du nicht hören.«

»Schon möglich. Sag es mir trotzdem.«

Gordy sah mich noch immer nicht an. »Es hängt mit unseren Talenten zusammen«, erklärte er mir schließlich widerstrebend. »Sie sind in gewisser Weise identisch.«

»Das verstehe ich nicht.« Vielmehr hatte ich den Eindruck, als seien sie vollkommen verschiedenartig. »Kirby strahlt so viel Kälte aus, dass sie andere damit lähmt.«

Oder sogar tötet, fügte Gordian hinzu.

»Und du heilst körperliche und seelische Wunden«, fuhr ich stockend fort. Auf einmal war meine Stimme so rau, dass ich kaum weitersprechen konnte, denn ich ahnte, worauf das Ganze hinauslief. »Womit du genau das Gegenteil von dem bewirkst, was Kirby tut.«

Gordy räusperte sich, bevor er mir wieder sein Gesicht zuwandte. »Eure Talente heben sich gegenseitig auf«, flüsterte ich.

Er nickte kaum merklich, und seine Iris flackerte, als er mir die Konsequenzen, die sich daraus ergaben, zu verdeutlichen begann. »Niemand kann Kirbys tödliche Kraft neutralisieren ... außer mir«, sagte er leise. »Und niemand kann mich daran hindern, jemanden zu heilen ...«

»Außer Kirby.« Meine Stimme war nur noch ein Hauch. »Aber das ist bösartig. Warum sollte sie so etwas tun?«

Wieder hob Gordian einen Stein auf, diesmal ließ er ihn langsam die Klippen hinunterkullern. Mit einem leisen Platschen versank er im Wasser.

»Einmal ... wir waren noch Kinder ... fanden wir einen kranken Delfin, der schutzlos am Meeresgrund im Sterben lag.«

»Du wolltest ihn heilen, aber Kirby hat dich daran gehindert?«

Er nickte abermals.

»Wir blieben bei ihm, bis er gestorben war. Danach diente er einem verletzten Hammerhai als Nahrung.«

Es dauerte einen Moment, bis bei mir der Groschen fiel.

»Der Delfin hat einem Hai das Leben gerettet?«, stieß ich hervor. »Und Kirby hat das gewusst?«

Jetzt schüttelte Gordian den Kopf. »Nicht gewusst. Eher gespürt. Nixkinder handeln hundertprozentig intuitiv. Je älter sie werden, desto mehr drängen sich persönliche Interessen in den Vordergrund. Deshalb ist es nur gut, dass die Natur ein Regulativ dafür geschaffen hat.«

Allmählich fing ich an zu verstehen.

»Wenn wir Hainixe unsere Talente missbrauchen, verlieren wir sie. Delfine dagegen benötigen einen Partner, der dafür sorgt, dass dies gar nicht erst geschieht, richtig?«, sagte ich, und erst während ich diese Worte sprach, begriff ich wirklich, was das bedeutete. Denn offenbar sorgte dieses Regulativ sogar dafür, dass Delfinnixe mit sich ergänzenden Talenten einander gegenseitig am Leben halten konnten.

In meiner Brust wurde es so eng, dass ich kaum noch Luft bekam. »Ist das immer so?«

»Nein.« Gordy zögerte, bevor er weitersprach. »Es ist eher eine Ausnahme.«

Aber dann ...

Ich brauchte nicht weiterzusprechen und Gordian musste auch nichts bestätigen. Die Sache war klar: Er und Kirby gehörten untrennbar zusammen.

Schwestern im Bösen

Einen endlos langen Augenblick glaubte ich, ohnmächtig zu werden. Ich spürte einen quälenden Druck in meiner Brust, der sich schließlich in einem lauten Schrei entlud und mich ins Wasser katapultierte. Ich sah nicht, wohin ich schwamm, merkte nicht, was um mich herum geschah. Das Meer war so düster, dass sich nicht einmal der Leib einer Mönchsrobbe davon absetzte. In meinem Kopf klaffte ein tiefschwarzes Loch. Ich konnte nicht denken, und mein Körper fühlte sich an, als stünde er vom Scheitel bis zu den Spitzen meiner Schwanzflosse in Flammen.

Elodie!

Es war Gordians Stimme, die das Schwarz verdrängte, das entfesselte Spiel meiner Muskeln zähmte und mein Herz besänftigte. Im nächsten Augenblick war er neben mir, umfasste meinen Arm und stoppte meinen Blindflug, indem er mich energisch zu sich herumzog und seine Hände um meine Schultern legte.

Es hat nichts mit uns zu tun!

Ich wollte ihm Vorwürfe machen, doch ich brachte keinen Ton heraus. Stattdessen ließ ich es zu, dass sein Blick in mich eintauchte und das sengende Feuer in mir löschte.

Und es ändert auch nichts an meiner Liebe zu dir.

Es war die Wahrheit, das wusste und das spürte ich. Und trotzdem:

Selbst wenn es nicht zum Krieg kommt ..., begann ich. *Selbst wenn* es irgendwann Frieden zwischen den Nixen untereinander und den Menschen geben sollte, wir werden niemals ...

Kirby und ich sind viele Wochen ohne einander ausgekommen, unterbrach Gordy mich. *Es besteht die berechtigte Hoffnung, dass wir das auch über einen noch weitaus längeren Zeitraum schaffen. Vielleicht können wir uns eines Tages sogar aus dieser Verbindung lösen.*

Ist so etwas denn überhaupt schon einmal vorgekommen?, fragte ich mit bangem Herzen.

Nein, aber ... Gordian senkte den Blick, wie er es oft tat, wenn er mit sich rang. Der Schmerz in meiner Brust drohte mich zu zerreißen, und es kostete mich unendlich viel Mühe, meine Stimme unter Kontrolle zu halten.

Mach dir nichts vor, Gordy! Du und Kirby, ihr seid einander bestimmt, sagte ich stockend. *Es hat keinen Sinn, sich dagegen zu wehren.* Auch das war ein Teil der Wahrheit. – Der bittere Teil. *Ich habe so etwas geahnt ... Schon lange ... Aber ich habe es immer wieder verdrängt. Du weißt doch ...*, versuchte ich jetzt zu witzeln, *darin bin ich ganz groß.*

Gordian starrte mich an. Das Türkis seiner Iris verblasste und eine tiefe Niedergeschlagenheit breitete sich in seinem Gesicht aus. Wieder und wieder schüttelte er den Kopf.

Und du ... Du hast es ebenfalls geahnt, fuhr ich fort. *Du hast es wahrscheinlich sogar gewusst.* Er wollte etwas einwenden, aber ich ließ ihn nicht zu Wort kommen. *Warum sonst hättest du mir verschweigen sollen, dass eure Talente einander ergänzen?*

Er antwortete nicht, und das half mir, eine Entscheidung zu treffen. Ich brauchte Gewissheit.

Für mich.

Für Gordy.

Für die Nixe und die Menschen.

Zu verlieren hatte ich nichts mehr. Jetzt konnte ich nur noch kämpfen. Diese Erkenntnis lähmte sogar meine aufflammende Verzweiflung. Ich spürte nicht einmal Angst.

Ich werde in die Höhle hinuntertauchen und versuchen, dem alten Delfinnix sein Geheimnis zu entlocken.

Nein! Gordians Blick wurde schlagartig glasklar und der Griff um meine Schultern fester. *Das lasse ich nicht zu! Niemals!*

Darüber hast du nicht zu bestimmen, sagte ich tonlos.

Wie wahr! Wie wahr! Ein Schatten löste sich aus einer hinter dunklem, wogendem Tang verborgenen Felsspalte und driftete langsam auf uns zu. – Kirby! Wahrscheinlich hatte sie uns schon die ganze Zeit über belauscht. Der Blick aus ihren aquamarinblauen Augen ruhte beinahe respektvoll auf mir. *Mein erster Eindruck hat mich getäuscht. Die süße Elodie ist sehr viel klüger, als ich dachte.*

Halt die Klappe!, zischte Gordy. *Was sie und ich miteinander zu besprechen haben, geht dich überhaupt nichts an.*

Ich fürchte, da irrst du dich, gab Kirby zurück. *Irgendjemand muss diese Aufgabe schließlich übernehmen. Und wenn ich mir Elodie so anschaue, scheint sie mir dafür wie geschaffen zu sein.*

Sie kann dem Druck ebenso wenig standhalten wie Cullum, Ramon, Poy oder ich.

Cullum, Ramon und Poy sind nicht bewusstlos geworden. Kirby lächelte süffisant. *Im Gegensatz zu dir. Was möglicherweise mit der Beschaffenheit deines Körpers zusammenhängt.*

Elodie ist nicht anders als ich, erwiderte Gordy. *Auch sie besitzt keine schützende Hülle.* Eine dunkle Zornesröte überzog seine Schläfen.

Das ist richtig, lenkte Kirby ein. *Allerdings ist sie ein Hai. Ihre tierischen Artgenossen können sehr viel tiefer tauchen als ein Delfin.*

Gordian ließ seine Hände von meinen Schultern gleiten. Er wandte sich um und schwamm nun langsam auf Kirby zu. Die angespannten Muskeln in seinem Nacken und seine kontrollierten Flossenschläge verrieten mir, wie sehr er sich beherrschen musste.

Du weißt, dass das nicht stimmt, knurrte er. *Zumindest nicht unein-*

geschränkt. Also versuch bitte nicht, ihr weiszumachen, dass sie eine reelle Chance hätte. Die hat sie nämlich nicht. Genauso gut könnte Cullum es noch einmal selbst versuchen.

Das hat er bereits getan, entgegnete Kirby. *Er schafft es nicht. Wahrscheinlich käme er ein gutes Stück weiter als du, allerdings würde er ebenfalls ohnmächtig werden, bevor er die Höhle erreicht.*

Aber ... Gordy drehte sich zu mir um und sah mich stirnrunzelnd an. *Das kann nicht sein.*

Wie meinst du das?, fragte Kirby harsch. *Was kann nicht sein?*

Dass mein Vater die Höhle nicht erreicht hat, erwiderte Gordian. *Ich jedenfalls bin dort drin gewesen.*

Irrtum. Kirby verschränkte die Arme vor ihrer Brust. Ihre ganze Körperhaltung drückte Überheblichkeit aus.

Und wieso habe ich dieses Wesen dann mit meinen eigenen Augen gesehen?

Noch immer hielt Gordy seinen Blick auf mich gerichtet. Ein kurzes Blitzen in seinen Augen, gefolgt von einem kaum merklichen Grübchenlächeln, löste meinen Zorn von einer Sekunde auf die andere in Wohlgefallen auf.

Vielleicht hast du das alles ja nur geträumt, antwortete Kirby schulterzuckend. *So etwas kann während einer Ohnmacht durchaus passieren. Menschen beispielsweise träumen ... soweit ich gehört habe ... ständig.*

Ihre Worte klangen mir in den Ohren und hallten in meinem Kopf nach – und plötzlich war mir klar, was Gordians Traum zu bedeuten hatte.

Ich glaube, es war etwas anderes, flüsterte ich ihm zu, denn Kirby musste nun wirklich nicht alles mitbekommen.

Gordians Augen verengten sich.

Bitte sag es nicht, flehte er. *Sprich es nicht aus.*

Seine Gedanken waren ebenso präsent für mich wie seine Panik, fast bildete ich mir ein, sie wittern zu können. Noch immer wollte er mich um jeden Preis von meinem Vorhaben abhalten.

Doch mein Entschluss stand fest. Allerdings musste ich sicher sein, dass Gordy mir nicht folgen würde und damit ein weiteres Mal sein Leben aufs Spiel setzte.

Ich weiß, es klingt verrückt, aber es kann nicht anders gewesen sein. Du hast dieses Wesen durch meine Augen gesehen, redete ich eindringlich auf ihn ein. *Es muss mit deinem Traum zusammenhängen und das war eine Botschaft des Meeres an mich. Die Botschaft nämlich, dass ich, vielleicht sogar nur ich, in die verborgenen Schichten des Unterbewusstseins dieses Geheimnisträgers vorzudringen vermag. Verstehst du? Ich weiß, wie es ist, wenn man sich in sich selbst zurückzieht. Als ich es das erste Mal tat, hast du selber gesagt, dass es dich an diese Geheimnisträger erinnert. Damals habe ich es nicht wirklich verstanden. Aber jetzt ist mir klar: Ich spreche die Sprache seiner Seele. Womöglich bin ich die Einzige, die seine Informationen empfangen kann.*

Gordy betrachtete mich schweigend. Ich hatte ihn überzeugt, aber noch war sein Widerstand deutlich zu spüren.

Wir dürfen die Botschaft des Meeres nicht ignorieren, beschwor ich ihn. *Ich bin sicher, du kannst ihm vertrauen. Ich werde zurückkommen.*

Gordy presste die Lippen aufeinander. Er wusste, dass ich recht hatte, es war ein letztes inneres Aufbäumen.

Aber du wirst ganz sicher nicht allein dort hinuntertauchen, sagte er schließlich.

Kirby kann mich begleiten, schlug ich vor. *Sofern sie den Weg kennt.* Fragend sah ich sie an.

Sie löste ihre Arme und tippte sich bedeutungsvoll an die Schläfe.

Ich kann ihn von Cullum erfragen.

Gut. Ich nickte ihr zu. *Dann lass uns keine Zeit verlieren.*

Eine seltsame Euphorie, die im Grunde überhaupt nicht zur Situation und noch weniger zu meiner niedergeschlagenen Stimmung passte, breitete sich in meinem Kopf aus. So ähnlich musste es sich anfühlen, wenn man eine stimmungsaufhellende Droge genommen hatte.

Ich kann dir allerdings nicht versprechen, dass ich den Höhleneingang erreiche, sagte Kirby.

Hauptsache, du versprichst mir, sie in Ruhe zu lassen, brummte Gordian.

Ich ignorierte seine Bemerkung und wandte mich Kirby zu.

Mir genügt es vollkommen, wenn du mir die Richtung zeigst, erklärte ich ihr. *Oder du gibst mir eine detailgetreue Beschreibung mit auf den Weg.*

Das lässt sich machen, erwiderte sie und lächelte mich triumphierend an.

Ich lächelte zurück, aber natürlich war mir klar, dass es sich um einen äußerst fragilen und trügerischen Frieden zwischen uns handelte. Kirby wusste, worüber Gordy und ich gesprochen hatten. Sie beide mochten füreinander bestimmt sein, aber mich liebte er. Wahrscheinlich hoffte sie, dass er mich eines Tages vergessen und mit der Zeit ebensolche Gefühle für sie entwickeln würde, und das konnte ich ihr nicht einmal verdenken.

Nein. Nein. Ich wollte – ich durfte! – mir darüber jetzt nicht den Kopf zermartern. Auch wenn mir das Meer Schutz gewährte, die Aufgabe, die mir bevorstand, war nicht ungefährlich. Das Hinabtauchen in die unbekannte Höhle und das Befragen des uralten Delfinnixes würden meine ganze Kraft und Aufmerksamkeit erfordern.

Okay, sagte ich leise zu mir selbst und dann an Gordian gewandt: *Versprich mir, dass du dich nicht unnötig in Gefahr begibst. Sollte mir oder Kirby dort unten etwas zustoßen, werden wir deine Hilfe benötigen.*

Elodie ... Zärtlich nahm er mein Gesicht in seine Hände. *Ich wünsche so sehr, dass du mit einer Nachricht zurückkehrst, die es uns erlaubt zusammenzubleiben,* wisperte er, während er seine Stirn an meine legte. *Für immer zusammenzubleiben.*

Ich auch!, schrie jede Faser in mir. Eine tiefe Sehnsucht überflutete mein Herz, doch die große Schwester namens Vernunft war stärker und erstickte jegliche Hoffnung im Keim.

Wir werden sehen, sagte ich und küsste Gordy noch einmal auf den Mund, bevor ich mich von ihm löste und Kirby in die Tiefe des Meeres folgte.

Minutenlang ging es steil an der Klippenwand der Hauptinsel hinunter, und schon bald spürte ich den Druck, der meinen Leib umfing und sich wie eine riesige Boa constrictor immer enger zusammenzog. Es kostete mich eine gewaltige Anstrengung, dagegen anzukämpfen und mich weiter hinabzubewegen. Ich schwamm dicht neben Kirby und behielt ihren Zustand wachsam im Auge, denn ich durfte auf gar keinen Fall den Augenblick verpassen, in dem sie bewusstlos zu werden drohte.

Rede mit mir!, forderte ich sie auf. *Wie tief müssen wir noch hinunter?*

Es kann nicht mehr weit sein, gab sie träge zurück.

Alles okay?, fragte ich. *Geht es dir gut?*

Sie stöhnte leise. *Nicht besonders.*

Dann solltest du mich den Rest besser allein machen lassen.

Und wenn du es nicht schaffst?

Ich war ehrlich überrascht. *Zweifelst du jetzt etwa plötzlich? An der Botschaft des Meeres?*

Kirby antwortete nicht, sondern verdrehte nur die Augen.

Sag bloß, du glaubst nicht daran?

Das würde ich gerne. Ihre Lippen umspielte ein mattes Lächeln. *Zumindest, was den Teil von Gordys und meiner Bestimmung betrifft. Doch ehrlich gesagt, halte ich das alles für eine Legende. Aber an ir-*

gendetwas muss man sich ja festhalten, wenn man seinen Lebensraum dahinsiechen sieht.

Du glaubst also nicht, dass dort unten ein uralter Nix lebt, der darauf wartet, dass der Richtige kommt, um ihm ein vielleicht schon vor sehr langer Zeit anvertrautes Geheimnis zu entlocken?, fragte ich.

Natürlich nicht. Mit jeder einzelnen Silbe verlor Kirbys Stimme an Kraft. *Denn es ist vollkommen unmöglich. Allein schon aus biologischen Gründen,* erläuterte sie, während sie ihren Blick auf das Atemloch in ihrer Außenhülle richtete.

Ich verstand. Der Nix würde sterben, sofern er nicht in regelmäßigen Abständen die Oberfläche durchstoßen und seine Lungen mit Luft füllen konnte.

Aber wieso hat Gordy mir dann erzählt, dass es diese Geheimnisträger gibt? Er weiß doch genauso gut wie du, dass ihr nicht in der Lage seid, so lange unter Wasser zu bleiben.

Kirby schüttelte im Zeitlupentempo den Kopf. *Vielleicht glaubt er ja daran. So wie fast alle anderen auch.*

Du weißt es also nicht, erwiderte ich.

Sie rümpfte abfällig die Nase. *Solche Dinge waren für Gordy und mich nie wichtig.*

Ich ignorierte den Stich in meinem Herzen und ich sah auch über Kirbys Arroganz hinweg. Die Frage, was denn für sie beide in ihrer gemeinsamen Zeit gezählt hatte, verkniff ich mir.

Der geringschätzige Ausdruck in Kirbys Gesicht wich einem spöttischen Zug um ihre Mundwinkel.

Es wundert mich nicht, dass er Spaß daran hat, dich zu küssen, begann sie in beiläufigem Tonfall, *und zu berühren ... und all das mit dir zu tun, was Menschen miteinander machen. Es ist neu für ihn und deshalb sicher aufregend.* Ihre Stimme verschärfte sich. *Aber es ist nichts weiter als einfach nur Sex.*

Nein, wollte ich sagen, ihr erklären, dass sich alles ganz anders verhielt, doch ich begriff, dass es völlig sinnlos war, mit Kirby darüber zu diskutieren. Und es ging sie auch nichts an.

Hör mir gut zu, Elodie, zischte sie nun ganz nah an meinem Ohr. *Gordy und ich gehören zusammen, seit wir geboren sind. Vielleicht hat das Meer es so bestimmt, vielleicht auch nicht. Für mich persönlich spielt das keine Rolle. Ich weiß, dass es so ist. Und ich werde ihn nicht gehen lassen.*

Mit langsamen Flossenschlägen glitt sie um mich herum und lehnte sich dann leise seufzend gegen die Klippenwand. In dem schwachen Licht, das noch bis hier unten herabfiel, schimmerte ihr Gesicht gespenstisch weiß. Die Farbe war aus ihren Lippen gewichen und ihre Iris glich einem wässrigen Aquamarin. Ihre Erschöpfung war nicht zu übersehen, und ich fragte mich, warum sie sich überhaupt die Mühe machte, mir all diese überflüssigen Dinge zu sagen, die uns nur Zeit und Kraft kosteten.

Du solltest besser zurückschwimmen, sagte ich.

Kirby schloss für einen Moment die Augen und schüttelte den Kopf. *Ich bin noch nicht fertig,* erwiderte sie stockend. Ihr Brustkorb hob und senkte sich in kurzen, ruckartigen Abständen. *Gordys Verwandlung in einen Plonx war für uns alle überraschend,* fuhr sie fort. *Ich kann wie keine andere nachempfinden, was in ihm vorgegangen ist, und ich werde ihm immer treu zur Seite stehen ... Was du ihm nicht versprechen kannst ... Denn du bist anders als er ... Du bist eine Hainixe ... Du wirst das Interesse an ihm verlieren ... irgendwann ... genauso wie er an dir.*

Was soll das Kirby?, fuhr ich sie an. Sowohl ihre Worte als auch ihr besorgniserregender Zustand machten mich zornig. *Warum sagst du mir das alles? Du kannst es doch gar nicht wissen.*

Wie auch immer, murmelte sie. *Ich werde einen Weg finden, um mit ihm glücklich zu sein.* Ein Lächeln stahl sich auf ihre Lippen. Wissend. Irr. Böse. *Mein Plan steht, Elodie. Ganz egal, was du da unten in dieser verdammten Höhle erfährst ...*

Du glaubst doch gar nicht daran, fiel ich ihr ins Wort. *Was also sollte ich dort deiner Meinung nach schon erfahren?*

Noch im gleichen Moment wurde mir klar, was Kirby sich erhoffte. Sie spekulierte darauf, dass auch mein Körper dem Tiefendruck nicht standhalten konnte. Vielleicht hatte sie sogar recht damit. Eines war allerdings schon jetzt sicher: Sie würde mir nicht helfen. – Und Gordy könnte sie dann später erzählen, dass er ihre Hilferufe offenbar nicht gehört habe und sie daraufhin alles versucht hätte, um mich zu retten, bis sie beinahe selber ohnmächtig geworden sei. Die Frage, warum sie nicht einfach ihr Talent einsetzte und mich lähmte, stellte ich mir gar nicht erst. Denn vor Gordy würde sie nicht verbergen können, dass sie nachgeholfen hatte.

Kirbys Lächeln wurde immer befremdlicher.

Ich weiß genau, was ich zu tun habe, murmelte sie so leise, dass ich sie kaum noch verstand, dann verdrehte sie ihre Augen weit nach oben, und ihre Iris verschwand vollständig unter dem Oberlid. Kirbys Schwanzflosse erschlaffte, ihr Oberkörper kippte zur Seite, und bevor ich auch nur zu der kleinsten Reaktion fähig war, trudelte sie bereits kopfüber in die Tiefe.

Wie paralysiert starrte ich ihr hinterher, registrierte das silbrige Schillern ihrer Delfinhülle, das sich allmählich von mir entfernte, sah, wie ihr hilfloser Körper gegen die Klippenwand schlug, und war nur noch von einem einzigen Gedanken beherrscht:

Nicht ich würde sterben, sondern Kirby.

Sie würde nie mehr zurückkehren und Gordian würde frei sein.

Ich hätte gerne geglaubt, dass die Entscheidung meinem Herzen entsprang, aber das wäre eine Lüge gewesen. Vielmehr handelte es sich um einen Reflex in meiner Schwanzflosse, dem ich mich nicht widersetzen konnte.

Ohne nachzudenken, schoss ich pfeilschnell in die Tiefe, achtete weder auf scharfkantige Felsvorsprünge noch auf den Druck, der meinen Körper hart umfing, und stoppte dieses ungeheure Tempo erst, als ich auf einer Höhe mit Kirby war. Ich schlang meine Arme um ihren Leib und presste sie fest an mich, dann machte ich eine Kehrtwende und stieß in Richtung Meeresoberfläche zurück.

Auf den ersten Blick schien Kirbys Delfinhaut unverletzt zu sein, trotzdem wollte ich unbedingt eine Zone erreichen, in der der Tiefendruck nicht mehr so belastend war, bevor ich versuchte, sie aus ihrer Ohnmacht zu befreien.

Lass es mich schaffen, bat ich. *Kirby darf nicht sterben! Ich möchte nicht schuld sein an ihrem Tod.*

Vor allem aber wollte ich nicht, dass Gordy sich Vorwürfe machen musste, weil er sie nicht daran gehindert hatte, mich zu begleiten.

Nach einer Weile, die mir wie eine Ewigkeit vorkam, wurde das Meer endlich lichter, Fischschwärme stoben vorbei, und ich konnte wieder die unzähligen Furchen und Spalten im Vulkangestein erkennen, aus denen Korallen, Algen und Anemonen hervorwuchsen.

Ich nahm einen tiefen Atemzug, spürte, wie meine Lungen sich dehnten und mit sauerstoffhaltigem Wasser durchflutet wurden und meine Energie zurückkehrte.

Kirby!, flüsterte ich. *Kirby?*

Der delfinförmige Kopf ihrer Außenhaut ruhte auf meiner Schulter, darunter erkannte ich nicht mehr als ihr leuchtend rotes Haar, das über ihren schmalen bleichen Rücken fiel. Ihre Wirbel zeichneten sich bläulich unter der zarten Haut ab.

Kirby, verdammt! Ich drückte sie ein Stück von mir weg und versuchte, ihr in die Augen zu sehen, doch ihr Kopf kippte sofort nach vorn, sodass sich mir nur ihr Scheitel und ein schmaler

Streifen ihrer menschlichen Stirn darboten. Und plötzlich wurde mir klar, dass ich ihr nicht helfen konnte. Das Meer hatte mir kein Talent verliehen, um sie zu retten, und meine Bitte war nicht erhört worden. Jetzt gab es nur noch eine einzige Möglichkeit: Gordy!

Ich hätte ihn gleich rufen sollen.

Prompt meldete sich mein schlechtes Gewissen und begann an mir zu nagen, wie ein niederträchtiger kleiner Teufel. Die Arme wieder fest um Kirbys Körper geschlungen, glitt ich, so schnell ich konnte, dicht an der Klippenwand entlang weiter nach oben und rief dabei unaufhörlich nach Gordy.

Hilf mir!

Ich musste ihn nicht lange bitten. Sehr viel eher, als ich erwartet hatte, erschien ein Schemen über mir, und kurz darauf sah ich mich Gordian und Poy gegenüber.

Was ist passiert?, fragte der weißhaarige Delfinnix barsch und blitzte mich aus seinen Raubvogelaugen argwöhnisch an.

Ich wich seinem Blick aus und wandte mich direkt an Gordy. Für lange Erklärungen war nun keine Zeit.

Sie ist ohnmächtig geworden und auf einen Felsen geschlagen. Sei bitte vorsichtig, sie könnte verletzt sein.

Ich weiß, flüsterte er mir zu. *Ich bin in Gedanken immer bei dir gewesen, und ich wäre schon viel eher gekommen, wenn dieser Idiot mich nicht aufgehalten hätte. Er traut dir nicht.*

Das wundert mich nicht, erwiderte ich, während Gordian Kirby ergriff und in seine Arme nahm.

Er schmiegte seine Wange an ihren Delfinkopf, schloss die Augen und strich mit seinen Händen zärtlich über ihre Außenhaut.

Der Anblick versetzte mir einen Stich. Hastig drehte ich mich um und stieß wieder in die Tiefe hinab. Ohne Begleitung würde ich den Geheimnisträger sehr viel schneller aufspüren können.

Das Meer hatte mir durch Gordians Traum eine Botschaft geschickt, es würde mir auch den Weg zur Höhle zeigen, das zumindest hoffte ich.

Mit gleichmäßigen, zügigen Flossenschlägen legte ich Meter um Meter zurück. Jetzt konnte ich mich endlich voll und ganz auf meine Mission konzentrieren und musste auf nichts weiter achten als darauf, mich nicht zu überanstrengen.

Anfangs hatte ich noch das Gefühl, dass Poy mir folgte, doch offenbar hatte er es sich anders überlegt, denn mittlerweile spürte ich niemanden mehr in meinem Rücken.

Ich war allein mit dem Meer und einem leisen Singsang in meinem Kopf, der zwischen meinen Ohren an- und abschwoll und von dem ich zunächst glaubte, dass ich ihn mir nur einbildete. Möglicherweise wurde er vom steigenden Tiefendruck erzeugt, und ich hatte ihn eben nur deshalb nicht wahrgenommen, weil Kirby mich in eine Diskussion verwickelt hatte.

Das Seltsame allerdings war, dass ich diesmal überhaupt keinen Druck empfand. Mühelos behielt ich mein Tempo bei, an der Kraft meiner Bewegungen änderte sich nicht das Geringste, und meine Atemzüge blieben auch dann noch tief und gleichmäßig, als sich das Wasser um mich herum längst verdunkelt hatte und nur noch hier und da ein Lichtreflex auf ein lauerndes Fischauge traf, das aus einer der unzähligen Felsspalten hervorlugte.

Je weiter ich hinabtauchte, desto deutlicher wurde der Gesang in meinem Kopf. Es war mittlerweile auch kein monotones An- und Abschwellen mehr, sondern ging nun allmählich in eine wunderschöne Melodie über, so lieblich und sehnsuchtsvoll, dass sie die tiefsten Tiefen meines Herzens berührte und mich und meine Seele davontrug.

Vielleicht ist dies ja der Anfang vom Ende, dachte ich noch, der Beginn einer Ohnmacht ... das Tor zum Tod ... und damit die Lösung für einen Teil aller Probleme ... bevor stockdunkle Finsternis mich in einen Abgrund riss.

Perdido Key, Florida, 23. Mai 2012, 06:33 Uhr

»Woher kommst du?«, fragte Shelley. Ihre Finger fuhren durch den feinen Puderzuckersand des weitläufigen Strandes, an dem sie sich nebeneinander niedergelassen hatten. »Wieso habe ich dich hier noch nie gesehen?«

Zak blinzelte gegen die aufgehende Sonne. Seine Haut schillerte, als wäre sie von Millionen von Salzkristallen überzogen. Beiläufig fuhr er mit den Fingerkuppen über sein Knie.

»Das Meer ist mein Zuhause.«

»Aha.« Shellys Lachen war hell und klar. Ihre grauen Augen funkelten wie die Sterne, die vor wenigen Stunden noch den Himmel über ihm bedeckt hatten, und ihre schneeweißen Zähne erinnerten Zak an die Perlen einer Auster. Am besten aber gefielen ihm die winzigen Sommersprossen, die ihr bei jedem Lächeln auf der Nase tanzten. »Und wo ist dein Boot?«, fragte sie und machte eine ausschweifende Geste über den ausgedehnten Sandstrand, auf dem sich außer ihnen beiden keine Menschenseele befand.

»Ich brauche kein Boot«, sagte Zak.

Das Lachen verklang und machte einem Stirnrunzeln und einem verständnislosen Kopfschütteln Platz. Irritiert sah Shelly ihn an.

Zak wunderte sich, dass sie die olivgrünen Shorts, die er in dem kleinen Unterstand abseits des Wohnhauses neben den Surfbrettern gefunden hatte, nicht erkannte. Entweder gehörte sie keinem ihrer Geschwister oder Freunde oder es gab diese Art Hosen hier wie Seegras am Meeresboden.

»Ich kann ziemlich gut schwimmen«, erklärte er.

»Okay ...«, meinte Shelly gedehnt. »Das ist aber keine Antwort auf meine Frage.«

»Doch«, erwiderte Zak. »Natürlich.«

Er verlieh seiner Stimme ein samtenes Timbre. Welche Wirkung es hatte, erzählten ihm Shelleys Augen. Ihre Pupillen waren riesengroß und nachtschwarz und ein scheuer, aber dennoch sehnsüchtiger Ausdruck lag in ihrem Blick.

Keine Frage, Shelley war hübsch. Sehr hübsch. Und Zak wusste, er konnte sie haben, so wie er jedes Mädchen würde haben können, doch leider war sie nicht die, nach der er suchte.

»Du hast mich gefragt, wo mein Boot liegt«, fuhr er fort.

Shelley sah ihn an und nickte. Ihre Lippen waren leicht geöffnet, ihre Haut duftete nach Sommer und unter ihrem dünnen weißen T-Shirt zeichneten sich die dunklen Höfe ihrer Brustwarzen ab.

Zak wusste, es wäre besser, wenn er jetzt aufstand und einfach davonging. Noch hatte er die Grenze nicht überschritten, noch konnte er dieses Mädchen am Leben lassen. Er dachte an Elliot und Kyan und versuchte, sich an den Ekel zu erinnern, den er verspürt hatte, als die beiden Bethany töteten. Jetzt war er allein und plötzlich fühlte sich alles ganz anders an. Nicht Kyan entschied, sondern er, Zak. Nun hatte er die Macht über Leben und Tod und darin lag ein unwiderstehlicher Reiz.

Lächelnd neigte er sich zu Shelley hin. »Und du hast gefragt, woher ich komme ...«

»Ja ...« Sie seufzte leise.

»Möchtest du, dass ich es dir zeige?«

Sie zögerte.

»Ich weiß nicht.«

Zak nahm eine hellblonde Locke, die sich auf ihrer Schulter kräuselte, und drehte sie spielerisch um seinen Finger. »Du bist wunderschön, weißt du das?«

Shelley schluckte. Ihr Atem ging stockend, und ihre Hände, die sie um ihre Beine geschlungen hatte, zitterten. Aber sie schaute nicht weg.

»Vertraust du mir?«, flüsterte Zak.

»Ich kenne dich doch gar nicht ... richtig.«

Er grinste. »Ich dich auch nicht, oder?«

»Ja, also ... Ich beiße dich schon nicht«, erwiderte Shelley und grinste ebenfalls.

Zak erwiderte nichts, sondern sah sie nur an, berührte in Gedanken ihre weiche Haut und kostete ihre Lippen.

»Hast du Lust, schwimmen zu gehen?«, fragte er nach einer Weile knisternden Schweigens.

»Ich weiß nicht ... Mein Bikini ...« Shelley wandte sich zum Wohnhaus um. »Ich müsste ihn rasch holen. Wenn du kurz wartest ...?«

»Bestimmt nicht.«

Ihre überraschte Miene amüsierte ihn.

»Weißt du, das kann ich nicht«, sagte Zak leise und zuckte bedauernd mit den Schultern. »Ich habe nämlich beschlossen, keine Sekunde mehr ohne dich zu sein.«

Shelley schluckte abermals. Eine zarte Röte überzog ihre Schläfen und wanderte über ihre Wangen bis zu ihrem Hals hinunter.

Zak beugte sich noch näher zu ihr hin, bis ihre Locken ihn an der Nase kitzelten. »Meermänner können nicht warten«, flüsterte er ihr ins Ohr. »Das Menschenmädchen sollte sich besser sofort entscheiden.«

»Aber ich kann doch nicht ...«

»Was?«, unterbrach er ihren zaghaften Protest. »Mich küssen?«

Sanft fasste er sie unters Kinn und hob es an. Zwischen seine und ihre Lippen passte kaum noch ein Windhauch.

Shelley atmete nicht mehr. Möglicherweise stand sogar ihr Herz still.

Zak fand, dass sie einfach hinreißend aussah, mit diesem leicht entrückten Ausdruck in den Augen.

»Wenn du mich küsst, wirst du nie wieder einen anderen wollen. Also überleg es dir gut.«

Shelleys Brust bewegte sich ruckartig und ihr Atem fuhr ihm durchs Gesicht. »Es gibt keine Sirenen ... oder Meermänner. Das sind doch alles bloß Geschichten.«

»Na, dann besteht ja keine Gefahr«, murmelte Zak und legte seinen

Mund auf ihren. Behutsam öffnete er ihre Lippen, voller Erwartung, welche Gefühle die Berührung ihrer Zunge in ihm auslöste. Ob es genauso sein würde wie mit Joelle?

Zak schloss die Augen und küsste Shelley langsam und lustvoll, freute sich über die kleinen Seufzer, die sie ausstieß, und über ihren warmen Körper, der sich ihm zwar noch immer zaudernd, aber doch unmissverständlich entgegenbog. Das Blut rauschte ihm in den Ohren, als ob es Meerwasser wäre, pulsierte durch seine Adern und in seine Lenden. Es war anders als mit Joelle, ganz anders. Shelleys Lippen waren runder und weicher, ihr Kuss voller Hingabe und ihre Haut so unfassbar zart ...

Zak würgte, als das Salzwasser seinen Rachen hinaufkroch, und schaffte es gerade noch rechtzeitig, sich von Shelley zu lösen, bevor es in seine Mundhöhle schoss.

Entschlossen sog er es in seine Lunge zurück, tat einen beherzten Atemzug und stellte erleichtert fest, dass es sich problemlos mit der Luft vermischte und das Rauschen in seinem Körper augenblicklich verebbte.

Zak schob seine Hand in Shellys Taille, legte sein Gesicht in ihre Halsbeuge und atmete ihren Duft. Jetzt endlich verstand er Kyan, konnte seinem Freund und Anführer nachfühlen, wie schwer es ihm gefallen sein musste, dieser Urgewalt zu widerstehen. Aber Zak hatte es geschafft. Nicht nur bei Joelle, sondern auch bei diesem Mädchen. Er konnte ES kontrollieren ...

Leider war Shelley nicht die Richtige. Weder ihr Blick noch ihre Stimme, ihr Lächeln oder ihr Kuss hatten eine Spur in seinem Herzen hinterlassen. Sie jedoch würde nun nicht mehr von ihm lassen können, sie würde ihn verfolgen, sein Geheimnis entdecken und ihn verraten.

Zak hatte keine Wahl.

»Komm«, wisperte er, während er Shelley eine Locke aus der Stirn strich. »Lass uns schwimmen gehen.«

»Aber ...«

Wieder wollte sie protestieren, doch Zak war bereits auf die Füße gesprungen. Er griff nach ihren Händen, zog sie in den Stand und hob sie auf seinen Arm.

Shelley lachte und strampelte wie ein Kind, als er mit ihr über den Strand auf das Meer zurannte, bei jedem Schritt die feinen Sandkörner und Muschelschalen unter seinen Sohlen spürte und schließlich bis zu den Hüften im Wasser stand.

Langsam ließ er Shelley hinunter.

»Ich verspreche dir, dass es nicht wehtut«, sagte er beinahe zärtlich, und ehe sie etwas sagen konnte, waren seine Hände schon unter ihr T-Shirt geglitten. Mit sanftem Schwung zog er es ihr über den Kopf und warf es in hohem Bogen hinter sich.

»Zak, bitte ...«

»Du brauchst es nicht mehr.«

»Zak ...«

Er drückte sie an sich und verschloss ihre Lippen mit einem Kuss.

Shelley stöhnte.

Lustvoll zuerst.

Dann panisch.

Mit aller Macht presste sie ihre Hände gegen seine Schultern.

Wand sich in seinen Armen.

Zak spürte ihre Angst, den schnellen Atem, den trommelnden Herzschlag – und wie ihre Haut sich an seiner rieb. Es war ein betörendes Gefühl, sie so zu küssen und zu wissen, dass sie jetzt sterben würde und dass er es war, der sie dem Meer zurückgab – als Ausgleich für eine der vielen Tausend Seelen, die die Menschen den Ozeanen bereits entrissen hatten.

Das Rauschen in seinen Ohren raubte ihm die Sinne. Zak brauchte nicht mehr nachzudenken, er wusste, dass er das Richtige tat, als er sich nach vorn fallen und mit dem Mädchen im Arm unter die Wasseroberfläche gleiten ließ.

Neerons Prophezeiung

Die Dunkelheit umschlang mich so sanft wie eine Umarmung. Ich hatte das Gefühl zu schweben, und noch immer hörte ich diese wunderschöne Melodie, die jede Faser in mir zum Schwingen brachte, als wären sie die Saiten einer Harfe.

Ich hatte keine Vorstellung davon, wo ich mich befand und wie viel Zeit seit meinem Abtauchen vergangen war. Ich wusste nicht, ob ich gerade starb oder noch lebte, spürte weder mein Herz noch meinen Atem, ich konnte nicht einmal sagen, ob ich die Augen geschlossen hatte oder womöglich weit geöffnet hielt.

Es war paradox: Einerseits schien mein Körper unendlich weit von mir entfernt zu sein und andererseits ruhte ich mitten in seinem Zentrum – an einem Ort, an dem Wünschen und Sehnen, aber auch Angst und Hoffnungslosigkeit ihre Bedeutung verloren hatten.

Und dann vernahm ich plötzlich eine Stimme. Dunkel und träge und sehr alt.

Sei mir gegrüßt, mein Kind.

Ich lenkte mein Bewusstsein an die Stelle, an der ich meine Lider vermutete, aber ich erreichte sie nicht.

Vergiss deine Augen. Schau mir mit deinem Herzen ins Gesicht, sagte die Stimme.

Auch sie schien sowohl von weit her als auch mitten aus mir selbst zu kommen.

Das ... ähm ... das kann ich nicht, stammelte ich. *Ich glaube ... ich habe vergessen, wo es ist.*

Unwahrscheinlich, bekam ich zur Antwort. *Ich habe so viele Jahre auf dich gewartet, kaum anzunehmen, dass sie jemanden schicken, der nur mit den Augen sehen kann.*

Antoine de Saint Exupéry – Der kleine Prinz!, schoss es mir durch den Kopf, ein Buch, aus dem Pa mir immer vorgelesen hatte und das ich als Kind sehr mochte, weil es so märchenhaft, so traurig und gleichzeitig so tröstlich, ja fast schon fröhlich war. Wirklich verstanden hatte ich die Geschichte damals nicht. Dass es um Freundschaft, Liebe, Abschied und Tod ging, begriff ich im Grunde erst in diesem Moment.

Das Wesentliche ist für die Augen unsichtbar ... Tief in meinem Inneren hörte ich die Stimme meines Vaters. Ich spürte den weichen Stoff der grünen Baumwolldecke an meinem Hals und Pas warmen Arm in meinem Nacken. Eng aneinandergekuschelt und unendlich vertraut, saßen wir auf dem Sofa in unserem alten Wohnzimmer in der Moltkestraße. Der ganze Raum war nur mit uns und seiner Stimme angefüllt.

Hast du damals schon gewusst, dass du mich bald verlassen würdest?, wisperte ich. *Dass die Zeit, die wir miteinander haben würden, so kurz war? Hast du mir deshalb die Geschichte vom kleinen Prinzen vorgelesen? Wolltest du mich damals schon trösten und mir sagen, dass niemand wirklich fortgehen kann, auch nach seinem Tod nicht?*

Du spürst ihn in deinem Herzen, nicht wahr?, schreckte die träge alte Stimme mich auf.

Ich brauchte einen Atemzug, um mich zu fangen, und einen weiteren, um nach meinem Herzen zu tasten. – Verdammt, ich fand es nicht!

Sei nicht so ungeduldig mit dir, sagte die Stimme. *Du bist hier an einem Ort, an dem Zeit nur eine untergeordnete Rolle spielt, an dem Gestern, Heute und Morgen zuweilen gleichzeitig sind.*

Ich lauschte dem sanften, behäbigen Ton, der sich in meinem Inneren verströmte, und mit einem Mal vernahm ich ein winziges Zittern in mir – etwas, das sich auflehnte, das eine bestimmte Richtung anstrebte.

Das geht nicht, hörte ich mich sagen. *Ich kann nicht ewig hierbleiben.* Mit jedem Wort wurde meine Stimme fester und klarer. Ich merkte, wie meine Lippen sich öffneten, und spürte auch die Zunge, die sich in meiner Mundhöhle bewegte. *Ich habe eine Aufgabe zu erfüllen.*

Die letzte Silbe verklang und ließ mich schlagartig auf die Größe meines Körpers zusammenschrumpfen. Die Finsternis fiel von mir ab, und mit dem nächsten Lidschlag fand ich mich in einer Höhle wieder, die in etwa die Ausmaße von Oceanes Grotte hatte. Ihre glatt gewaschenen Wände waren aus glutrotem Gestein, in das Tausende in sanften hellen Farben schillernde Muschel- und Krebsschalen eingelassen waren. Direkt vor mir, in einer Mulde aus Algen und Anemonen, lag der riesige Leib eines Delfinnixes. Die Haut seines menschlichen Oberkörpers war grau und von unzähligen Furchen durchzogen, und das wenige Haar, das sich über seinen Ohren kringelte, schlohweiß und struppig. Brauen besaß er gar nicht mehr, und seine Lippen waren so schmal und farblos, dass ich sie erst auf den zweiten Blick als Mund erkannte – sie hätten auch eine besonders tiefe Falte sein können.

Das Einzige, was nicht gealtert zu sein schien, waren seine Augen, die mich wachsam musterten und deren Iris in allen Farbtönen des Meeres changierten.

Ob Gordy ihn genau so auch in seinem Traum gesehen hatte?

Sei mir gegrüßt, mein Kind, sagte er freundlich.

Ich räusperte mich. *Das ... ähm ...*

... sagte ich bereits, ich weiß, erwiderte er. Die Mundfalte bog sich zu einem Lächeln und in seinen Augen blitzte es. *In der Tat war ich darauf eingestellt, es zweimal tun zu müssen.*

Ich verstehe nicht ...

Er richtete sich etwas auf und bedeutete mir zu schweigen. Eine Weile sahen wir uns einfach nur an. Ich hatte das Gefühl, ihn zu kennen. Alles an ihm – seine Haltung, sein Blick, sein Lächeln – war mir tief vertraut. Fast so, als hätten er und Pa und ich gemeinsam auf unserem Sofa gesessen.

Dieser Ort hier, fing er schließlich wieder zu reden an, *ist für einen Delfin, Hai oder Wal nicht erreichbar. Der Druck würde seinen Körper zerstören.*

Aber wir zwei ... wir sind doch hier ..., wandte ich zögernd ein.

Nicht wir, sondern die Erinnerung an unser körperliches Dasein, erwiderte er. *Sie sorgt dafür, dass wir einander sehen ... ebenso wie diese wunderhübsche Höhle hier.* Ein weiteres Lächeln ließ seine Augen abermals aufblitzen. *In der Realität gibt es so etwas natürlich nicht.*

Auch diese Aussage überstieg meinen geistigen Horizont. Im Grunde fiel mir nur eine einzige Erklärung für all das ein, was ich in diesem Moment erlebte: Ich war tatsächlich gestorben. Nur deshalb fühlte ich mich Pa auf einmal so nah, und nur deshalb konnte ich nun auch an Gordy denken, ohne den geringsten Schmerz oder auch nur das kleinste Sehnen zu empfinden. Der Tiefendruck hatte meinen Körper zerstört, und die Reste meines Bewusstseins irrten noch irgendwo umher und spielten mir einen netten kleinen Streich, bevor sie sich irgendwann in Meerwasser auflösen würden.

Oder sich in Meerschaum verwandeln?

Ich starrte den Delfinnix an. War das nicht wieder so eine Geschichte? Die von der kleinen Meerjungfrau? Ja, ich erinnerte mich: Auch die hatte Pa mir vorgelesen. – Verrückt, was einem so alles in den Sinn kam, während man starb!

Dein Vater spielt offenbar eine zentrale Rolle in deinem Leben, unterbrach der Nix meinen Gedankenstrom. *Dein Vater und deine Herkunft. Im Übrigen bist du nicht gestorben. Genauso wenig wie ich,* fügte er überraschend nachdrücklich hinzu. *Unsere Körper sind unversehrt. Allerdings sind sie nicht hier.*

Sondern nur unsere Erinnerungen?, fragte ich skeptisch. *Aber ich kenne dich doch gar nicht!*

Das ist auch nicht zwingend nötig, gab er gelassen zurück. *Unser Erbgut speichert gewisse Prozesse und dazu gehören auch die Erinnerungen unserer Vorfahren.*

Ich bin nicht mit dir verwandt!, hielt ich sofort dagegen. *Du bist ein Delfin und ich ein Hai.*

Der Nix schüttelte müde den Kopf. *Du musst dich irren.*

Dann sieh mich doch an!

Bitte verzeih mir, aber das ist mir nicht möglich, gab er zurück, und ich bildete mir ein, eine Spur aufrichtigen Bedauerns in seiner Stimme zu vernehmen. *Meine Erinnerungen sind sehr viel älter als deine, weshalb sich mir deine äußere Erscheinung nicht erschließt. Ich sehe nur, wer du bist ... Elodie.*

Du kennst meinen Namen?

Natürlich. Jetzt lachte er ein volles samtig dunkles Lachen, das seinen mächtigen Körper zum Schwingen brachte. *Du trägst ihn wie einen Strahlenkranz um dein Herz. Deinen Namen und alles, was du bist ... Elodie ... Ich freue mich, dass du zu mir gekommen bist*, setzte er hinzu, bevor ich etwas entgegnen konnte. *Und dass du bereit bist, deine Aufgabe zu erfüllen.*

Eigentlich hätte ich zunächst gerne noch gewusst, wer oder was ich bin, erwiderte ich zaghaft.

Der Nix betrachtete mich eine Zeit lang schweigend.

Es steht mir nicht zu, dir das zu erklären, meinte er dann. *Du weißt es ohnehin.* Ich wollte protestieren, aber er hob sogleich abwiegelnd die Hand. *Du weißt es, weil es in deinem Erbgut steht*, bekräftigte er. *Sobald du bereit bist, dich diesen Erinnerungen zu stellen, wird es sich dir erschließen.*

Aber meine Aufgabe ...?

Die wirst du in jedem Fall erfüllen, unabhängig davon, woran du bereit bist, dich zu erinnern.

Ich seufzte leise, denn mir war klar geworden, dass es keinen Sinn hatte, weiter in ihn zu dringen.

Ich spürte, dass Vergangenheit, Gegenwart und Zukunft ihre Konturen zurückgewannen. Es war höchste Zeit für mich, diesen Ort wieder zu verlassen.

Verrätst du mir deinen Namen?, bat ich.

Natürlich. Wieder dieses Lächeln und das Blitzen in seinen Augen. *Ich heiße Neeron ... allerdings bin ich kein Delfin.*

Erstaunen breitete sich in mir aus. *Sondern?*

Ein Walnix.

Und warum kann ich mich dann an dich erinnern?, hätte ich ihn gerne gefragt. Schließlich hatten meine Vorfahren nie Kontakt zu einem Wal gehabt.

Das Lächeln verschwand und machte einem ernsten Ausdruck Platz. *Keine Fragen mehr*, sagte Neeron beinahe harsch. *Du musst in deinen Körper zurück. Sonst geschieht mit dir womöglich das Gleiche wie mit mir. Und das wäre nun wahrlich nicht im Sinne des Meeres. Also, hör gut zu, Elodie, und nimm mit, was ich dir zu sagen habe.*

Er machte eine bedeutungsvolle Pause, in der die Außenhülle seines Walkörpers zu fluoreszieren begann.

Halbwesen sind die edelsten Geschöpfe des Meeres.

Die ersten Worte seiner Schicksalsbotschaft waren von einer feierlichen Leichtigkeit getragen, schlugen aber gleich darauf in einen schweren und äußerst wehmütigen Tonfall um. Mit jedem weiteren Satz verschwammen die Konturen seines Walleibes, hellgrüne Lichtfunken lösten sich aus seinem Körper, stiegen langsam zur Höhlendecke und verschmolzen mit der glutroten Wand zu nachtschwarzer Dunkelheit.

Sie entstehen, wenn der Untergang droht, und sie existieren niemals um ihrer selbst willen.

Ihre Macht ist groß und ihre Leidensfähigkeit unerschöpflich, denn sie tragen die Liebe und die Sehnsucht des Meeres in ihrer Seele.

Die Versuchung, ihr Herzenslicht auf einen Einzigen zu richten und darin Erfüllung zu finden, ist groß, doch sie können ihrer Bestimmung niemals entfliehen.

Das ist ein ehernes Gesetz.

Es zu brechen, bedeutet ihren Tod ... und damit auch den Tod des Meeres.

Malou

Am liebsten wäre ich für immer dort geblieben, weiter und weiter durch die Dunkelheit der Tiefsee getrieben, doch der Gesang des Meeres, seine wunderschöne Melodie, die sich aus der Ferne zu mir vortastete und sich schließlich in meinem Herzen verfing, lockte mich mit sanfter Gewalt in meinen Körper zurück.

Um mich herum war es beängstigend still, so still, dass ich vor Schreck abrupt die Augen öffnete.

Der Erste, den ich sah, war Gordy.

Er stand direkt vor mir im Wasser und hielt seinen Blick unverwandt auf mich gerichtet. In gut drei Körperlängen Abstand hatte sich um uns herum ein Kreis aus Delfinnixen formiert. Ich bemerkte Cullum, Oceane, Idis, Kirby, Ramon und Poy und neben ihnen viele fremde Gesichter, aus denen mich schillernde Augenpaare erwartungsvoll anstarrten.

In meinem Kopf flog alles durcheinander, es kam mir vor, als hätte sich das eben Erlebte noch nicht mit meinem Gehirn verbunden, als wären meine Erinnerungen, ich selbst und mein Körper noch immer meilenweit voneinander entfernt.

Ich überlegte, was ich sagen sollte, fragte mich, ob all diese fremden Nixe mir überhaupt glauben würden und wie ich Gordy erklären sollte, dass es nun wirklich und wahrhaftig und absolut endgültig keinen Ausweg mehr gab.

So wertvoll es auch sein mochte – mein Leben war mir egal,

aber Gordian durfte nicht sterben. Er musste seiner Bestimmung folgen. Und zwar um jeden Preis!

Ich habe Neerons Worte auch gehört, sagte er leise. Seine Miene war nahezu ausdruckslos, nur in seinen Augen bemerkte ich eine tiefe Traurigkeit. *Wir alle haben sie gehört.*

Ich wollte etwas erwidern, doch Gordy bedeutete mir, meine Gedanken für mich zu behalten.

Halbwesen sind die edelsten Geschöpfe des Meeres, trug Cullum vor und senkte dabei seinen Blick ergeben zum Meeresgrund.

Sie entstehen, wenn der Untergang droht, und sie existieren niemals um ihrer selbst willen, fuhr Oceane fort, während sie sich vor uns verneigte.

Ihre Macht ist groß und ihre Leidensfähigkeit unerschöpflich, denn sie tragen die Liebe und die Sehnsucht des Meeres in ihrer Seele, rezitierte Ramon, und auch er nahm eine Körperhaltung an, mit der er uns Respekt und Hochachtung zollte.

Die Versuchung, ihr Herzenslicht auf einen Einzigen zu richten und darin Erfüllung zu finden, ist groß, doch sie können ihrer Bestimmung niemals entfliehen. Kirbys Stimme klang leise, dafür aber umso eindringlicher. Sie bedachte mich mit einem knappen wissenden Lächeln und wandte sich dann Gordian zu. *Ich wusste doch, dass eure Gefühle füreinander nichts weiter als ein Irrweg sind.* Diesen Gedanken schickte sie mir, und ich war ganz sicher, dass Gordy nicht das Geringste davon mitbekam. *Er gehört zu mir, seitdem wir geboren sind. Das ist ein Teil seiner Bestimmung. Sie zu brechen, bedeutet seinen Tod. Dir ist doch wohl klar, dass ich das nicht zulassen werde, Elodie?*

Keine Sorge, Kirby, gab ich stumm zurück. *Sein Leben liegt mir ebenso sehr am Herzen wie dir.*

Was für ein Schwachsinn! Eine junge Nixe mit kurzen schwarzen Dreadlocks und violetten Augen löste sich aus dem Kreis und preschte auf Gordy und mich zu. *Das hat diese miese kleine Hainixe sich doch alles nur ausgedacht.*

Malou, bitte!, ertönte Cullums mahnende Stimme. *Reiß dich jetzt verdammt noch mal zusammen.*

Die Nixe schnaubte verächtlich. Sie wirbelte herum und schwamm mit schnellen Zügen von einem zum Nächsten.

Halbwesen und Plonxe sollen edle Geschöpfe sein?, zischte sie. *Dass ich nicht lache! Von niemand anderem als euch habe ich gelernt, dass all diese Geschichten nichts weiter als Legenden sind. Und nun wollt ihr sie plötzlich zum Maßstab eures Handelns erklären? Habt ihr etwa schon vergessen, wer uns verraten hat?* Ihre hohe durchdringende Stimme überschlug sich geradezu. *Und wer Elliot, Liam, Pine und Niklas tötete?*

Unruhe breitete sich im Kreis der Nixe aus. Einige warfen einander alarmierte Blicke zu und eine Wolke undeutlichen Gedankengetuschels zog durch meinen Kopf.

Gordy, wer ist sie?, fragte ich erschrocken. *Woher weiß sie das?*

Meine Eltern haben diese Information an die Gruppe weitergegeben, antwortete er. *Malou gehört zu Kyan. Es wundert mich nicht, dass sie völlig außer sich ist.*

Dann war es allerdings nicht besonders klug von Cull...

Gordian ließ mich nicht ausreden. *Delfinnixe sind keine Einzelgänger. Sie teilen ihr Wissen miteinander.*

Gordy ist ein elender Verräter!, fauchte Malou. *Er hat die Halbhai in unsere Mitte gelotst, um uns zu spalten und in unser Verderben zu stürzen.*

Du weißt, dass das nicht stimmt, erwiderte Cullum. Auch er hatte den Kreis inzwischen verlassen und postierte sich nun schützend vor uns. *Kyan und seine Freunde haben zwei Menschenmädchen getötet und ein drittes in ihre Gewalt gebracht. Wenn ...*

Zu Recht!, fuhr Malou dazwischen. *Ich bewundere ihren Mut! Meiner Meinung nach ist es höchste Zeit, dass wir den Menschen endlich Einhalt gebieten. Seit vielen Jahren vergiften sie die Ozeane. Wir leiden unter dem Lärm ihrer schrecklichen Maschinen, mit denen sie das Meer* nur auszubeuten versuchen. Wir ersticken in ihren Netzen und werden krank durch ihre Chemikalien. Malous Pupillen flackerten wie bei einer Irren, ihr Atem ging stoßweise und ihr Körper bebte vor Zorn. Und was das Schlimmste ist, spie sie nun in meine Richtung, die Haie, die eigentlich uns zur Seite stehen müssten, haben sich längst mit den Menschen verbündet. Sie machen mit ihnen gemeinsame Sache und verraten damit nicht nur die Nixe, sondern alles Leben, das in den Meeren beheimatet ist.

Das ist nicht wahr!, entfuhr es mir. So gut ich Malous Wut auch verstand, aber diese Vorwürfe konnte ich unmöglich auf den Hainixen sitzen lassen. Im Gegenteil: Sie tun alles, um die Menschen davon zu überzeugen, dass sie ihr Handeln überdenken müssen.

Ach ja?, fauchte Malou. Und warum geben die Haie dann ihre Identität nicht preis? Es wäre doch so einfach, den Menschen zu zeigen, was sie in Wahrheit zerstören, wenn sie ihren Müll in den Ozean kippen!

Kyan hat es auch nicht getan, erwiderte Gordian trocken.

Genauso wenig wie du!, blaffte Malou.

Auch das ist nicht richtig, hielt ich sofort dagegen. Gordy hat mich vor dem Ertrinken gerettet. Er hat nie versucht, mir etwas vorzumachen. Wenn Kyan Lauren nicht ermordet hätte, wäre es zu all dem gar nicht gekommen!

Pah!, schnaubte Malou. Jetzt soll also Kyan schuld an allem sein! Sie warf den Kopf in den Nacken und wandte sich wieder ihren Artgenossen zu. Elodie verdreht einem das Wort im Mund. Aber wen wundert's? So sind sie nun mal, diese hinterhältigen Haie!

Ein schmächtiger Nix mittleren Alters mit kurzen dunklen Haaren, schneeweißer Haut und goldfarbenen Augen räusperte sich und sah zögerlich in die Runde. Also, ich finde, dass das, was die Hainixe sagt, ziemlich plausibel klingt, begann er, nachdem er von Ramon, Cullum und Poy ein stummes Nicken eingefangen hatte. Die meisten von uns kennen Kyan. Er hat es schon immer verstanden, seine persönlichen Vorteile in den Vordergrund zu rücken. Der Nix tat einen tiefen Atemzug. Er war sichtlich darum bemüht, jeglichen Blickkontakt mit Malou zu vermeiden. *Ich halte es jedenfalls nicht für völlig ausgeschlossen, dass er den Reizen dieses Menschenmädchens nicht widerstehen konnte und sich ... nun ja, vergessen und schließlich seinen Gefallen daran gefunden hat.*

Behalt deine schmutzigen Fantasien gefälligst für dich, Costja!, knurrte Malou. *Im Übrigen kennen die meisten hier nicht nur Kyan, sondern auch dich. Wir wissen, dass du schon immer neidisch auf ihn gewesen bist. Aber was rede ich mir hier eigentlich die Schuppen aus der Haut ... meinetwegen rennt doch alle in euer Verderben! Ich zumindest glaube dieser Hainixe kein Wort!*

Was ich dir nicht einmal verübeln kann, murmelte ich vor mich hin, als jedoch einige Delfinnixe überrascht aufmerkten und auch Malou wieder zu mir herumfuhr, wurde mir klar, dass niemand es überhört hatte.

Ich traue dir genauso wenig wie du mir, sagte ich Malou offen ins Gesicht, denn ich hielt es für gefährlich, hier irgendjemandem etwas vortäuschen zu wollen. *Und ich hoffe sehr, dass ich niemals gegen dich kämpfen muss.*

Malou kniff ihre Augen zu schmalen dunklen Schlitzen zusammen. *Solange du Kyan in Ruhe lässt ...*

Es reicht jetzt!, schaltete Gordy sich ein. *Wir haben genug diskutiert. Wir wissen, was Malou denkt, und wir haben auch Costjas Meinung gehört. Jeder von euch wird sein eigenes Urteil fällen. Doch bevor ihr das tut, bitte ich euch um eins: Denkt über die Bedeutung von Neerons Botschaft nach. Hätte Elodie sich all das tatsächlich nur ausgedacht, hätte sie dann nicht einen ganz anderen Inhalt gewählt? Nämlich einen, der ihr erlauben würde, mit mir zusammenzubleiben?*

Seine Stimme hatte zu zittern begonnen, und um seine Mundwinkel zuckte es, als er sein eindringliches Flehen in die Runde schickte.

Das ist ein ehernes Gesetz.

Es zu brechen, bedeutet ihren Tod ... und damit auch den Tod des Meeres.

So surreal die Begegnung mit Neeron auch gewesen war, Gordy und ich hatten verstanden. Wir wussten, wie viel davon abhing, dass möglichst viele Delfinnixe ihm und *mir* folgten ... und nicht Malou.

Abschied

Es herrschten einige Augenblicke quälender Stille, in der nur das Gluckern des Wassers und das entfernte Brummen eines Schiffes zu hören waren. Ich schaute in angespannte Mienen und wusste, dass jeder der anwesenden Nixe seinen stummen Gedanken nachhing, und ich ahnte, dass der eine oder andere von ihnen bereits zu einer Entscheidung gelangt war.

Komm, wisperte Gordian an meinem Ohr. Im nächsten Moment spürte ich seine Hand in meiner Achsel, die mich sanft nach oben zog.

Wir durchbrachen die Meeresoberfläche und landeten an derselben Stelle, an der wir heute Morgen bereits gewesen waren. Ich schwang mich über eine steile Klippe an Land, fühlte den kühlen Stein unter meinen Fußsohlen und schlang mir hastig meine Haihaut um die Schultern. Diesmal wollte ich auf keinen Fall nackt sein, ich hätte es jetzt nicht ertragen, Gordy so unter die Augen zu treten.

Der Himmel lag wie eine schwere samtschwarze Decke über uns, hier und da blinkte ein Stern und eine Handbreit über dem Horizont glaubte ich den Boden der Mondsichel zu erkennen, vielleicht täuschte ich mich aber auch. Die lange Zeit unter Wasser, die vielen, sich geradezu überschlagenden Ereignisse, vor allem aber die Begegnung mit den Erinnerungen des jahrhundertealten Walnixes hatten mein Zeitgefühl vollkommen durcheinandergebracht. Ich hatte nicht die geringste Vorstellung, welcher Tag heute war. Es konnte noch Ende Mai, genauso gut aber auch bereits Mitte Juni sein.

Mai, sagte Gordian. *Und du hast dich nicht getäuscht, ich sehe die Sichel ebenfalls. Neumond war vorgestern.*

Er stand ein paar Schritte von mir entfernt auf einer kleinen Anhöhe aus struppigem Gras und blickte auf den sanft schimmernden Atlantik hinunter, der seine Wellen leise rauschend an die Küste schickte.

Vorgestern also hatte Kyan seine Delfingestalt zurückerhalten.

Glaubst du, er kommt hierher?

Gordy schüttelte den Kopf. *Aber er wird auch nicht bei den Kanalinseln bleiben.*

Du denkst, er versucht nicht mehr, mich zu töten?, fragte ich überrascht. *Oder dich?*

Oh doch. Es ist sein wichtigstes persönliches Anliegen. Gordian wandte sich zu mir um. Er hatte die Hände zu Fäusten geballt und um seinen Mund lag ein angewiderter Zug. *Es soll die Krönung all jener Abscheulichkeiten sein, die sein krankes Gehirn ausbrütet und die er den Menschen ... und den Haien anzutun plant.*

Ich fasste es nicht. *Du hörst seine Gedanken?*

Ich höre sie nicht nur, erwiderte er bitter. *Ich habe sogar das sichere Gefühl, dass sie ein Teil von mir geworden sind.*

Das war nicht möglich! Er musste sich irren!

Ganz bestimmt nicht.

Gordys Augen funkelten und ich biss mir schuldbewusst auf die Unterlippe. Wie dumm von mir, seine Empfindungen anzuzweifeln!

»Du bist nicht dumm, Elodie«, sagte er sanft. »Du bist einfach nur zu gut ...«

»Für diese Welt?« Jetzt schüttelte ich den Kopf. »Ich bin ein Halbwesen wie du.«

Er nickte. »Das edelste Geschöpf des Meeres.«

»Von großer Macht und unerschöpflicher Leidensfähigkeit«, setzte ich lakonisch hinzu. »Wir sollen die Welt retten, Gordy. Ich genauso wie du.«

Er hob die Schultern. »Tja, wenn es weiter nichts ist!« Gordian versuchte zu lachen und wirkte so hilflos wie ein kleines Kind.

Wie gern hätte ich jetzt tröstend meine Arme um ihn geschlungen! Aber ich brauchte diesen Trost ja selber. Würden wir einander in dieser Sekunde in den Armen halten, würden wir dastehen wie ein Häufchen Elend und nicht wie zwei Helden, die den Schmerz des Meeres auf ihren Schultern trugen.

Ich atmete einmal tief durch und lenkte meine Konzentration wieder auf Kyan.

»Seit wann hast du dieses Gefühl?«

»Seitdem du mit Neerons Botschaft zurückgekehrt bist.«

Ich wollte etwas einwenden, denn auf den ersten Blick schien es für mich nicht zusammenzupassen, doch Gordy unterbrach meine Gedanken.

»Neeron hat uns unsere Bestimmung genannt.«

»Na ja ...«, wandte ich ein, »nicht direkt.«

»Natürlich hat er uns keine Details aufgelistet«, sagte Gordian beinahe ungeduldig. »Aber er hat uns eine Richtung vorgegeben. Die Botschaft war unmissverständlich. Das Schicksal des Meeres und seiner Bewohner liegt in unserer Hand. Wir haben eine gemeinsame Aufgabe, Elodie, aber das, was wir füreinander empfinden, scheint dabei nicht die geringste Rolle zu spielen.«

Seine Worte taten weh, aber noch tausendmal mehr schmerzte der harsche, kompromisslose Tonfall, mit dem er sie aussprach.

Ich ließ mich auf einen flachen Stein nieder, senkte den Blick und wartete auf einen Schrei der Verzweiflung in meinem Herzen. Meine Seele musste doch aufbegehren gegen die Last, die das Meer ihr aufgebürdet hatte, aber sie tat es nicht.

»Du sollst Kyan daran hindern, eine neue Allianz zu bilden«, hörte ich mich sagen, als gäbe es nichts Leichteres, nichts Selbstverständlicheres auf der Welt.

»Ich werde ihn töten müssen«, erwiderte Gordian.

»Und was ist mit Zak?«, fragte ich. »Und mit Malou und all den anderen, die mir nicht glauben und dich noch immer für einen Verräter halten?«

Gordy zuckte die Achseln. »Malou wird sich Kyan anschließen. Genau wie *all die anderen*.«

»Und Zak?«, fragte ich noch einmal.

»Den finde ich ebenfalls nur über Kyan. Alle Fäden laufen bei ihm zusammen.«

»Dann dürfte es kein großes Problem sein«, gab ich zurück. »Wenn du Kyans Gedanken in dir trägst, wirst du ihn ganz sicher schon sehr bald aufgespürt haben.«

Gordian wirkte wenig überzeugt. »Ja, vielleicht«, meinte er seufzend. »Sofern er mich nicht in die Irre zu führen versucht.«

»Das Meer will, dass du eine Katastrophe verhinderst«, erwiderte ich. »Es wäre geradezu töricht von ihm, wenn es dich nicht unterstützen würde.«

»Das Meer! Das Meer!«, schnaubte Gordy. »Es hat diese Katastrophe doch selber ausgelöst. Ohne mich wäre Kyan niemals an Land gekommen. Ohne mich hätte er Lauren und Bethany nicht ermorden können.«

»Das hatten wir doch alles schon«, entgegnete ich und verdrehte stöhnend die Augen. »Es wird nicht besser, wenn du es wieder und wieder ...«

»Und ohne mich hättest du dich vielleicht nie verwandelt«, fuhr Gordian heftig dazwischen. »Haie und Delfine hätten einander nicht bekriegen müssen und die Menschen wären ebenfalls unversehrt geblieben. Es hätte nie eine *Katastrophe* gegeben.«

»Doch, Gordy«, sagte ich leise. »Die Katastrophe hat ja schon lange vor unserer Zeit begonnen. Allerdings geht sie so schleichend vonstatten, dass außer den Nixen kaum jemand etwas davon mitbekommen hat. Verstehst du denn nicht? Die Menschen vergiften das Meer, sie rauben es aus. Und sie werden ganz bestimmt nicht damit aufhören, wenn sie nicht erkennen, was sie uns allen ... auch sich selbst ... damit antun.«

Gordian sah mich stumm an, und mir blieb fast das Herz stehen, als ich begriff, wie wohldurchdacht – wie perfekt – der Plan des Meeres war. Es hatte ganz gezielt Öl ins Feuer gegossen, um den Brand zu beschleunigen und einen Prozess in Gang zu setzen, der Menschen wie Nixe gleichermaßen aufschreckte und zum Handeln zwang.

»Ihr Delfinnixe wärt die Ersten, die ihr Leben lassen müssten«, fuhr ich aufgewühlt fort. »Deshalb hat das Meer dich, einen Delfinnix, zum Plonx gemacht, damit du mich, eine Halbnixe aus Mensch und Hai, zu ihm rufst. Wir sind die Verknüpfung, Gordy ... Diejenigen, die alle drei Arten miteinander verbinden.«

»Und die Wale? Gehören sie nicht auch dazu?«

»So groß ist der Unterschied zwischen Delfinen und Walen nicht. Ihr gehört zur selben Familie. Als ich Neeron sah, glaubte ich zuerst ja auch, einen Delfinnix vor mir zu haben.«

Gordian richtete seinen Blick wieder aufs Meer und nickte versonnen.

Ein Walnix als Geheimnisträger, murmelte er. *Ein Hai, der aus dem Meer steigt, um deine Urgroßmutter zu schwängern ...*

... damit ich siebzig Jahre später diese Aufgabe übernehme ...

Ein Gänsehautschauer raste mir über den Rücken.

Das Erkennen dieser schicksalhaften Zusammenhänge machte mir auf eine äußerst schmerzhafte Weise klar, dass ich bisher nie selbstbestimmt gelebt hatte und es wohl auch in Zukunft niemals tun würde.

Alles, was ich erlebte, was ich dachte und fühlte, folgte einem höheren Plan. Nicht einmal meine Liebe zu Gordy gehörte mir. Ich hatte ihm bedingungslos verfallen *müssen*, um meine Phobie vor dem Meer zu überwinden. Hätte ich nämlich meine Gefühle für ihn und mein unüberlegtes Handeln jemals infrage gestellt, hätte ich diese Aufgabe, für die die Ozeane mich bereits vor mehr als einem halben Jahrhundert vorgesehen hatten, gar nicht erfüllen können.

Und deshalb war unsere Liebe auch nichts Besonderes oder gar Einzigartiges, sondern lediglich eine Spiegelung der Sehnsucht des Meeres in unseren Seelen – und damit im Grunde überhaupt nicht existent.

Am ganzen Körper zitternd, sah ich zu Gordian hinüber, sah, wie sein samtbrauner Körper sich vom schwarzen Nachthimmel abhob, wie der Wind durch seine goldblonden Locken strich und wie er gar nicht damit aufhören wollte, den Kopf zu schütteln.

»Nein«, flüsterte er. »Nein, Elodie, nein.«

Mit einem einzigen lautlosen Satz war er bei mir und zog mich in seine Arme. *Ich weiß, dass ich dich liebe. Dieses Gefühl ist alles, was ich bin.* Er küsste mein Haar und streichelte mein Gesicht. *Es fließt durch meine Adern, ich atme es mit jedem Atemzug ... ich ...*

»Schsch.« Sanft legte ich meine Lippen auf seinen Mund.

Ich wollte nicht, dass er weitersprach. Er sollte aufhören, zu denken und zu hoffen, denn ich war mir sicher, es besser zu wissen: Dies waren unsere letzten Stunden und schon bald würde unsere Liebe nur noch ein Schatten der Erinnerung in unseren Herzen sein. Vielleicht war das Meer sogar gnädig und würde uns alles, was zwischen uns geschehen war, vollkommen vergessen lassen.

Nein, Elodie, nein! So etwas kannst du dir unmöglich wünschen!

Ich schluckte gegen das stramme Gefühl in meinem Hals an und kämpfte auch die aufsteigenden Tränen tapfer nieder. Es war schrecklich, Gordian anzuschauen, seine Lebendigkeit und seine Nähe zu spüren und zu wissen, dass es nie wieder so sein würde.

Wir werden es ohnehin nicht ändern können, murmelte ich, während ich meine Stirn resigniert auf seine Brust sinken ließ.

Hör auf! Er schob mich von sich weg, fasste mich unters Kinn und drang so tief und ungestüm mit seinem Blick in mich ein, dass mir schwummerig wurde. *Das darfst du nicht einmal denken!*

Gordy, flehte ich, *bitte glaub mir. Ich will mich nicht von dir trennen. Nicht schon wieder und erst recht nicht für immer. Aber welche Wahl haben wir denn? Was wir uns wünschen, wonach wir uns sehnen und wen wir lieben, hat für das Meer nicht die geringste Bedeutung, und je eher wir uns mit unserem Schicksal abfinden, desto leichter wird es uns fallen, uns voneinander zu lösen und unserer Bestimmung zu folgen.*

Leichter? Gordians Augen funkelten vor Empörung. *Ich fasse es nicht, dass du ein solches Wort überhaupt gebrauchen kannst. Was ich empfinde, wenn ich mir vorstelle, dass dies unsere letzte gemeinsame Nacht sein könnte ...*

Es ist unsere letzte gemeinsame Nacht, flüsterte ich und fühlte mich wie eine Verräterin.

Gordys Brustkorb hob und senkte sich in schnellem Rhythmus. Mir war, als spürte ich seine Wut und Verzweiflung in jeder einzelnen meiner Körperzellen. *Neeron hat mit keinem Wort gesagt, dass wir uns trennen müssen*, stieß er hervor. *Wir haben eine gemeinsame Aufgabe, Elodie, wir werden eine Lösung finden, um ...*

Ich bin eine Hainixe, unterbrach ich ihn. *Ich wäre dir im Kampf gegen Kyan nur hinderlich, weil du ständig das Gefühl hättest, auf mich aufpassen zu müssen. Wäre es anders, hätten wir ihn längst töten können.*

Gordian machte eine unwillige Geste, die im Grunde nichts anderes besagte, als mir recht zu geben.

Außerdem muss ich zurück nach Guernsey, um mit Javen Spinx, Cyril und Jane zu reden. Ich werde ihnen erzählen, was ich von Neeron erfahren habe, und ihnen klarmachen, dass ich auf ihrer Seite stehe, sofern sie alles daransetzen, einen Krieg mit den Delfinen zu verhindern. – Wie auch immer ich das anstellen sollte!

Ich unterdrückte ein Seufzen und versuchte, Gordy meine Mutlosigkeit nicht zu zeigen. Mittlerweile klappte es ganz gut, sowohl meine Gedanken als auch meine Gefühle vor ihm zu verbergen.

Und wenn sie dir nicht glauben?, wandte er ein. *Wenn sie dich womöglich sogar angreifen?*

Diese Frage stellte sich mir nicht. Javen Spinx und Jane waren meine Freunde und Cyril ...

Du hast selber gesagt, dass Cyril mich liebt. Erinnerst du dich? Es ist noch gar nicht lange her.

Gordian musterte mich mit zusammengezogenen Brauen. Ich ahnte, was in ihm vorging. Der Gedanke, dass ich schon bald einen Teil meiner Zeit mit Cyril verbringen könnte, behagte ihm gar nicht.

Also gut, sagte er nach einer Weile angespannten Schweigens. *Ich werde Idis bitten, dich zu begleiten. Die Delfinherde wird dich beschützen. Und sobald ich Kyan gefunden und vernichtet habe, komme ich nach.*

Ich schüttelte den Kopf. *Das geht nicht, Gordy.* Meine Kehle drückte schmerzhaft gegen meinen Rachen, sodass meine Stimme kaum mehr als ein Hauch war.

Ungläubigkeit spiegelte sich in Gordians Blick, um einen Lidschlag später wilder Entschlossenheit zu weichen.

Keine Sorge, ich werde den Hainixen schon begreiflich machen, dass sie nichts von mir zu befürchten haben. Es wird keinen Kampf geben, auch nicht mit Tyler. Das verspreche ich dir.

Darum geht es nicht, erwiderte ich und jetzt lag mir das Herz wie ein Klumpen Blei in der Brust. Noch nie war mir etwas so schwer über die Lippen gekommen, allerdings hatte ich auch noch nie etwas so klar vor mir gesehen. *Du musst dich mit Kirby vereinigen.*

Gordian starrte mich an, als könnte er nicht glauben, was ich da von ihm verlangte.

Sie garantiert dir die Solidarität der Delfinnixe. Nur, wenn ihr ein Paar seid, werden sie auf dich hören.

Nein, Elodie ... Nein! Gordian umfasste mein Gesicht und zwang mich, ihm in die Augen zu sehen. *Das kann ich nicht. Niemals kann ich mit einem anderen Mädchen so zusammen sein wie mit dir.*

Wir waren nie so zusammen, erwiderte ich, während ich an das Gespräch mit Oceane in der Grotte dachte und mich schon fast nicht mehr darüber wunderte, auf welch erbarmungslose Weise sich eins ins andere fügte.

Wir waren viel mehr als das, wisperte Gordian.

Dann fing er an, mich zu küssen. Sanft. Zärtlich. Hilflos.

Und ich küsste ihn wieder. Wild. Zornig. Verzweifelt.

Wir werden sterben, wenn wir uns widersetzen. Und nach uns vielleicht auch Idis und deine Eltern, meine Mutter, Tante Grace ... Ruby, Ashton ...

Sei still, Elodie, bitte, sei still.

Das kannst du nicht wollen, Gordy. Ich weiß, dass du das nicht willst.

Er drückte mich so fest an sich, dass ich leise aufstöhnte.

Natürlich nicht ... Natürlich will ich das nicht.

Als er merkte, was er tat, lockerte er erschrocken seinen Griff.

Aber ich liebe dich, murmelte er. *Ich liebe dich so sehr.*

Seine Hände glitten unter meinen Umhang und streichelten warm und voller Sehnsucht über meine Haut.

Eine sanfte Hitze breitete sich in meinem Becken aus, der Puls in meiner Halsbeuge machte mich schwindelig und meine Knie gaben nach. Doch Gordian hielt mich. Langsam ließ er sich zu Boden sinken und zog mich mit sich hinunter in seinen Schoß.

Wir werden es ... nicht tun, wisperte ich.

Elodie, flüsterte er, während er meine Haihaut öffnete und sie mit einem kaum vernehmbaren Rascheln hinter mir zu Boden fallen ließ.

Bitte, Gordy, ich ertrage es nicht, wenn ...

Die zarte Berührung seiner Lippen brachte mich zum Schweigen und das leuchtende Türkis seiner Augen nahm mir den Atem. Sein Lächeln durchflutete mich mit Frieden und die Tiefe seines

Kusses löste den schmerzenden Knoten in meiner Brust. Und obwohl ich wusste, dass ich genauso leiden würde wie er, konnte ich nicht anders, als mich ihm und seinen Liebkosungen zu überlassen. Es passierte einfach. Meine Seele, mein Körper, mein ganzes Sein verlangte so sehr nach ihm, dass mir plötzlich alles andere vollkommen falsch erschien.

Gordian und ich wurden ein Herzschlag, ein Rhythmus, eine Melodie. Der samtschwarze Nachthimmel sank auf uns herab und hüllte uns ein in sein blinkendes Sternenmeer. Die Minuten wurden zur Ewigkeit und der berauschende Wirbel vollkommenen Glücks ließ uns all unseren Kummer vergessen.

Als sich die Morgensonne über den Inselkamm erhob und Gordian und mich in ihr sanftes orangerotes Licht tauchte, fühlten wir uns noch immer wie im Paradies, doch schon einen Atemzug später änderte sich alles. Es war das Meer, das diese Harmonie zerstörte, indem es unruhig gegen die Klippenwand unterhalb der Grasfläche klatschte, auf der wir eng umschlungen lagen. Es schleuderte seine flirrenden Gischttropfen bis zu uns herauf und holte uns schlagartig in die Realität zurück.

Wie ertappt fuhr ich hoch und mein umherfliegender Blick bemerkte die dunkle Erhebung im Westen sofort. In einer Breite von mindestens zwanzig Metern türmte sich die Wasseroberfläche zu einer riesigen Welle auf, die in einem irrsinnigen Tempo auf uns zurollte.

»Gordy!«, schrie ich.

Nur einen Sekundenbruchteil später war er auf den Beinen, warf mich über seine Schulter und rannte auf die höchste Erhebung der kleinen Insel zu. Links von uns bemerkte ich die großen dunklen Leiber dreier Mönchsrobben, die sich eilig von ihren

Ruhefelsen ins Meer gleiten ließen, und nur einen Augenblick später brach sich die Welle hinter uns an der Felswand. Das Wasser ergoss sich über die Grasfläche, schoss bis zu uns hinauf und umspülte tosend Gordians Knöchel.

»Verdammt noch mal, was soll das?«, fluchte er.

Ich spürte, wie sehr er zitterte, als er sich gegen die Verwandlung seiner Beine in einen Delfinschwanz auflehnte.

»Das Meer bestraft uns«, keuchte ich. »Für das, was wir getan haben.«

Nein, Elodie, nein!, widersprach Gordy. *Ich habe nicht eine einzige Sekunde den Drang verspürt, dir etwas anzutun.*

Das hatte ich auch nicht. Aber dafür konnte es eine ganz einfache Erklärung geben.

Das Meer braucht uns. Es hätte niemals zugelassen, dass wir uns gegenseitig verletzen oder sogar töten.

»Es war nicht falsch!«, brüllte Gordy gegen das Rauschen an.

Als wollte sie ihm widersprechen, sprudelte die Welle noch einmal kräftig auf, wich dann zischend zurück und riss einige lockere Steine mit sich ins Meer hinab.

Im Gegenteil: Es war das Schönste ... das Wundervollste, was mir das Leben bisher geschenkt hat, flüsterte Gordian, während er mich langsam zu Boden ließ. *Und ich verspreche dir, ich werde es auf ewig in meinem Herzen tragen. Wofür auch immer wir bestimmt sein mögen, ich werde dich nie vergessen.* Seine Lippen wanderten zärtlich über mein Gesicht, liebkosten meine Braue, meine Wange, meinen Nasenflügel und meinen Mund. *Ich liebe dich mehr als alles auf dieser Welt, und ich schwöre dir, Elodie, ich werde sie nicht eher verlassen, bis ich dich wiedergefunden habe.*

Überzeugungsarbeit

Gordian und ich standen da wie mit der kleinen Insel Bugio verwachsen. Wir hielten uns in den Armen und trotzten der tosenden Wut des Atlantischen Ozeans, der wieder und wieder seine Wellen zu uns heraufwarf.

Wir wussten ja, dass wir uns trennen mussten, heute noch, aber über den Zeitpunkt – die Minute, in der es geschah – wollten wir selbst bestimmen.

Ich für meinen Teil war noch nicht so weit. Nach all dem, was wir in der vergangenen Nacht miteinander erlebt hatten, schaffte ich es einfach nicht, mich von ihm zu lösen. Meine Augen waren voller Tränen, die störrisch in meinen Wimpern hingen. Ich wollte nicht weinen, sondern stark sein und mutig, und ich wollte ganz fest daran glauben, dass Gordy und ich mehr waren als bloß ein Werkzeug des Meeres, das einzig dazu diente, es vor seinem Tod zu bewahren. In Gordians Armen fühlte ich mich geborgen. Eingehüllt in seinen Duft und seine Wärme, kam es mir vor, als lebte ich nur durch ihn. Und gleichzeitig hielt ich ihn und küsste die Tränen, die ungehemmt aus seinen Augen flossen, von seinem Kinn. – Mein Nix, so wunderschön und groß und männlich und doch so sanft und so verletzlich und unendlich traurig.

Du bist meine Heimat, Elodie, sagte er zärtlich. Mein Alles. Dich zu verlieren, schmerzt tausendmal mehr, als nicht mehr zu meiner Familie zu gehören. Ich hätte nie gedacht, dass ich jemals so empfinden könnte.

Dann bleib am Leben, erwiderte ich leise flehend. *Wenn Kyan dich …*

Schsch. Gordian verschloss mir den Mund mit einem langen Kuss. *So weit werde ich es nicht kommen lassen.*

Ein letztes Mal versank ich in seinem türkisgrünen Blick, während die Morgensonne vom blauen Himmel herabschien und mit ihren wärmenden Strahlen unsere Haut streichelte. Im widersinnigen Kontrast dazu tobte das Meer um uns herum immer wilder.

Kommt endlich, macht euch auf die Reise und erfüllt eure Aufgabe, schien es uns zuzurufen.

Aus seinem ungestümen Rauschen schälte sich allmählich das Knattern eines Außenbordmotors heraus … und dann, ganz plötzlich, ähnlich einer Hand, die die Falten eines Kleides glatt strich, beruhigte sich der Ozean. Blank wie ein Spiegel und tiefblau lag er unter uns, aufgeraut nur durch die blitzende Schneise, die das Boot riss, das direkt auf Bugio zuhielt.

Instinktiv duckten Gordy und ich uns hinunter und eilten, so schnell wir konnten, auf die Uferkante zu. Aber die beiden Männer in ihrem kleinen Wasserfahrzeug hatten uns offenbar längst bemerkt.

Sie stellten den Motor ab und steuerten das Boot genau auf die Stelle zu, von der aus wir ins Meer springen wollten.

»Wer sind Sie?«, rief der eine, während der andere sein Fernglas herunternahm und uns mit zusammengekniffenen Augen musterte. »Was machen Sie da? Wissen Sie nicht, das Sie sich in einem Naturschutzgebiet befinden?«

Er sprach Portugiesisch, trotzdem verstand ich jedes Wort.

»Nein«, sagte Gordian nach einem kurzen Zögern. »Wir hatten keine Ahnung … Wir sind herübergeschwommen und …«

»Wo ist Ihre Yacht?«, fiel der andere Mann ihm ins Wort. Er war einen Kopf größer als sein Begleiter, hatte einen kräftigen athletischen Körperbau und trug sein tiefschwarzes kinnlanges Haar straff aus der Stirn gegelt. Obwohl es eigentlich nicht möglich war, hatte ich das untrügliche Gefühl, ihm schon einmal irgendwo begegnet zu sein.

»Ähm ... Wir haben keine«, erwiderte ich. »Wir ...«

»Erzählen Sie mir nichts«, unterbrach er auch mich sofort und unterstrich seinen Unmut noch durch eine unwirsche Handbewegung. »Sie werden wohl kaum von der Hauptinsel bis hierher geschwommen sein.«

»Was macht Sie da so sicher?«, entgegnete Gordy, woraufhin ich ihm mahnend meinen Ellenbogen in die Rippen drückte.

Für meinen Geschmack war er ein wenig zu vorlaut, was ich in Anbetracht des Umstands, dass wir uns mitten im Sonnenlicht befanden und er nicht die Spur eines Schattens warf, für unklug hielt. Zum Glück standen wir noch immer ein gutes Stück oberhalb des Ufers, sodass die beiden Männer von ihrem Boot aus den Boden unter unseren Füßen wahrscheinlich gar nicht sehen konnten.

»Wir trainieren für den Olympic Triathlon«, beeilte ich mich zu erklären.

»Oh.« Die beiden Männer sahen sich an. »Für den Ultra Man, nehme ich an«, meinte der kleinere, während der andere sein Fernglas nun wieder an seine Augen hob. »Und selbst dort wird beim Schwimmen keine solche Distanz zurückgelegt. Zehn Kilometer, soweit ich weiß.«

»Ähm, das ist richtig«, hörte ich Gordian antworten. »Aber es schadet ja nichts, sich auf längeren Strecken fit zu halten.«

Die glänzenden Lupen des Fernglases waren starr auf mich gerichtet. Mir wurde siedend heiß unter dem Blick des Madeirers, und mit einem Mal fiel mir ein, woher ich ihn kannte.

Gordy, wir müssen hier weg! Sofort!

Aber dann besteht die Gefahr, dass sie erkennen, was wir sind.

Sie wissen es bereits, schrie ich voller Panik. *Los, komm!*

Unmöglich!, rief Gordian mir im Laufen zu. *Du musst dich irren!* Einem inneren Kommando folgend, hatten wir uns umgedreht und hasteten nun über grobe, mit Flechten überwucherte Steine und borstige Pflanzenbüschel zur gegenüberliegenden Seite der Insel, von wo aus wir mit einem fliegenden Satz ins Wasser sprangen. *Wir sind seit Tagen keiner Menschenseele mehr begegnet.*

Doch, Gordy, ich schon, gab ich zurück, während ich ein paar kräftige Flossenschläge tat.

Und endlich schien er zu begreifen.

Der Taucher?

Ja, verdammt! Wir hätten meine Begegnung mit ihm sehr viel ernster nehmen müssen. Es war gedankenlos von uns, so lange hier zu bleiben.

Ich hatte doch sogar befürchtet, dass er gleich, nachdem er seinen Schock überwunden hatte, wieder nach mir suchen würde.

Vielleicht haben sie sich ja von unserem Anblick verzaubern lassen, äußerte ich hoffnungsvoll.

Du meinst, von deinem ..., erwiderte er zögernd. *Auf mich machten die beiden Typen allerdings nicht den Eindruck, als ob sie von einer Nixe betört worden wären.*

Tja, dann verfügt ein Hainix wohl nicht über entsprechende Reize, sagte ich und meinte es fast ironisch, doch im selben Moment wurde mir klar, dass es sich genau so verhielt.

Javen Spinx und Cyril hatten zwar eine stark anziehende Wirkung, von Verzauberung konnte allerdings nicht im Geringsten die Rede sein. Und wenn ich mir Tyler ins Gedächtnis rief, so war er - zumindest auf den ersten Blick - nichts weiter als ein attraktiver junger Menschenmann.

Es liegt in der Natur der Sache, sagte Gordy. *Oder besser ausgedrückt: in ihrem eigenen Interesse.*

Klar. Hainixe wollten mit den Menschen zusammenleben und daher um jeden Preis unerkannt bleiben. Sie strebten ja nicht einmal Freundschaften mit Menschen oder gar Liebesbeziehungen an. In dieser Hinsicht war Tyler allerdings ein wenig aus der Art geschlagen.

Die beiden Männer haben unsere Verwandlung nicht beobachten können, sagte ich. Es ist immer noch möglich, dass der Taucher mich für eine Sinnestäuschung gehalten hat.

Hoffen wir's, murmelte Gordian.

Sie werden die Begegnung mit euch vergessen, vernahm ich Cullums Gedanken. *Entscheidend ist, dass wir so schnell wie möglich von hier verschwinden.*

Nacheinander schossen er, Ramon und Poy hinter einer Klippenwand hervor. Oceane folgte ihnen und wandte sich sogleich mir zu.

Entschuldige bitte, dass wir einige eurer Gespräche belauscht haben, sagte sie. *Wenn es nicht von so außerordentlicher Bedeutung für uns wäre, hätten wir niemals ...*

Schon gut, unterbrach Gordy sie. *Es ist nur von Vorteil, dass ihr Bescheid wisst. Das erspart uns lange Erklärungen, die uns unnötig Zeit gekostet hätten.*

Er war ein Stück von mir abgerückt und der Ausdruck in seinem Gesicht hatte sich vollkommen verändert. Es überraschte mich, wie schnell er umschalten konnte. Unsere Liebesnacht und die zärtlichen Beteuerungen, die er mir noch eben zugeflüstert hatte, schienen vergessen. Seine Haltung, seine Mimik, sein ganzer Habitus waren nun kühl und distanziert, und es kostete mich große Anstrengung, mir nicht anmerken zu lassen, wie sehr mich das verletzte.

Wie wahr! Wie wahr!, tönte Kirby, die nun eilig an Gordians Seite huschte und ihm wie beiläufig mit ihrer Flosse über die Flanke strich – was er zu meiner Erleichterung jedoch nicht einmal mit einem Lidzucken zur Kenntnis nahm.

Dann wird es dich sicher interessieren, welchen Plan wir gefasst haben, ging auch Cullum über ihre Bemerkung hinweg. *Kirby und Ramon*

werden dich auf deiner Suche nach Kyan begleiten. Poy hat sich freund-
licherweise bereit erklärt, euch mit seiner Allianz in angemessenem Abstand zu folgen.

Nein, sagte Gordy. Kirby und ich machen uns allein auf den Weg.
Kyan hat sich als weitaus cleverer erwiesen, als wir ihn eingeschätzt hatten. Wir wissen nicht einmal, ob er über besondere Talente verfügt, und
wenn ja, über welche. Ich möchte auf keinen Fall riskieren, dass auch
nur das kleinste Detail über unser Vorhaben in seinen Empfangsbereich
dringt. Und deshalb gilt: Je weniger eingeweiht sind, desto größer die
Chance, ihn baldmöglichst unschädlich zu machen.

Ramon reckte provozierend sein Kinn vor. Hast du eigentlich nie
in Betracht gezogen, dass man Kyan auch gefangen nehmen und ein Tri-
bunal über sein Schicksal entscheiden lassen könnte?

Irritiert flog mein Blick zu ihm hinüber. Sein plötzlicher Sin-
neswandel erschreckte mich.

Ja, das habe ich in der Tat, erwiderte Gordian und für eine Sekunde legte sich ein entspannter Zug um seine Augen. Allerdings
bin ich sehr schnell zu der Auffassung gelangt, dass er viel zu unberechenbar ist ... und gefährlich.

Für wen?, fragte Ramon sarkastisch. Für dich?

Für uns alle, gab Gordy zurück.

Bist du denn überhaupt einer von uns, Plonx?

Verflucht noch mal, Ramon, hast du denn gar nichts verstanden?, ging
Kirby dazwischen. Gordy und Elodie sind Auserwählte des Meeres. Sie
vertritt die Interessen der Hainixe und er die unseren.

Das ist nicht ganz richtig, wandte Gordian ein und schenkte Kirby
ein nachsichtiges Lächeln. Elodie und ich versuchen, einen Krieg zwischen Mensch und Nix zu verhindern. Wir wollen eine friedliche Lösung
und möglichst wenig Blutvergießen. Das jedoch werden wir nur schaffen,
wenn wir Kyan und Zak daran hindern, ganze Allianzen an Land zu
ziehen und weitere Menschenmädchen zu ermorden.

Auch das sehe ich nicht ein, entgegnete Ramon unwirsch. Und ich kann dir versichern, dass ich nicht der Einzige bin, der so denkt. Warum sollen wir die Chance, die das Meer uns durch dich gegeben hat, nicht nutzen und das Land auch für uns erobern? Die Menschen haben es nicht anders verdient ...

Wenn du sie tötest, bist du nicht besser als sie, fiel Cullum ihm ins Wort.

Wer sagt denn, dass ich sie töten will?, blaffte Ramon. Ich finde nur, dass ich ebenso das Recht habe, an Land zu leben wie ein Mensch oder ein Hainix.

Dieses Recht würde ich jedem von uns zugestehen, lenkte Gordian ein, ebenso wie den Menschen erlaubt sein müsste, im Meer zu leben.

Das tun sie doch längst, knurrte Ramon. Sie kleiden sich in alberne Fischanzüge, fahren in Unterwasserschiffen quer durch die Ozeane und bauen in der Tiefsee riesige Stationen, um die Meeresböden auszubeuten und zu zerstören. Auf lange Sicht haben wir doch gar keine andere Wahl, als uns auf ein Leben an Land einzustellen.

Auch diese Sichtweise verstehe ich, sagte Gordy, allerdings teile ich sie nicht. Es mag dir ungerecht erscheinen, dass wir die einzige intelligente Art auf diesem Planeten sind, die allein mit den Meeren als Lebensraum vorliebnehmen soll. Wenn du jedoch ein wenig darüber nachdenkst, wirst du ebenso wie ich – und wie auch meine Eltern und einige andere es bereits tun – einsehen müssen, dass es dazu keine Alternative gibt.

Ramon öffnete den Mund, um etwas einzuwenden, aber Gordian ließ ihn nicht zu Wort kommen.

Selbst wenn wir keinem Menschenmädchen mehr etwas antun würden, fuhr er fort und endlich zeichneten sich auch wieder Emotionen in seinem Gesicht ab, würde etwas äußerst Dramatisches geschehen: Menschenfrauen und -mädchen können dem Zauber eines Delfinnixes nicht widerstehen. Sie folgen ihm überallhin und gehen nie wieder eine Verbindung mit einem Menschenmann ein.

Was Grund genug wäre, uns zu bekämpfen, setzte Oceane hinzu. Aber genau das wollen wir doch gerade verhindern.

Ich sah, wie Ramon unter seiner Delfinhülle die Fäuste ballte. Mit zusammengepressten Lippen fixierte er Gordy.

Das ist ja alles schön und gut, brach es schließlich aus ihm hervor. *Dennoch fällt es mir schwer zu verstehen, aus welchem Grund ausgerechnet die Haie an Land leben können sollen ... und wir nicht.*

Gordian warf einen besorgten Blick in Richtung Wasseroberfläche. Keine Frage, er hatte nicht damit gerechnet, dass Ramon plötzlich einen solchen Widerstand leisten würde. Die Auseinandersetzung mit ihm stahl uns nun in der Tat die Zeit, die wir brauchten, um uns vor den madeirischen Tauchern, die trotz Cullums Einsatz möglicherweise schon sehr bald hier auftauchen würden, in Sicherheit zu bringen. Denn die Erinnerung an mich als Halbnixe würde zumindest bei dem einem von ihnen noch immer vorhanden sein. Andererseits leistete Gordy gerade außerordentlich wichtige Überzeugungsarbeit, und ich betete inständig, dass es ihm gelingen würde, Ramon auf seine Seite zu ziehen und zugleich seinen Eltern und Poy gute Argumente mit auf den Weg zu geben, die es auch ihnen ermöglichten, fremde Allianzen für unsere Absichten zu gewinnen.

Hainixe unterscheiden sich in vielerlei Hinsicht von uns, sagte Gordy nun. *Sie sind Einzelgänger, und sie haben Gefühle, die denen der Menschen sehr ähnlich sind. Ich habe einige von ihnen kennengelernt und wage zu behaupten, dass sie den Menschen weder etwas zuleide tun noch eine enge Beziehung mit ihnen eingehen würden. Zwar sind sie in der Lage, Talente auszubilden, mit denen sie Menschen beeinflussen oder sogar kontrollieren können, aber sie verfügen nicht über unsere Ausstrahlung, mit der wir die Menschen zwangsläufig in den Bann ziehen. Außerdem kann ich dir versichern, dass es kein allzu großes Vergnügen ist, an Land zu leben*, fügte er seiner Erklärung hinzu. *Allein die Nahrungsaufnahme gestaltet sich schon schwierig. Die Luft trocknet unsere Schleimhäute aus, und die Sehnsucht, ins Meer abzutauchen, ist ebenfalls ständig präsent.*

Das gilt im Übrigen auch für die Hainixe, meldete ich mich zu Wort und schon richteten sich sämtliche Blicke auf mich. *Sie könnten niemals irgendwo im Landesinneren leben. Ihre Sehnsucht nach dem Meer ist so groß, dass Entzugserscheinungen auftreten, sobald sie einige Tage nicht mit Wasser in Berührung gekommen sind. Selbst bei mir ist das mittlerweile so, und das, obwohl ich zur Hälfte menschliche Gene in mir trage und meine ersten siebzehn Lebensjahre ausschließlich an Land verbracht habe.*

Poy schürzte die Lippen.

Das würde also bedeuten, dass es Nixen, gleich welcher Art, immer nur möglich wäre, Inseln und Küstenstreifen zu bewohnen?, fragte er.

Gordian nickte. *Kyan leidet an maßloser Selbstüberschätzung, wenn er glaubt, dass Delfinnixe die Menschen besiegen oder sogar ausrotten könnten.*

Die einzige Lösung für euch ist: Freundschaft mit den Hainixen zu schließen und sie massiv dazu zu drängen, Einfluss auf die Menschen zu nehmen, damit diese aufhören, unseren Lebensraum auszurauben und zu vergiften, setzte ich leidenschaftlich hinzu, denn nun hatte ich endlich und zum ersten Mal eine konkrete Vorstellung davon, worin meine Aufgabe bestand. *Es wäre geradezu fatal, wenn wir zuließen, dass Kyan und Zak noch mehr Unheil anrichteten. Sie dürfen weder Menschen noch Hainixe töten.*

Wie auch Tyler niemals einen Delfinnix angreifen darf, schoss es mir durch den Kopf, und plötzlich konnte ich es kaum noch erwarten, endlich mit Cyril, Jane und Javen zu sprechen.

Ich gebe es ja ungern zu, aber ich finde, die Hainixe hat recht, sagte Poy. *Überhaupt klingen alle Argumente, die sie und Gordian angeführt haben, in meinen Ohren sehr einleuchtend und glaubwürdig.*

Cullum, Kirby und Oceane bestätigten seine Einschätzung durch ein energisches Nicken, nur Ramon zweifelte offensichtlich noch.

Was geschieht eigentlich mit euch beiden, wenn eure Mission beendet ist?, fragte er mit einem Mal völlig unerwartet.

Hastig senkte ich den Kopf und gab mir alle Mühe, meine Gedanken und Gefühle für mich zu behalten. Niemand sollte erfahren, was ich mir am sehnlichsten wünschte.

Ja, also ..., sagte Gordy zögernd, *... das wissen wir nicht. So wie ihr alle mit angehört habt, hat Neeron sich zu diesem Punkt nicht geäußert. Ich könnte mir allerdings vorstellen, dass wir unsere Identität als Halbwesen wieder verlieren ...* Er machte eine kleine Pause, und ich hoffte so sehr, dass er jetzt mich ansehen würde, doch stattdessen richtete er seinen Blick auf Kirby, *... und zu unserer ursprünglichen Art zurückkehren. Ich zu euch ... und Elodie zu den Menschen.*

Gratuliere, du hast wirklich schnell begriffen, warf ich ihm zu, aber er reagierte nicht darauf. Im nächsten Moment durchfuhr mich eine Eiseskälte, denn mir wurde klar, dass seine Äußerung keinem Kalkül folgte, sondern durchaus im Bereich des Möglichen, wenn nicht sogar Wahrscheinlichen lag.

Gut, dann schlage ich jetzt Folgendes vor, griff Poy unsere taktischen Überlegungen wieder auf. *Gemäß Gordians Empfehlung machen er und Kirby sich allein auf die Suche nach Kyan. Ob und wie sie ihn ausschalten, überlassen wir ihnen. Kirby ist eine von uns, deshalb vertraue ich darauf, dass sie Kyan nicht fahrlässig und erst recht nicht grundlos opfern wird, sondern sich dafür einsetzt, ihn zu verschonen, sollte es auch nur einen Funken Hoffnung geben, dass er sein bisheriges Handeln überdenkt und aufgibt. Indessen führe ich meine Allianz zum amerikanischen Kontinent zurück. Vielleicht haben wir Glück und können Zak dort irgendwo aufspüren. Natürlich werden wir jeden, den wir auf unserer Reise treffen, über die Geschehnisse und unsere gemeinsamen Pläne unterrichten.*

Wenn das kein Angebot ist!, erwiderte Cullum erfreut. Seine Erleichterung über Poys Haltung war ihm deutlich anzusehen. *Allerdings ist Vorsicht geboten. Nicht jeder wird ein Einsehen haben und unserer Bitte entsprechen. Zu viele junge Nixe sehnen sich nach einer Begegnung mit einem Menschenmädchen. Außerdem sind längst nicht alle bereit, einem*

Hai zu vertrauen. Ich fürchte, es ist davon auszugehen, dass uns aus den eigenen Reihen massiver Widerstand entgegenschlägt. Es gilt also, wachsam zu sein und genau hinzuschauen, wen wir über Elodies und Gordians Existenz, ihre Bestimmung und unsere Pläne in Kenntnis setzen.

Diese Sorge ist absolut begründet, sagte Oceane, die urplötzlich kalkweiß im Gesicht geworden war. *Malou, Pinto und Rijn haben sich bereits von der Gruppe abgesetzt, um Kyan zu warnen.* Ihr Blick glitt von einem zum anderen und blieb schließlich an Ramon hängen. *Und ich halte es nicht für ausgeschlossen, dass ihnen noch Weitere folgen werden.*

Sie hatte den Satz kaum beendet, als ein Schatten über uns hinwegzog. Erschrocken sah ich nach oben und registrierte die langen Kiele eines Katamarans, die lautlos durchs Wasser glitten.

Sie sind mit einem Segelboot gekommen, damit wir sie nicht bemerken!, rief Kirby.

Nicht einmal einen Atemzug später durchstießen die Körper dreier Taucher die Oberfläche.

Runter!, drang Cullums Ruf in mein Ohr.

Kapverden!, schrie Oceane, im nächsten Moment hatte Gordian mich bereits am Arm gepackt und zerrte mich in die Tiefe.

Was ist mit den anderen?, fragte ich panisch, während ich meine Flosse in fliegendem Rhythmus hin und her bewegte.

Sind informiert, war seine knappe Antwort.

Wir waren schnell – viel schneller als sonst – und ließen die Region westlich der Ilhas Desertas im Nu hinter uns.

Kirby, hörte ich Gordy neben mir keuchen. *Ich muss zurück.*

Er stoppte und ließ dabei meinen Arm so plötzlich los, dass ich noch ein ganzes Stück weiterglitt, ehe ich ebenfalls anhalten und mich zu ihm umwenden konnte.

Was ist denn los?

Kirby kann nicht mithalten, erwiderte er. *Große Macht zu haben, bedeutet offenbar auch, sich effektiver voranbewegen zu können.*

Ich schluckte. Natürlich war das ein Vorteil. Trotzdem bereitete mir die Vorstellung, dass mir nun Fähigkeiten zur Verfügung standen, deren Wirkung ich nicht einzuschätzen vermochte, großes Unbehagen.

Es ist so weit, flüsterte Gordian. *Wir müssen ... uns trennen ...*

Seine Pupillen waren geweitet und das Türkis seiner Iris flackerte.

Ich spürte die Panik, die mit kalten Fingern nach mir griff, und die Angst, dass das Meer uns nun womöglich doch für immer auseinanderriss, lag so schwer auf meiner Brust, dass ich kaum noch atmen konnte.

Ich werde dich nicht vergessen, Elodie.

Gordys Stimme durchdrang meine Gedanken und erfüllte mich mit einer leisen Hoffnung.

Und ich trage unsere letzte Nacht in mir. Es ist, als hätte sie sich in meine Seele gebrannt.

Seine Pupillen waren noch immer geweitet, aber seine Iris schimmerte nun ruhig und sanft und sein Blick schenkte mir unendliche Liebe und Zärtlichkeit.

Ich wollte ihm in die Arme fliegen. Ihn noch einmal spüren, ein letztes Mal küssen, aber ich war wie in mir selbst gefangen.

Pass auf dich auf, sagte Gordian. *Und bitte warte hier, bis Idis dich eingeholt hat.*

Aber ... Es war doch im Grunde gar nicht mehr nötig, dass sie und ihre Delfine mich begleiteten.

Ich möchte Gewissheit haben, dass du sicher in den Ärmelkanal zurückgekehrt bist.

Und ich? Was ist mit mir? Ich muss auch wissen, ob du ...

Ein winziges, nahezu unmerkliches Lächeln zupfte an seinen Augenwinkeln. *Solange Idis bei dir ist, wirst du es wissen.*

Ich nickte. Für einige wenige unschlüssige Sekunden klebten unsere Blicke aufeinander.

Und bitte denke daran, wisperte Gordian dann. *Ich gehöre jetzt zu Kirby.*

Wie meinst du das?, schrie es in mir, und am liebsten hätte ich ihn dazu gebracht, mir noch einmal zu schwören, dass er mich liebte. Nur mich. Aber ich wusste ja, dass das nun nicht mehr möglich war. Niemand – weder Hainix noch Delfinnix – durfte auch nur im Geringsten daran zweifeln, dass unsere Liebe ein Ende gefunden und Gordy sich für Kirby entschieden hatte – am wenigsten sie selbst.

Und da sah ich sie auch schon. Ihren roten Schopf, der nun zügig immer näher kam. Ohne Frage hatte Gordian ihn ebenfalls längst bemerkt.

Also ..., sagte er leise.

Ein kurzes Nicken noch, dann hatte er sich bereits von mir abgewandt und schwamm mit kräftigen Flossenschlägen auf Kirby zu.

Der tödliche Tanz der Delfine

Ich starrte Gordian hinterher, sah, wie Kirby allmählich größer und er gleichzeitig immer kleiner wurde und wie dann beide zusammen im dunstigen Blau des Meeres verschwanden.

Ich werde dich nicht vergessen, Elodie.

Dieses Versprechen schwang noch immer in meinem Herzen und strich behutsam über die Wunde in meiner Seele.

Mit einem tiefen, schweren Seufzer schloss ich die Augen und wurde augenblicklich von einem samtschwarzen Sternenhimmel umfangen. Das sanfte Rauschen des Meeres drang in meine Ohren, ich hörte Gordians zärtliche Worte und diese wunderschöne Melodie, die das Zusammenschmelzen unserer Sehnsüchte begleitete. Gordys Küsse und Berührungen brannten auf meiner Haut, und für einen kurzen berauschenden Moment war mir so, als spürte ich seinen Körper noch immer in meinem.

Die Versuchung, ihr Herzenslicht auf einen Einzigen zu richten und darin Erfüllung zu finden, ist groß, doch sie können ihrer Bestimmung niemals entfliehen.

Das ist ein ehernes Gesetz.

Es zu brechen, bedeutet ihren Tod ... und damit auch den Tod des Meeres.

Die Ernüchterung traf mich wie ein harter Schlag.

Gordian gehörte nicht mehr zu mir, er gehörte jetzt zu Kirby. Das war seine Bestimmung und zugleich Teil unserer gemeinsamen Aufgabe. Ich hatte das viel eher erkannt als er, ich hatte vernünftig sein wollen und tapfer, aber nun riss mich die Verzweiflung über die Ausweglosigkeit unseres Schicksals innerlich schier entzwei.

Gordian war mein Herzschlag, mein Blut und meine Seele. Niemand kannte mich so gut wie er und nie zuvor hatte ich mich so tief mit jemandem verbunden gefühlt. Und nun nahm das Meer ihn mir weg, nahm mir das Liebste, was ich je besessen hatte, und ich konnte nichts, aber auch gar nichts dagegen tun. Im Gegenteil, wenn ich jetzt aufgab, wenn ich jetzt nicht bereit war, alles und noch viel mehr zu geben, brachte ich Gordians Leben in Gefahr.

Es wird Zeit, Elodie, riss eine leise Stimme mich ins Hier und Jetzt zurück.

Ich wirbelte herum und sah mich Idis und einer Delfinschule aus mindestens hundert Tieren gegenüber. Sie mussten sich mir vollkommen lautlos genähert haben.

Idis musterte mich mit einer hochgezogenen Augenbraue.

Ts. Ts, machte sie. *Wir können von Glück sagen, dass du nicht hinterrücks von einem Megalodon verspeist worden bist.*

Einem was?

Riesenhai.

Zuerst stutzte ich, dann konnte ich mir ein müdes Lächeln abgewinnen. *Du hast meine Gedanken gehört?,* fragte ich betreten.

Das nicht, erwiderte Idis und grinste verschmitzt, *aber es besteht ja wohl kein Zweifel daran, dass du gerade ziemlich abwesend warst.* Sie schüttelte tadelnd den Kopf.

Ich zwang mich, nicht weiter an Gordy und auch nicht an meine Unvorsichtigkeit zu denken, und deutete auf die Tiere, die wundersamerweise absolut reglos im Wasser standen und nicht einmal ihre Flossenspitzen bewegten.

Müssen sie wirklich alle mitkommen?

Allerdings, antwortete Idis knapp. *Nicht deinetwegen,* fügte sie hastig hinzu. *Du hättest es beileibe nicht nötig,* meinte sie augenzwinkernd. *Bei dem Tempo, das du inzwischen hinlegst, entwischst du garantiert jedem.*

Auch einem ... ähm, Megalodon?

Locker. Sie lachte auf. *Ich glaube, der letzte dieser Art lebte vor ungefähr anderthalb Millionen Jahren.*

Ich sah sie an und musste grinsen.

Idis' Unbekümmertheit tat mir gut. Gordys Schwester war so ganz anders als die übrigen Delfinnixe. Die Sonne, nach der sie sich alle so sehnten, trug sie in ihrem Herzen. Idis versteckte ihre Gefühle nicht. Sie war immer geradeheraus und erfrischend ehrlich. Cyrils Behauptung, dass alle Delfine Schauspieler seien und ihre wahren Absichten hinter einer Maske versteckten, traf auf sie jedenfalls nicht zu.

Wehmütig dachte ich an Gordy und ertappte mich bei dem Wunsch, er möge seiner Schwester in dieser Hinsicht etwas ähnlicher sein.

Sei nicht so egoistisch, Elodie, ermahnte ich mich. Du hast im Moment ganz andere Probleme. Der Ausblick in die Zukunft war beängstigend, und ich hatte große Zweifel, ob ich dem, was das Meer mir aufgetragen hatte, wirklich gewachsen war. Aber ich wollte meine Aufgabe erfüllen wie Gordy die seine. Nur dann hatten wir eine Chance, uns vielleicht eines Tages wiederzusehen.

Erneut breitete sich ein Gefühl der Schwere in meiner Brust aus, und ich drohte wieder in meinem Schmerz zu versinken, was auch Idis offensichtlich nicht entging, denn sie betrachtete mich stirnrunzelnd. *Alles okay bei dir?*

Ja, ja, sagte ich schnell und verscheuchte entschlossen sämtliche quälenden Gedanken. Ich hatte doch längst alles glasklar vor mir gesehen, meine Entscheidung getroffen und Gordian in seiner gestützt und bestärkt. Wenn ich verzagte, behinderte ich mich nur selbst ... und war auch Gordy am Ende ganz sicher keine Hilfe.

Noch geht es ihm gut, sagte Idis. *Soll ich ihm das Gleiche von dir berichten?*

Ich atmete tief durch und zauberte mir einen Hauch von Zuversicht ins Gesicht.

Auf jeden Fall, gab ich zurück und wies abermals auf das Heer von Delfinen hinter ihr, die noch immer bewegungslos auf der Stelle verharrten. *Verrätst du mir nun, warum es so wichtig ist, dass sie uns begleiten?*, fragte ich.

Weil diese Reise ein perfektes Training für uns ist, gab Idis zurück. *Ich habe noch nie eine so große Schule geführt. Es ist aber wichtig, dass ich das lerne. Im Ernstfall hängt nicht nur unser Wohl, sondern auch das der Tiere davon ab*, betonte sie.

Ich nickte, denn im Grunde erzählte sie mir nichts Neues.

Können wir dann?, fragte Idis. *Oder findest du es hier so schön, dass du noch ein wenig entspannen möchtest?*

Scherzkeks, foppte ich sie.

Tatsächlich befanden wir uns nämlich an einem der unwirtlichsten Orte, an denen ich mich je aufgehalten hatte. Hinter uns ragte ein schroffes, an einigen wenigen Stellen mit dunklem Tang bewachsenes, ansonsten aber vollkommen karges Riff auf, unter uns gähnte tiefschwarze Dunkelheit und aus der Ferne dröhnten die Motorengeräusche riesiger Containerschiffe herüber.

Na, dann schwimm mal vor, du Hai, sagte Idis. *Aber bitte langsam.*

Obwohl dies ein anderer Weg war als jener, den ich auf der Hinreise mit Gordian genommen hatte, fiel es mir nicht schwer, mich zu orientieren. Problemlos richtete ich mich nach Nordosten aus und legte mit zwar zügigen, aber nicht allzu kräftigen Flossenschlägen Seemeile um Seemeile zurück.

Idis folgte mir mit ihrer Delfinschule, dirigierte die Tiere mal an unsere rechte, mal an unsere linke Seite und ließ sie die unterschiedlichsten Formationen schwimmen. Das alles geschah vollkommen lautlos, ohne die kleinste Geste oder das winzigste Augenzwinkern.

Sie hören meine Gedanken, erklärte Idis mir.

Und du hörst offensichtlich meine, entgegnete ich ein wenig ungehalten, denn ich gab mir wirklich alle Mühe, sie für mich zu behalten.

Dann solltest du dich vielleicht noch ein bisschen mehr anstrengen, riet Idis mir, und plötzlich überkam mich die Idee, dass diese gemeinsame Reise nicht nur ein Training für sie und die Delfine war, sondern auch für mich.

Kluges Mädchen.

Verblüfft wandte ich mich zu ihr um. *Gibt es einen Trick?*

Sie grinste von einem Ohr zum anderen. *Jep.*

Verdammt! Warum hatte Gordian ihn mir dann nicht längst verraten? Es wurmte mich, dass ich wieder und wieder an den Punkt kam, mich über ihn zu ärgern.

Dann lass es doch, erwiderte Idis. *Dein Herz und dein Kopf laufen fast über vor Begeisterung, wie superperfekt er in deinen Augen ist. Warum vertraust du ihm also nicht? Ich meine, was dich betrifft, hatte er ganz sicher nie etwas Böses im Sinn.*

Ich stieß ein leises Murren aus, doch dann sah ich ihr Lächeln, das beinahe ebenso entwaffnend war wie das ihres Bruders.

Denk einfach mal was und beobachte, wo sich dieser Gedanke befindet, sagte sie nun.

Okay, gab ich seufzend nach, schloss die Augen und tat, was mir am leichtesten fiel: mich nach Gordian sehnen.

Wow!, jubelte Idis. *Offenbar hast du eine verdammt romantische Ader! Möchtest du, dass ich das so an ihn weitergebe?*

Untersteh dich! Sollte ich noch jemals die Gelegenheit dazu bekommen, würde ich es ihm lieber selber sagen.

Seh ich genauso, erwiderte Idis und legte den Kopf ein wenig schief. *Wenn du mir dann jetzt also erklären könntest, in welchen Bereichen deines Körpers sich diese unglaublichen Gedanken abgespielt haben ...?*

In meinem Kopf natürlich!

Und wo noch?

Ähm ... In meinem Herzen.

Okay, und wo noch?

Keine Ahnung. *Irgendwo dazwischen?*

Also von hier bis hier, vergewisserte Idis sich, indem sie mit ihren Händen die Region zwischen Scheitel und Zwerchfell umspannte. *Und wo, glaubst du wohl, lassen sich Gedanken am besten verstecken?,* bohrte sie weiter.

Was weiß denn ich! *Ich glaube jedenfalls nicht, dass ich mit meinem Hintern denken kann.*

Es wäre vielleicht einen Versuch wert, entgegnete Idis achselzuckend.

Ich schnappte nach Luft, und es lag mir auf der Zunge, sie zu fragen, ob sie mich zum Narren halten wollte, da bemerkte ich, wie ihre Augen plötzlich glasig wurden.

Was ist los?

Psst, zischte sie, während sie allmählich ihr Tempo verringerte und schließlich stoppte. *Nicht so laut!*

Angespannt hielt sie ihren Blick auf mich gerichtet, und wieder brauchte ich einen Moment, bis mir klar wurde, dass sie gar nicht mich anstarrte, sondern hochkonzentriert in sich hineinzulauschen schien. Unterdessen glitten die Delfine langsam auseinander und bildeten einen Kreis um uns herum – ihre Köpfe wachend nach außen und die Schwanzflossen schützend uns zugewandt. Es war so unglaublich, dass mir der Atem stockte.

Gefahr, wisperte Idis.

Ich hörte das Wort und zwang mich, nichts zu denken – und auch nichts zu fühlen.

So ist es gut, raunte Idis. *Kühler Kopf, stummes Herz.*

Ihr Lob verpuffte irgendwo zwischen Bauchnabel und Schambein, und plötzlich wusste ich, was sie meinte. Der geheime Ort einer Nixe befand sich in ihrem Beckenboden, dort, wo der Mensch wohl die Wirbel und Knochen eines gewöhnlichen Hais oder Delfins vermuten würde. An dieser Stelle teilte sich unser Schwanz in Beine und schloss sich wieder zu einer Flosse zusammen. Hier brannte nicht nur das Feuer der Leidenschaft, Kraft und Aggression, sondern hier war auch der Ort, an dem wir unsere Erinnerungen bewahrten, unsere Talente ausbildeten und an dem in der vergangenen Nacht Gordians und meine Seele zusammengefunden hatten.

Der Ort unserer tiefsten Empfindungen, erklärte Idis. *Nur von hier aus können wir verschlüsselte Botschaften versenden. Du hast es wahrscheinlich schon unzählige Male getan, ohne dass du dir dessen bewusst warst.*

Vielen Dank für die kleine Lehrstunde, sendete ich aus meinem Becken an sie zurück. Nun, da ich es begriffen hatte, war es ganz einfach.

Gut, zischte Idis. *Dann hör jetzt bitte genau zu: Aus nordöstlicher Richtung nähert sich jemand.*

Okay ... Ich atmete tief durch. *Wer ist es?*

Ich weiß es nicht.

Könnte es Kyan sein?

Ein kurzes Zaudern. Offenbar war Idis sich nicht hundertprozentig sicher.

Nein, kein Delfin, sagte sie schließlich. *Dafür taucht er zu tief.*

Also ein Hainix. – Das machte mir keine Angst. Mit dem würde ich schon klarkommen.

Und wenn es dieser Tyler ist?

Mein Blick sauste zu ihr. *Woher weißt du von ihm?*

Elodie! Idis verdrehte leise stöhnend die Augen. *Dafür wirst du doch wohl nicht ernsthaft eine Erklärung benötigen!* Mit dem nächsten Atemzug wurde ihre Miene wieder finster. *Achtung, er kommt jetzt von unten auf uns zu.*

Was bedeutete, dass die Delfine uns nicht mehr schützen konnten!

Ich hatte diesen Gedanken noch nicht zu Ende gedacht, da drehten die Tiere sich schon um ihre eigene Achse, sodass nun ihre Köpfe auf uns gerichtet waren und die Schwanzflossen nach außen zeigten. Das Ganze wirkte wie eine einstudierte Choreografie.

Ich nickte anerkennend.

Vielen Dank. In Idis' Augen blitzte es. *Der Hainix ... wer auch immer es ist ... hat nicht den Hauch einer Chance.*

Moment!, rief ich erschrocken. Das konnte unmöglich ihr Ernst sein!

Tut mir leid, Elodie, aber wenn es Tyler ist, darf ich ihn nicht verschonen. Für ihn gelten dieselben Bedingungen wie für Kyan.

Aber er hat niemandem etwas getan!

Noch nicht.

Idis ... bitte!

Wie gebannt blickte ich in die tiefschwarze Finsternis unter mir. In meinem Becken braute sich eine Mischung aus verzweifeltem Zorn und kompromissloser Kampfbereitschaft zusammen. Eines jedoch war sicher: Ich würde weder Idis noch einem der Delfine auch nur ein Haar krümmen.

Tyler, du Idiot!, sandte ich meine Botschaft an ihn, und zwar in der absoluten Gewissheit, dass Idis nichts davon mitbekam. *Mach, dass du Land gewinnst!*

Netter Versuch, kam es prompt aus der Tiefe zurück. *Leider greifen diese Bilder unter Wasser nicht.* Der Hai sprach mit ungewöhnlich tiefer Stimme, die ich mit niemandem, den ich kannte, in Verbindung bringen konnte.

Sehr witzig!, fauchte ich. *Verdammt noch mal, wer auch immer du bist, was soll das? Ich kann dich hier nicht beschützen.*

Im selben Augenblick brach der Körper eines Hainixes aus der Dunkelheit hervor. Seine Hülle war nicht schwarz, wie ich erwartet hatte, sondern zart und durchscheinend wie der Flügel einer Libelle. Bei seinem Anblick fuhr ein brennender Schmerz in meine Brust.

Idis, neiiin!, brüllte ich. *Es ist nicht Tyler!*

Doch die Delfine hatten ihren Befehl bereits erhalten. Schnell wie die Pfeile eines übergroßen Bogens stießen sie in die Tiefe.

Ich schlug mir die Hände vors Gesicht, denn ich wollte nicht mit ansehen, wie sie ihre Mäuler in seinen Körper rammten und mit ihren spitzen Zähnen seine Außenhaut in Fetzen rissen.

Bitte, Idis, er ist mein Freund!

Es schoss aus meinem Unterleib hervor, als gäbe es nichts Selbstverständlicheres auf der Welt.

Warum hast du das nicht gleich gesagt?, herrschte Idis mich an.

Weil dieser durchgeknallte Dickkopf sich trotz aller bösen Erfahrungen offenbar für unverletzlich hielt.

Das war so typisch für Cyril. So typisch!

Tränen schossen mir in die Augen. *Tu was, Idis!*, brüllte ich, denn ich selbst konnte jetzt nur noch beten.

In Erwartung seines Schreis und einer Wolke dunklen Bluts krümmte ich mich zusammen. Vergessen war der Zorn aus vergangenen Zeiten, vergessen alles, was Cyril mir angetan hatte. Jetzt wollte ich nur noch eins: dass er überlebte.

Zurück!, rief ich instinktiv. *Her zu mir!*

Und das Wunder geschah. Keine Ahnung, wie Idis es hinbekommen hatte, aber als ich wenige Sekunden nach der Attacke der Delfine einen Blick durch meine gespreizten Finger riskierte, sah ich geradewegs in Cyrils schwarze Augen.

Komm, Elodie, sagte er nun mit um mindestens drei Oktaven

höher verstellter Stimme, *dies ist kein Ort für eine Hainixe. Ich bringe dich nach Hause.*

Idiot, zischte ich selig und wirbelte zu Idis herum.

Die Delfine hatten sich hinter ihr geschart und wieder einmal hielt sie die Tiere reglos im Wasser stehend. Zwischen ihnen auf der einen und Cyril und mir auf der anderen Seite vibrierte das Meer.

Verdammt noch mal, was war das denn jetzt?, presste Idis hervor.

Ich allerdings war so dankbar, dass ich gar nicht richtig hinhörte, sondern ihr am liebsten um den Hals gefallen wäre. Einzig ihre Außenhülle hielt mich davon ab.

Ehrlich, Idis, das vergesse ich dir nie!, rief ich aus vollem Herzen.

Geschenkt, brummte sie. *Der Hauptteil der Arbeit scheint ja ohnehin auf dich zu gehen.*

Verständnislos sah ich sie an.

Ich habe den Delfinen jedenfalls nicht gesagt, dass sie zu mir kommen sollen.

Aber ... Ich schüttelte den Kopf. Das war doch nicht möglich. Wenn die Tiere wirklich auf meinen Befehl reagiert hatten, musste ich – unbewusst – mit Idis' Stimme gesprochen haben.

Sieht ganz so aus, knurrte sie und ließ ihren Blick langsam zu Cyril hinüberwandern. *Unsere Begleitung brauchst du jetzt ja wohl nicht mehr.*

Er nickte ihr stumm zu, woraufhin das Vibrieren des Meeres allmählich nachließ, dennoch war deutlich zu spüren, dass Cyril und Idis weit davon entfernt waren, einen Bruderkuss zu tauschen, und das frustrierte mich. Wie sollten Hai- und Delfinnixe jemals Vertrauen zueinander fassen, geschweige denn Frieden schließen, wenn selbst die Klügsten und Weitsichtigsten unter ihnen nicht miteinander auskamen?

Cyril, was sollte das?, fuhr ich ihn an. *Du hättest doch wissen müssen, dass die Tiere dich angreifen würden.*

Ich wollte sie auf die Probe stellen, gab er zurück, und im ersten Moment glaubte ich, mich verhört zu haben.

Wen? Idis oder die Delfine? Egal – das eine war so hirnverbrannt wie das andere. *Hast du deshalb deine Stimme verstellt?*

Cyrils Antwort ließ auf sich warten. Wahrscheinlich war ihm inzwischen selber klar, dass er in seinem bisherigen Leben schon weitaus intelligentere Dinge vollbracht hatte.

Ich wollte ausprobieren, ob es eine Frequenz gibt, auf die sie reagieren, erklärte er mir schließlich.

Tja, offenbar erfolglos. Ich dagegen hatte es hingekriegt, und das, obwohl ich es gar nicht darauf angelegt hatte.

Cyril starrte mich an. *Dann hatte sie also gar nicht vor, mich zu verschonen.*

Natürlich hatte sie das!, erwiderte ich heftig. *Ich war bloß schneller als sie.*

Seine Miene verfinsterte sich. *Zum Glück!*

Du bist derjenige, der sich an uns herangeschlichen hat, wies ich ihn zurecht. *Idis blieb gar nichts anderes übrig, als die Tiere auf dich zu hetzen.*

Klar. Cyril schob herausfordernd das Kinn vor. *An die hundert Delfine auf einen Hainix.*

Ich presste die Lippen aufeinander und feuerte noch ein paar zornige Blicke auf ihn ab. Wie es aussah, wollte er einfach nicht verstehen.

Hauptsache, ihr kommt gut miteinander aus, drang Idis' Stimme in mein Gehör, und einen Moment lang war ich irritiert, weil ich davon ausging, dass sie Cyrils und mein verschlüsseltes Gespräch belauscht hatte.

Keine Sorge, beruhigte er mich. *Sie hat nur in unseren Gesichtern gelesen. Wahrscheinlich verrät unsere Mimik, dass wir gerade keine besonders freundlichen Worte füreinander finden. Sollen wir wetten?*, sagte er betont harsch und lächelte mich dabei übertrieben strahlend an.

Ich lächelte wohlweislich zurück und schon entspannten sich auch Idis' Züge.

Okay, ihr habt euch also ... geeinigt?, fragte sie vorsichtig.

Ja, Idis, das haben wir, erwiderte ich und vermied es, Cyril dabei anzusehen. Womöglich hätte mein Blick ihr verraten, dass zwischen ihm und mir noch längst nicht alles geklärt war. *Ich werde nun mit Cyril weiterschwimmen. Danke, dass du mich begleitet hast ... und für alles, was ich von dir gelernt habe.*

Keine Ursache.

Sie lächelte kurz und nickte mir noch einmal zu, dann wandte sie sich ab und verschwand inmitten ihrer Delfinschar in Richtung Süden.

Besondere Talente

Am besten ist es wohl, wenn du vorausschwimmst, schlug Cyril vor. *Ich passe mich dann deiner Geschwindigkeit an. Außerdem kann ich so deinen Rückraum sichern.*

Na, dann viel Spaß, wünschte ich ihm und preschte davon.

Natürlich konnte Cyril nicht mithalten und schon bald hatte ich ihn abgehängt. Wahrscheinlich war er schrecklich wütend, aber das geschah ihm ganz recht. Warum musste er auch den Mund immer so voll nehmen!

Zu meiner Überraschung machte es mir überhaupt keine Angst, allein in dieser mir völlig fremden Umgebung zu sein, wohl wissend, dass ich jederzeit von einer Allianz aus Delfinnixen angegriffen werden oder mich bei dem Tempo, das ich vorgab, unversehens in einem Fangnetz verheddern konnte. Im Gegenteil: Ich genoss es, mit meinen Gedanken endlich ganz für mich zu sein, und gönnte mir die süße Erinnerung an Gordy, an diese letzte wundervolle Nacht, in der wir unsere Seelen über die Meere fliegen ließen und mit allem, was wir waren, zu einer Einheit verschmolzen.

Diese Erinnerung wollte ich mir unbedingt bewahren. Denn wenn Gordian recht behalten sollte, würde ich irgendwann unwiderruflich ein Mensch sein und er ebenso unwiderruflich ein Nix, der nicht mehr an Land gehen und nie wieder Beine und ein menschliches Geschlecht besitzen würde.

Diese Vorstellung tat unendlich weh, aber ich begann zu akzeptieren, dass wir eine Bestimmung hatten. Die galt es anzunehmen, anstatt sich ihr verzweifelt zu widersetzen. Ich durfte nicht in lähmende Lethargie verfallen, sondern musste mich auf das konzentrieren, was allen diente.

An meinen Gefühlen für Gordian änderte das nichts. Vielmehr gab mir meine Liebe zu ihm die Kraft, die ich für diese Aufgabe benötigte. Ganz egal, was er war oder eines Tages sein würde: Ich liebte ihn wie nichts und niemanden auf der Welt – alles Weitere lag nun nicht mehr in meiner Macht.

Nachdem ich eine geraume Zeit durch offenes Meer ohne Untiefen, Riffe oder Seepflanzen geschwommen und dabei kaum einem Fischschwarm, einem Tintenfisch oder sonst einem Lebewesen begegnet war, kam nun plötzlich aus der bisher undurchdringlichen Tiefe unter mir ein dunkler, mit Schlingpflanzen und Tang durchsetzter Boden zum Vorschein.

Ich verlangsamte mein Tempo und sah mich nach einer geeigneten Stelle um, an der ich auf Cyril warten konnte.

Ungefähr eine halbe Seemeile links von mir entdeckte ich einen riesigen zerklüfteten Felsen, der stolz wie ein mittelalterlicher König aus dem Pflanzenwald aufragte. Vielleicht fand ich darin eine Spalte, in der ich für eine Weile unterschlüpfen und verschnaufen konnte.

Ich schaute kurz zurück und vergewisserte mich, dass Cyril noch nicht zu sehen war, dann legte ich die Arme an und glitt lautlos auf den Felsen zu.

Ich hatte noch nicht einmal die Hälfte der Wegstrecke hinter mich gebracht, als ein ohrenbetäubender Knall das Wasser erschütterte. Er schlug so heftig gegen mein Trommelfell, dass ich für einige Sekunden völlig taub – und sogar blind war. Obwohl ich den Ursprungsort dieses entsetzlichen Geräusches nicht ausmachen konnte, schoss ich panisch davon, in eine Richtung, von der ich annahm, dass sie mich nicht geradewegs in den nächsten Knall hineinführte.

Mein Kopf schmerzte, als ob mir jemand einen stumpfen Gegenstand über den Schädel gezogen hätte, noch viel schlimmer aber war, dass ich die Orientierung verloren hatte. Ich nahm meine Umgebung nur noch verschwommen wahr und das Gespür für Entfernungen oder Himmelsrichtungen schien vollkommen aus meinem Gedächtnis gelöscht zu sein.

Planlos stob ich mal hierhin, mal dorthin und schließlich ließ ich mich kraftlos zu Boden sinken. In der Hoffnung auf ein wenig Halt grub ich meine Finger in den schlammigen Boden. Ich fühlte mich verletzlich und verlassen und mit einem Mal wurde ich von brennendem Heimweh übermannt. Fast genauso sehr wie nach Gordy hungerte ich plötzlich nach Tante Grace, nach Rubys Lachen und Ashtons Teddybärblick, nach Musik von Joe Jackson, festen vier Wänden, einer Quiche ... und nach meiner Mutter. – Ach, Mam, was würde ich darum geben, wenn ich mich jetzt in deine Arme fallen lassen, dir alles erzählen, mich ausruhen und von dir trösten lassen könnte!

Seufzend schloss ich die Augen und betete, dass Cyril mich hier fand und ganz schnell nach Hause brachte.

Wie schön wäre es, jetzt in meinem Bett im Apartment von Tante Gracies Cottage zu liegen, die Stille zu genießen und endlich schlafen zu dürfen. Die Strapazen der vergangenen Tage nagten an meinen Kräften. Ich war müde, so schrecklich müde! Doch anstatt mir einen kleinen Vorgeschmack auf die ersehnte Ruhe zu gewähren, bombardierte mein Gehirn mich nun mit wirren Bildern, die innerhalb von Sekundenbruchteilen kaleidoskopisch ineinanderfielen, um sich gleich darauf wieder zu etwas Neuem zusammenzusetzen.

Was mir anfangs noch völlig sinnlos erschien, formte sich nach und nach zu fassbaren Szenen: Menschenleichen, die an schneeweiße Strände gespült wurden, ein Meer, das gigantische Wellen auftürmte, und immer wieder Gordy, dessen blutüberströmter Körper sich trudelnd auf den Meeresgrund zubewegte.

Nein!, schrie ich. Nein! Nein! Nein!

Ich riss die Augen auf – und konnte wieder sehen! Und zwar glasklar, so als wäre nie etwas gewesen. Und mit einem Schlag kehrte auch meine Energie zurück.

Ich stieß mich vom Boden ab und stellte überrascht fest, dass ich mich in unmittelbarer Nähe des majestätischen Felsens befand.

Er war mindestens zwanzig Meter hoch und von unzähligen verschiedenen Pflanzen in den unterschiedlichsten Braun- und Grüntönen bewachsen. Einige von ihnen waren dicht und buschig, andere bestanden aus armlangen Tentakeln, die in der Strömung tanzten. Dazwischen – eifrig auf der Suche nach Nahrung – wuselten Schalentiere und kleine Fische umher.

Größere Spalten oder Ausbuchtungen, in die ich mich für eine Weile hätte versenken können, entdeckte ich nicht, nur schmale Risse und Tunnel, in denen entweder Pflanzen wucherten oder kinderkopfgroße Krebse hausten, deren Panzer mit Muschelschalen und Seetang überzogen waren.

Fasziniert betrachtete ich dieses exotische Mini-Universum mitten im Atlantik, dem dieser schreckliche Knall eben offensichtlich überhaupt nichts hatte anhaben können.

Wir dürfen das nicht länger dulden, zischte eine Stimme dicht an meinem Ohr, und in der Annahme, dass sie Cyril gehörte, wirbelte ich herum. Den Vorwurf, was ihm einfiele, mich zu Tode zu erschrecken, hatte ich bereits auf den Lippen. Aber hinter mir war niemand.

Was willst du denn tun?, knurrte ein anderer. *Vielleicht doch ihre Schiffe zerstören?*

Meine Muskeln versteiften sich. Ich hörte auf zu atmen und wagte kaum, mich zu rühren. Wer auch immer sich hier unterhielt, es waren Nixe, Delfine, vermutete ich, und sie befanden sich höchstwahrscheinlich nicht mehr als ein oder zwei Körperlängen von mir entfernt, hinter einem Vorsprung oder vielleicht auch zwischen den etwas größeren Pflanzen verborgen.

Entschlossen drehte ich mich wieder um, nach wie vor gespannt bis in die kleinste Muskelfaser.

Sollten die beiden mich inzwischen bemerkt haben, würde mir hoffentlich noch immer genügend Zeit zur Flucht bleiben. Schneller als sie war ich allemal, insofern schien es mir ein kalkulierbares Risiko zu sein. Und das Glück war tatsächlich auf meiner Seite. Die Nixe hatten bisher nichts von meiner Anwesenheit bemerkt.

Sei nicht töricht! Wie sollten wir das anstellen?, wisperte die erste Stimme nun zurück. Sie hatte einen angenehm tiefen Klang und war etwas rauer als die seines Freundes, auf jeden Fall aber handelte es sich um zwei männliche Nixe.

Aufmerksam ließ ich meinen Blick über die Felswand gleiten, suchte jede Spalte, jede Unebenheit und jedes Gewächs ab, konnte jedoch weder eine Flosse oder verdächtige Bewegung noch das silbrige Schimmern einer Delfinhaut entdecken.

Wir sollten es zumindest in Betracht ziehen, erwiderte der andere. *Ich bin sicher, wenn wir darüber nachdenken, wird sich auch eine Möglichkeit finden.*

Und mit welchem Ziel?, gab der Erste widerstrebend zurück. *Schließlich sind es nicht die Schiffe, die Fangnetze und die Waffen, die uns schaden, sondern die Menschen, die diese Dinge benutzen.*

Dann müssen wir sie eben aus ihren Schiffen hol... Die Stimme seines Freundes brach mitten im Wort ab, und nahezu im selben Augenblick registrierte ich einen plötzlichen Strömungsdruck an meinem Bauch, der nur durch das Schlagen einer Schwanzflosse unterhalb von mir hervorgerufen worden sein konnte.

Blitzartig schoss ich nach oben und prallte mit dem Hinterkopf gegen einen dunklen Leib, der sofort zurückzuckte.

Elodie, was ist?

Cyril!

Meine anfängliche Erleichterung vermischte sich mit Zorn.

Verflucht noch mal! Was fällt dir ein, dich so anzuschleichen?

Entschuldigung, aber ich habe deine Anspannung gespürt und wollte dir keinen Schrecken einjagen.

Na, *der* Versuch war ja nun gründlich missglückt!

Tut mir leid, murmelte Cyril zerknirscht.

Schon gut, brummte ich. *Hör zu*, sagte ich dann und streckte meinen Arm aus, *irgendwo dort im unteren Teil des Felsens halten sich zwei Delfinnixe versteckt. Ich habe ihr Gespräch belauscht.*

Cyril musterte mich abwartend. *Und?*

Ich fürchte, sie planen ... nichts Gutes.

Damit erzählst du mir nichts Neues. Sein Tonfall triefte vor Sarkasmus.

Cyril!, blaffte ich ihn an, dann stutze ich. *Was weißt du darüber? Bist du etwa schon mal hier gewesen?*

Womöglich war dieser Felsen so eine Art geheimer Treffpunkt der Delfine und die Hainixe wussten längst davon. Doch leider mangelte es Cyril an der Bereitschaft, mir Auskunft zu geben, stattdessen antwortete er mit einer Gegenfrage:

Worüber genau haben sie gesprochen?

Das weiß ich nicht, log ich.

Solange Cyril mir nicht vertraute, war es sicher besser, wenn ich mich mit meinen Informationen ihm gegenüber ebenfalls zurückhielt.

Und woraus schließt du dann, dass sie nichts Gutes planen?, wollte er wissen.

Na ja, sie wirkten sehr aufgebracht, entgegnete ich zögernd. *Es ging darum, sich an den Menschen zu rächen.*

Cyril schüttelte den Kopf. *Das möchte ich lieber nicht glauben.*

Verblüfft sah ich ihn an. Mit einer solchen Reaktion hatte ich nun überhaupt nicht gerechnet.

Kann es sein, dass sie dich bemerkt haben?, erkundigte er sich.

Natürlich! Deshalb hatte der Nix mitten im Satz abgebrochen.

Aber wieso greifen sie uns nicht an?, fragte ich.

Cyril zuckte die Achseln. *Vielleicht, weil sie gesehen haben, dass du etwas Besonderes bist.*

Dass er das sagte, war schon gewissermaßen spektakulär, vor allem aber die Art und Weise, wie er es betonte, setzte etwas bei mir in Gang. Es war, als hätte ich die ganze Zeit seit meiner Begegnung mit Neeron auf der Bremse gestanden und nun ganz plötzlich den Fuß heruntergenommen. Schlagartig wurde mir klar, warum ich so war, wie ich war, nämlich äußerlich von jedem Meeresbewohner sofort als Halbwesen zu erkennen – ein visueller Reiz, eine Provokation! Und ganz egal, was die anderen in mir sahen, ob einen Feind oder eine Verbündete, ich hatte weder Grund, mich vor etwas zu fürchten oder zu verstecken noch mich irgendjemandem gegenüber zurückzuhalten. Im Gegenteil: Es war sogar meine Pflicht, die Aufmerksamkeit auf mich zu lenken und meine Stimme zu erheben.

Ich nickte Cyril dankbar zu. Endlich hatte ich verstanden. Jetzt musste ich nur noch handeln.

Entschlossen stieß ich wieder ein Stück in die Tiefe, dorthin, wo ich die beiden Delfine vermutete.

Warum kommt ihr nicht heraus?, rief ich, während ich dicht an den Felsen heranschwamm und Tentakelpflanzen und Tang zur Seite schob, um dahinter spähen zu können.

Es dauerte ein paar Sekunden, bis ich eine Antwort erhielt.

Weil du eine Hai bist.

Es war der mit der tiefen rauen Stimme, der zu mir sprach.

Nur zur Hälfte, entgegnete ich.

Wieder ein Zaudern, dann: *Deine andere Hälfte ist ebenfalls nicht von unserer Art. Halbwesen wie du bringen Unheil.*

Falsch, gab ich zurück. *Die Wahrheit ist: Das Meer schickt Halbwesen zu euch, um Unheil zu verhindern.*

Ja, mag sein. Für die Menschen ... und für die Haie.

Das Meer braucht die Menschen nicht, hielt ich sofort dagegen.

Das sagt ausgerechnet eine wie du?

Die Stimme klang überrascht, und einen Moment lang bildete ich mir ein, auf dem Rückenpanzer eines Krebses, der gerade aus einem Loch gekrabbelt kam, ein goldbraunes Auge zu sehen. Entgeistert senkte ich die Lider, und als ich sie kurz darauf wieder hob, war das Auge verschwunden.

Ich komme gerade von den Ilhas Desertas, startete ich einen neuen Versuch, und jetzt hatte ich das verrückte Gefühl, eine Bewegung an dem Felsen wahrzunehmen, die nicht das Mindeste mit dessen natürlicher Flora oder Fauna zu tun hatte.

Und was ist das Ziel deiner Reise?, erkundigte er sich.

Die Kanalinseln, erwiderte ich wahrheitsgemäß.

Ruckartig ließ ich meine Hand vorschnellen – und griff in einen Körper, der flink unter mir weghuschte.

Scheiße noch mal, Cyril, entfuhr es mir. *Diese Typen sind durchsichtig!*

Glücklicherweise musste ich mir über die Verschlüsselung meiner Botschaften keine Gedanken mehr machen. Nun, nachdem ich den Unterschied kannte, funktionierte es ganz automatisch.

Wahrscheinlich der Chamäleon-Effekt, kam es von ihm zurück. *Hab schon mal gehört, dass es bei den Delfinen so etwas gibt. Soll allerdings extrem selten sein.*

Na super!, seufzte ich.

Das war ein zutiefst beunruhigendes, allerdings auch ungemein praktisches Talent, um das ich die Delfinnixe sofort beneidete.

Ihr traut dem Hainix nicht, hab ich recht?, fragte ich. *Er ist ein guter*

Freund von mir und ich kann euch versichern: Er hat nichts gegen euch ...
Wir beide haben nichts gegen euch, präzisierte ich, nachdem ich Cyrils Stirnrunzeln registriert hatte. *Wir würden gerne mit euch reden ...*
von Angesicht zu Angesicht, meine ich.

Konzentriert musterte ich die Felsoberfläche, aber ich konnte
nichts Ungewöhnliches mehr entdecken.

Ich glaube, sie sind längst weg, sagte Cyril leise.

Ich fuhr zu ihm herum. *Aha, du glaubst*, knurrte ich. *Oder besitzt*
du vielleicht zufälligerweise auch die Fähigkeit, den Chamäleon-Effekt
zu knacken?

Ich lebe einfach schon ein bisschen länger im Meer als du, erwiderte
er ruhig. *Das können auch deine zweifellos beeindruckenden Halbnix-*
Talente noch nicht ausgleichen.

Also hast du gesehen, wie sie weggeschwommen sind?

Cyril schüttelte den Kopf. *Bitte verlang nicht von mir, dass ich es*
dir erkläre, seufzte er, *aber ich spüre einfach, dass sie nicht mehr da*
sind.

Ich kniff die Augen zusammen. *So, wie du spürst, dass ich etwas*
Besonderes bin?

Nee. Jetzt grinste er. *Das habe ich ja eben selbst erleben dürfen, als du*
mich so mir nichts, dir nichts abgehängt hast.

Okay. Ich leerte meine Lungen, um anschließend einen tiefen
Zug zu tun. *Und was weißt du noch über meine Besonderheit?*

Cyrils Blick ruhte in meinem und seine Züge wurden weich.

Ein wenig, sagte er nach einer Weile. *Aber darüber reden wir, wenn*
wir auf Guernsey sind. Du musst dringend an Land, Elodie. Dich ausru-
hen. Nachdenken und ...

Nachdenken?, entgegnete ich aufbrausend. *Ich wüsste wirklich*
nicht, worü...

Sein Blick ging mir durch und durch und hatte eine ganz
ähnliche Wirkung wie Gordians Lächeln, jedoch ohne einen
Schwindel in meinem Kopf zu hinterlassen. – Ja, so fühlte es sich

an, wenn Cyril Emotionen beeinflusste, wenn er Aggression in Gleichgültigkeit verwandelte!

Warum hast du das damals nicht schon gemacht, als ich so wütend auf dich war?, fragte ich verwundert.

Ich bin wahrscheinlich weniger arrogant, als du denkst, sagte er. *Ich weiß, was ich getan habe ... Aber hätte ich dir damals deine Wut und deinen Schmerz genommen, hätte ich dir womöglich großen Schaden zugefügt.*

Ich starrte ihn an. Dieses Eingeständnis verschlug mir glatt die Sprache. Kein anderer brachte es fertig, mich immer und immer wieder so sehr in Erstaunen zu versetzen wie Cyril.

Du hättest meine Gefühle tatsächlich so sehr beeinflussen können, dass ich weder Zorn auf dich noch Sehnsucht nach Gordian verspürt hätte?

Cyril nickte kaum merklich.

Und du hast es nicht getan, damit ich ... leide?

Jetzt schüttelte er energisch den Kopf.

Doch nicht, damit du leidest, Elodie!, sagte er beinahe empört. *Im Gegenteil. Es wäre ganz sicher nicht gut für dich gewesen, wenn du den Verlust von diesem Plonx verdrängt hättest.*

Toll, Cyril, wirklich grandios, fuhr ich ihn an, nachdem ich mich einigermaßen gefangen hatte. *Also erstens hat dieser Plonx, wie du ihn nennst, einen Namen. Zweitens ist er nicht minder besonders als ich und drittens liebe ich ihn mehr als alles auf der Welt.*

Das weiß ich ... inzwischen, gab er kleinlaut zu. *Ich habe die Sache falsch eingeschätzt.*

Die Sache?

Cyril wich meinem bohrenden Blick aus.

Elodie, wisperte er eindringlich, *können wir das später besprechen, wenn wir an Land sind? Ich habe nämlich auch ein paar Fragen an dich, aber ich möchte das nur ungern hier und jetzt erörtern.*

Keine falsche Rücksichtnahme, erwiderte ich. *Auf ein paar Minuten mehr oder weniger Schlaf kommt es jetzt wirklich nicht mehr an.*

Darum geht es nicht, gab Cyril unwillig zurück. *Ich bewege mich inzwischen lange genug an Land, um dessen Vorteile schätzen gelernt zu haben. Ein Haus, das von dicken Mauern umgeben ist ... Ein Zimmer, dessen Tür sich abschließen lässt und in dem es möglich ist, ungestört miteinander zu reden, all das kann uns das Meer nicht bieten. Hier unten in dieser Weite haben wir keine Ruhe, weil uns jederzeit jemand ...*

Schon gut, unterbrach ich ihn. Ich sah ein, dass er recht hatte. Auch wenn ich noch immer aufgebracht und zugegebenermaßen auch ein wenig misstrauisch war.

Dann lass uns keine Zeit verlieren, sagte ich etwas unwirsch. *Machen wir, dass wir nach Guernsey kommen.*

Wie Tante Grace reagieren würde, wenn ich nun plötzlich mit Cyril im Schlepptau bei ihr aufkreuzte und mich noch dazu mit ihm in meinem Apartment verbarrikadierte, mochte ich mir im Augenblick allerdings noch nicht so recht vorstellen.

Mord im Kanal

Nachdem wir eine lange Zeit schweigend und in zügigem Tempo nebeneinanderher geschwommen waren, änderte Cyril urplötzlich die Richtung und hielt nun auf Norden zu.

He, was soll das?, rief ich ihm nach. *Du weißt, dass ich dich jederzeit einholen ...* und wahrscheinlich auch auf den alten Kurs zurückzwingen kann, dachte ich bei mir.

Erstens verfügte ich im Gegensatz zu ihm über zwei freie Arme, mit denen ich ihn umklammern konnte, und zweitens hatte ich das Gefühl, nicht nur wesentlich schneller und wendiger, sondern auch sehr viel stärker als normale Nixe zu sein. Es reizte mich durchaus, Cyril diesbezüglich als Versuchskaninchen zu benutzen.

Ich möchte dir gern etwas zeigen, erwiderte er. *Es könnte wichtig für dich sein ... Und es ist auch nur ein kleiner Umweg.*

Ich stoppte, stieß einen leisen Fluch aus und folgte ihm widerstrebend. Cyril hatte sich zwar noch nie mit Kinkerlitzchen aufgehalten, diese blöde Geheimniskrämerei ging mir allerdings zunehmend auf die Nerven.

Es würde nichts nützen, wenn ich es dir bloß erzähle, sagte er sanft und wartete, bis ich ihn eingeholt hatte. Der Blick aus seinen schwarzen Augen war offen und warm und brachte mein Herz zum Klopfen.

Cyril, ich ...

Vertrau mir einfach, okay?, wisperte er. *Ich will dir nichts Böses, Elo-*

die. Auch das hier hätte ich dir gerne erspart, fügte er nach einem kurzen Zaudern hinzu.

Verunsichert sah ich ihn an. *Wo sind wir hier eigentlich?*

Knapp zweihundert Seemeilen nordwestlich von Guernsey. Wir nähern uns der britischen Südküste.

Ich atmete tief durch und merkte, wie sämtliche Unruhe und mit ihr auch alle anderen negativen Gefühle von mir abfielen. Und diesmal war es ganz sicher nicht Cyril, der mein Gemüt besänftigte, nein, diese Ruhe kam aus mir selbst, und sie gab mir Sicherheit. Was auch immer hier vorging, dieses Meer war mein Zuhause, das spürte ich bis in die Tiefe meiner Seele.

Ich finde es wichtig, dass du es siehst, sagte Cyril, der mein Zögern offenbar missdeutete, und ich freute mich insgeheim, dass ihm meine Gedanken verborgen geblieben waren. *Ich denke, es könnte entscheidend sein, dass du es siehst,* bevor *du wieder an Land gehst.*

Gut, erwiderte ich knapp. *Dann zeig es mir.*

Cyril bestand darauf vorauszuschwimmen, was mir sehr recht war. Keine Ahnung, wieso, aber irgendwie empfand ich es plötzlich als unangenehm, ihn in meinem Rücken zu wissen. Ich wollte ihn und das, was um ihn herum geschah, einfach sicher im Blick behalten.

Je weiter wir uns nach Norden bewegten, desto trüber wurde das Wasser. Das Brummen der Schiffsmotoren nahm ebenfalls zu, und schließlich gelangten wir in eine Region, in der der Lärm kaum noch zu ertragen war. Mein Kopf dröhnte, meine Ohren schmerzten und vor meinen Augen begann es zu flimmern.

Mir fiel der fürchterliche Knall wieder ein, der mich in der Nähe des Königfelsens so brutal außer Gefecht gesetzt hatte, und erkundigte mich bei Cyril nach dessen Ursache.

Ja, das habe ich auch gehört, antwortete er. *Wahrscheinlich der Knall einer Gassuchbombe. Zum Glück war ich weit genug entfernt.*

Ich habe die Orientierung verloren, erzählte ich. *Das war ein ziemlich ekliges Gefühl.*

Cyril wandte sich kurz zu mir um und bedachte mich mit einem gequälten Lächeln. *Ich bewundere dich, Elodie. Ehrlich.*

Dafür gibt es keinen Grund.

Da irrst du dich aber, widersprach er und jetzt war sein Lächeln beinahe zärtlich. *Was du in den letzten Wochen durchgemacht hast, reicht normalerweise nicht einmal für ein ganzes Leben. Ich für meinen Teil hätte das nicht so ohne Weiteres ertragen.*

Cyril sah mir direkt in die Augen und eine wunderbar warme Welle der Zuneigung durchflutete mich. Natürlich war es nicht annähernd so stark wie das, was ich für Gordian empfand, aber es hatte etwas Eigenes, irgendwie sehr Spezielles und damit ebenso Einzigartiges.

Ich betrachtete sein schönes exotisches Gesicht und den schlanken athletischen Oberkörper, der sich unter der dünnen anthrazitfarbenen Außenhaut abzeichnete. Die Verätzungen, die er vor einigen Wochen nach dem Angriff von Kyan, Zak und Liam erlitten hatte, waren mittlerweile zu bläulich schimmernden Narben verheilt. Das zu sehen, war furchtbar, denn es machte mir schlagartig bewusst, wie hilflos und verletzlich Cyril in seiner Hainixhülle tatsächlich war. Für ihn und seine Artgenossen bedeutete das Leben in seinem natürlichen Element, dem Meer, inzwischen eine viel größere Gefahr als die Existenz an Land.

Du irrst dich, Elodie, sagte er. *Das eine ist für uns ebenso riskant wie das andere. Wo wir uns auch aufhalten, wir finden keine Ruhe, denn wir müssen immer wachsam sein. Leben kann man das eigentlich nicht nennen, weil unsere Existenz, wie du das nennst, uns keinen wirklichen Sinn gibt. Im Grunde dürfen wir gar nichts. Nicht einmal lieben.*

Aber das tust du doch, erwiderte ich leise.

Ja, weil ich sonst nichts hätte, wofür ich kämpfen könnte.

Gilt das nur für dich?, fragte ich zögernd.

Nein, es gilt ebenso für meinen Vater wie für Jane oder Tyler.

Aber ihr seid die Einzigen?

Nein.

Ich runzelte die Stirn. *Die Einzigen auf Guernsey?*

Cyril schüttelte den Kopf.

Und was ist mit denen, die nicht lieben?, fragte ich. *Wofür kämpfen sie?*

Ums Überleben, entgegnete er knapp.

Also genauso wie die Delfinnixe, resümierte ich für mich.

Cyril schwieg, aber mir war auch so klar, was er antworten würde. Dass es Unterschiede gab. Marginale. Solche, die für die Belange des Meeres oder das große Ganze nicht von Bedeutung waren, für die Haie und die Delfine allerdings schon. Hainixe hatten in erster Linie individuelle Interessen, Delfinnixe kollektive.

Und du sehnst dich nach anderen, sagte ich. *Du gehst unter Menschen, verbringst Zeit mit Jane und ...*

Cyril lächelte matt. *Ich weiß schon, was du denkst oder dir erhoffst: Wenn es mir so geht und Jane und Tyler ...*

... und deinem Vater, führte ich die Aufzählung fort.

Javen hat eine Sonderstellung, widersprach er. *Er vertritt die Interessen aller Hainixe. Ob und wen er liebt, darf dabei keine Rolle spielen.*

So, wie bei mir auch, durchzuckte es mich und ein jäher Schmerz umklammerte mein Herz.

Cyrils Miene spiegelte Wehmut wider. In seinem Blick lag eine Mischung aus ehrlicher Anteilnahme und tiefer Sorge.

Wie auch immer, Elodie, es wird nicht einfach sein, alle unter einen Hut zu bringen. Dir steht eine äußerst schwierige Aufgabe bevor. Aber auch für das, was du heute noch erleben wirst, wirst du deine ganze Kraft gebrauchen. Also teile dir deine Energie gut ein und versuche, so wenig Gedanken zu versenden, wie irgend möglich.

Während er mir diese Mahnung sandte, bewegte er sich zügig weiter, und ich folgte ihm beklommen. Wir überquerten einen dunklen Graben und gelangten in flacheres Gewässer. Unter mir konnte ich den sandigen Boden ausmachen, der hier und da von einzelnen mit Algen überwucherten Felsen durchsetzt war.

Schau genau hin, forderte Cyril mich auf. *Das sind nicht alles Pflanzen und Steine.*

Ich richtete meinen Blick auf den Grund und nahm zwei der großen dunklen Flecken etwas näher in Augenschein. Das Wasser hatte einen fiesen Gelbstich, der selbst mein ausgeprägtes Sehvermögen trübte. Außerdem war es für mein Gefühl einen Tick zu warm und hinterließ einen ekelhaften ammoniakartigen Geschmack auf meinem Gaumen.

Erkennst du es?

Ich schüttelte den Kopf und stieß ein Stück weiter in die Tiefe hinab. Der größere der beiden dunklen Flecken war flacher als der andere, und als ich darauf zuhielt, erkannte ich, dass es eine undefinierbare schwarze Masse war, unter der sich die Konturen von Seegras, ein paar Muscheln und dem hinteren Teil einer Scholle abzeichneten.

Öl!, schoss es mir durch den Kopf. Bei einigen dieser dunklen Erhebungen handelte es sich um Schweröl, das vermutlich irgendwann in den vergangenen Jahren aus einem havarierten Tanker ausgelaufen und auf den Meeresgrund gesunken und somit aus dem Blickfeld der Menschen verschwunden und vergessen war.

Nicht von allen, sagte Cyril. *Es gibt durchaus Menschen, die daran erinnern, aber es sind zu wenige. Außerdem fehlen ihnen die Mittel.*

Du meinst Geld?

Ja, Geld ... und Kontakte zu den richtigen Leuten.

Und dein Vater ...?

Javen versucht, diese Kontakte zu knüpfen, erwiderte Cyril, *wichtige Personen für sich zu gewinnen ... und ja, er sammelt auch Geld.*

Ist es das, was du mir zeigen wolltest?, fragte ich. Nicht, dass ich diese Verschmutzung durch Öl und Chemikalien nicht dramatisch fand, sie war jedoch nichts wirklich Neues für mich.

Nein, sagte Cyril und schwamm weiter. *Aber es ist ein Teil des Ganzen.*

☙

Nicht einmal eine halbe Seemeile hinter der Untiefe tat sich ein weiterer Graben vor uns auf, der sich in Richtung Westen verbreiterte. Das Wasser war noch immer trüb, schmeckte aber wieder eindeutig nach Salz. Besonders viele Fischschwärme begegneten uns trotzdem nicht.

Dies ist ein Fanggebiet, erklärte Cyril mir, *und schon ziemlich leer gefischt. So leer, dass sich ein tägliches Auslegen der Netze nicht mehr lohnt.* Er stoppte und wartete, bis ich ihn eingeholt hatte. *Rentabler sind die riesigen Treibnetze, die über längere Zeit im Meer schwimmen und nach Bedarf ausgeräumt werden. Eines dieser Netzte befindet sich unmittelbar vor uns.*

Was?, fragte ich erschrocken und spürte, wie sich mir die Brust zusammenschnürte.

Es kostete mich große Überwindung, meinen Blick nach vorn gerichtet zu halten, denn ich ahnte bereits, welcher Anblick sich mir dort bieten würde. Eine verendete Scholle und ein paar Muscheln unter einem Teerfleck waren das eine, Hunderttausende von Fischleichen in einem Fangnetz dagegen stellten eine ganz andere Dimension dar.

Du kannst es auch deiner Fantasie überlassen, bot Cyril mir an, aber da war es bereits zu spät. Ich hatte die unzähligen silbrig schillernden Leiber, die sich in der Ferne aus der Meerestrübe herausschälten, bereits ausgemacht. Eng zusammengepfercht in einem gewaltig großen Netz wuselten die Tiere umeinander.

Sie leben noch, Cyril, sie leben!, rief ich und stob mit kräftigen Flossenschlägen auf sie zu.

Warte! , rief Cyril.

Sicher beeilte er sich, hinter mir herzukommen, aber natürlich war ich viel schneller als er.

Ich erreichte das Netz, schob meine Finger zwischen seine Maschen und zerrte daran. Doch das Material war viel zu stabil, meine Kraft reichte nicht aus, um es zu zerreißen. Ich spürte die glatten Körper der Fische auf meiner Haut und sah in unzählige, panisch um sich blickende Augen und in große und kleine Mäuler, die sich hektisch öffneten und wieder schlossen.

Cyril, wir müssen sie befreien!, brüllte ich.

Das kannst du vergessen, antwortete er. *Diese Netze sind so beschaffen, dass es keinen Durchschlupf für die Tiere gibt.*

Aber irgendwie geraten sie doch auch hinein!, schrie ich aufgebracht.

In diesem Moment glitt Cyril neben mich. *Komm, lass uns zurückschwimmen*, sagte er sanft. *Wir können ihnen nicht helfen. Ich habe keine Ahnung, wie diese verdammten Netze konstruiert sind. Wenn man versucht, aus ihnen zu fliehen, ziehen sie sich nur umso enger zusammen.*

Ich starrte ihn an. *Woher weißt du das?*

Das spielt keine Rolle, erwiderte er ausweichend.

Doch, Cyril!, brüllte ich. *Das tut es sehr wohl!*

Er sah mich nur an.

Lass uns zurückschwimmen, sagte er noch einmal.

Nein. Ich schüttelte energisch den Kopf, denn ich dachte gar nicht daran, diese Tiere ihrem Schicksal zu überlassen. Ich würde das ganze Treibnetz absuchen und nicht eher ruhen, bis ich eine Möglichkeit gefunden hatte, sie daraus zu befreien.

Bitte, Elodie, flehte Cyril, *sei doch vernünftig.*

Das ist noch nie meine Stärke gewesen und ... Weiter kam ich nicht, denn in diesem Augenblick sah ich ihn, den Delfin, der sich verzweifelt zwischen den Fischleibern hindurchzwängte und geradewegs auf mich zuhielt. Es war kein Nix, sondern ein ganz normaler Delfin, aber er musste meine Anwesenheit gespürt haben. Sein Maul stupste gegen meine Finger und sein ängstlicher Blick stach mir mitten ins Herz.

Cyril, er bekommt keine Luft mehr!

Ich weiß.

Wir müssen ihm helfen!

Das können wir nicht.

Aber ... Ich fasste es nicht. *Wie kannst du nur so schnell aufgeben! Bloß weil es ein Delfin ist?*

Ich wusste, es war ungerecht, ihm so etwas zu unterstellen. Aber der Gedanke, dieses wundervolle junge Tier sich selbst und damit einem qualvollen Tod zu überlassen, war mir einfach unerträglich.

Ich könnte ihn auch nicht retten, wenn es ein Hai wäre, sagte Cyril.

Ein Hai hätte eine Chance, stieß ich aufgewühlt hervor. *Er kann unter Wasser atmen, die Fischer würden ihn freilassen, wenn sie ...*

Dann hast du offenbar noch nie ein Haifischsteak gegessen, unterbrach Cyril mich.

Ich wollte etwas erwidern, aber mir fehlten die Worte. Natürlich hatte ich noch nie ein Haifischsteak gegessen. Früher, als ich noch nicht wusste, wer ich war, bekam ich Fisch überhaupt nur dann herunter, wenn er sich unter einer dicken Panade aus Ei und Semmelbröseln befand.

Ich wandte mich von Cyril ab und mit ganzer Aufmerksamkeit dem Delfin zu, der in diesem Moment sein Schnabelmaul in meine Hand schmiegte. Ich spürte das Beben, das seinen Körper erschütterte, und sah, wie das Atemloch in seiner Schädeldecke zitterte. Doch der Blick aus seinen kleinen runden Augen lag ruhig und fest auf mir.

Du glaubst, dass ich dir helfen kann, wisperte ich stockend, während ich vergeblich versuchte, meine freie Hand durch die engen Maschen zu zwängen. *Aber du irrst dich, ich kann es nicht.*

Mein Hals wurde eng und mein Kehlkopf sprang schmerzhaft auf und ab. Ich hätte losheulen können, so verzweifelt war ich, und so weh tat das, was ich hier gerade erlebte.

Ich dachte an Gordy und wünschte mir, dass er jetzt in dieser Sekunde bei mir sein könnte. Nicht für mich, um mir Trost und Kraft zu geben, sondern einzig und allein, um das zu tun, wozu ich nicht in der Lage war: diesem Delfin seinen Tod zu erleichtern.

Augenblicklich durchflutete eine sanfte Wärme mein Herz und strömte durch meine Schultern und Arme bis in meine Hände hinein.

Der Delfin gab einen leisen Klicklaut von sich. Sein Atemloch blähte sich ein letztes Mal, dann entrückte sein Blick, und sein Körper erschlaffte und sank auf die wuselnden Fischleiber herab, die erschrocken unter ihm hervorstoben und sich voller Panik gegen das Netz drückten.

Eigentlich müsste man sie alle töten, murmelte ich.

Cyril schüttelte unwillig den Kopf. *Ich glaube nicht, dass das dem Willen des Meeres entspricht*, sagte er. *Wünschen wir ihnen lieber, dass einige von ihnen sich einem Orca oder einem anderen Zahnwal opfern dürfen. Der könnte das Netz zerstören und ein großer Teil der Tiere käme frei.*

Ich sah ihn mit großen Augen an. *Ist so etwas schon mal vorgekommen? Ich meine, ist das überhaupt realistisch?*

Cyril zuckte mit den Schultern. *Sagen wir mal so: Mittlerweile ist es realistischer geworden.*

Wie meinst du das?, gab ich stirnrunzelnd zurück.

Das solltest du eigentlich am besten wissen, erwiderte er. *Du und Idis.* Dann machte er eine Kehrtwende und entfernte sich mit gleichmäßigen, allerdings nicht allzu dynamischen Flossenschlägen in die entgegengesetzte Richtung.

Ich verstand zwar nicht, was Idis und ich mit Walen zu tun haben sollten, dafür begriff ich etwas anderes: Cyril wollte nun endlich heim. Ich hatte gesehen, was ich sehen sollte, und eine sehr spezielle Erfahrung gemacht, die mich nun, allein vor dem riesigen Treibnetz voller Fische und mindestens einem toten Delfin, mit stiller Ehrfurcht erfüllte. Meine Gedanken sprangen von mir und Idis zu den Walen und schließlich zu Jane und dem, was sie einmal über Gordian gesagt hatte. Und plötzlich bekam das, was Cyril eben angedeutet hatte, einen Sinn.

Gordy, wisperte ich, und schon spürte ich sie wieder, diese sanfte Wärme, die meinen ganzen Brustkorb ausfüllte.

Als wäre Gordian in mir, so stark fühlte ich die Verbindung zu ihm. Es war ein wunderschönes, geradezu beseelendes Gefühl, ihn auf diese Weise wahrzunehmen und zu wissen, dass ich ihn durch mich handeln lassen konnte. Aber gleichzeitig spürte ich auch den Schmerz, den die nagende Sehnsucht nach ihm, nach seinen Berührungen und seinen Küssen hervorrief.

Gordy, ich liebe dich, flüsterte ich ihm zu. *Und ich bitte dich: Schicke einen Wal. Ich weiß, du kannst es. Frag mich nicht, wieso, aber ich bin mir sicher: Das ist es, was Jane damals in dir gesehen hat.*

Ich ließ meinen Blick noch ein letztes Mal über das furchtbare Elend gleiten, welches das Treibnetz in seinem Inneren barg, dann wandte ich mich ab und folgte Cyril, der gerade einen Schwarm Heringe durchquerte und nebenbei eine Mahlzeit nahm.

Fasziniert beobachtete ich, wie einzelne Tiere auf das Maul in seiner Außenhaut zuhielten und von dort aus geradewegs in seinem Mund verschwanden. Cyril tötete jeden einzelnen Fisch mit einem schnellen gezielten Biss. Abgesehen von der Tatsache, dass sie sich, wie Gordy mir mehrfach versichert hatte, mehr oder weniger bewusst opferten, hätte ich schwören können, dass sie von ihrem Tod nicht das Geringste mitbekamen.

Und dennoch: *Dass du jetzt was essen kannst!*, wunderte ich mich. *Ich habe einen Bärenhunger*, erwiderte Cyril. *Du nicht?*

Nein! Im Gegenteil. Mein Magen fühlte sich wie zugeschnürt an.

Aber Cyril hatte natürlich recht. Mein Körper war sehr viel kraftloser als vor ein oder zwei Tagen. Trotzdem würde ich erst wieder etwas zu mir nehmen, wenn ich bei Tante Grace war.

Allein die Erinnerung an ihre kleine Küche und die köstlichen Düfte, die das Cottage Tag um Tag durchzogen, ließen mir das Wasser im Mund zusammenlaufen. Und plötzlich hatte ich doch Hunger.

Mein Blick schweifte von einem Hering zum nächsten, einige strichen durch meine Haare, einer schmiegte sich im Vorbeischwimmen an meine Wange und ein anderer zupfte sogar mit seinem Mäulchen an meinen Lippen. Ich wusste, er war bereit, mir als Nahrung zu dienen, und ich bedankte mich dafür bei ihm.

Mir ist mehr nach etwas aus Teig und Gemüse, entschuldigte ich mich, schob den Hering vorsichtig zur Seite und hielt tapfer Cyrils Tempo.

Von der besonderen Energie und Leichtigkeit, mit der das Meer mich ausgestattet hatte, spürte ich nicht mehr viel. Meine Flossenschläge waren genauso schwach wie vor ein paar Tagen, als ich mit Gordian in den Atlantik hinausgeschwommen war. Cyril dagegen hatte die Heringsmahlzeit offensichtlich gestärkt, denn er glitt beneidenswert kraftvoll und geschmeidig voran.

Mittlerweile hatte das Wasser wieder eine angenehme Temperatur angenommen, Trübheit und schlechter Geschmack waren vollständig verschwunden. Von der Fahrrinne des Kanals brummten nun zwar Schiffsmotoren zu uns herüber, aber dieses Geräusch empfand ich mittlerweile fast schon als vertraut.

Wie weit ist es denn noch?

Wir haben es bald geschafft, sagte Cyril. Er sah mich von der Seite an und schenkte mir ein Lächeln.

Ich nickte und zwang mich, möglichst an nichts zu denken, sondern mich ausschließlich auf meine Flossen zu konzentrieren.

Der sandige Grund war nun von schmalen Felsgraten durchzogen, die sich allmählich verdichteten und zu mächtigen Riffen heranwuchsen. Mit jedem Meter hatte ich mehr und mehr das Gefühl, die Westküste Guernseys bereits greifen zu können.

Hoffnungsvoll richtete ich meinen Blick nach vorn und atmete erleichtert auf, als ich endlich den dunklen Streifen in der Ferne erspähte.

Zügig näherten wir uns der Insel, ich wunderte mich allerdings, dass ich nichts entdeckte, das mir in irgendeiner Weise bekannt vorkam.

Wir kommen von Norden und stoßen genau auf den nordwestlichen Teil Guernseys, erklärte Cyril mir. *Es ist gut möglich, dass du noch nie in dieser Gegend gewesen bist.*

Stimmt, gab ich ihm recht. *Ich glaube, ich kenne mich besser im südlichen Teil der Insel aus.*

Das wird sich nun sehr bald ändern, erwiderte er und deutete nach vorn. *Gleich hinter den massiven Klippen, die dort von Osten her ins Meer ragen, liegt die Saline Bay. Das ist der Strandabschnitt, der im Süden unmittelbar an die Cobo Bay grenzt.*

Tja, und genau dort war Guernsey für mich bisher zu Ende gewesen.

Cobo, Vazon, Perelle zählte ich im Stillen auf und eine freudige Erregung erfasste mich. In wenigen Minuten würde ich bei Tante Grace auf der Veranda stehen. Ich konnte es kaum noch erwarten, sie in die Arme zu schließen, an mich zu drücken – und endlich, endlich Mam anzurufen!

Cyril schien meine Vorfreude zu bemerken, denn wieder lächelte er mich von der Seite an. Es war dieses wundervolle, ehrliche, aber auch ein wenig geheimnisvolle Lächeln, das mir schon im Frühjahr, als ich ihn kennengelernt hatte, an ihm aufgefallen war. Es berührte etwas in mir, das im selben Rhythmus schwang, und als ich es erwiderte, spürte ich, dass es nicht nur zwischen Gordian und mir etwas gab, das uns auf eine sehr besondere Weise verband, sondern auch zwischen Cyril und mir.

Doch dann, mit einem Schlag, veränderte sich seine Miene völlig. Der Glanz in seinen schwarzen Augen verschwand, das Lächeln erstarb und ein Schatten flog über sein Gesicht.

Cyril riss den Kopf herum in Richtung Küste. *Verdammt!*, zischte er und dann schoss er einfach los. Ohne ein weiteres Wort, ohne jede Erklärung.

Gedankenstumm und so schnell und schnurgerade wie ein präzise abgeschossener Pfeil sauste er durchs Wasser, und diesmal hatte ich Mühe, sein Tempo zu halten.

Während er schwamm, verdunkelte sich seine Außenhaut, bis nur noch die Kontur seines menschlichen Oberkörpers darunter zu erahnen, er selbst aber nicht mehr zu erkennen war.

Sein eisiges undurchdringliches Schweigen ließ auch mich verstummen. Die Kälte, die von Cyril ausging, hüllte mich ein, sickerte durch meine Haut und fraß sich in mein Herz, wo sie sich augenblicklich in nackte Angst verwandelte. Etwas Schreckliches, Ungeheuerliches ging hier vor.

Bis in die kleinste Muskelfaser auf Kampf eingestellt und meinen Blick hellwach nach vorn gerichtet, betete ich, dass wir nicht zu spät kamen. Ich war sicher, auf Kyan zu treffen, der mit einer neuen Gruppe Delfinnixe mädchenmordend vor der Cobo Bay wütete – er auf der einen Seite und auf der anderen Tyler mit ein paar weiteren Hainixen, die das zu verhindern versuchten.

Auf das, was sich tatsächlich zwischen den Klippen unterhalb von Fort Hommet ereignete, war ich überhaupt nicht gefasst.

Zuerst sah ich nur die beiden Körper, die im Wasser trieben, unnatürlich zappelnd der eine, vollkommen leblos der andere, dann den Umriss eines kleinen Bootes direkt über ihnen an der

Oberfläche. Im nächsten Moment drang ein Zischeln in mein Gehör, ganz kurz nur, aber mir war sofort klar, dass es sich dabei um die Gedankenfetzen von Delfinnixen handeln musste. Ich wirbelte einmal um die eigene Achse und scannte blitzschnell die Umgebung, konnte jedoch außer den orangebraunen Felsen, Algen und unzähligen Muschelgehäusen nichts entdecken.

Lass sie! Kümmere dich um Ruby!

Cyrils Schrei durchschnitt mein Herz, und für ein paar Sekunden war ich wie gelähmt. Ich registrierte honigblonde Haare, die wie die Tentakel einer Qualle im Wasser schwebten, ich sah, wie Cyril mit dem Maul seiner Haihülle gegen einen zappelnden Körper stieß und ihn mit aller Macht nach oben drängte, und mit dem nächsten Atemzug begriff ich, dass es Ashton war. – Ruby und Ashton! Oh, mein Gott, wieso hatte ich die beiden nicht sofort erkannt? Warum nur fühlte sich alles in mir so starr und unbeweglich an?

Elodie, bitte! Reiß dich zusammen!, brüllte Cyril, und diesmal war sein Ruf wie ein Stromschlag, der durch meinen Körper zuckte und mir meine Energie zurückgab. Angst und Verzweiflung fielen von mir ab. Ohne nachzudenken oder etwas zu empfinden, schoss ich auf Ruby zu, fasste sie unter den Armen und zog sie der Wasseroberfläche entgegen.

»Atme!«, schrie ich, sobald wir sie durchbrochen hatten.

Eine Welle warf uns auf eine schmale scharfkantige Klippe, ich bekam kaum mit, wie mein Schwanz sich in Beine verwandelte, und zerrte Ruby ungeachtet meiner Nacktheit weiter bis zu einer Stelle, an der sie flach und sicher auf dem Bauch liegen konnte und ihr Kopf über einen Felsen hing.

Ich setzte mich auf ihren Rücken, legte meine Hände auf ihre Schulterblätter und drückte ihren Oberkörper so lange mit kurzen kräftigen Stößen gegen die Klippe, bis Wasser aus ihrem Mund trat und den Felsen hinunterrann. Dann kniete ich mich neben sie und drehte sie um. Ich bog ihren Kopf weit in den Nacken und blies Luft in ihren Mund und ihre Nase.

Ihre Haut war eiskalt, und ihr Körper fühlte sich entsetzlich leblos an, aber ich hörte nicht auf, sie zu beatmen und ihre Brust zu massieren, bis ihre Muskeln sich ganz plötzlich spannten und sie zu husten begann.

Sofort brachte ich ihren Körper in die Seitenlage und strich ihr das nasse Haar aus dem blassen Gesicht. »Es ist gut, Ruby«, wisperte ich. »Bleib so liegen. Ich werde jetzt Cyril mit Ashton helfen. Wir holen ihn da raus. Das verspreche ich dir. Nur bitte, bleib hier. Hörst du? Geh um Himmels willen nicht wieder ins Wasser.«

Ruby stöhnte leise, und ich bildete mir ein, dass sie nickte. Sicher war ich mir aber nicht. Trotzdem: Ich musste ins Meer zurück. Cyril hatte offensichtlich Probleme, Ashton an Land zu schaffen, sonst wären die beiden garantiert längst aufgetaucht.

Ich vergewisserte mich noch einmal kurz, dass Ruby hoch genug lag, um nicht von der Brandung mitgerissen zu werden, und ließ mich dann blitzschnell ins Wasser hinunter.

Es kostete wertvolle Sekundenbruchteile, bis ich mich orientiert hatte und erkannte, dass Ashton Cyril entglitten war.

Hilf mir, Elodie, hilf mir!, hörte ich seinen tief verzweifelten Schrei.

Und im nächsten Moment sah ich ihn, mehrere Meter unter mir, den schwarzen Leib, der in die Tiefe stob, auf Ashton zu, der langsam dem Grund entgegentrudelte. Er hatte zu zappeln aufgehört, war so ruhig, so schrecklich ruhig.

Ein jäher Schmerz fuhr mir in die Brust, doch ich verbot mir, an das Schlimmste zu denken, nahm all meine Kraft zusammen, schoss an Cyril vorbei und streckte meine Hände nach Ashtons Jacke aus, die sich wie ein Fallschirm über seinem Rücken blähte.

Ich bekam sie zu fassen und zog Ashton in meine Arme. Bevor

ich mich wieder nach oben wandte, fing ich Cyrils Blick ein. Seine Außenhaut war nun nicht mehr schwarz, sondern fahl und wirkte beängstigend dünn und verletzlich.

Zu spät, sagte er tonlos. *Ich habe einen Fehler gemacht. Einen furchtbaren Fehler.*

Sei still!, fuhr ich ihn an. *Und sieh zu, dass du an Land kommst. Ich glaube nämlich nicht, dass Ruby da oben einfach abwartet.*

Ich an ihrer Stelle hätte zumindest alles getan, um Ashtons Leben zu retten.

Das kann ich nicht, murmelte Cyril. *Sie wird es mir nicht verzeihen ... Vielleicht wäre es sogar besser, wenn sie ...*

Sei endlich still!, fauchte ich ihn noch einmal an. *Das solltest du nicht einmal denken!*

Ich umklammerte Ashton, so fest ich konnte, tat einen kräftigen Flossenschlag und glitt mit ihm nach oben. Er war schwer, viel schwerer als Ruby, und ich wusste instinktiv, dass das nicht nur mit seinem Körpergewicht zusammenhing. Doch anders als Cyril hatte ich die Hoffnung noch nicht aufgegeben. Das würde ich erst tun, wenn ... Nein! Auch mir verbot ich diesen Gedanken.

Über mir schimmerte bereits die Wasseroberfläche, aber ich schwamm noch ein Stück weiter südwärts, damit ich nicht genau zu Rubys Füßen ans Ufer stieg, und hievte Ashtons Körper erst dort an Land. Diesmal achtete ich auf meine Haut und schlang sie mir hastig um die Hüften.

Gordy, bitte!, flehte ich, während ich versuchte, das Wasser aus Ashtons Lungen zu pressen.

Wie eine Irre drückte ich auf seinem Brustkorb herum, schlug Ashton ins Gesicht, brüllte ihn an, dass er Ruby nicht verlassen dürfe, dass er bei ihr bleiben müsse, doch mit jedem Schlag, mit jeder Sekunde, die verstrich, wurde mir mehr und mehr bewusst, dass alles, was ich tat, vollkommen aussichtslos war.

Ashton lag einfach da. Totenbleich. Totenstill.

Sein Teddybärblick war in weite Ferne gerückt. Und was das Verrückte war: Auf seinen Lippen lag ein Lächeln.

»Ashton«, flüsterte ich.

Zärtlich fuhr ich mit den Fingern über seine Wangen, seine Stirn und sein Haar. Jeder einzelne Augenblick, den ich mit ihm geteilt und alles, was ich mit ihm und Ruby erlebt hatte, zog in langsamen Bildern an mir vorüber.

»Warum nur? Gordy, warum?«

Erst jetzt spürte ich Gordians heilende Wärme, die von meinem Herzen über meine Arme bis in meine Hände ausstrahlte. Sie hatte nicht gereicht, um Ashton zurückzuholen, aber wenigstens konnte ich mich damit trösten, dass sein letzter Gedanke offenbar ein schöner gewesen war. Vielleicht hatte er Gordy und mich noch einmal gesehen. Ganz sicher aber hatte er an Ruby gedacht. So selig, wie er lächelte, musste er ihr dabei sehr nah gewesen sein.

Kyan ließ sich zwischen zwei spitz zulaufenden Felsen auf den Meeresgrund sinken und wartete geduldig, bis seine Außenhaut die optische Struktur seiner Umgebung annahm.

Die drei Nixe, die das Boot zum Kentern gebracht und das Mädchen mit den kurzen dunklen Locken hinter einem Riff in die Tiefe gestoßen hatten, mussten noch ganz in der Nähe sein.

Langsam glitt Kyan über den Sand. Die Bewegungen seiner Flossen waren kaum mehr als ein leichtes Zittern, vergleichbar mit dem Wogen eines Seegrasbüschels in der Strömung. Er hatte das in den letzten Tagen unermüdlich trainiert und war sich mittlerweile sicher, dass er auf diese Weise von niemandem wahrgenommen wurde. Und was das Faszinierende war: Seine drei Artgenossen schienen über das gleiche Talent zu verfügen wie er. Auch sie waren inzwischen mit ihrer Umgebung verschmol-

zen, sodass Kyan sie weder sehen noch ihre Signale empfangen konnte. Aber er witterte das Mädchen.

Es war einen tragischen, sinnlosen Tod gestorben. Denn leider hatten die drei Fremdlinge nicht ahnen können, dass es eine weitaus genussvollere Methode gab, einem Menschen das Leben zu nehmen.

Für einen Moment sah Kyan Lauren vor sich, er erinnerte sich an das fröhliche Blitzen in ihren Augen und den goldenen Schimmer ihres Haars, hörte ihr helles Lachen und roch den warmen Duft ihrer Haut. Kyan verspürte einen Moment der Reue und ein gewisses Bedauern darüber, dass er sie nie wieder würde küssen können, aber er wusste, er hatte das Richtige getan. Das Meer hatte es so gewollt und seinem Willen musste er sich beugen. Schließlich hatte es große Pläne mit ihm und diese fremden Artgenossen kamen ihm dabei wie gerufen. Sie würden der Anfang für ein neues Bündnis sein, mächtiger als alle, die je existiert hatten. Eine Allianz, die das Meer formte, um den Menschen und den Haien zu demonstrieren, wer die wahren Herrscher auf diesem Planeten waren.

Beflügelt von dieser Vision, schob Kyan sich über das Riff hinweg. Dahinter eröffnete sich ihm ein Blick in die Weite des Ärmelkanals. Und nun sah er es wieder, das Mädchen mit den großen schwarzen Augen und den hübschen Locken, wie es in der Strömung tanzte und von den Stößen unsichtbarer Nixe der englischen Südküste entgegengetrieben wurde.

Kyan drückte sich von der Oberkante des Riffs ab. Er spürte, wie seine Außenhaut die Beschaffenheit des Wassers, das seinen Delfinleib umspielte, scannte und in der gleichen Sekunde kopierte, und beschleunigte sein Tempo.

Schon bald hatte er seine Artgenossen bis auf wenige Meter eingeholt und nun vernahm er auch ihre Gedanken.

Was er da hörte, gefiel ihm ausnehmend gut.

Das Mädchen war doch nicht sinnlos gestorben. Oh, nein. Seine zukünftigen Kameraden hatten es gezielt getötet, um etwas ganz Bestimmtes mit ihm zu tun.

Kyan lächelte in sich hinein. Die Idee hätte von ihm sein können.

Abschied von Ashton

Ich war so sehr mit Ruby und Ashton beschäftigt gewesen, dass mir keine Zeit blieb, mich darüber zu wundern, weder eine Menschenseele auf den Klippen noch unten am Strand der beiden Buchten oder an der Befestigungsmauer rund um das Fort gesehen zu haben.

Erst ganz allmählich mit dem Begreifen dessen, was geschehen war, und der Stille, die Ashton und mich umfing, bemerkte ich, dass die Nacht bereits hereingebrochen war. Ein grauschwarzer wolkenverhangener Himmel senkte sich auf das Meer und die Kanalinseln herab, so als wollte er all das Schreckliche unter sich begraben.

Mein Gesicht war heiß, die Haut spannte von den vielen Tränen, die ich geweint und der Wind inzwischen getrocknet hatte. Von Norden her drangen unterdrückte Schluchzer an mein Ohr, Schluchzer, die sich nun langsam näherten, bis die dunklen Schemen von Cyril und Ruby auf den Klippen über mir auftauchten.

»Warte, ich halte dich«, hörte ich Cyril raunen, doch Ruby schrie sofort: »Nein! Nein! Nein! Lass mich! Ich will zu ihm ... Bitte, bitte! Ich will ... Ashton, bitte nicht!«

Zitternd drückte ich mich von den Steinen ab und hob mich in den Stand, konnte mich auf meinen wachsweichen Beinen allerdings kaum halten. Es war grausam, Ruby nach so langer Zeit unter diesen Umständen unter die Augen treten zu müssen, und einen

Moment lang dachte ich das Gleiche, was auch Cyril vorhin bereits durch den Kopf gegangen war: Vielleicht wäre es tatsächlich besser gewesen, wenn sie diesen *Unfall* ebenfalls nicht überlebt hätte.

Rubys und meine Blicke trafen sich für einen Sekundenbruchteil, dann war ihrer schon wieder fortgehuscht und heftete sich auf den dunklen Körper, der reglos zu meinen Füßen auf dem Felsen lag.

»Ashton, bitte ... bitte nicht«, wimmerte sie, während sie zu uns herunterkletterte. Viel zu schnell, viel zu unvorsichtig. Ein ums andere Mal rutschte sie von den feuchten Steinen ab. Hätte Cyril nicht ihren Arm ergriffen und sie sicher geführt, sie wäre unweigerlich gestürzt.

Vor Ashtons Kopf sank sie auf die Knie, grub ihre Hände in seine Haare und streichelte sein Gesicht.

»Geh nicht weg«, wisperte sie. »Bleib bei mir. Bitte, bitte ... BITTTE!«

Cyril hockte sich hinter sie, schlang seine Arme um sie und legte ihr sanft seine Hand über den Mund.

Sein Gesicht war bleich und seine dunklen Augen glänzten feucht.

Ich zog die Haihaut etwas fester über meiner Brust zusammen, verknotete sie mechanisch und ließ mich kraftlos auf einen Vorsprung sinken. Das Lebendige in mir war verstummt, ich hätte nicht einmal mit Bestimmtheit sagen können, ob mein Herz noch schlug.

Ich sah, wie Cyril Ruby hielt, wie er behutsam seine Wange gegen ihre schmiegte und wie sie sich allmählich beruhigte. Mir war klar, was er tat, und er hatte mein Einverständnis. Es war richtig, Ruby jetzt ihren Schmerz zu nehmen. Ihr blieben noch unendlich viele Tage, Wochen und Monate, in denen sie um Ashton trauern konnte. Für mich war es kaum vorstellbar, wie sie jemals darüber hinwegkommen sollte.

»Erzähl uns, was passiert ist«, flüsterte Cyril.

»Delfine«, murmelte Ruby. »Sie sprangen aus dem Wasser.«

Das waren keine Tiere, warf ich Cyril zu. *Ich wette, das sind die Chamäleonnixe gewesen. Denn genau dies war ihr Plan: Schiffe zu kentern! Außerdem habe ich ihr Zischeln gehört ... kurz bevor wir Ruby und Ashton aus dem Wasser gezogen haben.*

Cyril musterte mich finster. *Ich fürchte, du hast recht.*

»Und dann, Ruby?«, fragte ich. »Was ist dann passiert?«

»Moira lehnte sich zu ihnen hinaus und plötzlich kippte d...«

»Moira?«, unterbrach ich sie und beugte mich ein wenig vor, damit ich ihre leisen stockenden Worte besser verstehen konnte. »Willst du damit etwa sagen, dass außer Ashton und dir noch jemand im Boot gewesen ist?«

Cyril sah mich fragend an. *Hast du ...?*

Ich schüttelte kaum merklich den Kopf. Ich hatte niemanden gesehen. Wir waren zu spät gekommen. Viel zu spät.

Cyril senkte den Blick.

Ich streckte meine Hand aus und berührte Ruby am Knie. »Wer ist Moira?«

»Eine Deutsche.« Ruby wischte sich mit dem Handrücken über die Augen. »Moira ist vor ein paar Tagen mit der Fähre herübergekommen.«

Sie machte keinerlei Anstalten, sich von Cyril zu lösen, was mich nur für einen kurzen Moment erstaunte. Irgendwann würde ich ihn vielleicht fragen, auf welche Weise er in dieser Nacht ihre Gefühle beeinflusst hatte.

»Das kann nicht sein«, erwiderte ich. »Es gibt keine Fähre von einem deutschen Hafen zu den Kanalinseln.«

Ruby seufzte leise. Es war ihr anzusehen, wie schwer es ihr fiel, sich auf ihre Worte zu konzentrieren. »Nicht von Deutschland aus. Moira ist in Frankreich gewesen. Bei einer Freundin, die sie aus dem Internet kennt und mit der sie ein paar Tage auf Herm

verbracht hat. Dort hat sie Aimee, Joelle und Olivia kennengelernt.«

Oh, mein Gott!, durchzuckte es mich. War Moira womöglich das
fremde Mädchen in der Nähe der Bootsanlegestelle von Herm, das
Gordian und ich dort mit Joelle und Olivia sahen, als wir Aimee vor
Kyan gerettet hatten?

»Okay ...«, sagte ich mit rauer Stimme. »Und wieso seid ihr mitten in der Nacht mit einem Boot rausgefahren?«

»Moira war völlig durchgedreht. Sie sagte, sie hätte einen Jungen mit einem Flossenschwanz gesehen, den sie unbedingt finden
müsse. Ehrlich, Elodie, ich hab versucht, ihr das auszureden. Aber
da war nichts zu machen. Sie war sich so sicher. Sie faselte etwas
davon, dass sie sein goldenes Haar im Mondlicht hätte schimmern sehen. Und dass sie das alles für Aimee tun würde.«

Moira hatte also tatsächlich Gordian gemeint. Allerdings war
der wohl kaum heute Nacht hier gewesen. Oder etwa doch?

Mein Herz fing an zu rasen, und ich wagte es kaum, Cyril in die
Augen zu sehen.

Was machen wir jetzt bloß?

Er schüttelte unwillig den Kopf. Für ihn schienen Gordian und
die Chamäleons zumindest momentan nicht wichtig zu sein.

Als Erstes muss Ruby nach Hause.

Das kannst du vergessen. Zu Hause wird sie verrückt.

Cyrils Kiefermuskeln spannten sich. *Wir werden das Unglück melden.*

Natürlich, stimmte ich ihm zu. *Und dann?*

Sie werden einen Krankenwagen mitschicken, meinte er vielsagend.

Ja. Ich nickte. Das war eine gute Lösung. Nicht, dass ich viel
von Psychopharmaka hielt, aber in diesem Fall schienen sie mir
durchaus hilfreich zu sein.

Hast du deine Klamotten hier irgendwo in der Nähe deponiert?, fragte
ich ihn.

In den Felsen zwischen Cobo und Vazon, antwortete Cyril.

Klar, das war ein Ort, wo kaum mal jemand hinkam.

Ich hole sie und rufe dann die Polizei. Mein Wagen steht auf dem Parkplatz vom Vazon Bay Café. Ich werde schneller wieder hier sein als die Beamten.

Okay.

Ich ließ mich von dem flachen Felsvorsprung herunterrutschen und kroch näher an Ruby heran. »Komm her«, sagte ich leise. »Komm her zu mir.«

Cyril gab sie frei, sodass ich sie in meine Arme nehmen konnte. Sie war klatschnass, fühlte sich zum Glück aber einigermaßen warm an. Ich blinzelte Cyril dankbar zu.

Er berührte flüchtig meine Schulter und dann war er auch schon die Klippen hinuntergehuscht und mit einem leisen Plätschern ins Meer eingetaucht.

Ich drückte Ruby an mich, die nun heftig zu zittern anfing.

»Elodie, ich kann nicht ... ich will nicht ... wie soll ich denn ohne ihn ...?«, wimmerte sie in meine Halsbeuge.

»Er würde es nicht anders wollen«, sagte ich. »Für Ashton bist du der stärkste Mensch, den er gekannt hat. Du bist immer für ihn da gewesen, ganz gleich wie andere zu ihm standen oder über ihn dachten.«

»Und er für mich«, schluchzte Ruby. »Er für mich, El. Ich brauche ihn. Ich brauche ihn so sehr.«

»Tust du nicht«, entgegnete ich sanft. »Du liebst Ashton, aber du brauchst ihn nicht.«

Ich dachte an Pa und meine Schwierigkeit, ihn nach seinem Tod loszulassen, und wunderte mich über meine eigenen Worte.

»Und deshalb musst du ihn gehen lassen. Hörst du, Ruby, du musst dich von ihm verabschieden.«

»Nein. Nein. Nein. Nein.« Sie drückte ihre Stirn mit kreisenden Bewegungen gegen meine Schulter.

Ich streichelte ihren Rücken und strich ihr die Haare aus dem Gesicht, damit ich meine Wange an ihre legen konnte. »Er hat es verdient«, flüsterte ich. »Ashton ist ein so wundervoller Mensch gewesen. Wir können ihn nicht einfach hier liegen lassen und darauf warten, dass er irgendwann abgeholt wird. Ich habe ihn auch geliebt, Ruby ... nicht so wie du, das nicht ... und *ich* möchte mich gerne von ihm verabschieden. Und zwar jetzt. Denn später habe ich womöglich keine Gelegenheit mehr dazu.«

Ein Beben ging durch Rubys Körper. Sie schüttelte noch einige Male den Kopf, aber dann löste sie sich von mir und rutschte über den rauen Fels zur Seite. Sie zog die Beine an, umschlang ihre Knie und starrte wie benommen auf Ashtons blasses Gesicht.

Ich beugte mich über ihn, strich ihm sachte über Haare und Stirn und drückte ihm schließlich die Augen zu. Dann ließ ich mich eng an seiner linken Seite nieder und nahm seine Hand.

»Du bist ein riesengroßes Vorbild für mich gewesen, Ashton, weißt du das? So ehrlich, so treu und so lebensfroh ... eigentlich hätte mir deine ewig gute Laune ganz schön auf den Wecker gehen müssen ...«

»Das stimmt doch gar nicht«, krächzte Ruby. »Er hatte nicht immer nur gute Laune. Er konnte auch ganz anders sein.«

»Er hat sich nicht unterkriegen lassen. Er ist sogar in dieses kleine Boot gestiegen, obwohl er nicht schwimmen konnte.«

Mit einem Satz war Ruby aufgesprungen. »Das musst du mir nicht sagen. Ich weiß selbst, dass es meine Schuld ist!«, brüllte sie mich an.

»Nein«, sagte ich. »Die Wahrheit ist: *Du* wolltest Moira nicht allein rausfahren lassen. Und Ashton wollte es dich nicht mit ihr allein machen lassen. *Er* hat das so entschieden. Er ganz allein.«

Sie stand nur da und sah mich an. Und dann, ganz plötzlich, legte sie los:

»Mensch, Elodie, du hättest Moira mal erleben müssen. Sie war total durchgeknallt. Sie hätte es auf jeden Fall getan. Auch allein. Und ich war so bescheuert zu glauben, dass ich ihr eventuell helfen könnte ... also, falls ihr etwas geschieht ... oder es schaffe, sie doch noch zurückzuhalten. Keine Ahnung. Keine Ahnung. Ich weiß einfach nicht mehr ...« Sie senkte den Blick und fing wieder an zu weinen. »Ich weiß nicht mehr weiter, Elodie ... Irgendwie habe ich sogar gehofft, dass es Gordy wäre. Ich hab doch überhaupt keine Ahnung ... Woher soll ich denn wissen, was mit dir und ihm passiert ist?«

Es war Gordy, dachte ich und streckte ihr meine Hand entgegen. »Komm her. Setz dich zu mir ... und zu Ashton.«

Wieder sah sie mich nur an.

»Komm, Ruby«, wiederholte ich. »Komm einfach her.« Ich wedelte hartnäckig mit der Hand, so lange, bis sie sie ergriff. »Setz dich auf seine andere Seite. Ashton wartet so sehnsüchtig darauf, dass du ihn noch einmal berührst. Ein einziges Mal noch, Ruby ... nach diesem schrecklichen Erlebnis.«

Die Tränen rannen ihr wie Sturzbäche die Wangen hinunter. Sie wischte sich wieder und wieder übers Gesicht, aber sie nickte. Sie nickte und sie kniete sich hin und tastete nach Ashtons rechter Hand.

»Halte ihn«, wisperte ich. »Halte ihn ganz sanft, damit er keine Angst haben muss.«

»Ja«, hauchte Ruby. »Ja.« Sie legte Ashtons Hand in ihren Schoß und streichelte die Innenfläche. »Er ist noch ganz warm, Elodie, noch ganz warm.«

»Ich weiß«, flüsterte ich. »Vielleicht ist er noch hier und möchte, dass du ...«

»Ich liebe dich«, stieß sie hervor. »Hörst du, du dummer Kerl, ich liebe dich so sehr. Es tut mir so leid ... Du hättest nicht mitkommen dürfen.«

»Dann wärst du jetzt möglicherweise nicht mehr am Leben und

Ashton säße hier an deiner Stelle«, sagte ich. »Wäre dir das lieber gewesen?«

Ruby schüttelte den Kopf. »Nein, aber ...«

»Tschüs, Ashton«, murmelte ich. »Ich werde dich nie vergessen. Und jetzt lasse ich dich mit Ruby allein und ...«

»Nein, nein, bitte bleib hier, El, bitte!« Rubys Stimme überschlug sich fast.

»Schon gut, schon gut«, beschwichtigte ich sie, da bemerkte ich aus dem Augenwinkel den dunklen Schatten, der von Fort Hommet aus über die Klippen herunterhuschte, und nur einen Atemzug später stand Cyril neben uns.

Als wäre es das Selbstverständlichste von der Welt, setzte er sich wieder hinter Ruby und legte behutsam seine Arme um sie.

»In ungefähr zehn Minuten werden sie hier sein«, sagte er an mich gewandt.

»Was wirst du ihnen erzählen?«

Sicher nicht, dass vermutlich ein paar Delfine das Boot gekentert haben, erwiderte Cyril und sein Blick intensivierte sich.

»Ich werde ihnen sagen, dass Moira total betrunken war«, kam es stockend von Ruby. »D-das ist nichts Ungewöhnliches hier. Ashton und ich wollten sie davon abhalten, das Boot zu nehmen, aber Moira hat nicht mit sich reden lassen. Es kam zum Streit ... zum Handgemenge ... und dann ist Moira über Bord gefallen. Wir haben versucht, sie ins Boot zurückzuziehen, dabei ist es umgekippt.«

Ungläubig starrte ich sie an. Kamen diese Sätze wirklich von Ruby? Wann, zum Teufel, hatte sie sich diese Geschichte ausgedacht?

»Guck nicht so«, brummte sie. »Es ist doch alles schon schlimm genug ... es muss ja nicht unbedingt ...«

»Danke, Ruby«, sagte ich rau und küsste sie auf die Wange. Dabei fing ich Cyrils Blick ein.

Wirst du es schaffen?, fragte er besorgt.

Klar. Es ist ja nicht weit.

Ich komme später nach ... Wenn du willst.

Ich nickte kaum merklich, küsste Ruby noch einmal und flüsterte an ihrem Ohr: »Bis bald. Ich würde jetzt sooo gerne bei dir bleiben, aber ...«

»Schon okay«, sagte sie und brachte unter Tränen tatsächlich ein Grinsen zustande. »Du hast nichts Passendes an ...«

»Genau.« Ich drückte ihre Hand, dann erhob ich mich langsam und warf noch einen letzten Blick in Ashtons lächelndes Gesicht. Ich brauchte es mir nicht einzuprägen, ich würde es auch so ganz sicher nie, niemals vergessen.

Schließlich drehte ich mich um und lief mit schnellen Schritten zum Wasser hinunter. In der Ferne war bereits eine Polizeisirene zu hören, ich glaubte sogar, ein blaues Licht flackern zu sehen, und so sprang ich gleich von einem der oberen Felsen ins Meer.

Mit dem Salzwasser in meiner Lunge kehrte auch meine Müdigkeit und das Gefühl totaler Erschöpfung zurück. Trotz Ashtons Tod, trotz dieses furchtbaren Schmerzes, der mein Herz lähmte und meine Seele zum Frieren brachte, hatte es sich gut angefühlt, wieder an Land zu sein, Luft zu atmen und die Anwesenheit von Menschen zu spüren.

Ich gehörte dem Land ebenso wie dem Meer, war hier wie dort zu Hause, und wenn ich das eine hatte, vermisste ich das andere. Noch mehr aber, so sehr, dass es mich in der Mitte zu zerreißen drohte, vermisste ich Gordy.

Jeder Schwimmzug, jeder Flossenschlag allein im Meer ließ die Sehnsucht nach ihm wachsen ... und mich ahnen, wie es Ruby in der nächsten Zeit ergehen würde.

Gordian lebte, und ich konnte mich zumindest von der Hoffnung tragen lassen, ihn eines Tages wiederzusehen. Auch wenn seine Bestimmung ihn an Kirby band, er lebte und er war in meinem Herzen. Ruby jedoch hatte Ashton für immer verloren.

Mam

Es war kein Problem für mich, die Stelle unterhalb von Tante Graces Haus in der Perelle Bay zu finden. Das Meer führte mich geradewegs zu Gordys und meiner Klippe – als wollte es mich und meinen Schmerz verhöhnen.

Keine Sorge, ich mache meinen Job, sagte ich zu ihm. Aber ich mache ihn nicht in erster Linie für dich oder weil du mich dafür ausgesucht hast, sondern weil ich es will. Weil ich nicht zulassen kann, dass Delfine, Haie und Menschen sich gegenseitig zerstören.

Das Meer antwortete nicht. Wozu auch? Es bekam ja, was es wollte.

Diesmal zog ich meine Haihaut noch etwas enger um meinen Körper, sorgsam darauf bedacht, nicht allzu viel von meinen nackten Beinen preiszugeben. Ich würde nicht drum herumkommen, Tante Grace zu erzählen, was passiert war, und dazu wollte ich nicht halbwegs entblößt vor ihr stehen. Auf jeden Fall sollte sie es wissen, bevor sie es aus der Zeitung erfuhr. Aber auch ihr würde ich nicht die Wahrheit sagen. Rubys Lüge war eine gute Geschichte. Sie würde die Menschen auf den Inseln hoffentlich noch eine Zeit lang ruhig halten.

Ich verharrte einen kurzen Moment auf der Klippe, um mich zu sammeln. Ein lauer Wind fuhr mir durch die Haare und wehte den würzigen Duft der frühsommerlichen Inselvegetation zu mir herunter.

Mein Blick wanderte über die dunklen feuchten Steine und die Rhododendronsträucher zu Tante Gracies Cottage hinauf, dessen Küchenfenster noch hell erleuchtet war. Wie spät es wohl sein mochte? Der Gedanke an Quiche Lorraine oder einen der köstlichen Blechkuchen meiner Großtante ließ mir wieder das Wasser im Mund zusammenlaufen.

Ein wenig schämte ich mich dafür, dass ich Hunger verspürte. Ashtons Tod und die Sorge um Ruby lasteten auf meiner Seele, eigentlich hätte mein Magen wie zugeschnürt sein müssen. Doch die lange Zeit ohne ausreichend Nahrung hatte mich völlig entkräftet. Mein knurrender Magen erinnerte mich nur einmal mehr daran, dass es gewisse Grundbedürfnisse gab, die man befriedigen musste, wenn man überleben wollte.

Ich legte den Kopf zurück und tat einen langen Atemzug bis tief in meine Lungenspitzen. Allein diese wunderbare Luft hier auf Guernsey gab mir einen Teil meiner Energie zurück.

Mit wenigen schnellen Sprüngen brachte ich den terrassenförmig angelegten Hanggarten hinter mich und umrundete mit klopfendem Herzen das Haus.

Vor der Eingangstür musste ich noch ein weiteres Mal Luft holen, ehe ich mich in der Lage fühlte, die Klinke hinunterzudrücken.

Wie fast immer hatte Tante Grace nicht abgesperrt. Ich trat in den Flur und schloss die Tür leise hinter mir.

Aus der Küche drangen Stimmen zu mir herüber. Eine davon gehörte Tante Grace und die andere – meiner Mutter! Und dann sah ich sie auch schon, wie sie meiner Großtante gegenüber an dem gemütlichen kleinen Küchentisch saß und an einer Zuckerwaffel nagte.

Ihr Gesicht war schmal und blass und ihr Blick schrecklich müde. Der Kummer über mein Schicksal und die Ungewissheit, was mit mir geschehen sein mochte, waren ihr anzusehen, und sofort machte sich das schlechte Gewissen in mir breit. Sie hatte nicht weniger schreckliche Dinge zu verarbeiten als ich. Eigentlich hätte ich sie niemals ohne eine Nachricht verlassen dürfen, aber welche Wahl hatte ich denn gehabt?

»Mam!«, rief ich. »Mam!«

Mit einem Satz war ich in der Küche und mit dem nächsten hing ich ihr um den Hals. Ich riss sie vom Stuhl hoch und wirbelte sie im Kreis herum wie ein kleines Kind.

»Elodie?«, stammelte sie. »Elodie ... Himmel noch mal, Elodie!«

»Mam! Mam! Mam!«, sagte ich, drückte sie an mich und wollte sie gar nicht mehr loslassen. Erst als sie leise zu stöhnen begann, lockerte ich meinen Griff.

Sie befreite sich aus meiner Umklammerung, bedachte mich mit einem irren Blick und verpasste mir eine schallende Ohrfeige. Dann sank sie auf ihren Stuhl zurück, schlug die Hände vors Gesicht und fing an zu heulen.

Tante Grace blickte kopfschüttelnd zwischen ihr und mir hin und her und murmelte etwas Unverständliches. Keine Frage, mein plötzliches Auftauchen hatte sie wohl ebenso aus der Fassung gebracht wie meine Mutter, doch dann siegte offenbar sehr schnell ihr berühmter Sinn fürs Praktische. Sie erhob sich, fasste mich am Handgelenk und zog mich auf ihren Stuhl zu.

»Jetzt setz dich erst mal, mein Kind. Ich hole dir etwas Menschlicheres zum Anziehen ... und einen dritten Stuhl werde ich auch noch organisieren müssen«, murmelte sie im Davoneilen vor sich hin.

»Es tut mir leid«, sagte ich kleinlaut.

»Nein, mir tut es leid.« Meine Mutter nahm ihre Serviette und schnäuzte sich die Nase. »Was ist nur in dich gefahren?« Sie ließ die Serviette sinken und sah mich an. »Und seit wann hast du solche Bärenkräfte?«

Dieser seltsame Mix aus Fragen und Bemerkungen lockte mir

ein Lächeln auf die Lippen, das sich nur mühsam unterdrücken ließ. Ich konnte mich nicht daran erinnern, dass ich jemals dermaßen selig gewesen war, meiner Mutter gegenüberzusitzen.

»Ich weiß nicht ... Keine Ahnung«, sagte ich. »Ähm, es hängt wohl irgendwie damit zusammen, dass ich jetzt ...«

Mam hob abwehrend die Hände. Ganz offensichtlich wollte sie am liebsten noch immer nichts Genaues über meine neue Identität erfahren. Ihre innere Zerrissenheit diesbezüglich tat mir weh, aber irgendwie verstand ich auch, dass sie ihre Zeit brauchte, um mich so annehmen zu können, wie ich jetzt war.

»Warum bist du einfach so verschwunden, ohne mir eine Nachricht zu hinterlassen?«, fragte sie.

»Das ist eine lange, etwas komplizierte Geschichte«, erwiderte ich zögernd. »Ich glaube allerdings, dass du dir das alles gar nicht anhören magst.«

Meine Mutter schüttelte den Kopf. Unverständnis und auch ein wenig Traurigkeit spiegelten sich in ihrer Miene wider. Dabei lag mir nichts ferner, als sie zu kränken.

»Vielleicht gibt es eine Kurzfassung ...?«

Die gab es allerdings. »Wegen Gordian.«

Sie nickte, dabei war ich mir sicher, dass sie sich darauf so gut wie keinen Reim machen konnte. Außerdem tauchte Tante Grace nun in der Küchentür auf, in der einen Hand einen Klappstuhl, dessen Sitzfläche und Rückenlehne aus fadenscheinigem Segeltuch bestanden, und in der anderen einen geblümten Morgenrock.

»Hier.« Sie hielt ihn mir unter die Nase. »Etwas Trendigeres habe ich auf die Schnelle nicht gefunden.«

»Oh, der ist absolut großartig«, sagte ich.

Ich stand von meinem Stuhl auf und schlüpfte hinein, dann erst löste ich den Knoten der Haihaut und zog sie unter dem Morgenrock hervor.

Tante Grace griff danach und ließ sie prüfend durch ihre Finger gleiten. »Brauchst du die eigentlich, wenn du ins Wasser tauchst?«, erkundigte sie sich.

»Nein.« Ich warf einen unsicheren Blick auf meine Mutter. »Sie ... ähm ... bei einem Halbwesen wie mir bildet sie sich immer wieder neu.« Dass dies auch für die Hainixe galt und nur die Delfinnixe darauf achten mussten, ihre Häute nicht zu verlieren, behielt ich für mich. Für Mam und meine Großtante spielte dieser Unterschied ohnehin keine Rolle.

»Tja, dann könnte ich dir daraus vielleicht ein Kleid nähen«, meinte Tante Grace und fixierte mich mit einer hochgezogenen Braue. »Für abends ... zum Ausgehen?«

Zweifelnd erwiderte ich ihren Blick. Meinte sie das wirklich ernst? Oder war es nur ein Versuch, die angespannte Stimmung aufzulockern?

Da bemerkte ich das Blitzen in ihren Augen und die Freude, die darin auffunkelte. Freude und Erleichterung darüber, dass ich unversehrt zurückgekommen war. Ach, das war mal wieder so typisch für Tante Grace. Am liebsten hätte ich sie sofort umarmt. Aber meine Mutter war mit dem Thema noch nicht durch.

»Gracie, ich bitte dich«, sagte sie. »Du hattest ja schon immer eine etwas ungewöhnliche Einstellung zu den Dingen, das hier finde ich allerdings ein wenig zu ...«

»Geschmacklos?«, fiel meine Großtante ihr ins Wort. »Ist es das, was du sagen wolltest?« Sie faltete die Haut zusammen und stopfte sie in eine der beiden großen aufgesetzten Taschen des Morgenrocks. »Tja, vielleicht hast du recht. Andererseits«, fuhr sie fort und wandte sich nun direkt an Mam, »müssen wir den Tatsachen ins Auge sehen. Es nützt nichts, irgendetwas übergehen oder ignorieren zu wollen. Elodie ist nicht mehr die, die du vor drei Monaten zu mir geschickt hast, Rafaela. Damit musst du dich abfinden, ob du willst oder nicht.«

Sie unterstrich ihr Statement durch ein bekräftigendes Nicken und machte sich anschließend daran, den Segeltuchstuhl auseinanderzuklappen.

»Lass mich dort sitzen«, sagte ich, ehe sie sich darauf niederlassen konnte. »Das Ding sieht nicht besonders vertrauenerweckend aus, und ich glaube, ich bin ein wenig leichter als du.«

»Was noch zu beweisen wäre«, brummte Tante Grace, nahm mein Angebot aber dankbar an. »Und um noch mal auf das Kleid zurückzukommen ...«, fuhr sie fort. »Sechsunddreißig ... ist das deine Größe?«

Ich nickte. »Ja, warum?«

»Tja, ich nehme an, dass du keinen Koffer dabeihast. Insofern wäre es vielleicht gut, wenn ich dir etwas besorge. Ein paar Jeans, T-Shirts und Pullis vielleicht ... Vorausgesetzt, du traust mir zu, dass ich deinen Geschmack treffe.«

»Das wäre ziemlich toll«, sagte ich.

»Ich könnte Tante Grace ja begleiten«, bot meine Mutter sich an.

»Noch besser«, erwiderte ich lächelnd.

Einen Moment lang sahen wir uns einfach nur an, und ich spürte, wie mir innerlich ganz warm wurde.

»Seit wann bist du überhaupt hier?«, fragte ich.

Mam warf einen Blick auf die Küchenuhr, die inzwischen zehn vor zwölf anzeigte. »Seit gut sechs Stunden.«

»Also auch erst seit heute.«

Tante Grace hob den Zeigefinger. »Dank meiner Überredungskunst.« Sie tätschelte mir den Oberschenkel. »Nicht dass du mich für hellseherisch halten sollst, aber irgendwie habe ich geahnt, dass du hier wieder auftauchen würdest.« Sie musterte mich mit einer Mischung aus Genugtuung, Sorge und Skepsis und deutete schließlich auf den Teller voller Waffeln, der vor ihr auf dem Tisch stand. »Hast du eigentlich überhaupt keinen Hunger?«

»Doch«, sagte ich schlapp. »Und wie.«

Ich senkte die Lider und fuhr unschlüssig mit dem Finger an der Tischkante entlang.

Eine Weile herrschte bedrücktes Schweigen. Mam und Tante Grace schienen zu merken, dass mir etwas auf der Seele lag, und ich wusste nicht, wie ich es ihnen sagen sollte.

»Ashton ist tot«, platzte ich schließlich heraus. »Er ist ertrunken.«

»Wie?« Die Stimme meiner Großtante klang schrecklich dünn. »Du sprichst jetzt aber nicht von Ashton Clifford?«

Alles, was ich zustande brachte, war ein Nicken.

»Oh, mein Gott!«

Ich spürte Tante Gracies entsetzten Blick auf mir. Dann schoss sie plötzlich von ihrem Stuhl hoch, ging zur Anrichte hinüber und begann, sinnlos irgendwelches Küchengerät herumzuschieben.

»Wer ist das?«, wollte Mam wissen. Unruhig blickte sie zwischen mir und meiner Großtante hin und her.

»Der Freund von Ruby Welliams«, sagte Tante Grace. »Sie ist das Mädchen, mit dem Elodie sich hier angefreundet hat. Ashton konnte nicht schwimmen. Er litt am Tourette-Syndrom.« Sie schüttelte den Kopf. »Die arme Ruby. Sie hängt doch so an dem Jungen.«

Meine Mutter war kreidebleich geworden. Ihr Mund klappte auf und zu und wieder auf, aber sie brachte keinen Ton heraus.

»Wie konnte das denn nur passieren?«, fragte Tante Grace.

Sie hatte sich umgedreht und sah mich durchdringend an. Mir war natürlich sofort klar, was in ihrem Kopf vorging, also fing ich stockend an, meine Lügengeschichte zu erzählen.

»Ruby wollte ein anderes Mädchen davon abhalten, in der Dunkelheit noch mit dem Boot rauszufahren.«

»Welches Mädchen?« Meine Großtante kniff die Augen zusammen. »Jemand von der Insel?«

»Nein«, erwiderte ich, »eine Deutsche. Moira. Sie hat eine Freundin in Frankreich besucht und war nur mit der Fähre herübergekommen. Wenn ich Ruby richtig verstanden habe, hatte sie wohl etwas zu viel Alkohol getrunken.«

Tante Grace standen die Zweifel in dicken Lettern auf die Stirn gedruckt. »Und dann sind alle drei mit dem Boot raus ... und gekentert?«

Ich zuckte hilflos die Achseln. Mein Blick glitt zu Mam, die den Kopf gesenkt hatte und sich nervös den Nacken rieb.

»Und Ruby und dieses Mädchen konnten sich retten?«, fragte Tante Grace so scharf, dass ich zusammenzuckte.

»Nein, nur Ruby«, stammelte ich. »Moira ... sie ist verschwunden.«

»Und was hast du damit zu tun?«, wollte meine Mutter wissen.

Überrascht sah ich sie an und eine glühende Hitze stieg mir ins Gesicht. »Wieso?«

»Na ja, du bist doch so etwas wie eine ... eine ...«

»Nixe, Mam«, half ich ihr auf die Sprünge. »Exakt ausgedrückt, eine Halbnixe. Du kannst es ruhig aussprechen.«

Meine Mutter keuchte leise und Tränen sammelten sich in ihrem Unterlid. »Entschuldigung«, brachte sie mühsam heraus. »Aber ich ... Im Moment ertrage ich das alles nicht.«

Sofort tat es mir leid, dass ich sie so hart angegangen war. Ich senkte den Kopf und krächzte: »Schon okay.«

Dabei wünschte ich mir so sehr, dass ich mich in *ihre* Arme fallen lassen könnte und *sie* mir ein wenig Halt geben würde.

Bilder von Ashtons panischem Gezucke unter Wasser, seinem blassen Gesicht und Rubys verzweifeltes Schluchzen rauschten durch meinen Kopf und trieben auch mir Tränen in die Augen.

»Ach, Kindchen.« Tante Grace beugte sich zu mir herunter, streichelte mir über den Rücken und drückte mich zärtlich an sich. »Was machen wir nur mit dir? Was machen wir nur?«

»Ich verstehe das alles nicht«, sagte meine Mutter. »Ich meine ... kann dir dein Gordian nicht helfen? Wo ist er überhaupt abgeblieben?«

Ich löste mich aus Tante Gracies Umarmung, wischte mir die Tränen fort und setzte mich aufrecht hin.

»Mein Gordian, Mam, ist nicht mehr mein Gordian«, sagte ich mit zitternder Stimme. »Wir passen nämlich nicht zusammen. Er ist ein Delfinnix und ich bin ein Mischling aus Mensch und Hainix. Das habe ich dir doch alles schon erklärt.«

Meine Mutter nickte. Sie hatte den Blick vor sich auf den Tisch gerichtet, doch nun hob sie den Kopf und sah mir direkt in die Augen.

»Ich bleibe hier«, erklärte sie. »Hier bei dir. Wir müssen darüber nachdenken, wie es jetzt weitergeht ... wo du leben willst ... und was aus deiner Zukunft wird.«

»Mam, für mich gibt es da nichts zu überlegen«, gab ich leise zurück. »Ich bleibe hier auf Guernsey.«

»Aber wovon willst du denn leben?«, erwiderte sie.

Das war eine in jeder Hinsicht absurde Frage. Denn für mich stellte sie sich überhaupt nicht. Wenn meine Großtante mir keine Unterkunft gewährte, würde ich mich notfalls bis an mein Lebensende von rohem Fisch ernähren. Wahrscheinlich konnte ich sogar zwischen den Klippen, irgendwo am Strand auf Herm oder in einer der Höhlen von Sark übernachten. Ich brauchte ein wenig menschliche Gesellschaft, aber sicher keine Zivilisation. Die Vorstellung, nach Lübeck zurückzukehren und dort oder in einer anderen, womöglich noch größeren Stadt zu wohnen, löste ein tiefes Unbehagen in mir aus.

»Mam«, sagte ich sanft und mein Herz klopfte zum Zerspringen. »Müsstest du dir nicht viel eher Gedanken darüber machen, wie *dein* Leben in Zukunft weitergehen soll?«

Eine Art Aussprache

Es war ein gutes Gefühl, wieder in meinem Apartment zu sein. Tante Grace hatte aufgeräumt, sauber gemacht und das Bett frisch bezogen, aber nichts verändert.

Als Erstes öffnete ich das große Schiebefenster und ließ die milde Nachtluft herein. Ich tat ein paar tiefe Atemzüge und versuchte, mir Mams Reaktion nicht allzu sehr zu Herzen zu nehmen.

Sie wisse schon, was sie mit ihrem Leben anzufangen habe, hatte sie gesagt. Diejenige, um die es hier ginge, sei ich. Und solange ich meinen Platz nicht gefunden hätte, würde sie die Insel nicht verlassen. Basta.

Ich verstand meine Mutter wirklich sehr gut, denn ich hatte ja nicht nur meine, sondern auch ihre Welt komplett auf den Kopf gestellt, und ich hätte ihr wirklich wahnsinnig gern gesagt, wie sehr ich sie vermisste – sie und die Zeit, die uns früher gehört hatte. Doch damit hätte ich es für uns beide wahrscheinlich nur noch schlimmer gemacht.

»Ach, Sina«, hörte ich mich murmeln. »Was soll ich nur tun?«

Unwillkürlich zuckte ich zusammen. Hatte ich das wirklich gerade gesagt?

Tja, wenn ich ehrlich war, und das wollte ich sein, vermisste ich nicht nur Mam, sondern auch meine alte Freundin, die mir mein halbes Leben mit Rat und Tat zur Seite gestanden hatte. Seitdem ich das letzte Mal in Lübeck gewesen war, hatte sich so viel verändert, und irgendwann würde ich Sina davon erzählen müssen. Das war ich ihr, nein, das war ich uns beiden und unserer Freundschaft schuldig.

Damit Mam und ich uns nicht unnötig in die Quere kamen, wie Tante Grace sich ausdrückte, hatte sie beschlossen, meine Mutter im Gästehaus einzuquartieren. Das Zimmer, das Gordian damals *bewohnt* hatte, war nämlich noch immer frei. Dabei hätte sie es inzwischen schon etliche Male vermieten können, doch irgendwie hatte sie wohl geahnt, dass sie es noch brauchen würde.

Ein Gefühl tiefer Wehmut nahm von mir Besitz. In den letzten Monaten hatte ich ständig auf irgendeine Weise Abschied nehmen müssen. Von Pa ... und von Sina ... von Gordy ... von Ashton ... und jetzt gewissermaßen auch noch von meiner Mam.

Es wird nicht für immer sein, drangen Cyrils Gedanken in meine, und in der nächsten Sekunde schwang er sich auch schon über das Balkongeländer und trat zu mir ins Zimmer. »Deine Mutter braucht bloß etwas Zeit, um sich daran zu gewöhnen, dass du jetzt ein völlig anderes Leben führst«, setzte er hinzu, während er seinen Arm um mich legte.

»Ja, vielleicht.« Leise seufzend widerstand ich dem Drang, meinen Kopf an seine Schläfe zu schmiegen.

»Bestimmt. Sie ist eine Menschenmutter. Die stehen zu ihren Kindern.« Cyril schenkte mir ein verschmitztes Lächeln. »Glaub mir, ich kenn mich da aus.«

Ich sah ihn von der Seite an und wunderte mich einmal mehr darüber, wie vertraut er mir war. Dass ich vor Kurzem noch eine furchtbare Wut auf ihn gehabt hatte, konnte ich in diesem Moment kaum nachvollziehen.

»Klar«, sagte ich und stupste ihn mit dem Ellenbogen an.

Unsere Blicke trafen sich, ich registrierte die Wärme in seinen dunklen Augen und einen Atemzug später fand ich mich schluchzend in seinen Armen wieder.

»Hätte ich unterwegs doch auch etwas gegessen«, brach es aus mir hervor. »Dann wäre ich bei Kräften gewesen und hätte Ruby und Ashton retten können!«

»Nein, Elodie, nein.« Cyril drückte mich fest an sich. »Es ist nicht deine Schuld ... sondern mein Fehler. *Ich* hätte mich um Ruby kümmern sollen und nicht um ihn. Aber ich habe die Vorstellung nicht ertragen, wie sehr sie leiden würde, wenn sie Ashton verliert, und deshalb wollte ich ihn so schnell wie möglich an Land bringen. Ich habe einfach nicht darüber nachgedacht, dass du seinen unruhigen Körper viel besser hättest halten können als ich.«

Ich hörte augenblicklich auf zu weinen, lehnte mich zurück und betrachtete ihn kopfschüttelnd.

»Du bist einfach unglaublich, Cyril, weißt du das?«

Er hob erstaunt die Brauen. »Keine Ahnung, wie du das meinst.«

»Na ja, statt Ruby hast du das zu retten versucht, was ihr das Liebste ist«, antwortete ich.

»Was hätte ich denn sonst tun sollen?«, entgegnete er. »Sie aus dem Wasser hieven und Ashton ertrinken lassen?« Jetzt schüttelte er den Kopf. »Das hätte ich ihr nicht antun können. Die Geschichte mit ihrem Bruder macht ihr schließlich schon genug zu schaffen.« Seine Miene verfinsterte sich. »Aber lassen wir diese Hypothesen«, brummte er. »Ruby hat Ashton verloren, weil ich meinen Verstand nicht gebraucht habe.« Er hockte sich auf die Kante meines Bettes, stützte die Ellenbogen auf seine Oberschenkel und barg das Gesicht in seinen Händen. »Und das werde ich mir nie verzeihen.«

»Ach, Cyril«, sagte ich, schloss das Fenster bis auf einen schmalen Spalt und setzte mich neben ihn. »Das ist doch auch nur hypothetisch. Du ... *Wir beide* haben in dieser Situation vielleicht nicht richtig gehandelt, aber wir haben getan, was wir tun konnten ...«, fuhr ich fort und schluckte das stramme Gefühl in meinem Hals entschlossen hinunter. »Es hat eben nicht gereicht. Und jetzt müssen wir für Ruby da sein. Sie wird uns brauchen, Cyril ... Dich genauso wie mich.«

Er rieb sich über die Augen und nickte.

»Falls du noch irgendwelche Zweifel hegst: Sie mag dich«, betonte ich. »Ich weiß, dass sie dich mag.«

»Das ist nicht wichtig«, erwiderte er. »Denn es bringt sie nicht weiter. Das Einzige, was zählt, ist, dass sie irgendwann wieder lachen kann. Und wenn ich die Möglichkeit habe, ihr dazu zu verhelfen, werde ich das selbstverständlich tun.«

Ich ließ mich rücklings aufs Bett fallen und richtete meinen Blick zur Decke. Cyrils Haltung war wirklich überaus erstaunlich, und ich bildete mir ein, darin eine gewisse Ähnlichkeit mit seinem Vater zu erkennen. Vielleicht war es aber auch bloß eine spezielle Hainix-Art, die Dinge so zu betrachten. Reine Einzelgängerwesen waren auf Sympathien, die andere ihnen entgegenbrachten, im Grunde gar nicht angewiesen. Sie existierten sozusagen aus ihrem Selbst heraus und waren auch nur sich selbst verantwortlich. Womöglich konnte Cyril es nicht einmal wirklich empfinden, wenn ein anderer ihn mochte oder sogar liebte. – Ein seltsamer Gedanke, der mich innerlich ganz kühl werden ließ, und plötzlich war ich heilfroh, dass ich zur Hälfte menschlich war.

»Wenn es Javen oder mir wichtig wäre, was andere über uns denken oder ob sie uns mögen oder nicht, könnten wir nicht tun, was wir tun«, sagte Cyril unvermittelt.

»Du verfolgst meine Gedanken«, erwiderte ich empört. »Du tust es unentwegt.«

»Dein Problem, wenn du sie teilst«, gab er knapp zurück.

Tja, darauf gab es nichts zu entgegnen.

»Es ist also keine spezielle Hainix-Art«, schlussfolgerte ich stattdessen.

»Nein.« Cyril wandte sich zu mir um. »Tyler beispielsweise legt außerordentlich großen Wert darauf, dass er bei anderen gut ankommt.« Er deutete auf den Teller mit Zuckerwaffeln, den Tante Grace mir mit nach oben gegeben hatte. »Hast du eigentlich mal was gegessen?«

»Du bist wirklich schrecklich aufmerksam«, sagte ich und richtete mich wieder auf.

Ich griff nach dem Teller, platzierte ihn auf meinem Schoß und betrachtete ihn unschlüssig. Offenbar war ich mittlerweile dermaßen ausgehungert, dass ich schon gar nicht mehr spürte, wie sehr mein Körper nach Nahrung verlangte.

»Also, ich will dir ja nichts wegfuttern«, meinte Cyril zwinkernd, »theoretisch könnte ich allerdings schon gut wieder was vertragen.«

Und ehe ich mich versah oder »Dann bedien dich doch« sagen konnte, hatte er sich bereits die oberste Waffel geschnappt, zusammengerollt und in seinen Rachen geschoben.

»Hmm! Die ist absolut köstlich«, schwärmte er. »Und jetzt du.« Cyril rollte die nächste Waffel ein und hielt sie mir unter die Nase. »Mund auf!«

»Hast du das ganze Ding etwa auf einmal verschlungen?«, tadelte ich grinsend.

»Du musst es mir ja nicht nachmachen«, erwiderte er. »Schließlich bist du eine Dame.«

»Einigen wir uns auf Mädchen«, sagte ich und biss zu.

Cyril hatte nicht übertrieben. Obwohl die Waffel längst kalt und inzwischen auch ein wenig pappig geworden war, hatte sie einen wunderbaren Vanille-Geschmack.

»Tante Grace eben«, bemerkte ich kauend. »Was auch immer sie zubereitet, schmeckt einfach fantastisch. Gordy weiß echt nicht, was ihm entgeht.«

Es rutschte mir über die Lippen, ohne dass ich darüber nachdachte, und schon zog sich mein Magen wieder zusammen. »Scheiße, Cyril, ich vermisse ihn so!«

Auch das hatte ich nicht sagen wollen, aber mit irgendjemandem musste ich einfach darüber reden, sonst drohte es noch mich von innen her aufzufressen.

»Ich weiß«, sagte Cyril. Er nahm den Teller von meinem Schoß und stellte ihn auf den Nachttisch. »Ich bleibe heute Nacht hier, wenn du nichts dagegen hast.«

Hatte ich nicht. Trotzdem war es eine ausgesprochen blöde Situation.

»Ich werde dich nicht anfassen.« Demonstrativ präsentierte Cyril mir seine erhobenen Handflächen. »Und ich werde dich ganz sicher nie wieder küssen. Versprochen.«

Ein wenig ratlos darüber, was ich von diesem Gelöbnis halten sollte, starrte ich ihn an.

»Gordian hat übrigens Verständnis für dein Handeln gezeigt«, eröffnete ich ihm schließlich. »Er sagt, du liebst mich. Deshalb hättest du das getan.«

Cyril erhob sich und lief nun langsam und mit gesenktem Kopf vor dem Bett auf und ab.

»Ist es so?«, bohrte ich weiter. »Liebst du mich?«

Cyril sog geräuschvoll Luft ein. »Ja«, gab er schließlich zu. »Das tue ich. Auch wenn es für dich vielleicht nicht so aussieht, aber ich liebe dich von ganzem Herzen, Elodie. Allerdings ...«

Ich bedeutete ihm durch eine abwehrende Geste, bloß nicht weiterzureden. Eine Liebeserklärung war nun wahrlich das Letzte, wonach mir der Sinn stand. Alles, was ich wollte, war Klarheit, insofern war ich durchaus froh, dass er so offen damit umging.

»Du hast mal gesagt, dass du dein Leben an meiner Seite verbringen wolltest«, sagte ich jetzt. »Erinnerst du dich?«

»Natürlich. Ich erinnere mich an jede Sekunde mit dir.«

»Cyril ... bitte ...!«

»Was ist denn, Elodie?«, fuhr er ungeduldig dazwischen. »Für mich ist das alles überhaupt kein Problem.«

»Ts!«, machte ich. »Du *bist* gerade im Begriff, dein Leben an meiner Seite zu verbringen. Ist dir das eigentlich klar?«

»Ist es«, bestätigte er. »Und soll ich dir was sagen: Es gefällt mir.«

Ich schoss vom Bett hoch und baute mich mit verschränkten Armen vor ihm auf. »Ich. Liebe. Gordian.«

»Ich weiß.«

»Ich. Werde. Ihn. Immer. Lieben. Ganz gleich, was geschehen mag.«

Cyril nickte. »Das weiß ich doch«, sagte er sanft, zog mich an sich und küsste mich auf die Stirn. »Und ich kann dir noch etwas versprechen: Ich werde alles tun, damit du ihn zurückbekommst.«

»Das kannst du nicht«, erwiderte ich matt. Seine Worte hatten mich schwindelig gemacht. Ich begriff einfach nicht, wie *er* in seiner Situation so etwas sagen konnte. »Gordian folgt seiner Bestimmung.«

»So, wie du deiner.«

»Ja.«

Ich löste mich aus Cyrils Umarmung, ging zur Sitzgruppe hinüber und ließ mich in einen der beiden Rattansessel fallen. Zwar war es ziemlich angenehm, ihn körperlich zu spüren, aber genau das verwirrte mich.

»Willst du mir nun vielleicht endlich erzählen, was du darüber weißt?«

»Nichts lieber als das«, entgegnete Cyril, während er sich mir gegenüber auf dem Sofa niederließ. »Allerdings weiß ich ganz sicher auch nicht alles. Mein Vater geizt ein wenig mit Informationen. Er ist zwar ein glänzender Smalltalker, der es versteht, den Menschen und auch uns Haien alles zu entlocken, was er wissen will oder in irgendeiner Weise im Interesse der Allgemeinheit von Belang sein könnte. Über sich selbst gibt er allerdings so gut wie gar nichts preis, und über andere redet er im Prinzip nur, wenn es unbedingt nötig ist.«

So undurchsichtig und berechnend Javen Spinx auch sein mochte, aber diese Eigenschaft fand ich nicht unbedingt unsympathisch. Jemand wie er war mir lieber als eine Plaudertasche. Außerdem trug Cyrils Vater eine große Verantwortung, da war ein umsichtiges Verhalten geradezu zwingend.

»Okay«, sagte ich. »Und was hat er dir über mich berichtet?«

»Im Grunde nicht viel mehr, als du schon weißt«, erwiderte Cyril schulterzuckend. »Du bist ein Halbwesen und die sind sehr selten. Wir Hainixe gehen davon aus, dass das Meer sie kreiert, damit sie eine besondere Aufgabe übernehmen, und dafür schenkt es ihnen besondere Fähigkeiten.«

»Ihr geht davon aus ...«, wiederholte ich zögernd. »Ihr seid euch also nicht sicher? Auch Javen nicht?«

»Wie gesagt, es kommt nur äußerst selten vor«, gab Cyril zurück. »Und ganz ehrlich, Elodie, ich habe es nicht geglaubt, bis du mir vor den Ilhas Desertas so mühelos davongeschwommen bist. Und ich habe wirklich versucht, dich einzuholen.« Ein anerkennendes Lächeln huschte über sein Gesicht.

»Tja«, sagte ich bitter. »Wie es aussieht, steht mir diese *besondere Fähigkeit* nur leider nicht immer zur Verfügung.«

»Oh, ich bin sicher, das wird sie, wenn du sie wirklich brauchst.« Cyril sah mich mit ernster Miene an. »Die Ozeane werden nicht zögern, dich jederzeit mit allen Talenten auszustatten, die nötig sind, um deine Aufgabe zu erfüllen.«

Meine Aufgabe. Wie toll das klang! Wie groß und wie wichtig. Dabei war ich bisher nicht einmal in der Lage gewesen, ein armseliges Menschenleben zu retten ... oder das eines Delfins.

»Ich glaube nicht, dass es deine Aufgabe ist, dich um das Leben Einzelner zu kümmern«, sagte Cyril. »Um solche *Nebensächlichkeiten* kümmern sich eher Leute wie ich.«

Ich sah ihn an und er erwiderte meinen Blick. Lange und intensiv. Und mir wurde schmerzlich bewusst, wie viel sich seit meiner Ankunft auf Guernsey im März verändert hatte. Damals war Cyril der Exot gewesen und nun fiel mir diese Rolle zu. – Wenn ich all das vorher gewusst hätte, keine Ahnung, ob ich diese Reise je angetreten hätte.

»Das Schicksal ist nicht umkehrbar«, sagte Cyril leise.

Ich holte tief Luft und nickte. Und es hatte keinen Sinn, mit ihm zu hadern. Gerade wegen Ashtons Tod und dem des Delfins musste ich nach vorn schauen. Ich war diejenige, die vielleicht etwas ändern konnte – wenn ich auch noch immer nicht wusste, wie ich das anstellen sollte.

»Gordian ist ebenfalls ein Halbwesen«, sagte ich unvermittelt und verbarg all das, was Neeron mir prophezeit hatte, in der Tiefe meines Bewusstseins, damit ich mir sicher sein konnte, dass Cyril nichts davon aufschnappte. »Ihm könnte also auch eine besondere Aufgabe zufallen.«

Cyril seufzte. »Jane ist überzeugt davon, dass es so ist.«

Ich musterte ihn aufmerksam. »Du nicht?«

»Jane ist ein wenig vorbelastet«, erwiderte er ausweichend.

»Wie meinst du das?«

Cyril schüttelte den Kopf. »Das soll sie dir selber sagen.«

»Es hat mit Bo zu tun, stimmt's?«, bohrte ich weiter. »Und mit ihrer Verletzung?«

Cyril schwieg, und ich wusste, dass ich richtiglag, allerdings war mir auch klar, dass ich keine Einzelheiten aus ihm herausbekommen würde. Und so änderte ich meine Strategie und sprach etwas an, das ich instinktiv für einen wunden Punkt in seinem Leben hielt. »Was ist mit deiner Mutter?«

»Sie ist tot«, sagte Cyril knapp.

Mein Herz machte einen Satz. Es tat mir sehr leid für ihn, aber genau das hatte ich vermutet.

»Und ... wie ist sie gestorben?«, fragte ich vorsichtig.

»In einem Treibnetz.«

»Aber ...?«

Meine Gedanken waren offensichtlich schneller, denn Cyril beantwortete meine Frage bereits, bevor ich sie stellen konnte.

»Tote Hainixe verwandeln sich nicht mehr. Wenn sie aus dem Wasser gezogen werden, sehen die Menschen nichts anderes als ein Tier. Sterben sie dagegen an Land, behalten sie ihre menschliche Gestalt. Ob es sich bei den Delfinen genauso verhält, weiß ich nicht. Zum einen sind sie erst seit Kurzem Landgänger und zum anderen unterliegen sie ganz anderen Gesetzmäßigkeiten als wir Haie.«

Nun, die Beobachtungen, die Joelles Cousin vor ungefähr zwei Monaten in Bezug auf Elliot in der Rechtsmedizin gemacht hatte, deuteten zumindest darauf hin, dass ein Delfinnix, der als Mensch starb, nach seinem Tod wieder in seine Urform zurückfiel. Was damals jedoch tatsächlich mit Elliots Leichnam geschehen war und ob nicht einige Dinge in gewisser Weise manipuliert beziehungsweise absichtlich falsch weitergegeben worden waren, würden wir wahrscheinlich nie erfahren.

»Und was ist mit den Verletzungen der Außenhaut, die die Hainixe sich an den Schnüren der Netze zuziehen?«, fragte ich weiter. »Könnten die nicht einen Blick auf ihren menschlichen ...?«

»Nein.« Cyril schüttelte den Kopf. »Die sehen aus wie ganz normale Abschürfungen. Meine Mutter hatte allerdings nicht eine einzige Wunde«, setzte er hinzu. »Die Menschen haben ihren Leib äußerlich völlig unversehrt an Land gezogen.«

»Woher ...?« Ein eiskalter Stich schoss mir durch die Brust. »Oh, mein Gott, Cyril, du bist dabei gewesen!«

Er senkte den Blick und zum ersten Mal bemerkte ich einen Ausdruck tiefen Leids auf seinem Gesicht.

»Javen und ich haben sie gesucht«, begann er schließlich zu

erzählen. »Das war nicht einfach, denn sie hielt ihre Gedanken verborgen. Sie wollte nicht, dass wir sie sterben sehen. Und als wir sie schließlich fanden, zeigte sie sich uns auch nicht, sondern versteckte sich inmitten der gefangenen Fische.«

»Wie habt ihr sie dann überhaupt entdecken können?«

»Mein Vater hat nach ihr gerufen. Es muss sehr eindringlich gewesen sein, denn irgendwann hat sie geantwortet. Javen hat ihr klargemacht, dass es unendlich viel schwerer für mich wäre, ihren Verlust zu verarbeiten, wenn sie einfach nur verschwände und ich nie erführe, was mit ihr passiert war.«

»Hätte das Gleiche nicht auch für ihn gegolten?«

Cyril sah kurz auf.

»Schwer zu sagen«, erwiderte er, »... ob Javen Spinx liebt. Er lebt ausschließlich für sein Ziel.«

Ich wollte das nicht glauben, oder zumindest war ich nicht bereit, es einfach hinzunehmen. Immerhin hatte er mir gegenüber vorgegeben, meine Mutter sehr gemocht zu haben. Die Vorstellung, dass das alles nur Schauspielerei oder gar Kalkül gewesen sein sollte, gefiel mir nicht.

»Hainixe verstellen sich nicht«, wandte Cyril sofort ein. »Schon vergessen?«

Nein, das hatte ich nicht.

Allerdings glaubte ich inzwischen, dass Javen Spinx diesbezüglich womöglich eine Ausnahme war.

Cyril nickte. »Vielleicht hast du recht. Ich durchblicke das, was er tut, manchmal selber nicht. Grundsätzlich fällt es allen Hainixen leichter, tiefere Gefühle für Menschen zu entwickeln als gegenüber ihren eigenen Artgenossen. Hainixmütter lieben ihre Kinder natürlich ... und umgekehrt«, fuhr er fort. »Bei Vätern sieht das schon etwas anders aus. Eigentlich gehen wir keine Beziehungen ein. Schon gar keine lebenslänglichen.«

»Tyler hat sich in Lauren verliebt«, hielt ich dagegen.

Cyril lächelte schwach. »Sich zu verlieben oder zu lieben ist das eine, es dann auch zu leben, das andere.«

Stirnrunzelnd sah ich ihn an. Mittlerweile kannte ich ihn ja schon recht gut, und dennoch blieb Cyril für mich ein Buch mit sieben Siegeln. »Dein Vater hat gesagt, dass niemand von euch die Menschen so sehr liebt wie du«, murmelte ich nachdenklich.

»Mag sein.« Cyril zuckte die Achseln. »Das spielt aber letztendlich keine Rolle.«

Dem hätte ich gerne widersprochen. Das Gegenteil war der Fall. Denn es machte ihn zu einer wichtigen Verbindung zwischen Menschen und Hainixen. Doch offensichtlich wollte Cyril sich seinen Gefühlen nicht stellen. Und daher hatte es wohl auch wenig Sinn, wenn ich weiter in ihn drang und ihm seine widersprüchlichen Äußerungen unter die Nase rieb.

»Wer waren eigentlich die Haie, die Liam, Niklas und Pine getötet haben?«, wechselte ich das Thema.

»Javen und Tyler.«

»Und wer von euch ist Gordy und mir in den Atlantik hinaus gefolgt?«

Um Cyrils Mundwinkel zuckte es. »Wir alle drei.«

»Von Anfang an?«

»Jep.«

Okay. »Und welcher von euch war derjenige, der uns auf der Vogelinsel gestört hat?«

»Tut mir leid, das war ich«, sagte Cyril ohne eine Spur von Bedauern in Mimik oder Tonfall.

Alter Groll stieg in mir auf. »Warum hast du eigentlich nie versucht, ihn zu töten?«

Cyril zögerte mit seiner Antwort.

»Willst du das wirklich wissen?«, fragte er.

Allerdings, das wollte ich. Denn unabhängig davon, was Cyril für mich empfand, wäre dies aus Sicht der Hainixe sicher die sauberste Lösung gewesen. Gordian war ein Feind, der an Land ging und weitere Feinde mit sich zog, ein Feind zudem, der von seinen eigenen Freunden verstoßen worden war. – Die Haie hätten also nicht einmal befürchten müssen, dadurch einen Konflikt heraufzubeschwören.

»Mein Vater hat es verboten«, sagte Cyril. »Und zwar lange, bevor Gordian mich vom Meeresgrund gefischt hat.«

Ich blähte die Wangen. Einerseits verwunderte mich das nicht wirklich, schließlich war Javen Spinx immer für eine Überraschung gut, andererseits hätte ich in diesem Punkt eher auf Jane getippt.

»Und daran hältst du dich ...?«

»Selbstverständlich. Allerdings gilt das längst nicht für alle. Für Tyler würde ich diesbezüglich nicht einmal den kleinen Finger ins Feuer legen.«

»Tyler wird ihm nichts anhaben können«, sagte ich zutiefst überzeugt. »Gordy wurde ebenfalls vom Meer bestimmt. Es wird auch ihn mit besonderen Fähigkeiten ausstatten.«

»Gordian ist ein Delfinnix«, gab Cyril zu bedenken. »Er kann keine neuen Talente erwerben, sondern muss mit denen vorliebnehmen, die er mit auf die Welt gebracht hat.«

Ich schüttelte den Kopf, denn in diesem Fall galten andere Regeln. Allerdings hielt ich es nach wie vor für klüger, ihn nichts von meiner Begegnung mit dem uralten Walnix wissen zu lassen.

Cyril kniff seine Augen ein wenig zusammen und musterte mich abschätzend, schien jedoch keinen meiner Gedanken lesen zu können.

»Wie auch immer«, meinte er nach einer Weile. »Tyler hält den Plonx für besiegbar. Er hat sich längst auf die Suche nach ihm gemacht, und ich gehe sogar davon aus, dass er sich Verbündete sucht. Es ist nicht einmal auszuschließen, dass er weitere Delfinnixe angreift.«

Ich nickte beklommen.

»Unter denen gibt es auch ein paar, die den offenen Konflikt mit euch suchen. Ich denke, sie werden sich Kyan anschließen.«

»Um was zu tun?«, fragte Cyril. »Uns Haie bekämpfen? Menschenmädchen töten?«

Ich presste die Lippen aufeinander. »Beides, fürchte ich. Leider kann ich nicht in Kyans Kopf hineinschau...« Ich geriet ins Stocken, denn genau das war mir ja möglich gewesen. Als Kyan Aimee angriff, hatte ich nicht nur jeden seiner dreckigen Gedanken gehört, sondern auch ganz reale Bilder gesehen – und zwar so, als schaute ich durch seine Augen.

Auf Cyrils Stirn bildete sich eine Steilfalte. »Was ist?«

»Ähm ... na ja, Gordy zufolge ist Kyan ziemlich feige«, antwortete ich nach anfänglichem Zögern.

»Du meinst, er wird uns erst angreifen, wenn er sich sicher wähnt, in der Überzahl zu sein?«

»Genau«, murmelte ich und ließ meinen Blick zum Fenster wandern. »Ich schätze, die Mädchen reizen ihn vorerst mehr.«

Ein Windstoß stob durch den offenen Spalt und brachte die Blätter der Birkenfeige zum Rascheln. Das Meer war unruhiger geworden und der Himmel noch immer von Wolken verhangen. Schnell trieben sie von Südwesten über uns hinweg.

Auf Tante Gracies Küchenkalender hatte ich gesehen, dass heute Freitag war. Freitag, der 25. Mai. Ich war also mindestens einen Tag länger im Meer gewesen, als ich angenommen hatte, was möglicherweise damit zusammenhing, dass der Wechsel von Tag und Nacht dort unten nicht so spürbar war wie an Land und ich während meines Aufenthalts im Wasser auch kein Bedürfnis nach Schlaf verspürte.

Übermorgen war also Pfingsten. Ich hatte keine Ahnung, ob das hier auf den Kanalinseln gefeiert wurde, und es interessierte mich auch nicht weiter. Meine Gedanken kreisten um Kyan. Vor vier

Tagen, an Neumond, hatte ihn der Verwandlungszyklus, dem er als Delfinnix unterlag, in seinen tierischen Leib zurückgezwungen. Frühestens am Montag, bei zunehmendem Halbmond, konnte er wieder an Land kommen. Tat er es, würde er sich während der folgenden vier Wochen mit an Sicherheit grenzender Wahrscheinlichkeit auf keinen Kampf mit einem Hainix einlassen.

»Da hast du wohl recht.« Ein Anflug von Spott huschte über Cyrils Gesicht. »Die Erinnerung an unsere letzte Begegnung muss ziemlich schmerzhaft sein.«

Ich bedachte ihn mit einem finsteren Blick. Die Lage war viel zu ernst, um sich Häme leisten zu können.

»Kyan hat miterlebt, wie ihr seine drei Freunde besiegt habt, und sich feige davongemacht. Er weiß nur zu gut, dass er euch in seiner menschlichen Gestalt weit unterlegen ist. Dafür wäre er aber für die Menschen eine umso größere Gefahr. Vor allem, wenn er wieder neue Nixe mit an Land zieht.«

Cyril legte den Kopf zurück und starrte schweigend zur Zimmerdecke. Diesmal gewährte *er* mir keinen Zugang in *seine* Gedanken und mit einem Mal erschien er mir fremder als je zuvor.

Das Gefühl von Zusammengehörigkeit, das uns die vergangenen zwei Tage verbunden hatte, war schlagartig verschwunden.

»Vertrauen beruht auf Gegenseitigkeit«, sagte Cyril unvermittelt und nun lag sein Blick wieder auf mir.

Anders als Gordys veränderten seine Pupillen ihre Größe nicht, ohnehin konnte man kaum einen Unterschied zur schwarzbraunen Iris erkennen. Beides schien nahtlos ineinander überzugehen.

»Stimmt«, erwiderte ich.

Vielleicht fühlten wir einander einfach näher, wenn wir uns im Meer aufhielten.

»Oder ein großes Leid gemeinsam tragen«, führte Cyril meine Überlegung zu Ende.

Ich schluckte schwer, und plötzlich hatte ich Mühe, ihn anzusehen. Die Bilder von Ashton und Ruby drängten sich nahezu gewaltsam in mein Bewusstsein. Mein Herz brannte so sehr, dass es sich nicht anders zu helfen wusste, als diesen Schmerz mit einer neuerlichen Tränenflut zu löschen.

»Du solltest mir keine Macht über deine Gefühle einräumen«, sagte Cyril leise.

Er stand vom Sofa auf, und ehe ich etwas erwidern konnte, war er bereits über den Balkon verschwunden.

Wer war Patton?

Kaum war Cyril weg, fiel ich in eine bleischwere Leere. Ich hatte nicht einmal mehr die Kraft nachzuschauen, ob er zur Straße gelaufen und in seinen Smart gestiegen oder zu den Klippen hinuntergehastet und ins Meer abgetaucht war. Wie tot saß ich in meinem Rattansessel, unfähig, etwas zu denken oder zu fühlen – so, als ob Cyril einfach alles mit sich fortgenommen hätte!

Es dauerte eine Weile, bis ich begriff, dass nicht er der Grund für dieses entsetzliche Vakuum war, sondern Gordian, ohne den ich mir plötzlich vorkam wie ein nutzlos vor sich hin vegetierendes Nichts.

Ich zwang mich, an Ashton zu denken, den ich nun nie mehr wiedersehen würde, und an Rubys verzweifelte Schreie, in der Hoffnung, mein Herz und meine Seele zu spüren. Wie gern hätte ich Ruby diesen Schmerz abgenommen und ihn für sie getragen, um sie zu entlasten und etwas Sinnvolles zu tun und mich dadurch wieder lebendig zu fühlen. Doch nichts dergleichen geschah. Rubys Schmerz gehörte ihr allein und ich – ich empfand nicht das Geringste.

Stöhnend quälte ich mich aus dem Sessel und tappte zum Bett hinüber, wo ich wie ein prall gefüllter Mehlsack auf die Matratze fiel und mein Gesicht in der weichen Decke vergrub.

Was hatte Cyril gesagt? Ich solle ihm keine Macht über meine Gefühle einräumen? Wie hatte er das gemeint? Dass er gefährlich war? Oder sollte es eher ein genereller Ratschlag sein, der auch den möglichen Einfluss anderer Nixe auf mich betraf?

Verdammt, ich wusste einfach nichts mit dieser Bemerkung anzufangen, und je ernsthafter ich über Sinn und Zweck des Ganzen nachzudenken versuchte, desto mehr entglitt es mir. Meine Überlegungen verloren ihre Konturen, zerfaserten allmählich und schwirrten bald nur noch als wirre Schnipsel in meinem Kopf umher. Dumme, nervige Dinger! Unwillig verscheuchte ich sie. Ich wollte endlich meine Ruhe. Stille. Dunkelheit.

Ich spürte, wie meine Augen zufielen und ich mich langsam in meine Höhle zurückzog. Hier war es friedlich und warm. Und hier war auch Gordy. Das Türkis seiner Augen und sein liebevoller Blick, der herrliche Duft seiner Haut, seine dunkle, samtene Stimme, die jede einzelne meiner Zellen durchdrang, unsere Gedanken, die im Einklang miteinander schwangen, und sein Körper, der sich wie eine sanfte Welle an meinen schmiegte.

Auf dieser kleinen Insel Bugio waren wir uns so nah gewesen, wie man sich näher nicht kommen konnte. Ich hatte Gordian Einlass in meine Höhle gewährt, ihn an meine geheimste Stelle vordringen lassen und meine Seele war mit der seinen verschmolzen. Auch wenn ich ihn nie wiedersah, selbst wenn ich ihn für immer verlor, so wie Ruby Ashton für immer verloren hatte, war dies ein Ort, an dem ich ihm immer nah sein würde – näher als jedem anderen Wesen auf dieser Welt.

Und plötzlich war ich froh, dass Cyril fortgegangen war. Er gehörte einfach nicht hierher.

Es war Vollmond, doch der Himmel über dem Meer war tiefschwarz. Nur das diffuse Leuchten über dem Horizont ließ den Vollmond erahnen. Dunkles Grollen rollte aus der Ferne auf mich zu. Ein gleißend heller Blitz durchschnitt die stickige Atmosphäre und entlud sich im aufgewühlten Meer. Mächtige Wellen hatten sich aufgetürmt, rauschten laut dröhnend auf die Klippen zu und warfen haushohe Gischtfontänen in den Himmel.

Trotz der Dunkelheit konnte ich die riesige Schar von Delfinen gut erkennen, deren Silhouetten silbern aufschimmerten, sobald sie sich aus dem Wasser erhoben.

Das Wissen um ihr ungebrochenes Vertrauen in die Menschen und den bedingungslosen Gehorsam, den sie einigen Nixen entgegenbrachten, rührte mich zutiefst. Und umso schwerer wogen meine Verzweiflung und meine Wut. Die Ahnungslosigkeit dieser wundervollen Tiere gegenüber der Gefahr, die ihnen drohte, schnitt mir fast das Herz entzwei.

Ich allein wusste, was ihnen bevorstand und welche Folgen die geplante gigantische Vernichtung von Leben und Lebensraum nach sich zog – vor allem aber war ich die Einzige, die ihnen helfen und das Schlimmste vielleicht noch verhindern konnte.

»Neiiin, Elodie! Tu das nicht!«

Es war Gordys entsetzte Stimme, die der Wind zu mir herübertrug.

Ich schloss die Augen und hielt inne.

Noch immer brachte sein samtenes Timbre sämtliche Fasern meines Körpers zum Schwingen. Ich erinnerte mich an jeden gemeinsamen Augenblick, an jedes Wort und jede Berührung von ihm, als wäre es gestern gewesen.

Mein Herzschlag vibrierte und die Sehnsucht nach ihm brachte mich fast um.

Doch nach allem, was inzwischen passiert war, hatte Gordian mir nichts mehr zu sagen. Ich hörte nicht auf ihn.

Keuchend riss ich die Augen auf. Ich fühlte weichen Stoff unter mir. Ein kühler Lufthauch strich über meinen verschwitzen Nacken und ließ mich frösteln.

Dann war ich wach. Hellwach.

Ich war nicht draußen und es hatte auch kein Gewitter gegeben. Ich hatte das alles nur geträumt.

Langsam setzte ich mich auf. Mein Blick fiel sogleich zum Fenster und aufs Meer hinaus.

Spiegelblank lag es da. Graublau in der fahlen Dämmerung, der Himmel bedeckt, aber nicht mehr dunkel. Die kühle Luft war durch den offenen Fensterspalt ins Zimmer gekrochen, offenbar hatte sie mich aus dem Traum geholt. Komisch, dass ich auf einmal so empfindlich war! Seit meiner Verwandlung vor fünf Wochen hatte ich Kälte kaum noch als unangenehm empfunden. Aber vielleicht war ich tatsächlich über einen zu langen Zeitraum im Wasser gewesen und nun forderte das Menschenmädchen in mir sein Recht.

Ich rutschte bis zum Fußende durch, zog das Schiebefenster zu und sah mich im Zimmer um.

Den Kühlschrank hatte Tante Grace ausgestellt und es lag auch kein Obst in der Schale. Nur der Teller mit den Zuckerwaffeln stand noch auf meinem Nachttisch.

Ich setzte mich auf die Bettkante und fing an zu essen, verschlang eine Waffel nach der anderen und leckte sogar den pudrig feinen Zucker vom Teller ab. Danach fühlte sich mein Magen an, als läge ein Ziegelstein darin, aber wenigstens hatte ich keinen Hunger mehr.

Ich stellte den Teller zurück, stand auf und öffnete den Kleiderschrank. Gähnende Leere starrte mir entgegen. Tante Grace hatte recht. Ich hatte tatsächlich überhaupt keine Klamotten hier. Nur ihr geblümter Morgenmantel lag auf dem Bett. Ich war unbekleidet und konnte mich nicht daran erinnern, wann ich mich ausgezogen hatte. Verdammt! Hatte ich Cyril etwa nackt gegenübergesessen? Ich schüttelte den Kopf. Was für ein Einfall! Darauf hätte er mich ja wohl aufmerksam gemacht! – Oder etwa nicht?

Wie sehr ich mir auch das Gehirn zermarterte, ich durchschaute ihn einfach nicht. Wenn es möglich war, dass er meine Gefühle beeinflusste, wie konnte ich mir dann sicher sein, dass er nicht auch einen Teil meiner Erinnerungen gelöscht hatte? Und dann wunderte er sich, dass ich ihm nicht vorbehaltlos vertraute!

Ruby hatte mich schon damals vor ihm gewarnt. Inzwischen verstand ich sie viel besser.

Ach, Ruby!

Ruby. Ruby. Ruby.

Wie mochte es ihr wohl gerade gehen? Lag sie im künstlich dumpfen Schlaf, den ein Psychopharmakon ihr aufzwang? Träumte sie von Ashton? Ich konnte nur hoffen, dass es etwas Schöneres war als dieses wirre Zeug, das mich aufgeschreckt hatte.

Was war passiert, Gordy, dass ich nicht auf dich hören wollte? Was?

»Bloß nicht darüber nachdenken, Elodie«, murmelte ich.

Es war nur ein Traum, ein Traum, ein Traum ...

Leise summend tänzelte ich zum Bett, zog die Haihaut aus der Tasche des Morgenmantels und hüllte mich darin ein. Im Vorbeigehen schloss ich die Schranktür und überlegte, was ich tun sollte. Bestimmt war es noch zu früh, um nach unten zu gehen. Also tappte ich weiter im Zimmer umher und landete schließlich vor der Hi-Fi-Anlage. Ohne Absicht öffnete ich das DVD-Fach und stellte überrascht fest, dass es nicht leer war. Die hellblaue Scheibe mit den kleinen weißen Affenzeichnungen darauf von Jack Johnsons »Sing-A-Longs and Lullabies« lächelte mir daraus entgegen. Oh, Mann, es musste eine Ewigkeit her sein, dass ich die das letzte Mal gehört hatte!

Ich schloss das DVD-Fach wieder und drückte auf den Einschaltknopf. Sanfte Gitarrenklänge und Jack Johnsons warme Stimme hüllten mich ein. Ich breitete die Arme aus und drehte mich im Kreis.

Das war mein altes Leben gewesen. Das Leben, in dem ich nur der Mensch Elodie Saller war, chaotisch, entscheidungsunfähig und beherrscht von einer Wasserphobie. Damals brauchte ich Pa und Sina, um den Halt nicht zu verlieren. Inzwischen brauchte ich niemanden mehr.

Niemanden außer Gordian.

Gordy war der Ton, der meine Seele zum Klingen brachte.

Unvorstellbar, nein, ausgeschlossen, dass ich jemals jemanden so sehr lieben könnte wie ihn.

Doch nach allem, was inzwischen passiert war, hatte Gordian mir nichts mehr zu sagen. Ich hörte nicht auf ihn.

Nein! Nein! Nein!

Ich presste mir die Hände auf die Ohren und trommelte mit den Fingerkuppen gegen meine Schläfen, und als das nichts nützte, drehte ich die Musik lauter und flüchtete mich unter die Bettdecke.

Ich hörte das Pochen an der Apartmenttür, aber ich schaffte es nicht zu antworten, denn da war Tante Grace bereits bei mir.

»Elodie, Elodie!«, rief sie. »Alles in Ordnung mit dir?«

Sie schlug die Decke zurück und ich sank in ihre Arme. Süßer Schlafgeruch kroch in meine Nase und zerzauste graue Locken kitzelten mich an der Wange.

»Alles okay?«

»Nein«, krächzte ich. »Nichts ist okay. Gar nichts.«

»Hm, das dachte ich mir, Kind, das dachte ich mir«, murmelte sie, während sie mich sanft hin und her wiegte.

»Hast du etwas dagegen, wenn ich die Musik einen Tick leiser stelle?«, fragte sie nach einer Weile.

Nein. Aber ich wollte auch nicht, dass sie mich losließ. Meine Großtante musste sich regelrecht aus meinem Klammergriff befreien. – Von wegen, ich brauchte niemanden mehr! Wie kindisch ich doch war! Und plötzlich musste ich lachen.

Mit weit geöffneten Armen warf ich mich rücklings auf die Matratze zurück und lachte wie eine Irre.

Tante Grace stoppte die CD, ließ sich neben mich auf der Bettkante nieder und tätschelte mir den Oberschenkel.

»Jetzt krieg dich mal wieder ein, Elodie«, sagte sie energisch. »Ich habe etwas mit dir zu besprechen.«

Das Lachen erstarb in meiner Kehle. Ich setzte mich auf und sah ihr fest in die Augen.

»Keine Sorge, Tante Grace«, versuchte ich sie zu beruhigen. »Die Welt steht zwar gerade kopf, und ich wünschte mir weiß Gott, dass eine Menge Dinge anders oder gar nicht geschehen wären, aber es lässt sich nun mal nicht ändern. Ich werde schon damit klarkommen«, versicherte ich ihr. »Genau genommen habe ich gar keine andere Wahl.«

Meine Großtante erwiderte meinen Blick schweigend. Schließlich seufzte sie und nahm meine Hand, mütterlich, wie es ihre Art war, und zog sie in ihren Schoß.

»Also gut ...«, begann sie, aber ich war noch nicht fertig.

»Mein Herz gehört Gordian«, fuhr ich mit etwas wackeliger Stimme fort. »Das mit ihm und mir ... na ja, das ist wohl so ähnlich wie das zwischen deiner Mutter und Patton«, untertrieb ich, aber es war der einzige Vergleich, der mir einfiel, um ihr meine Gefühlslage zumindest annähernd verständlich zu schildern.

Und wieder nickte sie. »Mhm, verstehe.«

»Cyril war letzte Nacht bei mir, und er wird sicher auch in Zukunft noch das eine oder andere Mal hier auftauchen, aber er ist nichts weiter als ein guter Freund. Außerdem hat er das Unglück ebenfalls erlebt«, betonte ich. »Und er leidet unter Ashtons Tod genauso wie ich.« Bei allen Zweifeln, die ich gegen ihn hegte, aber in diesem Punkt war ich mir wirklich sicher.

Tante Grace musterte mich aufmerksam. Es war nicht zu übersehen, dass sie noch immer schwankte zwischen dem, was ich sagte, und dem, was sie selber glaubte. Und obwohl sie sich bisher noch mit keinem Wort dazu geäußert hatte, hatte ich plötzlich das Gefühl, Cyril in Schutz nehmen zu müssen.

»Du hast ihn noch nie richtig gemocht«, warf ich ihr vor. »Aber damit tust du ihm unrecht. Okay, er ist ein undurchsichtiger Hainix, aber das war Patton auch.«

Mal ganz abgesehen davon, dass ich dieses Gen ebenfalls in mir trug. Doch das sagte ich nicht, denn ich wollte nicht streiten.

Wieder sah meine Großtante mich nur an und allmählich machte mich dieses Gebaren nervös.

»Was ist los?«, fragte ich ungehalten. »Warum guckst du mich die ganze Zeit so komisch an?«

Tante Grace drückte abermals meine Hand. Dann holte sie tief Luft und schloss kurz die Augen, bevor sie mit ihrem Monolog begann.

»Ich hatte in den vergangenen Wochen viel Zeit zum Nachdenken. Mag sein, dass mein Gedächtnis nicht mehr ganz einwandfrei funktioniert, manchmal habe ich sogar das Gefühl, dass schwarze Löcher in meinem Gehirn ihr Unwesen treiben«, erklärte sie und klopfte sich unwillig mit den Fingerknöcheln gegen den Schädel. »Aber nun gut, ich bin ja auch nicht mehr die Jüngste.«

Ich senkte betreten den Blick. Schließlich wusste ich nur zu gut, woher diese *schwarzen Löcher* rührten. Ich hatte mindestens zweimal ein paar Dinge aus ihrer Erinnerung gelöscht. Wäre das nicht in Ordnung gewesen, hätte ich diese Fähigkeit sofort wieder verloren, und deshalb musste ich im Grunde auch kein schlechtes Gewissen haben. Und seit dem *Vorfall* mit Frederik stand mir dieses Talent ja ohnehin nicht mehr zur Verfügung.

»Wie auch immer«, fuhr Tante Grace unterdessen fort. »Ich bin mir inzwischen alles andere als sicher, dass Patton tatsächlich ein Hainix gewesen ist.«

»Ähm ... was?« Ihre Äußerung traf mich wie ein Schlag vor den Kopf. »Wie kommst du denn darauf? ... Das kann überhaupt nicht sein.«

Ich war der lebende Beweis dafür!

»Außerdem hast du selber gesagt, dass Cyril und Patton sich von Gordian unterscheiden.«

»Tja, ich weiß, das habe ich«, bestätigte Tante Grace. »Doch wie gesagt ... Je länger ich darüber nachgedacht habe, desto klarer wurde mir, dass Patton viel weniger Ähnlichkeit mit Cyril hat, als es zunächst den Anschein hatte.«

Stirnrunzelnd sah ich sie an.

»Das verstehe ich nicht. Du kennst ihn doch nur von diesem Foto, das deine Mutter deiner Schwester Holly hinterlassen hat«, wandte ich ein.

»Das ist richtig«, sagte Tante Grace und ließ meine Hand los, um das türkisfarbene Tuch ein wenig zurechtzurücken, mit dem sie ihre wilde graue Haarpracht nur nachlässig gebändigt hatte. »Aber um dieses Foto geht es auch gar nicht, sondern darum, was meine Mutter über Patton geschrieben hat.« Sie machte eine kleine Pause, bevor sie fortfuhr: »Weißt du, Elodie, ich habe diesen Brief so oft gelesen, dass ich ihn nahezu auswendig kann. Und ein Satz ist mir ganz besonders im Gedächtnis geblieben.«

Ich spürte, wie eine leichte Unruhe in mir aufstieg.

»Und welcher ist das?«, fragte ich rau.

Wieder schloss Tante Grace kurz die Augen, so als müsste sie sich diesen Satz erst in Erinnerung rufen, dabei war ich sicher, dass er ihr bereits vollständig auf der Zunge lag und nur darauf wartete, endlich ausgesprochen zu werden.

»Wir verbrachten jede Minute miteinander«, fing sie schließlich an zu rezitieren, »saßen stundenlang im Sand, wir küssten und wir liebten uns, und wenn Patton kurz vor Sonnenuntergang für einige Zeit ins Meer zurückkehrte, konnte ich ihm dabei zusehen, wie sich sein Leib in den eines großen grauen Meerestieres verwandelte.«

Tante Grace sah mich halb erwartungsvoll, halb besorgt an, und ich erwiderte ihren Blick, allerdings begriff ich überhaupt nichts.

»An wen erinnert dich das?«, versuchte sie mir auf die Sprünge zu helfen.

Keine Ahnung.

»An Cyril oder an Gordian?«

Ich schluckte. »An Gordian, natürlich!«

»Natürlich?«

»Ja, weil er und ich zusammen waren«, entfuhr es mir. »So wie deine Mutter und Patton. Auch wir haben jede Minute miteinander verbracht ...«

... haben uns geküsst und geliebt ...

Energisch wischte ich die süße Erinnerung zur Seite.

»Cyril ist nur ein Freund, Tante Gracie«, stöhnte ich. »Willst du das denn gar nicht verstehen?«

Sie berührte mich sachte an der Schulter. »Doch, Elodie. Ich habe das sogar sehr genau verstanden.«

»Außerdem ist Cyril der Sohn von Javen Spinx«, platzte es aus mir heraus.

Das tat zwar im Moment nichts zur Sache, aber irgendwie war es mir offenbar ein Bedürfnis, ihr diese nicht ganz unwesentliche Tatsache mitzuteilen.

»Ach, tatsächlich?«

Meine Großtante hob überrascht die Augenbrauen. Ich glaubte sogar, so was wie Erleichterung in ihrer Miene zu lesen. Diese Reaktion irritierte mich, aber im Augenblick war mir etwas anderes wichtiger.

»Willst du mir nicht endlich erklären, was es deiner Ansicht nach mit diesem Satz auf sich hat?«, sagte ich ungeduldig, denn ich wollte das Thema Verwandtschaft nur ungern weiter vertiefen.

Erst mit Tante Graces folgenden Worten wurde mir klar, dass es im Grunde schon die ganze Zeit einzig und allein nur darum gegangen war.

»Cyril und Javen Spinx unterscheiden sich von Gordian in der Art und Weise, wie sie leben.«

Zuerst wollte ich widersprechen, doch dann begriff ich, was sie meinte. Hainixe hielten sich überwiegend an Land auf, von einigen konnte man sogar behaupten, dass sie sesshaft geworden waren, jedenfalls war es kein Problem für sie, dem Wasser längere Zeit fernzubleiben. Ganz im Gegensatz zu Gordian ... und zu Patton, der offenbar jeden Tag ins Meer abgetaucht und schließlich ganz verschwunden war. Der wichtigste Punkt aber war: Patton hatte sich ohne das geringste Zögern auf eine Liebesbeziehung eingelassen – und das taten Hainixe nicht.

»Du denkst, er ist ein Delfinnix gewesen?«, hörte ich mich ungläubig fragen. Denn das konnte eigentlich nicht sein. Erstens trug ich eindeutig Hainixgene in mir und zweitens hätte ein Delfinnix meine Urgroßmutter wohl kaum am Leben gelassen.

»Nun ja«, erwiderte Tante Grace gedehnt. »Ich finde nicht, dass Delfine besonders *große* Meerestiere sind.«

»Also doch ein Hai!«

Sie schüttelte den Kopf. »Du weißt sicher besser als ich, ob das überhaupt möglich ist, aber ich würde auf einen Wal tippen.«

In meinem Kopf flog alles durcheinander, mein Herz raste und das Blut rauschte mir in den Ohren.

Patton – ein Walnix! War das möglich?

Unser Erbgut speichert gewisse Prozesse und dazu gehören auch die Erinnerungen unserer Vorfahren.

Das hatte Neeron gesagt. Und *ich* hatte behauptet, dass meine Vorfahren nie Kontakt mit einem Walnix gehabt hätten!

Was für ein Irrtum! Nun gab es also eine Erklärung dafür, warum ich mich als Hainixe auch mit Delfinnixen verständigen konnte. Ich war ihnen viel ähnlicher, als ich bisher angenommen hatte! Und offenbar nur um dieser Ähnlichkeit willen hatte das Meer bereits vor so vielen Jahren Patton an Land geschickt.

»Mir ist schon klar, dass das jetzt alles auf den Kopf stellt«, drang Tante Graces Stimme zu mir vor. »Aber die Nixgene, die du in dir trägst, können nicht von deinem Urgroßvater stammen. Zumindest nicht nur.«

Ein grausiger Fund

Keine Ahnung, wie lange ich meine Großtante einfach nur ange-
starrt hatte. Aber dann schoss die Erkenntnis, die ich die ganze
Zeit zu ignorieren versucht hatte, plötzlich wie ein Blitz in mich
ein: Mein Vater war nicht mein Vater. Meine Mutter hatte ihn
und mich mein ganzes Leben lang belogen.

Alles, was nun folgte, war reiner Reflex. Ich schob mich an
Tante Grace vorbei, durchquerte das Zimmer und schlüpfte auf
den Balkon hinaus.

»Elodie, warte!«, hörte ich sie noch rufen, eine Sekunde später
war ich bereits in den Garten hinabgesprungen.

Wie von Sinnen hastete ich über die Klippen zum Meer hinunter. Als meine Beine sich zum Haischwanz zusammenschlossen, atmete ich auf. Und dann schoss ich los. Mit peitschenden
Flossenschlägen jagte ich durchs Wasser. Unter mir wirbelte der
Boden auf, Krebse flüchteten sich in Steinspalten und ein Makre-
lenschwarm stob erschrocken auseinander.

Ich schwamm einfach drauflos, Richtung und Ziel kümmer-
ten mich nicht und schon bald hatte ich die riffartigen Ausläufer
Guernseys hinter mir gelassen. Über mir wurde das Meer allmählich heller und klarer, aber ich wollte kein Licht, also tauchte ich
tief hinunter und hielt mich möglichst dicht über dem Grund.

Nur beiläufig registrierte ich die ungewöhnlich großen Schol-
len, deren trapezförmige Körperkonturen sich im Sand abzeich-

neten. Winzige Garnelen trieben über mich hinweg, und den Dornhai, der sich mir neugierig von der Seite näherte, scheuchte ich mit einer kurzen Bewegung davon. Er versuchte noch, mir zu folgen, aber ich hängte ihn mühelos ab.

Begleitet vom Brummen der Schiffsmotoren und den dunklen Schatten ihrer Rümpfe, die langsam über den Meeresboden zogen, erreichte ich nach einer Weile wieder flacheres Gewässer, und mit einem Mal tauchte wie aus dem Nichts ein Fangnetz vor mir auf, das von einem riesigen Kutter gezogen wurde.

Unzählige Makrelen, Heringe, Sprotten und andere Fische hatten sich bereits darin verfangen. Mir steckte das gestrige Erlebnis mit dem sterbenden Delfin noch immer in den Knochen, von daher verspürte ich wenig Lust, mir das noch einmal anzusehen. Also verlangsamte ich mein Tempo und wollte gerade die Richtung ändern, als mir etwas ins Auge fiel, das nicht ins Bild passte.

Etwas Großes hing an dem Netz. Nicht silbern, sondern bleich.

Es hatte Arme und Beine und kurze dunkle Locken.

Im ersten Moment brachte das Entsetzen meinen Herzschlag zum Stocken, im nächsten gab die Hoffnung, das Mädchen vielleicht noch retten zu können, meinen Schwanzmuskeln den Impuls weiterzuschwimmen. So schnell ich konnte, stob ich auf das Netz zu, doch noch ehe ich den nackten weißen Leib berührte, wusste ich, dass das Mädchen tot war. Aus gebrochenen Augen blickte es durch mich hindurch ins Leere.

Moira!, schoss es mir durch den Kopf.

Ihre dünnen Arme und Beine hatten sich in den Maschen verfangen und nun hing sie wie eine leblose Puppe außen am Netz. Die Fische, die hinter ihr herumwuselten, zupften gierig an ihrer Haut, und ich hatte Mühe, dem Ekelgefühl, das in mir hochstieg, nicht nachzugeben.

Wenn dieses Mädchen tatsächlich Moira war, dann hatten die Chamäleon-Nixe, die gestern Abend das Boot zum Kentern brachten, sie bis hierher in den offenen Ärmelkanal hinausgezogen und an diesem Fangnetz befestigt. Keine Ahnung, wie sie das angestellt hatten, auf jeden Fall schienen sie nicht gerade zimperlich mit ihr umgegangen zu sein.

Mein Herz klopfte wie wild, als ich das totenstarre Mädchen zu befreien versuchte. Ihre Finger waren seltsam verkrümmt und ihr rechter Ellenbogen stach unnatürlich aus ihrem Unterarm hervor. Wahrscheinlich hatten die Nixe nur dieses eine Opfer gesucht, um es gezielt zur Schau zu stellen. Ob sie die Menschen damit auf ihr Schicksal aufmerksam machen, sie warnen oder ihnen gar drohen wollten, spielte keine Rolle. Es war so oder so klar, was passieren würde, wenn die Fischer das Netz an Deck zogen und die Leiche entdeckten: Die Gerüchte um die *Meerbestie* würden wieder aufflammen und die Seepolizei von Neuem Jagd auf sie machen. Und deshalb durfte Moira auf keinen Fall gefunden werden. Zumindest nicht hier und schon gar nicht unbekleidet.

Ich würde sie in die Cobo Bay zurückschleppen und auf dem Weg dorthin sowohl die Riffe als auch das Treibgut auf der Wasseroberfläche nach ihren Klamotten absuchen.

Hektisch zerrte ich an Moiras steifen Beinen, ohne darauf zu achten, ob ich ihr dabei womöglich noch mehr Verletzungen zufügte, und endlich lösten sich ihre Füße aus den Maschen. Bei ihren Händen würde der Einsatz von Körperkraft allein jedoch nicht genügen. Moiras rechte Hand war um neunzig Grad aus dem Gelenk gedreht und alle fünf Finger hatten sich mit dem Netz verwoben.

Fluchend machte ich mich daran, jedes einzelne Glied Zentimeter für Zentimeter aus dem Schnurwirrwarr zu befreien, und ich hatte es auch schon fast geschafft, als urplötzlich ein beißender Schmerz in meine Schwanzflosse fuhr und bis in meinen Unterleib hinaufschoss.

Ein gellender Schrei blähte meine Kehle. Panisch flog mein

Blick an meinem Körper hinab und registrierte das Blut, das aus einer klaffenden Wunde oberhalb der Endflosse pulsierte und dunkelrote Schlieren ins Meerwasser malte.

Weit und breit war niemand zu sehen, aber ich spürte die Strömungswirbel um mich herum und eine dunkle Ahnung überfiel mich. Ehe ich jedoch in der Lage war zu reagieren, grub mir einer der Chamäleon-Nixe bereits abermals seine Zähne ins Fleisch. Diesmal erwischte er eine Stelle oberhalb meines Hüftknochens.

Der Schmerz war kaum zu ertragen. Er raste an meiner Wirbelsäule hinauf und entlud sich mit voller Wucht unter meiner Schädeldecke. Ein Leuchtfeuer aus Lichtblitzen explodierte in meinem Kopf. Ich wusste, ich drohte ohnmächtig zu werden. Und ich wusste auch: Dann wäre ich verloren.

Also fing ich an, wie wild um mich zu schlagen. Und tatsächlich berührte ich Körper, wo nur Wasser zu sehen war. Sie waren überall, knapp einen halben Meter um mich herum. Doch so panisch und richtungslos meine Schläge auch ausfielen, sie schienen zu treffen.

Hier und da blitzte nun ein Stück silbrige Delfinhaut, eine Flosse oder ein Auge auf. Außerdem vernahm ich ein aufgeregtes Zischeln. Die Nixe hatten ihre Tarnung und ihre Gedanken nicht mehr unter Kontrolle. Allerdings mangelte es auch mir an der nötigen Konzentration, um zu verstehen, was sie einander zuriefen. Es interessierte mich auch nicht. Ich wollte nur eins: sie schnellstmöglich loswerden.

Und mit diesem Willen wuchs auch meine Kraft. Der Schmerz verblasste und ich drehte mich wie ein Irrwisch um mich selbst. Ich verteilte Hiebe mit Fäusten und Schwanzflosse, wo immer ich einen Chamäleon-Nix vermutete.

Es war ein zähes Unterfangen, und es dauerte eine gefühlte Ewigkeit, bis die Strömungswirbel um mich herum nachließen. Einer der Nixe konnte den Chamäleon-Effekt nicht mehr aufrechterhalten. Er wurde vollständig sichtbar, glitt allerdings hastig davon, ehe ich sein Gesicht unter der Delfinhülle erkennen konnte. Bronzefarbene Haut und dunkles Haar, das war alles, was ich erhaschte.

Mit ein paar weiteren, offenbar ziemlich treffsicheren Schlägen schaffte ich es endlich, mich der anderen, vermutlich zwei Chamäleons zu entledigen – und nutzte meine Chance.

Blitzartig schoss ich auf Moira zu, umfasste ihre Taille und zerrte mit aller Gewalt an ihr. Das Netz spannte sich um ihre Hand, die Schnüre schnitten ihr in die tote Haut, doch schließlich gelang es mir, sie aus den Maschen zu befreien.

Ich presste Moiras Leib fest an mich und legte alles, was ich noch an Energie aufzubieten hatte, in die Muskulatur meiner lädierten Schwanzflosse.

Wenn ich erst einmal *meine* Geschwindigkeit erreicht hatte, würde mich kein Nix mehr einholen. Nach Moiras Kleidungsstücken konnte ich in diesem Zustand jedoch nicht mehr Ausschau halten.

Mir blieb nur die Hoffnung, dass die Nixe sie ihr bereits in der Nähe der Küste vom Leib gerissen hatten.

Als die ersten massiveren Riffe in Sichtweite kamen, verließen mich die Kräfte. Mit jedem Flossenschlag wurde ich langsamer, bis ich am Ende nur noch wie eine lahme Wasserschildkröte dahinpaddelte. Meine Wunden brannten höllisch und meine Arme fühlten sich schlaff und konturlos an.

Eine jähe Sehnsucht nach Gordy nahm von mir Besitz. Wäre er bei mir gewesen, hätte er mir helfen können, und wir hätten eine reelle Chance gehabt, Moira zur Küste zu bringen.

Halt sie fest, ich trage euch, drang da Cyrils Stimme zu mir vor und nicht einmal einen Atemzug später schob sich sein schwarzer Leib behutsam unter meinen.

Wie auf Knopfdruck entspannten sich alle meine Muskeln, und ich wunderte mich, wie ich es dabei noch hinbekam, Moira festzuhalten.

Selig seufzend ließ ich mich auf seinen Rücken sinken und Cyril glitt langsam weiter auf die Küstenriffe zu.

Wir schwimmen zur Baie de Prêqueries, sagte er. In dieser Bucht gibt es keine Sandstrände. Sie besteht ausschließlich aus Klippen und so früh am Morgen sind dort selten Leute.

Okay. Mir war sowieso fast alles egal. Hauptsache, ich war nicht allein.

Wir müssen uns gut überlegen, was wir mit ihr machen.

Klar. Aber nicht jetzt, bitte nicht jetzt. Ich wollte wenigstens für ein paar Minuten weder über etwas nachdenken noch Entscheidungen treffen.

Elodie, bitte tu mir den Gefallen und werde jetzt nicht ohnmächtig!

Keine Sorge, Cyril, mit mir ist alles in bester Ordnung.

Nur einen Atemzug später umfing mich eine kühle, erlösende Dunkelheit.

Das Nächste, was ich spürte, war ein unangenehmer Druck an meinen Schulterblättern. Ich lag auf etwas Hartem und in meiner rechten Wade pulsierte ein heftiger Schmerz. Ein sanfter Wind strich über mein Gesicht, und ich hörte Möwen kreischen, die wohl direkt über mir ihre Kreise zogen, denn hin und wieder huschte ein Schatten über meine geschlossenen Augen.

»Elodie?« Es war Cyrils Stimme, und es waren wohl auch seine Finger, die behutsam über meine Haut tasteten. »Würdest du mich bitte ansehen?«

Nein, mir wäre es weitaus lieber, wenn ich einfach nur meine Ruhe hätte.

»Elodie, wir können nicht ewig hierbleiben. Außerdem haben wir ein Problem.« Ich spürte seine Hände, die sich in meinen Nacken schoben und meinen Kopf anhoben. »Sieh mich an.« Er sagte es leise, aber eindringlich. »Komm schon, sieh mich an.«

Stöhnend öffnete ich die Augen. Nur einen winzigen Spalt breit. Sonnenlicht traf in meine Pupillen, ein Stück Himmelsblau und dann Cyrils besorgte Miene.

»Ich weiß, du bist ziemlich schwer verletzt«, fuhr er fort. »Aber wir haben dieses tote Mädchen und ...«

»Können wir sie nicht einfach hierlassen?«, murmelte ich.

»Genau das werden wir tun«, erwiderte er. »Es ist zwar recht unwahrscheinlich, dass die Strömung Moira von der Cobo Bay bis hierher getrieben hat, aber es ist auch nicht ganz unmöglich. Ich habe sogar einen Teil ihrer Kleidung gefunden.«

»Super«, sagte ich. »Dann ist ja alles okay.«

»Nein, ist es nicht«, gab Cyril zurück. »Oben an der Straße haben Autos gehalten und dort drüben ...«, er drehte den Kopf und blinzelte gegen die Sonne, »... habe ich bereits einen Mann die Klippen hinuntersteigen sehen. Es ist nicht auszuschließen, dass er uns bemerkt hat.«

»Und wenn schon.«

»Elodie ...?«

»Jaaa ...«

»Du hast nichts an.«

Aber klar doch, meine Haut.

»Tut mir leid, die ist leider so ramponiert gewesen, dass ich sie dir gar nicht erst übergestreift habe.«

Na toll! »Hast du dir wenigstens alles genau angeschaut?«, fragte ich und mit dem Sarkasmus kehrte auch der Rest meiner Lebensgeister zurück.

»Verdammt noch mal, Elodie!«

»Ja? Was ist denn?«, fragte ich harmlos, während ich mich aufrichtete und die Augen nun ganz öffnete. Mein Blick fiel auf einen ausnehmend schönen und ebenfalls völlig nackten olivbraunen Körper. »Oh, und deine Haut hast du praktischerweise gleich mit entsorgt!«

»Nein«, knurrte Cyril zwischen zusammengepressten Zähnen. »Sie liegt hier neben uns in einer Steinspalte. Selbstverständlich hatte ich sie umgeschlungen, bis ...«

Ich zog die Brauen hoch und sah ihn erwartungsvoll an. »Bis ...?«

»Na ja, bis dieser Typ dahinten aufgetaucht ist. FKK ist hier zwar auch nicht gerne gesehen, präzise ausgedrückt eigentlich verboten ...«, erklärte Cyril und vermied es geflissentlich, mir woanders hinzugucken als ins Gesicht.

»Eigentlich?«, wiederholte ich fragend und ließ meinen Blick über die ockergelben Felsen wandern. Von der Straße klangen Motorengeräusche herüber, doch hier unten konnte ich weit und breit keine Menschenseele entdecken.

»Bei Liebespaaren machen sie schon mal eine Ausnahme«, sagte Cyril.

»Bei Liebespaaren?«

»Jep.« Er nickte. »Nur zu gewissen Tageszeiten natürlich.«

»Klar.« Ich nickte ebenfalls. »Und unsere Zeit ist gleich um, oder?«

»Genau.« Cyril hob entschuldigend die Schultern. »Es tut mir wirklich leid, aber FKK schien mir in diesem Fall die unverdächtigste Lösung zu sein.«

»Kein Thema«, entgegnete ich und berührte ihn flüchtig am Arm. »Zumindest nicht unter Geschwistern.«

Keine Ahnung, wo ich das plötzlich hernahm, und diesmal wurde mir fast ein wenig schwindelig von der Flapsigkeit, mit der ich das herausbrachte. Cyril jedenfalls starrte mich mit riesigen

Augen und halb offenem Mund an. Noch nie hatte ich ihn so verdattert dreinschauen sehen und da musste ich unwillkürlich lachen. Ein stechender Schmerz breitete sich von meiner rechten Hüfte bis in meine Nierengegend aus und ließ mich augenblicklich wieder verstummen.

Die Verblüffung in Cyrils Miene wich einem mitfühlenden Ausdruck. »Es tut verdammt weh, ich weiß«, sagte er. »Aber du hast gutes Fleisch. Es heilt sehr schnell. Ich wette, schon morgen wirst du kaum noch etwas davon spüren.« Sein Blick ruhte nun in meinem. »Seit wann weißt du es?«

»Seit heute früh«, erwiderte ich. »Meine Großtante hat mich drauf gebracht. Sie ist ungeheuer scharfsinnig, musst du wissen.«

Cyril betrachtete mich schweigend.

»Ich bin froh, dass es endlich geklärt ist«, meinte er schließlich.

»Ich nicht so sehr. Aber das kannst du dir sicher denken.«

»Elodie ...« Cyril tastete nach meiner Hand. »Ich ...«

»Lass uns später drüber reden, okay?«, unterbrach ich ihn. »Zuerst sollten wir uns um Moira kümmern und zusehen, dass wir an Klamotten kommen.«

Außerdem wollte ich Ruby besuchen. Ich musste wissen, wie es ihr ging.

»Okay«, sagte Cyril. »Okay.«

Seine Finger glitten an meinem Unterschenkel entlang und begutachteten noch einmal die Wunde an meiner Wade. Eine sorgenvolle Querfalte zog sich über seine Stirn.

»Was ist? Worauf warten wir noch?«, fragte ich ungeduldig und wies aufs Wasser. »Ich schlage vor, ich verstecke mich dort unten in einer der größeren Felsspalten und du ...«

»Keine gute Idee«, fiel Cyril diesmal mir ins Wort. »Du weißt, dass ich im Meer meine Arme nicht benutzen kann.« Er zuckte bedauernd die Achseln. »Du musst Moira die Sachen anziehen.«

Ich sog geräuschvoll Luft in meine Nase. »Scheiße!«

»Es tut mir leid«, sagte Cyril zerknirscht. »Ich weiß, dass dir jede Bewegung höllische Schmerzen bereitet, aber ich sehe keine andere Möglichkeit.«

»Gar nichts weißt du«, brummte ich.

Mit den Schmerzen kam ich schon klar. Ich hatte Moira gefunden, hatte sie aus dem Netz befreit und ihre Leiche bis fast hierher nach Guernsey geschleppt. Aber all das hatte ich nur hinbekommen, weil ich unter Adrenalin stand. Allein bei der Vorstellung, das totenstarre bleiche Mädchen noch einmal anfassen zu müssen, drehte sich mir der Magen um. »Wo ist sie überhaupt?«

Wortlos deutete Cyril unter eine mannsgroße nahezu quadratische Klippe, die in leichter Schräglage ins Wasser ragte. Dort also hatte er Moira gelassen. Im Wasser. Natürlich. Es wäre viel zu riskant gewesen, eine Tote an Land zu ziehen. Nicht auszudenken, wenn jemand uns dabei beobachtet hätte.

»Und die Klamotten?«, fragte ich.

»Hier.« Cyril griff hinter sich und legte mir ein Bündel bunter Fetzen auf die Oberschenkel.

Nacheinander faltete ich einen zerrissenen schwarzen Pulli, ein halbwegs intaktes türkisblaues T-Shirt, einen Tanga, dessen String abgetrennt war, und eine Shorts, die im Grunde nur noch aus einem Bein bestand, auseinander.

»Das ist nicht dein Ernst!«

Cyril seufzte leise. »Immer noch besser als nackt.«

»Denkst du!«, knurrte ich und hielt ihm den Tanga unter die Nase. »Wenn sie Moira so finden, werden sie sofort wieder mit der Meerbestie anfangen.«

»Ich glaube nicht, dass sie sich mit ihr gepaart haben.«

»Ach nein?«

»Nein«, beharrte er. »Und deshalb wird es auch keine Spermaspuren geben. Zumindest keine von einem Delfin«, fügte er nach einer Atempause hinzu.

»Na, dann bin ich ja ungemein beruhigt«, entgegnete ich, knüllte die Sachen wieder zu einem Bündel zusammen und machte Anstalten, mich zu erheben. Doch Cyril hielt mich am Arm fest.

»Elodie«, sagte er eindringlich, »du weißt ebenso gut wie ich, dass für die Delfinnixe nicht der Geschlechtsakt, sondern der Todeskuss der eigentliche Höhepunkt einer Verbindung mit einem Menschenmädchen ist. Moira haben sie getötet, um mit ihr ein Zeichen zu setzen.«

»Du hast sie also auch gesehen«, sagte ich und schob mein Kinn vor. »Wie sie in dem Netz hing.«

Cyril schluckte.

»Du hast zugeschaut, wie ich sie daraus befreit habe, und du hast mit angesehen, wie die Delfine mich angegriffen haben!« Glutheiße Wut vibrierte in meinem Becken und meine Stimme wurde mit jedem Wort lauter. »Und nicht nur das, Cyril, du hast mich Moira über viele Seemeilen hinweg allein schleppen lassen ... obwohl du wusstet, dass ich verletzt war!«

»Ich bin dir sofort zu Hilfe geeilt, als du nicht mehr konntest.«

Da blieb mir doch glatt die Luft weg!

»Toll!«, fuhr ich ihn an. »Wirklich! Genau das habe ich mir schon immer unter Hilfe vorgestellt.«

Cyril schüttelte den Kopf. »Bitte sprich leiser.«

»Was?«

»Ich möchte nicht, dass dieser Typ von vorhin auf uns aufmerksam wird. Oder jemand anders.« Sein Blick huschte unruhig hin und her, ehe er sich wieder mir zuwandte. »Versteh doch: Ich musste es riskieren.«

Nein, ich verstand gar nichts – außer dass er, mein Artgenosse und Bruder, mich im Stich gelassen hatte.

»Ich hätte gegen die Chamäleons doch überhaupt keine Chance gehabt. Ein Biss von ihnen und ich ...« Cyril brach ab und presste die Lippen zusammen. »Du weißt genau, was dann passiert wäre, und mir war klar, dass du das nicht zugelassen hättest. Begreifst du denn nicht ...?«

Ich hob abwehrend die Hand. Doch, mittlerweile hatte ich es verstanden. Wir zwei wären gemeinsam verwundbarer gewesen als ich allein.

»Aber warum hast du so lange gewartet? Ich ...«

Cyril ließ mich nicht ausreden. »Ich war nicht sicher, ob sie versuchen würden, dir zu folgen, beziehungsweise weitere Delfinnixe alarmieren, die dir womöglich den Weg abschneiden könnten.«

»Okay«, lenkte ich ein, obwohl es sich alles andere als okay anfühlte.

»Du hättest mal sehen sollen, wie du gegen diese unsichtbaren Nixe gekämpft hast«, fuhr Cyril fort. In seiner Stimme schwang ehrliche Bewunderung mit. »Das war einfach unglaublich! Und in welch rasender Geschwindigkeit du Moira durchs Wasser gezogen hast! Trotz deiner Verletzungen. Ich musste alles aus mir herausholen, um überhaupt mit dir mithalten zu können. Du bist viel stärker, als du glaubst.«

Klar, fast hätte ich es vergessen: Das Meer hatte mich ja für diese Aufgabe ausgesucht. Ein bisschen mehr Zutrauen in meine Fähigkeiten, ein Hauch mehr Selbstbewusstsein und schon lief beim nächsten Mal alles wie geschmiert. Wen interessierte es da schon, dass mir hundeelend zumute war!

»Mich«, sagte Cyril. Er strich sanft über meinen Unterarm und zeigte auf das Kleiderbündel. »Und jetzt bring es hinter dich. Danach darfst du dann gerne noch so lange sauer auf mich sein, wie es dir gefällt.«

Cyril hatte Moiras Leichnam zwischen den tief unter der Wasseroberfläche liegenden Klippen in eine breite Spalte gepresst.

Um ihr T-Shirt, Tanga, Shorts und Pulli überstreifen zu können, musste ich sie daraus hervorziehen, was ein ziemlich unangenehmes gluckerndes Geräusch verursachte.

Moiras Gesicht war aufgedunsen und ihre bleiche Haut schimmerte an einigen Stellen bläulich. Auffallend hübsch war sie sicher nicht gewesen, aber jetzt sah sie einfach nur noch schrecklich aus. Unwürdig und entstellt.

Hastig und so gut es ging, legte ich ihr die zerfetzten Kleidungsstücke an, dann ließ ich sie los, damit sie nach oben treiben konnte. Das war zwar nicht mit Cyril abgemacht, aber nachdem ich Moira nun noch einmal gesehen hatte, wollte ich, dass sie so schnell wie möglich gefunden und beerdigt wurde.

Ich schaute ihr noch kurz hinterher, sah, wie ihr Körper von ein paar zaghaften Sonnenstrahlen, die sich bis ins Wasser hinuntergetastet hatten, in Empfang genommen wurde, dann tauchte ich bis fast zum Grund hinab und schwamm an der Küste entlang zur Cobo Bay, wo Cyril bei den Felsen unterhalb des Leuchtturms auf mich warten wollte. Ich hatte das für keine gute Idee gehalten, aber er meinte, dass der Turm um diese Zeit nur sporadisch besetzt sei und ohnehin kein Mensch von dort aus auf die Klippen schauen würde. Und weil er schon sehr viel länger hier lebte als ich und sich zweifellos besser auskannte, blieb mir wieder einmal nichts anderes übrig, als nachzugeben.

Gut fünfhundert Meter vor den mächtigen Klippen von Fort Hommet glitt ich langsam wieder hoch, tastete mich mit den Händen an den glitschigen Steinen hinauf, und nachdem ich im näheren Umkreis keine menschlichen Stimmen hatte ausmachen können, durchstieß ich die Oberfläche.

Cyril, der nun eine Jeans, ein dunkelbraunes T-Shirt und Leinenslipper trug, war sofort bei mir, legte einen Stapel sorgfältig zusammengelegter Klamotten auf die trockenen Felsen und drehte mir dann den Rücken zu.

»Oh, ich erinnere mich, du kannst ja auch galant sein«, spöttelte ich, während ich aus dem Wasser stieg und meine Schwanzflosse sich in Beine verwandelte.

Ich hatte es kaum ausgesprochen, da ballte sich mein Magen zusammen. Stöhnend presste ich mir die Hände auf den Bauch und fing an zu würgen und zu husten. Schließlich warf ich meinen Oberkörper nach vorn und spuckte einen sauren Haufen aus Waffelstücken und hellgelbem Schaum auf die Klippen.

»Elodie!« Cyril war mit einem Satz neben mir und umfasste von hinten meine Schultern. »Alles klar?«

»Nein«, krächzte ich. »Ich bin wohl doch nicht so stark, wie du denkst.«

»Dann solltest du dich lieber noch ein wenig ausruhen, bevor wir Ruby besuchen«, schlug er vor, zog etwas, das nur entfernt aussah wie ein Taschentuch, aus seiner Hosentasche und reichte es mir.

Ich nahm es, wischte mir damit über den Mund und gab es ihm zurück. »Du kannst dich jetzt wieder umdrehen.«

»Sicher?«

»*Ganz* sicher!«

Cyril ließ mich los und ich nahm die Bisse an Hüfte und Wade in Augenschein. Obwohl die Begegnung mit den Chamäleon-Nixen erst ein oder zwei Stunden her war, hatte der Heilungsprozess bereits begonnen. Cyril hatte recht, die Wunden waren tatsächlich nicht besonders tief und sahen sauber aus, schmerzten aber noch immer bei jeder Bewegung.

Als Erstes griff ich nach der dunkelgrauen Chino. Und nachdem ich auch das langärmelige T-Shirt übergestreift und mir den Sweater um die Hüften gebunden hatte, tippte ich Cyril auf den Rücken.

»Wie bist du so schnell an diese Sachen gekommen?«, fragte ich ihn, während ich in die olivgrünen Chucks schlüpfte.

»Seit einem Vorfall vor ein paar Wochen habe ich vorsichtshalber immer welche im Wagen«, antwortete er ausweichend.

»Ruby«, sagte ich.

Cyril kniff die Augen zusammen. »Ja? ... Was ist mit ihr?«

»Sie hat mir gemailt, dass du sie klatschnass nach Hause fahren musstest.«

Darauf gab er nur ein Grunzen von sich.

»Ist das der Vorfall gewesen, von dem du sprichst?«

»Schon möglich.« Cyril deutete nach rechts. »Lass uns zum ersten Strandabschnitt laufen. Da habe ich geparkt und von dort aus kommen wir auch auf dem schnellsten Weg nach St Peter Port.«

Alles klar, dachte ich, du willst nicht drüber reden. Auch gut. Ohnehin gab es eine Reihe anderer Dinge, die ich weitaus dringender von ihm wissen wollte.

Familienangelegenheiten

Ich wartete mit meinem Bombardement, bis Cyril seinen dunkelblauen Smart ausgeparkt und die erste Kreuzung überquert hatte.

»Wusstest du von Anfang an, dass ich deine Schwester bin?«

Er nickte, während er den Blinker setzte und einen Mini-Transporter überholte. »Halbschwester, ja.«

»Okay, wenn du Wert auf diese Nuance legst.«

»Du nicht?«

Doch natürlich tat ich das. An Mam zu denken, bereitete mir im Augenblick allerdings kein allzu großes Vergnügen.

»Dann hat dein Vater es dir also gesagt?«, bohrte ich weiter.

»Ja, sicher ...«

»Dass Jane oder sonst irgendwer sich um mich kümmern könnte, stand also nie zur Debatte?«

»Nein, eigentlich nicht.«

Cyril drosselte das Tempo und lenkte den Wagen an den Straßenrand. Er stellte den Motor aus und legte mir seine Hand auf die Schulter.

»Ich kann dir gar nicht beschreiben, wie es war, als ich dich das erste Mal sah«, sagte er so zärtlich, dass mir eine verlegene Hitze ins Gesicht schoss. »Ein Menschenmädchen, das meine Gene in sich trug, und dazu noch so wunderschön, dass es mir den Atem raubte. Ich war völlig hin und weg und wäre am liebsten von der ersten Sekunde an Tag und Nacht bei dir geblieben.«

»Ähm, dann hast du also doch Verliebtheitsgefühle für mich gehabt?«, entgegnete ich irritiert.

»Ja, ich war verliebt in dich«, gab Cyril unumwunden zu, »allerdings nicht wie ein Mann in eine Frau.« Ein Ausdruck von Hilflosigkeit machte sich auf seinem Gesicht breit. »Keine Ahnung, wie ich dir das erklären soll ... Du bist ein einziges riesengroßes Wunder für mich gewesen. Ich konnte es kaum erwarten, dass du deine Angst vor dem Wasser überwindest und dich endlich verwandelst. Ich wollte derjenige sein, der in diesem Moment bei dir ist. Stattdessen hat der menschliche Teil in dir sich vom erstbesten Delfinnix verzaubern lassen und ...«

»Gordian war nicht der *erstbeste*«, fiel ich ihm ins Wort. »Und er war auch nicht bei mir, als es geschah.« Ich blitzte Cyril zornig an. »Er war verschwunden, und ich dachte, dass du und die anderen Haie ihm etwas antun könnten. Nur deshalb bin ich damals ins Meer gesprungen. Ich wollte Gordy helfen, alles andere war mir egal. Ich wäre für ihn gestorben.«

»Ja, du hast recht.« Cyril fuhr mit den Fingern über die Maserung des Lenkrads. »Wahrscheinlich wäre es ohne ihn nie passiert.«

»Ohne ihn wäre es ganz sicher nicht passiert«, bekräftigte ich. »Ich habe Gordian aus dem Wasser gezogen und er mich hinein. Es war der Wille des Meeres, kapierst du das, Cyril? – Ein Teil unserer Bestimmung.«

Er nickte traurig. »Das alles habe ich anfangs nicht ahnen können. Ich bin fast verrückt geworden bei dem Gedanken, dass meine Schwester sich in einen Delfin verliebt.«

»So sehr hasst du sie?«

»Nein. Diese Art von Gefühlen waren nun wirklich zweitrangig. Ich hatte Angst um dich. Angst vor deiner Enttäuschung, wenn du erkennst, dass eure Liebe keinen Bestand hat. Angst, dass die Delfinnixe versuchen, dich zu töten ... und noch viel mehr Angst, dass Gordian es sogar selbst tun könnte.«

Mit jedem Satz, den er sprach, schlug mein Herz schneller. So vieles von dem, was zwischen ihm und mir geschehen war, was er gesagt und getan hatte, ließ sich nun in einem vollkommen anderen Licht betrachten. Zum ersten Mal verstand ich ihn und mehr noch: Ich musste mir eingestehen, dass ich an seiner Stelle ganz ähnlich empfunden hätte. Allerdings wäre ich niemals so weit gegangen wie er.

»Cyril, du hast versucht, mich in dich verliebt zu machen! ... Obwohl du wusstest, dass du mein Bruder bist!«

»Ich habe dich nicht manipuliert!«, wies er die Unterstellung sofort von sich.

»Das kann man auch anders sehen«, erwiderte ich hart. »Mag sein, dass du dein Talent nicht eingesetzt hast, aber ansonsten hast du ja wohl nichts unversucht gelassen. Und hätte ich Gordy nicht bereits in meinen Träumen gesehen, hätte es vielleicht sogar geklappt. Aber was wäre dann gewesen, Cyril, he?«, blaffte ich. »Hättest du gesagt: Tut mir leid, dass du dich in mich verliebt hast, aber ich bin dein Bruder, und deshalb können wir leider nicht zusammen sein. Glaubst du, das hätte mir weniger wehgetan, als von Gordian enttäuscht zu werden?«

Cyril starrte auf seine Hände, die nun mit kleinen nervösen Bewegungen über das Lenkrad strichen.

»Ehrlich gesagt, habe ich damals nicht darüber nachgedacht«, begann er stockend. »Ich habe einfach keine Erfahrung mit diesen Dingen. Ich weiß nur, wie es sich anfühlt, wenn man ...«

Ich hatte keine Lust auf irgendwelche fadenscheinigen Entschuldigungen und deshalb hörte ich auch gar nicht richtig zu.

»Du hast mich geküsst, Cyril!« fuhr ich ihn an. »Richtig geküsst!«

»Es tut mir leid.«

»Du hast es ja nicht mal getan, um Gefühle in mir zu wecken und mich von Gordy abzubringen ... Was dir sowieso nicht gelungen wäre!«, tobte ich. »Du wolltest, dass *er* an mir zweifelt.«

Natürlich war mir klar, dass es überhaupt nichts brachte, diese alten Geschichten wieder aufzuwärmen, aber ich war so wütend, dass ich nicht anders konnte. Es musste einfach heraus. »Eigentlich wollte ich ja gar nicht wirklich weg aus Lübeck. Vielleicht habe ich da bereits geahnt, was mir bevorsteht ... Ach, verdammt, bis ich Gordian kennengelernt habe, habe ich doch gar nicht gewusst, dass man so fühlen kann. So absolut bedingungslos. Und da wagst du es, mich so zu küssen ... Cyril, das verzeihe ich dir nie!«

»Hast du doch schon«, sagte er leise.

»Was?«

Ich fuhr zu ihm herum.

»Ich weiß, dass du es mir verziehen hast. Der Mensch in dir ist immer noch schrecklich wütend ... zu Recht. Inzwischen ist mir auch klar, dass ich das niemals hätte tun dürfen. Es war eine absolute Kurzschlusshandlung. Und bitte glaub mir, wenn man mir die Möglichkeit gäbe, irgendetwas in meinem Leben wieder rückgängig zu machen, dann wäre es das. – Auch wenn die Hainixe in dir es mir bereits verziehen hat ... und vielleicht sogar die Schwester.«

Fassungslos starrte ich ihn an.

»Wie schön, dass du dir da so sicher bist«, gab ich patzig zurück. »Ich bin es nämlich keinesfalls.«

Dass meine Mutter mich siebzehn lange Jahre belogen hatte, das schlug dem Fass allerdings den Boden aus. Wie ich damit umgehen sollte, konnte ich mir im Augenblick noch überhaupt nicht vorstellen.

Sie hat dich nicht belogen, sagte Cyril. *Im Gegenteil: Sie ist vollkommen ahnungslos.*

»Wie bitte! Willst du etwa behaupten, sie hätte mit Javen Spinx geschlafen und kann sich nicht mehr daran erin...« – Oh, nein! Oh, nein! Oh, nein!

»Ich hasse ihn«, brach es aus mir hervor. »Sag ihm das! Er soll mir bloß nie, nie wieder unter die Augen kommen.«

»Keine Angst, das wird er nicht«, erwiderte Cyril. »Zumindest vorläufig. Er ist zurzeit auf dem europäischen Festland unterwegs. Er arbeitet dort auf politischer Ebene, redet mit einflussreichen Leuten und ist in Kontakt mit denen, die Geld und Macht haben. Aus dem, was er Jane und mir gegenüber geäußert hat, lässt sich schließen, dass es sich um eine richtig große Sache handelt.«

»Halt die Klappe, Cyril«, brüllte ich, ließ mich in den Sitz zurückfallen und verschränkte demonstrativ die Arme vor der Brust. »Ich will nichts, aber auch gar nichts darüber hören.«

»Du weißt, dass du dich nicht davor verschließen kannst«, sagte Cyril und startete den Motor.

Ja, zum Teufel, das wusste ich. Aber noch war ich nicht bereit, auch nur an Javen Spinx – an meinen genetischen Vater! – zu denken.

Ich traf Ruby in einer überraschend guten Verfassung an. Als ich die Tür langsam öffnete und durch den Spalt lugte, hockte sie in sich versunken, aber kein bisschen verheult im Schneidersitz auf dem Krankenhausbett und hörte Musik über ihren iPod. Sie hatte mein Klopfen nicht wahrgenommen und blickte erschrocken auf, als ich neben sie trat.

Augenblicklich zog sie sich die Stöpsel aus den Ohren und warf ihre Arme um meine Taille.

»Elodie«, murmelte sie. »Oh, Elodie.«

Ich setzte mich neben sie aufs Bett und drückte sie fest an mich.

»Meine Ruby. Meine, meine Ruby.«

Wir hielten uns eine Weile, meistens ich sie, aber schließlich auch sie mich und irgendwann fingen wir dann doch beide an zu weinen.

»Danke, dass du mich gerettet hast«, schluchzte sie in meinen

Sweater. »Und danke, dass du mich dazu gebracht hast, ihn noch einmal anzusehen ... und zu berühren. Ich ... ich glaube, ich würde es sonst gar nicht kapieren.«

Ich nickte nur an ihrer Wange, denn ich wusste ohnehin nicht, was ich sagen sollte.

»Er sah so friedlich aus, fast glücklich.« Sie lachte unter Tränen. »Eigentlich müsste ich ihm deswegen böse sein. Wie konnte er mir das nur antun!«

»Das war Cyril«, erwiderte ich flüsternd. »Er hat dafür gesorgt, dass Ashton keine Angst hat. Du weißt doch, dass er menschliche Gefühle beeinflussen kann.«

»Oh, ach so.« Ruby löste sich aus unserer Umarmung, wischte sich mit einem Deckenzipfel über das Gesicht und hielt mir ebenfalls einen hin. »Cyril war einfach ... unglaublich. Er hat mich gehalten, bis die Polizei und der Notarzt kamen. Wir haben Ashton gestreichelt und er hat mir mindestens tausendmal gesagt, dass er alles dafür geben würde, wenn er ihn für mich ins Leben zurückholen könnte. Und er hat geweint, Elodie, Cyril hat richtig dicke Tränen vergossen. Und nachts ist er sogar noch mal hierhergekommen und bis zur Morgendämmerung geblieben.«

Tja, dann wunderte es mich nicht, dass Ruby so gefasst war. Cyrils Talent schien effektiver zu sein als die beste Psychomedizin. Fragte sich nur, wie lange es anhielt beziehungsweise wie regelmäßig er nachdosieren musste. »Ruby ...«, sagte ich zögernd. »Er ist ... mein Halbbruder.« Ich war mir nicht sicher, wie sie diese Neuigkeit aufnehmen würde, hielt es jedoch für unabdingbar, sie in alles einzuweihen. Neben Tante Grace war Ruby der einzige Mensch, dem ich wirklich vertraute.

Stirnrunzelnd schüttelte sie den Kopf. »Moment ... sag das noch mal! Cyril soll ... dein Bruder sein ... Aber ich dachte ... Du lieber Gott, Elodie, das bedeutet dann ja ...« Sie brach ab und schüttelte nur wieder den Kopf.

»Das bedeutet, dass nicht Pa mein leiblicher Vater ist«, ergänzte ich mehr für mich, »sondern Javen Spinx ...«

»Was?«, platzte sie heraus. »Mr Spinx ist Cyrils Vater?«

»Ja, Ruby«, erwiderte ich, »und was das Schlimmste ist: Meine Mutter hat keine Ahnung.«

»Wie jetzt?« Wieder schüttelte Ruby verständnislos den Kopf, und es brauchte eine Weile, bis ich ihr alles haarklein auseinandergelegt hatte.

»Himmel noch mal«, sagte sie dann. »Das ist ja ...« Ganz offensichtlich fehlten ihr die Worte. »Haben etwa alle Nixe solche Fähigkeiten?«, wollte sie schließlich wissen, und als ich nickte: »Du auch?«

»Ja, Ruby«, seufzte ich. »Alle Hainixe sind in der Lage, Erinnerungen zu löschen, außerdem können sie nach Bedarf weitere Talente hinzuerwerben ... und auch wieder verlieren, sofern wir sie missbrauchen, also zum Beispiel ausschließlich in unserem eigenen Interesse einsetzen. Ich bin da keine Ausnahme.«

»Dann ist es dir also schon mal passiert?«, fragte Ruby.

»Ja«, sagte ich und warf ihr einen unschlüssigen Blick zu.

»Aha ...?« Sie kräuselte die Lippen. »Du willst aber nicht drüber reden, oder?«

»Tja, ich bin nicht sicher, ob du mich danach noch leiden kannst.«

»Hast recht.« Ruby grinste. »Wahrscheinlich nicht.«

»Okay«, sagte ich nickend, holte tief Luft und dann erzählte ich ihr die Geschichte, die ich mit Frederik erlebt hatte.

»Ts«, machte Ruby, nagte an ihrer Unterlippe und sah mich eine Weile schweigend an. »Also, selbst auf die Gefahr hin, dass ich mir jetzt den Groll des großen Nixen-Manitus zuziehe«, begann sie schließlich und verdrehte die Augen zur Zimmerdecke, »aber ich finde, dieser Frederik hatte es verdient.«

»Was? Dass ich ihn ertränke?«

»Okay, das vielleicht nicht«, lenkte Ruby lächelnd ein. »Diese kleine Lektion allerdings schon. Und wenn ich alles richtig verstanden habe, hast du es ja nicht mal aus eigenem Interesse getan.«

»Na ja, zumindest nicht nur«, erwiderte ich. »Aber ich habe den Freund meiner besten Freundin geküsst. Das allein ist eigentlich schon schlimm genug.«

»Freund! Dass ich nicht lache!« Ruby tippte sich an die Stirn. »Ich hoffe, du hast ihn Sina ausgeredet.«

»Nein«, gab ich seufzend zurück. »Hab ich nicht. Weißt du, sie ist so schrecklich verliebt in ihn. Na ja … und eigentlich passen sie ja auch ganz gut zusammen.«

»Du hoffst also, dass er mit der Zeit doch noch Gefallen an ihr findet?«

Ich antwortete mit einem Schulterzucken.

Allerdings hoffte ich das! Und zwar nicht nur für Sina. Sollten die beiden sich nämlich trennen, bestand die Gefahr, dass Frederik ihr von meinem seltsamen Kuss erzählte. Und womöglich nicht nur ihr. Oh, Mann, insgeheim wünschte ich mir noch immer, dass es mir gelungen war, ihm zumindest einen Teil seiner Erinnerungen daran zu nehmen.

»Es war kein Missbrauch«, sagte Ruby plötzlich in die Stille hinein.

Die Sonne schien durch die schräg gestellten Lamellen der Jalousie, malte helle Streifen auf die Bettdecke und ließ Rubys honigblonde Haare golden glänzen.

»Dein Wort in Nixen-Manitus Ohr«, sagte ich, denn ich ging natürlich davon aus, dass sie von der Sache mit Frederik sprach.

»Nur damit wir uns nicht missverstehen«, entgegnete sie. »Ich meine die Geschichte, die sich zwischen Javen Spinx und deiner Mutter abgespielt hat. Oder hat dein Vater sein Talent etwa verloren?«

»Das weiß ich nicht.« Nachdenklich rieb ich über meinen Unterarm. »Und nenn dieses gefühlskalte und berechnende Arsch-loch gefälligst nicht meinen Vater, ja!«, knurrte ich.

Mein Vater war Thomas Saller. Mit ihm war ich aufgewachsen. Ihn hatte ich geliebt und liebte ihn noch immer. Eine tiefe Zärt-lichkeit durchströmte mein Herz und mit einem Mal fühlte ich mich unendlich leicht. Ich schloss die Augen, um dieses überra-schende Gefühl mit allen Sinnen genießen zu können. Es war ein inniger Moment, der nur meinem Vater und mir gehörte und in dem mir bewusst wurde, dass ich ihn endgültig freigegeben hatte, er aber dennoch ein Leben lang zu mir gehören würde.

»Als ob er für ihn Platz gemacht hätte ...«, hörte ich Ruby mur-meln und riss perplex die Augen auf.

»Was sagst du da?«

»Dein Vater ...«, sagte sie nur und ein zaghaftes Lächeln huschte über ihre Lippen. »Glaubst du, dass es immer so ist?«, fragte sie dann, und ich hatte den Eindruck, sie tat es mehr für sich, als dass sie tatsächlich eine Antwort erwartete. »Dass für die, die gehen, immer jemand nachkommt?«

Im Grunde war das ein schöner Gedanke, aber dass dieses Phä-nomen auch für Pa und Javen Spinx und am Ende womöglich sogar für Gordy gelten sollte, wollte ich mir dann doch nicht vor-stellen.

Nein, nein, der undurchschaubare und wenn er wollte, ach so charmante Mr Spinx, der glaubte, die Welt so einrichten zu kön-nen, wie es ihm gefiel, mochte vielleicht mein Erzeuger sein, doch mit allem anderen sollte er mich gefälligst in Ruhe lassen. Die Stellung, die mein Vater in meinem Leben gehabt hatte, würde er jedenfalls niemals einnehmen können.

Blick nach vorn

Ich blieb fast drei Stunden bei Ruby. Die meiste Zeit saßen wir nebeneinander auf dem Bett und hielten uns gegenseitig fest. Eigentlich hätte es noch unendlich viel zu erzählen und zu reden gegeben, doch Ashtons Tod und meine komplizierten Familienverhältnisse lagen wie ein Schleier auf unseren Seelen. Ruby fragte nicht einmal nach Gordy, ich war sicher, sie spürte sehr genau, dass ich eine ähnlich tiefe Wunde im Herzen trug wie sie. Es brauchte keine Worte, wir wussten beide, was Verlust bedeutete.

Gegen Mittag brachte Cyril mich zurück nach Richmond. Keine Ahnung, was er in der Zwischenzeit getrieben hatte, und ich wollte es auch nicht wissen. Jedenfalls hatte er einen Salat und eine Portion Fritten für mich besorgt, über die ich mich gierig hermachte.

»Danke, dass du dich um Ruby gekümmert hast«, sagte ich zum Abschied.

»Das werde ich auch weiter tun«, erwiderte er.

»Hm.« Ich nickte, löste den Gurt und öffnete die Tür. »Deine Serotonin-Dosis war offenbar perfekt. Sie trauert, aber sie leidet nicht zu sehr.«

Cyril nickte ebenfalls und eine Weile herrschte Schweigen zwischen uns. Eigentlich hatte ich nichts mehr zu sagen, aber irgendwie schaffte ich es auch nicht, auszusteigen und zum Cottage hinüberzugehen.

»Ich werde Javen nicht sagen, dass du ihn hasst«, sagte Cyril, als ich mich doch gerade dazu entschloss. »Ich werde ihm gar nichts sagen. Denn im Grunde ist es allein eine Sache zwischen ihm und dir.«

»Okay.« Ich drückte die Wagentür auf und stieg aus.

»Soll ich nach dir sehen?«, rief Cyril mir hinterher.

»Nein danke«, sagte ich und ließ die Tür zufallen.

Ich brauchte für eine Weile meine Ruhe und die wurde mir auch vergönnt.

Mam schien sich in der Gästewohnung häuslich eingerichtet zu haben. Jedenfalls bekam ich sie kaum zu Gesicht, und wenn wir uns mal begegneten, tauschten wir nur Belanglosigkeiten aus.

Es bedrückte mich, wie sehr sie mit meinem Schicksal haderte. Noch viel schlimmer aber war, dass ich seit meiner letzten Unterredung mit Cyril dieses schreckliche Geheimnis mit mir herumtrug. Ich fragte mich, ob ich Mam je davon erzählen konnte. Zumindest im Augenblick machte sie auf mich nicht den Eindruck, als könnte sie mit dem klarkommen, was Javen Spinx ihr angetan hatte.

Tante Grace hatte mir inzwischen die versprochenen Kleidungsstücke beschafft, sie versorgte meine Mutter und mich mit vitaminreicher Kost und begnügte sich ansonsten mit dem Posten der stillen Beobachterin, was ich hin und wieder mit einem dankbaren Lächeln oder einer liebevollen Umarmung honorierte. Nicht einmal auf meine überstürzte Flucht nach unserem Gespräch über Patton hatte sie mich angesprochen, wahrscheinlich wusste sie auch so, wie ich mich fühlte.

In der Nacht auf Pfingstsonntag schlief ich wie eine Tote. Die Ereignisse der letzten Tage und die schlaflose Zeit im Meer hatten mich offenbar viel Kraft gekostet. Danach fühlte ich mich – zumindest körperlich – wieder rundum fit. Die Bisswunden waren vollständig zugeheilt und es begann sich bereits ein feiner Schorf zu bilden. Schmerzen verspürte ich kaum noch. Dafür tat mein Herz umso mehr weh. Es fühlte sich an, als würde ein Loch hineingefressen, das mit jeder Stunde, die ich von Gordian getrennt war, größer wurde. Nur die Erinnerung an unsere wundervolle Nacht auf Bugio und die unbeirrbare Hoffnung auf ein Wiedersehen konnten meine Seelenqual ein wenig lindern. Und so schenkte ich mir immer wieder ein paar Momente, in denen ich mich unter meiner Bettdecke verkroch und die schönen Zeiten mit Gordy wieder und wieder erlebte. Dann versank ich in seinen türkisgrünen Augen, ließ mich von seinem Grübchenlächeln verzaubern und von seiner Stimme streicheln. Doch viel zu schnell wurde ich jedes Mal in die Realität zurückgeworfen.

Das Wetter stabilisierte sich, es ging kaum ein Wind und bis auf ein paar wenige Schleierwolken zeigte der Himmel sich von seiner azurblauen Seite. Sonnenschein, Vogelgezwitscher und der süße Duft der nun üppig blühenden Vegetation verwandelten die Insel in ein frühsommerliches Paradies, eine Atmosphäre, die im krassen Gegensatz zu meiner Stimmung und den schrecklichen Geschehnissen stand.

Moiras Leiche war am Samstagvormittag von Wochenendurlaubern aus der Normandie gefunden und in die Pathologie nach London geflogen worden. So zumindest hatte Tante Grace es in den Nachrichten gehört.

Man ginge davon aus, dass es sich um das Mädchen handele, das bei dem Bootsunglück zwei Abende zuvor ertrunken sei.

Natürlich würden sie Moira genau untersuchen, sie identifizieren lassen, feststellen, dass sie nicht vergewaltigt worden war, und darüber hinaus hoffentlich keine artfremden DNA-Spuren an ihrem Körper oder ihrer Kleidung finden.

Auch Ashton war nach London überstellt worden, und während ich auf meinem Bett, dem Balkon oder unten auf Gordys und meiner Klippe saß, aufs Meer hinausstarrte und mich von meiner Sehnsucht fast entzweireißen ließ, wartete ich darauf, dass er für die Bestattung freigegeben wurde.

Tante Grace hatte mir ein Handy und Rubys Telefonnummer besorgt und sogar ein altes Notebook aufgetrieben, mit dem ich allerdings nichts anfangen konnte, weil mir das Wissen fehlte, wie ich es meinen Bedürfnissen entsprechend einrichten musste.

Ruby rief ich aber mehrmals am Tag an, mal weinte sie, meistens war sie jedoch ziemlich gefasst und erzählte mir immer mehr Details aus ihrem und Ashtons Leben.

»Sein Vater ist völlig fertig«, berichtete sie mir Montagnachmittag von zu Hause aus. »Stell dir bloß vor, ausgerechnet er! Er will sogar zur Beerdigung kommen. Tja, da ist ihm wohl ein bisschen spät klar geworden, was er alles verpasst hat«, sagte sie mit einem Hauch Genugtuung in der Stimme. »Für Ashton ist es natürlich jammerschade«, fügte sie dann traurig hinzu. »Er hätte seine Unterstützung zu Lebzeiten wirklich nötig gehabt.«

»Was ist mit Cyril?«, fragte ich.

Ashtons Vater hatte ich nie kennengelernt, dass er sich wegen des Tourette-Syndroms für seinen Sohn geschämt hatte, gehörte für mich der Vergangenheit an, die Gegenwart und vor allem, dass Ruby gut versorgt war, interessierte mich dagegen viel mehr.

»Ich will ja nicht ungerecht sein, aber er geht mir ein bisschen auf den Geist«, erwiderte sie.

Ich horchte auf. »Inwiefern?«

»Na ja, also dass er jeden Tag zweimal ins Krankenhaus gekommen ist und gefragt hat, ob ich was brauche, fand ich ja noch okay ...«

»Aber?«

»Ich finde, er muss jetzt nicht auch noch dauernd bei mir zu Hause auf der Matte stehen«, brummte sie. »Was sollen denn meine Eltern denken!«

»Cyril hatte Ashton eben sehr gern.«

»Ist das ein Grund für diese übertriebene Fürsorge?«

»Ach, Ruby«, sagte ich. »Du bist doch ganz genauso.«

»Nicht bei Cyril«, betonte sie.

Nein, natürlich nicht.

Ich seufzte. »Und ich dachte, du hättest deine Antipathie gegen ihn längst begraben.«

»Auch das ist kein Grund.«

»Wofür?« Jetzt musste ich lachen.

»Du bist blöd«, sagte Ruby.

»Und du solltest froh sein, dass er sich um dich kümmert«, entgegnete ich. »Cyril ist es nämlich völlig wurscht, ob dich das nervt oder nicht. Das dürftest du mittlerweile doch eigentlich wissen.«

»Ja, ja«, stöhnte sie. »Er ist die eigensinnigste Person, die ich kenne. Kannst du ihm nicht sagen, dass er sich ein wenig zurücknehmen soll? Vielleicht hört er ja auf dich.«

»Tut er nicht.«

Abgesehen davon wusste ich schließlich, wie wichtig es für Ruby war, dass Cyril sich um ihre Gemütslage kümmerte. Aber das wollte ich ihr auf keinen Fall sagen. Garantiert würde sie ausflippen, wenn sie erfuhr, dass er sie manipulierte. Auch, wenn es natürlich nur zu ihrem Besten war.

»Hör zu, Ruby, er mag dich«, sagte ich also. »Er mag dich sogar sehr. Und es ist auf keinen Fall verkehrt, Cyril als Freund zu haben«, setzte ich hinzu, damit sie das Ganze bloß nicht in den falschen Hals bekam.

Ich erntete Schweigen.

Dann fing Ruby plötzlich an zu weinen, und ehe ich noch etwas sagen konnte, kappte sie die Verbindung. Als ich gleich darauf noch einmal versuchte, sie anzurufen, ließ sie sich von ihrer Mutter verleugnen.

»Es ist wirklich ganz reizend, dass ihr, also du und dieser Cyril,

Ruby zur Seite steht«, erklärte Mrs Welliams mir mit angenehm weicher, aber distanzierter Stimme. »Allerdings seid ihr die Einzigen, und ich fürchte, darin liegt das Problem.«

❦

Ich dachte eine Weile darüber nach, was genau Rubys Mutter wohl mit *Problem* gemeint hatte. Eigentlich konnte ich mir kaum vorstellen, dass Ruby die Freundschaft von Joelle, Aimee und Olivia wirklich vermisste. Seitdem die drei dem Zauber der Delfinnixe erlegen waren, hatte man kaum mehr ein vernünftiges Wort mit ihnen reden können. Und Finley, Isaac, Mike und Jerome hatten Ashton nie richtig für voll genommen. Auf deren Anteilnahme konnte Ruby sicher ebenfalls verzichten. Außerdem war die Clique schon vor Wochen auseinandergebrochen. Aber vielleicht machte Ruby das ja doch sehr viel mehr aus, als ich dachte. Warum sonst sollte sie Kontakt zu Moira gehabt haben? – Moira, das Mädchen, das damals mit Joelle, Aimee und Olivia auf Herm gewesen war und die offensichtlich ebenso wie Olivia und Joelle Gordys Schwanzflosse gesehen hatte!

Ein beklemmendes Gefühl stieg in mir auf und setzte sich auf meiner Brust fest. Hatten die drei Mädchen ihr Geheimnis für sich behalten? Oder hatten sie irgendjemandem davon erzählt? Und was war mit Aimee? Gordians Kuss, mit dem er sie damals alles vergessen lassen wollte, hatte sie verzaubert. Wie würde sie damit umgehen? Würde sie ihn suchen? Ihn für sich beanspruchen? Hatte Moira sich tatsächlich für Aimee nach ihm umgeschaut? Und gaben die Mädchen Ruby unterschwellig die Schuld dafür, dass Moira umgekommen war?

So unendlich viele Fragen stürzten auf mich ein, dass mir der Kopf schwirrte. Ich versuchte, sie abzuschütteln und mich auf etwas anderes zu konzentrieren, aber wohin ich meine Gedanken auch lenkte, ich stieß immer nur auf Komplikationen. Es gab eigentlich nichts mehr in meinem Leben, das nicht mit einem Problem behaftet war. Cyril stellte dabei noch das kleinste dar. Tante Grace war im Grunde der einzige wahre Lichtblick – sozusagen mein Fels in der Brandung!

Es half nichts, von allein würde sich weder etwas klären noch ändern, ich würde endlich etwas unternehmen müssen. Und so begann ich, eins nach dem anderen in meinem Kopf aufzulisten, in Kategorien einzuteilen und nach Prioritäten zu ordnen.

Ruby war versorgt.

Cyril tat eigentlich fast immer das Richtige. Zwar war ich nach wie vor sauer auf ihn, ich wusste aber auch, dass ich mich auf ihn verlassen konnte.

Die Sache zwischen Mam und mir brauchte wohl einfach seine Zeit. Ich würde warten, bis sie von sich aus auf mich zukam.

Javen Spinx verdrängte ich bis in die hinterste Ecke meines Bewusstseins. Er machte ohnehin, was er wollte, und würde sich schon melden, wenn es notwendig war. Ich hoffte allerdings, dass ich ihn nie wiedersah.

Kyan war eindeutig mein größtes und auch ein akutes Problem. Heute Nacht war Halbmond, und ich war sicher, dass er wieder an Land kam. Die Frage war nur, wo.

Vielleicht konnte ich das herausfinden, und vielleicht konnte ich auch etwas über seine Pläne erfahren, aber das hatte Zeit, bis die Sonne untergegangen war.

Jetzt war erst mal Sina an der Reihe. Ich musste unbedingt herausfinden, ob Frederik ihr etwas von unserem Kuss erzählt hatte. Das war nicht nur für die beiden, sondern auch für Sinas und meine Beziehung von großer Bedeutung. Außerdem hätte ich Frederik und sein mögliches Wissen gerne als *ungefährlich* abgehakt.

Ich nahm also das Handy vom Tisch, ließ mich aufs Rattansofa sinken und versuchte, mich an ihre Nummer zu erinnern. Obwohl ich sie seit Monaten nicht mehr eingetippt, sondern immer nur aus dem Speicher geholt hatte, stand sie mir sofort vor Augen. Ich musste sie quasi nur ablesen.

Es dauerte einen Moment, bis die Verbindung hergestellt war, doch dann meldete Sina sich bereits nach dem zweiten Tuten.

»Dass du dich noch traust, mich anzurufen«, sagte sie, nachdem ich mich gemeldet hatte. »Verdammt noch mal, El, du hast weder auf meine Simse noch auf meine Facebook-Nachrichten reagiert«, warf sie mir vor. »Und das wäre ja wohl das Mindeste gewesen.«

»Es tut mir leid«, erwiderte ich zerknirscht. »Ehrlich. Aber es ging mir nicht gut ...« Ich suchte nach einer Erklärung, die Sina einleuchtete, und hoffte, sie gefunden zu haben. »Weißt du, unser gemeinsamer Besuch auf dem Friedhof ... die Trennung von Gordian ... Ich habe es in Lübeck einfach nicht mehr ausgehalten. Und hier habe ich weder mein Handy noch meinen Laptop dabei«, verteidigte ich mich, »sonst hätte ich dir totsicher längst geantwortet. Du hast ja eben bestimmt gemerkt, dass das nicht meine Nummer ist.«

Sina schien zu stutzen oder zu überlegen, jedenfalls hörte ich für ein paar Sekunden nur ihren Atem.

»Okay«, sagte sie schließlich. »Wo bist du denn überhaupt?«

»Wieder bei meiner Großtante auf Guernsey. Meine Mutter ist auch hier.«

»Na super!«, blaffte Sina. »Das ist ja mal wieder typisch für dich!«

»Wie meinst du das?«

»Na, wie meine ich das wohl? Elodie Saller und ihre Entscheidungsschwierigkeiten ...«

»Das stimmt nicht ganz«, erwiderte ich. »Zumindest nicht mehr. Ob du es glaubst oder nicht, aber ich habe mich inzwischen tatsächlich entschieden hierzubleiben. Und zwar aus freien Stücken.«

»Fein«, schnaubte Sina. »Oder meinetwegen: umso besser. Es

wäre nur einfach nett gewesen, wenn du es dir verkniffen hättest, in der kurzen Zeit, die du hier gewesen bist, ein solches Chaos in meiner Beziehung anzurichten.«

Alles klar. Ich holte einmal tief Luft. Frederik hatte seine Klappe offenbar nicht gehalten. Demnach hatte es nun auch keinen Sinn mehr, noch weiter um den heißen Brei herumzureden.

»Er hat dir also erzählt, dass ich ihn geküsst habe.«

»Nicht zu fassen!«, keuchte Sina. »Du gibst es sogar zu!«

»Ja. Aber ich würde dir gern meine Version der Geschichte erzählen.«

»Deine Version? So, so. Und du denkst, dass ich dir die glaube?«

»Warum nicht?«, fragte ich zurück. »Bis vor Kurzem war ich noch deine beste Freundin. Ich habe nicht den geringsten Grund, dich zu belügen oder mir zu wünschen, dass du unglücklich bist.«

»Dann ist es also ein Ausrutscher gewesen?«

»Nein«, sagte ich. »Allerdings hat Frederik es gewollt, was er dir sicher verschwiegen hat. Oder?«

»Und wenn schon! Was macht das für einen Unterschied?«

»Einen nicht unwesentlichen, finde ich. Trotzdem hast du natürlich recht. Ich hätte ihm eine scheuern und ihn anschließend einfach rauswerfen sollen.«

»Und warum hast du es nicht getan?« Sinas Stimme zitterte, ich hatte sogar den Eindruck, dass sie nun weinte. »Ihn einfach rausgeschmissen?«

»Das ist nicht so leicht zu erklären«, entgegnete ich. »Aber ich will es wenigstens versuchen. Erinnerst du dich noch an unsere Bahnfahrt zum Friedhof?«

»Natürlich.«

»Damals habe ich etwas gesagt, das du nicht ernst genommen hast«, tastete ich mich vor.

»Also, daran erinnere ich mich nun wirklich nicht«, erwiderte sie ein wenig ungeduldig.

»Es war etwas ziemlich Schräges ...«

Ein paar Sekunden vernahm ich wieder nur ihren Atem.

»Ach, du meinst wohl das mit der Nixe!«, platzte sie schließlich heraus. »Was hat denn das, bitte schön, mit Frederik zu tun?«

»Eine ganze Menge, Sina ... Es ist nämlich wahr.«

»Wie jetzt?«

»Ich bin eine Nixe«, sagte ich. »Ein Halbwesen. Ich habe diesen Teil in mir verdrängt und daher rührte auch meine Panik vor dem Wasser.« Ich merkte, dass Sina etwas sagen wollte, aber ich ließ mich nicht unterbrechen. Ich wollte jetzt alles erzählen und entweder sie hörte mir zu und glaubte mir oder sie tat es nicht. »Als ich im März hierher nach Guernsey kam, verstärkte sich diese Angst zunächst«, fuhr ich also fort, »doch dann traf ich Leute, in deren Gegenwart ich plötzlich damit umgehen konnte, bis ich diese Panik schließlich ganz verlor. Sie alle sind ebenfalls Nixe. Verstehst du, Sina? Ich musste hierherkommen, und vor allem musste ich Gordian treffen, um das zu werden, was ich wirklich bin.«

Sina schwieg, aber wenigstens legte sie nicht auf.

»Kann es sein, dass du irgendwelche Drogen nimmst?«, fragte sie schließlich. »Und dass dein Gordian und all diese Leute auf Guernsey bloß Junkies oder Freaks sind?«

»Nein, Sina«, antwortete ich mit klarer, fester Stimme. »Ich kann es dir jederzeit beweisen. Wenn du willst, setze ich mich in den nächsten Flieger, und wir gehen gemeinsam eine Runde schwimmen.«

»Ts!« Sie stieß einen Schwall Luft aus. »Du willst also ernsthaft behaupten, dass sich deine Beine in einen Fischschwanz verwandeln, sobald du ins Wasser springst?«, erwiderte sie und nun fing sie an zu lachen. »Weißt du, was? Ich habe mit allem Möglichen gerechnet, was du mir jetzt als Entschuldigung auftischen würdest, aber diese Geschichte ist ja nicht mal originell. Jeder Arsch weiß, dass es so etwas nicht gibt, El. Wirklich jeder Arsch«, betonte sie.

»Trotzdem ist es genau so, Sina«, erwiderte ich. »Meine Beine verwandeln sich in eine Flosse, und zwar in die eines Hais. Und genauso impulsiv und unberechenbar wie diese Tiere bin auch ich zuweilen. Zum Beispiel, wenn ich die Wut kriege. Und ich kann dir sagen, die hatte ich, als Frederik bei mir auftauchte und ohne große Umschweife dort anknüpfen wollte, wo wir auf meiner Abschiedsparty aufgehört hatten.«

Diesmal schwieg Sina schrecklich lange. Ich spürte mein Herz klopfen und in meinem Kopf kreiste alles ausschließlich um die eine Frage: Würde sie mir glauben? – Würde *ich* es tun, wenn ich an ihrer Stelle wäre? Wahrscheinlich nicht!

Sinas schneller unregelmäßiger Atem füllte mein Ohr und vor Aufregung lief mir ein Gänsehautschauer nach dem anderen über den Rücken.

»Und da hast du Frederik zurückgeküsst, anstatt ihn rauszuwerfen«, kam es schließlich von ihr und nun hörte sich ihre Stimme wieder ziemlich dünn und zittrig an.

»Ich hätte ihn beinahe ertränkt«, sagte ich rau.

»Aber ...?«

»Normalerweise sind Nixenküsse tödlich, Sina. Ich kann dir gar nicht beschreiben, wie froh ich bin, dass ich mich dann doch noch unter Kontrolle hatte.«

Jetzt, da es heraus war, schlug mein Herz noch umso schneller. Eine angespannte Stille breitete sich zwischen uns aus. Keine Frage, diese Geschichte musste für einen normalen Menschen völlig abgedreht klingen, dennoch wünschte ich mir so sehr, dass Sina mich nicht für verrückt hielt und zumindest in Erwägung zog, dass ich ihr keine Märchen erzählte. Immerhin waren wir viele Jahre die besten Freundinnen gewesen.

»Das liegt wahrscheinlich daran, dass du bloß ein *Halbwesen* bist«, sagte sie unvermittelt, und nun war ich diejenige, die nach Luft schnappte.

Diese Art von Sarkasmus war neu für mich. So hatte ich Sina bisher nicht gekannt. Aber vielleicht war das ihre Art, mit all dem umzugehen.

»Nein, andere können es auch«, entgegnete ich ernst und wagte sogar einen weiteren Vorstoß. »Warum hat Frederik dir das mit dem Kuss überhaupt erzählt?«

Abermals verstrichen ein paar quälend lange Sekunden, bis Sina reagierte.

»Er hat Schluss gemacht.«

Mit dem letzten Wort brach ihre Stimme weg und sie fing an zu weinen.

»So ein Arschloch!«, entfuhr es mir. Trennt sich von ihr und rammt auch noch einen Keil zwischen uns. »Es tut mir ehrlich leid, dass ich dir damals empfohlen habe, ihm noch eine Chance zu geben«, setzte ich betreten hinzu.

Sina seufzte leise. »Ach, El ...«

Sie zog die Nase hoch, dann schluchzte sie leise weiter.

Ich spürte, wie sich mir das Herz zusammenkrampfte. In schnellem, wehem Rhythmus schlug es bis in meine Kehle hinauf. »Es tut mir so leid«, sagte ich heiser. Wie gerne wäre ich jetzt durch die Leitung geschlüpft und hätte sie fest in meine Arme genommen!

»Schon gut«, krächzte Sina. »Du kannst ja nichts dafür ... Woher hättest du auch wissen sollen, dass ich ...?« Sie brach ab, und ich hörte, dass sie sich die Nase putzte. »Elodie, es ist ganz allein meine Schuld«, fuhr sie noch immer schniefend, aber in wesentlich energischerem Tonfall fort. »Ich hätte es wissen müssen ... Ich hätte wissen müssen, dass Frederik sich eigentlich nicht in mich verliebt haben konnte.« Plötzlich lachte sie, doch es klang verdammt bitter. »Weißt du, was er gesagt hat?«

»Nein ...?«

»Dass du unglaublich gut küssen kannst ... und dass er das einfach nicht aus dem Kopf kriegt ...«

Ich hielt einen Moment die Luft an, dann sagte ich: »Okay, beim nächsten Mal ertränke ich ihn.«

Wieder wurde es bedrohlich still in der Leitung. Ich vernahm nicht einmal mehr Sinas Atemgeräusche und rechnete fest damit, dass sie nun doch jeden Augenblick die Abbruchtaste drücken würde. Aber sie tat es nicht, stattdessen flüsterte sie: »Es ist also wirklich wahr? Du verwandelst dich in eine Nixe?«

»Ja.« Es war nur ein Hauch, der über meine Lippen kam.

Abwartend lauschte ich ins Handy.

»Okay«, wisperte Sina. »Okay.«

»Du fehlst mir«, sagte ich leise und in diesem Moment war es die absolute Wahrheit.

»Du mir auch, El ...«

Stille.

Dann: »Du ahnst ja gar nicht, wie sehr. Ich ... ich ...«, fing Sina an zu stammeln. »Anfangs hatte ich ja noch das Gefühl, dass wir trotz der räumlichen Entfernung irgendwie immer miteinander verbunden wären, doch nachdem du Lübeck zum zweiten Mal und dann auch noch so Hals über Kopf verlassen hattest, fühlte es sich wie abgeschnitten an. Als ob man dich einfach aus meinem Leben herausgerissen hätte.«

»Das ist nicht so«, erwiderte ich, obwohl ich es ja ganz ähnlich empfunden hatte. »Ich bin immer noch da, Sina. Und wir sind auch noch immer Freundinnen. Egal, was passiert ist ...« – oder noch passieren wird, fügte ich in Gedanken hinzu. »Vielleicht kannst du ... es sind ja bald Sommerferien ...«, hörte ich mich sagen und schüttelte bereits im selben Moment den Kopf über mich. – Es gab sie also noch, diese Sentimentalität, die mich nur auf meine Gefühle horchen ließ und alles andere einfach ausblendete.

»Ja, vielleicht sollte ich das tatsächlich tun«, sagte Sina zögernd. Dann lachte sie leise. »Bis Ende Juni ... Ich meine, was sind schon vier oder fünf Wochen! ... Und ein bisschen Zeit brauche ich sowieso, um mich an den Gedanken zu gewöhnen, dass du jetzt nicht mehr meine alte Elodie bist.«

Nachdem wir uns verabschiedet und einander fest zugesichert hatten, ab sofort wieder regelmäßig in Kontakt zu bleiben, stellte ich mich ans Fenster und genoss noch eine Weile die Wärme, die das Gespräch mit Sina in mir hinterlassen hatte.

Eigentlich unfassbar, dass sie mir letzten Endes offenbar geglaubt und verziehen hatte, und schon begann ich mich zu fragen, ob auch hierbei womöglich das Meer seine Kraft geltend machte. – Aber das wäre nun wirklich zu einfach gewesen. Dafür war das, wofür es mich vorgesehen hatte, viel zu ernst, und ich konnte nur hoffen, dass Sina meine Idee, in den Sommerferien nach Guernsey zu kommen, nicht in die Tat umsetzen würde. Auch wenn ihr ein bisschen Abstand nach der Trennung sicher guttäte.

Frederik hatte mich also nicht zum Monster gemacht, wofür ich ihm durchaus dankbar war, ansonsten konnte ich allerdings nicht ein einziges gutes Haar mehr an ihm lassen.

»Ach, Gordy!«, flüsterte ich, während ich meinen Blick über die unergründlich blaugraue und von winzigen Wellenkämmen aufgeraute Meeresoberfläche gleiten ließ. »Wo bist du? Wie geht es dir? Denkst du ebenso oft an mich wie ich an dich? Oder hast du dich längst mit deinem Schicksal arrangiert, dich mit Kirby vereint und mich vergessen?«

Inzwischen war eine weitere Woche vergangen. Der Tag neigte sich dem Abend zu, die Sonne hatte das Meer über dem Horizont in ein sanftes

orangegelbes Licht getaucht, der halbe Mond stand bereits hoch am Himmel.

Lautlos glitten Kyan und Malou nebeneinander durchs Wasser. Sie, Ramon, Pinto, Rijn und die drei Chamäleon-Nixe – Jager, Rando und Kirk – bildeten den Anfang seiner neuen Allianz. Noch in dieser Nacht würden sie ausschwärmen und Tausende weitere Delfinnixe anwerben, während er, Kyan, abermals an Land ging.

Fünf Wochen blieben ihnen für die Vorbereitung der Invasion, fünf Wochen, die Botschaft zu verkünden und die Haie rund um die Kanalinseln zu töten.

Danach waren die Menschen an der Reihe ... Insel für Insel, Land für Land, Kontinent für Kontinent.

Es war eine berauschende Vorstellung, und Kyan wurde nicht müde, Malou davon zu berichten. Sie paarten sich mehrmals am Tag auf einem weichen Algenbett zwischen den Riffen vor Guernseys Südküste, ein zutiefst unbefriedigter und unstillbarer Drang trieb sie immer wieder zueinander hin.

Eine Mondphase noch, meine Liebste, wisperte Kyan. Danach wird endlich alles anders.

Malou rieb mit ihrer Außenhülle sehnsüchtig über seinen Delfinleib und senkte ihren Blick tief in seine dunklen Augen. Warum darf ich nicht heute schon mit dir kommen?, schmollte sie.

Glaub mir, nichts wäre mir lieber, log Kyan, denn mehr noch als nach Malou verlangte ihn nach den Menschenmädchen.

Er wollte nicht lieben, sondern strafen. Das war seine Aufgabe, ebenso wie die Malous und aller anderen Nixe seiner zukünftigen Allianz.

Sicher würde es nicht ganz einfach sein, Malou davon zu überzeugen, dass auch sie zum Töten bestimmt war, aber seine Küsse würden sie für ihre Folgsamkeit belohnen.

Wir brauchen dich, schmeichelte Kyan. Du bist das einzige Mädchen unter uns und damit auserkoren, die erste weibliche Allianz zu führen.

Malou schüttelte missmutig den Kopf. Darauf lege ich keinen Wert, *entgegnete sie.* Alles, was ich möchte, ist bei dir sein.

Das wirst du, *gab Kyan sanft zurück.* Sobald der Mond zum zweiten Mal rund und voll am Himmel steht, werden wir zusammen das Land betreten. Wir werden uns berühren, wie die Menschen es tun. Aber, Malou, *fuhr er eindringlich fort,* dasselbe werden wir auch mit ihnen machen. *Ein lüsternes Grinsen breitete sich auf seinem Gesicht aus.* Mit dem kleinen, aber entscheidenden Unterschied, dass sie den Akt nicht überleben werden.

Malou kniff die Augen zusammen. Argwöhnisch musterte sie die Miene ihres Freundes. Wozu ist das nötig?, *wollte sie wissen.*

Kyan unterdrückte das spöttische Lachen, das in seine Kehle drängte. Das Töten?, *fragte er gepresst.*

Nein, ich meine den Liebesakt!

Es ist kein Liebesakt, Malou, *beschwor er sie.* Wir hassen die Menschen. Nur, wenn wir sie vernichten, können wir überleben. Verstehst du das denn nicht?

Aufmerksam verfolgte Kyan jede Regung in ihrem Gesicht.

Das tue ich, *antwortete Malou zu seiner großen Erleichterung.* Es erschließt sich mir nur nicht, warum wir uns zu diesem Zweck mit ihnen vereinen müssen. Wir sind doch ohnehin viel stärker als sie.

Kyan blähte die Nasenlöcher. Er hatte Malou unterschätzt. Sie war viel klüger, als er bisher angenommen hatte. Trotzdem: Es gefiel ihm nicht, was er da hörte. Er begehrte Malou, seit er denken konnte. Nie hatte er eine andere Nixe so sehr für sich allein gewollt wie sie. Wenn er es jedoch nicht schaffte, sich ihr Vertrauen zu bewahren, würde er vor eine schreckliche Entscheidung gestellt. Aber darüber mochte er jetzt noch nicht nachdenken.

Du wirst schon sehen, *erwiderte er ausweichend.*

Malou hob die Augenbrauen. Wieso erklärst du es mir nicht einfach?

Weil es nicht so *einfach ist, knurrte Kyan.*

Ich weiß schon, *gab sie leise zurück.* Es macht mehr Spaß, es auf diese Weise zu tun. *Forschend suchte sie seinen Blick.* Richtig?

Kyan schürzte die Lippen und schließlich nickte er.

Es hat nichts mit Liebe zu tun, *sagte er und sah ihr fest in die Augen.*

Malou schob herausfordernd ihr Kinn vor. Obwohl es ein und dieselbe Handlung ist?

Was Nixe miteinander tun, ist auch ein und dieselbe Handlung, *entgegnete Kyan ein wenig gereizt,* und dennoch nicht dasselbe.

Malou presste schweigend die Zähne aufeinander. Ein Zug von Bitterkeit lag um ihre Mundwinkel.

Da hast du wohl recht, *antwortete sie.* Ihr nehmt euch die Nixen, wie es euch gefällt. Wir dagegen haben keine Wahl ... Es sei denn, wir stehen unter eurem Schutz.

Wenn du den Plonx meinst ...

Gordian hat Kirby und Idis immer vor euren Übergriffen bewahrt, *fiel Malou ihm ins Wort.* Du dagegen ...

Ich habe getan, was ich konnte, *unterbrach nun Kyan sie.* Liam, Zak, Elliot, Niklas und Pine haben dich immer als mein Mädchen geachtet.

Malou schluckte. Sie schon ...

Es tut mir leid, *wisperte Kyan. Er legte seine Handflächen an seine Außenhülle und schwamm so dicht an Malou heran, dass sie seine Hände mit den Fingern berühren konnte. Ihre Delfinhäute waren fest, aber dünn genug, um einander zumindest ein wenig spüren zu können.* Ich verspreche dir, dass sich das alles ändern wird. Sobald wir die Insel betreten und unsere Häute abgelegt haben, wird niemand mehr über dich bestimmen können, außer dir selbst. Dann wirst du diejenige sein, die sich die Männer nimmt, wie es ihr gefällt.

Und wenn ich das gar nicht will?, *flüsterte Malou.* Wenn ich immer nur mit dir zusammen sein möchte?

Ach, meine Liebste ... *Kyan sog einen Schwall Wasser in seine Lun-*

gen und bemühte sich um einen zutiefst gepeinigten Ausdruck. Mach es uns doch nicht so schwer und sieh ein, dass unser Wille leider sehr begrenzt ist. Das Meer schickt uns an Land, damit wir unserer Art zu ihrem Recht verhelfen. Das ist unser Schicksal, dem wir nicht entfliehen können. Aber, Malou ..., *Kyan machte eine bedeutungsvolle Pause und legte nun eine betörende Zärtlichkeit in seinen Blick,* ... auch wenn das Schicksal mir auferlegt, viele Tausende Menschenmädchen zu Tode zu küssen ... Mein Herz wird immer nur dir gehören!

Innere Prozesse

Es dauerte noch vier weitere Tage, bis Ashton endlich zur Beerdigung freigegeben wurde, und ich ging davon aus, dass es sich auch mit Moiras Leiche nicht anders verhielt. Ruby war ausführlich über das Bootsunglück befragt worden und nahezu jeden Tag konnte man etwas darüber in der Zeitung lesen.

Wie immer waren meine Gedanken ununterbrochen bei Gordy, und manchmal waren sie von einer solchen Intensität, dass ich ihn neben mir zu spüren glaubte. Dann fing ich sein Lächeln ein, seine Wärme und seine Berührung – und war für einen winzigen irrationalen Augenblick der glücklichste Mensch unter der Sonne. Ich zwang mich, ganz fest daran zu glauben, dass das Meer ihn beschützte und ihm alle Fähigkeiten zur Verfügung stellte, die er benötigte, um die Zweifler unter den Delfinnixen zu überzeugen und seine Feinde zu besiegen. Manchmal hoffte ich sogar, dass das Schicksal uns am Ende wieder zusammenführte und wir diese große Aufgabe gemeinsam bewältigen durften. Doch die Albträume, die mich nachts aus dem Schlaf rissen, machten all das wieder zunichte.

Ich sah Bilder von Gordian und Kirby, die sich in Oceanes Grotte paarten und kurz darauf von einem riesigen Wal verschlungen wurden, von Kyan, der Gordian hinterrücks überfiel und an einem Felsen zerschmetterte, und von einer mächtigen Chamäleon-Allianz, die ein Blutbad unter den Hainixen anrichtete und Menschenmädchen ins Meer zerrte und in Fangnetze hängte. Nicht selten erwachte ich von meinen Schreien, und ich war heilfroh, dass Mam drüben im Gästehaus wohnte und nichts davon mitbekam.

An der Situation zwischen uns hatte sich nicht viel geändert. Dass sie sich mittlerweile weniger in ihrer kleinen Wohnung aufhielt und stattdessen immer häufiger auf den Klippen und in der Perelle Bay herumspazierte, betrachtete ich zumindest als Fortschritt. Es war schrecklich, nur über Nebensächlichkeiten mit ihr zu reden, noch mehr graute mir jedoch vor einem ernsthaften Gespräch. Denn ich war mir nach wie vor nicht darüber im Klaren, wie viel ich ihr tatsächlich erzählen konnte oder wollte.

Manchmal trafen sich unsere Blicke für einen kurzen, aber intensiven Moment.

Manchmal lächelte Mam mich an. Verhalten. Und ich lächelte ebenso verhalten zurück. Hin und wieder gab es eine flüchtige Berührung. Ich wusste, sie wollte mir sagen: Ich bin da. Und das genügte mir – noch.

Ruby war vorläufig von der Schule befreit und verbrachte nahezu jede Minute bei mir. Sie wollte nicht, dass ich sie zu Hause besuchte, dabei hätte ich ihre Eltern gern einmal kennengelernt, doch Ruby meinte, daheim würde sie alles noch viel mehr an Ashton erinnern. Außerdem fiele ihr dort einfach die Decke auf den Kopf.

Cyril schaute ebenfalls mehrmals am Tag vorbei, in erster Linie, um Rubys Emotionen zu besänftigen und darauf zu achten, dass sie nicht allzu tief in ihrem Kummer versank. Und ich musste zugeben, er bekam das wirklich gut hin. Ruby trauerte auf eine sehr berührende Weise. Sie haderte nicht, war nie verzweifelt, sondern erzählte voller Liebe von Ashton. Sie weinte, aber sie lachte auch oder saß stundenlang nur still da – und immer lag eine tiefe Zärtlichkeit in ihrem Blick.

Um sie abzulenken, berichtete ich von meinen Erlebnissen im Atlantik, bei den Ilhas Desertas und von Gordy. Nur über Neerons Prophezeiung schwieg ich mich aus. Rubys Seele war belastet genug, ich wollte nicht, dass sie sich deswegen auch noch Sorgen machen musste.

Sie lauschte aufmerksam und interessiert und löcherte mich mit ihren Fragen, eines allerdings wollte ihr partout nicht in den Kopf.

»Ich verstehe nicht, warum ihr euch getrennt habt«, sagte sie wieder und immer wieder.

»Delfinnixe müssen ihrer Bestimmung folgen«, erklärte ich ihr ein ums andere Mal. »Sie können sich nicht dagegen wehren.«

»Aber ihr liebt euch doch!«

»Ja, ich liebe Gordy. Mehr als alles auf der Welt. Doch leider hat das Meer eine andere für ihn vorgesehen«, gab ich ihr auch diesmal zur Antwort.

»Bist du dir da ganz sicher?«

»Nein.«

»Siehst du«, sagte Ruby, schlang mir ihren Arm um die Schultern und drückte mich. »Er kommt bestimmt zurück.«

»Wenn ich darauf hoffe, werde ich verrückt«, erwiderte ich kopfschüttelnd.

»Wenn du ihn verlierst, nicht?«

Ich schwieg und blinzelte energisch die Tränen weg, die mir in die Augen gestiegen waren. Ruby hatte tausendmal mehr Grund zu heulen als ich. Es fehlte noch, dass ich ausgerechnet in ihrer Gegenwart zum Trauerkloß wurde.

»Also, *ich* würde verrückt werden«, fuhr sie nach einer Weile fort. »Ashton ist tot. Ich weiß genau, ich sehe ihn nie wieder. Das ist schlimm, schlimm, schlimm ... Ich kann dir gar nicht beschreiben, *wie* schlimm, aber zumindest ist es ein Abschluss. Mit dieser Ungewissheit, die dich plagt, könnte ich nicht leben.«

»Tja«, witzelte ich. »Zum Glück bin ich nicht du.«

»Haha«, sagte Ruby und drückte mich noch fester. »Zu dumm, dass Cyril dein Halbbruder ist«, meinte sie dann.

Anstatt mich zu empören über das, was sie damit andeutete, aber nicht auszusprechen wagte, schüttelte ich nur wieder den Kopf. »Ist es nicht, Ruby«, entgegnete ich. »Eigentlich finde ich es inzwischen ganz okay.«

Um ehrlich zu sein: Es war sogar ein ziemlich gutes Gefühl, einen Bruder zu haben, noch dazu einen wie Cyril.

So sehr ich mich auch zunächst von ihm hintergangen gefühlt hatte, inzwischen musste ich mir eingestehen, dass mit jeder Minute, die ich mit ihm und Ruby verbrachte, alle dummen Gefühle dahinschmolzen. Ich verstand Cyril, ich spürte sein Mitgefühl und erkannte, wie durch und durch ehrlich er im Grunde war. Darüber hinaus konnte ich ihn nur dafür bewundern, wie vorbehaltlos er auf jeden Einzelnen zuging.

Cyril lebte das, was er war. Er lebte sein Leben. Und er liebte. – Was man von seinem Vater wahrlich nicht behaupten konnte. Rücksichtslos hatte er meine Mutter benutzt, um ein Kind mit ihr zu zeugen, und nun durfte ich mich mit meinem Gewissen herumschlagen, weil ich mehr wusste als sie. Ich versuchte, nicht darüber nachzudenken, doch mit jeder Sekunde, die ich Cyril mehr und mehr ins Herz schloss, wuchs mein Hass auf Javen Spinx.

Als ich Montag, den 4. Juni, morgens zum Frühstück hinunterging, kam Tante Grace mir bereits auf der Treppe entgegen. Passend zum sommerlichen Wetter trug sie ein kurzärmeliges, leuchtend blaues Hemdblusenkleid, ein in sämtlichen Farben des Meeres schimmerndes Chiffontuch im Haar und dazu passende silberne Ohrgehänge, in die große runde Türkise eingefasst waren.

»So geht das nicht weiter«, sagte sie. »Ich kann es nicht länger dulden, dass Cyril unentwegt in meinem Garten herumhängt.«

Erstaunt sah ich sie an. »Oh, ich wusste nicht, dass er das tut!«

»Hat der junge Mann denn kein Zuhause?« Sie geriet ins Stocken. »Ich meine ...«

»Tante Grace«, unterbrach ich sie und holte einmal tief Luft. »Cyril ist ... Er ist mein Halbbruder.«

Schweigen.

»Ich wollte es dir längst sagen.«

»Unsinn«, erwiderte sie und machte eine unwillige Geste. »Wenn du es wirklich gewollt hättest, hättest du es auch getan.«

Es klang halbherzig, und mit einem Mal kam mir der erleichterte Ausdruck in ihrem Gesicht wieder in den Sinn, als ich ihr vor einigen Tagen eröffnete, dass Cyril Javen Spinx' Sohn sei. Natürlich hatte sie da bereits eins und eins zusammengezählt und aus allem, was sie wusste beziehungsweise vermutete, den Schluss gezogen, dass Cyril und ich nur Geschwister sein konnten – und deshalb auch niemals ein Paar werden würden.

»Du versuchst, die Dinge allein zu regeln«, fuhr sie jetzt etwas energischer fort, ehe ich dazu kam, ihr aufs Neue ihre unbegründeten Vorbehalte gegen Cyril vorzuwerfen. »Aber das brauchst du nicht.« Einen Moment lang lag ihre Hand sanft und warm auf meiner Schulter. »Warum vertraust du mir nicht?«

»Aber das tue ich doch. Ich möchte dich nur nicht unnötig ...«

»Belasten?« Tante Grace schüttelte den Kopf. »Denkst du nicht, dass meine alte Seele stabil genug ist, auch diese Kleinigkeit noch zu verkraften?«

Sie hatte recht. Der Knackpunkt war nicht Cyril, sondern Javen Spinx.

»Du willst nicht darüber reden«, sagte sie jetzt. »Ich halte das für verkehrt, aber ich akzeptiere es. Die Sache ist nur so ...« Tante Grace verdrehte die Augen zur Decke, als hoffte sie, dort die passenden Worte für ihre Erklärung zu finden. »Deine Mutter … Ich fürchte, sie könnte sehen, wie Cyril sich verwandelt. Und ich bin mir nicht sicher, ob sie mit diesem Anblick zurechtkommt.«

»Keine Sorge, er ist äußerst vorsichtig.«

Meine Großtante zog eine Grimasse. »Ist er eben nicht«, brummte sie unwirsch. »Er wird uns noch alle in Teufels Küche bringen«, fügte sie unheilschwanger hinzu, und mir war natürlich sofort klar, dass es überhaupt keinen Sinn hatte, mich auf irgendwelche Diskussionen mit ihr einzulassen.

»Okay, ich rede mit ihm.«

»Heute«, mahnte sie.

»Versprochen.«

Tante Grace nickte. »Gut.«

Zufrieden wirkte sie allerdings nicht, und mich beschlich das Gefühl, dass ihr noch etwas anderes, womöglich viel Gravierenderes auf der Seele lag.

»Ist noch etwas?«, hakte ich vorsichtig nach.

»Ja.« Sie seufzte.

»Na los!«, ermunterte ich sie. »Heraus mit den Hiobsbotschaften!«

Jetzt musste sie lachen.

»Du hast dich ziemlich verändert, weißt du das?«, sagte sie und strich mir flüchtig mit dem Handrücken über die Wange. »Ein richtig großes Mädchen bist du geworden, das sich nicht mehr so schnell ins Bockshorn jagen lässt und die Dinge anpackt, die erledigt werden müssen.«

Hast du eine Ahnung!, dachte ich. Wenn es tatsächlich so wäre, hätte ich längst ins Meer zurückgehen und nach Kyan Ausschau halten müssen. Es machte mich verrückt, dass ich nicht sicher wusste, welche Gestalt er derzeit hatte – einerseits. Andererseits wollte ich mich am liebsten gar nicht damit auseinandersetzen. Kyan war Gordys Sache, meine waren die Haie.

Aber da ich nun ohnehin dazu verdonnert war, mit Cyril ein ernsthaftes Wort zu reden, konnte ich auch darüber mit ihm sprechen. Heute Nacht war Vollmond. Wenn Kyan bisher nicht an Land zurückgekehrt war, würde sich ihm in wenigen Stunden die nächste Gelegenheit dazu bieten.

»Deine Mutter sitzt draußen auf der Veranda«, drang die Stimme meiner Großtante zu mir vor. »Sie hat es zwar nicht ausdrücklich gesagt, aber ich glaube, sie möchte mit dir zusammen frühstücken.«

Okay, das war es also, was sie mir mitteilen wollte. Die Zeit der Zurückgezogenheit schien nun endgültig vorbei zu sein. Ich nickte Tante Grace noch einmal kurz zu, bevor ich an ihr vorbei in Richtung Haustür ging und nach kurzem Zögern schließlich in den Garten hinaustrat.

Mam saß mit dem Rücken in drei dicke Kissen gelehnt auf der Bank und blickte über den üppig gedeckten Frühstückstisch hinweg aufs blaugrüne Meer.

Die Strahlen der Morgensonne warfen die Schatten der Bäume und Sträucher bis auf die goldgelb schimmernden Klippen hinunter, die von sanften Wellen umspült wurden.

Es versprach ein warmer, windarmer Tag zu werden. – Trügerisch.

Ich schüttelte das dumme Gefühl, das so plötzlich von mir Besitz ergriffen hatte, entschlossen ab und ging auf meine Mutter zu.

»Hi«, sagte ich leise und setzte mich auf einen der beiden Stühle ihr gegenüber.

»Guten Morgen, mein Schatz«, erwiderte sie, so als wäre nie etwas gewesen, kam dann aber zu meiner großen Überraschung ohne Umschweife auf den Punkt. »Du hattest übrigens recht: Ich weiß selbst nicht, was ich will. In den letzten Tagen hatte ich ausreichend Zeit, mir darüber Gedanken zu machen, und bin zu dem

Schluss gekommen, dass ich wohl schon immer irgendwie auf der Suche war.«

Ich betrachtete schweigend ihr schmales blasses Gesicht. Der Ausdruck in ihren Augen schwankte zwischen Klarheit und Melancholie.

»Und?«, tastete ich mich vor. »Hast du ... etwas gefunden?« Ich wusste einfach nicht, wie ich es anders ausdrücken sollte.

Mam schüttelte den Kopf. »Nicht einmal annähernd. Aber Tante Gracie meint, Oma Holly wäre genauso gewesen. Immer quirlig, immer optimistisch, immer voller Tatendrang und trotzdem ziellos. Als hätte alles, was sie machte, keinen wirklichen Wert.« Sie musterte mich aufmerksam. »Verstehst du, was ich meine?«

»Glaub schon.«

»Ich bin froh, dass es bei dir nicht so ist, Elodie«, fuhr sie zärtlich fort. »Du scheinst deine Sache gefunden zu haben.«

»Wenn du dich da mal nicht irrst«, murmelte ich. »Alles, was ich weiß, ist, dass ich hierhergehöre«, setzte ich etwas deutlicher hinzu.

Meine Mutter schenkte mir ein Lächeln. »Immerhin.«

»Heißt das, du bist nicht sicher, ob du nach Lübeck zurückgehen sollst?«

Ihre Antwort war ein Achselzucken.

»Also, ich glaube nicht, dass die Kanalinseln mein ständiger Aufenthaltsort werden. Allerdings habe ich das Gefühl, hier noch etwas erledigen zu müssen. Ich glaube, es hängt mit diesem Jungen zusammen. Cyril.«

»Wie kommst du darauf?«, fragte ich erstaunt und wahrscheinlich eine Spur zu alarmiert, denn auf Mams Stirn bildete sich eine Steilfalte. »Ich meine, du kennst ihn doch gar nicht.« Ich versuchte, meiner Stimme einen etwas sachlicheren Ton zu verleihen, was mir allerdings nicht überzeugend gelang. »Außerdem ist er ein Hainix.«

Die Steilfalte verschwand und Mam hob bedeutungsvoll die Augenbrauen. »So wie du.«

»Ja, aber ich bin bloß ...«

Sie ließ mich nicht ausreden. »Und wie Javen Spinx.«

Ich zuckte unter der Erwähnung dieses Namens förmlich zusammen, was meiner Mutter natürlich nicht entging. Sie strich ihr Haar zurück und beugte sich mir über den Tisch entgegen.

»Ein für alle Mal: Ich hatte nichts mit ihm«, betonte sie. »Spätestens hier und heute hätte ich es dir gesagt. Für mich gab es immer nur deinen Vater, Elodie, das musst du mir glauben.«

Ihr Blick war eindringlich, beinahe flehend.

Ich schluckte und presste ein »Tu ich ja« über die Lippen. Mein Herz klopfte, und ich spürte, wie mir der Schweiß ausbrach.

»Ich habe Cyril einige Male dabei beobachtet, wie er aus dem Wasser gekommen ist«, erzählte Mam nun und wieder einmal brachte mich ihre Offenheit fast ein wenig aus der Fassung. »Es ist weniger gruselig, als ich angenommen hatte.«

»Es ist überhaupt nicht gruselig«, entgegnete ich aufgebracht. »Im Gegenteil: Es ist völlig normal.«

Mir war klar, dass diese Reaktion nicht fair war, doch ich konnte nicht anders. Bisher hatte ich mir eingeredet, dass es mir nichts ausmachte, doch jetzt sehnte ich mich plötzlich so sehr danach, dass sie nichts Unheimliches in mir sah. Sie war doch meine Mutter!

Wieder lächelte sie. »Für dich ist es das ... *Inzwischen*.«

Ich senkte den Kopf. »Ich bin noch immer ich«, flüsterte ich.

»Ich weiß«, sagte sie ebenso leise. »Bloß viel reifer. Als wären seit deinem Aufbruch nach Guernsey nicht drei Monate, sondern drei Jahre vergangen. Ich kann dir gar nicht sagen, wie leid es mir tut, dass ich dich in den letzten Tagen so allein gelassen habe«, fuhr sie fort. »Es wäre meine Aufgabe gewesen, dir zur Seite zu stehen.«

»Schon okay«, krächzte ich.

Ich verstand sie ja. Ich verstand sie sogar sehr gut.

Mam und ich sahen uns an und mit einem Mal wurde alles ganz leicht in mir drin. Ich flog geradezu von meinem Stuhl hoch, um nur einen Atemzug später neben ihr auf der Bank zu landen.

Sanft legte sie mir ihren Arm um die Schultern. Liebevoll strich sie mir eine Locke aus der Stirn und hinter mein Ohr.

»Ich liebe dich, Elodie. Über alles auf der Welt.«

»Ich liebe dich auch, Mam«, flüsterte ich, warf meine Arme um ihren Hals und drückte sie an mich. »Ich liebe dich so sehr.«

Die nächste Dimension

Mam und ich hatten eine gefühlte Ewigkeit auf der Terrassenbank gesessen, über alles mögliche Vergangene und eventuell Bevorstehende geredet und dabei von den Frühstückköstlichkeiten genascht, die Tante Grace für uns aufgetischt hatte, als Cyril plötzlich auf einer der Klippen erschien und zu uns heraufwinkte.

»Schade«, sagte meine Mutter. »Diesmal habe ich gar nicht mitgekriegt, wie er sich verwandelt hat.«

»Was auch besser so ist«, tadelte ich sie. »Schließlich trägt er nichts weiter als seine Haut.«

Sie musterte mich stirnrunzelnd. »Wie machst *du* das eigentlich?«

»Soll ich es dir zeigen?«, entgegnete ich, und als ich keine Antwort bekam: »Keine Sorge, ich kann meine Haihaut genauso schnell überstreifen wie er. Außerdem ist es eigentlich nicht vorgesehen, dass uns jemand dabei beobachtet«, konnte ich mir nicht verkneifen zu bemerken.

Meine Mutter zuckte nur die Achseln.

Unterdessen hatte Cyril die beiden ersten Gartenterrassen erklommen und seine Klamotten unter einer weiß blühenden Hortensie hervorgezogen. Tropfnass und mit seinem Kleiderbündel unter dem Arm stand er nun vor uns und entschuldigte sich galant für seine »unaufgeräumte Erscheinung«.

»Kein Problem«, erwiderte Mam munter. »Von einem Nix kann

man wohl kaum erwarten, dass er fix und fertig angezogen und frisch frisiert aus dem Meer steigt.«

»Nein«, sagte Cyril und bedachte sie mit einem strahlenden Lächeln.

Mam lächelte hingerissen zurück.

»Glaubst du, ich könnte deinen Vater treffen?«, fragte sie rundheraus.

Cyril warf mir einen fragenden Blick zu, woraufhin ich nur unauffällig mit den Schultern zuckte.

»Ja ... Wieso nicht?«, gab er zögernd zurück. »Es ist nur so, dass ich nie genau weiß, wo er sich gerade aufhält. Aber wenn ich ihn zufällig irgendwo treffen sollte, kann ich ihm ja ausrichten ...«

»Das wäre wirklich lieb«, sagte meine Mutter. »Weißt du, es ist mir sehr wichtig.«

Cyril nickte, dann wanderte sein Blick zu mir, und ich bildete mir ein, einen Funken Unruhe darin zu erkennen. »Kann ich kurz mit dir reden?«

»Klar.«

Er deutete auf den unbenutzten Teller vor mir.

»Hast du überhaupt schon gefrühstückt?«

»Ja, sei beruhigt«, erwiderte ich, während ich mich langsam erhob. »Mam und ich haben uns direkt von den Servierplatten bedient.«

Cyril grunzte zufrieden.

»Ist es in Ordnung, wenn wir die Zeitung mit hinauf in Elodies Zimmer nehmen?«, richtete er sich an meine Mutter.

»Sicher.« Mam zuckte die Achseln. »Ich werde wohl keinen Blick hineinwerfen. Dazu reichen meine Englischkenntnisse nicht aus, aber ...«

»Was ich kaum glauben kann«, unterbrach Cyril sie mit einem charmanten Augenzwinkern, während er nach der *London Times* griff.

»Wie auch immer«, wiegelte meine Mutter sein Kompliment ab. »Soweit ich weiß, hat Tante Grace noch nicht hineingeschaut.«

»Ich bringe die Zeitung nachher wieder runter«, versprach ich und folgte Cyril mit einem eleganten Satz über den Balkon in mein Apartment.

»Wir sollten sie nicht überstrapazieren«, ermahnte ich ihn, nachdem ich das Schiebefenster hinter mir zugezogen hatte. »Meine Mutter muss sich erst noch an den Gedanken gewöhnen, dass wir keine normalen Menschen sind.«

»Das hat sie doch längst«, gab er zurück. »Sie hat mir mehrmals dabei zugesehen, wie ich aus dem Meer gekommen und hier zu dir heraufgesprungen bin.«

»Ja ... dir.«

»Du hättest ja die Haustür nehmen können ...«, erwiderte er.

»Okay«, sagte ich, denn ich hatte keine Lust auf diese Haarspalterei. »Was ist passiert?«

»Schau in die Zeitung«, sagte Cyril. »Seite fünf.« Dann verschwand er mit seinen Klamotten im Bad.

Es dauerte nur ein paar Sekunden, bis er vollständig angekleidet zu mir zurückkam, aber da hatte ich den Bericht, den er meinte, bereits gefunden.

Die Schlagzeile ließ sämtliches Blut aus meinem Gesicht weichen. Zitternd plumpste ich in einen der beiden Rattansessel und fing an zu lesen.

Vermisstes Mädchen Opfer von Meeresungeheuer?

Warrington/Florida press. Die sechzehnjährige Shelley West, die am Morgen des 23. Mai nach einem Strandspaziergang nicht in das Haus ihres Vaters in der Perdido Key zurückkehrte und eine Woche später an einem Treibnetz der Crapgow Fishing Company hängend gefunden wurde, ist möglicherweise von einer Delfinmutation getötet worden.

Der Chicagoer Gerichtsmediziner Andrew Clarkson, der eigens für die DNA-Analyse der gefundenen Speichelspuren im Rachen des Mädchens herangezogen wurde, ließ verlauten, dass es sich hierbei um keine »rein menschliche Probe« handele. Vielmehr deute alles darauf hin, dass – so unglaublich es auch klingen möge – Shelleys Mörder ein Mischwesen aus Mensch und Delfin sei. Ob das Mädchen zufällig in das Treibnetz geraten oder vorsätzlich daran befestigt worden sei, müsse noch geklärt werden. Eine entsprechend ausgerüstete Tauchergruppe sei inzwischen vor Ort und suche den Meeresgrund nach eventuellen Hinweisen ab.

»Zak«, murmelte ich, ließ die Zeitung sinken und wandte mich Cyril zu, der inzwischen hinter mich getreten war und sich über meine Schulter beugte. »Poy hat erzählt, dass er ihn auf dem Weg zum amerikanischen Kontinent getroffen hat. Verdammt noch mal, Cyril, wie kann es sein, dass er mit dieser Shelley genau das Gleiche gemacht hat wie die Chamäleons mit Moira?«

»Vielleicht haben sie sich abgesprochen.«

Ich schüttelte den Kopf. »Wie soll das gehen? Zwischen dem Ärmelkanal und der amerikanischen Ostküste liegen mindestens sechseinhalbtausend Kilometer.«

»Sie könnten es schon früher geplant haben«, wandte Cyril ein.

Oh, nein! Das mochte ich mir lieber nicht vorstellen! Außerdem schoss mir nun auch noch eine andere Erklärung durch den Kopf. »Möglicherweise benutzen sie ihr animalisches Echolot.«

Cyril krauste die Stirn. »Ihr was?«

Mit wenigen und für meine Verhältnisse erstaunlich präzisen Sätzen erläuterte ich ihm die drei Verständigungsebenen der Delfinnixe, was Cyril am Ende mit »Heilige Scheiße!« kommentierte.

»Das kannst du laut sagen«, knurrte ich.

Wenn es sich tatsächlich so verhielt, dass Kyan entgegen aller

Erwartung doch auf dieses niedere Echolot zurückgegriffen hatte und immer noch die Fäden spann, musste ich davon ausgehen, dass er auch über Gordys und meine Pläne oder zumindest über unsere Aufenthaltsorte informiert war – und dass in den nächsten Tagen und Wochen an weiteren Orten dieser Welt ermordete Mädchen in Fischernetzen gefunden werden würden.

Mit fiebrigen Fingern nahm ich die Zeitung wieder auf.

Ferner werde geprüft, ob der Tod von Shelley West im Zusammenhang mit den Sexualmorden an zwei jungen Frauen auf der britischen Kanalinsel Sark vor einigen Wochen zu sehen ist.

»Sie haben sich wegen Moira also noch gar nicht ausgetauscht!«, stieß ich hervor.

Cyril gab einen unwilligen Brummton von sich und sagte: »Lies weiter!«

Als ebenfalls beunruhigend bewerten die US Coast Guards die Aussage eines portugiesischen Wassersportlers, der bei einem Tauchgang Ende Mai einer Seejungfrau begegnet sein will, deren menschlicher Oberkörper seiner Beschreibung nach von der Hüfte an abwärts in eine Haifischflosse übergegangen sein soll.

Der britische Meeresforscher und Umweltaktivist Javen Spinx hat die Existenz eines solchen Wesens allerdings für höchst unwahrscheinlich erklärt. In einem Interview, das die spanische Boulevard-Journalistin Carmelita Luengo anlässlich des Iberischen Küstenschutztages mit ihm führte, äußerte Mr Spinx die Vermutung, dass es sich um eine Sinnestäuschung gehandelt haben müsse, die bei Tauchern nicht selten vorkomme. Auf die Frage, ob er es für möglich halte, dass eine intelligente Abart der Delfine für die mysteriösen Tode der jungen Frauen verantwortlich sei, schwieg der prominente Biologe. Inzwischen hat er allerdings dazu aufgerufen, den Atlantik zu meiden, die Fangquoten zu dezimieren und die Öl- und Gasförderung einzudämmen. Es sei nicht auszuschließen, dass die »Bewohner« des Meeres sich gegen die Ausbeutung durch den Menschen zur Wehr zu setzen begännen.

»Begännen?«, schnaubte ich. »Sie haben es doch längst!«

»Das kann Javen so aber nicht sagen«, erwiderte Cyril. »Die meisten halten ihn ohnehin für einen Spinner. Außerdem versuchen Fischerei-Lobbyisten und die Funktionäre der Ölfirmen schon seit Jahren, ihm etwas Illegales anzuhängen. Und was Moira betrifft«, fuhr er gleich darauf fort, »die hiesige Gendarmerie scheint Rubys Aussage zu glauben. Allerdings können wir uns nicht darauf verlassen, dass es so bleibt. Sollten die Delfine oder wir genetische Spuren an ihrem Körper hinterlassen haben, werden die Behörden ganz schnell eins und eins zusammenzählen.«

»Allerdings nur, wenn sie Verdacht geschöpft haben«, hielt ich dagegen. »Welchen Grund hätten sie sonst, Moiras Körper auf DNA zu untersuchen?«

»Keine Ahnung, Elodie«, antwortete Cyril dumpf. »Alles, was ich dazu sagen kann, ist, dass ich ein verdammt mieses Gefühl habe. Irgendwas braut sich zusammen. Die Menschen hier auf den Kanalinseln verhalten sich anders als sonst. Auf den Straßen wird kaum noch geredet. Wenn man über Lauren, Bethany oder Moira spricht, tut man das in den Wohnstuben oder hinter vorgehaltener Hand. Die Strände sind kaum noch besucht und viele haben ihre Vermietungen an Touristen eingestellt. Selbst in den Hotels und Pensionen herrscht nicht der übliche Betrieb und auch der alte George bietet seine Höhlentouren auf Sark nur noch an zwei Nachmittagen in der Woche an.«

»Er hat dich also entlassen.«

Cyril lief hinter mir auf und ab. Aus den Augenwinkeln sah ich, dass er die Arme vor der Brust kreuzte und sein Gesichtsausdruck alles andere als heiter war.

»Damit komme ich klar.«

»Und wovon lebst du?«

Er stutzte, dann trat er vor mich hin und fragte: »Das ist jetzt nicht dein Ernst, oder?«

»Allerdings ist es das«, entgegnete ich. »Deinen Magen kannst du ja vielleicht mit rohen Fischen vollstopfen. Deinem Smart bekommen sie aber garantiert nicht. Ich habe jedenfalls noch von keinem Motor gehört, der mit Fischöl betrieben werden kann.«

»Das wäre ja wohl auch noch schöner«, knurrte Cyril. Er ließ die Arme sinken und seufzte tief. »Javen, mir und allen anderen Hainixen ist bewusst, dass wir uns nicht hundertprozentig umweltgerecht verhalten. Ich habe mir bereits überlegt, ob ich mir ein Elektroauto anschaffen soll, aber Strom muss schließlich auch irgendwie erzeugt werden. Und deshalb fahre ich eben diesen Smart, dessen Benzinverbrauch äußerst gering ist«, redete er sich heiß.

»Ist ja gut«, beruhigte ich ihn. »Mich interessiert doch nur, wovon du ihn bezahlt hast.«

»Mein Vater hat ihn mir gekauft.«

»Dann gibt er sich also nicht bloß als Biologe aus, sondern hat tatsächlich einen Beruf?«

Cyril schüttelte den Kopf. »Nein, aber er sammelt Spenden.«

»Für seine Umweltprojekte!«

»Ja, verdammt, Elodie, du hast ja recht! Wir verhalten uns alle nicht hundertprozentig korrekt. Weder die Menschen noch die Nixe.«

»Moment« sagte ich und hob den Zeigefinger. »Die Delfinnixe haben bis vor drei Monaten nicht die Spur eines Schadens auf diesem Planeten angerichtet.«

»Wäre dein Gordian nicht an Land gekommen, könnte es immer noch so sein«, hielt Cyril sofort dagegen. Es rutschte ihm heraus, und es war ihm anzumerken, dass er es bereits in derselben Sekunde bereute. Eine Entschuldigung kam trotzdem nicht über seine Lippen. Ich sah ihm das nach, schließlich wussten wir beide, dass dieses Argument hinkte. In einem Punkt hatte Cyril allerdings recht: Die Delfinnixe waren nicht dazu geschaffen, an Land zu leben. Jedenfalls nicht, solange sie nicht in der Lage waren, ihren Jagd- und Sexualtrieb zu kontrollieren. – Kaum vorstellbar, dass Typen wie Kyan oder Zak das jemals hinbekamen. Aber darüber mochte ich im Moment nicht nachdenken, im Gegensatz zu allen anderen schien mir dieses Problem schlicht unlösbar.

»Was sollen wir bloß tun?«, stieß ich in einem plötzlichen, schier ohnmächtigen Gefühl der Hilflosigkeit hervor. Verzweifelt richtete ich meinen Blick auf Cyril, der sich mittlerweile auf mein Bett gehockt hatte und nicht weniger bedrückt wirkte als ich. »Wäre es nicht allmählich an der Zeit, so etwas wie eine Versammlung einzuberufen und uns mit den anderen Hainixen zu beraten?«

Augenblicklich hellte sich Cyrils Miene auf. »Ich habe gehofft, dass du das vorschlagen würdest.«

Verwirrt sah ich ihn an.

»Elodie, *du* führst hier das Kommando«, sagte er, während er sich vom Bett erhob und zu mir herüberkam. »Ich glaube, niemand von uns, ausgenommen Tyler und seine speziellen Freunde, würde etwas tun, was nicht deinen Wünschen entspricht.«

Ein flaues Gefühl setzte sich in meiner Magengegend fest. Außerdem fingen meine Knie wieder wie verrückt zu zittern an. Ich war froh, dass ich bereits saß.

»Und ausgenommen Javen Spinx, natürlich«, krächzte ich.

»Nein, auch das glaube ich nicht«, erwiderte Cyril mit betont fester Stimme. »Sicher würde er mit seiner Meinung nicht hinter dem Berg halten und auch nicht an Ratschlägen sparen, am Ende würde aber auch er sich dir und deinem Befehl unterordnen.«

Befehl ... unterordnen ... Um Himmels willen, was waren das bloß für schreckliche Begriffe! Ich konnte kaum atmen, so schwer lastete diese ungeheure Verantwortung auf mir.

»Cyril, ich weiß wirklich nicht, ob ich ...«

»Ich fürchte, du hast keine Wahl«, unterbrach er mich aufgeregt. »Und ich bin sicher, du wirst das Richtige tun. Außerdem hast du ja eine Menge Freunde, die dir zur Seite stehen.«

Es klang irgendwie komisch. Fast so, als müsste er nicht mich, sondern sich selbst überzeugen. Unwillig wischte ich diesen Gedanken zur Seite.

»Heißt das, es hat sich bereits herumgesprochen, dass ich ... na ja, dass ...« Ich geriet ins Stocken, denn mir fehlten einfach die passenden Worte.

»Ja, das hat es«, bestätigte Cyril. »Und ich bin mir sicher, dass die Haie, die hier bei den Kanalinseln leben, sich überwiegend darin einig sind, dass dir eine besondere Rolle in der Auseinandersetzung mit den Menschen und den Delfinen zukommt.«

»Wie verständigt ihr euch eigentlich ... genau?«, fragte ich.

»Unter Wasser ausschließlich auf die beiden Arten, die du bereits kennst«, antwortete er. »Öffentlich über Kopfgedanken, von Individuum zu Individuum über den verschlüsselten Ort im Becken. Allerdings lassen sich keine großen Entfernungen überbrücken. Wir müssen unsere Gesprächspartner schon sehen, um mit ihnen kommunizieren zu können. Möglich, dass du eine Ausnahme darstellst«, setzte er zögernd hinzu. »Schließlich beherrschst du auch die Verständigungsebenen der Delfine.«

»Nicht alle«, wiegelte ich sofort ab.

»Sicher?«

Ich schüttelte den Kopf. Natürlich hatte ich es nicht ausprobiert.

»Das solltest du aber«, empfahl Cyril und mit einem Mal wirkte er seltsam aufgedreht. »Vielleicht kannst du mehr, als du ahnst.«

»Wie meinst du das?«, fragte ich misstrauisch.

»Muss ich dir das wirklich erklären?«

Nein, das musste er nicht. Aber das Erkennen und der Gebrauch meiner Fähigkeiten und das Aneignen neuer Talente war für mich nach wie vor ein Buch mit sieben Siegeln. Und noch etwas lag wie ein Klotz auf meiner Seele. »Deinen Vater will ich aber nicht sehen«, sagte ich aufgebracht.

»Er ist auch deiner.«

»Eben.«

»Elodie ...« Cyril setzte sich auf die Lehne meines Rattansessels und legte mir seine Hand in den Nacken. »Du kannst Javen nicht ausschließen. Das wäre geradezu fatal, schließlich laufen bei ihm alle Informationen zusammen. Zudem verfügt er bereits über außergewöhnliche Talente.«

Ich schloss die Augen und vergegenwärtigte mir noch einmal, was alles auf dem Spiel stand. Selten hatte ich Gordy so sehr vermisst wie in diesem Moment. Wenn ich nur wüsste, ob es ihm inzwischen gelungen war, den Großteil der Delfine auf seine Seite zu ziehen!

»Also gut«, sagte ich. »Lass uns die Hainixe zusammentrommeln. Javen Spinx eingeschlossen.«

Cyril drückte mir den Nacken, was ich als Erleichterung und Zustimmung auffasste. »Es wird allerdings eine Weile dauern, bis die Botschaft jeden erreicht hat.«

Ich nickte. »Kennst du einen Ort, der für ein solches Treffen besonders geeignet ist?«

Cyril nickte. »Normalerweise finden wir uns im Süden von Little Sark zusammen. Dort gibt es ein großes Felsenbecken, das tagsüber von den Menschen als Schwimmbad benutzt wird.«

»Okay, dann treffen wir uns dort also nachts«, erwiderte ich.

Cyril stand von der Sessellehne auf und ging auf das Schiebefenster zu. »Ich sag dir Bescheid, wenn es so weit ist.«

»Moment«, hielt ich ihn zurück. »Ich habe mit keiner Silbe gesagt, dass du das allein machen sollst. Ich werde mit Jane reden«, beschloss ich. »Und sie kann es an alle Nixe weitergeben, die hier auf Guernsey leben.«

»Und die übrigen überlässt du mir ...?«, vergewisserte Cyril sich.

»Ganz genau.«

»Dein Wort sei mir Befehl.« Er nickte mir noch einmal zu, bevor er das Fenster aufzog.

»Warte!«, rief ich und erhob mich ebenfalls. »Vor einiger Zeit hast du mir gesagt, dass ich ein paar der Hainixe, die hier auf Guernsey leben, bereits kenne.«

»Ja ...?« Abwartend sah Cyril mich an.

»Als da wären Javen, Tyler, Jane und Bo«, zählte ich auf.

Er nickte.

Forschend musterte ich sein Gesicht. »Und wer noch?«

Cyril antwortete mit einem Schulterzucken.

»Jetzt komm mir bitte nicht damit, ich hätte sie oder ihn längst erkannt haben müssen!«, sagte ich und reckte fordernd mein Kinn heraus. »Also?«

Cyril senkte den Blick. Es war offensichtlich, dass er mit sich kämpfte. Und je länger er das tat, desto ungeduldiger wurde ich.

»Sag es!«

Schweigen.

»Na los! Früher oder später werde ich es ohnehin erfahren!«

Cyril schluckte. »Nicht unbedingt.«

»Verdammt noch mal, nun spuck es schon aus!«, knurrte ich.

Endlich hob er den Blick und sah mich an. Sein innerer Widerstand hing wie elektrische Spannung zwischen uns in der Luft. Schließlich öffnete er den Mund.

»Cecily Windom.«

Besuch bei Jane

»Sie erinnert sich nicht«, sagte Cyril leise, nachdem ich ein paar Schritte neben ihm auf und ab gewandert war, unfähig, etwas zu sagen, weil mir tausend Dinge durch den Kopf schwirrten und ich nicht wusste, wo ich beginnen sollte. »Sie erinnert sich nicht an ihr wahres Wesen, weil es das Beste für uns alle ist.«

»Moment mal«, merkte ich auf. Ich war mir nicht sicher, ihn richtig verstanden zu haben. »Soll das heißen, sie erinnert sich freiwillig nicht?«

Cyril schüttelte den Kopf. »Javen hat dafür gesorgt.«

Ich blieb stehen und starrte ihn an.

»Na klar«, sagte ich dann, und die Wut, die aus meinem Becken aufstieg, entlud sich in Form von Sarkasmus. »Ein Wunder, dass ich nicht von selbst darauf gekommen bin. Denn darin ist er ja ganz groß, unser Vater, nicht wahr?«

»Es ist ihm nicht leichtgefallen.«

»Ach, tatsächlich?«, stieß ich hervor. Nicht nur mein Becken, mein ganzer Körper glühte mittlerweile vor Zorn. »Und das mit meiner Mutter ist ihm wohl auch nicht leichtgefallen, he? Ebenso wie es ihm natürlich mächtig etwas ausgemacht hat, mich dazu zu bewegen, mich von Gordy zu trennen und mir damit das Herz aus der Seele zu reißen.«

Cyril schluckte schwer. »Du wirst ihm nie verzeihen, hab ich recht?«

»Allerdings«, fauchte ich.

Cyril nickte, und nun war er es, der unruhig auf und ab zu laufen begann.

»Cecily Windom hat ihre Familie verloren«, sagte er schließlich. »Bei ihnen war es kein Treibnetz, sondern eine dieser schrecklichen Gassuchkanonen. Ihr Mann Willis geriet mit ihrem gemeinsamen Sohn Cody in unmittelbare Nähe, als sie gezündet wurde. Cody war sofort tot, Willis verlor sein Gehör und die Orientierung und wurde kurze Zeit später von einem Schiff gerammt. Cecily sah mit an, wie er verblutete und schließlich von einem Riesenhai gefressen wurde.«

»Oh, mein Gott«, wisperte ich.

Die Frage nach Familiensinn und Emotionen, die mir anfangs noch auf der Zunge gelegen hatte, stellte sich mir nun nicht mehr. Hainixe mochten Einzelgänger sein und allenfalls in lockeren Verbünden leben, das bedeutete aber nicht, dass sie keine Gefühle hatten und psychisch unverletzbar waren. Sie konnten sehr wohl lieben, Cyril selbst war schließlich der lebende Beweis dafür. Mir schwante, dass wahrscheinlich viele von ihnen furchtbare Dinge erlebt hatten. Aber nicht jeder schien sein Schicksal ähnlich gut verkraftet zu haben wie Jane oder Cyril.

»Cecily wurde verrückt darüber«, erzählte er weiter. »Sie begann, die Menschen zu hassen, wollte aber auch nicht ins Meer zurück. Jane hat damals wirklich alles versucht. Sie wollte Cecily helfen, das Trauma zu überwinden, hat mir ihr geredet und sie mit an den Strand genommen, aber sobald Sillys Haut mit Wasser in Berührung kam, fing sie an zu schreien und um sich zu schlagen. Uns blieb gar nichts anderes übrig, als sie alles vergessen zu lassen. Sie war eine Gefahr für sich selbst, für uns und für die Menschen.«

»Dann ist es also eure gemeinsame Entscheidung gewesen?«

»Ja«, sagte Cyril. »Und weil Javen dieses Talent als Einziger sicher beherrscht, hat er sich angeboten, es zu tun. Die meisten von uns hatten zu große Skrupel, Cecily etwas derartig Drastisches anzutun. Zwar waren wir alle davon überzeugt, dass es keinen anderen Ausweg gab, dennoch konnte keiner von uns die Folgen absehen, und die sind ja nicht unerheblich, wie wir inzwischen wissen.«

»Cecily sieht Unheil voraus.«

»Zumindest erahnt sie es«, sagte Cyril. »Und sie vermischt es sowohl mit den alten Legenden als auch mit ihrem persönlichen Trauma.«

»Also hat sie nicht wirklich vergessen?«

Cyril seufzte leise. »Offenbar nicht. Sie ist so etwas wie eine Gefangene in sich selbst. Niemand von uns weiß, ob sie jemals geheilt werden kann.«

»In dieser Nervenklinik ist sie jedenfalls nicht gut aufgehoben«, erwiderte ich.

»Silly ist nirgends gut aufgehoben. Ein Teil ihrer Seele sehnt sich ins Meer zurück, der andere lehnt sich mit aller Macht dagegen auf.«

»Javen hat einen Fehler gemacht«, sagte ich hart. »Und nicht nur diesen.«

Cyril nickte beklommen. »Niemand von uns ist unfehlbar und kaum einer so mutig wie er.« Er trat vor mich hin und nahm mich bei den Schultern. »Verstehst du, Elodie? Das Meer stellt uns Talente zur Verfügung. Wenn wir sie aber nicht mit ganzem Herzen gebrauchen, uns womöglich nicht sicher sind, ob ihr Einsatz rechtmäßig ist, besteht die Gefahr, dass sie ihre volle Wirkung gar nicht entfalten können.«

Frederik!, schoss es mir durch den Kopf. Genauso musste es mir auch bei ihm ergangen sein. Ich hatte ihn nicht getötet, von daher konnte ich mein Talent auch nicht verloren haben. Es hatte sich wegen meiner Gewissensbisse und aus lauter Angst, dass es vielleicht nicht mehr klappen könnte, bloß abgeschwächt.

So etwas durfte mir nicht noch einmal passieren.

Das Meer hatte eine besondere Rolle für mich vorgesehen, und so blieb mir allen menschlichen Unzulänglichkeiten zum Trotz gar nichts anderes übrig, als darauf zu vertrauen, dass ich zumindest in den entscheidenden Momenten das Richtige tat.

Gleich nachdem Cyril zu den Klippen hinuntergelaufen und kurz darauf ins Meer abgetaucht war, machte ich mich auf den Weg zu Jane, um sie über die bevorstehende Versammlung zu informieren.

Sie freute sich aufrichtig, mich zu sehen, schloss mich in die Arme und herzte und drückte mich überschwänglich. Stolz zeigte sie mir die mit Schmuck gefüllten Vitrinenschränke in ihrem gläsernen Anbau und berichtete vom großen Erfolg ihrer ersten Ausstellung.

»Ich glaube, die Menschen hier fangen an, mich zu mögen«, erzählte sie, und ihre nussbraunen Augen strahlten vor Glück, als sie mich durch ihre Werkstatt in den Garten hinausführte. »Weißt du, Elodie, ich hätte mir niemals träumen lassen, dass ich auf dieser Insel je wirklich Fuß fassen würde. Inzwischen habe ich Guernsey und seine Menschen aufrichtig ins Herz geschlossen und das will ich mir von nichts und niemandem mehr kaputt machen lassen. Verstehst du das?«

Und wie ich das verstand! Mehr noch. Janes Enthusiasmus wirkte geradezu ansteckend auf mich, und plötzlich war ich von dem sicheren Gefühl erfüllt, alles schaffen zu können, was ich mir vornahm.

»Ich werde den Hainixen, die hier an der Südküste leben, gleich heute noch Bescheid geben. Die Botschaft wird sich wie ein Lauffeuer verbreiten, sodass das Treffen auf Little Sark bestimmt schon morgen Nacht stattfinden kann«, erklärte Jane optimistisch und bedeutete mir, auf der Gartenbank neben dem Teich Platz zu nehmen. Sie trug ein kniekurzes, hauchzartes und mit violetten Blumen bedrucktes Kleid über einer engen Jeans und dazu eine lange dunkelgrüne Häkelweste. Ihre roten Haare hatte sie mit selbst gefertigten muschelförmigen Silbernadeln zu einem lässigen Knoten zusammengesteckt, was ausgesprochen gut zu ihrem herzförmigen Gesicht passte.

»Was ist mit Bo?«, fragte ich und wies mit dem Kinn zum Teich. »Wird er ebenfalls dabei sein?«

»Also, mir persönlich wäre es sehr lieb, wenn ich ihn noch für eine Weile auf meinem Grundstück in Sicherheit wüsste«, erwiderte Jane und plötzlich wirkte sie bedrückt. »Ich fürchte allerdings, dass er sich schon bald nichts mehr von mir sagen lassen wird. Cyril hat ihm eine Menge Flausen in den Kopf gesetzt.« Sie stupste ihre Schulter gegen meine und lachte unglücklich auf. »Es wäre besser gewesen, wenn ich ihm den Teich nicht zur Heilung seiner Außenhaut angeboten hätte.«

»Cyril hat ein gutes Gespür für ein nahezu perfektes Timing«, beruhigte ich sie. »Nichts, was er tut, ist unüberlegt. Fehler macht er natürlich trotzdem.«

Jane nickte. »Wie wir alle. Oh, Elodie!«, rief sie dann. »Ich kann dir gar nicht sagen, wie leid es mir tut, dass ich versucht habe, dir die Trennung von Gordy als Notwendigkeit einzureden. Kurz nachdem du von hier verschwunden warst, wusste ich plötzlich, dass es falsch war ... und dass du hierhergehörst. Javen und ich ... wir hätten uns nicht einmischen dürfen. Die Tage, nachdem du abgereist warst, sind so schrecklich dunkel gewesen. Der Himmel hing tief und grau über uns, als wollte er uns erdrücken, und das Meer ... entweder es hat getobt oder es lag da wie tot. Ich weiß, es klingt verrückt, aber ich konnte regelrecht spüren, dass es getrauert hat.«

Beklommen sah ich sie an.

»Es war nicht falsch«, sagte ich leise. »Irgendwie hat sich ja alles geregelt. Gordy und ich haben erst verstehen müssen, dass eine Trennung unvermeidlich ist«, fügte ich tapfer hinzu.

Freimütig erzählte ich ihr von unserer Reise in den Atlantik und meiner Begegnung mit den Delfinnixen und erkundigte mich schließlich, in der festen Annahme, dass Jane sich mir gegenüber inzwischen ebenso offen verhalten würde wie ich ihr, ein weiteres Mal vorsichtig nach Bos Schicksal. Doch noch während ich meine Frage formulierte, merkte ich, wie sie sich wieder verschloss.

»Ich möchte nicht darüber sprechen«, sagte sie. Es klang zwar nicht harsch, aber doch so entschieden, dass ich es sofort bereute, überhaupt davon angefangen zu haben. »Es würde eh nichts ändern. Und deshalb versuche ich, möglichst gar nicht mehr daran zu denken und vor allem andere nicht damit zu belasten. Letztendlich hat ohnehin jeder sein eigenes Päckchen zu tragen ... Du und Gordian ganz besonders«, fügte sie mit einem mitfühlenden Blick hinzu.

»Was weißt du über ihn?«

Diese Frage hatte ich eigentlich schon vor Ewigkeiten stellen wollen, doch jetzt kam sie so unvermittelt über meine Lippen, dass ich selbst ein wenig überrascht war.

»Gar nichts.« Jane zuckte die Achseln und bemühte sich eine Spur zu offensichtlich um eine Unschuldsmiene.

Mein Gefühl hatte mich also schon damals nicht getäuscht, als sie und Gordy sich zum ersten Mal begegnet waren. Und anders als bei Bos Geschichte war ich jetzt nicht bereit, einen Rückzieher zu machen.

»Gordian ist ein Delfinnix«, begann ich noch einmal. »Aber dich hat er damals an einen Wal erinnert.« Ich hingegen nicht, obwohl ich unzweifelhaft ebenfalls Walnixgene in mir trug. »Du warst so gerührt von seinem Anblick, dass du geweint hast.«

»Er ist ja auch besonders hübsch, oder?«, erwiderte sie ausweichend.

»Jane, ich bitte dich!«, rief ich. »Du willst mir doch nicht allen Ernstes weismachen wollen, dass es nur sein Äußeres war!«

»Nein«, sagte sie. »Natürlich nicht.«

Ein Schatten zog über ihr Gesicht und von einer Sekunde auf die andere war nicht einmal mehr ein Funken ihrer natürlichen Fröhlichkeit übrig.

Unruhe ergriff mich. »Was hast du damals gesehen?«, drang ich in sie, und ich hatte Mühe, meiner Stimme einen festen Tonfall zu verleihen.

Jane schüttelte den Kopf.

»Du willst es mir nicht sagen?«

»Nein ... es würde ohnehin zu nichts führen.«

»Wie kannst du das wissen?«

Jane antwortete nicht. Sie hatte sich leicht vornübergebeugt. Ihre Ellenbogen ruhten auf ihren Oberschenkeln und ihre Hände lagen ineinander. Stumm starrte sie vor sich ins üppig wuchernde Gras, während sie nervös mit dem rechten Daumen über ihren linken Handballen rieb.

Mit klopfendem Herzen hielt ich meinen Blick auf sie gerichtet und spürte, wie sich eine Welle der Angst in mir Bahn brach.

»Jane, ich befehle es dir!«, presste ich hervor. »Wird Gordy etwas zustoßen? Ist er vielleicht sogar schon ... tot?«

»Ich weiß es nicht«, hauchte sie.

»Dann sag mir, *was du weißt*!«

Sie löste ihre Hände voneinander und machte eine fahrige Geste.

»Es ist so diffus ... dunkel ... eher ein Gefühl ... Mir fallen keine Wörter ein, um es zu beschreiben«, kam es bruchstückhaft von ihr.

»Ein Gefühl?«, bohrte ich weiter. »Was für ein Gefühl? Bitte, Jane! Ich muss es wissen. Versuch doch, es mir zu erklären.«

Ruckartig wandte sie den Kopf und sah mir nun direkt in die Augen.

»Du verlangst zu viel«, gab sie ungehalten zurück. »Ich sehe jetzt nichts und ich habe auch damals nichts Konkretes gesehen. Ich weiß nur, dass ich traurig werde, sobald ich an Gordian denke.« Ihre Stimme wurde leiser. »Es hängt irgendwie mit seiner Seele zusammen.«

»Oh, Gott, Jane«, bettelte ich. »Streng dich an. Was ist das für ein Gefühl?«

Sie schüttelte unwillig den Kopf.

»Ich weiß auch nicht«, seufzte sie. »Es ist ...«

Das Herz schlug mir bis zum Hals hinauf. »Wie ...?«

Jane legte den Kopf zurück und holte tief Luft. »Es fühlt sich an ... als würde er einen schrecklichen Fehler machen.«

Cyrils Liebe

Abends rief Ruby an und teilte mir schluchzend mit, dass Ashton am nächsten Tag um fünfzehn Uhr beigesetzt werden sollte.

»Stell dir vor, sie hätten es mir fast nicht gesagt«, erzählte sie unter Tränen. »Wenn ich nicht gerade zufällig bei seiner Mutter angerufen hätte, hätte ich kein Sterbenswörtchen davon erfahren.«

Ihre Verzweiflung, ihre Wut und Trauer übertrugen sich sofort auf mich.

»Sie geben mir die Schuld, Elodie. Kapierst du?«, schniefte sie in mein Ohr, während ich mir fest in die Unterlippe biss, damit ich nicht auch noch zu heulen anfing. »Ich bin jetzt das Ungeheuer von Guernsey. Ruby Welliams, die, die ihren Bruder schon beinahe hat ersaufen lassen und auf den Inselspasti nun auch nicht richtig aufpassen konnte.« Kaum war es heraus, brach das Schluchzen abrupt ab und eine qualvolle Pause entstand. »Oh, mein Gott, Elodie, das mit meinem Bruder weißt du ja noch gar nicht!«, stieß sie schließlich hervor.

»Doch, ich weiß es«, erwiderte ich. »Meine Großtante hat es mir erzählt. Schon vor einer ganzen Weile.«

»Scheiße ... Und das hast du einfach so für dich behalten?«

»Tante Grace fand, dass ich es wissen sollte, hatte dann allerdings ein furchtbar schlechtes Gewissen, weil sie das Gefühl hatte, dass es dir womöglich nicht recht wäre. Und deshalb musste ich ihr versprechen, dir gegenüber so zu tun, als ob ich es nicht wüsste.«

»Aber du bist doch meine Freundin!«

»Ja, Ruby, ja, das bin ich«, sagte ich.

Schweigen. Dann wieder leises Wimmern.

»Weißt du, das mit Miles, das war richtig schrecklich, und ich werde niemals aufhören, mich dafür zu verfluchen. Er war doch mein Prinz ... mein kleiner Prinz.« Die nächsten Sätze gingen in heftigen Schluchzern unter. »... eigentlich ist er total glücklich und zufrieden«, war das Einzige, was ich wieder verstehen konnte.

Ich brauchte kein Psychiater zu sein, um zu erkennen, dass Ruby sich in einem äußerst beunruhigenden Zustand befand.

»Ist Cyril heute schon bei dir gewesen?«, fragte ich.

»Was?« Sie hielt einen Moment mit Weinen inne. »Wieso?«

»War er?«

»Ja.«

»Wann?«

»Irgendwann heute Vormittag.«

»Hat er gesagt, ob er noch mal vorbeikommt?«

»Heute?« Ruby stöhnte leise. »Vergiss es, Elodie, der Letzte, den ich heute noch sehen will, ist Cyril.«

»Aber er ...« Verdammt, wie sollte ich ihr bloß sagen, dass sie ihn unbedingt möglichst bald noch einmal treffen musste, ohne sie mit der Nase darauf zu stoßen, wie er seine Fähigkeiten für sie einsetzte? »Es geht dir doch gut, wenn er bei dir ist ... oder?«, fragte ich dann einfach frei heraus.

»Keine Ahnung, Elodie«, jaulte Ruby. »Und ehrlich gesagt, ist mir das auch ziemlich egal. Ashton ist tot. Man steckt ihn in einen Sarg und verbuddelt ihn in der Erde. Ich würde am liebsten mit in sein Grab springen, verstehst du das? Danach braucht sich hier niemand mehr das Maul zu zerreißen, weil ich dann nämlich meine gerechte Strafe bekommen habe. Und ich hätte keine Schmerzen mehr ... Elodie, es tut so furchtbar weh«, stammelte sie, »du kannst dir gar nicht vorstellen, wie weh das tut. Es ist, als würde einem ein Loch ins Herz gerissen. Ich weiß nicht, wie ich das aushalten soll. Ich will seinen Sarg nicht sehen ... ich will nicht, dass die Leute mich alle anstarren ... und ich will auch nicht mehr leben, Elodie ... ich will nicht mehr leben.«

»Ruby«, sagte ich leise, aber umso eindringlicher. »Ich komme jetzt sofort zu dir. Hörst du, ich ...«

»Nein!«, fuhr sie dazwischen. »Das will ich nicht. Ich will ...«

»Keine Chance, Ruby.« Ich blieb hart. »Ich lege jetzt auf und fahre los. In ein paar Minuten bin ich bei dir.«

Nachdem Tante Grace mir den Weg erklärt hatte, holte ich das Fahrrad aus dem Schuppen und sauste los. Wie ich erwartet hatte, kam Ruby mir bereits auf halbem Weg entgegen. Keine Ahnung, warum sie nicht wollte, dass ich ihre Eltern kennenlernte, und im Grunde hatte ich eh längst beschlossen, es hinzunehmen. Ruby war diejenige, die mir am Herzen lag. Nie und nimmer würde ich sie in ihrem Kummer allein lassen.

»Du kannst heute Nacht bei mir schlafen!«, brüllte ich ihr schon von Weitem zu.

Ruby nickte stumm.

Ihre Augen waren rot geweint und ihr Gesicht sah schrecklich verquollen aus. Der Anblick schnitt mir fast das Herz entzwei.

»Fahr vor«, rief ich, als wir auf gleicher Höhe waren.

Ich bremste scharf, machte eine Kehrtwende und trat kräftig in die Pedale, um sie schnellstmöglich wieder einzuholen. Befriedigt stellte ich fest, dass sie einen prall gefüllten Rucksack auf ihren Gepäckträger geklemmt hatte.

»Du kannst bei mir bleiben, solange du willst«, sagte ich. »Meine Großtante hat bestimmt nichts dagegen.«

Wieder nickte Ruby nur und strampelte schnurstracks weiter.

Erst als wir die Kieseinfahrt von Gracies High erreichten, drosselte sie das Tempo und kippte dann ganz plötzlich mitsamt ihrem Fahrrad um.

»Ruby!«, schrie ich auf, hörte noch, wie mein eigenes Rad ebenfalls scheppernd zu Boden fiel, dann war ich bereits bei ihr, hob sie auf meine Arme und trug sie mit einer Leichtigkeit zum Wohnhaus hinüber, als wöge sie nicht viel mehr als eine Katze.

Tante Grace hatte den Lärm offenbar mitbekommen, denn sie eilte mir mit erschrockener Miene entgegen.

»Ist sie verletzt?«, fragte sie, während sie ihren Handrücken gegen Rubys Wange legte und anschließend nach ihrem Puls tastete.

»Äußerlich nicht, soweit ich sehen konnte«, gab ich zurück. »Ashton wird morgen beerdigt.«

Tante Grace nickte. »Eure Fahrräder?«, wollte sie wissen.

»Liegen noch in der Einfahrt.«

Sie tätschelte mir den Oberarm. »Ich kümmere mich drum, bring du Ruby nur hinein. Vielleicht solltest du den Notarzt rufen.«

»Ich glaube, das wird nicht nötig sein« erwiderte ich.

Rubys Lider flatterten und ein leises Stöhnen drang aus ihrer Kehle. Noch ehe ich die Treppe im Hausflur erreicht hatte, öffnete sie die Augen.

»Was ... was?«, murmelte sie. »Wo ...?«

»Du bist bei mir, Süße«, flüsterte ich, drückte sie an mich und lief weiter die Stufen hinauf bis in mein Apartment, wo ich Ruby behutsam auf mein Bett hinunterließ.

»Schön liegen bleiben!«, rief ich, während ich ins Bad eilte, ein Gästehandtuch mit eiskaltem Wasser tränkte, es auswrang und ins Zimmer zurückeilte.

Ich betupfte Rubys Stirn, ihre Wangen und den Hals, und als Tante Grace nach ein paar Minuten hereinkam, war sie schon wieder bei vollem Bewusstsein.

Ihr linker Ellenbogen blutete, die Hose war über dem Knie aufgerissen und ihre Schläfe zierten ebenfalls ein paar Schrammen, aber im Gegensatz zu Rubys Herzschmerz waren das alles nur Winzigkeiten, die schnell mit etwas Salbe und einem Pflaster versorgt und gelindert waren.

»Ich würde dir so gerne versprechen, dass alles gut wird«, sagte ich, nachdem meine Großtante uns wieder allein gelassen hatte. »Das kann ich nicht, aber ich werde bei dir sein, Ruby, wenn du mich brauchst ... ich werde bei dir sein.«

Ruby weinte nicht mehr, stattdessen war sie schrecklich still geworden. Stumm starrte sie vor sich hin, und ich konnte nichts für sie tun, außer sie im Arm zu halten und mit ihr zu schweigen.

Später brachte Tante Grace uns Pellkartoffeln mit Kräuterquark und eine große Schüssel Karamellpudding. Ruby wollte nichts essen. Mit Müh und Not bekam ich ein paar Löffel Pudding in sie hinein – und schämte mich fast ein bisschen für meinen Bärenhunger.

So unauffällig wie möglich verputzte ich alle Kartoffeln und fast den ganzen Quark und leckte zu guter Letzt – als am dunkelblauen Himmel bereits die Sterne funkelten und Ruby längst in tiefem Schlummer lag – auch noch die Puddingschüssel aus.

Als ich die Augen aufschlug, lag Cyril bei uns im Bett.

Er hielt Ruby sanft umschlungen, hatte die Finger seiner rechten Hand mit ihren verflochten und schlief. Ihre Köpfe berührten sich an Stirn und Schläfe und ruhten einander zugeneigt auf einem Kissen. Im ersten Moment dachte ich, ich träume, im nächsten war ich so gefangen von diesem Anblick, dass mir der Atem stockte. Und dann – endlich! – begriff ich, was ich im Grunde schon längst geahnt hatte!

Vorsichtig schob ich meine Füße über die Bettkante, setzte mich auf und tappte auf Zehenspitzen ins Bad.

Ich duschte lange und ausgiebig, genoss das Wasser auf meiner Haut und in meinem Haar und machte mir ein Vergnügen daraus, dem Drang meiner Beine, sich zu einer Schwanzflosse zusammenzuschließen, zu widerstehen. Doch so unvermittelt, wie diese kleine Freude von mir Besitz ergriffen hatte, verschwand sie auch wieder, und eine tiefe Dunkelheit breitete sich in mir aus.

Ich dachte an Janes letzte Worte und an Gordy!

Zitternd drehte ich das Wasser ab und griff nach dem Badetuch. Ich hüllte mich darin ein und sank auf den Wannenrand. Ich wollte heulen, aber ich versagte es mir.

Ein zaghaftes Klopfen an der Badezimmertür ließ mich aufschrecken.

»Elodie?«

Cyril!

»Ist alles in Ordnung mit dir?«

»Nein«, murmelte ich so leise, dass er es unter gar keinen Umständen hören konnte. Es verstrichen nicht mal zwei Sekunden, da stand er vor mir.

»Was ist los?«

»Nichts«, sagte ich und mit einem Mal konnte ich doch heulen.

Cyril kümmerte sich weder um das Badetuch noch den Umstand, dass ich darunter unbekleidet war, sondern schloss mich einfach in seine Arme.

Ich roch seinen vertrauten Duft, spürte seine Wärme und ließ meinen Tränen freien Lauf.

»Er kommt zurück«, wisperte Cyril in mein Ohr. »Glaub mir, Elodie, wenn er dich liebt, wird er alles tun, um bei dir sein zu können. Ich bin zwar kein Delfin, aber ein Nix ... Ich weiß, wie wir ticken.«

Seine Worte sollten mich trösten, aber sie taten es nicht. Ich war auch eine Nixe, ein Halbwesen zwar, aber eines mit einer besonderen Aufgabe, und deshalb galten für mich auch besondere Regeln. Es ging nicht um mich, sondern um andere, und es half niemandem weiter, wenn ich jetzt in Angst und Depression versank.

»Ruby ... Du liebst sie, stimmt's?«

Cyril nickte kaum merklich.

»Du liebst sie so, wie ich Gordy liebe.«

»Ja.« Seine Stimme klang rau und verletzlich.

»Du hast sie schon immer geliebt.«

Wieder ein Nicken.

»Du kannst ihren Kummer kaum ertragen und würdest sonst was darum geben, wenn Ashton noch lebte und sie wieder glücklich wäre.«

Anstelle einer Antwort gruben sich seine Finger in meine Haut.

»Oh, Cyril!«, flüsterte ich und küsste seine Wange. »Du bist einfach ... Du bist ... der Beste ... der Beste von allen.«

»Das lass mal nicht deinen Gordian hören«, erwiderte er leise lachend. Dann schob er mich behutsam von sich und musterte mich eindringlich. »Besser?«

»Ja«, sagte ich und rückte das Badetuch zurecht. »Und jetzt sag ich dir mal was: *Du* kannst Ruby *auch* glücklich machen. Vielleicht nicht jetzt und vielleicht noch nicht in einem Jahr ... aber irgendwann, Cyril. Du musst dich nur trauen.«

Ruby ging es eindeutig besser. Zwar war sie noch immer nicht besonders redselig, aber ihre Blässe war verschwunden und ihre Wangen schimmerten in einem sanften Rosaton. Cyril fragte nicht, ob uns seine Anwesenheit recht war, er blieb einfach, aß mit Tante Grace, Mam, Ruby und mir zu Mittag und wich auch danach nicht von unserer Seite.

»Halbbrüder sind Halbbrüder«, raunte Ruby mir ins Ohr, als wir mal für fünf Minuten allein im Bad waren, um uns die Haare zu machen.

Stirnrunzelnd sah ich sie an.

»Na ja, Halbbrüder stammen genetisch zur Hälfte aus einer anderen Familie«, erläuterte sie und zwinkerte mir dabei grinsend zu. »Es ist also völlig okay.«

Irgendwie stand ich auf der Leitung.

Ruby verdrehte die Augen. »Ich hab gesehen, wie ihr euch umarmt habt«, gab sie leise stöhnend von sich. »Heute Morgen hier im Bad.«

»Was?« Endlich machte es Klick. »Nein, nein, nein!«, wiegelte ich sofort ab. »Cyril hat mich nur getröstet. Wegen Ashton und Gordy und dir!«

Ruby schüttelte den Kopf. »Gib dir keine Mühe. Und davon abgesehen ... Ihr passt toll zusammen.«

»Aber ...«

Er liebt doch dich, hätte ich am liebsten ausgerufen. Ihr seid diejenigen, die toll zusammenpassen. Aber dann sah ich Ashton vor mir mit seinem Teddybärblick und dem wilden Schlenkerarm und biss mir betreten auf die Zunge. Es war über alle Maßen geschmacklos, so etwas auch nur zu denken!

»Ich liebe Gordy, Ruby. Immer und immer«, sagte ich. »Aber ich bin froh, dass ich einen Bruder wie Cyril habe. Er mag zuweilen vielleicht ein wenig sperrig sein, aber im Grunde seines Herzens ist er ein fantastischer Mensch.«

Das war die Wahrheit, und sie Ruby gegenüber auszusprechen, war – zumindest im Augenblick – das Einzige, was ich für ihn tun konnte.

Kyan

Mir graute vor Ashtons Beisetzung, und zwar gar nicht mal so sehr wegen Ruby. Jetzt da Cyril bei uns war und nicht von ihrer Seite wich, hatte ich eigentlich kaum noch Sorge, dass sie das alles würdig durchstand. Nein, mir graute vor allem, weil ich diese typischen Beerdigungen, bei denen Särge in den Erdboden versenkt wurden, einfach schrecklich fand. Verabschiedet hatte ich mich ohnehin längst von ihm, und ich wusste, die Trauer, ihn verloren zu haben, würde ein Leben lang anhalten, auch wenn sie mit der Zeit natürlich immer leichter zu ertragen war.

Obwohl sie Ashton nicht gekannt hatte, beschloss meine Mutter, uns zu begleiten. Keine Ahnung, ob sie es mir und Tante Grace zuliebe tat oder weil sie insgeheim hoffte, Javen Spinx dort zu treffen.

»Er wird nicht da sein«, versicherte Cyril mir. Wir saßen nebeneinander auf dem Rattansofa und warteten auf Ruby, die mit ihrem Rucksack im Badezimmer verschwunden war und sich noch nicht entschieden hatte, was sie anziehen sollte. »Er hasst Bestattungen. Außerdem will er nicht den Anschein erwecken, dass er irgendetwas mit dem Unfall zu tun haben könnte.«

»So ein Blödsinn«, brummte ich. »Wieso sollte er?«

»Na ja, er ist in der Tat manchmal ein wenig ... übersensibel«, meinte Cyril. »Allerdings denkt er bei allem, was er tut, weniger an sich selbst ...«

»... sondern vor allem an alle anderen«, vollendete ich leicht gereizt. Ich konnte es nicht mehr hören. »Schon klar. Du hast ihn inzwischen also gesprochen?«, fügte ich fragend hinzu.

Cyril nickte. »Das Treffen findet heute Abend statt.«

»Gut«, sagte ich. Es wurde höchste Zeit, dass wir endlich etwas unternahmen, und je eher ich meinen Auftritt als neue Anführerin der Hainixe und das Wiedersehen mit Javen Spinx hinter mir hatte, desto besser.

In diesem Moment öffnete sich die Badezimmertür und Ruby trat zögernd ins Zimmer.

Sie trug ein kniekurzes sonnengelbes Kleid, dessen Rock ab der Hüfte leicht aufsprang, und darüber eine hauchdünne orangefarbene Jacke, die ihr bis zur Taille reichte und deren Ärmel unterhalb der Ellenbogen in einem hübschen Volant endeten. Ein schmaler violetter Lackgürtel und flache Schuhe in demselben Ton krönten das ungewöhnliche Outfit. Mit ihrer zarten sommersprossigen Haut und den honigblonden Haaren sah Ruby darin einfach hinreißend aus.

»Wow!«, sagte Cyril und presste sich umgehend die Fingerknöchel auf die Lippen.

»Aber wieso denn?«, rief ich. »Du hast doch recht. Es ist wow! Es ist sogar absolut oberwow!«

Ich machte meiner Begeisterung Luft, indem ich vom Sofa aufsprang und Ruby einen Kuss auf die Wange drückte.

»Ihr findet also nicht, dass es ... ein wenig unpassend ist?«, fragte sie beinahe schüchtern.

»Oh, es ist sogar total unpassend«, erwiderte ich. »Im konventionellen Sinne. Ich dagegen finde es toll und außerdem vollkommen einleuchtend, dass du auf Ashtons letzter Party besonders hübsch aussehen willst.«

Ruby nickte. »Für ihn«, sagte sie leise. »Nur für ihn mache ich das. Es ist sein Lieblingskleid ... er hat es für mich ausgesucht«, stammelte sie. »Aber ich habe es noch nie getragen, weil es einfach nicht den richtigen Anlass dafür gab.«

»Ich bin sicher, Ashton freut sich ...«, begann Cyril, »... wie sagt ihr ... einen *Knopf* ... in den Bauch?«

Ich grinste und korrigierte: »Ein Loch«, und Ruby ergänzte: »Den Knopf freut man sich ins Ohr.« Dann fing sie an zu weinen.

Cyril war schneller bei ihr, als ich reagieren konnte.

»Schsch«, wisperte er, während er ihr seine Hand auf die Schulter legte. »Deine Augen haben eben noch so wunderbar gestrahlt. Ein schöneres Geschenk kannst du Ashton gar nicht machen.«

Ruby holte stockend Luft, wischte sich hastig die Tränen fort und lächelte mich an. »Besser?«

»Viel besser«, sagte Cyril. »Und nun sollten wir allmählich los. Um diese Zeit ist es nämlich nicht gerade leicht, in St Peter Port einen Parkplatz zu bekommen.«

Der Friedhof befand sich nicht weit vom Hafen entfernt unterhalb des Victoria Towers. Anders als die parkähnliche Anlage, in der Pa begraben lag, war dieser Ort nichts weiter als eine von Büschen und Bäumen umgebene lichte grüne Wiese, aus der einfache weiße Grabsteine, teils schief und krumm, in Richtung Himmel wuchsen.

Cyril hatte tatsächlich eine Weile suchen müssen, bis er in einer schmalen, abschüssigen Straße eine Lücke für seinen Smart fand, und deshalb waren wir am Ende nun doch ein paar Minuten zu spät.

Mam und Tante Grace hatten sich ein Taxi genommen und am Eingangstor auf uns gewartet, sodass wir zusammen zu Ashtons Grabstätte gehen konnten.

Die Zeremonie hatte bereits begonnen, und ich war überrascht, wie viele Leute sich hier versammelt hatten, um von Ashton Abschied zu nehmen.

Alle waren dunkel gekleidet, die Männer trugen schwarze Anzüge und dazu passende Fliegen oder Krawatten. Ihre Hälse steckten in steifen weißen Hemdkragen, und so gaben sie vor, Haltung zu bewahren, die die meisten von ihnen vermutlich nicht mal vortäuschen mussten.

Die Frauen an ihrer Seite trugen Kostüme in gedeckten Farben, manche hatten sich kleine schwarze Hüte ins aufgesteckte Haar gedrückt, andere dunkle Tücher um Kopf und Hals geschlungen. Auf den ersten Blick konnte ich niemanden Bekanntes unter ihnen entdecken.

Ruby, die Cyril und ich in unsere Mitte genommen hatten, blieb abseits stehen.

»Meine Eltern sind nicht gekommen«, hauchte sie tonlos. Ihre Stimme zitterte und ihre Schultern fingen an zu beben. Cyril schob ihr behutsam seine Hand in den Nacken und Ruby seufzte leise auf. »Aber alle anderen sind da. Sogar Ashtons Vater hat seine Ankündigung wahr gemacht«, fuhr sie in erstaunlich festem Tonfall fort. »Schaut nur, wie er dasteht, dieser scheinheilige Kerl!«

Ruby musste nicht auf ihn zeigen, ich hatte Raymond Clifford auch so erkannt. Die Ähnlichkeit mit seinem Sohn war in der Tat frappierend: die gleiche Größe, das gleiche dunkelbraune Haar, die gleichen braunen Teddybäraugen. Kein Wunder, dass er vor Ashton geflüchtet war! Nicht, dass ich das gutheißen oder in irgendeiner Weise entschuldigen konnte, aber nachvollziehbar war es irgendwie schon. Mr Clifford wollte wohl nicht tagtäglich mit der *minderwertigen* Ausgabe seiner selbst konfrontiert werden.

Mein Blick fiel auf Ruby, die mit leicht geneigter Kopfhaltung dem Lied lauschte, welches jemand, der von den vielen stehenden Trauergästen verdeckt wurde, auf einer Gitarre spielte. *Morning has broken* von Cat Stevens, ein uralter Schinken, der bereits vor ungefähr 150 Jahren komponiert worden war, den allerdings noch immer jeder zu kennen schien.

»Ich finde den Song ja ganz schön, Ashton mochte ihn allerdings nicht besonders«, murmelte Ruby. Sie hob ihren Kopf wieder und setzte sich langsam in Bewegung. »Komm, Elodie, ich will sehen, wer ihm das antut.«

Cyril schüttelte den Kopf. Ich sah ihm an, dass er Ruby am liebsten zurückgehalten hätte, aber das konnte er getrost vergessen. Ruby hatte schon immer ihren eigenen Kopf gehabt.

Lass sie, sagte ich also. *Ashton war das Liebste, was sie hatte. Es ist ganz allein ihre Sache.*

Schon gut.

Cyril umfasste nun Rubys Oberarm, und dann folgten wir ihr Schritt für Schritt, zunächst ein Stück den Hauptweg an einer Reihe von Grabsteinen entlang und anschließend quer über die leuchtend grüne Rasenfläche, wobei wir den Blick unentwegt auf die Gesellschaft gerichtet hielten.

Hüte, mit im Sonnenlicht glitzernden Nadeln verzierte Dutts, graue Kurzhaarschnitte, gelglänzende Wellen, diverse Schnäuzer, ein Dreitagebart und eine blonde Locke, die unter einem dunkelblauen Tuch hervorlugte, zogen an uns vorbei, und dann sahen wir ihn: Jerome, der direkt neben einem einfachen, mit einem weißen Blumenbouquet geschmückten Kiefernholzsarg auf einem Holzklappstuhl saß, die Gitarrensaiten zupfte und den Eindruck zu erwecken versuchte, er wäre der gute alte Cat Stevens höchstpersönlich.

Dahinter, aufgestellt wie die Zinnsoldaten, reihten sich Seite an Seite all die anderen alten Freunde aus Rubys Clique. Rechts die Jungs: Isaac, Mike und Finley, links daneben die Mädchen: Olivia, Joelle und Aimee. Sie hatten ihre Hände vor ihrem Schoß ineinandergelegt und hielten andächtig die Lider gesenkt.

»Scheinheiliges Pack!«, zischte Ruby.

Sie wollte sich aus Cyrils Griff lösen, doch der gab sie nicht frei.

»Bleib hier«, raunte er. »Einen Streit zu diesem Anlass hätte Ashton nicht gewollt.«

»Das da hätte er erst recht nicht gewollt!«, gab Ruby zurück.

»Sie sind seinetwegen gekommen«, wisperte ich eindringlich in ihr Ohr. »Gib ihnen eine Chance. Vielleicht meinen sie es ja wirklich ernst ... auf ihre Art.«

»Ts«, schnaubte Ruby.

Ihr innerer Widerstand war deutlich zu spüren, dennoch blieb sie stehen und entspannte sich sogar ein wenig.

Jerome sang die letzte Zeile und die Gitarrentöne verklangen. Ein Pfarrer im schwarzen Talar trat vor und rezitierte einen Abschnitt aus der Bibel. Danach hob er den Kopf und blickte feierlich in die Runde.

»Liebe Trauergäste! Wir sind heute hier zusammengekommen, um Abschied zu nehmen ...«, begann er mit lauter, unangenehm durchdringender Stimme. » ...Abschied zu nehmen von unserem lieben Ashton, einem jungen Mann, dem das Schicksal nicht zugeneigt war und der sein Leben nun auch noch auf eine so tragische Weise verlieren musste. Ist das wirklich nötig gewesen?, möget ihr jetzt vielleicht fragen! Oh, Herr, musstest du unseren wundervollen Ashton so früh und auf eine solch grausame Weise aus unserer Mitte reißen?« Er machte eine bedeutungsvolle Pause und wandte sich schließlich Raymond Clifford zu. »Dann lasst euch sagen: Ein Leben lang untröstlich zu sein, sich ständig zu quälen mit der Frage, wie die Zukunft des geliebten Sohnes wohl aussehen möge und ob man ihm auch stets den Halt geben könne, den er so sehr benötigte ...«

»So ein Schwachsinn«, knurrte Ruby. »Ashton war nun wirklich der Allerletzte, der Halt brauchte!«

»... kann eine große Last sein ...«

»Eine Unverschämtheit ist das!« Rubys Miene verhärtete sich.

»Wie kommt dieses Arschgesicht von einem Pfaffen dazu, so etwas zu behaupten!«

»... eine Last, die der gütige Herr nun von euch genommen hat und damit nicht nur Ashton, der achtzehn Jahre unter seiner furchtbaren Krankheit leiden musste, sondern auch euch allen hier, die ihr dasteht in eurer Fassungslosigkeit und Trauer, seine Gnade erwies.«

»Bullshit!« Rubys Gesicht war jetzt wutverzerrt. Sie fuhr zu Cyril herum und zischte: »Lass mich los! Das kann ich unmöglich auf Ashton sitzen lassen.«

Zögernd gab er ihren Arm frei und Ruby rannte sofort los. Wie ein gelborange glühender Feuerball mischte sie sich unter die Trauergesellschaft und stellte sich unmittelbar vor Ashtons Sarg auf.

»Was Sie da reden, ist kompletter Unsinn!«, brüllte sie den Pfarrer an. »Ashton hatte keine furchtbare Krankheit, sondern das Tourette-Syndrom, von dessen Symptomen Sie allerdings nicht die leiseste Ahnung haben!«

Ein empörtes Raunen ging durch die Menge. Jerome fiel vor Schreck fast die Gitarre vom Schoß und dem einen oder anderen Trauergast entglitt die Kontrolle über seine Gesichtszüge. Doch ehe irgendjemand etwas sagen konnte, machte Ruby bereits weiter.

»Und Ashton hat auch nicht darunter gelitten«, brüllte sie all jenen, die es garantiert nicht hören wollten, entgegen. »Im Gegenteil: Er hatte sich sogar damit angefreundet. Oder um es mit Ihren Worten zu sagen ...«, jetzt wandte sie sich wieder dem Geistlichen zu. »Er hatte das Schicksal, das Gott ihm auferlegt hatte, angenommen.« Ruby drehte sich langsam weiter, hob ihren Arm und deutete mit ausgestrecktem Zeigefinger auf Raymond Clifford. »Der da ... Sein Vater hat ihn alleingelassen. Er hat sich keine Sorgen um Ashtons Zukunft gemacht, sondern sich für ihn geschämt.« Nacheinander nahm sie ihre Freunde, Ashtons Familienangehörigen und die anderen Anwesenden ins Visier. »Ihr alle habt euch für ihn geschämt.«

Ihre letzten Worte schienen einen Moment über der Gesellschaft zu hängen, bevor der Wind sie fort in Richtung Hafen hinunterwehte. Für ein paar Sekunden war es totenstill auf dem Friedhof. Es kam mir so vor, als hätten sogar die Vögel zu zwitschern aufgehört.

Cyril tastete nach meiner Hand und drückte sie. Wir sahen uns an.

Seine schwarzen Augen glänzten vor Stolz. Ich nickte, denn ich war es auch. Stolz auf Ruby. Sie war so mutig ... so authentisch, so sehr sie selbst, dass ich sie fast ein wenig darum beneidete.

Inzwischen war sie vor Ashtons Sarg in die Knie gegangen und streichelte zärtlich über das helle Holz.

»Für mich warst du der wundervollste Mensch unter der Sonne«, sagte sie. »Und ich werde dich für immer in meinem Herzen tragen.«

Es war ein Rascheln irgendwo hinter mir, das mich aufmerken ließ. Ich wandte den Kopf und registrierte eine Bewegung hinter einem violett blühenden Rhododendronstrauch, der den Friedhof an dieser Stelle zur Straße hin abschirmte.

Keine Ahnung, wieso, denn eigentlich gab es keinen Grund, aber irgendetwas in mir geriet in Alarmbereitschaft. Vielleicht war es mein Haiinstinkt, vielleicht auch das nahezu unmerkliche Zischeln, das für den Bruchteil einer Sekunde meine Gedanken streifte. Ein Reflex ließ mich vollständig herumfahren, und da sah ich ihn – Kyan, wie er gerade über den Zaun hinter dem Rhododendron auf die Straße klettern wollte.

Cyril!, rief ich noch, dann stürzte ich los.

Ich wusste, ich war schneller als Kyan und sehr viel stärker, ich würde ihn mühelos besiegen können, aber alles, was ich denken konnte, war: Gordy! Gordy! Gordy! Dort, wo Kyan war, musste auch er sein. Hoffentlich. Hoffentlich. Hoffentlich.

Meine Füße flogen über das Gras, meine Hände drückten die Zweige des Strauches auseinander, meine Finger umklammerten das kühle Eisen des Zauns und mit dem nächsten Atemzug landete ich auf dem Bürgersteig.

Zu meiner Verwunderung rannte Kyan die sanft gewundene Straße zum Victoria Tower hinauf, anstatt sich – was ich weitaus naheliegender gefunden hätte – dem Hafen zuzuwenden.

Bleib stehen!, brüllte ich ihm hinterher. *Ich will mit dir reden!*

Kyan beschleunigte seine Schritte.

Verdammt noch mal, ich krieg dich sowieso!

Ich wollte gerade das Tempo anziehen, da traten vor mir zwei ältere Herrschaften aus einem Hauseingang, und ich war gezwungen, vorerst mit normaler Geschwindigkeit weiterzulaufen. Unterdessen tauchte Kyan hinter einer Kurve ab.

Fluchend wartete ich, bis die beiden alten Damen außer Sichtweite waren, dann schoss ich los und rannte in Riesenschritten Richtung Turm. Und da hatte ich ihn wieder. Kyan trug eine braune Lederhose und ein dunkles Shirt. Barfuß und mit wehenden schwarzen Haaren raste er über das Pflaster, direkt auf das grobe graubraune Mauerwerk des Towers zu – und verschwand!

Keuchend und im buchstäblich letzten Moment kam ich zum Stehen, sonst wäre ich mit voller Wucht gegen die Wand geknallt. Ungläubig starrte ich dagegen. Und plötzlich begriff ich: Kyan musste ein Chamäleon-Nix sein! – Seltsam nur, dass er die Fähigkeit, mit seiner Umgebung zu verschmelzen, bisher nicht genutzt hatte.

Vielleicht wollte er sie vor den anderen verbergen, mutmaßte Cyril, der nun ebenfalls nach Atem ringend hinter mir stand.

Oder er hat dieses Talent erst jetzt, womöglich gerade in diesem Augenblick, an sich entdeckt, überlegte ich, während ich mit beiden Händen nach einer Auffälligkeit suchend über die Steine tastete. Doch alle fühlten sich gleich kühl und hart an, so sehr ich mich auch konzentrierte, ich vermochte keinen Unterschied auszumachen.

Hör schon auf, sagte Cyril. *Bestimmt ist er längst weg.*

Er fasste mich an der Schulter und zog mich zu sich herum.

Aber Gordy, wimmerte ich. *Er muss hier irgendwo sein.* Es war ein total irrationales Gefühl, das mich für ein paar Sekunden völlig aus dem Tritt brachte. Ich wollte ihn doch nur sehen, nur ein einziges Mal, damit ich sicher sein konnte, dass er noch lebte, und um ihn zu ermahnen, dass er sich vorsah und bloß keinen Fehler machte. *Er und Kirby wollten Kyan aufspüren und ihn zur Besinnung bringen ... oder töten,* stieß ich hervor und ließ meine Stirn gegen Cyrils Brust sinken.

Sie könnten ihre Pläne geändert haben. Tröstend strich er mir übers Haar. *Oder sie haben ihn einfach nicht gefunden.*

Ich verbiss mir die aufsteigenden Tränen und nickte. Ja, das hörte sich einleuchtend an. Sie hatten ihn bisher nicht aufgespürt, weil er sich perfekt zu tarnen wusste. Wahrscheinlich ahnten sie nicht einmal, dass er noch immer hier auf Guernsey war. Aber Kyans Gedanken, schoss es mir durch den Kopf. Hatte Gordian nicht selber gesagt, dass er sie so deutlich wahrnahm, als wären es seine eigenen?

Auch das könnte Kyan steuern, hielt Cyril sofort dagegen und wieder musste ich ihm recht geben.

Im Übrigen hilft es weder Gordian noch dir, wenn du dich ständig um ihn ängstigst, setzte er sanft hinzu.

Aber was will Kyan hier, Cyril? Und woher wusste er, dass Ashton tot ist und heute beerdigt wird?

Aus der Zeitung?

Nein. Ich schüttelte den Kopf. *Delfinnixe können nicht lesen.*

Cyril sah mich mit hochgezogenen Brauen an. Lautlose Schwere fiel über uns.

Glaubst du an Zufälle?, fragte er rau.

Ich schluckte. *Nein ...*

Dann solltest du so schnell wie möglich von hier verschwinden.

Panik schoss mir ins Genick und lähmte meine Muskeln. Angestrengt lauschte ich in die Stille. Oh, mein Gott! Ich konnte es weder sehen noch greifen, aber ich spürte es bis unter die Haut: Da war was!

Jemand!

Kyan!

Nicht ohne dich, presste ich hervor.

Elodie, denk doch bitte ein einziges Mal zuallererst an dich!

Cyril hatte es gerade ausgesprochen, da stand er plötzlich waagerecht in der Luft und schlug kurz darauf in voller Länge zu Boden. Es gab ein ekliges Knackgeräusch, so, als würden ihm sämtliche Knochen gebrochen.

»Cyril!«, schrie ich.

Augenblicklich war ich bei ihm, aber bevor ich mich vergewissern konnte, dass er noch lebte, packte mich jemand an den Knöcheln und zog mich gewaltsam von ihm weg.

Mein Kinn scheuerte über das raue Pflaster, ich spürte, wie meine Bluse zerriss und meine Unterarme aufgeschürft wurden.

Lass mich los, du Bastard!, brüllte ich, bäumte mich auf und schlug nach ihm. Ein beißender Schmerz schoss meine rechte Wade hinauf – und plötzlich war ich frei.

Ich lag völlig verdreht auf dem Boden, und mein Bein tat so weh, dass mir schwarz vor Augen wurde.

»Cyril«, stöhnte ich. »Cyril.«

Keine Antwort, nur Fußgetrappel.

Dann waren irgendwelche anderen Leute bei mir. Schatten

huschten über mich weg. Jemand legte mich auf die Seite, ein anderer fummelte an meinem Bein herum.

»Haben Sie einen Hund gesehen?«, hörte ich eine Frauenstimme fragen. »Das kann nur ein Hund gewesen sein.«

Ich wusste, dass es idiotisch, wahrscheinlich sogar dumm war, trotzdem fing ich an zu schreien. »Cyril!« Wenn ihm etwas passiert war ... wenn Kyan ihn umgebracht hatte ... wenn ... »Cyriiil!!!«

»Schsch.« Eine warme Hand legte sich um meine Schulter.

Die Dunkelheit wich und endlich konnte ich wieder etwas erkennen: eine junge Frau mit dunkelblonden Haaren, die mich verunglückt anlächelte, einen Mann mit einem Handy am Ohr, der hektisch auf und ab lief, eine andere Frau, die sich nervös die Hände rieb und unentwegt vor sich hin brabbelte: »Wir müssen einen Krankenwagen rufen und die Polizei. Die muss sich um diesen Köter kümmern ...«

Ihre Stimme klang schrecklich hysterisch, jedes einzelne Wort fiel wie ein kleiner, spitzer Stein auf mein Trommelfell und hinterließ dort einen fiesen grellen Schmerz. Flehend richtete ich meinen Blick in die Augen der Dunkelblonden über mir.

»Was ist mit meinem Freund? Ist er okay?«

Obwohl sie mich ebenfalls ansah, wirkte sie abwesend, und sie schien auch meine Frage nicht gehört zu haben.

»Dieses Bootsunglück vorletzte Woche«, sagte sie. »Ich glaube ja nicht, dass das ein Unfall war.«

»Ach, hören Sie doch auf!«, echauffierte sich der Mann hinter mir. »Sie machen das Mädchen ja noch ganz verrückt.« Ein kantiger Kopf, eingerahmt von einer grauschwarzen Kurzhaarschnittfrisur, schob sich über der Dunkelblonden in mein Gesichtsfeld. »Keine Sorge, der Krankenwagen wird bald hier sein«, erklärte er mir.

»Nein«, murmelte ich. »Nein.«

Doch niemand interessierte sich für das, was ich sagte.

»Sie hat einen Schock«, diagnostizierte die Frau mit der schrillen Stimme. »Sie muss ärztlich versorgt werden.«

»Ich fürchte, so schnell wird das nichts«, erwiderte der Mann mit dem Handy. Er war stehen geblieben und schaute nun ebenfalls auf mich herab. »Alle Wagen im Einsatz«, befand er schulterzuckend.

Ich schloss erleichtert die Augen. Und dann endlich vernahm ich Cyrils Stimme.

»Es geht schon«, sagte er. »Vielen Dank ... Ich kümmere mich um sie. Ja, ja, seien Sie versichert ... mein Wagen steht ganz in der Nähe. Ich werde sie persönlich ins Krankenhaus fahren.«

Eine unmissverständliche Forderung

»Jetzt wissen wir, was er will«, sagte Cyril, nachdem wir uns zum Wagen geschleppt hatten. »Dich.«

Ich schüttelte den Kopf. Klar wollte er mich, aber das Zusammentreffen auf dem Friedhof hielt ich nun doch eher für einen Zufall. Ein ziemlich absurder Gedanke begann sich in meinem Kopf festzusetzen.

»Vielleicht hat er Laurens Grabstein gesucht.«

»Ts.« Cyril öffnete die Beifahrertür. »Das glaubst du nicht wirklich, oder?«

»Er könnte sie gern gehabt haben.«

Ich vermied es, mein Bein anzuheben, denn jede noch so kleine Bewegung jagte mir den Schmerz in meiner Wade bis in den Nacken hinauf. Keine Ahnung, wie ich es überhaupt vom Victoria Tower bis hierher geschafft hatte.

Cyril schwieg. Eine Auseinandersetzung würde nicht nur mich unnötig Kraft kosten. Er gab sich zwar alle Mühe, es vor mir zu verbergen, aber ich sah ihm an, dass auch ihm sämtliche Knochen wehtaten.

»Hast du dir was gebrochen?«

»Nicht der Rede wert.« Mit zusammengepressten Lippen deutete er auf den Sitz. »Schaffst du das?«

Ich sah ihn durchdringend an. »*Hast du?*«

»Ein paar Rippen ... und mein rechter Ellenbogen scheint auch etwas abgekriegt zu haben.« Er versuchte ein Grinsen. »Aber mach dir keine Sorgen. Ich bin genauso hart im Nehmen wie du. Und jetzt in den Wagen mit dir. Ruby, deine Mam und deine Großtante fragen sich bestimmt schon, wo wir abgeblieben sind.«

»Du kannst doch nicht mit dem Auto auf den Friedhof ...«

»Nein.« Cyril lachte, zuckte aber sogleich mit schmerzverzerrtem Gesicht zusammen. »Ich werde zu ihnen gehen, während du hier wartest.«

»Kommt überhaupt nicht infrage!«, protestierte ich, aber als Cyril auf meine weit klaffende und noch immer blutende Wunde zeigte, musste ich einsehen, dass ich zu viel Aufsehen erregen würde, wenn ich damit noch weiter durch die Gegend lief.

Ich biss die Zähne zusammen, und Cyril hielt mich, so gut er konnte, während ich mich langsam auf den Sitz hinuntersinken ließ.

»Bin gleich wieder da.«

Ich nickte. Den Gedanken daran, dass Kyan womöglich nur auf diesen Augenblick gewartet hatte, verbot ich mir.

Ich beeile mich, versprochen.

Cyril drückte die Tür zu und aktivierte die Zentralverriegelung. Im Ernstfall würde mir das wenig nützen. Zumindest konnte ich mir nicht vorstellen, dass Kyan sich von einem simplen Wagenschloss abhalten ließ. Wenn er es darauf anlegte, würde er die Scheiben allein mit seiner Stimme zum Bersten bringen.

Meinetwegen sollte er! Jetzt war ich gewappnet. Ich würde mich viel besser verteidigen können. Sobald die Fenster splitterten, würde ich das Lenkrad oder den Schaltknüppel herausreißen und damit um mich schlagen. Ja, im Grunde wünschte ich mir sogar, dass Kyan auftauchte. Dann könnte Gordy ihn zur Strecke bringen ... und mich retten. Er würde mit nach Little Sark kommen und die Haie davon überzeugen, dass das Schlimmste überstanden war. Niemandem würde etwas geschehen und wir alle könnten gemeinsam Pläne für die Zukunft schmieden.

Das Problem war nur: Kyan tauchte nicht auf. Und Gordian ließ sich auch nicht blicken. Ich hockte allein im Auto und hatte nichts anderes zu tun, als dankbar dafür zu sein, dass die Leute am Victoria Tower Cyril und mich hatten gehen lassen und wir nicht ins Krankenhaus gebracht und untersucht worden waren.

Tatsächlich dauerte es nur ein paar Minuten, bis Cyril zurückkam.

»Ruby wartet am Eingangstor auf uns«, teilte er mir mit, startete den Motor und fädelte sich in den Verkehr ein.

»Was hast du ihr gesagt?«

»Die Wahrheit.«

»Hat Tante Grace etwas davon mitgekriegt?«

»Nein.« Cyril warf mir ein beruhigendes Lächeln zu. »Weder sie noch deine Mutter. Sobald wir in deinem Apartment sind, verbinden wir dein Bein, und dann erzählen wir ihnen, dass du auf der Verfolgungsjagd nach Kyan gestürzt bist und dich an einer Scherbe verletzt hast.«

»Okay.« Ich nickte. Das konnte funktionieren.

»Der Biss ist nicht ohne«, meinte Cyril. »Aber du wirst sehen, diese Wunde wird nicht weniger rasch heilen als die, die dir diese Chamäleon-Nixe im Meer zugefügt haben.«

»Außerdem wird es wohl kaum die letzte sein«, gab ich zurück.

»Nein. Ich fürchte auch.«

Cyril umklammerte das Lenkrad so fest, dass seine Knöchel hell unter seiner olivfarbenen Haut hervortraten. Finster starrte er durch die Frontscheibe auf die Straße hinaus und beschleunigte das Tempo.

Die ganze Fahrt über saßen wir schweigend nebeneinander, und obwohl wir Ruby noch einladen mussten, erreichten wir Gracies High am Ende in weniger als zehn Minuten.

»Wie willst du ihn je besiegen, wenn er sich unsichtbar machen kann?«, fragte Ruby, als wir im Badezimmer saßen und meine Wunde begutachteten. »Das sieht ja schlimm aus!«, rief sie. »Also, bei einem normalen Menschen müsste das auf jeden Fall genäht werden.«

»Zum Glück bin ich kein normaler Mensch«, erwiderte ich sarkastisch und nahm ihr die Tube aus der Hand, die sie aus dem Medizinfach des Spiegelschranks gekramt hatte. »Und deshalb hilft auch diese Salbe nichts. Glaub mir, ich hab schon Schlimmeres überstanden«, beschönigte ich das Ganze, um sie zu beruhigen. »Und was Kyan betrifft: Es ist Gordys Aufgabe, ihn zu besiegen.«

»Der war aber nicht da oder sehe ich das falsch?«, brummte Ruby.

»Nein, allerdings ...«

»Und Cyril konnte es auch nicht verhindern«, fuhr sie ungehalten fort.

»Fehlt nur noch, dass du jetzt behauptest, dass er zu gar nichts nütze sei«, sagte ich halb scherzend, halb knurrend.

»Das würde ich nie tun«, entgegnete Ruby leise.

Wir sahen uns an, und ein stiller Moment lag zwischen uns, bevor sie sich im nächsten mit einem energischen Handgriff die Heilsalbe zurückeroberte.

Ich gab mich geschlagen. Außerdem brannte ich darauf, endlich etwas über die letzten Minuten von Ashtons Beisetzung zu erfahren.

»Wie haben die Leute auf deinen Auftritt reagiert?«

»Du wirst lachen«, meinte Ruby, während sie den Tubendeckel abdrehte, etwas von der Salbe auf die Kuppe ihres Mittelfingers gab und es anschließend vorsichtig auf meine offene Wade tupfte, »aber im Grunde haben sie überhaupt nicht reagiert ... abgesehen davon, dass die meisten ziemlich blass um die Nase geworden sind. Aber du kannst sicher sein ... hinterher, als ich nicht mehr da war, werden sie sich das Maul zerrissen haben.«

»Du hast das einzig Richtige getan.«

Ruby nickte und mit einem Mal sah sie wieder schrecklich traurig aus. »Das Schlimme ist, dass kaum einer von ihnen Ashton wirklich gemocht hat.«

»Das glaube ich nicht«, sagte ich. »Sie können es bloß nicht zeigen. Was zählt, ist das, was euch verbunden hat und du für ihn empfindest.«

Ruby verschloss die Tube, formte ein Polster aus einem Stück Mull und legte es auf die Wunde. Danach umwickelte sie mit flinken Fingern meinen gesamten Unterschenkel und fixierte den Verband mit Hilfe von Gummiklemmen.

»Und dass Ashton in Gordy und dir echte Freunde hatte«, ergänzte sie, fasste mich bei den Händen und half mir in den Stand.

»Und in Cyril«, betonte ich. »Den solltest du nicht vergessen.«

»Tu ich schon nicht.« Ruby zog eine Grimasse. »Ich fürchte sogar fast, ich könnte mich an ihn gewöhnen ... Und ich fürchte noch etwas«, setzte sie hastig hinzu, wohl um zu verhindern, dass ich eine dumme Bemerkung machte, »nämlich dass Joelle, Olivia und Aimee noch heute hier aufkreuzen.«

»Wieso sollten sie?«, fragte ich verwundert.

»Keine Ahnung«, gab Ruby achselzuckend zurück. »Es gibt keine logische Erklärung dafür. Es ist bloß so ein Gefühl.«

Ruby sollte recht behalten. Um kurz nach halb fünf am Nachmittag – Cyril hatte sich gerade verabschiedet und Tante Grace eine selbst gebackene Erdbeertorte auf dem Terrassentisch serviert, standen die drei Mädchen plötzlich vor der Tür.

Niemand hatte sie kommen sehen oder gehört, sie mussten sich regelrecht angeschlichen haben.

Meine Großtante, die sich meistens so platzierte, dass sie den Vorgarten im Auge hatte, bemerkte sie als Erste.

»Hallo, ihr drei!«, rief sie und winkte ihnen mit der Kuchengabel zu. »Kommt nur herüber. Es ist genug Torte für alle da.«

»Ähm, nein«, vernahm ich Joelles zögernde Stimme. »Wir wollen nichts essen und ähm ... wir wollen eigentlich auch nicht stören. Notfalls können wir in einer Stunde noch mal wiederkommen. Es ist nur so ...«

»Ja?« Tante Grace runzelte die Stirn.

»Ich glaube, sie wollen zu Elodie«, sagte Ruby und rutschte mit ihrem Stuhl zurück, damit ich an ihr vorbeitreten konnte.

»Och nö«, meldete sich meine Mutter zu Wort. »Ich finde, sie sollten zumindest warten, bis wir fertig Kaffee getrunken haben.«

»Es dauert bestimmt nicht lange«, erwiderte Olivia, die mittlerweile an die Veranda herangetreten war und mich nun eindringlich ansah. »Es ist wegen Aimee.«

Mein Herz begann zu klopfen und ein leichter Schwindel zog mir durch den Kopf. Aimee war das nächste, möglicherweise unlösbare Problem, vor dem mir beinahe noch mehr graute als vor dem nächsten Kampf mit Kyan.

»Na, also gut.« Meine Mutter stellte den Teller mit ihrem Kuchenstück auf den Tisch zurück. »Dann warten Tante Grace und ich eben so lange, bis ihr alles besprochen habt.«

Ich nickte Ruby zu, woraufhin sie sich sofort erhob.

»Vielen Dank«, sagte Olivia und wandte sich gleich wieder ab und lief mit schnellen Schritten auf ihre beiden Freundinnen zu.

Ruby und ich folgten ihr zögernd bis zur Kieseinfahrt, wo wir uns auf der Mauer, die das Grundstück zur Straße abgrenzte, niederließen. Joelle, Aimee und Olivia blieben stehen.

»Ashton und Moira sind nicht einfach verunglückt, stimmt's?«, kam Joelle sofort zum Thema.

»Natürlich sind sie das«, gab Ruby umgehend zurück. »Ich muss es ja wohl wissen, schließlich war ich dabei.«

Ich richtete meinen Blick auf Aimee, die krampfhaft versuchte, ihm auszuweichen.

»Wir haben gesehen, dass Gordian kein Mensch ist«, sagte Olivia jetzt rundheraus. »Vor drei Wochen waren wir auf Herm«, fing sie an, uns das zu erzählen, was ich natürlich längst wusste. »Moira ist auch dabei gewesen. Wir haben miteinander gewettet, wer sich traut, baden zu gehen. Das Wasser war noch ziemlich kalt, aber Aimee, die Verrückte, ist tatsächlich ins Meer gesprungen und ein ganzes Stück rausgeschwommen. Irgendwann tauchte ihr Kopf unter ... und nicht mehr wieder auf. Wir hatten die totale Panik, weil wir dachten, dass sie ertrinkt, aber dann war sie plötzlich wieder da ... im Arm von deinem Gordian.«

»Er hat Aimee geküsst, musst du wissen«, setzte Joelle mit einem Anflug von Triumph in der Stimme hinzu. Sie trug ihre Haare noch kürzer als im Frühjahr und hatte sie silberfarben aufgehellt.

»Ja«, erwiderte ich zögernd, »das hat er mir gebeichtet.«

»Gebeichtet, ts!«, fauchte Aimee. Noch immer sah sie mich nicht an. »Hast du denn gar nichts kapiert?«

»Was?«

»Dass er kein Mensch ist, sondern ein Meerjunge«, antwortete Olivia an Aimees Stelle. »Wie ich schon sagte, als er sie an Land brachte, haben wir alle gesehen, dass er keine Beine hat, sondern einen Flossenschwanz.«

»Dann hattet ihr offenbar einen kollektiven Sonnenstich«, stellte Ruby nüchtern fest.

Ich drückte ihr unauffällig meinen Ellenbogen in die Seite, um ihr zu verstehen zu geben, dass es möglicherweise nicht viel Sinn hatte, die Tatsachen zu leugnen, doch sie schüttelte kaum merklich den Kopf.

»Ihr könnt es glauben oder nicht«, brummte Joelle. »Das ist uns eigentlich scheißegal. Wir wollten euch sowieso nur fragen, ob ihr wisst, wo wir Gordian und die anderen finden können.«

»Gordian ist wieder zu Hause«, sagte ich, ehe ich richtig darüber nachgedacht hatte. »Und die, mit denen ihr damals auf Sark zusammen wart, kennen wir nicht.«

Joelle presste die Lippen aufeinander und musterte mich argwöhnisch.

»Tyler ist verschwunden«, sagte sie plötzlich. »Mike, Isaac und Jerome haben ihn schon seit ein paar Wochen nicht mehr gesehen.«

»Na und?«, gab Ruby zurück. »Ihr macht euch doch selber rar.«

»Das ist ja wohl unsere Sache«, knurrte Olivia, während Aimee nervös auf und ab ging und mich verstohlen durch eine Strähne musterte, die ihr ins Gesicht gefallen war.

»Frag sie, wo er wohnt«, zischte sie Joelle zu.

»Meinst du Gordian?«, fragte ich.

Aimee blieb ruckartig stehen, und mit einem Mal schaffte sie es doch, mich anzusehen.

»Er hat mir das Leben gerettet, kapierst du das?«, fuhr sie mich an. Ihre Lider zuckten über ihrer feucht glänzenden haselnussbraunen Iris und auf ihrer Stirn hatte sich eine feine Schweißschicht gebildet. Ich konnte mir nicht helfen, aber ich fand, dass Aimee total krank aussah. Bei Joelle und Olivia war es weniger auffällig, aber auch sie wirkten vollkommen verändert. Ihre Augen ruckten unstet hin und her, ihre Haut schimmerte seidig blass, und ihre Bewegungen waren seltsam fahrig, so, als wären sie von einer Art Fieber befallen.

»Er hat mich gerettet«, wiederholte Aimee nachdrücklich, »und dann hat er mich geküsst!«

»Und das hat er bestimmt nicht getan, weil er sie nicht leiden kann«, blaffte Joelle.

»Ich finde ihn«, murmelte Aimee und begann nun wieder, wie eine Getriebene hin und her zu laufen. »Moria hat ihn für mich gesucht und jetzt ist sie tot«, fuhr sie fort und verhakte unruhig ihre Finger ineinander. »Bestimmt war es diese Bestie. Ich bin sicher, die hat auch die anderen umgebracht. Liam und Kyan und Zak und Elliot.«

»Und Lauren und Bethany?«, fragte Ruby und hob provozierend eine Augenbraue.

Unglaublich, wie schnell sie umschalten konnte. Ashton schien für diesen Moment vergessen zu sein.

»Das ist nicht unsere Schuld«, verteidigte Olivia sich.

Eigentlich war ihr natürlicher Teint sehr viel dunkler als der ihrer Freundinnen, mittlerweile konnte man jedoch kaum noch einen Unterschied zu dem von Joelle erkennen. Außerdem hatte Olivia abgenommen. Noch zwei oder drei Wochen und sie würde eine ganz ähnliche Figur haben wie Aimee.

»Das behauptet ja auch niemand«, entgegnete Ruby jetzt. »Die Sache ist nur die: Von uns hier glaubt keiner an diese Meerbestie. Und Gordian hat auch ganz sicher keinen Flossenschwanz.«

»Woher willst denn ausgerechnet du das so genau wissen?«, fragte Joelle abfällig.

»Ich weiß es eben«, sagte ich. »Schließlich bin ich mit ihm zusammen.«

Über Joelles fein geschwungene Lippen huschte ein Lächeln. »Träum weiter, Süße«, meinte sie spöttisch. »Scheint wohl so, als hätte er dir nicht alles gebeichtet.«

Ruby schüttelte den Kopf. »Oh, Mann!«, brummte sie. »Ihr seid ja völlig hysterisch. Gerade du müsstest doch eigentlich am besten wissen, dass die Fischer damals keine Bestie aus dem Meer gezogen haben, sondern einen Delfin«, setzte sie an Joelle gewandt hinzu.

Die verschränkte demonstrativ die Arme vor der Brust und baute sich vor Ruby auf. »Und was, wenn Louie mir inzwischen etwas anderes erzählt hat, hm? Wenn die Behörden zu neuen, ziemlich erschreckenden Ergebnissen gekommen sind?«

Ich vermied es, Ruby einen Blick zuzuwerfen, denn in genau diese Richtung hatten wir vor einiger Zeit schließlich selbst schon spekuliert. Aber auch sie blieb nach wie vor ganz cool.

»Das hätte längst in der Zeitung gestanden«, gab sie zurück. »So etwas kann man nämlich kaum unter dem Deckel halten.«

»Wenn die Gefahr besteht, dass die Bevölkerung einer ganzen Inselgruppe durchdreht, dann vielleicht schon«, erwiderte Joelle ebenso cool. »Und wie es aussieht, scheinen ja nicht nur unsere schönen Channel Islands betroffen zu sein, sondern auch Madeira und sogar Florida.«

Ruby sah mich kopfschüttelnd an. »Merkst du was, Elodie? Die Ersten drehen bereits durch.« Sie wedelte sich demonstrativ vor der Stirn herum. »Aber vielleicht besteht ja noch Hoffnung, dann nämlich, wenn die Mädels endlich kapieren, dass sie von den hübschen Jungs auf Sark damals nur verarscht worden sind. Und dass auch Gordian überhaupt nichts von Aimee wissen will. Er hat sie aus dem Wasser gefischt, und dafür sollte sie ihm dankbar sein, finde ich. Vielleicht war sie ja ohnmächtig und er hat seine Lippen nur deshalb auf ihre gelegt, um sie von Mund zu Mund zu beatmen ...?«

Ich nickte.

»Genauso hat er es mir erzählt.«

»Dann hat er dir eben nicht die Wahrheit gesagt!«, fauchte Aimee, die ihre Augen jetzt zu hauchdünnen Schlitzen zusammengezogen hatte. »Aber das ist nicht mein Problem, sondern deins. Da du offensichtlich Kontakt zu ihm hast, richte ihm bitte aus, dass ich auf eine Antwort von ihm warte.«

Ruby tippte sich an die Stirn. »Du bist ja nicht ganz sauber in der Birne.«

Doch Aimee beachtete sie gar nicht. »Eine Woche«, drohte sie. »Wenn ich bis dahin nichts von ihm gehört habe, weiche ich dir nicht mehr von der Seite. Klar?«

Ich starrte sie an und überlegte, was ich ihr antworten sollte. So aberwitzig Aimees Forderung auch war, mit Argumenten oder Logik war ihr ganz sicher nicht beizukommen. Sie, Joelle und Olivia schienen mit Haut und Haaren den Nixen verfallen zu sein. Das einzig Vernünftige, was ich tun konnte, war einzulenken, denn das versprach zumindest Zeitgewinn.

»Okay.« Ich hob beschwichtigend die Hände. »Ich will sehen, was ich für dich tun kann«, sagte ich und betete, dass Aimee mir nicht anmerkte, wie viel Mühe es mich kostete zu lügen. »So viel, dass ich mich mit dir um ihn streiten würde, liegt mir nämlich nicht an Gordian.«

Neue Perspektiven

»Mein Gott«, sagte Ruby. »Wie konntest du bloß so kaltblütig sein!«

»Und du erst«, erwiderte ich, legte ihr meinen Arm um die Schultern und drückte sie an mich. »Danke«, sagte ich leise in ihr Ohr.

»Dito.« Ruby sah mich aus ernsten Augen an. Dann schüttelte sie den Kopf. »Die Sache gefällt mir nicht.«

»Glaubst du etwa, mir?«

Gordian hatte Aimee geküsst. Er hatte es getan, damit sie all das Schreckliche und Unfassbare vergaß, was sie im Meer erlebt hatte. Damit war sie ihm verfallen und würde nicht aufhören, nach ihm zu suchen, bis sie ihn gefunden hatte. Joelle, Olivia und sie waren davon überzeugt, in ihm einen Nix gesehen zu haben, und davon würde sie todsicher nichts und niemand mehr abbringen. Moira hatte es auch geglaubt und war ertrunken oder wahrscheinlicher: ertränkt worden, möglicherweise sogar von Kyan. Wenn man den Gedanken zu Ende spann, kam man nicht umhin zu resümieren, dass Ashton nur deshalb gestorben war, weil Gordy Aimee geküsst hatte. Ich hoffte inständig, dass Ruby nicht ebenfalls zu dieser Schlussfolgerung gelangte. Was in Gordian vorgehen mochte, wenn er erfuhr, auf welche Weise Ashton ums Leben gekommen war, mochte ich mir allerdings noch weniger vorstellen.

Plötzlich fühlte ich mich unendlich leer und ausgelaugt. Meine

Wade schmerzte, mein Herz brannte, und mein Kopf sagte mir, dass alles, was ich tat, keinen Sinn hatte, weil die Dinge, die in Gang gesetzt worden waren, niemals zu einem Ende kommen würden.

»Hey, was ist los mit dir?«, fragte Ruby, der mein Stimmungsumschwung natürlich nicht entgangen war.

»Ach, nix.«

»Nix heißt in diesem Fall dann wohl, du vermisst Gordian, hab ich recht?« Ruby trat vor mich hin und legte ihre Hände sanft um mein Gesicht. »Dann sitzen wir ja beide im selben Boot.«

»Nicht ganz«, erwiderte ich leise. »Gordy kommt vielleicht irgendwann zurück.«

»Das hoffe ich«, wisperte sie. »Ganz ehrlich, Elodie, jetzt, in dieser Sekunde, wünsche ich mir nichts mehr als das. Ich finde es nämlich absolut überflüssig, dass wir beide unglücklich sind.«

»Ach du«, krächzte ich und legte meine Stirn gegen ihre. »Du bist die Allerallerbeste.«

Und dann fielen wir uns in die Arme und schluchzten los.

Himmel noch mal, was war ich bloß für eine Heulsuse! Neeron musste die Falsche erwischt haben. Als besonders leidensfähig hatte ich mich bisher jedenfalls nicht erwiesen.

»Dagegen hilft nur Erdbeertorte«, hörte ich Tante Grace sagen. Ein Schatten fiel über uns und im nächsten Moment spürte ich eine warme Berührung an meinem Rücken. »Ein Sonnenstrahl, ein Kuss auf die Nasenspitze und eventuell noch dieser Cyril. Ich habe das Gefühl, er tut euch beiden gut.«

Ruby und ich hatten uns inzwischen voneinander gelöst.

»Da könnten Sie recht haben, Mrs Shindles«, sagte sie und versuchte ein Lächeln.

Tante Grace drückte uns leicht und verpasste tatsächlich jeder von uns einen Kuss auf die Nase. »Das war toll, was du da vorhin über Ashton gesagt hast«, meinte sie anerkennend zu Ruby. »Ich bewundere dich. Ehrlich. Und mit deiner Mutter werde ich noch ein Wörtchen reden.«

Ruby wollte protestieren, doch Tante Grace wäre nicht Tante Grace, wenn sie in einem solchen Punkt groß mit sich hätte reden lassen. »Worauf du dich verlassen kannst, mein Kind«, bekräftigte sie, hielt Ruby und mir jeweils einen angewinkelten Arm hin, in den wir uns einhakten, und zog uns dann energisch mit sich in Richtung Veranda.

Nachdem ich zwei Stücke Erdbeertorte mit Sahne gegessen und einen großen Becher Milchkaffee geleert hatte, ging es mir tatsächlich etwas besser.

Weder Mam noch Tante Grace verloren ein einziges Wort über Aimees, Joelles und Olivias Besuch. Wahrscheinlich gingen sie davon aus, dass es mit der Beerdigung zu tun hatte, und das war ein Thema, das offenbar beide nicht mehr ansprechen wollten.

Und so plauderten wir eine Weile übers Essen, das Wetter und schließlich über Cyril.

»Ein ganz reizender junger Mann«, schwärmte meine Mutter. »Wenn man bedenkt, was er erlebt hat ...«, sie nahm ihre Serviette und tupfte sich damit den Mund ab, bevor sie nach ihrer Kaffeetasse griff, »... dafür wirkt er ungewöhnlich ausgeglichen. Ihn scheint ja kaum etwas aus der Ruhe bringen zu können.«

Überrascht sah ich sie an. »Woher weißt du ...?«

»Das mit seiner Mutter?« Mam setzte eine Miene auf, wie sie es immer tat, wenn sie sich verplappert hatte und den Eindruck erwecken wollte, dass das, worum es ging, ohnehin nicht der Rede wert sei. »Javen hat es mir erzählt.«

»Wie bitte?«

Wann sollte das gewesen sein?

Ich schaute offenbar ziemlich belämmert drein, denn Mam musste unwillkürlich lachen.

»Entschuldige«, schob sie hastig hinterher. »Im Grunde ist es natürlich überhaupt nicht lustig.«

Nein, das war es in der Tat nicht.

»Dann wusstest du also längst, dass Javen Spinx einen Sohn hat«, vergewisserte ich mich und empfand es als tiefe Befriedigung, seinen Nachnamen auszusprechen. Das schaffte genau die Distanz, die ich mir wünschte.

»Ja.« Meine Mutter nickte und nun sah sie ziemlich ernst, fast schon bedrückt aus. »Es tut mir leid, dass ich dir bei unseren Gesprächen am Telefon nicht gleich alles erzählt habe, aber damals erschien es mir nicht angebracht. Du hattest genug mit dir selbst zu tun, da wollte ich dich nicht auch noch mit Dingen belasten, die längst vergangen waren und keine Bedeutung mehr hatten.«

»Hm«, machte ich und spürte, wie sich meine Nackenmuskeln versteiften. Mit einer Mischung aus hoffnungsvoller Erwartung und Unbehagen sah ich sie an. Was wusste sie wirklich – und woran konnte sie sich vielleicht doch noch erinnern?

Auch Ruby und Tante Grace war eine gewisse Anspannung anzumerken, obwohl sie sich alle Mühe gaben, so unaufgeregt wie möglich zu wirken. Die Art und Weise jedoch, wie sie in ihren Kaffeetassen rührten, verriet sie. Meine Mutter schien allerdings so sehr auf die Wahl ihrer Worte konzentriert zu sein, dass sie es nicht mitbekam.

»Inzwischen weiß ich es natürlich besser«, sagte sie jetzt und holte einmal tief Luft, als müsste sie sich selber Mut machen. »Also: Die Wahrheit ist, nachdem Javen und ich uns hier auf Guernsey kennengelernt hatten, blieben wir noch eine ganze Weile brieflich miteinander in Kontakt.«

»Also hat er dir erst im Nachhinein gebeichtet, dass Cyril existiert«, schlussfolgerte ich.

Mam machte eine entgeisterte Geste, indem sie ihre Arme öffnete. »Was heißt denn schon gebeichtet! Javen und ich waren ja nur befreundet. Da gab es nie etwas zu *beichten*.«

Wenn du wüsstest, dachte ich beklommen, wischte diesen Gedanken aber sofort wieder zur Seite und räusperte mich.

»Und warum hat er dir dann nicht viel früher erzählt, dass er eine Familie hat?«

»Das müsstest du ihn schon selber fragen.«

Ganz sicher nicht!

»Ich zumindest kann dir das nicht beantworten«, fuhr sie fort, »allenfalls darüber spekulieren. Solche Dinge waren einfach nie unser Thema. Das ergab sich erst, als ich mit dir schwanger war.«

Logisch!

»So etwas hat ihn interessiert?«, fragte ich fast schon ein wenig zu übertrieben erstaunt, aber auch das bemerkte meine Mutter offenbar nicht.

»Tja, zugegeben: Ich fand es durchaus ein wenig ungewöhnlich«, meinte sie, senkte für einen Moment die Lider und lächelte still in sich hinein. »Andererseits hat es mir auch imponiert. Welcher Junge von siebzehn oder achtzehn Jahren erkundigt sich schon nach Schwangerschaftssymptomen und dergleichen mehr? Aber er selber ist ja auch sehr jung Vater geworden«, setzte sie hinzu und nun seufzte sie leise. »Es sei denn, er hat mich damals bezüglich seines Alters angeschwindelt.«

Hat er nicht, dachte ich bei mir. Nixe entwickelten sich schneller als Menschen und waren daher auch früher geschlechtsreif als sie. Ich verkniff mir allerdings, das zu vertiefen. Früher oder später würde meine Mutter sicher ganz von selbst darauf kommen. Stattdessen glitten meine Gedanken zu unserem bevorstehenden Treffen heute Abend auf Little Sark ab. Noch immer grauste es mir davor, Javen Spinx unter die Augen treten und mich ihm womöglich sogar entgegenstellen zu müssen. Denn anders als Cyril war ich noch längst nicht davon überzeugt, dass Javen sich seine Führungsrolle so ohne Weiteres nehmen ließ. Bestimmt würde es nicht einfach sein, ihn und die vielen mir bisher völlig unbekannten Hainixe auf meine Seite zu ziehen, aber ich war fest entschlossen, mich ganz in den Dienst der Sache zu stellen und das Treffen zu einem guten Ergebnis zu führen. Es hing einfach zu viel davon ab.

»Javen jedoch war immer sehr besorgt um mich und wollte alles ganz genau wissen«, holten Mams Worte mich ins Hier und Jetzt zurück. »Und in dem Zusammenhang hat er mir auch von Cyril und dem Unfalltod seiner Mutter erzählt. Als du dann aber geboren warst, ebbte seine Anteilnahme ganz plötzlich ab und nach einiger Zeit schrieb er mir gar nicht mehr.«

Wen wundert's?, dachte ich.

Tante Grace schien etwas ganz Ähnliches durch den Kopf zu gehen, denn ich fing einen entsprechenden Blick von ihr ein.

»Ich habe das nie verstanden und verstehe es bis heute nicht«, setzte Mam unterdessen hinzu. »Und deshalb würde ich ihn sehr gern noch einmal treffen, um ihn danach zu fragen.«

»Besser nicht«, rutschte es mir heraus.

Zum Glück war es nicht besonders laut. Mitgekriegt hatte meine Mutter es allerdings trotzdem.

»Was hast du gesagt?«, erkundigte sie sich offensichtlich irritiert.

Mein Instinkt sagte mir, dass es nicht klug wäre, ein allzu großes Lügengespinst zu weben, und so entschied ich mich für die halbwahre Variante. »Ich sagte, besser nicht.«

»Aha ...« Mam schüttelte den Kopf. »Und wieso?«

»Weil Javen Spinx ziemlich abweisend sein kann«, erwiderte ich. »Präzise ausgedrückt, abweisend bis hin zur Kränkung. Wenn ich du wäre, würde ich mir das lieber ersparen.«

»Danke für den Hinweis«, gab sie ein wenig brüskiert zurück. »Aber ich finde, dass das ganz allein meine Sache ist. Und wenn du es genau wissen willst: Ich habe mir fest vorgenommen, Guernsey erst wieder zu verlassen, wenn ich Gelegenheit hatte, mit Javen zu sprechen.«

❧

»Sie hat ein Recht darauf«, sagte Ruby, nachdem wir zehn Minuten später die Apartmenttür hinter uns geschlossen und es uns auf meinem Bett bequem gemacht hatten. »Und zwar nicht weniger als du.«

»Das weiß ich«, gab ich ein wenig genervt zurück. »Ich bin mir nur nicht sicher, ob sie es verkraftet. Ich meine, im Grunde ist es doch nichts anderes gewesen als eine Vergewaltigung unter dem Einfluss von K.-o.-Tropfen.«

Ruby sog geräuschvoll Luft in ihre Lungen. »Warum fragst *du* ihn nicht?«

»Das werde ich«, brummte ich und knuffte mit ein paar gut platzierten Fausthieben mein Kissen zurecht. »Worauf du Gift nehmen kannst. Und du ...«, sagte ich dann. »Du wirst gefälligst mit deiner Mutter reden, bevor meine Großtante es tut.«

»Aye, aye, Sir.« Seufzend legte Ruby sich auf die Seite und zog sich einen Deckenzipfel bis unters Ohr.

»Du darfst es nicht einfach hinnehmen, dass sie dir die Schuld am Unfall deines Bruders gibt.«

»Aber ich bin's doch«, erwiderte Ruby. »Meine Mutter hatte mir ganz klar verboten, allein nach Lihou Island hinüberzugehen. Dieses Verbot habe ich nicht nur missachtet, sondern darüber hinaus auch noch Miles mitgenommen. Dass Mum mir daraus bis heute einen Vorwurf macht, ist aber noch nicht mal das Allerschlimmste.« Rubys Lippen fingen an zu zittern und ihre Augen füllten sich mit Tränen. »Ich selber kann es mir nicht verzeihen. Dabei geht es Miles eigentlich gut. Zwar erinnert er sich weder an meine Eltern noch an mich, aber er ist immer fröhlich und freut sich über jeden Schmetterling und jede Schneeflocke. Er wird nur eben niemals etwas lernen oder gar für sich sorgen können.«

»Und warum lebt er in diesem Heim?«, erkundigte ich mich. »Kann man ihm dort überhaupt noch in irgendeiner Weise helfen?«

»Nein.« Ruby wischte sich eine Träne von der Wange, und ich reichte ihr ein Papiertaschentuch vom Nachttisch, damit sie sich die Nase putzen konnte. »Es ist auch eher so etwas wie eine Pflegeklinik für behinderte Kinder. Die Leute, die dort arbeiten, sind erstklassig geschult und total liebevoll. Ich glaube, Miles könnte nirgendwo besser aufgehoben sein.«

»Nicht mal bei euch?«

Sie zuckte die Achseln. »Er hat ja keine Beziehung zu uns. Ich glaube, es würde ihm sogar Angst machen, wenn wir ihn aus seiner gewohnten Umgebung wegholen. Außerdem müssten meine Eltern unser Haus entsprechend umbauen lassen. Ich weiß, das klingt blöd«, setzte sie seufzend hinzu. »Es ist ja auch nicht so, dass wir ihn nicht gerne bei uns hätten. Aber weißt du, Elodie, nach dem Unfall ging es erst mal darum, ihn gut zu versorgen und möglichst viele Funktionen zu erhalten beziehungsweise wiederherzustellen. Und danach hat es sich einfach so ergeben. Miles fühlt sich sehr wohl in dieser Klinik. Es ist der optimale Platz für ihn.«

»Und deine Eltern? Ich meine, sie können doch froh sein, dass dir nicht auch noch was passiert ist. Eigentlich ist es ein ganz schön starkes Stück, dass sie dir das noch immer vorwerfen.«

»Tja ...« Ruby kniff die Mundwinkel ein. »Das kann man so sehen oder auch nicht. Sie haben mir eine klare Anweisung gegeben und ich habe mich nicht daran gehalten. Im Grunde ist es ganz einfach. Ich empfinde das nicht anders.«

»Aber du warst doch noch ein Kind«, entgegnete ich. »Ich

finde, deine Eltern haben dir damals viel zu viel Verantwortung aufgebürdet.«

»Ja, vielleicht ...«, sagte Ruby nachdenklich.

»Nein, nicht vielleicht«, widersprach ich heftig. »Sie haben die ganze Schuld auf dich abgewälzt und sehen seit Jahren dabei zu, wie du sie allein trägst.«

»Na ja, also so ist es nun auch wieder nicht«, wiegelte sie ab. »Mum und Dad sind schon okay. Sie fanden es immer toll, wie ich zu Ashton gestanden habe, und haben mir auch nie direkt Vorwürfe gemacht. Aber durch den Unfall mit dem Boot ist eben alles wieder hochgekommen.«

»Und gerade deshalb sollten deine Eltern jetzt auch zu dir stehen«, sagte ich eindringlich. »Es ist nicht deine Schuld, dass Ashton dich nicht mit Moira allein losfahren lassen wollte. Du hättest es an seiner Stelle nicht anders gemacht.«

»Das stimmt, aber ich bin auch nicht gehandicapt, Elodie. Ich kann schwimmen.«

»Darum geht es doch gar nicht«, sagte ich leise und streichelte ihr sanft eine Haarsträhne aus dem Gesicht. »Sondern darum, ob man füreinander da ist und sich gegenseitig nicht im Stich lässt.«

Oder bereit ist, sein Leben füreinander zu geben. Bei Ruby und Ashton war das der Fall. Es hätte in einer anderen Situation auch genau umgekehrt ausgehen können.

Rubys Stärke

Kurz vor Sonnenuntergang erschien Cyril auf dem Balkon, und ich sprang vom Bett auf, um ihm das Schiebefenster zu öffnen.

Im Laufe des frühen Abends war das Wetter umgeschlagen. Das klare Blau des Himmels hatte sich verloren und einer wirren Wolkenschicht aus hauchdünnen Schlieren und einer Herde winziger Schäfchen Platz gemacht. Außerdem pfiff ein unangenehmer Wind ums Cottage.

»Hey«, sagte Cyril. Er umarmte mich und küsste mich flüchtig auf die Schläfe. »Wie geht es deiner Wade?«

Salzwasser tropfte aus seinem nassen Haar auf meine Schulter und weckte eine zehrende Sehnsucht in mir. So unerfreulich unsere heutige Mission auch sein mochte, ich konnte es kaum erwarten, endlich wieder ins Meer hinunterzutauchen und seinen Halt und die Kraft seiner Strömung zu spüren.

»Wie geht es deinen Rippen?«, antwortete ich mit einer Gegenfrage.

»Alles bestens.«

»Lügner.« Ich verpasste ihm einen leichten Stupser, woraufhin Cyril sich augenblicklich zusammenkrümmte.

»Autsch.«

Ich grinste. »Hab ich's nicht gesagt!«

»Es geht doch nichts über die Liebe einer Schwester«, brummte Cyril und grinste ebenfalls. Sein Blick glitt zu Ruby, und ich spürte, wie er sich in meinem Arm versteifte. Hastig löste er sich von mir.

»Ich bin ein Idiot«, sagte er leise.

»Schon gut.« Ruby war inzwischen ebenfalls vom Bett aufgestanden und zum Kühlschrank hinübergegangen. »Du konntest ja nicht ahnen, dass genau das eben unser Thema war.«

Sie zog die Kühlschranktür auf, nahm eine Flasche Orangensaft heraus und drehte den Verschlussdeckel ab. »Ich wundere mich allerdings, dass die ganze Insel es zu wissen scheint, obwohl ich niemandem davon erzählt habe.«

Cyril zuckte ein wenig verlegen mit den Schultern. »Na ja, ich bin ja nicht die ganze Insel.«

»Es hat damals doch sicher in jeder Zeitung gestanden, oder?«, sagte ich.

»Stimmt.« Ruby trank einen Schluck und deutete mit der Flasche in der Hand auf Cyril. »Da war er aber noch gar nicht hier.«

»Elodie hat nicht getratscht, falls du darauf hinauswillst«, beeilte Cyril sich zu entgegnen.

»Okay ...« Ruby runzelte die Stirn. »Und woher weißt du es dann?«

Er ist neugierig, manipuliert Leute und kann Gedanken lesen, wäre eine mögliche Antwort gewesen. Er hat sich schon immer für dich interessiert, eine andere. Doch beide hätten aller Wahrscheinlichkeit nach zu keinem befriedigenden Ergebnis geführt, und so sagte ich: »Ach, du weißt doch selbst, wie das ist. Gerade diese besonders tragischen Ereignisse ziehen jede Menge Aufmerksamkeit auf sich. Selbst nach Jahren wird noch darüber geredet. Wahrscheinlich hat Cyril irgendwann mal etwas aufgeschnappt.« Ich wandte mich ihm zu. »Hab ich recht?«

Cyril nickte stumm.

»Es tut mir ehrlich leid, dass ich so gedankenlos gewesen bin«, sagte er noch einmal, ohne Ruby aus seinem Blick zu entlassen.

Sie sah ihn an und ihre ganze Trauer, Verzweiflung und Verletzlichkeit spiegelte sich in ihrem Gesicht.

»Schon okay«, krächzte sie. »Schon okay.«

Dann drehte sie sich abrupt um und stellte den Orangensaft in den Kühlschrank zurück.

Cyril verharrte noch einen Moment reglos auf der Stelle, räusperte sich schließlich und sagte: »Lass mich jetzt bitte mal deine Wade anschauen.«

Ich schüttelte den Kopf. »Wieso?«

»Weil du nicht ins Meer kannst, wenn die Wunde noch nicht zugeheilt ist«, erwiderte er.

»Natürlich kann ich das«, entgegnete ich. »Ich bin mit drei großen Wunden vom offenen Kanal bis hierher nach Guernsey zurückgeschwommen. Die Strecke nach Sark wird dagegen ein Klacks sein.«

»Das ist nicht der Punkt.« Cyril umfasste meine Schultern und drückte mich sanft auf die Bettkante hinunter. »Als die Chamäleons dich verletzt haben, befandest du dich bereits im Meer. Im Gegensatz zu jetzt hattest du also gar keine Wahl.«

Ruby horchte auf. »Was für Chamäleons?«, wollte sie wissen.

»Ach, das sind bloß Delfinnixe, die sich so perfekt an ihre Umgebung anpassen können, dass sie quasi unsichtbar wirken«, erklärte ich lapidar. Dass Kyan sich vorhin des gleichen Effekts bedient hatte, hatte ich ihr vorsichtshalber gar nicht erst erzählt. Ruby sollte sich nicht mehr um mich ängstigen müssen als unbedingt nötig. Aber natürlich ließ sie sich nicht so einfach damit abfertigen.

»Klingt gruselig«, meinte sie. »Du hast diese Chamäleons also nicht bemerkt und deshalb konnten sie dich so schwer verletzen?«

»Es waren keine schweren Verletzungen«, betonte ich. »Zumindest nicht für eine Halbnixe. Es tut zwar höllisch weh, doch dafür heilt es schnell.«

»Wie tröstlich«, brummte Ruby. Es war ihr anzusehen, dass sie kurz davor war, sich auf Cyrils Seite zu schlagen.

»Wir können das Treffen auch auf morgen Abend verschieben«, schlug er jetzt vor und Ruby nickte eifrig.

»Kommt überhaupt nicht infrage«, gab ich entrüstet zurück und schüttelte das lähmende Gefühl der Anspannung, das mich jedes Mal überfiel, wenn ich an die vielen unbekannten Hainixe dachte, die ich von meinen Führungsqualitäten überzeugen musste, energisch von mir ab. »Jede Stunde, in der wir nichts unternehmen, ist eine verlorene Stunde, und ich werde nicht zulassen, dass die Dinge noch weiter unkontrolliert über uns zusammenschlagen.«

Cyril wollte widersprechen, aber ich brachte ihn mit einem kurzen kompromisslosen Blick zum Schweigen. »Ich kann immer noch am besten beurteilen, wie es mir geht und was ich mir zutrauen kann. Und ich sage dir: Ich schaffe das. Das Treffen findet statt wie verabredet.«

Cyril seufzte leise, dann nickte er.

Okay, du gibst hier die Befehle.

Das will ich doch meinen!

Wieder wanderte sein Blick zu Ruby und die sagte sofort: »Ich komme mit!«

Cyril schüttelte unwillig den Kopf. »Wie stellst du dir das vor? Das Wasser ist viel zu kalt für dich.«

Abgesehen davon konnte ich mir kaum vorstellen, dass Ruby sich auf dem Rücken eines Hais übers Meer tragen lassen würde. Bisher hatte sie ja noch nicht einmal mit angesehen, wie Cyril sich verwandelte. Und auch mich kannte sie nur in meiner menschlichen Gestalt.

»Dann überlegt euch was«, brummte Ruby. »Ich lasse euch jedenfalls unter keinen Umständen allein dorthin.«

Ein zärtliches Grinsen huschte über Cyrils Gesicht.

Es gäbe da vielleicht tatsächlich eine Möglichkeit, sagte er.

Ich versuchte, ihn nicht allzu perplex anzustarren, während ich mir seinen Vorschlag anhörte, und musste zugeben, dass es funktionieren konnte.

Als wir es Ruby eröffneten, zögerte sie nicht eine Sekunde.

Cyril lagerte sein Brett und das Segel in einer Nische, die sich im Abgang zu einem der unteren Eingänge von Fort Hommet befand. Seinen und den Neoprenanzug für Ruby hatte er zuvor aus dem Kofferraum seines Wagens geholt.

»Ich denke, er wird dir passen«, sagte er. »Du und Elodie seid ja ungefähr gleich groß und habt eine ähnliche Figur.«

»Und wieder einmal hat Cyril Spinx genau hingeschaut«, flachste Ruby.

»Ich schaue immer genau hin«, erwiderte Cyril ernst. »Du nicht?«

»Ähm«, machte Ruby, fasste den Anzug bei den Ärmeln und hielt ihn vor sich.

Sie war knallrot angelaufen und ich hätte Cyril für seine Direktheit glatt eine scheuern können. Andererseits hatte Ruby selber schuld. Sie kannte ihn lange und gut genug, um zu wissen, wie er auf solche Bemerkungen reagierte.

»Ich hatte ihn damals eigentlich für dich gekauft«, erklärte er mir zaghaft. »Vielleicht erinnerst du dich noch, es hat mal eine Zeit gegeben, da wolltest du unbedingt schwimmen und surfen lernen.«

»Na, das hat sich inzwischen ja erledigt«, meinte Ruby, die sich zum Glück recht schnell wieder gefangen hatte.

Sie klemmte sich den Anzug unter den Arm und schlüpfte zum Umziehen in die Nische.

»Hast du eigentlich keine Angst, dass jemand deine Ausrüstung findet und mitnimmt?«, fragte ich.

Cyril schüttelte den Kopf. »Die Menschen hier sind nicht so.

Sie haben alles, was sie brauchen, und wenn sie sich etwas wünschen, kaufen sie es sich, sofern sie das Geld dafür haben. So simpel und so ehrlich.«

»Ist das der Grund, weshalb du hier lebst?«

Seine Augen bekamen einen samtigen Schimmer. »Nicht nur.«

Natürlich nicht. Cyril mochte zufällig auf die Kanalinseln geraten sein, geblieben war er jedoch einzig und allein wegen Ruby.

Und Ashton.

Das ist etwas anderes, erwiderte ich.

Erst schwieg er, dann kam ein *Jep.*

Im nächsten Moment sprang Ruby aus der Nische hervor. »Und?«, rief sie und baute sich mit weit ausgebreiteten Armen vor uns auf. »Wie sehe ich aus?«

»Perfekt«, sagte ich. »Zumindest, soweit ich das beurteilen kann.«

Cyrils Augen leuchteten. Ich hätte wetten mögen, dass er am liebsten sofort mit ihr um die halbe Welt gesurft wäre.

»Okay«, sagte er und schlüpfte nun seinerseits zum Umkleiden in die Nische.

»So, so – nur okay«, murmelte Ruby und warf Cyril einen blitzenden Blick hinterher.

»Damit hat er ganz sicher nicht dich gemeint«, beschwichtigte ich sie.

»Und wenn schon.« Sie winkte ab.

»Er hat dich gern«, sagte ich. »Wirklich gern.«

Ruby sah mich traurig an. »Ja, ja, schon gut.«

Ich wusste es ja auch ... Es war zu früh, viel zu früh.

Ruby und ich boten ihm zwar unsere Hilfe an, aber Cyril bestand darauf, die Surfausrüstung allein die feucht glänzenden Klippen hinunter ans Ufer zu tragen.

Inzwischen war es nahezu stockdunkel. Die Wolken schienen genau über unseren Köpfen zu hängen und außerdem hatte es angefangen zu regnen. Der Wind blies uns die Nässe ins Gesicht, dazu kam die Gischt, die zwischen den Felsen aufschoss, und so war ich innerhalb weniger Minuten bis auf die Haut durchgeweicht.

Uns gegenseitig stützend, arbeiteten wir uns bis zum Wasser vor.

Cyril hatte Brett und Segel in eine Steinspalte geklemmt und wartete auf einer großen, schräg ins Meer reichenden Klippe auf uns. »Du zuerst«, sagte er an mich gewandt.

Ich nickte ihm kurz zu, entledigte ich mich meiner Klamotten und nahm den Verband von meinem Unterschenkel ab. Die Wunde war noch längst nicht zugeheilt, sah aber ganz okay aus. Ehe Cyril etwas Gegenteiliges bemerken konnte, hatte ich ihm bereits meine Sachen in die Hand gedrückt und mich ins Wasser gleiten lassen.

Als meine Beine sich zum Haischwanz schlossen, durchschnitt ein kurzer brennender Schmerz meinen Flossenansatz, danach spürte ich kaum noch etwas von der Verletzung.

Ich stieß mit dem Kopf durch die Oberfläche und rief: »Alles klar. Wir sehen uns in einer Viertelstunde!«

Bitte, bleib in unserer Nähe!, antwortete Cyril.

Das ließ sich machen, mehr noch: Es war mir sogar sehr recht.

Und so verharrte ich geduldig auf der Stelle, bis über mir ein länglicher Schatten erschien, der allmählich schneller werdend aufs Meer hinausglitt und schließlich in südöstlicher Richtung davonschoss.

Ich folgte ihm mit bedächtigen Flossenschlägen und stellte mir vor, wie die beiden über mir auf dem Brett standen, das von kräftigen Windböen getrieben über hohe dunkle Wellen sprang.

Meine Gedanken waren ganz bei Ruby.

Ich fragte mich, ob sie wohl Angst hatte oder ob sie Cyril

ebenso vertraute, wie ich es tat. Vielleicht stellte das Meer für sie aber auch überhaupt keinen Schrecken mehr dar. Es hatte ihr den Bruder entrissen und Ashton getötet. Das Endgültige, das seinem Tod anhaftete, hatte jedoch auch einen positiven Aspekt. Ruby war in der Lage abzuschließen, die Dinge hinter sich zu lassen – wie sehr sie dazu bereit war, hatte sie heute auf Ashtons Beerdigung bereits gezeigt.

Ich war mächtig stolz auf sie, ein wenig beneidete ich sie aber auch. Denn im Gegensatz zu ihrem wurde mein Leben von Ungewissheiten beherrscht. Ich konnte noch immer alles verlieren. Meine Mutter, meine Tante, Cyril ... vor allem aber Gordy.

Und was noch viel schlimmer war: Ich konnte scheitern. Doch das würde ich mir nicht erlauben. Ich wollte genauso stark sein wie Ruby.

Treffen der Hainixe

Der Wetterumschwung machte sich auch unterhalb der Meeresoberfläche bemerkbar. Das Wasser war trübe und aufgewühlt, und die Gegenströmung, die durch die Wellenbewegungen hervorgerufen wurde, ließ mich sehr viel schneller müde werden, als ich gedacht hatte.

Probehalber schickte ich einen verschlüsselten Gedanken zu Cyril hinauf, bekam aber keine Antwort. Offenbar war eine Verständigung nur möglich, wenn wir uns beide im selben Element befanden. Den Versuch, ob es sich mit einem offenen Gedanken anders verhielt, sparte ich mir, da ich nicht unnötig die Aufmerksamkeit anderer Nixe auf mich ziehen wollte. Solange ich den dunklen Schemen des Surfbretts über mir sah, gab es für mich ohnehin keinen Anlass zur Sorge. Und sollten mich die Kräfte tatsächlich verlassen, würde ich einfach auftauchen und mich auf diese Weise bei Ruby und Cyril bemerkbar machen.

Meine Gedanken wanderten zu Kyan. Ich fragte mich, wo er diesmal untergeschlüpft war und ob er womöglich etwas vom Treffen der Hainixe mitbekommen hatte.

Und so, wie ich es ohnehin jede Sekunde tat, dachte ich natürlich auch an Gordian – und an Kirby. Die augenblicklich aufflammende Verzweiflung und die quälende Sehnsucht kämpfte ich entschlossen nieder. Wenn Kyan die beiden nicht getötet oder zumindest einen von ihnen verwundet hatte, mussten sie ganz in der Nähe sein. Vielleicht hatte sich inzwischen aber auch etwas ereignet, das sie gezwungen hatte, ihren ursprünglichen Plan zu ändern.

Nach wie vor machte mich die Ungewissheit darüber schier verrückt, und so setzte ich meine ganze Hoffnung darauf, dass Tyler aller Erwartungen zum Trotz ebenfalls zum Treffen erschien und möglicherweise etwas über Gordys Schicksal berichten konnte.

Mindestens genauso sehr beschäftigte mich jedoch die Frage, wie viele Hainixe es überhaupt sein würden, wie sie auf mich reagierten und ob es mir gelang, sie auf Anhieb von meiner Friedensvision zu überzeugen. Wieder und wieder legte ich mir neue Worte zurecht, mit denen ich meine Argumente möglichst anschaulich zum Ausdruck bringen könnte, und war so sehr darin vertieft, dass ich die Berührung an meinem Flossenansatz zunächst gar nicht richtig wahrnahm. Erst als der bekannte brennende Schmerz von dort bis in meine Hüfte hinaufjagte, wirbelte ich herum.

Ein kleiner Schwarm von höchstens zwanzig oder dreißig jungen Sprotten hatte sich um meine Flosse geschart und zupfte dreist an meiner Wunde. Ich schlug ein paarmal kräftig mit der Schwanzflosse hin und her und die Fische stoben erschrocken auseinander. Doch kaum hatte ich den schwarzen Schatten von Cyrils Surfbrett über mir eingeholt und mein Tempo abermals verlangsamt, waren die lästigen Biester auch schon wieder da und fielen aufs Neue über meine Verletzung her.

Haut ab, verdammt noch mal!, fauchte ich und begann, mir eine Sicherheitszone herbeizusehnen, wie Gerichte sie zuweilen den Opfern von Stalkern gewährten.

Kaum hatte ich diesen Gedanken gefasst, da ließen die Sprotten von mir ab. Ich wagte einen Blick über meine Schulter und sah, dass die Tiere halbkreisförmig von mir weggedrückt wurden. *Vielen Dank, Meer*, murmelte ich. *Für dieses neue, überaus nützliche*

Talent. – Das mir hoffentlich nicht nur bei diesen harmlosen Fischen, sondern vor allem in einer echten Gefahrensituation lebenswichtigen Schutz bieten konnte.

Als wir an das Südende von Little Sark gelangten, hatte das Meer seinen Tiefstand nahezu erreicht. Mittlerweile regnete es kaum noch und an einigen Stellen war die Wolkendecke sogar aufgerissen. Eine bizarre Landschaft aus unzähligen größeren und kleineren spitzen Felsen ragte im Licht des noch fast runden Mondes aus dem Wasser auf. Dazwischen lagen feuchte Sandflächen, die teilweise knöchelhoch überflutet waren und Cyril und Ruby ein komfortables Anlanden ermöglichten.

Ich zog mich an einem Klippenvorsprung aus dem Wasser, verknotete meine Haut unter den Achseln und lief zu den beiden hinüber.

»Es fällt überhaupt nicht auf«, sagte Ruby.

Stirnrunzelnd sah ich sie an. »Was?«

»Die Verwandlung.«

»*Halb*nixe haben offenbar gewisse Privilegien«, murmelte Cyril und klappte das Segel aus der Halterung. Erst jetzt fiel mir auf, dass sein Anzug im Gegensatz zu Rubys an den Füßen geschlossen war.

Ich könnte mich dem Nix in mir sonst nicht lange widersetzen, sagte er und wandte den Kopf. »Wir sollten nicht länger hier rumstehen«, setzte er für Ruby hörbar hinzu. »Die anderen sind bereits da.«

Angespannt blickte ich mich um. »Wo?«

Cyril deutete auf eine abgeflachte Klippe, die sich knapp fünfzig Meter von uns entfernt auftat.

»In den Felsen dort befindet sich ein Becken, in dem auch bei Ebbe immer Wasser steht. Geradezu ideal, um sich eine Weile versteckt zu halten.«

Die Aufregung schoss wie ein Blitz in mich ein und drückte mir die Eingeweide zusammen. Jetzt würde sich zeigen, ob ich meiner Aufgabe tatsächlich gewachsen war.

Nacheinander warfen sich achtzehn Hainixe auf die Klippe, nahmen ihre menschliche Gestalt an und hüllten sich in ihre Häute. Tyler entdeckte ich nicht, doch wie ich erwartet hatte, war Javen Spinx darunter. Er nahm mich sofort ins Visier, da ich seinen Blick aber nicht erwiderte, vermied auch er es, mich weiter anzuschauen.

Ruby stand neben mir wie mit dem Boden verwachsen und hielt meinen Arm umklammert, und mit jedem Nix, der aus dem Becken auftauchte, war ihr Griff fester geworden.

Ich konnte mir ungefähr vorstellen, wie sehr sie dieses Schauspiel in den Bann zog, denn sogar mich machte der Anblick so vieler Haie, die sich in Menschen verwandelten, ein wenig atemlos.

»Wer ist das?«, fragte ein hoch aufgeschossener Mann, den ich auf Mitte dreißig schätzte.

Er hatte denselben karamellfarbenen Hautton wie Gordian, störrisches weißblondes Haar und schmale eisblaue Augen, aus denen er Ruby abschätzig taxierte.

Instinktiv legte ich meine Hand schützend auf ihre Schulter. Bevor ich jedoch etwas sagen konnte, hatte bereits Cyril das Wort ergriffen.

»Skint, das ist Ruby Welliams, eine sehr gute Freundin von Elodie und mir ... Ruby ... Elodie, das ist Skint. Er, Solange, Bertrand und Tisha leben an der Ostküste von Alderney«, stellte er uns einander vor und wies dabei nacheinander auf eine kleine drahtige und schon etwas ältere Frau mit kurzen dunklen Haaren, einen kräftigen Mittvierziger mit wilder kastanienbrauner Mähne und grasgrünen Augen und ein auffallend hübsches Mädchen von vielleicht sechzehn oder siebzehn Jahren, deren leuchtend rote Korkenzieherlocken und aquamarinblaue Augen mich sofort an Bo erinnerten.

Mein Blick flog zu Jane, die ein ganzes Stück von Tisha entfernt zwischen Javen Spinx und einem breitschultrigen Mann stand.

Ist sie seine Schwester?, fragte ich sie verschlüsselt.

Jane schloss die Augen und schüttelte kaum merklich den Kopf.

Aber? – Dieses junge zarte Geschöpf konnte doch unmöglich Bos Mutter sein!

Tisha ist älter, als sie aussieht, kam es von Jane zurück.

War das eine Antwort? Verdammt, ich konnte einfach nicht aufhören, Jane anzustarren.

Halt deine Gedanken in Schach!, ermahnte sie mich, dann wandte sie sich Skint zu.

»Ich denke, es ist in Ordnung, wenn Ruby an unserer Beratung teilnimmt«, sagte sie mit fester Stimme. »Sie weiß lange genug über uns Bescheid. Wenn sie es gewollt hätte, hätte sie uns längst verraten. Außerdem könnte sie uns – was unsere Beziehung zu den Menschen betrifft – möglicherweise sogar nützlich sein.«

Aus den Augenwinkeln bemerkte ich das Missfallen in Javen Spinx' ansonsten völlig regloser Miene. Ein angespannter Zug lag um seine Lippen und seine Iris, eben noch petrolfarben, leuchtete nun in einem hellen stechenden Grünton.

Skint sprach es offen aus. »Das glaube ich nun weniger«, entgegnete er, und obwohl er Jane meinte, fixierte er dabei noch immer Ruby. »Aber gut. Da dieses Mädchen nun einmal hier ist und wir sie schlecht ins Meer werfen können, soll Cyril die Verantwortung für sie übernehmen.«

Tsah! – »Was soll denn das, bitte schön, heißen?«, fauchte ich ihn an.

Sei still!, kam es von Cyril.

Ach, auf einmal? Und ich dachte, ich wäre diejenige, die die Befehls-gewalt hat!

Dann solltest du dich auch entsprechend verhalten, erwiderte er kühl. *Kein überflüssiges Wort, keine Emotionen und dich von niemandem lenken lassen,* setzte er hinzu, bevor ich vor Wut explodieren konnte. *Man nennt das auch Souveränität.*

Skint ignorierte meinen Ausbruch, und abgesehen von Jane, Tisha und Solange taten auch die anderen Nixe so, als wäre ich gar nicht anwesend.

Ich ballte die Fäuste hinter meinem Rücken und biss mir unauffällig in die Unterlippe. Cyril hatte recht, ich hatte meine Gefühle nicht unter Kontrolle und würde es jetzt ganz sicher doppelt schwer haben, mir Respekt zu verschaffen.

»Wenn ich es richtig sehe, sind die Menschen auch nicht unser Hauptproblem«, fuhr Skint unterdessen fort. Er hatte seinen Blick von Jane gelöst und ließ ihn nun von einem zum anderen wandern. Einzig Ruby und mich schloss er dabei aus. »Sondern die Delfinnixe.« Völlig überraschend sah er mir ins Gesicht und ich zuckte unmerklich zusammen. »Sie und jene, die uns weiszumachen versucht, dass wir uns mit ihnen verbünden müssen, um überleben zu können.« Ein süffisantes Lächeln breitete sich über sein Gesicht. »Eine Halbnixe, die vor wenigen Wochen noch nicht einmal ahnte, wie es sich anfühlt, wenn ihre Beine sich zu einer Flosse schließen und Meerwasser durch ihre Lungen strömt. Ein dummes kleines Mädchen mit großen naiven blauen Augen, dessen Menschenseele dem hinterhältigen Zauber eines Delfins verfällt. Ausgerechnet sie will uns erklären, was wir in unserer Situation zu tun oder zu lassen haben?«

Hinter meiner Stirn hatte sich ein Druck aufgebaut, der sich mit jedem weiteren Wort verstärkte, bis er meinen gesamten Schädel ausfüllte, und sich nun langsam die Wirbelsäule hinunter bis in mein Becken ausdehnte. Ich spürte geradezu körperlich, dass

Skint meine intimsten Gedanken zu lesen versuchte, aber ich spürte auch ebenso deutlich, wie kläglich er daran scheiterte.

Ungerührt erwiderte ich seinen Blick.

Ich nehme an, dir ist klar, was auf Missbrauch eines Talents steht?

Skint kniff die Augen zusammen, ganz kurz nur, dann wandte er sich ruckartig von mir ab und sprach unbeeindruckt weiter: »Meiner Ansicht nach gibt es nur eine einzige Lösung für unser Problem: Wenn wir nicht verhindern können, dass die Delfinnixe an Land kommen, müssen wir dafür sorgen, dass sie dort nicht überleben.« Er reckte seine Brust heraus und sog geräuschvoll Luft ein. »Ich war so frei und habe diese Botschaft inzwischen an unsere Artgenossen entlang der französischen, britischen und norwegischen Küsten weitergegeben. Sie alle – und ich betone ausnahmslos *alle* – haben sich meiner Meinung angeschlossen und sich bereit erklärt, ebenfalls entsprechend zu verfahren.«

Was bedeutet das, Cyril?, fragte ich, äußerlich entspannt, innerlich jedoch alarmiert bis in die kleinste Nervenzelle. *Entsprechend verfahren?*

Kannst du dir das nicht denken?

Nein, verdammt, sag es mir!

Unerträglich langes Zögern, dann: *Tut mir leid, das kann ich nicht. Ich muss jetzt höllisch aufpassen, dass sie mich nicht isolieren. Wenn sie erfahren, dass du es von mir hast ...*

Das können sie nicht, fuhr ich aufgebracht dazwischen. *Du bist der Sohn von Javen Spinx.*

Ja, sagte Cyril. *Und du bist seine Tochter.*

Während ich daran herumkaute, welchen Schluss ich daraus zu ziehen hatte, musterte ich die Nixe einen nach dem anderen.

Den meisten war nicht anzusehen, was sie dachten, geschweige denn empfanden. Reglos standen sie da, eingehüllt in eine drückende Stille, und ich begann mich zu fragen, warum sie überhaupt hergekommen waren. Dass sie nur Janes und Cyrils Rufen gefolgt sein sollten, konnte ich mir kaum noch vorstellen. Skint jedenfalls schien es im Konflikt mit den Delfinnixen nie um eine friedliche Lösung gegangen zu sein. Im Gegenteil: Er hatte bereits viele Artgenossen aufgehetzt, und ich befürchtete, dass er auch diesem Treffen nur beiwohnte, um weiter Unruhe zu säen. – Und ausgerechnet ich sollte jemanden wie ihn auf eine andere Linie einschwören!

Ein Anflug von Panik stieg in mir auf und vermischte sich mit einem brennenden Zorn auf Cyril, Jane und Javen Spinx. Mein Herz tobte, und um nicht durchzudrehen, konzentrierte ich mich auf Ruby, die stumm neben mir verharrte. Obwohl sie meinen Arm inzwischen losgelassen hatte, nahm ich ihre Anspannung wahr. Und das gab mir einen Ruck. Allein für Ruby wollte ich alles daransetzen, um diese Sache hier zu einem guten Ende zu führen, und so verscheuchte ich meine Ängste und richtete meine Aufmerksamkeit wieder auf die Hainixe.

Diffuse Schatten lagen ihnen zu Füßen und verschmolzen mit dem Dunkel der Felsen. Die ganze Szenerie hatte etwas Gespenstisches. Niemand sagte etwas, doch mir war natürlich klar, dass fast alle miteinander redeten.

»Was ist mit Tyler?«, fragte ich laut in die Stille hinein, und das Meer, das mittlerweile schwarz und glatt wie ein blind gewordener unergründlicher Spiegel dalag, schien meine Worte noch zu verstärken. »Warum ist er nicht hier?«

Jane und der breitschultrige Mann neben ihr warfen sich einen Blick zu und auch ein paar der anderen Nixe rührten sich nun endlich.

»Das braucht dich nicht zu interessieren, Halbblut«, zischte Skint.

»Tut es aber«, entgegnete ich.

Ich registrierte den Anflug von Hohn in seiner Miene und beeilte mich, meiner Stimme noch etwas mehr Nachdruck zu verleihen. »Ich gebe zu, dass es mir an Erfahrung fehlt«, fuhr ich langsam, aber klar und deutlich fort. »Und dabei spreche ich ausdrücklich von der Erfahrung als Hainixe. Was nämlich das Nachempfinden menschlicher Gefühle angeht, bin ich den meisten von euch voraus. Darüber hinaus kenne ich die Ängste der Delfinnixe besser als ihr und habe gelernt, mit den Gefahren umzugehen, die von den Delfinen ausgehen.«

»Hört, hört!« Skint verzog spöttisch seine Mundwinkel. »Ganz schön selbstbewusst, die junge Dame. Und offensichtlich der Überzeugung, dass sie uns mit diesen simplen Worten für sich gewinnen kann.« Mit einer schnellen präzisen Bewegung trat er vor mich hin, packte mich im Nacken und zog mich so dicht zu sich heran, dass ich seinen süßen Atem roch.

»Nur für den Fall, dass es für dich von Relevanz sein sollte ...«, knurrte er. »Menschliche Gefühle sind für uns zweitrangig, die Ängste der Delfine interessieren uns einen Scheißdreck, und wie wir mit ihnen umzugehen haben, wissen wir ganz sicher besser als du.«

Der Griff in meinem Nacken lockerte sich und nur eine Sekunde später spürte ich den Druck seiner Finger auf meiner Brust. Jäh taumelte ich einen Schritt zurück.

»Jeder von uns hier weiß, dass du dich dem Plonx verschrieben hast«, spie Skint mir ins Gesicht. »Möglich, dass tatsächlich zur Hälfte Hainixblut durch deine Adern fließt, aber eine, die mit den Delfinen gemeinsame Sache macht, kann nicht allen Ernstes erwarten, dass wir ihr unser Vertrauen schenken.«

»Ich habe mich Gordian nicht verschrieben«, erwiderte ich. »Ebenso wenig wie er sich mir. Er gehörte schon immer einer anderen«, fuhr ich gepresst fort und hatte mächtig damit zu kämpfen, dass mir die Stimme nicht wegbrach. »Das Einzige, was ihn und mich verbindet, ist der Auftrag, Nixe und Menschen friedlich miteinander zu vereinen.«

Skint stierte mich an, als sei ich von allen guten Geistern verlassen. »Auftrag ... von wem?«, fragte er belustigt.

Ich holte tief Luft, bevor ich antwortete: »Das Meer hat ihn mir erteilt.«

Skint runzelte die Stirn. Das eisige Blau seiner Iris verdunkelte sich. »Das Meer?«, wiederholte er und schüttelte wieder und wieder den Kopf, bevor er sich den anderen zuwandte. »Freunde, habt ihr das große Wunder vernommen? Diese bezaubernde junge Lady hier erhält Botschaften vom Meer. Wie wir uns das wohl vorzustellen haben? So ganz professionell von Geschäftspartner zu Geschäftspartner oder eher bei einem gemütlichen Kaffeeklatsch?«

»Es ist nicht das Meer selbst, sondern ein weiser alter Walnix gewesen«, sagte ich. »Ein Geheimnisträger. Sein Name ist Neeron und ...«

Skint machte eine weit ausholende Armbewegung, die mich zum Schweigen brachte. Dann beugte er sich zurück und fing schallend an zu lachen. »Ein Walnix? Ich glaube es nicht ... Ein Walnix! Ach, ist es nicht reizend, Freunde, dass dieses Mädchen uns an ihren Halluzinationen teilhaben lässt?« Er richtete sich wieder auf und mit einem Mal war seine Miene todernst. »Wir verschwenden hier nur unsere Zeit«, stieß er hervor und deutete zornig aufs Meer hinaus. »Während die Delfine da draußen Menschenmädchen morden und als Trophäen in die Fischernetze hängen, stehen wir hier herum und lauschen den wahnwitzigen Fantasien eines dummen Halbbluts!«

Auch ich kochte vor Wut. Größer noch allerdings war die Verzweiflung, die mich überfiel, als ich in die Gesichter der umstehenden Hainixe sah und in nahezu jedem Zustimmung für Skints verachtende Worte erkannte. Nur Tisha, Solange, Jane und der Mann neben ihr schienen seine Ansicht nicht zu teilen, aber leider machte keiner von ihnen Anstalten, sich gegen Skint aufzulehnen.

Mein Blick huschte weiter und fiel auf Javen Spinx, der sich inzwischen unmerklich ein Stück von der Gruppe entfernt hatte.

Mir blieb nicht einmal die Zeit, Luft zu holen, da hatte er sich bereits umgewandt und war hinter einer Klippe abgetaucht.

Kümmer dich um Ruby!, brüllte ich Cyril zu und rannte los.

Atemlos und vor Erregung am ganzen Körper zitternd, ließ Kyan sich in eine der Höhlen der Dixcart Bay spülen und zog sich an der Felswand empor. Ungefähr zweieinhalb Meter über dem Meeresspiegel ertastete er einen Vorsprung, auf dem er sitzend Platz fand. Er kontrollierte den Knoten seiner Delfinhaut, die er seit seiner letzten Verwandlung immer bei sich trug, und zurrte sie sicherheitshalber noch ein wenig fester um seine Hüften. – Nicht auszudenken, wenn er sie verlor! Ohne die Haut wäre er dazu verdammt, seine Menschengestalt zu behalten und innerhalb weniger Wochen einen qualvollen Tod zu sterben.

Kyan zog die Beine an, umschlang seine Knie und schloss die Augen.

Er hatte die Stelle gefunden, an der die Menschen Lauren verscharrt hatten. Das kleine ovale Bild von ihr war ihm sofort ins Auge gesprungen, nachdem er den Friedhof betreten hatte. Kyan musste unwillkürlich lächeln, als er sich den irritierten Gesichtsausdruck des Mannes vergegenwärtigte, den er gefragt hatte, wo die Toten aufbewahrt seien. Ob er denn nicht aus Europa stamme, hatte der hässliche, faltige Kerl ihn gefragt, ihm dann aber ohne Zögern den Weg zu der großen Wiese mit den hellen Steinen erklärt.

Kyan hatte sich vor Laurens Stein ins Gras gehockt, mit dem Finger den Rand des kühlen glänzenden Glases, hinter dem sich ihr Bild befand, nachgezeichnet und dem Gesang der Kirchenglocke gelauscht.

Später waren Menschen gekommen mit einer Kiste, die einen weiteren Toten enthielt, und Kyan hatte sein Glück kaum fassen können, als er unter ihnen den Hai entdeckte. Und Gordians Mädchen. Elodie.

Ihr Duft, so fremd und abstoßend er auch war, hatte ihn geradezu magnetisch angezogen, und die Erinnerung daran, wie er sie verfolgt, dem Hai die Gräten gebrochen und seine Zähne in Elodies zartes Fleisch gerammt hatte, ließ ihn sogar jetzt noch lustvoll aufstöhnen.

Weitaus aufregender jedoch war seine letzte Begegnung mit ihr gewesen. Nachts in der Dunkelheit. Schwimmend im Meer. Langsam unter der Oberfläche gleitend. Das alberne Surfboot des Hais unmittelbar über ihnen. Kyan hätte Elodie berühren oder ihr weitere Verletzungen zufügen können, doch davon hatte er Abstand genommen und sich stattdessen damit begnügt, sie aus gebührender Distanz genau zu betrachten: ihre helle samtene Haut, die großen meerblauen Augen, ihre wundervollen Locken, die hübschen Rundungen ihrer Brüste und das lockende Rot ihrer geschwungenen Lippen.

Kyan hatte beobachtet, wie die vorwitzigen kleinen Sprotten an ihrer Wunde leckten, und er hatte gesehen, auf welche Weise Elodie sich diese Viecher vom Hals gehalten hatte. Es war ein großer Schreck für ihn gewesen, allerdings nur ein sehr kurzer.

Sprotten mochte sie mit diesem Talent vielleicht von sich fernhalten können sowie alles andere Sichtbare, nicht aber einen Chamäleon-Nix. Kyan hatte es sofort ausprobiert und sich so dicht an sie herangewagt, dass er ihr Haar berühren konnte.

Kein anderes Mädchen, nicht einmal Lauren oder Malou, hatten seine Gedanken und seine Sinne so sehr besetzt wie dieses Mischlingsweib aus Hainix und Mensch. Sie zu besitzen, reizte ihn mehr als die Aussicht auf grenzenlose Macht und den Sieg über die Landbewohner, und auch sein Hass auf den Plonx und die stinkenden Haie, die sich im Venus Pool zusammengerottet hatten, trat darüber in den Hintergrund.

Es war eine entsetzliche Qual für Kyan, sich beherrschen zu müssen, sich dem Drang seiner Lenden und der Gier zu töten, zu widersetzen, aber er durfte jetzt keinen Fehler mehr machen.

Zweimal war Elodie ihm nun schon entwischt. Noch einmal würde das Meer ihm das womöglich nicht verzeihen. Was Kyan brauchte, war der perfekte Zeitpunkt.

Vollmond.

Eskalation.

Und Elodie allein und vollkommen schutzlos zwischen den Klippen.

Kein Hai mehr, der ihr zur Seite stand.

Kein Plonx, der sich noch für sie interessierte.

Kyan hatte die Informationen verwertet und die Zeichen gedeutet. Er wusste: Genau so würde es kommen.

Die Zeit lief für ihn.

Und bis es so weit war, würde er so oft wie nur irgend möglich in Elodies Nähe sein.

Vater und Tochter

Ich spürte kaum noch den Unterschied zwischen meiner menschlichen Gestalt und der Physis des Nixenkörpers. Wasser zu atmen, war für mich ebenso selbstverständlich geworden wie das Einströmen von Luft in meine Lunge. Ich lief und schwamm, so schnell ich konnte, beherrscht von einem einzigen, alles dominierenden Gedanken: Javen Spinx durfte mir unter gar keinen Umständen entwischen.

Dachte ich anfangs noch, dass er mich mit einem seiner zahlreichen Talente dazu gebracht hatte, ihm zu folgen, so war ich bereits nach den ersten Flossenschlägen vom genauen Gegenteil überzeugt, nämlich, dass er mir um jeden Preis zu entkommen versuchte.

Javen war schnell, sehr schnell für einen gewöhnlichen Nix, und es kostete mich große Anstrengung, ihn nicht aus den Augen zu verlieren. Manchmal erkannte ich nur an einem unnatürlich hin und her wogenden Seegrasbüschel, einem aufgeschreckten Heringsschwarm oder der kaum merklichen Veränderung der Wassertemperatur, dass er kurz zuvor an eben dieser Stelle gewesen sein musste. Meine Fähigkeit, Seemeilen in rasender Geschwindigkeit zurückzulegen, nützte mir in diesem Fall wenig, denn Javen Spinx' Vorsprung war schon beim Verlassen von Little Sark zu groß gewesen. Viel zu schnell war er hinter einem Riff verschwunden, sodass ich, noch gar nicht richtig in Fahrt gekommen, mein Tempo bereits wieder zurücknehmen musste, um die Spuren, die er hinterlassen hatte, erkennen und lesen zu können.

Eines aber war für mich zum Glück schon nach kurzer Zeit klar: Das Ziel, das er ansteuerte, lag weder auf dem Festland noch im offenen Kanal oder gar im Atlantik, nein, Javen hielt eindeutig auf die Ostküste von Guernsey zu. Und als ich sie erreichte, offenbarte sich mir mein eigentliches Handicap: Ich hatte keine Kleidung.

Verborgen hinter einem der großen würfelförmigen Felsbrocken unterhalb des Gemäuers von Castle Cornet, musste ich hilflos mit ansehen, wie Javen Spinx ein Bündel aus einem Steinvorsprung hervorzog und kurz darauf in einem hellen Leinenanzug und Lederslippern den Pier entlang in Richtung Hafen davoneilte.

Mir blieb jetzt nichts anderes übrig, als mir wie sonst auch mit meiner Haihaut zu behelfen. Immerhin kam mir entgegen, dass die Nacht hereingebrochen war und sich kaum noch Leute auf den Straßen befanden. Meinen nackten Leib, so gut es ging, mit der Haut umwickelt, raste ich quer durch St Peter Port und über St Andrew nach Westen. Und nun war ich plötzlich im Vorteil.

Die Sohlen von Javens Slippern verursachten ein leises Klacken auf dem Asphalt, ich hingegen bewegte mich auf meinen nackten Füßen völlig lautlos. In Momenten, in denen ich ihn aus den Augen verlor, folgte ich ihm nach Gehör, während er sich niemals sicher sein konnte, ob ich ihm noch auf den Fersen war. In regelmäßigen Abständen blickte er sich um, doch ich war vorsichtig genug, mich stets im Schatten von Häusern und Bäumen zu halten, sodass er mich nicht bemerkte.

Nachdem wir St Andrew hinter uns gelassen hatten, schaute Javen Spinx kein einziges Mal mehr über seine Schulter zurück. Offenbar war er überzeugt, mich abgehängt zu haben. Unterdessen reifte in mir die Überzeugung heran, dass er zum Flughafen wollte. Soweit mir bekannt war, starteten und landeten auf

Guernsey nachts zwar keine Flieger, aber vielleicht hatte Javen ja einen Charterflug organisiert.

Möglich war natürlich auch, dass er seine Unterlagen und weitere Kleidungsstücke in einem Gepäckfach aufbewahrte – dann allerdings verstand ich nicht, warum er sich so konspirativ verhielt. Noch irritierter war ich jedoch, als er unvermittelt die Straße verließ und nach links in Richtung St Martin abbog. Was zum Teufel wollte er hier? Etwa einen weiteren Hainix aufsuchen, der nicht zum Treffen auf Little Sark gekommen war, damit dieser mir gegenüber seine Identität nicht preisgeben musste? Möglicherweise sogar Tyler? Verdammt! Inzwischen hielt ich wirklich alles für denkbar.

Es ging vielleicht vier- oder fünfhundert Meter eine schmale Straße durch hügeliges Wiesengelände entlang, dann hielt Javen Spinx mit einem Mal inne, sah sich noch einmal nach allen Seiten um und tauchte schließlich zwischen hoch wuchernden Pflanzenstauden mit riesigen Blättern und üppig blühenden Blütendolden ab.

Mir fiel ein Schild ins Auge. German Military Underground Hospital war darauf zu lesen. – Verdammt, was hatte denn das jetzt zu bedeuten?

Ohne lange zu überlegen, hastete ich Javen hinterher, wartete lauschend vor der Blumenstaude, schob, als ich nichts hörte, die Blätter der imposanten Pflanze zur Seite und folgte einem leicht gewundenen Pfad, bis ich mich vor einer grünen Holztür wiederfand, die geradewegs ins Erdreich des dahinterliegenden Hügels zu führen schien. Einen Moment lang verharrte ich auf der Stelle, dann drückte ich kurzerhand die Klinke herunter.

Die Tür war abgeschlossen.

Leise fluchend legte ich mein Ohr dagegen, in der Hoffnung, irgendetwas aufschnappen zu können. Worte vielleicht oder wenigstens Stimmen. Und einmal mehr fragte ich mich, was Javen

Spinx ausgerechnet an diesem Ort zu suchen hatte. Aus einer beeindruckenden Projektarbeit, die vier meiner Klassenkameraden vor ungefähr einem Jahr im Geschichtsunterricht präsentiert hatten, erinnerte ich, dass die Deutschen während des Zweiten Weltkriegs hier ihre Verwundeten versteckt und versorgt hatten. Damals waren Betten für fast tausend Personen aufgestellt worden. Diese Anlage aus unterirdischen Gängen und Krankenzimmern musste demnach ziemlich groß sein.

Ich hatte mich gerade auf die Zehenspitzen gehoben, um mir ein genaueres Bild von der Umgebung zu machen, als ich ein schabendes Geräusch an der Holztür vernahm.

Wie von einem Gummi abgeschossen, sprang ich über einen prächtig blühenden Hortensienstrauch und duckte mich dahinter weg.

Die Tür öffnete sich unter einem leisen Quietschen und Javen Spinx trat heraus.

Instinktiv hielt ich den Atem an. Ich fürchtete, dass er mich wittern konnte, wenn ich mich in seiner unmittelbaren Nähe befand, und betete zu Rubys großem Meeres-Manitu, dass genau dies nicht geschah.

»Ich kann mich also auf dich verlassen?«, drang Javens Stimme zu mir vor.

»Ja, natürlich«, kam es dunkel und ein wenig rau von einem anderen Mann zurück. »Mir ist allerdings schleierhaft, wie du die Leute dazu bringen willst, sich in diese Gemäuer zu begeben. Die meisten, die sich das hier ansehen, sind froh, wenn sie wieder draußen sind. Der Gedanke, mehrere Tage in Feuchtigkeit und Kälte und bei diesen fürchterlichen Lichtverhältnissen ausharren zu müssen, schreckt viele ab. Niemand hier erinnert sich gerne an den Krieg und die Zeit der Besatzung.«

»Das ist mir klar«, entgegnete Javen Spinx. »Hauptsache, du kümmerst dich um die Einlagerung von Lebensmitteln und Decken, den Rest lass meine Sorge sein. Ohnehin können wir nur einen Bruchteil der Inselbewohner hier unterbringen. Ich werde mit dem Lieutenant-Governor beraten, wie wir das am besten organisieren.«

Einige quälend lange Sekunden verstrichen, in denen angespanntes Schweigen herrschte und ich nur mein Herz klopfen hörte. Schließlich räusperte sich Javens Spinx' Gesprächspartner und sagte: »Ich persönlich halte diese Geschichte ja für total überzogen. Du weißt hoffentlich, was du tust.«

»Ich war in der Rechtsmedizin«, zischte Javen. »Ich habe dieses Monster mit meinen eigenen Augen gesehen. Seitdem halte ich es nicht nur für möglich, dass ein Teil des weltweiten Delfinbestands mutiert ist ... Ich weiß es!«

Kaltes Entsetzen platzte in meine Lunge, das sich in einem leisen Keuchen entlud. Erschrocken presste ich mir die Hand auf den Mund. Hoffentlich hatten die beiden Männer das nicht gehört!

Dem Entsetzen folgte Fassungslosigkeit – und blanker Zorn. Ich war so wütend, dass ich mich kaum noch auf der Stelle halten konnte. Am liebsten wäre ich dem Mann, der mein genetischer Vater war, ins Gesicht gesprungen.

Ohne jeden Zweifel: Javen Spinx redete von Elliot. Elliot, der in seiner menschlichen Gestalt aus dem Meer gefischt worden war und laut Joelles Cousin Louie angeblich im Körper eines Delfins auf einem der Seziertische in der Londoner Rechtsmedizin gelegen hatte.

»Und du bist sicher, dass noch mehr von diesen Biestern bei uns im Kanal leben?«, vergewisserte sich der Mann mit der rauen, dunklen Stimme.

»Ganz sicher.«

»Und wieso ausgerechnet hier?«

»Weil die Channel Islands von einem der saubersten Gewässer

der Welt umgeben sind«, erwiderte Javen Spinx. »Die Handelsroute zwischen England und Frankreich ist zwar stark frequentiert, aber das scheint diesen Mutanten nichts auszumachen.«

»Hm. Müssen ziemlich intelligente Wesen sein«, knurrte der andere.

»Delfine sind Rudeltiere«, gab Javen Spinx zurück. »Sie rauben und jagen in großen Allianzen. Man kann wohl davon ausgehen, dass dieses Verhalten in der Genese der Mutanten erhalten geblieben ist. Hier von übergroßer Intelligenz zu sprechen, wäre sicher übertrieben. Vorstellbar, nein, sogar wahrscheinlich ist es jedoch, dass es eine Art Anführer gibt.«

»Der dem Rest dieser ... ähm ... Allianz mental überlegen ist?«

Ich hörte, wie Javen Spinx scharf Luft einzog. »Richtig. Und deshalb ist er es, den wir finden müssen, und zwar bevor wir die ganze Brut vernichten.«

Kyan! Er sprach von Kyan. Der intelligente Böse, der die anderen anführte. Nur dass es sich dabei nicht um irgendwelche Mutanten handelte, sondern um Nixe. Und damit um seinesgleichen!

Verdammt, nach allem, was ich bisher über Javen wusste, war ich immer davon ausgegangen, dass er einen Krieg zwischen Haien und Delfinen um jeden Preis vermeiden wollte. Aus dem, was ich jetzt aus seinem Mund vernahm, ließ sich das genaue Gegenteil folgern. Das Ganze klang nicht mehr nach Krieg, sondern nach einem Vernichtungsschlag!

Vielleicht wäre es klüger gewesen, mich nicht bemerkbar zu machen und mein Wissen für mich zu behalten, aber der Zorn loderte wie ein Feuer in mir, ich konnte einfach nicht anders, als Javen in den Weg zu treten, nachdem der andere die Tür wieder hinter sich geschlossen hatte.

»Zum Teufel noch mal, Elodie!«, fuhr er mich an.

Seine Augen glühten in einem wütenden Blauviolett. Ganz offenbar hatte ihm mein Erscheinen die Sprache verschlagen.

»Vater«, brachte ich eisig hervor. »Oder sollte ich lieber *Verräter* sagen?«

»Ich glaube nicht, dass dir ein Urteil zusteht«, erwiderte er harsch. »Ohnehin wirst du kaum noch etwas bewirken können.«

Das Blauviolett seiner Iris wechselte zum gewohnten Grün, und seine steife Haltung entspannte sich, um gleich darauf einen Ausdruck von Arroganz anzunehmen.

»Und wozu hast du mich dann kreiert?«, fauchte ich.

»Ich?« Ein Lächeln stahl sich in seine Mundwinkel und er schüttelte bedächtig den Kopf. »Ich habe dich ganz gewiss nicht *kreiert*, Elodie.«

»Okay, und wie nennt man das, wenn ein Hainix eine Menschenfrau schwängert und sie anschließend alles vergessen lässt?«

»Ich habe deine Mutter nicht willentlich geschwängert.«

»Ach nein?« Ich warf den Kopf in den Nacken und kreuzte meine Arme vor der Brust. Wahrscheinlich wirkte ich ähnlich arrogant wie er, und einen Moment ärgerte ich mich darüber, weil es uns einander ähnlich machte, aber dann wurde mir klar, dass es etwas vollkommen anderes war, das mich diese Haltung einnehmen ließ, etwas, das ich ihm voraushatte, nämlich Stolz.

Javen Spinx schien zu spüren, was in mir vorging. Er kniff die Augen zusammen, schließlich senkte er den Blick.

»Nein«, sagte er beinahe tonlos.

»Und das soll ich dir glauben?«

Schweigen. Dann geräuschvolles Einatmen.

»Ich war noch sehr jung, als ich deine Mutter kennenlernte.«

»Soll das eine Entschuldigung sein?«, blaffte ich. »Eine Rechtfertigung? Erwartest du womöglich, dass ich dir verzeihe?«

»Nein.«

Diese Antwort verblüffte mich so sehr, dass ich unwillkürlich meine Hände lockerte und die Arme sinken ließ. Trotzdem wollte ich ihm gegenüber nicht weich werden.

»Und wieso erzählst du es mir dann?«

»Vielleicht weil du es wissen möchtest ...?«

Ich hätte gern Unnachgiebigkeit signalisiert. Und Desinteresse. Aber das hätte nicht der Wahrheit entsprochen, was Javen Spinx garantiert nicht entgangen wäre. »Okay, lass hören!«, forderte ich ihn auf, woraufhin ich abermals nur Schweigen erntete.

»Meine Mutter ist übrigens hier«, sagte ich, denn ich wollte das Ruder auf keinen Fall aus der Hand geben. »Auf Gracies High. Sie hofft, dich wiederzusehen.«

Javen Spinx sah mich an. »Das ist ...«

»... nicht möglich, schon klar.«

»Vor allem würde es zu nichts führen«, erwiderte er.

»Du bist ein Feigling.«

Er schürzte die Lippen. »Es geht mir dabei nicht um mich.«

»Jetzt behaupte nicht, um meine Mutter.«

Er zuckte mit den Schultern. »Hör zu, Elodie«, sagte er. »Ich weiß, es hätte niemals passieren dürfen, aber ich bin damals sehr verliebt in Rafaela gewesen. Ich hatte mich nicht unter Kontrolle.«

»Du? Ein Hai?«

Zur Hölle noch mal, ich wusste noch viel zu gut, was er mir kurz vor meiner überstürzten Abreise nach Lübeck über die besonderen Charaktereigenschaften der Hainixe erzählt hatte, als dass ich ihm das so einfach abnehmen konnte.

»Ich sagte doch, ich war noch sehr jung. Deine Mutter war hinreißend. Klug. Lebensfroh und wunderwunderschön.«

»Aber ...?«

»Ich hatte mich damals längst nicht so gut im Griff wie Cyril. Ich war eher so wie Tyler ... Leider.« Javen Spinx' Iris verlor an

Strahlkraft. Plötzlich wirkte er traurig. »Ich wusste doch, dass ich ihr nur wehtun würde.«

Ich schluckte und mit einem Mal war ich doch ganz weich in meinem Inneren. »Deshalb hast du sie es vergessen lassen?«, hauchte ich.

»*Nur* deswegen.«

Ich starrte ihn an und verlor für einen Moment die Aufmerksamkeit.

Javen Spinx nutzte die Gelegenheit, wandte sich um und machte Anstalten davonzupreschen.

Von einer Sekunde auf die andere war ich wieder präsent. »Was soll das?«, rief ich ihm nach. »Ich bin ohnehin schneller als du!«

Er hielt in der Bewegung inne und seine Schultern strafften sich. Langsam drehte er sich zu mir um.

»Und ich könnte die Zeit manipulieren«, erwiderte er. »Wenn ich es darauf anlegte, würdest du mich nicht einholen können, so schnell du auch sein magst.«

»Wozu das Ganze?«, fragte ich. »Ich meine, warum willst du dich davonmachen, anstatt mir Rede und Antwort zu stehen?«

»Ich habe Wichtigeres zu tun«, sagte er kühl.

»Und wenn mich das nicht kümmert?«, gab ich ebenso kühl zurück.

Javen Spinx zuckte die Achseln. Er gab sich redlich Mühe, gleichgültig zu wirken, aber ich spürte, wie angespannt er war und wie sehr er meine Fragen fürchtete. Zum ersten Mal fühlte ich mich ihm überlegen. »Dein Problem ist wohl eher, dass ich dir nicht glaube«, setzte ich provozierend hinzu.

Ein Lächeln umspielte seine Mundwinkel. Es war ein Lächeln, das nicht in seinen Augen ankam. »Und das wiederum, meine liebe Elodie, kümmert mich nicht.«

»Gut«, brummte ich. »Dann kann ich meiner Mutter ja die Wahrheit sagen.«

Javens Augen verengten sich. »Untersteh dich!«, zischte er.

»Warum denn?«, entgegnete ich. »Weil ich ihr damit wehtun würde oder weil es deinem Ansehen unter den Hainixen schaden könnte?«

Er antwortete nicht, aber ich sah am Hervortreten seiner Kiefermuskeln, wie sehr es in ihm arbeitete.

»Nach allem, was ich heute mit dir und den anderen auf Little Sark erlebt habe, frage ich mich ernsthaft, wie du zu mir stehst«, fuhr ich unbeirrt fort. Denn ich wollte ihm nun keine Möglichkeit mehr geben, sich herauszuwinden. »Du hast mich gezeugt und die Schwangerschaft meiner Mutter so lange verfolgt, bis du dir sicher sein konntest, dass alles gut gegangen war, und dann ...«

»Ich weiß sogar, in welchem Krankenhaus du geboren wurdest, welche Freunde du hattest und wo du zur Schule gegangen bist«, unterbrach er mich. »Ebenso wie ich selbstverständlich darüber informiert war, dass dein Vater gestorben ist und du darauf eine Reise nach Guernsey gebucht hast. Wie du siehst, habe ich mich nicht vor meiner Verantwortung gedrückt.«

»Du wolltest die Kontrolle nicht verlieren, Mister Spinx«, sagte ich hart. »Das trifft es wohl eher.«

Er hatte bereits den Mund geöffnet, um etwas zu erwidern, doch ich ließ ihn nicht zu Wort kommen.

»Wie viele von denen, die vorhin zum Treffen erschienen sind, wissen überhaupt, dass ich deine Tochter bin?«

»Nur Jane. Und Cyril natürlich.«

»Dachte ich es mir.«

»Es spielt keine Rolle«, sagte er ausweichend.

»Doch, das tut es.« Ich trat so dicht an ihn heran, dass er den Abscheu in meinen Augen sehen konnte. »Weil es dir nämlich als Schwäche ausgelegt würde, wenn herauskäme, dass du dich in deiner Jugend mit einer Menschenfrau eingelassen hast.«

Javen Spinx schluckte schwer. Ich blickte auf seinen Kehlkopf, der sich einmal auf und ab bewegte, dann richtete ich meinen Blick wieder in seine Augen. Die Iris des linken schillerte nun in einem klaren dunklen Grünton, während die Farbe der rechten undefinierbar war. Bisher hatte ich dieses Phänomen nur ein einziges Mal bemerkt, und ich folgerte daraus, dass es Javens innere Zerrissenheit war, die sich auf diese Weise widerspiegelte.

»Du irrst dich«, sagte er leise. »Aber auch das spielt keine Rolle.«

»Okay.« Ich hatte ohnehin keine Lust mehr, darüber zu reden. »Aber dann erklär mir bitte, warum Skint und die anderen so abfällig auf mich reagiert haben.«

»Weil du in ihren Augen eine Missgeburt bist.«

Aber ...? In meinem Kopf flog alles durcheinander. Worte und Bilder. Ich sah Neeron, hörte Cyril sprechen und die Gesichter von Jane und Tisha und all den anderen zogen an mir vorbei. »Aber Cyril hat gesagt ...«

»Cyril ist anderer Auffassung«, fiel er mir ins Wort. »Das ist alles.«

Alles? - Tsah! Mir schien es ein äußerst bedeutsamer Unterschied zu sein, und mich interessierte brennend, woher er rührte.

»Cyril liebt dich. Er hat seine Mutter verloren, du bist die Einzige, die ihm geblieben ist.«

»Und du.«

»Nein.« Javen Spinx schüttelte den Kopf. »Ich bin nur sein biologischer Vater. Mehr nicht.«

Das Gleiche galt dann wohl auch für mich.

»Ich bin ein Hainix«, betonte er. »Wir erlauben uns keine Sentimentalitäten.«

»Das ist Cyril auch ... oder Jane.«

»Ja, und beide haben ihren Platz gefunden. Ebenso wie ich.«

Er hatte es kaum ausgesprochen, da war er auch schon verschwunden, während ich wie angewachsen auf der Stelle verharrte, für etliche Augenblicke unfähig, mich zu bewegen. Und als ich endlich wieder dazu in der Lage war, schien es, als sei Javen Spinx nie hier gewesen. Zumindest beinahe. Denn das, was wir besprochen hatten, war fest in meiner Erinnerung verankert. Das konnte er, trotz seiner Fähigkeit, die Zeit zu manipulieren, nun nicht mehr aus meinem Gedächtnis löschen.

Traum und Wirklichkeit

Cyril hatte das Schiebefenster verschlossen. Wie es aussah, wollte er meine Rückkehr nicht verpassen. – Meinetwegen. Viel erzählen würde ich ihm allerdings nicht.

Leise trommelte ich mit den Fingerkuppen gegen die Glasscheibe, bis sich ein Schemen aus der Dunkelheit des Apartments löste.

Cyrils Augen leuchteten, als er mich ansah. Hastig legte er den Griff um und öffnete das Fenster. Eine Sekunde später lag ich in seinen Armen – nicht weil ich das wollte, *er* hatte mich an sich gezogen und drückte mich jetzt so fest, dass ich fast keine Luft mehr bekam.

»Lass mich los, verdammt noch mal!«

Augenblicklich entließ mich Cyril aus seiner Umarmung. Er schob mich ins Zimmer und schloss das Fenster.

Mein Blick fiel aufs Bett. Die Kissen lagen akkurat nebeneinander und die Decke war auf der linken Seite der Matratze ordentlich zusammengefaltet.

»Wo ist Ruby?«

Cyril setzte sich auf die Bettkante und knipste die Nachttischlampe an. »Ich habe sie nach Hause gebracht.«

»Aber ...?«

»Es ist okay, Elodie, sie wollte es so. Glaub mir, Ruby ist stabil genug, um mit ihren Eltern zu reden«, versicherte er mir. »Es ist wichtig, dass sie ihnen gegenüber ausspricht, was sie empfindet.«

»Ja.«

Ich sank neben ihn und schlug die Hände vors Gesicht. Auf einmal fühlte ich mich entsetzlich müde. Leer. Ausgelaugt. Als hätte man mir meine ganze Energie entzogen.

»Was ist passiert?«, fragte Cyril. »Hast du mit Javen gesprochen?«

Ich nickte.

»Und?«

»Nichts und, Cyril. Er hat nicht viel gesagt. So wie immer.«

Ich war mir unschlüssig darüber, ob ich ihm von der Sache mit dem Underground Hospital erzählen sollte. Vielleicht wusste er bereits darüber Bescheid. Dann konnte er mir seine Loyalität beweisen, indem er mich ins Vertrauen zog. Hatte Javen ihn jedoch nicht eingeweiht, war es möglicherweise besser, wenn Cyril ahnungslos blieb. Ich wollte ihn nicht unnötig in Gefahr bringen.

»Na gut«, sagte er jetzt. »Ich fürchte, wir haben ein Problem.«

»Skint.«

»Mhm.«

»Es stimmt nicht, was du mir über Halbnixe erzählt hast. Ihr Hainixe glaubt gar nicht, dass das Meer sie kreiert, damit sie eine besondere Aufgabe übernehmen!«

»Nein.«

»Warum hast du es dann getan?«

Er schüttelte den Kopf und schwieg.

»Zur Hölle noch mal, Cyril«, brüllte ich ihn an. »WARUM?«

»Weil es wichtig war, dass du daran glaubst, und weil ich gehofft habe, dass du die anderen überzeugen würdest.«

Nein, nein. Das ergab keinen Sinn.

»Wie kann es sein, dass du mir etwas einzureden versucht hast, von dem du nicht einmal ahnen konntest, dass es möglich ist, an so etwas zu glauben.«

Cyril zögerte mit seiner Antwort. »Ich habe euch belauscht.«

»Was?« Ich begriff nicht gleich.

»Bei den Ilhas Desertas.« Er wand es förmlich aus sich heraus, wie etwas, das er zu schnell verschlungen hatte und ihm nicht bekommen war. »Ihr habt über die Prophezeiung von diesem Walnix gesprochen. Einige der Delfinnixe haben Teile davon wortwörtlich wiederholt.«

Sprachlos starrte ich ihn an. Aber nicht nur meine Stimme war verstummt, sondern alles in mir. Mein Herz stand still, ebenso mein Gehirn, ich konnte weder fühlen noch denken, nicht mal das Feuer in meinem Becken regte sich. – Zunächst. Aber dann schoss es mit ganzer Wucht meine Wirbelsäule hinauf.

»Warum, Cyril? Warum?«

Ich sprang vom Bett hoch und musste mich verdammt beherrschen, ihn nicht wieder anzubrüllen, doch die Befürchtung, Tante Grace könnte aufwachen und nach dem Rechten schauen, überwog.

»Das habe ich dir doch gerade erklärt«, erwiderte Cyril und erhob sich ebenfalls. »Ich wollte, dass du an dich glaubst, und habe gehofft, dass du Skint und die anderen überzeugen könntest. Wir alle haben das gehofft«, setzte er leise hinzu. »Javen hat seine Führungsrolle genutzt, um zu gewährleisten, dass auch wirklich alle kommen und ...«

»Ach, hör mir auf mit Javen!« Ich musste seinen Namen nur hören, schon hing ich an der Decke. »Du und Jane«, presste ich hervor. »Ihr habt versucht, mir einzureden, dass ich eine von euch bin, dabei habt ihr die ganze Zeit gewusst, dass mich die meisten von euch überhaupt nicht akzeptieren, geschweige denn was Besonderes in mir sehen würden.«

Ich spürte, wie etwas in mir wegbrach, etwas, das ich nicht genau definieren konnte, aber zum ersten Mal verstand ich, wie Gordy sich gefühlt haben musste, als er merkte, dass er ein Plonx war – ein Ausgestoßener. Er und ich, zwei Aussätzige ihrer jeweiligen Art, hatten sich ineinander verliebt und damit eine Katastrophe heraufbeschworen. So zumindest sahen es die Nixe – die Delfine und die Haie.

»Ich nicht, Elodie. Das schwöre ich dir«, sagte Cyril. »Und Jane sowieso nicht. Sie ist zutiefst überzeugt davon, dass an den alten Legenden der Walnixe etwas dran ist, und sie hat auch die Delfine nie als Feinde betrachtet.«

Ja, das glaubte ich ihm sogar. Und trotzdem:

»Was nützt mir das denn?«, fuhr ich ihn an. »Was habe ich davon, wenn ihr nicht zu mir steht? Wenn ihr nicht Partei für mich ergreift, sondern Skint ungehindert seine Hasstiraden verbreiten lasst?«

Und wenn Javen sich davonstiehlt und klammheimlich Vorbereitungen für eine angeblich bevorstehende Invasion der Delfinnixe trifft?, vollendete ich im Stillen die Reihe der ungeheuerlichen Ereignisse, mit denen ich in den vergangenen Stunden konfrontiert worden war.

Cyril war unter jedem meiner Sätze zusammengezuckt, als hätte ich ihm einen Schlag ins Gesicht verpasst. Ganz zweifellos war er sich seiner Schuld und seiner Feigheit bewusst, aber auch das half mir jetzt keinen Schritt weiter. Das gute Gefühl, in ihm einen Bruder, einen Vertrauten und Verbündeten zu haben, rann dahin wie Wasser, das man in einem Sieb aufzufangen versuchte, und es fiel mir irrsinnig schwer, ihn nicht dafür zu hassen, dass er mich wieder und wieder getäuscht hatte.

»Geh«, sagte ich tonlos. »Geh, und lass dich hier nie wieder blicken.«

»Elodie, bitte. Skint ist gefährlich. Ich fürchte, er könnte dich ...«

Er brach ab und senkte den Blick.

»Töten? Ist es das, was du dich nicht auszusprechen traust?«

»Elodie ...« Cyril machte einen Schritt auf mich zu. Er streckte seine Hand aus und wollte nach meiner greifen, doch ich zog sie weg und drehte ihm hastig den Rücken zu.

Eine heiße Träne stahl sich in meinen Augenwinkel. Der Schmerz in meiner Brust war unerträglich. Doch anstatt zu schreien oder loszuschluchzen, stand ich einfach nur reglos da und wartete, bis der Lufthauch, den das Öffnen des Schiebefensters verursacht hatte, durch meine Haare strich und ich mir sicher sein konnte, dass Cyril verschwunden war – erst dann brach ich zusammen.

Der Sand unter meinen Händen war warm und weich. Ich spürte die Sonne auf meinem Rücken und ein feiner Windhauch spielte mit meinen Locken. Neben mir lag Gordian. Sein Gesicht ruhte in meiner Halsbeuge und seine Finger strichen liebevoll meine Wirbelsäule entlang. Über uns kreischten die Möwen und hinter uns rauschte das Meer.

Es war ein sanftes Rauschen. Ein wohliges, zustimmendes.

»So ist es gut«, murmelte ich. »So soll es immer sein.«

»So *wird* es immer sein«, flüsterte Gordy in mein Haar. Er küsste meine Schulter und zog mich sanft zu sich herum.

»Versprochen?«

Versprochen.

Gordy streichelte mein Gesicht, zeichnete zärtlich meine Brauen, meinen Nasenrücken und die Konturen meiner Lippen nach, während ich in das Türkis seiner Augen eintauchte und mein Lächeln sich in seinem Lächeln wiederfand.

Du bist alles für mich. Mein ganzes Glück.

Wisperte Gordy. Flüsterte ich.

Unsere Lippen warm aufeinander.

Unsere Gedanken eine einzige süße Melodie.

Unsere Körper wie eine Welle.

Sanft wogend. Sich auftürmend. Überschäumend.

Im Einklang mit dem Rauschen des Meeres.

Das an unseren Fußsohlen leckte.

Unsere Beine zu Flossen formte.

Uns in einem betörenden Strudel mit sich riss.

In die Tiefe.

In die Weite.

In die Ewigkeit.

Mit einem Mal klaffte Dunkelheit unter uns. Schwarze Haie schossen daraus hervor, rissen uns auseinander und trieben uns einem riesigen Riff entgegen. Die Bisse unsichtbarer Delfine jagten brennende Schmerzen durch meinen Körper. Ich hörte Gordians Schreie und sah, wie das Riff in rasender Geschwindigkeit auf mich zukam. Ich wusste, ich würde daran zerschellen, aber dann veränderte es plötzlich seine Gestalt und wurde zu einem gigantischen Wal, der sich schwerfällig vom Grund des Meeres erhob. Unter der zarten Außenhaut glaubte ich Neerons Gesichtszüge zu erkennen. Und Pattons. Oma Hollys. Mams.

Vergesst nicht, wer ihr seid, raunten sie mir zu. *Erinnert euch.*

Nein!, brüllte ich. *Nein. Nein. Nein!*

Als ich zu mir kam, lag ich auf meinem Bett. Mam und Tante Grace saßen neben mir und hielten ihre verängstigten Blicke auf mich gerichtet.

»Was ist passiert?«, fragte meine Mutter, kaum dass ich die Augen aufgeschlagen hatte. »Und wo sind Ruby und Cyril?«

»Zu Hause«, murmelte ich. »Ruby ... ist zu Hause und Cyril ... hat etwas zu erledigen.«

»Du warst ohnmächtig«, sagte Tante Grace. »Wir haben dich

auf dem Boden liegend gefunden.« Sie schüttelte den Kopf. »Hast du eine Erklärung dafür?«

Ich nickte. Es geschah mehr oder weniger automatisch.

Mam tastete nach meiner Hand und streichelte sie, während sich in die Miene meiner Großtante ein Ausdruck von Ungeduld schlich.

»Es wird nicht wieder passieren«, sagte ich, entzog meiner Mutter die Hand und setzte mich auf.

Die Ungeduld in Tante Graces Gesicht wich und stattdessen breitete sich Unwillen darin aus. »Wie kannst du das so genau wissen?«

»Ist einfach so«, murmelte ich.

Wenn man tot war, konnte man nicht ohnmächtig werden. Und ich war ganz eindeutig tot oder zumindest das, was mich ausmachte, was ich fühlte und was meinem Dasein einen Sinn gab.

»Hast du dich mit Cyril und Ruby gestritten?«, drang Mam weiter in mich.

Aus irgendeinem Grund schien ihr das eine schlüssige Erklärung für alles zu sein.

»Weder noch«, sagte ich, während ich langsam aufstand und mich vergewisserte, dass meine Beine mich sicher trugen. »Ich hatte eine Auseinandersetzung mit Javen Spinx«, setzte ich unvermittelt hinzu. »Und die war in der Tat ein wenig anstrengend.«

»Du hast ihn getroffen?« Nach anfänglicher Sprachlosigkeit war meine Mutter jetzt völlig aus dem Häuschen.

»Ja, zufällig«, bremste ich ihren Enthusiasmus. »Er will dich im Übrigen *nicht* treffen.«

Mam, die gerade ebenfalls im Begriff war aufzustehen, sank wieder auf die Bettkante zurück. »Du hast ihm doch nicht etwa gesagt, dass ich ihn gerne wiedersehen würde!«

»Ich nicht, aber Cyril. Du hattest ihn darum gebeten ...«

Meine Mutter senkte beinahe beschämt den Blick und schüttelte schließlich den Kopf. »Die Auseinandersetzung mit ihm ... Ich hoffe, du hattest sie nicht meinetwegen?«

»Nein«, sagte ich. »Es ging um die Beziehung der Nixe untereinander. Leider sieht es so aus, als würde es keine Verständigung zwischen Delfinnixen und Hainixen geben.«

Mam sah mich etwas begriffsstutzig an. »Und was bedeutet das?«, wollte sie wissen.

»Dass Gordian und ich endgültig keine Zukunft miteinander haben werden.«

Meine Mutter tat einen schweren Atemzug. »War das denn nicht sowieso schon längst klar?«

»Ach, Mädchen.« Leise seufzend drückte Tante Grace ihr den Arm. »Ich verstehe zwar nicht viel von Liebesdingen, aber selbst mir ist klar, dass in kaum einer anderen Angelegenheit Kopf und Herz in ihrer Beurteilung so weit auseinanderliegen können wie in dieser«, sagte sie so, als würde sie einen Logarithmus erklären.

Meine Mutter machte eine unwillige Geste und strich dann für ein paar Sekunden gedankenverloren über das Laken.

»Ich bin jetzt lange genug hier gewesen«, sagte sie plötzlich, und als unsere Blicke sich trafen, sah ich in einen Abgrund aus Hilflosigkeit, Mitgefühl und Verzweiflung. »Keine Ahnung, was ich mir erhofft habe. Vielleicht hatte ich mir eingebildet, dich in dein altes Leben zurückholen zu können oder zumindest ein wenig an deinem neuen teilzuhaben. Mittlerweile ist mir jedoch klar geworden, dass ich dir nicht einmal beistehen, geschweige denn helfen kann.«

»Mam«, sagte ich leise. »Mam.«

Ich wollte sie in den Arm nehmen, aber ich bekam es einfach nicht hin. Mit einem Mal schien sie so weit von mir entfernt zu sein wie der Mond von der Erde. Wir gehörten zusammen, wir konnten nicht ohne einander, aber wir waren auch nicht in der Lage nachzuempfinden, wie es im anderen aussah.

»Schon gut, Elodie, schon gut.«

Ihre Stimme zitterte so sehr, dass ich Angst hatte, sie könnte ihr jeden Augenblick wegbrechen, und ich ertappte mich dabei, dass auch ich mir die alten Zeiten zurücksehnte. Als sie und Pa und ich noch eine Familie gewesen waren und es nichts und niemanden gab, der das infrage stellen konnte. Mam durfte nicht weinen, ich wollte, dass sie stark war, ich wünschte mir so sehr, dass sie nur ein einziges Mal stärker war als ich. Und als ich erkannte, dass dieser Moment jetzt gekommen war, wurde es ganz kalt in meiner Brust.

Meine Mutter hatte eine Entscheidung getroffen. Sie ließ mich zurück, weil sie sich um sich selbst und ihr Leben kümmern wollte. Weil sie mit mir und meinem Leben nichts mehr anzufangen wusste und weil sie genau das nun begriffen hatte.

Für sie schien die Tatsache, dass sie ebenfalls das Nixgen in sich trug, keine Rolle zu spielen. Sie hatte sich nie verwandelt. Ihre Zukunft hatte mit dem Meer nichts zu tun.

Eigentlich hätte ich stolz auf sie sein müssen, stattdessen wurde ich von einem Gefühl tiefer Trauer übermannt. Ein Gefühl, das mir nur zu bekannt war und das mir verdeutlichte, dass ich vor wenigen Minuten innerlich doch noch nicht ganz tot gewesen war.

Trauer

Es war anders als vor sechs Wochen in Lübeck. Ich suchte nicht nach einem inneren Versteck, wollte mich weder verkriechen noch vergessen, sondern hatte schlicht resigniert.

Ich hatte die Hoffnung aufgegeben, noch irgendetwas bewirken, geschweige denn verhindern zu können, sogar die Hoffnung, Gordian jemals wiederzusehen. Im Grunde hatte ich mit allem abgeschlossen.

Die Ilhas Desertas, Idis, Cullum, Oceane, Kirby, Poy, Malou, ja selbst Neerons Worte und auch meine Liebesnacht mit Gordy, all das war mir unendlich fern.

Ich fühlte mich keinem Ort verbunden, weder dieser Insel noch Lübeck oder dem Meer, denn das, was ich einmal als meine Bestimmung angesehen hatte, existierte nicht mehr.

Was geschehen sollte, würde ohne mich geschehen. Es sei denn, Kyan oder Skint oder vielleicht sogar Javen Spinx persönlich würden mich holen und meinem Leben ein Ende bereiten.

Wahrscheinlich würde ich mich nicht einmal wehren.

Die Einzigen, für die ich bis zum Schluss zu kämpfen bereit war, waren meine Mutter, Tante Grace, Sina und Ruby. Ihnen durfte auf keinen Fall etwas zustoßen. Alle anderen trugen ihr Schicksal in den eigenen Händen.

Ich war heilfroh, als Mam einige Tage später, am Montag, den 11. Juni, tatsächlich abreiste. Auch wenn ich nicht wusste, was

Kyan plante und wie viele Delfinnixe er mittlerweile auf seine Seite gezogen hatte, war ich mir sicher, dass ihr in Lübeck zumindest vorläufig nichts passieren konnte. Und deshalb setzte ich auch alles daran, Sina davon abzubringen, mich in den Sommerferien auf Guernsey zu besuchen. Ich erzählte ihr von Ashtons Unfalltod und davon, dass die Stimmung hier alles andere als gut sei und ich daher viel lieber irgendwo anders mit ihr meine Zeit verbringen würde.

Sina war sofort Feuer und Flamme. Sie klapperte ein Reisebüro nach dem anderen ab, durchforstete Urlaubsbroschüren und suchte im Internet nach günstigen Angeboten. Wir telefonierten mindestens dreimal in der Woche miteinander, schmiedeten Pläne und verwarfen sie wieder, bis Sina schließlich zusammen mit Sarah und Bille für zwei Wochen ein Ferienhaus für vier Personen auf Gotland buchte, und ich versprach, dort ganz zufällig als Überraschungsgast aufzukreuzen.

Ruby sah ich bis Mitte Juni nahezu jeden Tag.

Sie sprach nicht viel, und ich bohrte auch nicht nach, denn mir war klar, dass sie zuerst mit sich und ihren Eltern ins Reine kommen musste, bevor sie bereit war, darüber zu reden. Allerdings hatte ich ihr von meinen Gesprächen mit Javen Spinx und Cyril erzählt, und ich sah ihr an, wie sehr die Sache an ihr nagte. Keine Frage, sie hatte Cyril gern. Sie wollte nicht auf seine Besuche verzichten und meinetwegen brauchte sie das auch nicht.

Meistens saßen wir still beieinander. Das Schweigen trennte uns nicht, im Gegenteil: In gewisser Weise war es sogar verbindend.

Mittlerweile ging es auf Neumond zu und das machte mich nervös. Ich hatte den Kalender im Auge, und mir war klar, dass Kyan erst in zehn Tagen, nämlich bei zunehmendem Halbmond, wieder als Delfin ins Meer zurückkehren würde, aber ich kannte weder Zaks Verwandlungszyklus noch wusste ich, wo er sich aufhielt. Zwar ging das Mädchen, das in der Nähe der amerikanischen Ostküste in einem Treibnetz gefunden worden war, ganz eindeutig auf sein Konto, doch seitdem waren gut drei Wochen vergangen, inzwischen konnte Zak längst wieder hier im Ärmelkanal sein.

Die Verlockung, ins Meer abzutauchen und mich nach ihm umzusehen, war groß, doch die Angst, ihm, Kyan oder einem Hainix, der mich lieber tot als lebendig sah, in die Fänge zu geraten, bevor ich Ruby und meine Großtante in Sicherheit wusste, hielt mich zurück.

Den größten Teil des Tages und auch die Nächte verbrachte ich im Haus, im Garten oder auf der Veranda. Manchmal ertappte ich mich dabei, dass ich nach Aimee Ausschau hielt. Die Woche, die sie mir gegeben hatte, um Gordy zu kontaktieren, war längst verstrichen, doch bisher war sie hier nicht wieder aufgekreuzt. Vielleicht hatte sie eingesehen, dass ihre Drohung, mir nicht mehr von der Seite weichen zu wollen, ziemlich absurd war, oder es sich mittlerweile anders überlegt. Jedenfalls hatte ich nicht das Gefühl, mir deswegen noch groß Gedanken machen zu müssen.

Soweit sie es zuließ, ging ich Tante Grace zur Hand. Ich half ihr beim Unkrautjäten, beim Hausputz und mit der Wäsche.

Natürlich erkundigte sie sich nach Cyril, und ich erklärte ihr mit wenigen knappen Sätzen, dass ich ihm nicht mehr vertraute und ihm gesagt hätte, dass ich ihn nicht mehr sehen wolle.

»Muss ich das alles verstehen?«, hatte sie mich daraufhin mit ernster Miene gefragt.

Ich hatte mit den Schultern gezuckt und dann den Kopf geschüttelt und ihr geantwortet, dass ich das meiste davon inzwischen selber kaum noch begreifen könne.

»Was glaubst du, was passieren wird?«, hatte sie wissen wollen.

»Die Hainixe werden die Delfinnixe, die in der Lage sind, an

Land zu gehen, töten«, hatte ich geantwortet. »Wahrscheinlich werden die Inselbewohner gar nichts davon mitbekommen.«

Das zumindest hoffte ich noch immer, ebenso wie ich mir mittlerweile wünschte, dass es Skint irgendwie gelingen würde, Kyan zu erledigen. Es war mir zwar schleierhaft, wie er das anstellen sollte, aber vielleicht konnte Skint sich ein Talent aneignen, das es ihm erlaubte, den Chamäleon-Effekt zu neutralisieren. Daran, dass Gordy noch lebte, glaubte ich inzwischen schon fast nicht mehr. Hätte er Kyan aufgespürt, hätte er längst hier auftauchen müssen, um sich mit mir abzusprechen, dessen war ich mir sicher. Nein, nein, auch wenn es so wehtat, dass es mich innerlich fast in Stücke riss, ich musste mich mit diesen Gedanken auseinandersetzen: Entweder war Gordian den Hainixen zum Opfer gefallen oder die Delfine hatten ihm seine Verbindung mit Kirby nicht abgenommen und ihn selbst getötet – was ich nach den jüngsten Erfahrungen mit meiner eigenen Spezies für sehr viel wahrscheinlicher hielt.

Es erwischte mich, als ich überhaupt nicht mehr damit rechnete. Mitten in der Nacht schreckte ich aus einem Traum hoch, in dem ich wieder einmal meterhohe Wellen und gleißende Lichter gesehen und Gordys warnende Rufe gehört hatte. Tränen rannen mir aus den Augenwinkeln und tropften auf mein Kopfkissen. Mein Gesicht war glühend heiß und meine Kehle fühlte sich trocken und wund an. Noch tausendmal schlimmer aber war der Schmerz, der sich während des Traumschlafes in meinem Herzen eingenistet hatte.

Ich erlebte Pas Tod, als wäre er gerade erst passiert. Ich spürte die Hilflosigkeit, die Verzweiflung und die Angst, die ich Anfang des Jahres so vehement verdrängt hatte, nun überdeutlich. Alles vermischte sich mit dem Entsetzen und der Sorge um Ruby, die ich empfunden hatte, als Ashton ermordet wurde, und der Qual, die meine Seele zu zersplittern drohte, sobald ich den Gedanken zuließ, dass Gordy vielleicht nicht mehr lebte. Und mit einem Mal wusste ich: Ich durfte ihn nicht einfach aufgeben, ihn nicht aus meinem Leben streichen und für tot erklären, solange ich nicht sicher wusste, nicht mit eigenen Augen gesehen hatte, dass er gestorben war.

Ich gab mich dem Schmerz, der Angst und der Trauer hin, bis ich mich vollständig darin aufgelöst hatte – und kehrte bei Sonnenaufgang mit neuer Kraft in mein Leben zurück.

Von nun an hielt ich das Meer, so gut es ging, im Auge und hatte bald den Eindruck, dass inzwischen mehr Polizeiboote und Schiffe der Küstenwache patrouillierten als üblicherweise. Bade- oder Surfverbote wurden jedoch nicht verhängt und auch in den Zeitungen war nichts mehr über die vermeintliche Meerbestie oder die Seejungfrau von Madeira zu lesen. – Bis ein sechzehnjähriges Mädchen aus einem Ferienhaus auf Jersey verschwand und einen Tag später, am Morgen des 17. Juni, in einem Treibnetz gefunden wurde.

Das riesige Netz war zerschnitten worden – vermutlich mit einem Küchenmesser, das ebenfalls aus dem Ferienhaus stammte –, sodass der Fang entweichen konnte und nur noch das Mädchen darin hing. Sie hieß Germaine Poullier und war mit ihren Eltern und ihrem jüngeren Bruder aus Nantes herübergekommen, um das Wochenende auf Jersey zu verbringen.

Das alles sollte ich erst einen Tag später erfahren, als ich nachmittags in der bis zum Rand mit Wasser gefüllten Badewanne lag, weil ich es nicht länger ausgehalten hatte, dem Drang der Nixe in mir zu widerstehen, und Ruby überraschend in mein Apartment stürmte.

»Was zur Hölle machst du da?«, platzte es aus ihr heraus, kaum dass sie das Badezimmer betreten hatte.

»Ich gehe nicht mehr ins Meer«, erwiderte ich. »So lange nicht, bis ...«

Ruby ließ mich nicht ausreden. »Das ist auch gut so«, gab sie zurück. Mehr gab es für sie dazu offensichtlich nicht zu sagen, dafür lag ihr etwas anderes auf dem Herzen. »Ich finde, dass du Cyril nicht ewig böse sein solltest«, fuhr sie fort. »Immerhin ist er dein Bruder und eigentlich habt ihr euch doch fast immer gut verstanden.«

»Er hat nicht einmal versucht, mir Skint gegenüber zur Seite zu stehen«, sagte ich resigniert.

Ruby seufzte leise. »Vielleicht hatte er ja seine Gründe.«

»Und wenn schon. Für mich bedeutet sein Verhalten nichts anderes, als dass ich mich im Ernstfall nicht auf ihn verlassen kann.«

Ruby nickte beklommen. Nach einem kurzen Zögern sank sie auf den Wannenrand und betrachtete mich mit einer Mischung aus Rührung und Bewunderung vom Scheitel bis zum Ende meiner Schwanzflosse.

»Ich hätte es nicht geglaubt«, krächzte sie. »Ich meine, *wirklich* geglaubt.« Unwillig schüttelte sie den Kopf, offenbar war sie mit ihrer Wortwahl nicht ganz einverstanden. »Bitte versteh mich nicht falsch, aber ich weiß einfach nicht, wie ich es anders ausdrücken soll. Es ist nämlich ein ziemlich großer Unterschied, ob man es sich nur vorstellt oder mit seinen eigenen Augen ...« Sie brach ab und seufzte tief. »Viel mehr Menschen müssten es sehen ... müssten *dich* sehen«, brach es schließlich aus ihr hervor.

»Das würde nichts ändern, Ruby«, entgegnete ich. »Du hast ja selber miterlebt, wie Skint sich aufgeführt hat. Du weißt, wie Tyler ist ... und das sind nur die Hainixe gewesen. Die Delfinnixe ...«

»Man muss sie davon überzeugen, dass es besser für sie ist, wenn sie im Wasser bleiben«, fiel Ruby mir ins Wort.

»Wie willst du denn das anstellen?«, erwiderte ich mit einem bitteren Lächeln. »Für die männlichen Nixe ist die Aussicht, ein Menschenmädchen zu küssen, eine unwiderstehliche Verlockung. Einige von ihnen empfinden es ja nicht mal als Unrecht, wenn sie sie dabei töten.«

»Die *männlichen* Nixe«, betonte Ruby.

Jetzt lachte ich laut heraus. »Komm mir bloß nicht damit, eine Welt, die von Frauen regiert wird, sei eine grundsätzlich bessere.« Natürlich hatte ich sofort an Kirby und Malou denken müssen. »Das stimmt nämlich nicht.«

»Ich weiß.« Ruby nickte. »Aber deshalb darf man die Hoffnung doch nicht gleich aufgeben.«

»Gleich?« Ich hob den Abflussdeckel an, um das Wasser aus der Wanne zu lassen. »Ruby, ich habe so viel Hoffnung gehabt. Ich habe alles getan, was mir möglich erschien, und zugleich gehofft, dass Gordy das Seine tun könnte. Aber es gibt nichts, das mir oder ihm wirklich gelungen ist.«

»Das kannst du nicht wissen!«

»Doch, Ruby, das kann ich. Kyan ist noch immer am Leben, von Gordian fehlt jede Spur und die Haie wollen keinen Frieden.«

»Auch das ist nicht wahr«, widersprach sie. »Cyril ...«

»Hör mir auf mit Cyril«, fuhr ich sofort dazwischen. »Alles, was er und seinesgleichen wollen, ist, weiterhin unerkannt unter den Menschen zu leben. Und jeder, der das in Gefahr bringt, wird eiskalt ausgeschaltet.«

Ruby wurde blass unter meinen Worten, und offenbar fiel ihr nun auch nichts mehr ein, was sie dagegenhalten konnte.

Das Wasser war mittlerweile vollständig abgelaufen und meine Schwanzflosse hatte sich unter Rubys Blicken in Beine verwandelt.

»Ich könnte heulen, wenn ich das sehe«, sagte sie gepresst. »Ich könnte echt heulen, Elodie, weißt du das? Es ist so ... fantastisch. Wie im Märchen, bloß mit dem Unterschied, dass es so ... so ... real ist.«

Ich nahm das Badehandtuch vom Haken und wickelte mich darin ein. »Du darfst nicht vergessen, dass Zak und Kyan und wahrscheinlich auch einige der anderen Delfinnixe tatsächlich gefährlich sind.«

»Ich weiß.« Plötzlich war Rubys Stimme nur noch ein Hauch. »Ich weiß es ja, Elodie, es ist ... oh, mein Gott, ich traue mich gar nicht, es dir zu sagen ... Es ist nämlich wieder etwas passiert.«

Mein Herz stand für einen Moment still. Wie betäubt sank ich neben ihr auf den Wannenrand.

Ruby schluckte und schluckte und schien um jede einzelne Silbe ringen zu müssen, doch dann, mit einem Mal, sprudelte die ganze schreckliche Geschichte von Germaine Poullier mit der Heftigkeit eines Niagarafalls aus ihr hervor.

»Was machen wir nur?«, schloss sie. »Was sollen wir bloß tun?«

»Nichts«, sagte ich matt. »Ich fürchte, wir müssen den Dingen ihren Lauf lassen.«

Fassungslosigkeit breitete sich in Rubys Gesicht aus. »Aber du ...?«

»Ich kann nicht ins Meer«, ging ich sofort dazwischen. »Und du hast eben selber noch gesagt, dass du das gut findest.«

»Ja, als deine persönliche Egoisten-Freundin«, erklärte Ruby aufgebracht. »Weil ich vor Angst umkommen würde! Aber es geht doch nicht nur um mich, El. Es geht um die Menschen hier, um deine Großtante, um Cyril ... Und um Gordy. Du kannst doch nicht wollen, dass all die Mädchen ... dass Ashton ... völlig umsonst gestorben sind!«

Die Erwähnung seines Namens versetzte mir einen Stich. Das Bild, wie er zuckend vor uns im Wasser trieb, drängte sich in mein Bewusstsein. Ich hörte ihn lachen, sah, wie er Steine ins Wasser warf und Ruby umarmte und küsste. Darunter mischten sich Sequenzen aus meinem Traum. Meterhohe Wellen. Blitz und Donner. Gleißend helles Licht und Gordys Schreie.

»Mir ist schon klar, dass das jetzt ein dummer Vergleich ist«, hörte ich Ruby sagen, »aber wenn *ich* nicht auf meine Eltern zugegangen wäre, wenn *ich* nicht den Mut gehabt hätte, ihnen ins Gesicht zu sagen, dass ich es nicht mehr ertragen kann, dass sie mir die Schuld an Miles Behinderung geben, und dass sie mich genauso sehr verletzt haben wie meine Freunde, weil sie nicht zu Ashtons Beerdigung gekommen sind, dann hätten wir uns vielleicht nie ausgesprochen. Dann hätten sie nie verstanden, wie es mir geht, und ich hätte nie erfahren, dass sie in mir gar keine Schuldige sehen, sondern beim besten Willen nicht wussten, wie sie mit mir und dem ganzen Unglück umgehen sollten. Weißt du, Elodie, sie sind nur deshalb nicht zur Beerdigung gekommen, weil sie nicht so scheinheilig wirken wollten wie alle anderen und um nicht eine zusätzliche Belastung für mich zu sein. Ich hab das zuerst gar nicht kapiert. Es hat wirklich eine ganze Weile und eine Menge Gespräche gebraucht, bis sämtliche Missverständnisse ausgeräumt waren. Es ist eben nicht alles entweder schwarz oder weiß, gut oder böse ... Gerade ich hätte das wissen müssen, weil Ashton mich das gelehrt hat. Und du. Du auch!«, setzte sie eindringlich hinzu. »Ohne dich hätte ich meine Eltern vielleicht nie darauf angesprochen und alles wäre einfach schwarz und weiß geblieben.«

»Du hast recht«, sagte ich so leise, dass ich es kaum selbst hören konnte. Ich tastete nach Rubys Hand, die zwischen uns den Badewannenrand umklammerte. »Es ist nicht immer nur das eine oder das andere. Es gibt so viele Zwischentöne.«

Und deshalb war es falsch, die Hoffnung aufzugeben, wenn noch nicht absolut alles versucht war. Das hatten weder Lauren und Bethany noch Moira, Shelly und Germaine oder Ashton verdient.

Noch hatte ich Zeit. Noch konnte ich etwas bewirken. Auch wenn ich nicht wusste, was mit Zak passiert war und wo und in welcher Gestalt er sich gerade befand.

In einem entscheidenden Punkt war ich mir jedoch ganz sicher: Kyan konnte frühestens in der Vollmondnacht vom 3. auf den 4. Juli das nächste Mal als Mensch an Land kommen und dabei weitere Delfine mit sich ziehen. Inzwischen kannte ich ihn gut genug, um zu wissen, dass er sich diese Führungsrolle um keinen Preis von Zak oder einem der anderen Nixe nehmen lassen würde.

In der Woche davor jedoch war er an seinen Tierkörper und an das Meer, nicht aber mehr ausschließlich an die Region um die Kanalinseln gebunden. Während dieser sieben Tage würde er garantiert versuchen, Kontakt mit seinen Kameraden aufzunehmen und den Landgang zu planen. Um das tun zu können, würde er das animalische und das funktionale Echolot benutzen und zumindest zeitweise auf den Chamäleon-Effekt verzichten müssen, und das machte ihn verwundbar.

»Ich werde es tun«, murmelte ich, während ich Rubys Hand drückte. »Ich werde Kyan töten.«

Das Interview

Es war ein seltsames Gefühl. Ein schreckliches. Und es gelang mir auch nicht, in irgendeiner Weise Kraft daraus zu schöpfen.

Hätte mir jemand zu Anfang dieses Jahres gesagt, dass ich nicht einmal sechs Monate später beschließen würde, jemanden umzubringen, hätte ich wahrscheinlich nicht gewusst, ob ich herzhaft darüber lachen oder ihn für komplett verrückt erklären sollte. Und jetzt war es plötzlich nüchterne Realität.

»Es ist okay«, sagte Ruby. Sie erwiderte den Druck meiner Hand, indem sie meine Finger beinahe zerquetschte, und sie zitterte am ganzen Körper. »Du hast doch gar keine Wahl. Außerdem hat er nun schon dreimal versucht, dir etwas anzutun. Es ist also reine Notwehr.«

Genau genommen war es sogar mehr als das. Und trotzdem: Jemanden im Kampf zu besiegen, war das eine, jemanden gezielt töten zu *wollen*, etwas vollkommen anderes.

Ich konnte nur hoffen, dass ich am Ende nicht doch Angst vor der eigenen Courage bekam. Oder viel besser: dass Gordy und Kirby einen ganz ähnlichen Plan gefasst hatten und mir in letzter Sekunde zuvorkamen. Bei ihnen bestand immerhin noch die minimale Chance, dass sie Kyan nicht töten mussten, sondern es irgendwie schafften, ihn zum Einlenken zu bewegen. Wenn nicht ohnehin schon alles zu spät war, weil Kyan es bereits gelungen war, eine große Allianz aufzubauen, womöglich sogar mithilfe der

Chamäleons. Aber daran mochte ich im Moment gar nicht denken.

»Ruby, wir müssen beten, dass Kyan nicht schon bei seinem jetzigen Landgang weitere Delfinnixe mitgenommen hat und er außer Zak nach wie vor der Einzige ist, der eine Allianz anführen kann«, sagte ich beschwörend. »Denn nur dann hat mein Vorhaben überhaupt einen Sinn.«

Trotzdem wäre es in jeder Hinsicht besser, wenn Gordian und Kirby diesen Job erledigten, und allmählich rotierte die Frage, warum sie es nicht schon längst getan hatten, wie ein quälender, alles andere verdrängender Geist durch meinen Kopf.

Gordy ist nicht tot, das sagte ich mir wieder und wieder. Er durfte einfach nicht tot sein. Und Janes unheilvolle Äußerungen und meine apokalyptischen Träume hatten im Grunde auch nichts zu bedeuten. Sie waren nur Ausdruck meiner schlimmsten Befürchtungen. So zumindest versuchte ich mich zu beruhigen, und Ruby tat das Ihrige, um mir Mut und Zuversicht zu vermitteln. Dabei war mir natürlich klar, dass auch sie vor Angst um mein Leben beinahe umkam.

Aber es war gut, den Rest des Tages mit ihr auf dem Sofa und im Garten zusammenzuhocken, über das Vergangene zu reden und sich gegenseitig zu trösten oder aufs Meer hinauszuschauen, sich alles Ungewisse schönzureden und eine friedvolle Zukunftsvision heraufzubeschwören. Es war realitätsfern und bar jeder Vernunft, doch es war notwendig, damit ich den Mut nicht verlor und aufs Neue in ein schwarzes Loch gerissen wurde.

Eine gute Ablenkung waren auch die beiden Telefonate, die ich abends mit Sina und meiner Mutter führte. Irgendwie bekam ich es hin, mir ihnen gegenüber nichts von meinen Sorgen anmerken, sondern mich von ihren Ideen und Plänen in eine andere – bunte, fröhlichere – Welt hinüberziehen zu lassen.

Sina hatte bereits angefangen, eine Liste von Unternehmungen zusammenzustellen, die wir von Gotland aus unbedingt machen sollten. Ein Ausflug auf eine kleine finnische Inselgruppe und ein dreitägiger Aufenthalt auf dem schwedischen Festland gehörten ebenso dazu wie die Teilnahme an den mittelalterlichen Spielen in Visby und eine Wanderung zu den beeindruckenden Kalkmonolithen auf der Nachbarinsel Farö.

Mam hatte einen recht gut bezahlten Teilzeitjob in einem Fischrestaurant am Hafen aufgetan. Für den Herbst plante sie eine Ausbildungseinheit bei ihrer Yogalehrerin, die dringend eine Assistentin suchte. Außerdem hatte sie begonnen, die Wohnung zu renovieren, die Möbel umzustellen und die gesamte Einrichtung mit ein paar neuen Accessoires aufzupeppen.

»Ich habe zwar noch immer keine Ahnung, was ich vom Leben will«, erklärte sie. »Aber es macht mir unheimlich viel Spaß, unter Menschen zu sein.«

»Die Veränderung scheint dir jedenfalls gutzutun.«

»Ach, Elodie, mein Schatz«, gab sie seufzend zurück. »Du und dein Pa, ihr fehlt mir ganz schrecklich. Mein Herz hätte euch am liebsten auf der Stelle hier bei mir und das alte Leben zurück, aber mein Kopf weiß, dass das nun mal nicht möglich ist.«

»Ich werde dich besuchen«, versprach ich. »Ganz bald.«

»Nachdem oder bevor du mit Sina, Sarah und Bille auf Gotland gewesen bist?«

»Oh, sie hat dir davon erzählt?«

»Allerdings«, sagte Mam. »Sina ist vollkommen aus dem Häuschen deswegen. Das wäre ich auch«, meinte sie. »Ich wünschte, ich könnte dabei sein!«

»Wieso nicht?«, entgegnete ich aus einem spontanen Sehnsuchtsgefühl heraus, und für einen Moment schien sie es tatsächlich in Erwägung zu ziehen. Doch dann rief sie: »Oh, nein, oh, nein! Ich alte Schachtel werde einen Teufel tun und mit vier Teenagern durch die Lande ziehen! Ihr bleibt mal schön unter euch.

Davon abgesehen, ist es sowieso völliger Quatsch, denn ich muss ja auf jeden Fall bis Mitte September arbeiten.«

»Dann machen wir eben im Herbst, bevor deine Yogaausbildung anfängt, einen Mutter-Tochter-Urlaub«, schlug ich vor. Bei all dem Wirrwarr und dem Dunkel um mich herum brauchte ich einfach etwas Normales, auf das ich mich – zumindest in meiner Fantasie – freuen konnte. »Solange wir irgendwas in Küstennähe anpeilen, reise ich für null Euro die Seemeile.«

»Ach, Schätzchen«, sagte Mam, und ich dachte schon, dass ich sie mit dieser Art Scherz nur wieder runtergezogen hatte, aber dann lachte sie auf einmal und meinte: »Also gut, ich nehme dich beim Wort und würde glatt so etwas Profanes wie Mallorca anvisieren. Du müsstest mir dann nur rechtzeitig Bescheid geben, in welcher Bucht ich dich mit einem Bademantel und deinem Koffer in Empfang nehmen soll.«

»Ach, Mam«, sagte jetzt ich. »Ich liebe dich so sehr.«
»Und ich dich erst, Süße. Und ich dich!«

Am nächsten Morgen schaltete ich gleich nach dem Aufstehen den Fernseher ein. Ruby war am späten Abend nach Hause gefahren und ich hatte eine unruhige, fast schlaflose Nacht hinter mir. Die Nachricht von dem ermordeten Mädchen aus Nantes und der Gedanke, dass vielleicht gar nicht Kyan, sondern Zak dahintersteckte, hatten mich nicht losgelassen. Mittlerweile verdichtete sich in mir die Befürchtung, dass er inzwischen mit einer eigenen Allianz in den Ärmelkanal zurückgekehrt sein könnte und bereits die heutige Neumondnacht dazu nutzen würde, mit unzähligen Delfinnixen Guernsey, Sark oder Jersey zu stürmen.

Tatsächlich brachte das Vormittagsmagazin einen Bericht über Germaine Poulliers gewaltsamen Tod.

Die beiden Moderatoren interviewten gerade einen Offizier der Küstenwache, der vor übereilten Schlussfolgerungen und unüberlegtem Handeln warnte und sich ansonsten darauf beschränkte, die »Sachlage vor Ort« zu schildern. Das Mädchen sei ertrunken, möglicherweise auch ertränkt worden. Die Kleidung sei zerrissen, äußere Verletzungen seien auf den ersten Blick jedoch nicht erkennbar gewesen, und von dem Messer, mit dem mutmaßlich das Netz zerschnitten wurde, fehle bisher jede Spur. Allerdings seien die Untersuchungen ja noch längst nicht abgeschlossen, in ein paar Tagen könne man sicher mehr sagen. Anschließend wurde die Pressesprecherin einer Fischereigesellschaft im Studio begrüßt, die etwas von »außerordentlich bedauerlichem Zwischenfall« und »mutwilliger Zerstörung fremden Eigentums« faselte.

Die Frau war mindestens zehn Jahre jünger als Mam, hatte glatte hellblonde und zu einem Nackenschwanz gebundene Haare und trug ein dunkelblaues Kostüm und eine weiße Bluse. Allein bei ihrem Anblick stellten sich mir die Nackenhaare auf, und nachdem ich mir den Schwachsinn, den sie von sich gab, eine halbe Minute lang angehört hatte, hätte ich das Fernsehgerät am liebsten gleich wieder ausgestellt. Aber dann hörte ich sie sagen, dass das Ganze womöglich ein tragischer Unfall sei und in Wahrheit auf das Konto »gewisser militanter Umweltschützer« ginge, die von dem angeblichen Meeresbiologen Javen Spinx dazu aufgestachelt worden seien. Schließlich werde schon seit Jahren gemutmaßt, dass dieser sich ständig am Rande der Legalität bewege.

»Du hast ja keine Ahnung«, knurrte ich und wartete gespannt auf die Reaktion des Moderatorenteams, das nun eingeblendet wurde.

»Das sind ziemlich starke Anschuldigungen, die Sie da gegen Mr Spinx vorbringen«, sagte der männliche Kollege, »die wir auf keinen Fall so stehen lassen möchten.«

Und dann gab es – ich konnte es kaum glauben – tatsächlich

eine Live-Schaltung nach London, wo Javen sich zur Stunde offenbar aufhielt.

Vor dem Hintergrund des Themseufers und der Silhouette des London-Eye stand er da in einem legeren Sommerjackett über einem hellen T-Shirt und kam mit einer Ungeheuerlichkeit nach der anderen heraus.

Nachdem er die Unterstellung der Pressesprecherin, Umweltschützer könnten irgendetwas mit dem Tod des Mädchens zu tun haben, entschieden von sich gewiesen hatte, brachte er die Sprache einmal mehr auf besonders intelligente Delfinmutationen, die er hier sehr viel wahrscheinlicher für verantwortlich hielt.

»Sie haben diese These in den vergangenen Wochen ja nun schon mehrfach geäußert. Gibt es denn überhaupt irgendwelche Anhaltspunkte oder sogar Beweise für diese Vermutung?«, wollte nun die Moderatorin wissen, eine aufgeweckte junge Frau mit kurzen schwarzen Haaren und einem Schwangerschaftsbäuchlein unter der bunten Wickelbluse.

»Allerdings, die gibt es«, erwiderte Javen Spinx. »Die DNA-Spuren, die an den Leichen gefunden wurden, sind zwar noch nicht vollständig entschlüsselt, die Hinweise darauf, dass es sich dabei um keine rein menschlichen Gene handelt, haben sich inzwischen jedoch verdichtet.«

»Sie haben also Kontakt zu den Wissenschaftlern aus der Rechtsmedizin?«, hakte der Moderator nach, der wesentlich älter und steifer als seine Kollegin war.

»Ich habe in den vergangenen Wochen in der Tat sehr viele Gespräche geführt«, antwortete Javen ausweichend. »Darüber hinaus hatte ich die Gelegenheit, mir das eine oder andere Untersuchungsergebnis persönlich anzuschauen.«

»Und warum ist bisher noch nichts Konkretes an die Öffentlichkeit gedrungen?«, erkundigte sich der Moderator.

»Das müssen Sie schon die zuständigen Behörden fragen«, sagte

Javen Spinx. »Ich kann darüber nur mutmaßen. Wahrscheinlich will man nicht unnötig Panik schüren und vermeiden, dass es in der Bevölkerung zu einer Überreaktion kommt.«

»Genau das tun Sie aber gerade«, entgegnete die Moderatorin.

Javen runzelte die Stirn. Kopfschüttelnd neigte er sich dem Übertragungsgerät entgegen. »Wie bitte?«

»Sie schüren Panik.«

»Das sehe ich anders«, erwiderte er. »Ich gehöre weder zur Polizei noch zur Regierung, sondern betrachte es als meine Pflicht, die Anwohner aller Küstenregionen und insbesondere die Bürger der Kanalinseln über die bestehende Gefahr in Kenntnis zu setzen. Von daher bleibe ich bei meiner Empfehlung, die Strände zu meiden und auch bei sommerlichen Temperaturen auf Surfen, Baden und Bootstouren zu verzichten.«

Der Moderator wollte zu einer Bemerkung ansetzen, doch seine Kollegin kam ihm zuvor. »Bezieht sich diese Empfehlung eigentlich in erster Linie auf Mädchen und junge Frauen?«, fragte sie jetzt.

Javen Spinx kräuselte die Lippen. Über seine Antwort schien er sehr genau nachzudenken.

»Nicht unbedingt«, meinte er schließlich. »Vor meiner Reise nach London war ich auf Madeira, um mit Tiago Marques zu sprechen. Das ist der junge Mann, der bei einem frühmorgendlichen Tauchgang einer Seejungfrau begegnet sein will. Sie erinnern sich bestimmt, dass zunächst davon die Rede war, er hätte noch ein wenig Alkohol im Blut gehabt ...«

»Was ist mit ihm?« Ungeduld schwang in der Stimme der Moderatorin durch.

»Nun, auch auf die Gefahr hin, dass Sie mich für verrückt erklären«, begann Javen Spinx, »aber ich glaube dem jungen Mann, denn er konnte diese Nixe in allen Einzelheiten beschreiben: blasse Haut, lange dunkle Locken, riesige blaue Augen ... sehr hübscher

Oberkörper ...« Er räusperte sich ein wenig theatralisch. »Dieses Meermädchen muss wirklich außergewöhnlich schön anzuschauen gewesen sein. Ach ja, und die Schwanzflosse, in die ihr Leib ab der Hüfte überging, erinnerte Señor Marques im Übrigen an die eines Delfins.«

Ich spürte, wie mir die Kinnlade herunterfiel. Völlig fassungslos starrte ich auf den Bildschirm, starrte in das Gesicht von Javen Spinx, der mein leiblicher Vater war und der doch tatsächlich die Chuzpe besaß, diese unglaubliche Lüge in die Kamera zu sprechen. Es war, als blickte er mir dabei direkt in die Augen und als würde er mir damit sagen wollen: Wenn die Menschen dich nicht erledigen, werde ich es tun.

Der Zorn, der sich in mir Bahn brach, war so heiß, dass ich befürchtete, das Polster des Rattansofas könnte in Brand geraten.

»Du widerliches, gottverdammtes Arschloch!«, keuchte ich. »Warum tust du das? ... Wenn ich für euch Hainixe ohnehin nur eine Aussätzige bin, wieso kannst du mich dann nicht einfach in Frieden lassen?«

Ich musste einige Male tief durchatmen, bis ich mich zumindest so weit wieder im Griff hatte, dass ich dieses unsägliche Interview zu Ende verfolgen konnte.

»Entschuldigen Sie, bitte«, sagte der Moderator gerade, »aber ein solches Mischwesen, wie Sie es gerade beschrieben haben ...«

»Nicht ich, sondern Señor Marques«, betonte Javen Spinx mit gewichtiger Geste.

»Wie auch immer«, erwiderte der Moderator, »Nixen und Meerjungfrauen sind uns bisher nur aus Märchen und Legenden bekannt. Sie sind Auswüchse unserer Fantasie.« Die Steifheit fiel von ihm ab und ein fast schon spöttisches Lächeln umspielte seine Mundwinkel. »Wie sollte ein solches *Geschöpf* ...?«

»Also gut«, fiel Javen Spinx ihm seufzend ins Wort. »Da Sie mir offensichtlich keinen Glauben schenken wollen und ich davon ausgehen muss, dass niemand meinen Hinweisen nachgehen wird, bleibt mir nichts anderes übrig, als die Öffentlichkeit hier und jetzt darüber zu informieren, dass inzwischen auch auf den Kanalinseln ein Meermensch gesichtet wurde. Er ist männlich, blond und äußerst attraktiv. Und das Besondere an ihm: Er wirft keinen Schatten.«

Zuerst blieb mir die Luft weg, im nächsten Moment fühlte es sich an, als jagte literweise Crushed Ice durch meine Adern, und dann wurde mir zugleich schwindelig und speiübel, und deshalb nahm ich den weiteren Verlauf des Interviews auch nur noch wie durch eine dicke Nebelwand wahr.

»Vier junge Mädchen, darunter Moira Lehmann, die vor Kurzem bei einem angeblichen Bootsunfall ums Leben kam, haben seinen Delfinschwanz gesehen. Eines der Mädchen hat er geküsst. Die unglückliche kleine Aimee Ledoux ist seitdem geradezu besessen von ihm. Bitte verzeihen Sie, wenn ich es so drastisch ausdrücke, aber im Hinblick auf die Arterhaltung ist sie damit für uns Menschen wertlos geworden.«

Im Fernsehstudio trat Stille ein. Es war eine peinliche, aber auch eine unheilvolle Stille, in der sich jeder über die unausgesprochenen Konsequenzen bewusst zu werden schien.

Wie hypnotisiert hielt ich den Blick in Javens Augen gerichtet, das eine in einem warmen Grün, das andere eisig blau schillernd, und begriff einfach nicht, wie er das tun konnte.

Er musste einer der Haie gewesen sein, die Gordian und mir bei unserem Kampf mit Kyan, Liam, Niklas und Pine zu Hilfe gekommen waren. Er musste gesehen haben, wie Gordy Aimee küsste, und er wusste auch, warum er es getan hatte, nämlich zu unser aller Schutz.

»Warum?«, wisperte ich. »Er hat doch niemandem etwas getan. Im Gegenteil, er hat versucht, Kyan ...« Ich brach ab.

Gordy war am Leben.

Dieser Gedanke durchzuckte mich wie ein elektrischer Schlag. Gordy musste noch am Leben sein.

Javen hatte ihn gesehen. Es gab keine andere Erklärung: Javen Spinx musste Gordian irgendwo hier auf den Inseln entdeckt haben!

Verhängnisvolles Coming-out

Als Erstes schaltete ich den Fernseher aus. Ich konnte Javen Spinx' Anblick einfach nicht mehr ertragen. Ich brauchte Ruhe, musste nachdenken, überlegen, was ich nun am besten tat.

Vor einigen Wochen hätte ich mich jetzt wahrscheinlich ins Meer gestürzt, in der Hoffnung, dass Gordian schon auftauchen und mich retten würde, sofern ich in Gefahr geriet. Doch diese Zeit war längst vorbei. Die Dinge hatten sich geändert. Ich hatte mich verändert.

Die Sehnsucht nach Gordian und die Liebe zu ihm brannte noch immer in meiner Seele, und die Vorstellung, dass er auf Guernsey war und sich vielleicht sogar in diesem Augenblick unterhalb des Cottages zwischen den Klippen der Perelle Bay aufhielt, brachte mein Herz zum Rasen. Im Gegensatz zu früher rannte ich aber nicht kopflos hinunter, um alles nach ihm abzusuchen. Stattdessen bemühte ich mich, meine Sinne beisammenzuhalten, und zwang mich, erst einmal die Situation zu analysieren.

Heute war Dienstag, der 19. Juni. Neumond.

Kyan steckte in seiner menschlichen Gestalt. Er war stark und schnell, konnte unter Wasser atmen, aber die Region um die Kanalinseln nicht verlassen, und deshalb würde er auch nicht in der Lage sein, andere Delfinnixe an Land zu ziehen.

Die größte Gefahr ging in dieser Nacht also von Zak aus. Und das wussten wahrscheinlich auch die Hainixe.

Während ich mich für den Tag zurechtmachte, spielte ich mit dem Gedanken, Jane aufzusuchen oder zu Ruby zu radeln und dort auf Cyril zu warten. Ich hatte sie nicht gefragt, ob er noch immer zu ihr kam, weil ich sie nicht in Bedrängnis bringen wollte. Denn dass er mich im Stich gelassen hatte, stand für mich ebenso unverrückbar fest wie die Tatsache, dass Ruby ihn brauchte und er sie liebte und es sich garantiert nicht nehmen lassen würde, ihr auch weiterhin zur Seite zu stehen.

Ruby war ein erwachsener Mensch und konnte über ihr Handeln selbst entscheiden. Sie musste Cyril nicht aus ihrem Leben verbannen, nur weil ich von ihm enttäuscht war. – Von ihm und von Jane.

Es tat immer noch weh, aber das war nicht der Grund, weshalb ich mich letztendlich dann doch dagegen entschied, sie in meine Pläne einzuweihen.

Ich konnte mich auf keinen der beiden hundertprozentig verlassen, sondern musste damit rechnen, dass zumindest ein Teil von dem, was ich dachte und vorhatte, zu Skint oder Javen durchsickerte, und dieses Risiko wollte ich auf gar keinen Fall eingehen.

Nachdem ich in meine Jeans und ein hellgraues Tank-Top geschlüpft war, trat ich auf den Balkon hinaus, um die Außentemperatur zu prüfen und mir gegebenenfalls zusätzlich einen Pulli überzuziehen.

Inzwischen war es kurz vor halb elf und das Wetter schien noch nicht recht zu wissen, in welche Richtung es sich entwickeln sollte.

Der Himmel über mir war blassblau, und im Westen drohte der Horizont mit einem dunklen Wolkenband, allerdings ging nur ein feines Lüftchen, es war also nicht davon auszugehen, dass diese Wolken im Laufe des Tages bis zu den Kanalinseln herüberzogen. Das Meer spiegelte halbherzig das fahle Sonnenlicht und lag mir sanft und glatt zu Füßen.

»Mir machst du nichts vor«, murmelte ich und beschloss, für alle Fälle meine Kapuzenjacke mit hinunterzunehmen.

Wie ich meine Großtante kannte, hatte sie den Frühstückstisch auf der Veranda gedeckt und die lag vormittags im Schatten.

Ich legte meine Hände auf das Geländer, um noch einen Moment innezuhalten und einen Gedanken an Gordian zu senden, da bemerkte ich einen dunklen Schopf zwischen den Klippen. Ich reckte den Hals und erkannte Aimee, die sich am Rand der Gartenterrassen den recht steilen Abhang bis dort hinuntergearbeitet haben musste. Zielstrebig hielt sie auf das Wasser zu und sie hatte es sehr eilig. – Zu eilig. Kurz bevor sie Gordys und meine Stelle erreichte, rutschte sie auf den feuchten Steinen aus, stürzte – und blieb reglos liegen.

»Aimee, verdammt noch mal, was machst du denn da?«, fluchte ich, doch noch ehe ich mich über das Geländer schwingen und ihr zu Hilfe eilen konnte, hob sie den Kopf an.

Sie richtete sich auf, schüttelte sich leicht und kroch dann auf allen vieren weiter auf das Meer zu. Ihre Hände tasteten sich von Klippenkante zu Klippenkante, und ich fragte mich natürlich, was sie dort so verbissen suchte. Eigentlich konnte es nur mit Gordian zu tun haben und sofort schlug mein Herz wieder ein paar Takte schneller.

Ich beugte mich ein wenig vor und ließ meinen Blick über die Uferlinie streifen, aber ich konnte nichts Ungewöhnliches entdecken – was mich auch gewundert hätte! Wenn Gordy wirklich dort unten im Wasser war, hätte er Aimee längst bemerkt und würde sich verborgen halten, und zwar so gut, dass er nicht einmal für die Augen eines Nixes zu erkennen war.

Was zur Hölle wollte sie also dort unten?

Für meinen Geschmack hatte sie sich mittlerweile viel zu weit über die Klippen hinausgelehnt, ihre Arme befanden sich bereits bis zu den Ellenbogen im Wasser.

Aimee konnte zwar schwimmen, aber mir war einfach unwohl bei dem Gedanken, dass sie das Gleichgewicht verlieren und ins Meer fallen könnte. Vielleicht lag es daran, dass ich Javen Spinx' warnende Worte noch im Ohr hatte, vielleicht beunruhigte es mich aber auch, weil mich dieses Bild an mich selbst erinnerte, als ich dort unten gehockt und mich kurz darauf in Kyans tödlicher Umarmung wiedergefunden hatte.

Und nicht einmal einen Atemzug später passierte es tatsächlich: Aimee verlor den Halt und plumpste schwer und ungelenk wie ein voller Mehlsack ins Wasser.

Ich sah, wie sie unterging, wieder auftauchte und ihre Finger hektisch nach Halt suchend über die Steine fuhren. Offenbar fand sie tatsächlich einen Vorsprung oder eine Spalte, denn kurz darauf gelang es ihr, sich bis zur Taille herauszuziehen, und ich wollte schon aufatmen, aber bereits eine Sekunde später glitt sie erneut ins Meer. Ihr gesamter Oberkörper verschwand, nur ihr Arm blieb leicht verdreht zwischen den Klippen hängen.

Aimee zappelte. Immer wieder trat ihr Gesicht aus dem aufgewühlten Meeresgrün hervor, offenbar aber nie lange genug, um nach Luft ringen zu können. Und sie schaffte es auch nicht, ihren Arm zu befreien.

Ich zögerte keine Sekunde.

Innerhalb weniger Augenblicke war ich unten bei den Klippen. Aimees Hand klemmte in einer engen Felsspalte, es würde nicht leicht sein, sie daraus zu befreien, ohne dass ihr auffiel, über welche Kräfte ich verfügte.

Hastig ließ ich mich auf die Knie hinunter, strich ihren Arm bis zu ihrer Schulter hinab, fasste sie unter der Achsel und zog sie so weit aus dem Wasser, dass sie mich sehen konnte.

»Elodie«, keuchte sie, allerdings nicht erleichtert, wie ich erwartet hätte, sondern über alle Maßen wütend. »Wieso hast du mir nichts gesagt?«

»Was denn?«, blaffte ich, während ich mich darum bemühte, ihre Hand aus der Spalte zu lösen. »Was, zum Teufel, hätte ich dir sagen sollen?«

»Dass er morgens hier unten ist.«

Ich begriff nicht gleich. »Wen meinst du?«

»Gordian, natürlich!«, brüllte Aimee so laut, dass ich sie instinktiv los- und wieder ins Wasser zurückgleiten ließ.

Niemand sollte sie schreien und womöglich noch seinen Namen hören können. Niemand durfte wissen, dass sich hier unten jemand versteckte ... Nicht irgendjemand, sondern ein Delfinnix, der keinen Schatten warf: Gordian. – Oh, mein Gott, Gordy!

Aimee wand sich unter der Oberfläche, mal brach ihr Scheitel hervor, mal ein Fuß, dann ihre freie Hand.

Entschlossen packte ich ein zweites Mal zu. Diesmal bekam ich sie an ihrem Shirt zu fassen und zerrte ihren Oberkörper die Klippe herauf. Sie schrie wie am Spieß, weil ihr Handgelenk noch immer feststeckte.

»Halt gefälligst die Klappe!«, zischte ich und presste ihr die Hand auf den Mund. »Oder ich lasse dich ersaufen.«

Sofort war Aimee still. Mit weit aufgerissenen Augen sah sie mich an und schüttelte flehend den Kopf.

»Okay«, sagte ich. »Und jetzt beiß die Zähne zusammen, es könnte nämlich noch ein bisschen mehr wehtun.«

Aimee stöhnte leise, und ich spürte, wie sich ihre Kiefermuskeln unter meiner Hand anspannten.

»Nicht wieder schreien«, ermahnte ich sie. »Hörst du? Bloß nicht wieder schreien.« Ich umfasste ihren Arm direkt unterhalb des Ellenbogengelenks und zog die Hand mit einem Ruck aus der

Spalte. Es gab ein fieses Geräusch und ein Rinnsal warmen Bluts rann behäbig über meine Finger.

Aimee schrie tatsächlich nicht, sondern biss sich mit ganzer Kraft in meiner Hand fest.

Der Schmerz war nicht annähernd vergleichbar mit dem eines Nixenbisses, aber ich hatte nicht damit gerechnet, und so war es wohl die Überraschung, die mich aus dem Gleichgewicht brachte. Ich kippte über die rechte Schulter weg und riss Aimee mit mir ins Wasser.

Meine Jeans barst förmlich in Fetzen, als meine Beine sich zu einer Haifischflosse zusammenschlossen, und tauchte kurz darauf neben uns an der Oberfläche auf.

Aimee keuchte, brüllte und zappelte und klammerte sich verzweifelt an mir fest. Ihre Finger rissen an meinen Haaren, ihre Nägel krallten sich in meine Haut und ihre Beine suchten strampelnd und tretend Halt an meiner Flosse.

»Sei still«, knurrte ich sie an. »Es ist alles okay. Du wirst nicht ertrinken. Du kannst doch schwimmen.«

»Nein, nein, nein ... ich kann nicht ... es tut so weh ...«

Ich umfasste ihren Nacken und zwang sie, mir in die Augen zu sehen. Ihre Lider flackerten und die Pupillen in ihrer braunen Iris waren riesengroß. Ganz zweifellos spürte sie, wie ungewöhnlich stark ich war, die Frage war bloß, ob sie es auch realisierte.

»Wir schaffen das nicht«, wimmerte sie. »Wir schaffen es nicht ... Wir können das gar nicht ...«

»Jetzt sei endlich ruhig!« Ich schüttelte sie energisch, woraufhin sie auf der Stelle verstummte. »Wir schaffen das, Aimee. Ich werde dich auf die Klippe heben und ...«

»Nein, nein, nein, nein ...« Ihre Augen rollten hektisch hin und her, und plötzlich fiel ihr Blick auf meine Jeans, die sich mit aufgeplatzter Gesäßnaht über der Wasseroberfläche wölbte. »Was ist das?«, hauchte sie. »Wo ist meine ...?«

Mir blieb keine Zeit, über die Konsequenzen nachzudenken. Früher oder später würde sie sowieso sehen, was ich war.

»Es ist nicht deine Jeans, sondern meine. Mit dir ist alles in Ordnung, bis auf die Kleinigkeit, dass dein Arm verbunden werden sollte.« Ich sah zum Cottage hinauf. »Das machen wir dann gleich dort oben in meinem Zimmer.«

Wieder schüttelte sie den Kopf und in ihrer Miene regte sich neuer Widerstand. Mir blieb also keine andere Wahl.

»Und wenn ich dir sage, dass er ebenfalls da oben ist …?«

Ihre Brauen schoben sich über ihrer Nasenwurzel zusammen. »Gordian?«, fragte sie.

»Ja, Gordian.«

Ich spürte, wie ihr Herz rasend schnell zu klopfen begann. Dennoch breiteten sich Zweifel in ihrem Gesicht aus.

»Jetzt hör mir mal zu«, sagte ich nun endgültig entschlossen. »Ich bin genauso wie er.«

Und wieder überraschte Aimee mich – nämlich, indem sie ohnmächtig wurde.

Zum Glück kam sie erst wieder zu sich, als sie auf meinem Bett lag. Niemand hatte gesehen, wie ich mir ihren reglosen Körper über die Schulter geworfen hatte und anschließend mit ihr zum Cottage hinaufgehastet und über den Balkon in meinem Apartment verschwunden war.

»Bleib einfach liegen, ich bin sofort wieder da«, sagte ich, bereits auf dem Weg ins Badezimmer, um Mams gute Heilsalbe und Verbandszeug zu holen.

Natürlich hörte Aimee nicht auf mich, sondern stand sofort vom Bett auf und torkelte hinter mir her.

»Wo ist er?«

Ich zuckte mit den Schultern. »Offenbar nicht mehr hier.«

»Du linke Bazille, du«, fauchte sie. »Lockst mich hier hoch ...«

»Ja?« Ich brachte sie mit einem scharfen Blick zum Schweigen. »Um was mit dir zu tun?«

Ich hatte nicht besonders laut gesprochen, doch Aimee zuckte unter meinen Worten regelrecht zusammen. Wie mit dem Boden verwachsen stand sie in der Tür, hielt ihren blutenden Arm fest und musterte mich von oben bis unten.

Ich trug noch immer das Tank-Top und die Kapuzenjacke, aus der das Wasser nur so heraustropfte, und darunter, nachlässig um die Hüfte gebunden, meine Haihaut. Unter meinen nackten Füßen hatte sich bereits eine Pfütze gebildet.

»Nimm dir einfach ein paar trockene Sachen aus dem Kleiderschrank«, sagte ich, während ich den Spiegelschrank öffnete und darin nach Salbe, Mullbinde und Pflaster suchte.

Danach zerrte ich ein Handtuch aus dem Regal und warf es ihr zu.

Aimees Reflexe funktionierten noch einwandfrei, denn sie fing es auf und legte es sich um den Nacken.

»Das Bett ist auch ganz nass«, erwiderte sie.

»Ich weiß, es war blöd von mir, dich dort hinzulegen«, sagte ich. »Aber es trocknet schon wieder.«

Aimee nickte zaghaft und tappte ins Zimmer zurück.

Ich zog mich aus, warf meine nassen Klamotten in die Badewanne und ein paar Minuten später trugen wir beide trockene Sachen und einen Handtuchturban um den Kopf. Aimees Wunde hatte aufgehört zu bluten, die Verletzung war auch nicht besonders tief, sondern nur eine großflächige Abschürfung, die sicher schnell wieder heilen würde. Eigentlich brauchte Aimee den Verband nur, damit sie sich die Salbe nicht in die Klamotten schmierte.

»Warum hast du behauptet, dass Gordian hier ist?«, fragte sie, nachdem ich ihr die Haare trocken gerubbelt und die Handtücher ins Bad zurückgebracht hatte.

»Weil du sonst nicht mitgekommen wärst. Wahrscheinlich hättest du halb Richmond zusammengebrüllt, und dann hätten alle gesehen, dass ich einen Fischschwanz habe.«

Aimee schluckte. »Hast du doch gar nicht.«

»Nein«, gab ich zurück. »Genau wie bei Gordian verwandeln sich meine Beine nur dann in eine Flosse, wenn ich ins Meer gehe. Ansonsten bin ich ein ganz normales Mädchen.«

»Normal ...?« Aimee schüttelte nur den Kopf. »Gordian ist anders als du«, sagte sie mit ernstem Gesicht. »Er hat keinen Schatten.«

Mein Puls schnellte in die Höhe. »Das hast du gesehen?«, fragte ich und hatte Mühe, meinen Atem flach zu halten und mir meine Aufregung nicht anmerken zu lassen.

»Ja.«

»Wann?«

»Gestern.« Aimee deutete zum Fenster. »Da unten bei den Klippen. Und vor zwei Tagen auch schon.«

Ich sah ihr fest in die Augen und suchte nach etwas, was darauf hindeutete, dass sie einem Trugschluss erlegen war, aber ihr Blick war absolut klar. Ich konnte mir sicher sein: Aimee fantasierte sich nicht irgendwas zusammen, sie hatte Gordy wirklich gesehen!

Ich hätte losjubeln können vor Glück und gleichzeitig aufstöhnen, dass er so unvorsichtig war!

»Ich habe ihn gerufen«, erzählte Aimee. »Und er hat auch zu mir rübergeschaut. Aber dann ist er ganz plötzlich verschwunden«, fügte sie niedergeschlagen hinzu. »Vielleicht traut er sich nicht ...« Eine Mischung aus Sehnsucht und Verzweiflung legte sich über ihr Gesicht. »Dabei würde ich ihn niemals verraten. Ich liebe ihn, Elodie. Ich liebe ihn so sehr.«

Ihre Stimme war ganz dünn und zittrig geworden und mit einem Mal tat sie mir schrecklich leid.

»Ach, Aimee«, sagte ich leise und strich ihr flüchtig über die Wange. »Du kennst ihn doch überhaupt nicht.«

»Das brauche ich auch nicht«, entgegnete sie beinahe trotzig. »Ich liebe ihn einfach. Aber das kannst *du* wahrscheinlich nicht verstehen.«

»Doch, kann ich.« Sie ahnte ja gar nicht, wie gut! »Trotzdem musst du ihn vergessen.« Und ehe sie mir mit neuerlicher Entrüstung ins Wort fallen konnte, hatte ich bereits ihre Hände ergriffen. »Aimee, ich weiß, du denkst, er hat dich geküsst. Aber das hat er nicht«, sagte ich leise. »Er hat dir bloß das Leben gerettet.«

»Das ist nicht wahr«, erwiderte sie und versuchte, sich aus meinem Griff zu befreien. »Du lügst, weil du ihn für dich haben willst.«

Aimee hatte recht. In nahezu jeder Hinsicht. Aber ich konnte ihr ja schlecht die ganze Wahrheit sagen.

»Gordian und ich sind nicht mehr zusammen«, betonte ich daher noch einmal.

»Natürlich nicht! Er ist meinetwegen zurückgekommen!«

»Aimee, verdammt noch mal!«, rief ich ungeduldig. »Gordian hat dich nicht geküsst, sondern beatmet. Hätte er dich etwa ertrinken lassen sollen?«

»Ja, das hätte er!«, schrie sie mich an und entriss mir mit einem Ruck ihre Hände. Ein kurzer Anflug von Schmerz zuckte über ihr Gesicht, doch dann überwog wieder der verzweifelte Ausdruck. »Wenn er mich nicht liebt, will ich nicht mehr leben«, kreischte sie mit sich überschlagender Stimme. »Und er soll auch tot sein. Hörst du? Tot. Tot. Tot!«

Halbwahrheiten?

Ich wusste, ich hätte Aimee diese Begegnung vergessen lassen müssen, und ich wäre auch dazu in der Lage gewesen, denn mir war ja inzwischen klar, dass ich diese Fähigkeit nicht verloren hatte, aber ich bekam es einfach nicht hin.

Ich dachte an Mam und mich und an Cecily Windom und daran, was Javen Spinx uns mit diesem Talent angetan hatte. So hilfreich es manchmal auch sein mochte, inzwischen war ich mir nicht mehr sicher, ob der Nutzen den Schaden tatsächlich immer überwog. Es reichte mir nicht mehr, wenn das Meer mir seinen Segen dafür gab, ich musste das, was ich tat, selbst verantworten, vor allem aber mit meinem eigenen Gewissen vereinbaren können.

Und das war eben bei Aimee nicht der Fall gewesen. So gefährlich ihr Wissen auch war – für mich, für Gordian und für alle anderen Nixe –, ich fand, dass ich kein Recht dazu hatte, ihr einen Teil ihrer Erinnerungen und damit auch einen Teil ihres Lebens zu nehmen.

Mit dieser Erkenntnis stand ich nun da, starrte auf die Tür, die Aimee vor wenigen Minuten hinter sich zugeschlagen hatte, und wartete darauf, dass meine Großtante jeden Augenblick heraufgestürmt kam, um sich danach zu erkundigen, was nun schon wieder passiert sei.

Doch ich hörte weder ihre Schritte auf der Treppe noch wurde die Tür plötzlich aufgerissen, sodass ich schließlich davon ausging, dass Tante Grace entweder nichts von Aimees *Besuch* mitbekommen oder inzwischen den Entschluss gefasst hatte, die mich betreffenden Dinge erst einmal auch mir zu überlassen und darauf zu vertrauen, dass ich mich schon meldete, wenn ich ihren Rat oder ihre Hilfe brauchte.

Ich breitete ein großes Handtuch über die feuchte Stelle auf meinem Bett, hockte mich mit untergeschlagenen Beinen daneben und schaute aufs Meer hinunter.

Inzwischen war das Blau des Himmels etwas klarer geworden, das Wolkenband am Horizont hatte sich verzogen und die Sonnenstrahlen tanzten auf den Wellen.

Es kostete mich eine irrsinnige Selbstbeherrschung, nicht gleich wieder zu den Klippen zu rennen und nach Gordy zu rufen. Er war da, ich hatte keinerlei Zweifel, dass Aimee ihn wirklich und wahrhaftig dort unten ganz in der Nähe unserer Stelle gesehen hatte. Er musste meinetwegen gekommen sein, vielleicht weil er mich sehen wollte – so hoffte ich zumindest –, viel wahrscheinlicher aber war, dass er mir etwas Wichtiges mitzuteilen hatte, denn nur so konnte ich mir seine große Risikobereitschaft erklären.

»Warum bist du nicht abends oder nachts gekommen?«, flüsterte ich. »Wie früher? Das wäre doch so viel ungefährlicher gewesen!«

Das Schiebefenster stand zwar nicht immer offen, zum Beispiel dann nicht, wenn es sehr windig war und Ruby bei mir schlief, ich war mir dennoch sicher, dass ich es selbst im tiefsten Schlummer gespürt hätte, wenn Gordian dort draußen auf dem Balkon gestanden hätte.

Angespannt glitt mein Blick über die Uferklippen und die Wellen, die sanft zwischen ihnen anbrandeten. Bei jedem Schatten einer umhersegelnden Möwe stockte mir der Atem, weil ich ihn im ersten Moment für Gordy hielt. Ich glaubte bereits, seinen Duft zu riechen und seine zärtlichen Hände auf meiner Haut zu spüren, und konnte es kaum erwarten, ihn endlich wieder in meine Arme zu schließen. Die Sehnsucht nach ihm brachte mein Herz fast zum Zerspringen, doch ich gebot mir, vernünftig zu sein.

Bitte, bleib dort unten im Meer, flehte ich. *Niemand darf dich sehen. Wenn du zu mir heraufkommst und irgendjemand bemerkt, dass du keinen Schatten wirfst, ist es aus. Hörst du, Gordy ...? Ich werde zu dir kommen, sobald die Abenddämmerung einsetzt. Ich werde ins Meer tauchen und nach dir ... und Zak Ausschau halten.*

Ich schloss die Augen und lauschte in mich hinein, doch so sehr ich mich auch konzentrierte, ich erhielt keine Antwort von ihm.

Mittags ging ich in den Garten hinunter. Obwohl ich keinen Hunger hatte, aß ich so viel von den »Kleinigkeiten«, die Tante Grace auf der Veranda aufgetischt hatte, dass sie nicht misstrauisch wurde, und half ihr danach beim Umsetzen einiger Blumenstauden.

Am Nachmittag telefonierte ich mit Ruby und versuchte ihr schonend klarzumachen, dass sie heute nicht bei mir übernachten könne, falls sie es vorgehabt habe.

»Macht nichts«, erklärte sie überraschend munter. »Ich fahre nachher nach St Peter Port. Cyril hat mich zum Essen eingeladen.«

»Oh«, sagte ich.

»Es ist nicht so, wie du denkst.«

Natürlich nicht!

»Ich denke ja gar nicht«, gab ich zurück. »Ich freue mich einfach, dass ihr euch mittlerweile so gut versteht.«

»Ich kann mit ihm über Ashton reden.« Es klang ein wenig nach Rechtfertigung. »Cyril hat eine unglaubliche Beobachtungsgabe. Ihm sind Dinge an Ashton aufgefallen, die ich so nie wahrgenommen habe.«

»Hmm«, machte ich. In letzter Sekunde verkniff ich mir die Bemerkung, dass sie das doch bitte nicht überstrapazieren solle. Den Anflug von Mitleid, der sich bei mir einzuschleichen versuchte, wischte ich erfolgreich beiseite. Cyril bekam, was er verdiente. Davon abgesehen wusste er, was er tat. Ich musste nun wirklich nicht für ihn in die Bresche springen. Er hatte es für mich ja auch nicht getan.

»Na, dann wünsche ich euch einen schönen Abend«, bekam ich gerade noch über die Lippen.

»Ja«, sagte Ruby nur, und nach einem Zögern erkundigte sie sich schließlich, was ich denn vorhätte, dass ich sie nicht dabeihaben wolle.

Eine Sekunde dachte ich darüber nach, ob ich ihr von Aimee erzählen oder sie fragen sollte, ob sie etwas von dem Interview mit Javen Spinx mitbekommen hätte, doch dann sagte ich bloß: »Ich möchte nur ein bisschen allein sein.«

Allerdings wäre Ruby nicht Ruby gewesen, wenn sie mir das so einfach abgenommen hätte.

»Heute ist Neumond«, entgegnete sie bedeutungsvoll.

»Ja.«

Ein paar Sekunden lang hörte ich sie nur atmen.

»Heißt das, du gehst ins Meer?«, fragte sie leise.

»Auf jeden Fall werde ich es im Auge behalten.«

»Sei bitte vorsichtig«, sagte Ruby.

»Und du erzähl Cyril nichts davon«, erwiderte ich.

»Okay. Versprochen.«

Ruby zog geräuschvoll Luft ein. Es musste ihr verdammt schwerfallen, mir dieses Zugeständnis zu machen, aber ich wusste, ich konnte mich auf sie verlassen.

Bis zum Abend kletterten die Temperaturen auf über fünfundzwanzig Grad. Ein leichter Wind kam auf und vertrieb die letzten Wolkenschlieren. Auch um kurz nach neun war die Luft noch immer angenehm frisch und wunderbar klar. Die goldgelbe Sonne stand im Westen eine gute Handbreit über dem Horizont und ließ sich für meinen Geschmack viel zu viel Zeit mit dem Untergehen.

Ich saß mit einem Historien-Schinken aus Tante Graces Regal auf der Verandabank, konnte mich allerdings nicht so recht auf den ziemlich schwülstigen Text konzentrieren. Eigentlich sollte das Buch mich ohnehin nicht unterhalten oder ablenken, sondern hatte eher eine Art Alibifunktion. Da Tante Grace am Nachmittag angekündigt hatte, abends noch zu einer Bekannten nach Albecq fahren zu wollen, war es mir wichtig, einen entspannten Eindruck auf sie zu machen, damit sie es sich nicht noch einmal anders überlegte. Von der Geschichte mit Aimee hatte sie nämlich tatsächlich nichts mitbekommen, weil sie zu der Zeit hochkonzentriert an der Nähmaschine saß.

Mittlerweile ging es auf halb zehn zu und meine Großtante war immer noch da.

Seufzend klappte ich das Buch zu und lugte – inzwischen wohl schon zum zwanzigsten Mal – um die Ecke zum Hauseingang.

Just in diesem Moment trat Tante Grace heraus. Sie trug ihre Küchenschürze und darüber ihre brombeerfarbene Strickjacke und sah alles andere als ausgehbereit aus.

»Oh, du sitzt ja noch immer hier!«, rief sie. »Ich wollte gerade die Polster hereinholen.«

»Und ich dachte, du wärst längst weg«, erwiderte ich.

»Ach.« Sie machte eine abwinkende Geste. »Die gute alte Maggie Bloomsburg hat doch glatt übersehen, dass heute Neumond ist. An solchen Tagen nimmt sie um sechzehn Uhr ihre letzte Mahlzeit ein, macht sich zwei Stunden später einen Leberwickel und geht früh ins Bett.« Sie zuckte mit den Schultern. »Wahrscheinlich befindet sie sich längst im Tiefschlaf und verpasst diesen wundervollen Sonnenuntergang.«

Ich schluckte. »Den du dir natürlich nicht entgehen lassen willst?«

»Nicht eine Sekunde, Kindchen. Nicht eine Sekunde.« Tante Grace hatte die Veranda inzwischen erreicht. Sie trat an mich heran und fasste mich unters Kinn. »Und ich hätte nichts dagegen, wenn du mir dabei ein wenig Gesellschaft leisten würdest.«

Ich wollte irgendwelche Ausflüchte erfinden, dass ich müde sei oder noch mit Sina zu einem Telefonat verabredet, doch ihr Blick erstickte meine Absicht im Keim. Es war nicht zu übersehen, wie ernst es ihr war, und garantiert ging es ihr dabei nicht um den Sonnenuntergang oder ein gemütliches Beisammensein, vermutlich hatte sie sogar den Neumondspleen ihrer Bekannten nur erfunden – nein, nein, mittlerweile kannte ich meine Großtante gut genug, um zu erkennen, dass sie todsicher etwas ganz anderes auf dem Herzen hatte. Und nachdem sie mir bedeutet hatte, ein Stück auf der Bank weiterzurücken, kam sie auch gleich zur Sache.

»Ich habe gehört, dass im Hafen von St Peter Port Decken und Lebensmittel gesammelt und auf Transporter verladen werden«, begann sie, während sie sich neben mir niederließ. »Man munkelt, dass die Sachen ins Underground Hospital gebracht werden sollen. Angeblich hat Javen Spinx das organisiert.« Ihr Blick bohrte sich jetzt geradezu in mich hinein. »Weißt du etwas darüber?«

Ich nickte.

»Hat es mit diesem Interview zu tun, das er heute Morgen im Vormittagsmagazin gegeben hat?«, drang sie weiter in mich, als sie merkte, dass ich mich nicht dazu äußern wollte.

Ich zuckte die Achseln. »Denke schon.«

»Herrgott, Elodie, muss ich dir denn jeden Wurm einzeln aus der Nase ziehen!«, brauste sie auf.

»Mehr kann ich dir nicht sagen«, erwiderte ich.

»Ach nein, und warum nicht?«

Weil es niemandem etwas nützt, wenn du jetzt durchdrehst, dachte ich. Du und die anderen. Allerdings hatte ich auch keine Idee, wie ich sie nun, da sie bereits so aufgebracht war, wieder beruhigen sollte. Letztendlich blieb mir wohl nichts anderes übrig, als ihr einen Teil der gestohlenen Erinnerungen wieder zurückzugeben.

»Es stimmt, was Javen Spinx gesagt hat: Lauren und Bethany und die beiden Mädchen, die man in den Netzen gefunden hat, sind von Delfinnixen ermordet worden. Der Nix, den sie im Frühjahr gejagt und getötet und anschließend in die Rechtsmedizin nach London verfrachtet haben, hat allerdings nur indirekt etwas damit zu tun.«

»Es ist also tatsächlich nicht bloß ein Delfin gewesen, wie es anfangs in den Zeitungen stand?«, vergewisserte sich Tante Grace.

»Nein. Er hieß Elliot und hatte seine menschliche Gestalt, als er harpuniert und gefangen wurde. Ich kannte ihn flüchtig«, ratterte ich mehr oder weniger ohne Betonung herunter. »Ich will ihn weiß Gott nicht in Schutz nehmen, aber wie eine Bestie sah er nun echt nicht aus. Was Javen Spinx sagt, ist maßlos übertrieben«, fuhr ich hastig fort, ehe meine Großtante womöglich eine Diskussion über Gut und Böse vom Zaun brach. »Eigentlich gibt es nur zwei Delfinnixe, die wirklich gefährlich sind. Gordian und die Hainixe kümmern sich um sie.«

Tante Grace nickte und lehnte ihren Kopf dann langsam zurück gegen die Hauswand. Gedankenverloren spielte sie mit etwas, das sich in ihrer Jackentasche befand und bei jeder Berührung leise knisterte. »Dann habt ihr euch also zusammengeschlossen? Hainixe und Delfinnixe?«, fragte sie nach einer Weile.

»Nein, leider nicht«, antwortete ich zögernd. »Wir haben zwar das gleiche Ziel, sind uns aber trotzdem spinnefeind.«

Tante Grace hatte sich wieder nach vorn gebeugt und musterte mich mitfühlend. »Es tut mir sehr leid für dich und Gordian.«

Meine Kehle zog sich zusammen und ein fieses Brennen stieg meinen Rachen hinauf. Ich musste kräftig schlucken, um nicht auf der Stelle loszuheulen.

»Javen Spinx ... dein Vater ... hast du keinen Einfluss auf ihn?«, fragte meine Großtante leise.

Ich schüttelte den Kopf. »Er ... er ist ziemlich gefühlskalt. Berechnend. Ich bin total froh, dass Mam darauf verzichtet hat, ihn noch einmal zu treffen.«

»Du hast also keine ... Gefühle für ihn?«

Ich schloss die Augen und stöhnte tief. »Gott bewahre, nein!« Für mich gab es nur Pa. Pa. Pa. Und daran würde sich bis zu meinem Lebensende auch nichts ändern. »Außerdem hat er Gordy verraten.« Was ich ihm nie, nie, nie verzeihen würde!

»Und die Menschen auf der Insel ganz schön in Panik versetzt«, ergänzte Tante Grace. »Manche denken, dass Guernsey eine Invasion von Meerungeheuern bevorsteht, die sich an uns rächen wollen, weil wir ihnen die Nahrung wegfischen. Ich habe gehört, dass einige auf der Stelle ins Underground Hospital einziehen würden, wenn man es ihnen gestattete.«

Ich sah ihr fest ins Gesicht. »Notfalls musst du auch dorthin.«

»Mhm.« Tante Grace tätschelte meinen Oberschenkel. »Das ist kein guter Ort für eine alte Dame wie mich«, meinte sie halb ernst, halb scherzend. »Fällt dir nichts Erquicklicheres ein, was wir stattdessen tun können?«

Wieder schüttelte ich den Kopf. »Nichts außer warten und hoffen.«

»Tja, dann *hoffe* ich jetzt mal, dass dieses hier dir vielleicht weiterhilft«, sagte sie, zog einen Umschlag aus dünnem zitronengelbem Seidenpapier aus ihrer Jackentasche hervor und legte ihn vor mich auf den Tisch.

Das war es also, was so geheimnisvoll geknistert hatte!

»Ein Brief?«, fragte ich verwundert. »Von wem?«

»Von Jane.«

Mein Herzschlag geriet ins Stocken. »Für mich?«

»Warum sollte sie *mir* schreiben?«, entgegnete Tante Grace trocken.

Keine Ahnung! »Ist sie hier gewesen?«

»Ja, vor einer halben Stunde.«

Und ich hatte nichts davon mitbekommen!

»Jane war der Ansicht, dass du sicher nicht mit ihr sprechen wolltest, und hat mich gebeten, dir den Brief zu geben und dir auszurichten, dass du ihn *bitte dringend lesen musst*.«

»Okay ...« Ich atmete langsam aus. Okay. Okay.

Meine Finger zitterten, als ich den Umschlag vom Tisch nahm.

»Also, dann ...« Tante Grace erhob sich schwerfälliger, als es sonst ihre Art war, »... lass ich dich jetzt mal allein.«

Sie gab sich Mühe, laut aufzutreten, und ich wartete, bis ihre Schritte sich entfernt hatten, dann riss ich den Umschlag auf und zog einen schmalen, eng beschriebenen und ebenfalls zitronengelben Bogen daraus hervor.

Liebe Elodie,

ich weiß, dass Du wahnsinnig enttäuscht bist. Von mir, von Cyril und wahrscheinlich auch von Javen ... und ganz sicher kann es in Deinen Augen keine Rechtfertigung für unser Verhalten geben. Trotzdem möchte ich versuchen, es Dir zu erklären.

Wir alle haben Skint unterschätzt. Er hasst die Delfinnixe. Frag mich nicht, wieso. Soweit ich weiß, gibt es keinen besonderen Grund dafür. Er hasst auch die Menschen und alle, die in irgendeiner Weise Schwäche zeigen, was Javen in Skints Augen offenbar getan hat, als er seinen Sonderstatus aufgab, um ihn Dir zu überlassen. Aber Javen war gar nichts anderes übrig geblieben. Es war nötig, um all die anderen davon zu überzeugen, dass es sich lohnt, Dich anzuhören.

Ich musste absetzen und mich kurz sammeln, bevor ich weiterlesen konnte.

Wir waren zutiefst überzeugt davon, dass Du mühelos alle in den Bann ziehen würdest, und bei einigen wie beispielsweise Solange, Tisha und Bertrand ist das auch gelungen. Aber wie gesagt, wir haben Skint und die anderen Hardliner unterschätzt. Du weißt, dass es unter den Haien verpönt ist, sich mit Menschen zu paaren, weil es unsere Tarnung gefährdet. Deshalb werden Halbnixe von vielen als unwert oder sogar bedrohlich angesehen und mitunter gnadenlos verfolgt und getötet.

Tyler!, schoss es mir durch den Kopf. Auch er hatte die Regeln gebrochen, indem er sich mit Lauren zusammentat. Jetzt erschien es mir logisch, dass er nicht zu dem Treffen auf Little Sark gekommen war. Ob er überhaupt noch lebte?

Ich kann Dir gar nicht sagen, wie leid es mir tut, dass wir Dich dieser Gefahr ausgesetzt haben. Aber nachdem Cyril uns so eindrucksvoll schilderte, was er über Deine Begegnung mit dem weisen alten Walnix mit angehört hatte und wie beeindruckend sich danach Deine Talente ausbildeten, konnten wir gar nicht anders, als fest daran zu glauben, dass Du eine Gesandte des Meeres, also etwas ganz Besonderes bist. Und das glauben wir noch immer!

Trotzdem müssen wir Dich warnen, vorsichtig zu sein! Skint und seine Leute sind fest entschlossen, Dich zu töten. Und sie werden auch alle Delfinnixe umbringen, die sich den umliegenden Küsten nähern. Sollte es Delfinen gelingen, an Land zu kommen, werden sie ihre Häute suchen und zerstören. Ich nehme an, Dir ist klar, was das bedeutet.

Darüber hinaus ist Javen zu Ohren gekommen, dass von heute an in jeder Neu-, Halb- und Vollmondnacht Tanker auslaufen, die tödlich giftige Chemikalien geladen haben und die sofort ins Meer abgelassen werden, sollten in der Region rund um die Inseln größere Delfingruppen auftauchen.

Bitte, Elodie, Du kannst mir glauben, es ist nicht Javen, der die Menschen mit seinem Interview in Panik versetzt hat, es sind vor allem Skint und die Seinen, die sie schon seit einiger Zeit aufhetzen. Javen macht diese Dinge nur, um nicht den Kontakt zu wichtigen Personen zu verlieren und immer über alles informiert zu sein.

Für uns ist es wichtig, dass Du jetzt eingeweiht bist und vielleicht sogar einen Weg findest, Gordian diese Informationen zukommen zu lassen. Wir sind überzeugt, dass er ebenso wie wir um ein glückliches Ende bemüht ist.

Zum Schluss möchte ich Dir noch etwas sagen, was Du schon lange wissen wolltest ... und was Du eigentlich auch längst hättest wissen müssen:

Bo ist Tishas Sohn. (Was Du Dir ja sowieso schon gedacht hattest). Sie ist vor acht Jahren von einem Menschen vergewaltigt worden. Bo ist also auch ein Halbnix wie Du. Euch unterscheidet lediglich der Umstand, dass Du an Land geboren wurdest und er im Wasser, was beispielsweise erklärt, dass er eine Schutzhülle hat wie andere Hainixe auch. Diese Hülle wird allmählich brüchig und in spätestens einem Jahr wird er sie vollständig verlieren und dann genau sein wie Du. Tisha, die sehr, sehr, sehr! unter dem Übergriff des Menschenmannes gelitten hat (als es passierte, war sie gerade einmal dreizehn

Jahre alt), war von Anfang an überfordert. Und weil ich wegen meines kleinen Geburtsfehlers (Hinkefuß und Krüppelflosse) ohnehin schon immer sehr zurückgezogen lebte, habe ich ihr angeboten, mich um Bo zu kümmern. Das Haus, in dem ich wohne, haben mir Bertrand und Miloc (das war der kräftige Mann mit den Wahnsinnsschultern, der bei unserem Treffen auf Little Sark neben mir stand) überlassen. Sie waren die Angestellten einer wohlhabenden alten Dame, der es gehörte und die vor knapp 10 Jahren gestorben ist. Da sie keine Angehörigen hatte, hat sie es den beiden vererbt.

Ich glaube, jetzt weißt Du alles, was Du wissen musst, und ich hoffe, Du kannst Cyril, Javen und mir verzeihen. Auch, wenn es zuweilen nicht den Anschein hat: Wir sind auf Deiner Seite!

Pass auf Dich auf!
In aufrichtiger Zuneigung,
Jane

Bittere Erkenntnisse

Ich starrte eine Weile auf Janes Zeilen. Alles klang logisch und trotzdem passte es für mich nicht zusammen. Ich glaubte zwar nicht, dass Jane oder Cyril mir grundsätzlich etwas Böses wollten, Javen Spinx hingegen traute ich so ziemlich alles zu. Meiner Ansicht nach hetzte er die Menschen sehr wohl gegen die Delfinnixe auf. Und Jane sollte mir bloß nicht weismachen wollen, dass er den Kontakt zur Öffentlichkeit nicht genoss. In keinster Weise hatte er seinen Sonderstatus auf mich übertragen, und nichts von dem, was er tat, unterlag dem Zufall. Im Gegenteil, Javen Spinx war absolut berechnend.

Äußerst beunruhigend fand ich die Passage über die Gifttanker, obschon ich mir auch hier nicht sicher war, ob ich das wirklich glauben sollte. Selbst wenn die Menschen die *Mutationen* im Meer als absolut bedrohlich empfanden, würden sie doch wohl kaum so verrückt sein, literweise Chemikalien in den Ärmelkanal zu kippen und ihre eigene Lebensgrundlage zu zerstören. Niemand könnte hier mehr baden, fischen oder surfen und das Geschäft mit den Touristen würde wahrscheinlich vollständig einbrechen. – Das konnte keiner wollen!

Nein, nein. – Je länger ich darüber nachdachte, desto unrealistischer kam mir das Ganze vor. Vielmehr setzte sich die Überzeugung in mir fest, dass dies eine absichtlich platzierte Fehlinformation sein musste. Vielleicht erhofften sich die Hainixe davon, dass ich sie an die Delfine weitergab und diese sich dadurch abschrecken ließen und gar nicht erst versuchten, an Land zu kommen. Jane hatte schließlich ausdrücklich geschrieben, dass ich Gordian warnen sollte. – Oh, mein Gott! Oh, mein Gott! Allmählich begriff ich, welch hinterhältigen Plan die Haie hier offenbar tatsächlich verfolgten, und mit einem Schlag wurde ich innerlich ganz starr vor Entsetzen.

Ich sollte nicht nur die Delfine für sie abschrecken, nein, ich sollte auch Gordy für sie finden – damit sie ihn fangen und sich von den Menschen als Sieger über den schattenlosen Nix und als Retter der Kanalinseln feiern lassen konnten. – Tsah! Diese Erkenntnis machte mich nicht nur unsagbar wütend, sondern ließ auch eine brennende Übelkeit in mir aufsteigen.

Von wegen, die Hainixe waren keine Schauspieler! Es war mir schleierhaft, wie Cyril sich mir gegenüber jemals zu dieser Behauptung hatte hinreißen lassen können! In meinen Augen waren sie Lügner der übelsten Sorte.

Voller Zorn riss ich Janes Brief mitsamt dem Umschlag in unzählige kleine Fetzen, dann sprang ich von der Bank hoch und lief unruhig auf der Veranda auf und ab.

Die Sonne war mittlerweile untergegangen und hatte den Himmel über dem Horizont glutrot gefärbt. Das Meer lag dunkel und schweigend da, fast wie ein stummer Vorwurf.

Boote oder Schiffe waren nicht zu sehen, auch kein Tanker.

»Heute ist Neumond, Leute«, murmelte ich zischend. »Schon vergessen: Die Meerbestien könnten kommen. Ihr müsst eure Gewässer vergiften, damit sie euch nicht alle umbringen.«

Das Ganze war so absurd, dass es wehtat. Das wirklich Schlimme daran war allerdings, dass ich nicht wusste, was ich jetzt tun sollte.

Einerseits durfte ich Gordian weder suchen noch weiterhin auf der emotionalen Ebene nach ihm rufen, sondern musste alles vermeiden, was ihn anlocken könnte. Andererseits wollte ich mich aber auch nicht aus der Verantwortung stehlen. Dass ich mich in erster Linie meinem Gewissen verpflichtet fühlte, bedeutete ja nicht, dass ich Neerons Prophezeiung und den Willen des Meeres nicht respektierte. Ich hatte eine Aufgabe, und inzwischen war ich fest entschlossen, Kyan zu vernichten, damit Gordy es nicht tun musste. Außerdem wollte ich herausfinden, ob Zak zurückgekommen war. Beides war unmöglich zu bewerkstelligen, wenn ich an Land blieb. Um Zak zu finden, musste ich noch heute ins Meer hinabtauchen. Und zwar am besten jetzt gleich.

Ich vergewisserte mich, dass Tante Grace im Haus und die Tür geschlossen war, stopfte die Briefschnitzel in meine Hosentasche und hastete im Schatten der Kamelien und Rhododendren zu den Klippen hinunter. Meine Kleidung verbarg ich an derselben Stelle, die auch Cyril benutzt hatte, dann tappte ich tief geduckt auf Gordys und meine Klippe zu, die bereits überflutet war.

Aufmerksam musterte ich den Küstenstreifen. Rechts und links von mir blinkten die Lichter von Albecq und Lihou Island. Ich hörte eine Möwe kreischen, ansonsten war alles ruhig. Keine Menschenstimmen, die vom Strand der Perelle Bay herüberschallten, kein verräterisches Zischeln oder Wispern.

Noch bevor ich mich durch die nahezu spiegelglatte Oberfläche ins Meer hinabließ, umgab ich mich mit der speziellen Schutzhülle, mit der ich mir auf dem Weg nach Little Sark bereits die vorwitzigen Sprotten vom Leib gehalten hatte.

Mit sparsamen Flossenschlägen bewegte ich mich vorwärts. Im Augenblick zählte nicht Schnelligkeit, sondern vor allem Wachsamkeit. Mein behände hin und her huschender Blick nahm alles auf: das sanfte Wogen des Seegrases, das rhythmische Auf- und Zuklappen der Scheren vieler kleiner Krabben, den lauernden

Blick einer Moräne und jeden größeren Schatten auf den Riffs und dem sandigen Grund, der auf einen Nix hinweisen konnte.

Ich bemerkte Gordy nicht. Er war ganz plötzlich über mir und schob sich außerhalb meiner Schutzhülle langsam in mein Gesichtsfeld.

Raus hier!

Seine Gedanken drangen mühelos zu mir durch und erstickten meine überwältigende Freude im Keim. Mir blieb nicht einmal die Zeit, ihn richtig anzusehen.

Tu einfach, was ich dir sage!

Ich spürte meinen Widerstand von der Kopfhaut bis in die Flossenspitzen. *Ohne Begründung?*

Die bekommst du, sobald wir in deinem Zimmer sind.

In meinem Zimmer? – Hätte ich Beine gehabt, wären mir die Knie weich geworden, so viele Erinnerungen rauschten mir in diesem Moment durch den Kopf. Und plötzlich hatte ich es sehr eilig. Ich löste meine Schutzhülle auf und schwamm, so schnell ich konnte, zum Ufer zurück. Nach Gordian brauchte ich mich nicht umzusehen, er kam bis auf zwei Meter an mich heran und glitt neben mir durchs Wasser. Ich registrierte das Türkis seiner Augen, den goldenen Schimmer in seinem Haar, die Linie seines Körpers, das schnelle, geschmeidige Auf und Ab seiner Schwanzflosse – und die tiefen Wunden an seinem rechten Arm und in seinem Gesicht!

Was ist passiert?, rief ich erschrocken.

Erzähl ich dir gleich.

Ich spürte seine Hand, die meinen Arm umfasste und mich aus dem Wasser zog. Es war wie ein elektrischer Schlag, der mich mitten ins Herz traf. Mein Puls galoppierte los, und ich merkte kaum, wie meine Flosse sich in Beine verwandelte, so hastig zerrte Gordy mich die Gartenterrassen hinauf.

Ich war dermaßen beseelt darüber, ihn endlich, endlich wiederzuhaben, dass ich der kurzen hektischen Bewegung hinter einem Strauch keinerlei Bedeutung beimaß.

Gordian zog das Schiebefenster hinter uns zu und legte den Griff um. Ich wollte Licht machen, damit ich mir ihn und auch seine Wunden etwas genauer anschauen konnte, doch er hinderte mich daran, indem er mir einen Stoß vor die Brust versetzte. Es war kein fester Schlag, aber er kam so überraschend für mich, dass ich zurücktaumelte und aufs Bett sackte.

Instinktiv zog ich meine Haihaut etwas fester um mich. »Gordy, was soll das?«

»Die Riffe vor der Küste wimmeln nur so von Hainixen«, zischte er.

»Ich weiß. Sie wollen verhindern, dass Kyan mit einer großen Allianz an Land geht.«

»Das ist längst nicht alles.« Gordian verschränkte die Arme vor der Brust. Er stand im Halbschatten der Yuccapalme. Seine türkisgrünen Augen funkelten, und das rote Licht, das noch immer vom Horizont herüberschimmerte, lag wie eine feine Kontur um seinen Hals und seine Schultern. So schattenlos auf den Holzdielen stehend, wirkte er beinahe außerirdisch.

»Ich weiß«, sagte ich noch einmal, diesmal sehr viel leiser. »Sie wollen dich.«

Ich bildete mir ein, ein kaum wahrnehmbares Zucken seiner linken Braue zu bemerken, dann atmete er scharf ein. »Und dich.«

Ich schluckte, wollte vom Bett aufstehen und zu ihm gehen. Ihn endlich berühren. Umarmen. Mit jeder Zelle meines Körpers spüren, dass er wieder da war. – Und mit einem Mal wurde ich geradezu überflutet von Dankbarkeit, dass er mich nicht vergessen hatte.

»Hast du eine Erklärung dafür?«, durchschnitt seine Stimme die aufgeladene Stille im Raum und hielt mich auf dem Bett zurück.

»Sie akzeptieren mich nicht«, antwortete ich heiser. »Halbnixe sind in ihren Augen unwert. Aussätzige.«

»Wohl eher Verräter«, knurrte Gordian. »Denn sie gefährden ihre Tarnung.«

Ich starrte ihn an. »Woher weißt du das überhaupt? Ich meine, das alles und dass sie mich ... töten wollen?« Es tat so unglaublich weh, es auszusprechen.

»Ich kann sie verstehen.«

»Was?«

Gordy machte eine ungeduldige Geste. »Ich habe mir vorgestellt, wie hilfreich es wäre, wenn ich ihre offenen Gedanken einfangen könnte, und schon war ich in der Lage dazu«, sagte er so, als würde er keine Wörter, sondern verfaulte Muscheln ausspucken.

»Aber das ist doch gut«, entgegnete ich.

Das war sogar sehr gut, ja, es stimmte mich geradezu euphorisch, denn es räumte all meine Zweifel, die ich seit meinem Erlebnis auf Little Sark und danach vor dem Underground Hospital mit Javen Spinx hegte, schlagartig aus. Ich hatte mir die Begegnung mit Neeron nicht bloß eingebildet, seine Prophezeiung war kein Traum gewesen. Das Meer stand auf unserer Seite. Es wollte, dass Gordy und ich diese Aufgabe gemeinsam bewältigten, und stellte uns alle Talente zur Verfügung, die wir dafür brauchten.

Plötzlich waren meine Verzweiflung und meine Mutlosigkeit wie weggeblasen. Selten war ich mir so sicher gewesen wie in diesem Moment.

Wir konnten es schaffen.

Wir beide zusammen.

Wir waren kurz vor dem Ziel.

Gordian schüttelte unwillig den Kopf. »Was ist mit Cyril?«, fragte er mit zornbebender Stimme.

»Er ist ...«, begann ich zögernd. »Cyril ist mein Bruder«, brach es dann aus mir hervor. »Und Javen Spinx ... Er ist mein Vater.«

Gordians Augen verengten sich und seine Lippen wurden hart und schmal. »Nein!«

Zuerst dachte ich, er könnte es nicht glauben, aber dann spürte ich seine Ablehnung, die sich wie eine Wand aus unsichtbarem Eis zwischen uns schob.

»Ich hasse ihn, Gordy ... Ich hasse ihn ... Bitte!«, rief ich.

Abermals wollte ich vom Bett aufspringen, die eisige Wand durchbrechen und die Kälte zwischen uns mit meiner Liebe aufheben, aber Gordians Blick war so abweisend, dass ich es nicht wagte, mich ihm zu nähern.

»Warum bist du hier?«, fragte ich stattdessen.

»Um Kyan zu töten.«

»Das meine ich nicht«, erwiderte ich, und es kostete mich eine fast übermenschliche Anstrengung, meine Stimme nicht zittrig, sondern klar und fest klingen zu lassen. »Warum bist du hier bei mir?«

»Weil du mich dazu gezwungen hast«, gab Gordy gepresst zurück.

»Was?«, hauchte ich.

Für ein paar Sekunden hatte ich das Gefühl, nicht mehr atmen zu können, es rauschte in meinen Ohren, und ich wurde von einem jähen Schwindel erfasst. Hätte ich nicht bereits gesessen, wäre ich zu Boden getaumelt. Ich war unsagbar verzweifelt – und wütend. Soweit ich mich erinnerte, hatte ich Gordian zu gar nichts gezwungen und würde das auch todsicher niemals tun. Es wollte mir einfach nicht in den Kopf, wie er so etwas überhaupt denken konnte.

Die ganze Situation hier erinnerte mich so sehr an Lübeck, an meine Begegnung mit ihm am Traveufer, dass mir schlecht wurde. Ich war nicht bereit, all das noch einmal durchzumachen. Dafür waren wir uns bei den Ilhas Desertas und auf der kleinen Vogelinsel bereits viel zu nah gewesen. Entweder stand Gordian noch immer zu mir oder er ...

Halte dich vom Wasser fern, hörst du, durchbrach er meine Gedanken. *Du kannst jetzt nichts mehr ausrichten.*

Aber ...?

»Elodie, bitte«, sagte er leise und machte nun zaghaft einen Schritt auf mich zu. »Poy und ich haben Zak gefunden«, fuhr er fort und tat einen weiteren Schritt.

»Ihr habt mit ihm gekämpft?«

»Er hat ein Mädchen getötet und war gerade dabei, es an einem dieser Treibnetze zu befestigen. Wir haben ihn zur Rede gestellt.«

Gordian stand jetzt direkt vor mir. Nur noch zwei oder drei Zentimeter und unsere Zehen würden sich berühren.

Mit rasendem Herzen sah ich zu ihm hoch.

Berühr mich! Nimm mich endlich in den Arm!, schrie alles in mir, und für einen Augenblick hatte ich tatsächlich den Eindruck, dass er seine Hand nach mir ausstrecken wollte. Doch bereits im nächsten Moment zuckte er zurück, stutzte, drehte sich dann ruckartig um und lief aufs Fenster zu.

»Gordy, bitte geh jetzt nicht!«, rief ich, in derselben Sekunde registrierte ich die schlanke Gestalt mit den wehenden roten Haaren, die sich mit einem eleganten Sprung über das Balkongeländer schwang. Mir blieb fast das Herz stehen. Denn das war unverkennbar – Kirby!

Gordian öffnete ihr, zog sie hastig ins Zimmer herein und stieß das Fenster anschließend sofort wieder zu. Die beiden tauschten einen aufgeregten Blick. Kein Zweifel, sie redeten miteinander, teilten Gedanken, die ich nicht lesen konnte.

Ein Schmerz jagte durch meine Brust, so schrill und heftig, dass ich beinahe aufstöhnte. Obwohl das Bild kaum zu ertragen war, konnte ich meine Augen nicht von den beiden wenden. Gordy hatte Kirby mit an Land genommen, die Frage, was das bedeutete, musste ich mir gar nicht stellen, sie beantwortete sich von selbst.

Wie betäubt saß ich auf der Bettkante und betrachtete Kirbys vollendeten Körper. Sie besaß die hübschesten Beine, die ich je gesehen hatte, und sie war vollkommen nackt.

»Sie war dabei, als wir Zak töteten«, erklärte Gordian.

»Und habe versucht, es zu verhindern«, fügte Kirby hinzu und bedachte mich mit einem Lächeln. »Falls es dich interessiert ...«

Wie selbstverständlich schlang sie Gordy ihre langen, schlanken Arme um den Nacken, lehnte ihre Schläfe gegen seine Schulter und drückte ihre bloße Hüfte gegen seine.

Mordgelüste schossen heiß und sengend meine Wirbelsäule hinauf. Ich hätte sie auf der Stelle umbringen können. Aber ich riss mich zusammen. Es war offensichtlich, dass ich Gordian an sie verloren hatte. Ich hatte es schon gewusst, als ich ihn bei den Ilhas Desertas zurückließ, aber nun musste auch mein Herz erkennen, dass es seine Bestimmung war, mit ihr zu leben und zu kämpfen. Im Gegensatz zu mir hatte er seine Aufgabe erfüllt, denn offenbar war es ihm gelungen, die Delfinnixe hinter sich zu scharen und so etwas wie eine Führerschaft zu übernehmen. Ich wusste, ich sollte mich für ihn freuen, aber ich schaffte es nicht. Nicht solange Kirby so nackt und so schön und mit diesem Triumph im Blick neben ihm stand. Nun, da von Zak keine Gefahr mehr ausging und Kirby ein menschliches Geschlecht besaß, konnte ich mir ausmalen, was sie und Gordy im Laufe der Nacht oder in den frühen Morgenstunden irgendwo hier auf den Klippen von Guernseys wundervollen Stränden miteinander tun würden.

Schmerz und Übelkeit schüttelten mich bei dieser Vorstellung. Ich ertrug den Anblick der beiden nicht mehr und wünschte nur noch, dass sie endlich verschwanden und ich Gordy niemals wiedersah!

»Ich musste es tun«, hörte ich ihn sagen. »Zak war uneinsichtig. Er erklärte uns, dass er so lange weitermorden wolle, bis er ein

Menschenmädchen gefunden habe, das zu ihm passe. Verstehst du, Elodie, ich konnte nicht anders.«

Ich starrte vor meine Füße auf den Boden und nickte stumm. Ganz sicher war es ihm nicht leichtgefallen. Zak hatte sich verbissen gewehrt und daher rührten wohl auch Gordians Verletzungen. Doch das brauchte mich nicht mehr zu kümmern. Er hatte ja nun Kirby an seiner Seite, die seine Talente hervorragend ergänzte und seine Wunden heilen konnte.

»Versprich mir, dass du an Land bleibst«, sagte er eindringlich. »In spätestens zwei Wochen wird alles vorbei sein.«

Als ich kurz darauf wieder aufblickte, waren er und Kirby verschwunden. – Aus meinem Apartment und aus meinem Leben.

Kyan genoss es, durch die Straßen von St Helier zu schlendern, das kühle Metall des Messers in seiner Hosentasche zu spüren und dabei die Mädchen anzulächeln, sie im Vorbeigehen wie beiläufig zu berühren und sich vorzustellen, wie es wäre, für immer hier zu sein. Jersey gefiel ihm weitaus besser als Guernsey oder Sark. Hier pulsierte das Leben, hier flirrte die Luft nur so von verlockenden Düften.

Jeweils vier Wochen in Menschengestalt und nur sechs oder sieben Tage im Körper eines Delfins, das war der Zyklus, der ihm vorschwebte.

Immer wieder malte er sich aus, wie es sein würde, das nächste Menschenmädchen zu verzaubern. Sie ins Wasser zu locken und zu küssen, mit ihr in die Tiefe zu sinken und dabei zuzuschauen, wie sie ertrank – vollkommen wehrlos dem Element ausgeliefert, das ihre Väter auf so schamlose Weise ausbeuteten und vergifteten. – All das erregte ihn bis an den Rand der Ohnmacht und erfüllte ihn gleichzeitig mit einer tiefen Ruhe.

Es hatte ihm eine unbändige Freude bereitet, das zu wiederholen, was seine Chamäleon-Freunde ihm vorgemacht hatten, und die kleine Germaine nah bei der Küste in ein Netz zu hängen, genau wissend, wie sehr es die Menschen schockieren würde. Das Netz zu zerstören und die Beute entwischen zu lassen, war jedoch noch um ein Vielfaches aufregender gewesen. Dieses kleine scharfe Messer, das das Mädchen in der Hand hielt, als er sie im Haus überraschte, und dessen Wert er zunächst beinahe nicht erkannt hätte, hatte ihm eine ungeahnte Macht gegeben.

Kyan und seine Freunde würden viele Mädchen verzaubern, unzählige Netze zerstören und Tausende Fische befreien – Fische und Delfine – und auf diese Weise zugleich Rächer und Retter der Ozeane sein.

Die Einzige, die für seinen Geschmack nicht so recht ins Bild passte, war Malou. Sie hatte sich sehr störrisch und uneinsichtig gezeigt, vor allem jedoch war sie viel zu anhänglich.

Aber er würde sich großzügig zeigen, ihr einen Menschenzyklus gewähren und sich nur mit ihr vergnügen. Dann allerdings – in der letzten Woche vor der bevorstehenden Verwandlung – würde dummerweise ihre Haut verschwinden. Ts, ts, ts, diese törichte, kleine Malou, hatte er ihr denn nicht gesagt, dass sie gut darauf achtgeben sollte? Wie hatte sie nur so leichtfertig ihr gemeinsames Glück aufs Spiel setzen können!

Ein genüssliches Lächeln legte sich über sein Gesicht. Was für ein wundervoller Plan!

Im nächsten Moment dachte er an Elodie und sein Lächeln erstarb. Dass der Kanal mittlerweile nur so von Hainixen wimmelte, störte Kyan nicht im Geringsten, etwas anderes bereitete ihm dagegen ernsthafte Sorge. Gordys Mädchen war nun schon seit Tagen nicht mehr ins Meer abgetaucht. Unzählige Male war Kyan in die Perelle Bay geschwommen, hatte sich dort zwischen die Klippen gehockt und Elodie hinter der großen Scheibe auf und ab wandern sehen. Mittlerweile konnte er die Sehnsucht nach ihr kaum noch zügeln, und allmählich begann er sich zu fragen, ob es wirklich im Sinne des Meeres war, wenn er sich noch bis zur nächsten Vollmondnacht geduldete.

Versuchungen

Die folgenden Tage waren die reine Qual.

Ich zwang mich, nicht an Gordian zu denken, und versuchte mit aller Macht, den Anblick von ihm und Kirby aus meinem Kopf zu verbannen. – Vergeblich! Die Bilder, wie Gordy neben mir schwamm, wie er mich ansah und wie Kirby sich splitterfasernackt an ihn schmiegte, verfolgten mich bei allem, was ich tat, und die Erinnerungen an das Wunderbare, das ich mit ihm erlebt hatte, und die tiefe Verbundenheit, die ich – noch immer! – zu ihm empfand, taten so weh, dass ich mir zu wünschen begann, das Meer möge gnädig mit mir sein und all das über Nacht aus meinem Gedächtnis löschen.

Aber das Meer war nicht gnädig.

Morgen für Morgen erwachte ich mit demselben Schmerz in meinem Herzen, der sich von dort allmählich in jede Körperzelle fraß und einen tiefschwarzen Schatten über meine Seele legte.

Die Sehnsucht, mich in mein Innerstes zu verkriechen, war groß, doch ich gab ihr nicht nach, sondern lebte mein Leben weiter, so normal es unter diesen Umständen eben möglich war. Niemand sollte merken, wie sehr ich litt, niemand sollte sich meinetwegen ängstigen.

Wie gewohnt ging ich Tante Grace zur Hand, ich telefonierte mit Mam und Sina und tröstete Ruby, fuhr sogar zweimal mit ihr nach St Peter Port, um Ashtons Grab zu besuchen. Natürlich redeten wir über das Fernsehinterview mit Javen Spinx und verfolgten mit Sorge die unterschwellige Hysterie, die sich mehr und mehr unter den Inselbewohnern auszubreiten schien. Es verging kein Tag, an dem in den Medien nicht über Delfinmutationen und Meermenschen berichtet wurde, und schon bald geriet auch das *German Military Underground Hospital* als Schutzraum für den Notfall öffentlich ins Gespräch.

»Cyril hat versprochen, dass er auf mich aufpasst«, eröffnete Ruby mir einen Tag vor Siebenschläfer – und zunehmendem Halbmond! –, und ich hatte das Gefühl, dass sie es schon eine ganze Weile mit sich herumgetragen, ihr bisher nur der Mut gefehlt hatte, es mir zu sagen.

»Glaubst du, dass ich ihm vertrauen kann?«

»Natürlich«, erwiderte ich. »Cyril wird nicht zulassen, dass dir etwas zustößt.« In diesem Punkt war ich mir trotz allem nach wie vor hundertprozentig sicher. »Außerdem glaube ich nicht, dass wirklich etwas Dramatisches passiert.«

»Weil du Kyan töten wirst?«

»Ja, Ruby, ich oder Skint oder Javen oder Gordian. Einer von uns wird es tun, weil wir wissen, dass es keine Alternative gibt.«

Sie nickte zaghaft. »Du hast noch immer nichts von ihm gehört, stimmt's?«

»Nein.«

Es fiel mir nicht schwer zu lügen. Ich wollte nicht an ihn denken, geschweige denn über ihn sprechen, weil jede Erinnerung an meine Begegnung mit ihm und Kirby neue Wunden in meine Seele riss.

»Cyril hat gesagt, dass er vielleicht nicht hierbleibt«, fuhr Ruby stockend fort. »Dass er vielleicht woanders hingeht ... wenn alles vorbei ist.« Ihre Stimme drohte zu kippen. »Ich begreife das nicht. Ich meine, wieso will er das tun?«

Ich hätte ihr eine Antwort geben können, doch ich schwieg

dazu. Meinetwegen musste Cyril nicht von den Kanalinseln verschwinden, genauso gut konnte auch ich mir eine neue Heimat suchen. Ohne Gordy an meiner Seite war es nicht mehr wichtig, wo ich lebte, inzwischen vermochte ich mir sogar vorzustellen, dass ich doch wieder nach Lübeck zurückging.

»Dann bitte ihn halt, dass er bleibt«, erwiderte ich leise.

»Was?« Ruby starrte mich an. »Aber das kann ich nicht.«

»Wieso nicht?«

»Weil es nicht fair wäre!«

»Ruby«, sagte ich, nahm ihre Hände und drückte sie. »Du liebst ihn doch. Und er liebt dich. Vielleicht könnt ihr jetzt noch nicht zusammen sein, weil Ashton zwischen euch steht. Aber das wird nicht bis in alle Ewigkeit so bleiben. Du hast ein großes Herz, ich weiß, du kannst Cyril lieben, ohne Ashton zu vergessen.«

Ruby schluckte und schluckte. Tränen stiegen ihr in die Augen und eine Sekunde später fiel sie weinend in meine Arme.

Ich drückte sie sanft, küsste sie aufs Haar und streichelte ihr über den Rücken. »Alles wird gut«, murmelte ich. »Das verspreche ich dir. Es dauert nur seine Zeit.«

Ruby nickte und schluchzte und brauchte eine ganze Weile, bis sie sich wieder beruhigt hatte. Dann versteifte sie sich plötzlich und löste sich mit großer Entschiedenheit von mir.

»Warum überlässt du es nicht einfach ihnen?«, fragte sie harsch.

Ich runzelte die Stirn. »Was meinst du?«

»Kyan umzubringen. Das können Skint und Javen Spinx und all die anderen Hainixe ganz bestimmt sehr viel besser als du. Und wer weiß, womöglich taucht Gordian ja doch noch auf. Warum also willst du dich da überhaupt noch reinhängen?«

Ich blickte in ihre verweinten Augen und sagte: »Du hast recht, Ruby. Ich werde mich raushalten und stattdessen lieber auf meine Großtante aufpassen. Sie hat ja sonst niemanden, der sie beschützen kann.«

Ich meinte das nicht wirklich ernst, Ruby nahm es mir trotzdem ab, sie wirkte sofort unendlich erleichtert und das war schließlich der Sinn der Sache.

Tante Grace brauchte gewiss niemanden, der sich um sie kümmerte, wahrscheinlich würde sie sowieso nicht auf mich hören, sondern sich eher für mich verantwortlich fühlen. Außerdem vertraute ich darauf, dass sie in einer brenzligen Situation schon von sich aus das Richtige tat.

Dass ich Kyan nicht allein den Hainixen und Gordian überlassen wollte, verstand sich von selbst. Cyril wusste zwar um den Chamäleon-Effekt, keiner der Haie war jedoch in der Lage, Kyans Gedankenaustausch mit anderen Delfinnixen wahrzunehmen. Das wiederum konnte zwar Gordy, dafür hatte er möglicherweise nicht die geringste Ahnung davon, dass Kyan das Talent besaß, sich seiner Umgebung anzupassen und damit unsichtbar zu werden.

Auch wenn der Schmerz über seinen Verlust mich schier erstickte – Gordians Leben würde ich nie und nimmer riskieren.

In der Nacht auf den 27. Juni schlief ich nicht und am nächsten Morgen war ich schon lange vor Tante Grace auf den Beinen. Hastig kleidete ich mich an und sprang dann direkt vom Balkon in den Garten hinunter.

Die ersten Sonnenstrahlen tasteten sich zwischen den Bäumen hindurch und ließen das Meer in einem magischen Türkis erstrahlen. Es versprach ein schöner, sommerlich warmer Tag zu werden, der in keiner Weise ein Unheil erahnen ließ.

Für mich war es ein Tag des Abschieds.

Ich wusste nicht, ob ich Kyan aufspüren würde, bevor er mich fand. Wenn er klug war, behielt er seine Gedanken für sich und versammelte seine neue Allianz für den Landgang erst um sich, nachdem er mich und Gordy getötet hatte. Seine Chancen dafür standen gut, denn er war uns gegenüber im Vorteil.

In meiner Schutzhülle fühlte ich mich sicher, doch am Ende würde sie mir wenig nützen, denn um mit Kyan kämpfen oder Gordian unterstützen zu können, würde ich sie aufgeben müssen.

Es war gut möglich, dass ich heute zum letzten Mal ins Meer abtauchte und nie wieder zurückkam. Die Risiken hatte ich gründlich abgewogen, das Für und Wider meines Vorhabens gedanklich durchgespielt und von allen Seiten betrachtet.

Mein eigener Tod schreckte mich nicht, und da ich für dieses Leben und diese Aufgabe geboren war, hatte er das wohl auch noch nie getan. Natürlich war mir das lange Zeit nicht bewusst gewesen.

Wehmut überfiel mich, wenn ich an Mam, Sina, Ruby und Tante Grace dachte. Sie in Trauer zu hinterlassen, schmerzte mich tief. Und für Ruby, die gerade erst Ashton verloren hatte, wäre ich auch gerne geblieben, aber zum Glück konnte ich mich damit trösten, dass Cyril sich um sie kümmern würde. Starb ich, würde er im Ärmelkanal und bei Ruby bleiben. Cyril hatte mich nun zwar schon einige Male böse überrascht, aber daran, dass er Ruby nach meinem Tod bis an sein Lebensende treu zur Seite stehen würde, hegte ich keinerlei Zweifel.

Und so zählten für mich letztendlich nur zwei Dinge: die Unversehrtheit der Menschen auf den Kanalinseln und Gordys Leben. Dafür war ich bereit, alles aufs Spiel zu setzen.

Bis zum späten Nachmittag kletterte das Thermometer auf einunddreißig Grad, und das war sogar für Tante Grace Grund genug, fünf gerade sein zu lassen und es sich mit einem Familienschmöker auf der Veranda bequem zu machen. Der Roman schien ziemlich spannend zu sein, denn sie vergaß darüber alles um sich herum, und kurz bevor die Dämmerung einsetzte, war von ihr nur noch ein leises Schnarchen zu hören.

Vorsichtig nahm ich ihr das Buch, das sie noch immer fest umklammert hielt, aus der Hand und legte eine heruntergefallene Kamelienblüte als Lesezeichen zwischen die Seiten. Anschließend holte ich die leichte Wolldecke aus der Wohnstube und deckte sie damit zu.

»Ich liebe dich. Und ich danke dir für alles«, flüsterte ich und küsste sie sanft auf die Stirn. »Aber mach dir jetzt bitte keine Sorgen, das sage ich dir nur für den höchst unwahrscheinlichen Fall, dass wir uns nicht mehr wiedersehen sollten.«

Tante Grace lächelte. Ich schenkte ihr noch einen letzten zärtlichen Blick, dann huschte ich die Terrassen hinunter auf Gordys und meine Stelle zu.

Die Klippen waren noch warm und die metallischen Einschlüsse darin glitzerten rotgolden im Licht der gerade im Meer versinkenden Sonne.

Ich zog Shorts, Tank-Top und Slip aus, legte die Sachen zusammen und wollte sie gerade ein Stück weiter oben in eine trockene Steinspalte stopfen, als ich plötzlich rechts von mir in einem Felsspalt etwas silbrig Schimmerndes bemerkte. Noch ehe ich die Finger danach ausstreckte, wusste ich, was es war: eine Delfinhaut. – Kirbys Delfinhaut!

Vor Aufregung rauschte mir das Blut in den Ohren. Es war ein seltsames Gefühl, ihr Leben in der Hand zu haben, und für einen quälend langen Augenblick des inneren Kampfes war ich nahe daran, die Haut in Stücke zu reißen, aber in letzter Sekunde besann ich mich.

Mir war inzwischen klar, was Kirby damals mit ihrer Drohung gemeint hatte, sie wisse schon, wie sie Gordian für sich gewinnen würde – nämlich indem sie ihm an Land folgte, ihre Schwanzflosse verlor und sich von ihm wie ein Menschenmädchen lieben lassen konnte. Jetzt hatte sie ihr Ziel erreicht und damit offenbar einen Teil des großen Meeresplans erfüllt.

Warum tat ich mich nur so unglaublich schwer, das endlich zu akzeptieren?

Hatte ich nicht schon lange geahnt – gewusst! –, dass Kirby Gordians Bestimmung war? Und hatte ich nicht sogar selber darauf gedrungen, dass er sich mit ihr zusammentat?

Warum schmerzte es mich so, wenn sich jetzt eins ins andere fügte? Und wieso haderte ich, anstatt ihm zu wünschen, dass er glücklich war? Ich liebte Gordian noch immer genauso sehr wie am ersten Tag. Für mich gab es keinen Grund, ihm Leid zuzufügen.

Und so steckte ich die Delfinhaut in die Gesäßtasche meiner Shorts, faltete sie mit dem Top und dem Slip zu einem kleinen Päckchen zusammen und legte dieses dann so, dass es nicht sofort auffiel, für Nixenaugen aber dennoch gut zu erkennen war, zwischen die Steine.

Gleich danach lief ich zum Ufer hinunter, schloss kurz die Augen, um mir vorzustellen, wie ich Gordy ein letztes Mal umarmte, und ließ mich schließlich ins Wasser gleiten.

Bevor ich jedoch einen Atemzug im Meer tun, geschweige denn mich mit meiner Schutzhülle umgeben konnte, war ich bereits verloren. Zwar registrierte ich noch die schwarzen Schatten, die pfeilschnell auf mich zuschossen, aber ich war nicht mehr in der Lage zu reagieren.

Ein gellender Schmerz schien meinen Körper zu spalten und jagte meine Seele durch stockfinstere Dunkelheit, bis sie plötzlich zu schweben begann und schließlich sanft und leicht wie eine Daunenfeder auf ein Kissen aus Stille niedersank.

Kyan hastete über die weit auslaufenden Klippen der St Clement's Bay. Das Meer schimmerte in einem sanften Orangerot und am südlichen Horizont sah er die Lichter von St Malo aufblitzen. Mit fahrigen Fingern suchte er die Ritzen zwischen den Steinen ab, doch er konnte sie nicht finden, sich partout nicht erinnern, wo er sie gelassen hatte.

Heftig fluchend ließ er sich zu Boden sinken und hämmerte mit den Handballen auf seine Schläfen ein. Unmittelbar darauf drang ein zutiefst verzweifelter Schrei aus seiner Kehle und erschütterte die Stille um ihn herum.

Malous Rache

Elodie, komm zurück!

Die Stimme summte in der Ferne wie ein winziges Insekt, so zart und leise, dass ich mir nicht sicher war, ob ich sie tatsächlich vernahm.

Elodie, bitte! Es wird alles wieder gut. Du musst nur atmen.

Ich kannte die Stimme. Sie gehörte zu mir wie Licht, Wasser, Sonne, Erde und Wind, und ich wäre ihr liebend gerne gefolgt, aber ich konnte nicht, ich war einfach schon zu weit weg. – Viel zu weit weg.

Doch da war etwas, das nicht aufgeben wollte, etwas, das mich quälte und mir Schmerzen zufügte, sodass ich mich wehren musste, wenn ich meine Ruhe behalten wollte. Ich bäumte mich auf, versuchte zu schreien, aber im nächsten Moment spürte ich etwas unvorstellbar Süßes auf meinen Lippen, so heilsam und köstlich, dass mein Widerstand einfach dahinschmolz. Wasser und Wind strömten durch meine Lungen, Erde war das, worauf ich lag. Mir war, als hüllte mich die Sonne in ihre Wärme, ihr Licht schien direkt über mir zu strahlen.

»Elodie. Gott sei Dank!«

Die Süße rann durch meine Mundwinkel. Ich streckte meine Zunge hervor, um sie aufzulecken, aber da hatte sie sich bereits verflüchtigt.

»Sieh mich an!«

Mühsam öffnete ich die Augen und das wärmende Licht bekam eine Kontur. – Gordy!

Ich wollte hochschnellen, aber die Berührung seiner warmen Hand auf meiner Brust hielt mich zurück.

»Bitte nicht«, wisperte Gordy und bat dann noch einmal: »Sieh mich an.«

Mein Blick traf in seinen und das unendliche Türkis des Meeres durchflutete mich.

»Lieg still. Ganz still.« Seine Stimme strich sanft über meine Haut. Seine Hände lagen auf meinen Hüften. Wärme und Leichtigkeit füllte mein Becken, und ein sanftes Kribbeln vertrieb die letzte Spur des Schmerzes, den ich schon fast nicht mehr als solchen empfunden hatte.

»Was ist passiert?«, wisperte ich.

Das Türkis zog sich zurück und Gordians Augen entfernten sich ruckartig. »Du bist ins Meer getaucht, obwohl ich dich gebeten hatte, es nicht zu tun.« Sein Tonfall war nun nicht mehr sanft.

»Das meine ich nicht«, sagte ich.

»Zwei Haie haben dich angegriffen.«

Die schwarzen Schatten! »Hast du sie erkannt?«, hauchte ich.

»Hmm, nachdem ich ihnen die Haut vom Leib geschält hatte ...«, sagte Gordy grimmig.

»Und wer ...?« Plötzlich packte mich die Angst, dass einer von ihnen Cyril gewesen sein könnte.

»Ich habe ihre Gesichter zum ersten Mal gesehen.«

Erleichtert dachte ich: Skint. Hoffentlich Skint.

»Sind sie tot?«

Anstatt mir mit einem schlichten Ja oder Nein zu antworten, zog Gordian eine Grimasse. »Ich weiß selbst, dass es nicht besonders klug war«, knurrte er. »Aber hätte ich zusehen sollen, wie sie dich umbringen? Sie haben dich gegen die Klippen gerammt ... so brutal, dass dein Becken auseinandergerissen ist.«

Ich richtete mich auf. Langsam und vorsichtig. Sollte mein Becken tatsächlich eben noch gebrochen gewesen sein, so war davon nicht mehr das Geringste zu spüren. »Wieso warst du in meiner Nähe?«

Gordian stöhnte leise, dann schüttelte er unwillig den Kopf. »Ich bringe dich jetzt in dein Zimmer, und du versprichst mir, dich nicht mehr von dort wegzubewegen.«

»Darf ich nicht mal runter zu Tante Grace?«, fragte ich und blinzelte an ihm vorbei zum Meer. »Wo hast du Kirby gelassen?«

»Das ist unwichtig.«

Nein, das war es nicht. »Ich habe ihre Haut.«

Gordians Augen verengten sich. »Was?«

»Sie war in einen Felsspalt gerutscht.« Ich deutete in die Richtung, in der ich sie gefunden hatte. »Zuerst wollte ich sie zerstören, aber dann habe ich sie in meine Hosentasche gesteckt, damit sie den Hainixen nicht in die Hände fällt.«

Gordy starrte mich mit ausdrucksloser Miene an. Ich konnte unmöglich ausmachen, was in ihm vorging.

»Gut«, meinte er schließlich und ließ den Blick suchend über die Felsen schweifen.

»Eine helle Shorts und ein gelbes Tank-Top«, sagte ich. »Irgendwo da vorn zwischen den Steinen.«

Ich hatte es noch nicht ganz ausgesprochen, da hatte er die Sachen bereits entdeckt. Mit ein paar Sätzen war er dort, zog sie hervor und kam zu mir zurück. Er schob seine Hand in die Taschen der Shorts, zog Kirbys Haut hervor und betrachtete sie stirnrunzelnd.

»Gut«, sagte er dann noch einmal, faltete alles wieder zusammen und drückte es mir in die Hand. Im nächsten Moment hatte er mich bereits so sanft, als bestünde ich aus feinem, zerbrechlichem Glas, auf seinen Arm gehoben, und wenige Sekunden später standen wir auf der Schwelle zu meinem Apartment.

Gordian ließ mich herunter, strich eher beiläufig über meine Schulter und wies dann auf das Klamottenbündel in meiner Hand. »Würdest du sie für mich aufbewahren?«, fragte er leise. »Bis alles vorbei ist?«

Ich sah ihn an und ertrank fast im Türkis seiner Augen.

Das war eine Bitte. Und ein Versprechen. Das Versprechen, dass er überleben würde. Dass er siegte und ich ihn zumindest ein Mal noch wiedersehen würde.

Sein Blick intensivierte sich. »Versprechen gegen Versprechen?«

Ich konnte gar nicht anders als nicken.

»Was ist mit meiner Großtante?«, wisperte ich.

Gordian runzelte die Stirn. »Wieso?«

»Sie liegt unten auf der Veranda und schläft. Ich möchte nicht, dass sie die ganze Nacht dort draußen verbringt.«

Er nickte. »Ich sorge dafür, dass sie aufwacht.«

»Okay«, sagte ich. »Okay. Pass auf dich auf. Aimee hat dich verraten. Die Menschen hier wissen, dass du keinen Schatten wirfst.«

Wieder ein Nicken.

Unsere Blicke verhakten sich ineinander, und ich spürte, dass es nun an der Zeit war, Gordian von Ashtons Tod zu berichten. Bisher hatte ich es nicht angesprochen, denn immer war etwas anderes präsenter gewesen.

Das Türkis in Gordys Augen verdunkelte sich. In seiner Miene spiegelten sich Wut und Schmerz. *Ich weiß*, sagte er leise. *Du trägst es in deinen Gedanken und in deinem Herzen.*

In diesem Moment fühlte ich mich ihm so nah, dass ich es kaum aushielt, ihn gleich schon wieder gehen lassen zu müssen. Aber dann fiel mir noch etwas ein. »Kyan.«

»Was ist mit ihm?«

»Er ist ein Chamäleon. Außerdem gibt es noch zwei oder drei von der Sorte da draußen.«

Gordian drückte kurz meinen Arm. »Ich weiß.«

Ein kurzes Lächeln, ein Atemzug, dann war er auch schon verschwunden – und hinterließ ein unendlich beklemmendes Gefühl der Leere in meinem Zimmer.

Fünf Tage lang blieb alles ruhig. Trügerisch ruhig.

Ich holte mir die Zeitung von Tante Grace nach oben und ließ stundenlang den Fernseher laufen, zappte mich von Kanal zu Kanal, doch es wurde kaum noch über Delfinmutationen und Meerbestien berichtet. Javen Spinx schien wie vom Erdboden verschluckt, und von Ruby hörte ich, dass sich auch Cyril rarmachte. Anstatt zweimal täglich ließ er sich nun manchmal vierundzwanzig Stunden nicht bei ihr blicken, was ihr offenbar eher Anlass zur Sorge gab, als dass es ihren Seelenzustand verschlechterte. Auf ihre ängstliche Frage, ob Kyan inzwischen erledigt worden sei, erzählte ich ihr, dass zwei Haie mich angegriffen hätten, kaum dass ich ins Meer abgetaucht war, mir jedoch jemand zu Hilfe gekommen sei. Dass es Gordy gewesen war, verschwieg ich.

Darüber, dass ich ihn an Kirby verloren hatte, wollte ich im Augenblick mit niemandem reden. Nicht einmal mit Ruby. Es tat einfach zu weh.

Als ich am Morgen des 3. Juli erwachte, spürte ich sofort eine beißende Unruhe in mir. Die Bettdecke lag zu einem dicken Knäuel zusammengeknüllt neben mir und eines der beiden Kopfkissen war auf den Boden gefallen. Ich schwitzte, und obwohl ich mich an keinen Traum erinnern konnte, ging mein Puls ungewöhnlich hart und schnell.

Ich sprang aus dem Bett und hob den Griff des Schiebefensters. Vor Kyan war ich vorläufig noch sicher, denn er würde das Meer erst wieder in der kommenden Nacht verlassen können, aber ich musste jederzeit mit einem neuen Angriff der Hainixe rechnen. Ich versicherte mich also, dass sich im Garten und auf den Klippen niemand herumtrieb, der dort nichts verloren hatte, erst dann zog ich das Fenster auf.

Schwülwarme Luft schlug mir entgegen. Das fahle Graublau des Himmels, zum großen Teil von einem wirren grauweißen Wolkengespinst verdeckt, hatte etwas Unwirkliches, dafür kam mir das Meer umso präsenter vor. Still und lauernd lag es da, bereit, jede Sekunde seinen Schlund zu öffnen und alles zu verschlingen.

Schaudernd wandte ich mich ab. Ich verriegelte das Fenster wieder, suchte ein paar Klamotten zusammen und schlüpfte ins Bad.

Das Wochenende war noch sonnig und sehr warm gewesen, und ich hatte Tante Grace kaum begreiflich machen können, wieso ich keinen Zeh vor die Tür setzte und es sogar vorzog, die Mahlzeiten in der Küche einzunehmen anstatt im Garten auf der Veranda. Letztendlich überzeugte ich sie dann mit der Erklärung, dass die trockene, heiße Luft auf Dauer nichts für eine Nixe sei und es mir bei diesem Wetter in geschlossenen Räumen sehr viel besser ginge als draußen.

Obwohl es keinen ersichtlichen Grund dafür gab, stieg meine Unruhe von Minute zu Minute. Ich fragte mich, wo Javen und Cyril sich versteckt hielten, was genau die Hainixe planten und wie Gordian es schaffen wollte, gegen sie *und* Kyan zu kämpfen. Er und Kirby mussten eine riesige Armee von Delfinen um sich geschart haben, die bereit waren, jeden Nix zu töten, der für sie oder die Menschen zur Gefahr wurde, ganz gleich, ob er den Haien oder ihrer eigenen Art angehörte.

Ich konnte mir nicht vorstellen, dass das gut ausging, und mit einem Mal kochte ein feiner Zorn in mir hoch, der meine Unruhe mit einem Schlag vertrieb.

Wie hatte Gordian mich nur so ausbooten können! Und wieso hatte ich mir das gefallen lassen? *Ich* war doch diejenige, die den Delfinen Neerons Prophezeiung gebracht und erkannt hatte, dass Gordy und ich uns trennen mussten, wenn wir und mit uns Tausende andere überleben sollten.

Ich hatte alles geopfert für das Schicksal des Meeres, der Menschen und der Nixe. Und während Gordian eine neue Liebe gefunden hatte und nur noch darauf sann, Kyan zu töten und damit wohl endgültig sein Ansehen unter den Delfinnixen wiederherzustellen, hockte ich jetzt schon seit Tagen allein im Haus meiner Großtante, mit nichts als dem rühmlichen Auftrag betraut, mich herauszuhalten – und auf Kirbys Haut aufzupassen!

Im Nachhinein hätte ich nicht mehr sagen können, wie ich es hinbekam, den ganzen Tag über bis zum Abend die Ruhe zu bewahren und mich Tante Grace gegenüber völlig normal, ja fast schon gelassen zu verhalten.

Ich schaute drei Nachrichtenmagazine, um einen Aufruf an die Bevölkerung, sich im German Military Underground Hospital einzufinden, nicht zu verpassen. Doch noch immer fiel kein einziges Wort über eine eventuelle oder gar akute Bedrohung aus dem Ärmelkanal, wodurch dem Interview mit Javen Spinx mittlerweile schon fast etwas Surreales anhaftete.

Am späten Nachmittag waren von Südwesten her schwarze Wolken aufgezogen. In der Ferne zuckten Blitze und ein Grollen, zunächst noch dumpf, doch schon bald laut grummelnd und polternd, kündigte ein schweres Gewitter an. Die Luft war noch immer warm und stickig, und ich trug nichts weiter als ein dünnes Top und eine Panty aus Sweatshirtstoff, als ich auf den Balkon hinaustrat und die ersten kirschkerngroßen Regentropfen auf meine Haut klatschten. Direkt unter mir raffte Tante Grace gerade die Polster von den Gartenmöbeln zusammen und eilte damit ins Haus.

Lautlos schwang ich mich über das Geländer, und noch ehe ich den Boden berührte, hatte ich meine Schutzhülle bereits aufgebaut. Niemand, weder Mensch noch Nix oder Tier, würde sich mir nähern, geschweige denn mir etwas anhaben können.

Meine Fußsohlen flogen nur so über die Klippen. Vor mir krachte ein Blitz ins Wasser und dann tat sich der Himmel auf. Regen prasselte stakkatoartig auf mich herab, und das Meer schwappte bedrohlich auf und nieder, als hielte Petrus es in seinen Händen und schaukelte es in einer riesigen Wanne hin und her. Zischend warf es seine Gischtfontänen zwischen den Felsspalten hinauf.

Doch all das kümmerte mich nicht. Ich hielt auf eine hoch aufragende Klippe zu und stürzte mich von deren Spitze aus kopfüber in die tosenden Wellen. Wasser umschloss mich und bahnte sich seinen Weg in meine Lungen, und noch während sich meine Beine zur Flosse schlossen, trieb ich meinen Körper mit peitschenden Bewegungen voran.

Ich visierte kein schützendes Riff an, denn ich musste mich vor niemandem verstecken. Wer auch immer mir hier in der Perelle Bay oder an einer anderen Stelle im Ärmelkanal begegnete, er durfte – er sollte! – mich sehen. Ich war auf alles gefasst, aber das Bild, das sich mir dann, ungefähr fünfzig Fuß unterhalb der Meeresoberfläche, tatsächlich bot, brachte mich abrupt zum Stillstand und versetzte mich für einen Augenblick in blankes Entsetzen.

Circa hundert Meter von der Küstenlinie entfernt verharrten Hunderte, wenn nicht gar Tausende Delfinleiber reglos im Wasser, neben- und hintereinander aufgereiht wie ein Heer aus Soldaten, das auf seinen Marschbefehl wartet. Nur jeder dritte Delfin war ein Nix und ein großer Teil von ihnen überraschenderweise weiblich. Suchend ließ ich meinen Blick von einem zum nächsten gleiten, doch außer Ramon und einem weiteren Delfin, der mir damals im Kreis um Oceane und Cullum aufgefallen war, dessen Namen ich jedoch nicht wusste, konnte ich kein bekanntes Gesicht ausmachen. Kyan entdeckte ich nicht, was mich allerdings nicht unbedingt erleichterte, denn in seiner Eigenschaft als Chamäleon konnte er überall sein. Aber auch von Gordy, seinen Eltern, Kirby oder Idis fehlte jede Spur. Dafür bemerkte ich einige längliche, schwarze Schemen in den Höhlen und Spalten der umliegenden Riffe. – Hainixe!

Hainixe, die ihre Identität unter ihrer Tarnhaut verbargen und heillos in der Unterzahl waren. Ähnlich wie ich gaben sie sich kaum Mühe, unentdeckt zu bleiben, und mir war sofort klar, dass jeder von ihnen bereit war, sein Leben zu geben, weil er lieber starb, als einen Delfinnix das Land betreten zu lassen.

Sie alle, Delfine und Haie, warteten auf Kyan und hofften auf den Moment, in dem er sich zeigen musste – die einen, damit sie ihm folgen konnten, die anderen, um ihn zu vernichten. Doch wozu dienten die Tiere? Und warum konnte ich weder Idis noch Kirby irgendwo entdecken?

Panik pushte in mir hoch. Ich bildete mir ein, die Spannung, die sich im heftig aufgewühlten Meer immer stärker aufbaute, bis in die Nervenenden zu spüren, und konnte einfach nicht mehr still im Wasser stehen. Ich musste etwas tun. Irgendwas, das einen von ihnen, Delfin oder Hai, aus der Reserve lockte.

Und so setzte ich mich langsam und für alle gut sichtbar wieder in Bewegung, schwamm auf die vorderste Reihe Delfinnixe zu und nahm dabei Ramon ins Visier. Doch wegen meiner Schutzhülle konnte ich mich ihm nicht nähern, zumindest nicht so, dass er sich in irgendeiner Weise bedroht oder wenigstens provoziert fühlte. Ungerührt blickte er mir entgegen.

Ich zögerte nicht, die Hülle Zentimeter für Zentimeter zusammenschmelzen zu lassen, bis sie fast an meinem Körper anlag. Wild entschlossen senkte ich meinen Blick in Ramons Augen. Doch ehe ich etwas zu ihm sagen konnte, platzte Idis' Stimme in meinen Kopf.

Verdammt noch mal, Elodie, was machst du hier?

Mein Blick flog in sämtliche Richtungen, aber an dem ursprünglichen Bild hatte sich nichts geändert: vor mir die Delfinnixe und ihre tierischen Freunde in Reih und Glied, hinter und neben mir die Hainixe lauernd in den Riffen.

Wo, zur Hölle, bist du?

Anstatt mir meine Frage zu beantworten, kommandierte Idis: *Tauch unter den Delfinen durch! Und beeil dich gefälligst!*

Widerspruch oder gar eine Diskussion waren sinnlos, also tat ich, was sie mir befahl. Ich senkte meinen Oberkörper und glitt mit angelegten Armen und achtsamen Flossenschlägen unter der Delfinarmee hindurch. Es war ein seltsames Gefühl, diese unzähligen Leiber über mir zu sehen und nicht zu wissen, was genau sie planten.

Zügig schwamm ich voran, ließ Reihe um Reihe hinter mir, und dann, als ich schon fast nicht mehr daran glaubte, schälte sich plötzlich Idis aus einer Felsspalte hervor. Zögernd folgte ihr eine weitere Nixe, in der ich sofort Malou erkannte.

Was, zum Teufel ...? , stießen Idis und ich gleichzeitig aus.

Wir verstummten ebenso synchron und ganz kurz stahl sich ein Grinsen in ihr Gesicht. Doch nur einen Lidschlag später war ihre Miene wieder ernst. *Hat Gordy dir nicht gesagt, dass du an Land bleiben sollst?*

Und?, gab ich zurück. *Muss ich auf ihn hören?*

Idis musterte mich kritisch. Ihre Augen glänzten in einem dunklen Petrolgrün, und ihre Züge waren um einiges kantiger, als ich sie in Erinnerung hatte. Innerhalb weniger Wochen schien Gordys kleine Schwester um Jahre reifer geworden zu sein. *Nein, wahrscheinlich nicht*, resümierte sie gedankenverloren und sah sich nach Malou um, die sich ein Stück hinter ihr hielt und mich unverwandt anstarrte.

Was passiert hier eigentlich gerade?, fragte ich. *Warum hast du die vielen Tiere hergebracht?*

Idis hob die rechte Augenbraue, und ich bemerkte, dass gleichzeitig auch die weiße Braue auf ihrer Delfinhaut nach oben gezogen wurde. *Interessiert dich gar nicht, warum so viele Nixmädchen dabei sind?*, gab sie zurück. *Es sind nämlich mehr als doppelt so viele wie Nixmänner*, fügte sie nicht ohne Stolz hinzu.

Okay, erwiderte ich abwartend. *Und was hat das zu bedeuten?*

Die Antwort kam von Malou. *Kyan will, dass wir hier alle an Land gehen*, schnaubte sie. *Die Männer sollen Hunderte von Mädchen verzaubern und die Mädchen Hunderte von Männern. Er denkt, dass wir auf diese Weise die Menschen ausrotten können.* Ein bitteres Lächeln umspielte ihre Mundwinkel. *Und ich dummes Weib habe die ganze Zeit gedacht, dass ihm tatsächlich etwas an mir läge.*

Und jetzt willst du dich an ihm rächen?, fragte ich, hin- und hergerissen zwischen Fassungslosigkeit und Bewunderung. *Indem ihr Mädchen die Männer daran hindert, an Land zu gehen?*

Wir werden sie töten, sagte Idis hart. *Weil es das Beste für uns alle ist.*

Und die Tiere sollen euch dabei helfen?, entgegnete ich atemlos.

Diese und noch viele andere, sagte Idis und wandte sich lächelnd dem offenen Atlantik zu.

Ich ließ meinen Blick dem ihren folgen und konnte kaum glauben, was ich dort sah.

Eskalation

Sie befanden sich mehrere Seemeilen entfernt und waren nur schemenhaft zu erkennen, die unzähligen Pottwale, Orcas und Schweinswale, doch mir war sofort klar, dass sie sich stetig, wenn auch nur bedächtig auf uns zubewegten.

Idis, was soll das?

Niemand darf entwischen, antwortete sie knapp.

Ich fasste es nicht. *Seit wann kannst du sie führen?*

Idis grinste. *Nicht seit wann, sondern wie wäre in diesem Fall die richtige Frage gewesen.*

Okay, dann erklär's mir, forderte ich ungeduldig. Dies war wirklich nicht der Ort für Haarspaltereien oder Ratespielchen.

Über die Delfine, entgegnete Idis ohne Umschweife. *Sie haben die Wale mithilfe ihres animalischen Echolots herbeigerufen und geben auf diese Weise auch meine Informationen an sie weiter.*

Das war genial! Idis hatte meine ganze Bewunderung.

Wo ist Gordy?, fragte ich dann.

Keine Ahnung. Idis zuckte mit den Schultern. *Wir haben keinen Kontakt. Für das emotionale Echolot ist er zu weit entfernt und alles andere wäre zu riskant.*

Klar. Aber du weißt, was er vorhat?

Ja ... Wieder dieses typische Grinsen. *Eigentlich wollte er dich davon abhalten, ins Meer zu tauchen. Außerdem hält er Ausschau nach Kyan.*

Der ist unsichtbar, knurrte ich.

Wissen wir, sagte Idis mit leicht genervtem Unterton. *Aber um die Nixe an Land führen zu können, muss er sich ja irgendwann zeigen.* Sie sah mich durchdringend an. *Wir wissen schon, was wir tun.*

Aber die Hainixe ..., wollte ich einwenden, doch Idis ließ mich nicht ausreden.

Entweder sie bekommen eine Gratis-Theatervorstellung oder sie greifen uns Damen ganz gentlemanlike unter die Arme.

Zugegeben: Es klang alles wohldurchdacht und auch durchaus so, dass es klappen könnte. Trotzdem gefiel mir die Sache nicht. Keine Frage, die Nixe mussten am Landgang gehindert werden, und der Umstand, dass die Mädchen sich gegen das Gebaren ihrer männlichen Artgenossen auflehnten, imponierte mir, die Aussicht, dass sie zu diesem Zweck bereit waren, ein Blutbad anzurichten, allerdings überhaupt nicht. Und dabei spielte die Überlegung, was die Inselbewohner wohl denken mochten, wenn das Meer sich ihnen bei Tagesanbruch nicht türkisfarben, sondern rot schimmernd präsentierte, nur eine untergeordnete Rolle.

Idis ..., begann ich, noch unschlüssig darüber, mit welchen Argumenten ich sie davon überzeugen sollte, dass es vollkommen ausreichte, ausschließlich Kyan zu töten, da wurde meine Aufmerksamkeit auf ein entferntes Dröhnen gelenkt, das sich uns von Norden her näherte.

Idis' und Malous Augen weiteten sich. Alarmiert sahen sie mich an. *Die Menschen ... Wissen sie Bescheid?*

Ich konnte darauf nicht antworten, ich war nicht mal in der Lage, einen klaren Gedanken zu fassen, sondern folgte – wie so oft in unübersichtlichen Situationen – allein meinen Reflexen.

Vertraut mir!, zischte ich, dann schoss ich los. Mein Körper war ein einziger Flossenschlag, der mich in rasender Geschwindigkeit unter den Delfin hinwegschnellen ließ und nur einen Atemzug später aus dem Wasser hinaus auf die Klippen katapultierte.

Der Himmel über dem Meer war tiefschwarz. Nur das diffuse Leuchten über dem Horizont ließ den Vollmond erahnen. Dunkles Grollen rollte aus der Ferne auf mich zu. Ein gleißend heller Blitz durchschnitt die stickige Atmosphäre und entlud sich im aufgewühlten Meer. Mächtige Wellen hatten sich aufgetürmt, rauschten laut dröhnend auf die Klippen zu und warfen haushohe Gischtfontänen in den Himmel.

Obwohl mir diese Bilder seltsam bekannt vorkamen, kümmerte ich mich nicht darum, sondern rannte, nackt wie ich war, unbeirrt über die glitschigen Steine in Richtung Norden.

Wäre das Steuerhaus des Tankers nicht beleuchtet gewesen, hätte er sich wahrscheinlich kaum vom Nachthimmel abgehoben und wäre möglichweise sogar meinen Augen verborgen geblieben. Wie ein schwarzes Ungeheuer schob er sich durch die wogende See auf die Perelle Bay und die Delfine zu.

Sie machen es also wahr!, durchzuckte es mich. Entsetzen brach sich in mir Bahn, und für einen Moment war ich so erschüttert, dass ich nicht mehr auf meine Schutzhülle achtete. Jane hatte nicht gelogen. Die Menschen wollten die Nixe tatsächlich vergiften. Und ich war die Einzige, die ihnen helfen und das Schlimmste vielleicht noch verhindern konnte.

»Neiiin, Elodie! Tu das nicht!«

Es war Gordys entsetzte Stimme, die der Wind zu mir herübertrug. Ich blickte mich nach ihm um, konnte ihn aber nirgends entdecken, also wandte ich mich wieder nach vorn und dem Tanker zu, schlug einen Bogen bis an die Felsspitze, die hinter Fort Richmond ins Meer ragte, und warf mich mit einem gewagten Sprung in die tosenden Fluten.

Nein, Elodie, neiiin! Gordians Stimme füllte mein Becken und drohte mich zu zersprengen, aber ich hörte nicht auf ihn. Nach allem, was inzwischen passiert war, hatte er mir nichts mehr zu sagen. Ich wusste genau, was ich zu tun hatte.

Mit aller Kraft schlug ich meine Schwanzflosse hin und her und diesmal nahm ich sogar meine Arme zu Hilfe. Ich musste unter allen Umständen verhindern, dass der Tanker seine Klappen öffnete, und wenn es mich das Leben kostete. Jetzt zählte jede Sekunde.

Ich hielt mich knapp zwei Meter unter der aufgewühlten Oberfläche und spürte den Sog der Wellen, der mein Fortkommen aber nicht zu bremsen vermochte. Irgendwo im Kanal schlug ein Blitz ein, der die dunkle See für wenige Augenblicke unheimlich aufscheinen ließ. In diesem Licht erkannte ich zu meiner Linken die silbrig schimmernden Leiber der Delfine. Rechts von mir und bereits zum Greifen nah erhob sich der Leib des Tankers, der inzwischen zum Stillstand gekommen war. Seinen Kiel trennten nur noch wenige Meter vom Meeresboden, hätte er nicht Halt gemacht, wäre er unweigerlich auf Grund gelaufen.

Mit dem Verklingen des Motorenlärms wurde es gespenstisch still um mich herum. Die Nixe rührten sich nicht. Mir war klar, dass sie sich von dem Schiff nicht beeindrucken lassen wollten. Sie witterten ihre Chance, sich den Menschen endlich mit all ihrer Macht entgegenstellen zu können, und die wollten sie sich offenbar nicht nehmen lassen. Die meisten von ihnen wussten nicht um die Grenzen ihrer Möglichkeiten. Sie waren bereit, Opfer zu bringen und einzelne Verluste in Kauf zu nehmen, nichts ahnend, welche Gefahr sich da gerade tatsächlich anbahnte.

Ohne lange zu überlegen, schwamm ich auf den Tanker zu und ließ meinen Blick aufmerksam über den Rumpf gleiten. Ich kannte mich mit Schiffen nicht aus und hatte keine Ahnung, wo sich die Luken für die Verklappung befanden. Langsam glitt ich vom Bug zum Heck, sah mir jede Schweißnaht genau an und zuckte erschrocken zurück, als sich plötzlich unmittelbar vor mir tatsächlich ein Spalt auftat. Ich schob meine Finger darüber und versuchte, die Öffnung wieder zu schließen, doch leider reichte meine Kraft dafür nicht aus. Von oben tönten aufgeregte Stimmen zu mir herunter. Mein Herz tobte vor Angst und das Rauschen des Pulses in meinen Ohren drohte mich schwindelig zu machen.

Eine unbändige Wut auf die Hainixe stieg in mir auf. Garantiert hatten sie ihre Stellungen längst verlassen und sich aufs Land zurückgezogen. Sie wussten um die Bedeutung des Tankers und konnten den großen Vernichtungsschlag nun getrost den Menschen überlassen.

Dass ich dabei etwas Entscheidendes nicht bedacht hatte, wurde mir erst klar, als der schwarze Leib eines Hais neben mir auftauchte. Augenblicklich ging ich auf Abwehr. Um das Schiff berühren zu können, hatte ich meine Schutzhülle vollständig auflösen müssen, sollte der Hai mich angreifen, würde ich wohl oder übel mit ihm kämpfen müssen.

Aus dem Raufalter dürften wir mittlerweile raus sein, Schwester, sagte er, während sich seine Außenhaut lichtete und die Konturen seines Körpers allmählich sichtbar wurden.

Zur Hölle, Cyril, was machst du hier?, keuchte ich.

Dasselbe wie du, erwiderte er. *Oder glaubst du etwa, dass wir tatenlos zusehen, wie diese Wahnsinnigen den Kanal vergiften? Das ist unsere Heimat, Elodie!*

Verdattert starrte ich ihn an. Wie hatte ich nur so blind und dumm sein können, das zu vergessen!

Jane hat dich nicht belogen, knurrte Cyril. *Außerdem kannst du mir glauben, dass Javen alles getan hat, um die Menschen daran zu hindern, den Tanker auslaufen zu lassen. Am Ende blieb uns nur noch die Hoffnung, dass Kyan rechtzeitig auftauchen würde. Dann hätten wir ihn vernichtet und versucht, die Delfine zu verjagen.*

Cyril! Ein unvermitteltes Gefühl von Zärtlichkeit durchströmte mein Herz. *Hast du nicht gesehen, wie viele es sind? Bevor sie sich aus dem Kanal hätten vertreiben lassen, hätten sie euch alle getötet.*

Ich weiß, sagte er leise, und sein Blick wanderte zur Luke, die sich weiter Zentimeter für Zentimeter öffnete.

In diesem Moment der absoluten Hoffnungslosigkeit schüttelte ich alle Angst ab. Jetzt gab es nur noch eine einzige Möglichkeit, und wenn ich nicht sofort handelte, würden in wenigen Minuten alle Nixe, die ich liebte, tot sein.

Ich verzeihe dir, Cyril!, rief ich, dann stob ich steil nach oben, durchbrach die Wasseroberfläche und warf die Arme schwenkend in die Luft.

»Stopp!«, brüllte ich. »Stopp!«

Regen prasselte mir ins Gesicht, Blitze zuckten über den Himmel und ein weiterer krachender Donner erschütterte die Atmosphäre. Ich warf den Kopf zurück und sah an dem dunklen Schiffsrumpf hinauf. Niemand schien mich gehört zu haben. In Panik ballte ich die Fäuste und ließ sie mit aller Macht auf das Stahlmonster einschlagen, doch der Schiffsleib gab nur ein verhaltenes Dröhnen von sich. Das würde bei Weitem nicht ausreichen, um auf mich aufmerksam zu machen. Verdammt! Warum habe ich nicht so viel Kraft in meinen Stimmbändern wie ein Delfinnix!, fluchte ich in Gedanken. Bereits mit dem nächsten Atemzug spürte ich, wie sich meine Kehle öffnete. Ein nahezu infernalischer Hilfeschrei hallte über den Tanker hinweg in den Himmel hinauf.

Erschrockene Rufe ertönten über mir und kurz darauf lehnten sich drei Männer über die Reling und blickten mit entsetzten Gesichtern auf mich herab.

»Hilfe!«, schrie ich nun und schwenkte abermals die Arme hin und her. »Hilfe!«

Einen schrecklich langen Moment passierte überhaupt nichts, dann schnellte einer der Männer zurück und brüllte: »Mann über Bord! Luken schließen!«

Ein Scheinwerfer hüllte mich in blendend grelles Licht und ein

Rettungsring an einem langen Seil landete klatschend neben mir im Wasser.

»Keine Angst, Mädchen, wir holen dich da raus!«, schrie einer der Männer zu mir herunter und mit einem Schlag war sie wieder da, die Angst. Nicht vor dem Meer, nicht vor dem Tod, sondern vor den Menschen. Wie würden sie reagieren ... Was würden sie tun, wenn sie erkannten, was ich war?

Mit zitternden Fingern zog ich den Ring zu mir herüber und schlüpfte hinein.

»Alles klar, Mädchen?«

Ich blinzelte gegen das Licht und nickte.

»Dann ziehen wir dich jetzt hoch.«

Das Seil straffte sich, ich spürte einen Ruck, dann wurde ich langsam angehoben.

»Pass auf, dass du nicht gegen den Rumpf schlägst!«, rief einer der beiden, die mich hinaufzogen. »Drück dich mit den Füßen ab.«

Klar, sobald ich welche hatte. »Haben Sie die Luken geschlossen?«, rief ich zurück. »Da unten sind Hunderte Delfine.«

»Ach, Gott!« Ein stämmiger Kerl beugte sich über die Reling. »Das ist eine von diesen Fanatikern, die sich aus lauter Liebe zur Umwelt sogar freiwillig dieser Bestie vors Maul schmeißen.«

»Es gibt keine Bestie!«, brüllte ich. »Zumindest nicht so, wie Sie sie sich vorstellen.«

Unterdessen hatten mich die beiden, die das Seil hielten, bis weit über die Hüften aus dem Wasser gezogen.

»Scheiße! Verdammt!«, keuchte der eine. »Das gibt es doch gar nicht ... D-das ist so eine ...«

Das Seil gab nach und ich rauschte mitsamt dem Rettungsring ins Meer zurück.

»Soll sie doch an dem Cocktail ersticken!«

»Stopp!« Es war die Stimme des Stämmigen, die den anderen Einhalt gebot. »Zieht sie wieder hoch! Sofort!«

Es folgte ein Stimmengewirr. Protest. Und ich steckte noch immer im Rettungsring, dem entlarvenden Licht des Scheinwerfers preisgegeben und den Blick hoffnungsvoll auf die Männer an der Reling geheftet.

»Dane hat recht!« Das sagte eine Stimme, die ich bisher noch nicht vernommen hatte. »Es ist ein Mädchen. Was soll sie uns schon anhaben?«

Wieder Stimmengewirr, dann ein paar zustimmende Rufe und schließlich abermals ein Ruck am Seil. Diesmal schienen ein paar mehr Hände zugegriffen zu haben, denn nun wurde ich in Windeseile nach oben gezogen. Sobald meine Flossenspitzen keinen Kontakt mehr zum Wasser hatten, griff ich nach meiner Haut. Mein Haischwanz verwandelte sich in Beine und jeder der Männer auf dem Schiff konnte es sehen.

Ein paar Sekunden verharrte der Ring auf der Stelle, dann ging es plötzlich rasend schnell weiter, und kurz darauf sah ich mich einer Gruppe von Männern gegenüber, die einen in Uniform, die anderen in einfachen Arbeiterklamotten, alle mit einer Mischung aus erwartungsvollem Staunen und Furcht in den Mienen.

Ich umfasste die Reling und zwei der Männer griffen mir unter die Achseln, hievten mich an Deck und zerrten mir die Arme auf den Rücken. Ich spürte kühles Metall um meine Handgelenke, dem ein unheilvolles Klicken folgte, mir blieb nicht einmal die Zeit, mir meine Haut umzulegen.

»Das ist sie!«, kreischte eine schrille Mädchenstimme. »Elodie!« Einen Atemzug später zwängte Aimee sich zwischen den Männern durch und starrte mich mit irre funkelnden Augen an. »Elodie Saller. Sie ist eine Nixe. Ich habe ihren Schwanz gesehen. Sie hat ...« Aimee brach ab und wandte sich zu dem stämmigen Mann um.

»Na, sag schon«, forderte ich sie auf. »Was habe ich?«

»Nichts getan, Dad«, brabbelte Aimee. »Nichts getan. Mir den Arm verbunden. Sie war sehr nett.«

»Ich habe dich aus dem Wasser gefischt!«, brüllte ich sie an. »Ohne mich wärst du jämmerlich ersoffen.«

Der Mann, der offenbar ihr Vater war, sah sie durchdringend an. »Stimmt das?«

»Ja, ja, ja!« Aimee machte eine verzweifelte Geste. Ihr Blick flackerte. Sie konnte weder mir noch ihm direkt ins Gesicht schauen. »Aber sie kennt den Nixenmann, der keinen Schatten wirft!«

»Er ist genauso wenig gefährlich wie ich«, erklärte ich und bemühte mich nun um einen möglichst unaufgeregten und sachlichen Tonfall. »Sie können mir die Handschellen also ruhig wieder abnehmen.«

»Das könnte dir so passen!«, knurrte einer der beiden Männer, die trotz der metallenen Fesseln noch immer meine Oberarme umfassten und mir unverhohlen auf die Brüste stierten. Eine unwürdigere Situation konnte ich mir kaum vorstellen.

Ich holte tief Luft und blendete ihre Blicke aus.

»Sind Sie Aimees Vater?«, fragte ich den Stämmigen.

Er schob die Schiffermütze zurück, kratzte sich an der Stirn und nickte schließlich. »Und der Kapitän.«

Gut. – Das war sogar sehr gut.

»Hören Sie, ich bin Elodie Saller. Grace Shindles ist meine Groß...«

Weiter kam ich nicht, denn in diesem Augenblick erschütterte ein gewaltiges Poltern das Schiff.

Bitte, bitte nicht!, dachte ich nur. Greift um Himmels willen jetzt nicht den Tanker an!

Die Männer warfen einander panische Blicke zu. Ich bemerkte, wie zwei Uniformierte ihre Hände unter ihre Jacken schoben, Pistolen hervorzogen und entsicherten. Sie lehnten sich mit dem Rücken gegen die Reling und spähten über ihre Schultern ins Wasser hinunter. Der Scheinwerfer war noch immer auf die Stelle gerichtet, an der sie mich heraufgezogen hatten.

»Haie!«, zischte der eine. »Da unten wimmelt es nur so von Haien. Sie schlagen ihre Flossen gegen das Schiff!«

»An die Harpunen, Männer!«, brüllte ein anderer. »Und bringt die Mädchen unter Deck.«

Die beiden, die mich festhielten, zerrten mich zurück.

»Nicht schießen!«, schrie ich und wehrte mich, so gut ich konnte. »Es sind keine Haie, sondern Nixe. Die meisten von ihnen leben seit vielen Jahren unter euch!«

Etliche Augenpaare richteten sich auf mich. Ungläubigkeit, Angst, aber auch Neugierde schlugen mir entgegen.

Einer der Uniformierten ließ seine Pistole sinken, und Aimees Vater hob die Hand, um seinen Leuten zu bedeuten, die Ruhe zu bewahren und mir zu Ende zuzuhören.

Im nächsten Moment krachte ein Schuss. Stille. Dann Hektik.

»Scheiße noch mal«, knurrte Kapitän Ledoux. »Wer hat den Befehl dazu gegeben?«

Alle starrten den Uniformierten an der Reling an. Er hielt seine Waffe mit beiden Händen umklammert und zielte aufs Wasser hinunter.

Nicht schießen!, flehte ich innerlich. Lass ihn keinen treffen! Lass es nicht Cyril sein!

»Bitte«, stieß ich hervor. »Mein Bruder ist dort unten ...«

Aimees Vater presste die Lippen zusammen. Um seine Augen zuckte es. Seine Skepsis mir gegenüber war unverkennbar, aber er wollte offenbar auch keinen Fehler machen.

»Treten Sie zurück und stecken Sie die Waffe ein!«, befahl er dem Uniformierten schließlich und wandte sich dann sofort wieder mir zu. »Komm her, Elodie Saller«, sagte er und winkte mich zu sich heran. »Schau nach.«

Die beiden Männer lockerten ihren Griff. Ich machte mich los und lief zur Reling. Das Herz klopfte mir bis zum Hals, als ich den Blick aufs Meer warf. Im Lichtkegel des Scheinwerfers trieb ein einzelner Hainix auf den Wellen. Er lag auf der Seite, seine Brustflosse ragte aus dem Wasser. Darunter trat Blut hervor. Aber er atmete noch ... Er lebte und versuchte zu verhindern, dass Meerwasser durch die offene Stelle in seiner Außenhaut drang.

Nicht Cyril, betete ich. Die Erinnerung daran, wie er ausgesehen hatte, nachdem Kyan, Liam, Niklas und Pine ihn angegriffen und dabei seine Haihülle verletzt hatten, tat mir beinahe körperlich weh. Bitte, lass es nicht Cyril sein.

»Ziehen Sie ihn raus!«, rief ich. »Bitte, ziehen Sie ihn raus. Dann werden Sie sehen, dass er kein Ungeheuer, sondern ... ein Mensch ist.«

Wieder Zögern. Zweifel. Angst.

»Bitte!«, flehte ich. »Er wird niemandem etwas tun.«

»Okay.« Kapitän Ledoux nickte. »Werft ein Netz aus!«

Der Boden des Schiffdecks dröhnte unter hektischem Fußgetrappel, und es dauerte eine ewig lange Minute, bis das Netz endlich herbeigeholt und von drei Männern gleichzeitig über Bord geworfen wurde. Es versank neben dem Hai im Wasser. Bevor es jedoch vollständig abgetaucht war, zogen die Männer es mit wenigen geschickten Handgriffen um den Nix und unmittelbar darauf mit einem kräftigen Ruck über ihm zusammen.

»Vorsicht beim Heraufholen«, ordnete Kapitän Ledoux an. »Und macht den Scheinwerfer aus.«

Er trat neben mich und legte mir eine Decke über die Schultern.

»Ich bitte vielmals um Entschuldigung«, sagte er leise.

»Schon okay«, erwiderte ich, obschon die Art und Weise, wie ich hier behandelt wurde, alles andere als in Ordnung war. Doch im Augenblick forderte der Hai, der nun langsam, Meter für Meter, an der Schiffswand heraufgezogen wurde, meine ganze Aufmerksamkeit.

In der Sekunde seiner Verwandlung ging ein Raunen durch

die Männergruppe hinter mir. Einer rief: »Bei Gott!«, ein anderer pfiff durch die Zähne und Aimees Vater stieß ein »Teufel noch eins!« hervor.

Das Netz war ziemlich engmaschig, sodass ich den Nix nach seiner Verwandlung nicht gleich erkannte. Ich sah nur, dass es sich nicht um Cyril handelte, denn dafür waren seine Haare zu hell. Aber es war eindeutig ein Mann, der sich beängstigend ruhig verhielt und nicht einmal zuckte, als sie ihn auf den Boden niederließen und das Netz öffneten, während zwei Männer ihn an Armen und Beinen festhielten.

Kapitän Ledoux beugte sich zu ihm herunter. »Alles in Ordnung mit Ihnen?«

Die Antwort war ein Stöhnen.

Behutsam legte Aimees Vater das Gesicht des Nixes frei und stieß unmittelbar darauf ein weiteres »Teufel noch eins!« aus. »Das ist ja Mr Spinx!«

Für einen Moment blieb mir die Luft weg.

»Duu?«, platzte ich dann heraus, während eine Kaskade unterschiedlichster Empfindungen durch mich hindurchraste.

Noch immer lag Javen vollkommen reglos da, mit bleicher Haut und dunklen Schatten unter den geschlossenen Augen. Aus einer Wunde unterhalb seiner linken Achsel trat Blut aus und bildete eine träge anwachsende Lache auf dem Deckboden. Um die Verletzung herum hatte seine Haut sich bereits dunkelblau verfärbt. Er musste höllische Schmerzen leiden, doch anstatt gequält das Gesicht zu verziehen, lächelte er nun, schlug die Augen auf und richtete seinen Blick auf mich.

»Dem Himmel sei Dank, du lebst!«

Kapitän Ledoux sah zwischen uns hin und her. »Sie kennen sich also ... tatsächlich?«, vergewisserte er sich.

»Ja ...«, antwortete ich zögernd. »Er ... er ist ... mein Vater.« Das auszusprechen, fühlte sich falsch an und löste dennoch so etwas wie ein Gefühl der Befreiung in meinem Herzen aus. »Meine Mutter ist ... menschlich. Sie lebt in Lübeck«, fügte ich stockend hinzu.

Aimees Vater nahm sich die Mütze vom Kopf und fuhr sich durch die Haare. »Wie ist das möglich?«, fragte er kopfschüttelnd.

Die Männer um uns herum murmelten Unverständliches. Aimee stand wie angewachsen auf der Stelle und verzog keine Miene.

»Wenn Sie gestatten, stehe ich jetzt auf«, sagte Javen, während er nach seiner Haut griff, die neben ihm im Netz lag, und sie Kapitän Ledoux entgegenhielt. »Ich werde mich hiermit bedecken und Ihnen dann alle Fragen beantworten, die Ihnen auf der Seele brennen. Wir hatten Angst, dass Sie uns bekämpfen würden, deshalb haben wir unsere Identität nicht preisgegeben.« Wieder wanderte sein Blick zu mir. »Mittlerweile habe ich ... haben wir einsehen müssen, dass dies ein Fehler war. Es wäre so viel einfacher gewesen, Ihnen allen klarzumachen, wie wichtig es ist, die Meere und damit einen Teil unseres Lebensraums zu schützen.«

»Tja, also ...« Kapitän Ledoux streifte sich seine Mütze wieder über und räusperte sich. »Gut, dann ... helft Mr Spinx mal auf ... und jemand, der sich damit auskennt, sollte sich seine Wunde ansehen.«

»Nicht nötig«, gab Javen zurück. »Zum Glück war es nur ein Streifschuss. Und Nixe haben gutes Heilfleisch.«

Er griff nach den Händen, die sich ihm entgegenstreckten, und ließ sich auf die Füße ziehen. Anschließend schlang er mit geschmeidigem Schwung die Haut um seine Hüften.

»Dann ist an Ihren Theorien bezüglich der mutierten Delfine also gar nichts dran?«, wollte nun ein anderer Mann in Uniform wissen, der ein Headset trug und sich bisher im Hintergrund gehalten hatte.

Javen sah mich kurz an. »Nun ...«, begann er. »Mutierte Delfine gibt es in der Tat nicht. In Wahrheit sind es Nixe wie wir, mit dem Unterschied, dass sie bis Mitte März dieses Jahres nicht an Land kommen konnten. Das ist offenbar passiert, weil sie ...« Wieder huschte sein Blick zu mir, »beschlossen haben, sich gegen die unerträgliche Bedrohung durch die zunehmende Verschmutzung der Meere zu wehren.«

»Aber ...?« Aimees Vater wurde blass. »Dann sind unsere Mädchen also aus Rache ermordet worden?«, fragte er tonlos.

Javen zuckte ehrlich bedauernd mit den Schultern. »Wir haben einen Teil der Delfinnixe, die dafür verantwortlich sind, bereits bestraft. Mittlerweile gibt es nur noch einen, den es zu finden gilt.«

»Gordian!«, stieß Aimee völlig überraschend hervor. »Er hat sie umgebracht. Mich wollte er auch töten.«

»Das ist absoluter Unsinn!«, fuhr ich sie an.

»Ruhe!« Kapitän Ledoux hob gebietend die Hand und wandte sich sofort wieder an Javen. »Aus diesem Grund sind die alle hier, richtig? All die Delfine und Sie ... weil Sie ihn hier in dieser Bucht vermuten?«

Ehe Javen oder ich etwas darauf entgegnen konnten, wurde der Suchscheinwerfer wieder angeworfen. Ein heller Lichtkegel tastete sich über die wogende Meeresoberfläche bis zur Küste hinüber. Der Regen fiel in glitzernden Fäden vom Himmel und plötzlich sah ich ihn: Gordian, der über die Klippen raste, als wäre der Teufel hinter ihm her. Eine Sekunde später erfasste ihn das Scheinwerferlicht. Die Steine unter seinen Füßen leuchteten golden auf. Schattenlos flog er über sie dahin.

»Das ist er!«, kreischte Aimee. »Der da hat sie alle umgebracht!«

Feind im Schatten

»Das ist nicht wahr«, sagte ich mit zitternder Stimme. »Bitte, Kapitän Ledoux, Sie müssen mir glauben, dieser Junge ist ein Nix. Ein ganz besonderer Nix, das stimmt. Aber er ist nicht der Mädchenmörder!«

Aimees Vater musterte mich forschend. »Willst du damit sagen, dass meine Tochter lügt? Dass sie absichtlich einen Falschen bezichtigt?«

»Nein.« Ich schüttelte den Kopf. »Aimee weiß es nicht besser. Sie kann es ja gar nicht wissen.«

Hilfe suchend wandte ich mich Javen zu, doch der stand mit vollkommen regungsloser Miene da und starrte wie paralysiert zu den Klippen und zu Gordy hinüber. Klar, er würde mir nicht zur Seite stehen. Schließlich hatte er in seinem Interview ja selber behauptet, dass Gordian der Anführer der *Delfinmutationen* sei.

»Tut mir leid, aber das Risiko können wir nicht eingehen«, hörte ich den Mann mit dem Headset sagen.

Ich betrachtete ihn etwas genauer und schätzte ihn auf Mitte vierzig. Seine dichten schwarzen Haare waren von grauen Strähnen durchzogen und der Blick aus seinen dunkelblauen Augen fest entschlossen. »Mein Name ist Major Jack Kesten, Officer Commander der 22. SAS Squadron.« Noch während er sich Javen und mir vorstellte, wandte er sich Aimees Vater zu. »Die Einleitung des Toxins vorläufig zurückstellen!«

Ich stöhnte erleichtert auf. Doch dann tippte Major Kesten an den Lautsprecher seines Headsets und gab einen weiteren Befehl, der mir das Blut in den Adern gefrieren ließ.

»Scharfschützen in Fort Richmond, Fort le Crocq und Fort Saumarez Position beziehen!«

Sie müssen verdammt gut sein, wenn sie ihn bei diesem Wetter treffen wollen.

Was? Mein Blick flog zu Javen, der noch immer stumm neben mir stand und seltsam unbeeindruckt wirkte.

Du solltest ihn trotzdem von da wegholen. Haltet euch in Richtung Südwestküste und St Saviour. Dort befindet sich ein riesiges Süßwasserreservoir, in dem ihr vorläufig Unterschlupf finden könnt.

Toller Vorschlag! *Und wie, bitte schön, soll ich das anstellen?*

Bei drei springst du auf der anderen Seite über die Reling.

Atemlos sah ich ihn an. Ihn und die anderen Männer an Bord.

Vertrau mir! ... Bitte!

Mein Herz raste.

Eins ... zwei ...

Bei drei rannte ich los. Ich tat es, weil mir ohnehin nichts anderes übrig blieb. Einen Grund, Javen zu vertrauen, hatte ich nicht. Vielleicht hoffte er, dass einer der Uniformierten mich erschoss. Danach würde er alle, die sich hier an Deck befanden, die ganze Geschichte vergessen lassen können.

Warum hast du das nicht schon längst getan?, rief ich ihm verwundert zu, während ich an Major Kesten, Kapitän Ledoux und den anderen vorbeiraste. Ich registrierte ihre verblüfften Gesichter, ihren Schrecken und die zeitlupenartigen Bewegungen, mit denen sie nach mir zu greifen versuchten.

Aus dem gleichen Grund wie du, gab Javen zurück, nur einen Atemzug später schlug das Wasser über mir zusammen, und bevor ich den nächsten tat, hatte ich meine Schutzhülle bereits wieder aufgebaut.

Ich achtete weder auf den Tanker oder die Hainixe, die sich um ihn herum postiert hatten, noch auf die Delfine, deren Leiber im Licht der Gewitterblitze silbern aufschimmerten, sondern stob in einem Höllentempo auf die Küstenriffe zu und warf mich an der nächstbesten Stelle an Land.

Im Meer hatten die Handschellen mich nicht sonderlich gestört, dort war die Schwanzflosse mein Antrieb, doch als ich mich nun aufrappeln wollte, merkte ich, dass sowohl meine Bewegungsfreiheit als auch die Fähigkeit, meinen Körper im Gleichgewicht zu halten, enorm beeinträchtigt waren. Es half nichts, ich musste die Dinger loswerden, und so biss ich die Zähne zusammen und spannte meine Muskeln an, so fest ich konnte. Das Metall schnitt mir in die Haut, ich schaffte es nicht, die Schellenringe zu sprengen oder die Schließsperren zu brechen, aber nachdem ich einen inbrünstigen Schrei ausgestoßen hatte, riss zumindest die Verbindungskette.

Ich sprang auf die Füße und rannte keuchend weiter über die Klippen und einen kurzen Sandabschnitt hinweg in Richtung Lihou Island. Fort Richmond lag hinter mir, Gordian – noch immer vom erbarmungslosen Licht des Suchscheinwerfers verfolgt – hatte die Klippen unterhalb der Steinstätte von Le Trepied fast erreicht. Fort Saumarez war zum Glück noch ein gutes Stück entfernt, allerdings trennten auch mich noch mindestens fünfhundert Meter von Gordy. Eigentlich war ich längst am Limit, trotzdem bekam ich es irgendwie hin, mein Tempo noch einmal zu steigern. Ich wusste, dass ich es nicht ertragen würde, wenn Gordian vor meinen Augen von einem Präzisionsgewehr niedergestreckt wurde. Ich wollte, dass er lebte, ich wollte nichts mehr als das, und dieser tiefe, unbändige Wunsch half mir, alle Kräfte, die in mir steckten, zu mobilisieren.

Der Abstand zwischen mir und Gordy wurde kleiner und kleiner und plötzlich geschah etwas absolut Irrsinniges: Unmittelbar neben ihm auf dem Felsen, nur einen knappen Meter von seinen Füßen entfernt, bildete sich ein Schatten. Zuerst war er kaum zu erkennen, doch allmählich zeichnete sich ein recht deutlicher Schemen ab, dessen Schattenfüße sich jetzt Zentimeter für Zentimeter Gordians Fersen näherten.

Ein Wunder!, durchzuckte es mich. Ein Wunder! Ich war so hingerissen von diesem Anblick, dass ich für einen Moment sogar das Weiterrennen vergaß. Ich geriet ins Straucheln, stolperte ein paar Schritte, fing mich aber wieder. Und als ich meinen Blick erneut auf Gordy und den Schatten neben ihm richtete, wurde mir schlagartig bewusst, dass hier etwas ganz entschieden nicht zusammenpasste ... dass er und dieser Schatten unmöglich zusammengehören konnten.

Gordians Haare waren kürzer und lockiger und seine Statur feingliedriger, und mit einem Mal wusste ich, an wen mich der kräftige Oberkörper und die langen, zottigen Haare erinnerten: an Kyan!

Verdammt, was ging hier vor? Hob Gordys Schattenlosigkeit etwa den Chamäleon-Effekt auf? Und: War Gordian sich dessen bewusst oder bekam er womöglich gar nichts davon mit?

Das Adrenalin, das mich eben noch vorangepeitscht hatte, wurde zurückgedrängt von einer ohnmächtigen Angst, die meine Muskeln erzittern ließ.

Gordy!!!, schrie ich in meiner Verzweiflung. *Kyan ... Er ist direkt neben dir!*

Augenblicklich blieb Gordian stehen und mit ihm Kyans Schatten. Beide fuhren zu mir herum.

Entsetzen breitete sich über Gordys Gesicht aus. *Elodie! Zum Teufel noch mal, mach, dass du hier wegkommst!*, brüllte er mir entgegen.

Doch obwohl alle Kraft aus meinen Beinen gewichen war, hastete ich unbeirrt weiter auf die beiden zu. Mir konnte nichts passieren, ich hatte meine Schutzhülle ... aber Gordy ... er schien nicht einmal zu ahnen, in welcher Gefahr er schwebte. – Oh, mein Gott, das musste der Fehler sein, von dem Jane gesprochen hatte! Was sollte ich tun? Was sollte ich bloß tun?

Siehst du den Schatten nicht? Siehst du Kyan nicht?

Gordians Augen weiteten sich. *Nein ... ich,* stammelte er ... *Ich höre nur seine Gedanken. Er sucht dich, Elodie. Kapierst du denn nicht? ... Dich!*

Noch während er mir das zurief, bewegte sich Kyans Schatten in meine Richtung. Er wurde heller und durchscheinender, bis er schließlich ganz verschwand.

Ich stoppte, obwohl ich wusste, dass er auf mich zukam, aber ich wusste eben auch, dass er mir diesmal nichts anhaben konnte. Je deutlicher er sich mir näherte, desto größer wurde Gordys Chance, sich aus dem Staub zu machen und sowohl Kyan als auch den Scharfschützen in Fort Saumarez zu entwischen.

Lauf zur Straße!, brüllte ich. *Raus aus dem Licht! Sie werden auf dich schießen. Gordy, sie erschießen dich!*

Nein, Elodie, nein!, schrie Gordian. *Du musst weg von hier! Deine Hülle schützt dich nicht!*

Was?, dachte ich noch, da wurde ich bereits umgerissen.

Ich schlug so hart auf dem Felsen auf, dass ich das Gefühl hatte, mir würden die Rippen bersten. Ein beißender Schmerz umschloss meine Lungen und nahm mir die Luft. Nur eine Sekunde später warf sich ein Körper so schwer wie ein Stahlklotz über mich und gab seine Tarnung auf. Ähnlich wie ein dämonischer Schatten fiel Kyans wilde schwarze Mähne auf mich herab und sein irrer giftgrüner Blick huschte lüstern über mein Gesicht. Mit hartem Griff umklammerte er meinen Hals.

Hab ich dich ... endlich, zischte er, ließ seine übergroße Zunge vorschnellen und leckte gierig über meine Lippen. Widerlicher heißer Atem strömte in meinen Rachen.

Ich kämpfte gegen die aufsteigende Übelkeit an und zwang mich, ihm in die Augen zu sehen. *Bastard!*, spie ich ihm entgegen. *Du kriegst mich nicht! Niemals wirst du mich besitzen.*

Ich zwang meine Hände zwischen ihn und mich, bohrte ihm die Handschellen und meine Finger ins Fleisch und versuchte, ihn gewaltsam von mir wegzudrücken. Aber meine Kraft reichte nicht aus und schlagartig wurde mir klar: Dieser Kampf war eine rein persönliche Sache. Er unterlag nicht dem Willen des Meeres und deshalb musste ich offenbar auf seinen Schutz verzichten.

Irrtum, meine Schöne, gab Kyan dunkel zurück, während er meine Lippen umschloss und mit seiner Zunge so tief in mich eindrang, dass der Inhalt meines Magens mit aller Macht in meine Speiseröhre hinaufschoss. *Dich zu besitzen und euch Aussätzige zu töten, das ist meine große Aufgabe. Einzig und allein dafür hat das Meer mich an Land geschickt. Ich habe eine Weile gebraucht, um das zu begreifen. Doch inzwischen weiß ich, dass dies und nur dies meine Bestimmung ist. Und ich verspreche dir, ich werde sie erfüllen.*

Mit dem letzten Wort riss Kyan meine Beine auseinander. Seine Gestalt löste sich auf und dann wurde mir plötzlich kalt. Eiskalt. So kalt, dass ich mich nicht mehr rühren konnte.

Kyan stöhnte auf und mit einem Mal war eine Gestalt über mir. Ich registrierte flammend rote Haare und einen unbarmherzigen Blick aus schneeweißen Augen. – Kirby!

Hau ab!, zischte sie. Kyans schwerer getarnter Körper rutschte von mir herunter und im nächsten Moment sah ich Kirby wild umherwirbelnd neben mir. Sie drehte sich um die eigene Achse, verlor das Gleichgewicht, rollte über die Klippen und wälzte sich hin und her. Sie ächzte, brüllte und fluchte. Und Kyan stöhnte in immer kürzeren Abständen immer heftiger.

Jetzt verschwinde endlich! Ich schaff das auch allein, rief sie mir zu, während sie weiter mit verbissenem Gesicht gegen ihren wieder unsichtbar gewordenen Feind kämpfte.

Elodie.

Es war Gordys samtene Stimme, die in meinen Körper fuhr wie ein wärmendes Licht. Unmöglich, ihr zu widerstehen.

Wie von einem Magneten angezogen, sprang ich auf, warf noch einen letzten Blick auf Kirby, die nun seitlich die Klippen hinunterrollte und schließlich mit einem lauten Klatscher ins Wasser fiel, und rannte auf Gordian zu, der noch immer vom Kegel des Suchscheinwerfers verfolgt wurde.

In dieser Sekunde ertönte in der Ferne ein Knall. Ich dachte, es wäre das Gewitter, aber dann folgte ein weiterer und ein ohrenbetäubendes Pfeifen brachte mein Trommelfell zum Vibrieren. Da kapierte ich, dass es ein Schuss gewesen sein musste, der unmittelbar neben Gordy in den Fels gejagt war.

Ohne nachzudenken, änderte ich die Richtung und raste nun auf die Befestigungsmauer unterhalb der Küstenstraße zu. Gordian folgte mir und zusammen tauchten wir in die Dunkelheit ab.

Wird sie ihn umbringen?, keuchte ich, während wir eine schmale, unbeleuchtete Straße entlanghasteten.

An jeder Ecke standen Gendarmeriefahrzeuge, aber Gordian und ich waren so schnell, dass sie uns offenbar nicht wahrnahmen oder womöglich für im Wind wogende Sträucher hielten.

Das muss sie gar nicht, erwiderte Gordy. *Kyan wird sowieso sterben.*

Wieso?, fragte ich erstaunt. *Er ist doch gerade erst wieder an Land gekommen. Wir können heilfroh sein, dass niemand ihm gefolgt ist.*

Und nur hoffen, dass Idis und Malou sich besonnen haben, die Nixe mit Worten überzeugen konnten und niemanden töten mussten, dachte ich für mich. Die Ungewissheit darüber, was sich in den vergangenen beiden Stunden im Meer abgespielt haben mochte, machte mich zunehmend unruhig.

Kyan ist in der letzten Halbmondnacht gar nicht ins Meer zurückgekehrt, sagte Gordian.

Ich begriff nicht.

Es ist nicht Kirbys Haut, die du bei euch zwischen den Klippen gefunden hast, sondern seine. Auf der Suche nach dir hat er sie dort verloren.

Ich blieb unvermittelt stehen und Gordian stoppte ebenfalls. Wir befanden uns auf einer Anhöhe, von der aus wir sowohl auf die Perelle Bay als auch auf die sehr viel weitläufigere Rocquaine Bay hinuntersehen konnten. Doch ich hatte nur Augen für Gordy.

So vertraut waren mir sein Gesicht, seine Bewegungen, sein Duft und seine Stimme in meinem Kopf. Und gleichzeitig kam er mir wie ein Fremder vor. Der Ausdruck in seinen Augen, die Art, wie er mich ansah und Geheimnisse vor mir hatte. Auch seine Züge waren inzwischen härter ... kantiger geworden. Ich wollte ihn berühren, mit den Fingern über die Narben fahren, die Zaks Bisse unter seinem Auge hinterlassen hatten, mich vergewissern, dass er sich doch nicht so sehr verändert hatte, wie es auf den ersten Blick schien. Aber er gehörte mir ja ohnehin nicht mehr.

Beklommen sah ich zur Seite: *Warum hast du mir das nicht gleich gesagt?*, fragte ich harsch. *Wieso hast du ausgerechnet mir Kyans Haut überlassen?*

Weil sie bei dir absolut sicher war, antwortete er. *Kyan war derart besessen von dem Gedanken, dich zu töten und dazu berufen zu sein, eine neue Allianz aufzubauen und die Bewohner der Channel Islands auszurotten, dass er viel zu spät merkte, dass er sie verloren hatte.*

Und wenn er auf die Idee gekommen wäre, sie in der Perelle Bay zu suchen?

Gordians Blick wurde weich, und für eine Sekunde hatte ich das Gefühl, dass er seine Hand nach mir ausstrecken und mir über die Wange streichen wollte. Doch er tat es nicht.

Ich war immer in deiner Nähe, wisperte er. *Und gleichzeitig so nah bei Kyan, dass ich seine Gedanken hören konnte. Ich wusste, dass er sich* nicht erinnerte, wo er seine Haut gelassen hatte, und ich habe auch seinen verzweifelten Aufschrei gehört, als er begriff, dass er sie nicht rechtzeitig wiederfinden würde.

Und warum hast du ihn nicht längst getötet?

Ein Hauch von Schmerz huschte über sein Gesicht. *Ich konnte ihn nicht sehen. Bloß hören ... Niemand konnte es, wenn er sich tarnte.*

Außer mir, sagte ich heiser. *In deinem Schatten.*

Ja. Gordy schluckte.

Wir schauten uns an und mir klopfte das Herz zum Zerspringen.

Der Regen hatte nachgelassen und der Wind spielte mit unseren Haaren. Das Gewitter hatte sich verzogen, in der Ferne blinkten sogar ein paar Sterne auf und hinter den Wolken über uns ließ sich die volle Mondscheibe erahnen. Nur das Meer unter uns rauschte noch immer ungewöhnlich laut. Viel zu laut.

Die Wellen türmten sich meterhoch auf, warfen sich tosend auf die Klippen und fraßen sich wie alles verzehrende Mäuler in die Sandstrände. Der Tanker, der nach wie vor unterhalb von Fort Richmond in unmittelbarer Küstennähe lag, schwankte bedrohlich auf und nieder.

»Gordy, was ist das?«, rief ich erschrocken. »Was passiert da?«

Angespannt blickte er auf die Perelle Bay hinunter.

»Idis«, murmelte er.

»Kannst du mit ihr reden?«

Er schüttelte den Kopf. »Wir sind zu weit entfernt.«

»Und woher willst du wissen, dass sie dafür verantwort...« Ich brach ab, denn mit einem Mal war mir klar, was dort unten im Kanal geschah. »Die Wale. Gordy, da unten sind Hunderte Wale.«

Ich weiß.

Das Tosen wurde lauter und immer lauter, und die Wellen krachten mittlerweile so machtvoll gegen die Küste, dass einzelne Steinbrocken durch die Luft flogen und die Gischt sich über die ufernahen Häuser ergoss. Panisch hielt ich nach Tante Gracies Cottage Ausschau und sah, dass das Meer den unteren Teil ihrer Gartenterrassen überspülte und eine große Kamelienstaude mit sich in die Tiefe riss.

Gordy, wir müssen sie aufhalten!

Zu spät, krächzte er und schüttelte wieder nur den Kopf. In seinen Augen spiegelten sich Bestürzung, Verzweiflung und Hilflosigkeit. *Idis ist es gelungen, die Wale herzurufen. Kirby und ich haben ihr gesagt, dass das ein Fehler ist, aber sie und Malou wollten sich das nicht ausreden lassen.* Er riss sich vom Anblick des wütenden Meeres los und richtete seinen Blick in meine Augen. *Es ist zu spät, Elodie. Die Katastrophe wird sich nicht mehr abwenden lassen. Denn niemand kann einen Wal kontrollieren.*

Doch, sagte ich, plötzlich felsenfest überzeugt. *Du.*

Und ich. Ich konnte es möglicherweise auch. Auf jeden Fall hatte ich Einfluss auf die Delfine.

»Wir werden es versuchen, Gordy«, redete ich wie besessen auf ihn ein. »Und wir werden erst aufgeben, wenn kein Sandkorn mehr von diesen Inseln übrig ist. Hast du mich verstanden?«

Ich sah, wie er schluckte. Fassungslos starrte er mich an.

»Ob du mich verstanden hast?«, brüllte ich. »Sonst mache ich es nämlich allein!«

Das Lied der Wale

Ich wartete nicht auf seine Antwort, sondern lief einfach los, die Straße zurück, auf die Häuser von Richmond zu. Die Wellen ließen den Tanker wie einen Spielball auf und ab springen und warfen ihn immer weiter in Richtung Küste. Es war nur noch eine Frage der Zeit, bis er Leck schlug und die Chemikalien sich auch ohne das Zutun der Besatzung ins Wasser ergossen. – Wenn Major Kesten und Kapitän Ledoux sich nicht ohnehin längst entschlossen hatten, das Gift abzulassen. Mittlerweile hätte ich es ihnen nicht einmal mehr verübeln können.

Aber noch war es nicht so weit. Noch war Leben im Meer. Zwischen den Wellen schimmerten die Delfinleiber auf. Es waren nur die Tiere, die sich aus dem Wasser erhoben und in wilden Sprüngen um den Tanker herumtanzten.

Als ich die Küstenstraße passiert hatte und gerade über die Befestigungsmauer springen wollte, war Gordian plötzlich neben mir, riss mich zu Boden und begrub mich unter sich.

»Verdammt noch mal, was soll das?«, fauchte ich. »Wenn ich sage, ich mache das allein, dann mache ich das auch. Und du wirst mich ganz bestimmt nicht davon abhalten!«

Gordys Gesicht war direkt neben meinem. Meine Nase berührte seine Wange, und ich wagte kaum zu atmen, weil ich befürchtete, dass sein Duft meine Sinne betäuben und mich doch noch von meinem Vorhaben abhalten könnte.

Sei still, Elodie. Ganz still.

Seine Lippen streiften flüchtig über meine. Hätte er nur einen Sekundenbruchteil in seiner Bewegung innegehalten, wäre es ein Kuss gewesen.

Was für ein törichter Gedanke! Denn dass er mich so energisch gegen die Mauer presste, hatte einen völlig anderen Grund.

Für den Augenblick eines Wimpernschlags wurden wir in gleißend helles Licht getaucht, dann hörte ich das Rumoren eines Motors und das frappende Geräusch von Rotorblättern. Ich bemerkte ein Blinken in der Luft und dann flog ein Helikopter über uns hinweg.

Los. Weiter!

Gordy sprang auf und zog mich auf die Beine. Mit einem Satz waren wir auf der anderen Seite der Mauer.

Hand in Hand hetzten wir über den Strand den tosenden Wellen entgegen, die sich bereits über unsere Füße ergossen und unsere Beine in Flossen verwandelten, noch ehe wir richtig abgetaucht waren.

Ich erwartete einen beißenden Geschmack in meinem Rachen und einen Kugelhagel, der vom Helikopter aus auf uns niederprasselte, Blut, Delfin- und Nixleichen, doch nichts davon bewahrheitete sich.

Es ist nur eine Frage der Zeit, sagte Gordian. *Früher oder später werden die Menschen sich wehren müssen.*

Hektisch verschaffte ich mir einen Überblick über die Situation. Die armeeartige Ordnung unter den Delfinen hatte sich aufgelöst. Tiere und Nixe stoben panisch hin und her. Sie wollten fliehen, aber die Wale versperrten ihnen den Weg hinaus in den offenen Atlantik. Die riesigen Tiere waren aufgebracht und wütend, sie brannten geradezu vor Zorn. Womöglich hatte sich Idis' Angst vor dem Tanker auf die Delfine und von ihnen wiederum auf die Wale übertragen, die nun ihre mächtigen Schwanzflossen auf und nieder schlugen und auf diese Weise das Meer in einen tosenden Moloch verwandelten.

Keiner der Nixe hat Idis gesehen, zischte Gordy mir zu. *Ich habe ihnen gesagt, dass Kyan sterben wird und es jetzt niemanden mehr gibt, der sie an Land führt. Sie werden sich beruhigen und abwarten und niemandem etwas tun, solange die Haie sie nicht angreifen.*

Das werden sie nicht, erwiderte ich. *Sie wissen, dass sie keine Chance hätten.*

Gut, sagte Gordy. Er bemühte sich, zuversichtlich zu wirken, konnte seine Mutlosigkeit aber nicht restlos verbergen. *Dann werde ich mal schauen, ob ich so eine Art Leittier unter den Riesen ausmachen kann.*

Okay. Ich nickte. *Okay.*

Auch ich kämpfte um Zuversicht, aber ich hatte gegenüber Gordian einen entscheidenden Vorteil. Ich war Neeron persönlich begegnet. Ich hatte die Prophezeiung aus seinem Mund gehört, und ich wollte mich noch immer darauf verlassen, dass das Meer mir wirklich und wahrhaftig alle Fähigkeiten zur Verfügung stellte, die nötig waren, um das drohende Unheil zu verhindern.

Hört mir zu, sagte ich also, während ich Gordy hinterhersah, der auf einen besonders großen Pottwal zuhielt. *Ihr braucht keine Angst zu haben. Ich bringe euch hier raus. Bitte vertraut mir und tut, was ich sage.*

Ich sprach mit Idis' Stimme, aber die Delfine reagierten nicht auf mich, sondern schossen weiterhin ängstlich hin und her. Einen Moment lang war ich verunsichert, überlegte, ob Kirby womöglich einen größeren Einfluss auf die Tiere hatte, folgte dann aber einer inneren Eingebung.

Ihr müsst tanzen, flüsterte ich und meine Stimme war nun dunkel und samten wie die von Gordian. *Tanzt den entgegengesetzten Rhythmus der Wale. Bringt das Meer zur Ruhe, und ich verspreche euch, es wird euch nichts geschehen.*

Ein paar der Tiere wandten sich sofort zu mir um und ich nickte ihnen aufmunternd zu. *Schlagt eure Flossen von unten nach oben, und sagt den anderen, dass sie es ebenfalls tun sollen.*

Sie zögerten nicht eine Sekunde, verharrten nur einen Moment bewegungslos im heftig schwankenden Wasser, dann begannen sie zu tanzen. Mit kräftigen Stößen schlugen sie ihre breiten Flossen entgegen ihrem gewohnten Rhythmus von unten nach oben und drehten sie in der Abwärtsbewegung in die Senkrechte, um den Widerstand so gering wie möglich zu halten.

Es war ein unglaublicher, geradezu magischer Anblick und tatsächlich schien das Meer sich ein wenig zu beruhigen.

Sehr gute Idee, Elodie, rief Gordian mir zu. *Aber leider reicht das bei Weitem nicht aus. Es sind zu wenige Delfine, die Wale haben viel mehr Kraft.*

Was ist mit deinem Leittier?, fragte ich. *Hast du es gefunden?*

Nein, keins der Tiere scheint mich zu akzeptieren, kam es gehetzt von ihm zurück. *Im Gegenteil, sie behandeln mich wie einen Artfremden.*

Dann sei einer von ihnen, erwiderte ich. *Erinnere dich an das, was Jane in dir gesehen hat, als sie dich das erste Mal traf. Sei ein Wal, Gordy! Bitte! Ich weiß, dass du das kannst. Du trägst etwas in dir, das dich mit ihnen verbindet.*

Ich bekam keine Antwort. Die Wale wüteten, die Delfine tanzten und die Nixe gruppierten sich stumm und bemerkenswert ruhig zu meinen Seiten. Idis und auch Malou konnte ich unter ihnen allerdings noch immer nicht entdecken.

Die Haie haben sie in eine Höhle unter den Klippen gedrängt, wisperte mir eine Nixe mit goldblonden Zöpfen zu.

Und ihr habt den beiden nicht geholfen?, fragte ich verwundert.

Es war richtig so, erwiderte die Nixe. *Die Haie haben nur das getan, was wir hätten tun sollen. Es war ein Fehler, die Wale zu rufen. Darin sind wir uns alle sehr schnell einig gewesen. Idis hat sie nicht mehr in den Griff bekommen, und wir hatten Angst, dass die Menschen ihre Waffen auf uns richten. Wohin hätten wir denn fliehen sollen? Wir sitzen hier doch in der Falle.*

Ich weiß, sagte ich. *Niemand hat all das voraussehen können. Hoffen wir, dass ...*

Weiter kam ich nicht, denn nun drang ein süßer Gesang in mein Ohr. Zaghaft und sehr leise, aber immerhin laut genug, dass ich die Melodie sogleich erkannte. Vor langer Zeit hatte ich sie in einem meiner Träume gehört und dann später noch einmal, als ich zu Neeron hinabgetaucht war. Es war der Gesang der Wale, ein Lied, das jeder verstand und sie alle vereinte. Und es war Gordys Kehle, durch die es seinen Weg ins Meer fand. Ich vernahm seine wundervolle Stimme, die alles auf sanfte, geradezu zärtliche Weise durchdrang, gleichgültig, ob es sich um einen Wassertropfen oder eine Körperzelle handelte.

Selig schloss ich die Augen und überließ mich diesem Lied, das so alt war wie das Meer selbst und in dem ich die Sehnsucht meiner Seele wiedererkannte. Ich war ein Teil dieses Liedes, so wie mein Urgroßvater Patton ein Teil davon gewesen war. Er hatte diese Sehnsucht an mich weitergegeben, die Sehnsucht, alles für immer zu erhalten und auf ewig zu vereinen. Tief in mir erkannte ich, dass es in Wahrheit keine Trennung gab, dass alle Geschöpfe des Meeres, auch die Delfinnixe und die Hainixe, demselben Ton entsprangen. Und Gordian und ich, das wurde mir in diesem Moment klar, wir waren dazu bestimmt, ihnen allen genau das bewusst zu machen.

Indem wir uns erinnerten und hingaben.

Nichts mehr wollten, sondern nur noch ersehnten.

Und im Sein unsere Erfüllung fanden.

Gordys magischer Gesang durchströmte mich wie eine Welle. Seine Stimme verband sich mit meiner und gemeinsam trugen wir das Lied in die Weite des Meeres hinaus. Gordy sang, ich sang, die Wale sangen, die Nixe und die Delfine. Und aus dem Tosen wurde ein Wogen und aus dem Wogen ein Wiegen. Es hätte ewig so weitergehen können, nur zu gerne hätte ich mich dieser Melodie für immer überlassen. Doch da stieß mich plötzlich jemand von der Seite an und holte mich ziemlich unsanft ins Hier und Jetzt zurück.

Betörend schön, kleine Schwester.

Cyril! Ich riss die Augen auf und verpasste ihm einen Stupser gegen die breite Nase seiner Außenhülle.

Außer ihm hatten sich noch Jane, Bertrand, Tisha, Solange und ein paar andere Hainixe um mich geschart. Sie hielten Idis und Malou in ihrer Mitte. Offenbar hatten sie noch immer Angst, dass die beiden die Tiere von Neuem aufstacheln würden. Absolut unbegründet, denn sowohl Malou als auch Idis standen die Tränen der Rührung in den Augen.

Die Wale hatten sich inzwischen abgewandt und schwammen langsam und majestätisch in die offene See hinaus. Die Delfine folgten ihnen zögernd.

Gordian stand ein Stück von uns entfernt im Wasser und blickte ihnen nach, als könnte er es selbst kaum fassen. Plötzlich fuhr sein Kopf zu uns herum.

Ihr müsst nicht mir danken, sondern ihr, sagte er und nickte in meine Richtung. *Ohne sie hätte ich mich nicht an dieses Lied erinnert. Und ihr könnt ruhig alle so offen reden, dass auch sie euch verstehen kann.*

Das tun wir doch längst, erwiderte die Nixe mit den goldblonden Zöpfen und mit einem Mal ruhten Hunderte von Augenpaaren auf mir. Feierlich neigten die Delfinnixe ihre Köpfe und die Hainixe taten es ihnen gleich.

Jetzt hört aber auf!, rief ich und deutete auf den dunklen Rumpf des Tankers. *Noch haben wir es nicht geschafft.* Allerdings fühlte ich mich schon jetzt so federleicht vor Glück, dass ich am liebsten davongeflogen wäre. *Noch wissen wir nicht, ob die Menschen wirklich verstanden haben, worum es geht.*

Sie hat recht. Gordian huschte an meine Seite und berührte leicht meine Hand. *Wir gehen jetzt an Bord, um mit ihnen zu reden.* Sein Blick glitt von einem zum Nächsten. *Und es wäre schön, wenn wir ihnen versichern könnten, dass nie wieder einer von euch an Land kommt und eines ihrer Mädchen tötet.*

Jane und ich würden Gordian und Elodie gerne begleiten, bot Cyril an. *Wir haben bereits recht gute Kontakte zu einigen Inselbewohnern, und wir geben euch unser Wort, dass wir uns in Zukunft mit unserer ganzen Kraft für die Belange aller Nixe einsetzen werden.*

Ich erhaschte einige skeptische Mienen, doch von der überwiegenden Mehrheit ernteten Gordy, Cyril und ich zustimmendes Nicken.

Ich war unendlich erleichtert. Das war mehr, als ich mir je erhofft hatte.

Meeresflüstern

Im Osten lichtete sich bereits der Himmel, als Gordian, Cyril, Jane und ich mit einem von Georges Booten Lihou Island passierten und zum Tanker übersetzten, der noch immer in der Perelle Bay vor Anker lag.

Schon von Weitem erkannte ich, dass Javen zusammen mit Kapitän Ledoux und Major Kesten an der Reling stand. Die drei schienen uns bereits zu erwarten.

Kurz bevor wir das Schiff erreichten, stellte Cyril den Motor aus und lenkte das Boot unterhalb einer Aufstiegsleiter behutsam an den Rumpf heran. Er vertaute es und wir stiegen nacheinander aufs Seitendeck hinauf.

»Das war einfach gigantisch!«, rief Javen uns entgegen.

Anstelle seiner Haihaut trug er nun eine viel zu weite dunkelbraune Leinenhose und einen Pulli, den das Emblem einer Schifffahrtsgesellschaft zierte. Er bewegte sich völlig normal, dass er vor wenigen Stunden erst angeschossen worden war, war ihm nicht im Geringsten anzumerken.

Um nicht zu sagen, exakt auf den Punkt, raunte er mir zu. *Ein paar Minuten später und es wäre mir nicht mehr möglich gewesen, das Schiff noch länger so ruhig zu halten, dass es nicht aufgeschlagen oder gekentert wäre.* »Ich bin derweil so frei gewesen und habe dem Kapitän und dem Major und ihren Männern ausführlich über unser Leben im Meer berichtet.«

»Tja, und ich muss sagen, wir sind außerordentlich ... überrascht und ... betroffen von all dem, was Mr Spinx uns erzählt hat«, sagte Aimees Vater.

Major Kesten richtete seinen Blick auf mich. »Ich möchte mich bei dir für die burschikose Behandlung heute Nacht entschuldigen«, erklärte er, während er einen Schlüsselbund aus seiner Jackentasche hervorzog, »und dir vor allem endlich diese unkleidsamen Armreifen abnehmen.«

Bereitwillig streckte ich ihm meine Hände entgegen. »Und ich hatte mich gerade an sie gewöhnt!«

Der Officer Commander erwiderte mein Grinsen mit einem Lächeln, öffnete die Metallschellen und steckte sie und den Schlüsselbund in seine Jacke zurück.

»Was Fischfang und Verschmutzung betrifft, sind wir natürlich keine Entscheidungsträger«, nahm er dann Kapitän Ledouxs Kommentar wieder auf. »Außerdem fürchten wir, dass man auf Ihre besonderen Talente zunächst eher zurückhaltend reagieren wird.« Major Kesten seufzte leise. »Will sagen, dass noch ein ziemliches Stück Arbeit vor uns liegt. Aber immerhin: Ein Anfang ist gemacht.«

Cyril, Jane und Gordian nickten und ein lebhafter Wortwechsel zwischen ihnen und den beiden Männern begann. Javen und ich hörten nur eine Weile zu, dann bedeutete er mir, ihm zum Heck des Schiffes zu folgen.

»Ich würde gerne ungestört mit dir reden«, sagte er.

»Ich auch«, gab ich recht scharf zurück und legte sofort los. »Mich interessieren vor allem zwei Dinge. Erstens: Was sollte diese im Grunde völlig überflüssige Geschichte mit dem Underground Hospital? Zweitens: Weshalb hast du die Menschen nicht von Anfang an immer gleich alles vergessen lassen und warum zum Teufel hast du Gordy verraten?«

Javen lächelte matt. »Das waren schon drei Dinge. Aber ich

würde dir selbstverständlich auch tausend Fragen beantworten. Also«, begann er, »die Geschichte mit dem Underground Hospital hatte ich durchaus ernst gemeint. Ich hatte gehofft, die entscheidenden Leute davon überzeugen zu können, dass es wichtig ist, den Schwerpunkt auf den Schutz der Menschen zu legen und nicht auf das Vernichten der Mutanten oder der sogenannten Bestie.«

»Wieso hast du den Begriff der Mutation überhaupt aufgebracht?«, fuhr ich erzürnt dazwischen.

»Ich war der Meinung, dass dies ein guter Weg wäre, die Menschen allmählich auf die Existenz der Nixe vorzubereiten. Aus diesem Grund hatte ich auch kein Interesse daran, gewisse Dinge aus ihrer Erinnerung zu löschen. Mir und vielen anderen war nämlich in der Tat schon länger klar, dass wir unsere Tarnung irgendwann würden aufgeben müssen, und wir alle hatten ehrlich gehofft, dass dein Erscheinen die Wirkung eines Katalysators haben würde. Doch der Widerstand, der uns von Skint und seinen Freunden entgegengebracht wurde, war größer und gefährlicher, als wir dachten. Zuerst musste Kyan vernichtet und die Delfine zur Besinnung gebracht werden. Und zwar egal von wem. Außerdem galt es, dich zu schützen.«

»Aber warum Gordy?«, fragte ich noch einmal. »Wieso hast du die Aufmerksamkeit der Menschen ausgerechnet auf ihn gelenkt?«

»Wahrscheinlich wirst du mir nicht glauben, aber damit werde ich wohl leben müssen.« Javen sah mir fest in die Augen und zum ersten Mal schimmerten seine rechte und seine linke Iris in ein und demselben warmen Grünton. »Meine Aussagen in diesem unseligen Interview sollten letzten Endes darauf abzielen, dass allein Gordian die Meerbestie würde finden und besiegen können – und diesen Sieg schließlich dazu nutzen, die Delfinnixe vor den Menschen zu rehabilitieren. Aber leider hat man mir keine weiteren Interviews mehr gewährt, weder in den Zeitungen noch im Fernsehen. Von ganz oben kam der Befehl, das Thema vor der Öffentlichkeit totzuschweigen und nach eigenem Ermessen zu handeln. Dass ich von ihrem Plan erfuhr, den Kanal zu vergiften, war reiner Zufall. Janes Brief an dich war unsere einzige Chance, diese Information auch an die Delfinnixe weiterzugeben. Wir hatten gehofft, dass du dich bei Jane meldest oder wieder Kontakt zu Cyril aufnimmst. Als du es nicht tatest und Cyril auch von deiner Freundin Ruby nichts mehr erfahren konnte, wussten wir, dass wir dein Vertrauen verloren hatten.«

»All das wäre nicht passiert, wenn du von Anfang an mit offenen Karten gespielt hättest«, knurrte ich. »Gleich nach dem Treffen auf Little Sark vor dem Underground Hospital hättest du zum Beispiel die Gelegenheit dazu gehabt.«

Javen schüttelte den Kopf. »Zu riskant. Genau wie damals am Hafen in St Peter Port waren auch vor dem Hospital zu viele von Skints Leuten in der Nähe. Wenn auch nur einer von ihnen mitbekommen hätte, dass ich mich dir gegenüber freundschaftlich verhalte oder sogar gemeinsame Sache mit den Delfinnixen mache, wäre es zu ernsthaften Auseinandersetzungen unter den Haien gekommen, und das war nun wirklich das Letzte, was wir in der angespannten Situation hätten gebrauchen können.«

»Ja«, sagte ich, denn trotz allen Unmuts verstand ich die Gründe für sein Verhalten inzwischen durchaus. »Wir alle können nur hoffen, dass sich die Dinge nun möglichst bald zum Guten wenden werden.«

Javen seufzte leise. »Noch wissen wir nicht, wie die Menschen mit der Wahrheit umgehen werden. Außerdem habe ich nicht die geringste Vorstellung davon, wie viele von uns tatsächlich hinter Skint stehen. Und am allerwenigsten können wir einschätzen, wie bald und wie intensiv etwas für den Schutz der Meere getan wird. Nur wenn sich in dieser Hinsicht wirklich etwas ändert, werden die Delfinnixe auf Dauer gut und zufrieden leben können, und nur das sichert uns einen dauerhaften Frieden.«

Ich nickte kaum merklich und musterte ihn stumm.

Javens Miene war weich und sein Blick ruhte voller Zärtlichkeit auf mir. »Ich kann dir gar nicht sagen, wie unendlich stolz ich auf dich bin«, flüsterte er, während er seine Hand nach mir ausstreckte und mich sanft an der Schulter berührte. Anders als vor dreieinhalb Monaten, als ich ihn am Lübecker Flughafen das erste Mal traf, fühlten seine Fingerkuppen sich nicht kalt, sondern angenehm warm an. »Und wie gern ich mit dir und deiner Mutter zusammengelebt hätte. Ich weiß, dass Rafaela damals sehr verliebt in mich gewesen ist und sie nur aus Angst, mich wiederzutreffen, nie mehr auf die Kanalinseln gekommen ist. Sie wollte das, was sie mit dir und deinem Vater verband, nicht aufs Spiel setzen.«

»Hat sie dir das gesagt?«

»Nein. Das habe ich in ihren Gedanken gelesen.«

Klar.

»Javen, ich ...«, begann ich, dabei wusste ich eigentlich überhaupt nicht, was ich sagen sollte.

»Wünsch uns einfach Glück«, meinte er lächelnd. »Ich zumindest wünsche dir alles Glück der Welt.« Er sah über meine Schulter hinweg in Richtung Steuerhaus. »Genauso wie ihm.«

Ich drehte mich um, und mein Blick fiel auf Gordian, der sich uns zögernd näherte.

Tja, dann lass ich euch mal allein, raunte Javen mir zu. *Wir sehen uns. Irgendwann.*

Nicht einmal einen Atemzug später stand er bei Cyril, Jane und Kapitän Ledoux und unterhielt sich angeregt mit Major Kesten.

»Was ist mit Aimee?«, war meine erste Frage. »Ist sie noch auf dem Schiff?«

»Ja. Sie schläft.« Gordian machte eine resignierte Geste. »Es tut mir sehr leid, dass ich ... dass ich sie verzaubert habe und sie jetzt wahrscheinlich nie wieder einen anderen lieben kann.«

Ach, tatsächlich?, dachte ich bitter. Und was ist mit mir? Tut es dir auch leid, dass du *mich* verzaubert hast?

Aus den Augenwinkeln bemerkte ich, dass er die Reling umfasste. Er wirkte unsicher, fast niedergeschlagen.

»Weißt du nicht, mit welchen Worten du dich von mir verabschieden sollst?«, stieß ich ungewollt harsch hervor.

»Hätte ich denn einen Grund dazu?«, entgegnete er vorsichtig.

Du meine Güte! Er dachte doch wohl nicht allen Ernstes, dass er mit Kirby zusammen und gleichzeitig mit mir befreundet sein konnte! Trotz all dem, was wir eben im Meer zusammen erlebt und gemeinsam vollbracht hatten, war diese Vorstellung unerträglich für mich.

»Wo ist sie überhaupt?«

»Wer?«, fragte er ehrlich erstaunt.

»Na, Kirby.«

Gordian zögerte mit seiner Antwort. Wahrscheinlich suchte er nach einer passenden Erklärung für seine veränderte Gefühlslage. Dabei brauchte er mir gar nichts zu erklären. Ich verstand sehr gut, dass er nur seiner Bestimmung gefolgt war.

»Ich weiß es nicht«, sagte er schließlich.

Bisher hatte ich es vermieden, ihn richtig anzusehen, doch jetzt konnte ich nicht anders. Ich musste ihn einfach anschauen und diesen unwürdigen Zustand endlich beenden.

»Hör auf damit, Gordy«, sagte ich. »Es ist nun mal, wie es ist. Kirby und du, ihr gehört zusammen. Du musst dir deswegen wirklich keine Vorwürfe machen. Außerdem bin ich ihr sehr dankbar dafür, dass sie es mit Kyan aufgenommen hat und ...«

»Was redest du denn da?« Auf Gordians Stirn hatte sich die mir so vertraute Steilfalte gebildet. »Nicht Kirby und ich gehören zusammen, sondern unsere Talente.«

»Aber genau das ist doch der Punkt«, erwiderte ich aufgebracht. »Eure Talente ergänzen einander wie Tag und Nacht. Wie Leben und Tod«, fügte ich etwas leiser hinzu. »Ihr könnt gar nicht getrennt voneinander leben.«

»Aber ich liebe sie nicht ... Nicht so.«

»Gordy, hör endlich auf damit«, sagte ich noch einmal und hob abwehrend meine Hände. »Bitte mach mir nichts vor ... Mach uns nichts vor. Okay, es war schön ...«

»Schön?« Die Steilfalte auf seiner Stirn vertiefte sich und ein verzweifelter Zug legte sich um seine Lippen. »Also, ich habe keine Worte dafür«, sagte er schließlich. »Ich weiß nur, dass ich nie zuvor so intensiv und ... so tief empfunden habe.«

Und wenn schon, dachte ich ergeben. Es war vorbei. Gordian würde mit Kirby an seiner Seite zu den Delfinnixen zurückkehren. Er würde mit ihnen leben, wahrscheinlich sogar eine eigene Allianz anführen. Ja – wenn mir etwas wirklich sinnvoll erschien, dann genau das.

»Du hast keine Verbindung zu mir gehalten«, hörte ich mich sagen, dabei wollte ich ihm gar keine Vorwürfe machen.

»Weil wir es so verabredet hatten und ich weder dich noch unsere gemeinsame Aufgabe in Gefahr bringen wollte.« Gordys Finger lösten sich von der Reling. Ich sah, wie seine Hände gestikulierten. »Ich habe Tag und Nacht, Minute für Minute, immer nur vor Augen gehabt, dass ein Scheitern unseren ... *deinen* Tod zur Folge haben würde.«

»Ich wusste nie, ob du noch lebst.«

»Aber es war doch deine Idee«, erwiderte er. »*Du* hast gesagt, dass wir uns trennen müssen und die Delfine nicht den geringsten Zweifel daran hegen dürfen, dass Kirby und ich ...«

»Ja«, fiel ich ihm ins Wort. »Weil es die einzige Lösung war. Für die Erfüllung unserer Aufgabe und für deine Bestimmung.« Ich zwang mich, ihm fest in die Augen zu sehen. »Für eure Bestimmung. Du musst jetzt an die Zukunft denken, Gordy. An die Stellung, die du bei deinen Artgenossen einnehmen wirst. Kirby hätte mich doch niemals gegen Kyan verteidigt, wenn sie sich nicht sicher gewesen wäre, dass du mit ihr ins Meer zurückkehrst.«

»Elodie, ich habe sie nicht angerührt«, beschwor Gordian mich. »Im Gegenteil: Ich habe ihr von Anfang an gesagt, dass ich sie nicht liebe und wir den Delfinnixen gegenüber bloß vorgeben, zusammen zu sein. Leider hat es eine Weile gedauert, bis sie bereit war, es zu akzeptieren. Wahrscheinlich hat sie bis zuletzt gehofft, dass ich meine Meinung noch ändern würde.« Eine Spur Bitterkeit um seine Mundwinkel mischte sich mit einem Ausdruck tiefen Bedauerns in seinen Augen. »Hör zu, Elodie, es tut mir von ganzem Herzen leid, dass sie mir an Land gefolgt ist. Und du kannst mir glauben: Ich habe sie spüren lassen, wie wütend mich das gemacht hat.« Er presste die Lippen zusammen, und ich hatte das Gefühl, dass er mich mit seinem Blick zu durchdringen versuchte. »Ich habe gehofft, nein, ich war sogar überzeugt davon, dass du ihr Spiel durchschaust.«

Ich starrte ihn an und wahrscheinlich sah ich ziemlich begriffsstutzig aus.

»Nicht eine Sekunde«, krächzte ich.

Plötzlich klopfte mir das Herz bis zum Hals hinauf.

»Heißt das, du hast ernsthaft angenommen, dass ich ...« Gordy schüttelte den Kopf. Fassungslosigkeit breitete sich auf seinem Gesicht aus. »Dass ich auch nur eine einzige Sekunde seit unserer Trennung bei den Ilhas Desertas *nicht* an dich gedacht habe?«

Wäre ich ehrlich gewesen, hätte ich jetzt nicken müssen. Tatsächlich fühlte ich mich nicht imstande, irgendwas zu tun, sondern stand einfach nur da und spürte das Blut in meinen Adern pulsieren.

Mittlerweile war die Sonne über Guernsey aufgegangen und tauchte Gordians Gestalt in ein warmes goldgelbes Morgenlicht. Unter seinen Füßen hatte sich ein Schatten gebildet, der sich hinter ihm auf dem Deck abzeichnete. Mein Schatten lag genau daneben und berührte seinen vorsichtig an der Hüfte.

Hatte ich eben noch so etwas wie einen Anflug von Hoffnung verspürt, platzte nun eine neue Angst in mein Herz.

»Was passiert, wenn du ins Meer zurückgehst?«, hauchte ich. »Wirst du dich wieder in einen echten Delfinnix verwandeln?«

Und ich? Würden sich meine Beine noch immer zu einer Haifischflosse zusammenschließen? – Jetzt, da alles vorbei war?

Gordian und ich, wir hatten unsere Aufgabe erfüllt. Alles Weitere entzog sich unserem Einfluss. Für das Meer waren wir so, wie wir waren, nutzlos geworden. Im Grunde hatten wir unsere Existenzberechtigung als Plonx und Halbnixe verloren.

Lass es uns versuchen, wisperte Gordy. Er hatte seine Hand wieder auf das Geländer der Reling gelegt und schob sie nun langsam auf mich zu. »Vielleicht kümmert es das Meer ja nun auch nicht mehr, was wir sind. Außerdem können wir sowieso nicht ewig auf diesem Schiff bleiben.« *Und ich möchte ...*

Sein Blick tauchte in mich ein und mir stockte der Atem.

Was?

Das sage ich dir später.

Gordy lächelte sein Grübchenlächeln, und ehe ich begriff, wie mir geschah, hatte er mich bereits über seine Schulter geworfen. *Weißt du noch?*

Ich spürte seine warme Haut unter meinen Händen, und trotz der nicht ausnahmslos guten Erinnerungen an den Tag, als Cyril mich geküsst hatte und Gordy daraufhin einen Wutanfall bekam, begann mein Herz zu hüpfen.

Oh, ja, das letzte Mal, als du das tatest, hast du mich kurz darauf gegen eine Fensterscheibe geschleudert.

Hab ich nicht.

Hast du doch!

Unsinn! Hätte ich dich tatsächlich geschleudert, wäre nicht mehr viel von dir übrig gewesen.

Tja, dafür wäre ich wenig später fast ertrunken.

Wärst du nicht.

Aber nur, weil du schnell genug bei mir warst, sagte ich, *und mich gerettet hast.*

Du wärst auch so nicht ertrunken, erwiderte Gordian. *Und das wirst du auch jetzt nicht. Sollen wir wetten?*

Er wartete nicht auf meine Antwort, sondern erklomm blitzschnell das Geländer und rief: »Und jetzt halt dich gut fest!«

Genau wie damals legte ich meine Arme um seinen Oberkörper und schmiegte meine Wange gegen seinen Rücken. Wenn es nach mir gegangen wäre, hätte ich ihn nie wieder losgelassen. Wenn er tatsächlich noch immer mich wollte und nicht Kirby, konnte ich mir nichts Schöneres vorstellen ... Es sei denn, das Meer entschied anders.

Eng umschlungen schwebten wir durch die Luft. Für einen Moment schien die Zeit stillzustehen. Aber dann schlug das Wasser viel zu schnell über uns zusammen. Mein Herz raste vor Angst, dass in wenigen Sekunden alles vorbei sein könnte. Dass all das Wundervolle, das ich mit Gordian erlebt hatte, nun endgültig der Vergangenheit angehörte.

Während ich darauf wartete, dass sich seine Haut unter meiner Umarmung mit einer Delfinhülle überzog, spürte ich, wie sich meine Beine sanft zu einer Flosse zusammenfügten. Trotzdem wagte ich kaum, den ersten Atemzug unter Wasser zu tun, und als ich dem Druck in meiner Lunge schließlich doch endlich nachgab, war es wie eine Offenbarung.

Das Meer strömte in mich hinein und füllte meine Seele mit seinem kraftvollen Wunsch, ein Teil dieser Welt zu sein, ein riesiges Gefäß voller Leben, Liebe und Wunder.

Versprich mir, dass du immer für mich sorgen wirst, glaubte ich es flüstern zu hören.

Wenn du mir Gordy lässt ...

Du stellst Bedingungen?

Nein, es ist nur eine Bitte. Es ist das, was ich mir am sehnlichsten wünsche.

Redest du mit mir?, fragte Gordy grinsend. Er ließ mich los und wuselte übermütig um mich herum.

Sonnenstrahlen fielen zu uns herab und tanzten wie goldene Schmetterlinge auf seiner Haut. Seine türkisfarbenen Augen glänzten vor überbordender Freude.

Ich schüttelte den Kopf. *Nein, ich habe ...*

Irgendwie konnte ich das alles noch gar nicht fassen und fürchtete schon, dass ich jeden Moment aus einem Traum erwachen und mich in meinem Bett in Tante Gracies Cottage wiederfinden würde.

Wie auch immer, wisperte Gordy. *Es ist auch das, was ich mir am sehnlichsten wünsche.*

Er glitt hinter mich, umfasste meine Hüfte genau dort, wo meine menschliche Haut in die eines Hais überging, und zog mich mit sich fort in Richtung Südwesten auf die französische Küste zu.

Das Meer war ruhig und klar, die Riffe bunt und voller Leben, und die einzigen Geräusche, die ich vernahm, waren Gordians Atem und seine sanften Flossenschläge.

Ich lag vollkommen still in seinen Armen und ließ mich von ihm forttragen, wohin auch immer er mich bringen wollte.

Willst du es wirklich nicht wissen?, fragte er nach einer kleinen Ewigkeit.

Nein ... Ähm, doch!

Dann pass mal auf. Wir sind nämlich gleich da.

Gordy zog mich durch eine schmale Felsspalte, gleich dahinter öffnete sich eine breite Sandfläche. Das Wasser stand hier nur noch knapp drei Meter hoch, sodass wir mühelos ins Trockene gleiten konnten. Ich wollte mich auf die Beine heben und mich umsehen, doch Gordian hielt mich fest und drückte mich in den warmen Sand hinunter. Sein Schatten fiel über mich, seine Pupillen waren groß und dunkel und seine Lippen schienen mir verführerischer denn je.

»Wo sind wir hier?«, fragte ich.

»Erkennst du es etwa nicht?«

»Nein.« Ich reckte den Kopf in den Nacken und bemerkte hohe, von unzähligen Seevögeln bevölkerte Felsen hinter uns. Die Tiere machten einen höllischen Lärm, doch verrückterweise störte mich das überhaupt nicht.

»Ist das die kleine Vogelinsel, auf der wir ...«

Gordy nickte.

»Und wo Cyril uns überrascht hat und ...«

»Hör zu, Elodie, ich habe nun wirklich keine Lust, mit dir zu diskutieren«, sagte Gordian streng. »Weder über Cyril noch über diese Insel oder sonst was. Ich will dir nicht erklären müssen, dass die Wochen ohne dich die reine Hölle waren, und ich will mich auch nicht dafür rechtfertigen, dass ich wahnsinnige Angst um dich hatte und am liebsten jede Sekunde über dich gewacht hätte.«

»Und ob du das musst!«, entgegnete ich in gespieltem Ernst. »In Wahrheit bin ich nämlich sehr gut ohne dich klargekommen. Eigentlich gab es überhaupt keinen Grund, mich immer bevormunden zu wollen. Tatsache ist doch: Ohne mich hättest du dich nicht an den Wal in dir erinnert.«

»Stimmt«, hauchte Gordy und seine Nasenspitze berührte meine. »Ohne dich bin ich gar nichts.«

»Fängst du schon wieder damit an?«, gab ich leise lachend zurück. »Du Plonx!«

»Nein, ich meine das ganz ernst«, erwiderte er. »Und im Übrigen bin ich inzwischen sehr gern ein Plonx. Hätte ich nämlich eine Delfinhaut, könnte ich dich im Meer nicht in meinen Armen halten.«

»Hm«, machte ich. »Das ist wirklich ein schlagendes Argument.«

»Für mich gibt es nichts Schöneres auf der Welt«, flüsterte Gordian. »Ich habe Tag und Nacht davon geträumt. Nur so habe ich das alles überhaupt ertragen können. Ich hatte eine solche Angst davor, dass du mich vergessen würdest oder dass du dich in Cyril ...«

»Schsch«, machte ich. »Selbst wenn er nicht mein Bruder wäre ...«

Gordy nickte. Er tat einen langen, tiefen Atemzug und musterte mich zärtlich. »In dir schlummert auch ein Wal«, sagte er lächelnd. »So schön, wie du gesungen hast ...«

»Das lag doch bloß an dir und deiner magischen Stimme.«

»Aber wenn du mich nicht erinnert hättest, wäre mir dieses Lied niemals in den Sinn gekommen.«

»Du hast recht«, sagte ich. »Es war eine Schnapsidee von mir, zu glauben, dass ich die Wale allein beruhigen könnte.«

Gordy nickte. »Es ging nur gemeinsam. Du und ich ...«

»Patton«, sagte ich unvermittelt. »Mein Urgroßvater ... er war kein Hai, sondern ein Walnix.«

Erstaunt sah Gordy mich an, dann nickte er wieder, aber diesmal wirkte es nachdenklich. »Vielleicht hat Jane mir nicht nur in die Seele geblickt«, murmelte er. »Vielleicht hat sie wirklich eine Walverwandtschaft in mir entdeckt, von der ich bisher ...« In seinen Augen blitzte es. »Ich glaube, ich werde Cullum und Oceane mal ein wenig auf den Zahn fühlen müssen.«

»Es ist ganz egal, was du bist, Gordy ... Aber ich ohne dich, du ohne mich ... das wäre nicht gegangen.«

Gordy schluckte schwer. »Und das geht noch immer nicht«, wisperte er. Sachte schob er mir eine Haarsträhne aus dem Gesicht, und so zart, als wäre er eine Feder, strich sein Daumen über meinen Nasenrücken und meine Lippen. »Ich ohne dich ist wie das Meer ohne Sonne und Wind.«

»Und ich ohne dich ist wie das Land ohne Wärme und Licht.«

Wir sahen uns an und versanken in unseren Blicken.

»Ich habe unsere Nacht auf Bugio nie vergessen«, flüsterte Gordy. »Die Sehnsucht nach dir hat mich fast zerrissen. Ich liebe dich so sehr ... Elodie ...«

Ich weiß, hauchte ich. *Ich liebe dich auch.*

Übervoll von Zärtlichkeit und Glück schob ich meine Hände in seinen Nacken, streichelte die weiche Stelle in seiner Halsbeuge und zog ihn so dicht zu mir herab, dass ich meinen Mund um seinen schließen konnte. Mein klopfendes Herz antwortete seinem und mein ganzer Körper prickelte unter der Berührung seiner Haut.

Gordians Lippen spielten mit meinen, seine Zunge und seine Hände waren eine einzige betörende Liebeserklärung.

Zusammen waren wir Land und Meer, Sonne, Wind, Wärme und Licht. Und zusammen sanken wir hinab in eine Welt, die nur uns allein gehörte.

16. August 2014

Die Spätnachmittagssonne taucht die Gartenterrassen von Gracies High in ein sanftes goldgelbes Licht. Cyril, Gordian, Ruby und ich sitzen nun schon seit über einer Stunde auf der Verandabank und beraten über die Fotos, die Cyril auf unsere Homepage *Shark & Dolphin – Diving with Mermaids* stellen möchte.

Tante Grace hat uns mit Saft und Kuchen versorgt und uns anschließend für eine Weile uns selbst überlassen. Nun steht sie plötzlich vor uns, deutet auf das letzte Stück Brombeer-Baiser und sieht herausfordernd von einem zum anderen. »Wem darf ich das noch auftun?«

»Ich kann nicht mehr«, stöhne ich und auch Ruby und Cyril heben abwehrend ihre Hände.

»Der Kuchen ist wirklich wunderbar, Mrs Shindles«, sagt Cyril. Er klopft sich auf den Bauch und schenkt meiner Großtante ein charmantes Lächeln. »Ich habe drei große Stücke genossen. Ein viertes würde meine hohe Meinung von dieser Köstlichkeit möglicherweise trüben und ...«

»Das Risiko möchte ich unter gar keinen Umständen eingehen«, fällt Tante Grace ihm ebenfalls lächelnd ins Wort und bedeutet mir, ihr unsere Teller anzureichen.

»Außerdem müssen wir gleich ins Wasser«, setzt Cyril mit einem vielsagenden Blick auf sein Notebook hinzu. »Gerade ist eine Buchung eingegangen.«

»Was, so spät noch?« Tante Grace schüttelt missbilligend den Kopf. »Ist das nicht ein bisschen ... riskant?«

»Na ja, bei diesem Wellengang ...« Gordy schaut zu den Klippen hinunter und setzt eine besorgte Miene auf.

Das Meer liegt glatt und türkisfarben in der Perelle Bay. Ein wunderschöner Sommertag neigt sich seinem Ende zu und noch immer geht nicht das kleinste Lüftchen. Besser können die Bedingungen für einen Tauchgang mit einer Menschenfamilie also gar nicht sein.

»Ach, mein Junge ...« Tante Grace schlägt in gespielter Empörung nach Gordy. »Wenn du es doch nur zugeben könntest!«

Er richtet seine Augen erstaunt auf sie. »Was meinst du?«

»Na, dass dir beim Anblick meines Kuchens das Wasser im Munde zusammengelaufen ist und du nun dringend eine kleine Fischmahlzeit brauchst. Was allerdings noch lange kein Grund ist, deine drei Freunde hier und eine unschuldige Menschenfamilie ...«

»Miles kommt auch mit«, unterbricht Ruby sie. »Meine Eltern warten bestimmt schon am Strand in der Cobo Bay auf uns.«

»Ausgerechnet dort, wo am meisten los ist«, brummt Tante Grace, während sie den Tellerstapel entgegennimmt, den ich ihr reiche.

»Eben«, sage ich und zwinkere ihr zu. »So spricht es sich nun mal am schnellsten rum.«

»Und was ist mit eurer Homepage?«, erwidert sie und deutet auf das Notebook, das Cyril gerade herunterfährt. »Dort kann euch die ganze Welt dabei zusehen, wie ihr die Gestalt wechselt.«

»Es ist nicht das Gleiche«, sagt Gordy.

Er steht auf, nimmt zärtlich meine Hand und zieht mich ebenfalls hoch.

»Das weiß ich.« Tante Grace macht eine unwillige Geste. »Aber ...«

Ich streiche ihr sachte über den Arm. »Wovor hast du Angst, hm? Ich meine, wir haben die Kanalinseln vor dem Untergang bewahrt ... Etwas Schlimmeres als das, was wir hier vor zwei Jahren erlebt haben, kann uns doch gar nicht mehr passieren.«

»Es gibt noch immer eine Menge Leute, denen ihr nicht geheuer seid«, wendet meine Großtante ein, wohl wissend, dass sie mit diesem Argument keinen Hering aus dem Meer fischen wird. »Und die den Haien nicht trauen ...«

»Das kann man auch nicht«, meint Cyril grinsend. Er schiebt seine Hand in Rubys Nacken und streicht ihr eine honigblonde Strähne aus dem Gesicht. »Hab ich nicht recht?«

»Absolut«, sagt Ruby und küsst ihn liebevoll auf den Mund.

»Tja, dann ...« Tante Grace seufzt resigniert.

»Komm doch einfach mal mit und sieh es dir selber an«, schlage ich vor, doch wie nicht anders erwartet, schüttelt sie sofort energisch den Kopf.

»Meine Wenigkeit und Sandstrand haben noch nie sonderlich gut zusammengepasst.«

❦

»Sagtest du nicht, Patton sei der Vater deiner Großmutter gewesen?«, erkundigt Ruby sich, als wir fünf Minuten später unsere Fahrräder in Richtung Kiesauffahrt schieben.

»So zumindest steht es in dem Brief, den meine Urgroßmutter Tante Graces Schwester Holly hinterlassen hat«, sage ich achselzuckend und werfe noch einen Blick über die Schulter zurück auf Gordian, der sich offenbar nicht entscheiden kann, ob er Cyril auf dem Wasser- oder uns auf dem Landweg in die Cobo Bay begleiten soll.

»Und warum meidet Grace Shindles dann das Meer wie der Teufel das Weihwasser?«, erwidert Ruby.

»Keine Ahnung«, brumme ich. »Bestimmt nicht, weil sie Angst hat, sich in einen Walnix zu verwandeln.«

Ruby zieht skeptisch ihre Augenbrauen nach oben. »Sicher?«
Natürlich!

Tante Grace ist Tante Grace. Handfest, zupackend und groß-
herzig. Dennoch hat sie in gewisser Weise auch etwas Unergründ-
liches an sich. Ich bin überzeugt, sie erzählt nur das, was sie auch
wirklich erzählen will. So wie ich. Und das ist möglichweise nicht
alles, was sie tatsächlich weiß.

»Es spielt keine Rolle, Ruby«, sage ich und hebe mich auf den
Sattel. »Es ist Tante Gracies gutes Recht, ein kleines Geheimnis
zu haben.«

Es wird den Lauf der Dinge nicht ändern, und es wird Gordy,
Cyril und mich nicht davon abhalten zu tun, was wir als unsere
Lebensaufgabe begreifen: den Menschen unsere wahre Gestalt zu
offenbaren, ihnen zu beweisen, dass wir keine Gefahr für sie sind,
und ihnen zu zeigen, wie wichtig es ist, die Ozeane mit allem, was
darin lebt, zu erhalten.

Das Meer hat mich mit der Nase darauf gestoßen, aber letztendlich habe ich diese Aufgabe selbst gewählt.

Und dafür könnte ich dich immer und immer wieder küssen, flüstert
Gordian, der sich in diesem Moment hinter mich auf den Gepäckträger schwingt, zärtlich an meinem Ohr.

Epilog

Alle, die meine Geschichte bis hierher verfolgt haben, wissen nun, dass Gordy, Cyril, Ruby und ich unseren Platz im Leben gefunden haben – was man leider nicht von allen Menschen und Nixen sagen kann, die unsere Wege kreuzten und mehr oder weniger großen Einfluss auf den Verlauf des Geschehens hatten.

Vielleicht fragt sich mancher, was aus dem einen oder anderen geworden ist. Daher zum Schluss dieser kleine Überblick:

Meine Mutter, Rafaela Saller, hat gemeinsam mit ihrer ehemaligen Yogalehrerin ein Meditationshaus in Lübeck eröffnet. Sie hat ihre Wohnung in der Moltkestraße aufgegeben und lebt inzwischen mit einem Innenarchitekten zusammen. Er heißt Ralf Lamberts und ist ein warmherziger, humorvoller und ziemlich verrückter Typ. Mam hat Javen Spinx nie wiedergesehen und weiß bis heute nicht, dass er mein leiblicher Vater ist.

Javen Spinx sitzt seit einem Jahr als parteiloser Abgeordneter im britischen Parlament und sein Einsatz für den Schutz der Umwelt beginnt allmählich Früchte zu tragen. Er trifft Cyril und mich regelmäßig, lebt ansonsten aber ungebunden.

Janes Schmuckwerkstatt gehört mittlerweile zu den besonderen Attraktionen Guernseys. Sie bildet sowohl junge Menschen als auch junge Hainixe zu Goldschmieden aus. Außerdem hat sie **Cecily Windom** bei sich aufgenommen, die sich in Janes Haus – und zuweilen auch in ihrem Gartenteich – sehr wohlfühlt und nie wieder von dunklen Visionen gequält wurde. Ich habe Jane nicht danach gefragt, aber ich glaube, dass es etwas mit ihrem Talent, anderen in die Seele schauen zu können, zu tun hat. Wahrscheinlich ist Jane die Einzige, die zumindest ansatzweise erspüren kann, was in Silly vorgeht.

Bo, der seine Haihaut inzwischen verloren hat, lebt nun wechselseitig bei Jane im Haus und bei seiner leiblichen Mutter im Meer. Hin und wieder begleitet er Gordy, Cyril und mich auf unseren Tauchgängen mit den Menschen.

Sina studiert Psychologie und ist seit ein paar Monaten mit einem Buchhändler namens Edgar liiert. Er ist ein paar Jahre älter als sie – um genau zu sein: fünf – und ein äußerst sensibler und solider Typ. Wir sehen uns mindestens einmal im Jahr, meistens sogar öfter. Sie und Edgar verstehen sich prächtig mit Ruby, Cyril und Gordy. Na ja, und mit mir natürlich auch.

Kyan starb am 20. Juli 2012 an Organversagen. Gordy fand seine Leiche in einer der Höhlen von Sark.

Ramon und **Poy** führen mächtige Allianzen, werben für Frieden zwischen Haien und Delfinen und stehen in engem Kontakt zu Gordy und **Tisha**, die sich mittlerweile eng mit Poy, Idis und Malou angefreundet hat.

Skint hat sich ins Nordmeer verzogen und versucht weiterhin, Hainixe gegen Delfinnixe aufzuhetzen, zum Glück jedoch nur mit mäßigem Erfolg. Wer die beiden Hainixe waren, die mich angriffen, habe ich nie herausgefunden. Es besteht für mich jedoch kein Zweifel daran, dass Skint sie auf mich gehetzt hat.

Idis und **Malou** haben die erste weibliche Nixen-Allianz gegründet. Sie setzen sich gegen die Übergriffe ihrer männlichen Artgenossen zur Wehr und haben hier inzwischen ein Umdenken bewirkt. Dank ihres Einsatzes nimmt die Zahl fester Paare unter den Delfinnixen stetig zu. Idis hat nach wie vor eine besondere Verbindung zu Delfinen und Walen, führt aber keine Schule mehr.

Cullum und **Oceane** haben sich fest in der Region um die Ilhas Desertas niedergelassen. Gordy und ich besuchen sie regelmäßig. Sie haben ihm gestanden, dass einer ihrer Vorfahren eine Liaison mit einer Schweinswalnixe hatte, aus deren Verbindung Cullums Großmutter hervorgegangen ist.

Tyler wurde nie wieder im Ärmelkanal gesehen. Man erzählt sich, dass er einige Zeit durch die Weltmeere gezogen sei und sich schließlich auf einem unbewohnten Südseeatoll niedergelassen habe. Offenbar hat er Laurens Tod bis heute nicht verwunden.

Die Chamäleons leben nach wie vor im kleinen Verbund. Sie haben sich nie einer Allianz angeschlossen, aber auch nie wieder ein Boot zum Kentern gebracht oder einen Menschen angegriffen.

Kirby ist die einzige Delfinnixe, die in der Lage wäre, sich dem Verwandlungszyklus zu unterwerfen und an Land zu kommen. Bisher hat sie davon keinen Gebrauch gemacht und nur Gordy und ich wissen um dieses Geheimnis.

Aimee leidet unter Depressionen. Sie ist nach einem kurzen Aufenthalt in der Psychiatrie noch im August 2012 in eine betreute Wohngemeinschaft in der Nähe von London gezogen. Der Anblick des Meeres und körperliche Berührungen von Menschen lösen bei ihr manische Schübe aus.

Joelle und **Olivia** leben auf Jersey in der Einliegerwohnung eines großen Ferienhauses, das einem wohlhabenden französischen Ehepaar gehört, und halten das Anwesen in Schuss. Sie haben sich nie wieder verliebt und pflegen auch sonst kaum Kontakte.

Jerome, Isaac, Finley und **Mike** haben den Kanalinseln den Rücken gekehrt. Über ihr jetziges Leben ist nichts bekannt.

Frederik hat nach dem 12. Jahrgang die Schule verlassen, um für ein Jahr nach Kolumbien zu gehen. Niemand weiß, ob es ihn tatsächlich dorthin verschlagen hat oder wo er sich jetzt aufhält. Er hat sämtliche Kontakte nach Lübeck abgebrochen.

Miles verbringt mittlerweile immer mehr Zeit bei Ruby und Cyril, die ihn irgendwann ganz bei sich aufnehmen wollen. **Ruby** hat deshalb nach Abschluss der Schule ein Jahr Pause eingelegt und wird im Herbst ein Biologie-Fernstudium beginnen.

Ashton hat für immer einen festen Platz in Rubys, Gordys, Cyrils und meinem Herzen.

Genau wie die drei bin auch ich sehr froh, ihn getroffen zu haben, und werde ihn ganz sicher niemals vergessen.

Danksagung

Die Meerestrilogie zu entwickeln und Elodies Geschichte aufzuschreiben war in jeder Hinsicht ein echtes Abenteuer für mich, und mir ist nur allzu bewusst, dass Fantasie und schriftstellerisches Handwerk nur ein Teil des Gesamtwerks ausmachen. Um einem solchen Projekt Leben einzuhauchen und ihm eine Form zu geben, bedarf es der tatkräftigen und kreativen Mithilfe unzähliger Menschen. Ihnen allen sei von ganzem Herzen gedankt!

Besonders hervorheben möchte ich diesmal meine Lektorin **Maren Jessen**, die mich nun schon seit vielen Jahren begleitet und mit ihrem Füllhorn an Erfahrung zur Seite steht. Gerade dieser letzte Band ist ein immenser Kraftakt gewesen, den wir in kurzer Zeit gemeistert haben, und ich kann Dir gar nicht genug danken für Deinen scharfen Blick, Deinen virtuosen Umgang mit Worten, Deine Beharrlichkeit, Deinen Humor und Deine Herzenswärme. Für mich bist und bleibst du die beste Lektorin der Welt.

Ebenfalls sehr herzlich danke ich **Nicola Dröge**, die wunderbare Texte entwarf und im Hintergrund die Fäden spann, **Kiki Klinkert** für die schönen Online-Ideen und **Conny Hepting** für das umwerfende Cover – auch wenn sich Ihre ursprüngliche, so geniale Idee am Ende doch nicht umsetzen ließ.

Ich danke **dem Kartenverkäufer im German Military Underground Hospital** für das lange Gespräch und die detaillierten Informationen sowie allen **VertreterInnen, BuchhändlerInnen, BloggerInnen** und **LeserInnen**, die sich für meine Meeressaga begeistert haben und an deren Verbreitung mitwirken.

Vor allem aber danke ich Dir, liebe **Anna**, denn Du siehst Dinge, für die andere kein Auge haben – ein wirklich wundervolles Talent, so wertvoll wie ein kleiner Schatz.

Eine Reise in ein fernes Land – voller *Gefahren*, *Abenteuer* und *Magie*.

Patricia Mennen
Der Ruf des indischen Elefanten

Jugendbuch / 384 S. / 14,2 x 21 cm / Hardcover mit Folie
ISBN 978-3-649-**61755**-6

€(D) 16,95 / €(A) 17,50 / SFr 24,90*

Auch als @book
ISBN 978-3-649-**62018**-1

Die 16-jährige Tara Harley lebt seit dem Tod ihrer Mutter in Irland bei ihrer Tante Nell und ihrem Onkel Fergus. Nach einem heftigen Streit mit dem jähzornigen Fergus beschließt Tara jedoch, ihre Heimat zu verlassen, um nach ihrem Vater zu suchen, den sie bislang für tot gehalten hat. In den Hinterlassenschaften ihrer Mutter findet sie einen Brief von einem Mann namens Henry Lawrence, der sich als ihr Vater ausgibt und vor ihrer Geburt als britischer Offizier nach Indien versetzt wurde. Tara heuert, verkleidet als Küchenjunge George, auf einem Schiff an, das Kurs auf Bombay nimmt. Während der beschwerlichen Seereise freundet sie sich mit dem indischen Jungen Kareem an, der auf dem Weg zurück zu seiner kranken Mutter ist, und begleitet ihn bis in die nordindische Stadt Lukhnau. Dort arbeitet Henry Lawrence als Oberbefehlshaber der englischen Armee. Doch nicht nur Taras Beziehung zu Kareem nimmt mit einem Mal eine unerwartete Wendung, auch das Geheimnis um Taras Vater hält eine große Überraschung bereit ...

COPPENRATH

Stephanie Perkins

**Auf der Suche nach der Liebe –
und das in den romantischsten Städten der Welt!**

**Schmetterlinge im Gepäck
416 Seiten, ISBN 978-3-570-40214-6**

**Herzklopfen auf Französisch
448 Seiten, ISBN 978-3-570-40220-7**

**Rendezvous in Paris
ca. 450 Seiten, ISBN 978-3-570-40260-3**

Rachel Hartman
Serafina – Das Königreich der Drachen

512 Seiten, ISBN 978-3-570-40249-8

Die Drachen könnten die Menschen vernichten. Doch sie sind zu sehr fasziniert von ihnen. Dies ist die Basis des fragilen Friedens zwischen beiden Völkern, die jäh brüchig wird, als der Thronanwärter ihres gemeinsamen Königreichs brutal ermordet wird - auf Drachenart. Die junge Serafina hat guten Grund beide Parteien zu fürchten – hütet sie doch selbst ein Geheimnis. Als sie in die Mordermittlungen verwickelt wird, kommt der so attraktive wie scharfsinnige junge Hauptmann der Garde, Lucian Kiggs, ihr gefährlich nahe. Doch die Intrige hinter die Lucian und sie kommen, droht auch Serafinas Verstrickung mit der Welt der Drachen zu enthüllen und ihr ganzes Leben auf immer zu zerstören.

40210